契诃夫小说全集

汝 龙／译

10

人民文学出版社

契诃夫像

(1904年)

目　次

一八九六年
　我的一生 …………………………………… *3*

一八九七年
　农民 ………………………………………… *103*
　佩彻涅格人 ………………………………… *140*
　在故乡 ……………………………………… *151*
　在大车上 …………………………………… *165*

一八九八年
　在朋友家里 ………………………………… *177*
　套中人 ……………………………………… *198*
　醋栗 ………………………………………… *213*
　关于爱情 …………………………………… *225*
　约内奇 ……………………………………… *236*
　出诊 ………………………………………… *258*

一八九九年
　宝贝儿 ……………………………………… *273*

新别墅 …………………………………………………… 287
　　公差 ……………………………………………………… 304
　　带小狗的女人 …………………………………………… 322

一九〇〇年
　　在圣诞节节期 …………………………………………… 343
　　在峡谷里 ………………………………………………… 349

一九〇二年
　　主教 ……………………………………………………… 397

一九〇二——一九〇三年
　　补偿的障碍 ……………………………………………… 417
　　一封信 …………………………………………………… 427

一九〇三年
　　新娘 ……………………………………………………… 435

题解 …………………………………………………………… 457

一八九六年

我 的 一 生

一个内地人的故事

一

主任对我说:"我留用您,纯粹是出于对您可敬的父亲的尊重,要不然您早就从我这儿滚开了。"我回答他说:"大人,您认为我会滚开,未免过奖了。"这以后我就听见他说:"把这位先生带走,他惹得我冒火。"

过了两天光景,我就给辞退了。自从我被人看做成人以来,我照这样更换了九次工作,这使得我父亲,一个城市建筑师,十分伤心。我在各式各样的机关里做过事,可是所有那九种职务却彼此相像,就跟这滴水和那滴水相像一样:我总得坐着写字,听愚蠢的或者粗鲁的训斥,等着革职。

我去见我父亲的时候,他正靠在一把圈椅上,闭着眼睛。他的脸又瘦又干,胡子剃光的地方颜色发青,如同一个天主教年老的管风琴琴师,脸上现出谦卑的、听天由命的神情。他没有理睬我的问候,也没有睁开眼睛,只是说:

"要是我那亲爱的妻子,你母亲,如今活在世上,那你的生活就会成为她经常苦恼的源泉。她死得这样早,我看倒是天赐之福了。"他睁开眼睛,接着说,"请你教一教我,你这倒霉的家伙,我拿你怎么办呢?"

从前我年纪小的时候,我的亲人和朋友都知道该拿我怎么办:有的劝我去参军,有的劝我进药房,有的劝我进电报局,可是现在我已经满了二十五岁,两鬓甚至出现了白头发,我已经参过军,做过药剂师,进过电报局,人间的一切工作我好像都已经干完,别人就不再劝我,只是叹气或者摇头了。

"你对你自己是怎样想的呢?"父亲接着说,"一般年轻人到了你这种年纪都有牢靠的社会地位了,可是你看看你自己:没家没业,穷叫化子,吊在你父亲的脖子上靠他养活!"

照例,他接着讲到现在的青年人都在自取灭亡,因为他们不信宗教,却相信唯物主义,过分的自高自大,还讲到业余演出应该加以禁止,因为这种东西引诱青年离开宗教,放弃自己的责任。

"明天我们一块儿去,你要跟主任赔罪,答应他以后勤恳地工作,"他最后说,"你一天也不应该没有社会地位。"

"请您听我讲一下,"我闷闷不乐地说,我对这种谈话根本不存一点好指望,"您所谓的社会地位是用金钱和教育换来的特权。没有金钱和没受过教育的人靠体力劳动来糊口,我看不出我有什么理由应当成为例外。"

"你一讲到体力劳动,你那些话就又愚蠢又庸俗!"父亲气恼地说,"你要明白,蠢材,没脑筋的家伙,你除了粗野的体力以外还有神灵,圣火①,它使你远远地高出驴子和爬虫,使你接近神!几千年来只有最优秀的人才能够得到这种圣火。你曾祖父波洛兹涅夫将军在包罗吉诺一带鏖战,你祖父是诗人、演说家、首席贵族,你伯父是教师,最后我,你父亲,是建筑师!波洛兹涅夫家历代的人传下这种圣火来,莫非是要你来扑灭它!"

————————

① 指天才。

"应当公平才对,"我说,"成千累万的人都在从事体力劳动。"

"让他们去从事体力劳动好了!此外他们也不会干别的!体力劳动什么人都干得了,就连十足的蠢货和犯人都会干,这种劳动正是奴隶和野蛮人的特点,圣火却只有少数人才能得到!"

再谈下去也无益了。父亲崇拜自己,对他来说只有他自己说的话才能使他信服。此外我很清楚地知道,他评论粗重劳动的高傲态度骨子里倒不是出于圣火之类的考虑,而是因为他暗自担心,深怕我去做工人,招得全城的人纷纷议论。主要的是所有我的同辈早已在大学里毕业,有了很好的前程,国立银行办公室主任的儿子已经做了八品文官,我这个独生子却什么也说不上!再谈下去是无益了,也不愉快了,可是我仍旧坐在那儿,无力地反驳他,希望他终于会了解我。其实,整个问题又简单又清楚,无非是我如何谋生的方法罢了,可是父亲没看出这种简单,却找出些堂皇得肉麻的话来跟我讲包罗吉诺、讲圣火、讲伯父、讲一度写过虚假的坏诗、如今已经被人忘记的诗人,粗暴地骂我是没脑筋的家伙和蠢材。我却多么希望他明白我的意思啊!不管怎样,我是爱我父亲和我姐姐的。我从小就养成习惯,遇事向他们要主意,这个习惯已经根深蒂固,日后恐怕也改不掉了。我做得对也好,不对也好,总是怕伤他们的心,我深怕父亲激动得涨红他那细脖子,深怕他中风。

"对我这种年纪的人来说,"我说道,"老是坐在一个不通气的房间里抄写,好比一架写字的机器,未免丢脸,难堪。这哪儿谈得上什么圣火呢!"

"这毕竟是脑力劳动啊,"父亲说,"可是算了,别再谈下去了。不管怎样我要警告你:要是你再不去上班,而追随你那种可鄙的倾向,那我和我女儿就不再爱你。我当着上帝发誓:我要取消你的继承权!"

我十分诚恳地想要证明我的动机完全纯正,我打算一辈子照

这原则生活,我就说:

"对我来说继承权问题是不关重要的。我预先声明,我不要一切遗产。"

不知什么缘故,完全出乎我的意外,这些话深深侮辱了我父亲。他涨得满脸通红。

"不准你跟我这样讲话,蠢材!"他用尖细的声音叫起来,"坏蛋!"他又敏捷又灵便地用习惯的动作照准我的脸颊打了两巴掌,"你变得无法无天了!"

我小时候,父亲一打我,我一定站得笔直,手心对着裤缝,直直地瞧着他的脸。如今他打我,我张皇失措。仿佛我的童年仍旧在继续着似的,我挺直身体,极力直着眼睛瞧他的脸。我父亲苍老了,而且很瘦,可是他的瘦筋肉一定像皮带那么结实,因为他把我打得很痛。

我往后退,退到了前堂,他在前堂抓起他的伞,照准我的脑袋和肩膀又打了好几下。这时候姐姐推开客厅的门,想看一看为什么这样吵闹,可是她立刻现出害怕和怜悯的神情扭转身回去了,没有替我说一句求情的话。

我那种不预备回办公室而打算过新的劳动生活的心愿已经没法动摇了。剩下来要做的只有选择哪种行业,这是不大困难的,因为我觉着我很强壮,刻苦耐劳,最繁重的劳动也担得下来。我的面前摆着一种单调的工人生活,半饥半饱,四下里一股臭气,环境粗俗,经常盘算工钱和面包。而且谁知道呢?日后我下工回来,走过大贵族街,也许会不止一次地嫉妒靠脑力劳动生活的工程师多尔日科夫吧,可是现在我想到日后这种种苦处反而觉着高兴。从前我也想望精神活动,一会儿想象自己做教师,一会儿想象自己做医师,一会儿想象自己做作家,然而想望始终只是想望罢了。我对智力方面享受的爱好,例如对戏剧和阅读的爱好,曾经发展到入迷的地步,可是我究竟有没有脑力劳动的才干,那我就不知道了。在中学念书的时候,我对希腊语厌恶极了,因此我念到四年级,家人只好把我从学校里领出来。家里有很长一段时期请了家庭教师,给我补习功课准备考五年级。后来我在各式各样的机关里做事,每天大部分时间都十分清闲地度过,而人家却对我说,这就是脑力劳动。我在读书和做事方面的活动并不需要什么脑力的紧张,也不需要什么才能或者个人的才干,更不需要创造的热情,那是一种机械的活动。我把这样的脑力劳动看得低于体力劳动,我瞧不起它,我认为这种劳动一分钟也不能成为人们过无忧无虑的闲散生活的借口,因为这种劳动本身不是别的,只不过是一种骗局,只不过是闲散的一种形式罢了。大概,真正的脑力劳动我还从来没有见识过吧。

傍晚来了。我们住在大贵族街,这是城里的一条主要街道。由于缺乏像样的城市公园,我们的 beau monde① 每逢傍晚总到这条街上来散步。这条美丽的街道多多少少代替了公园,因为街道两旁生长着白杨,发散着一股股清香,特别是在雨后。另外从围墙里和小花园里露出一棵棵洋槐树、高高的紫丁香树丛、稠李树、苹果树。虽然春天是每年必来的,然而这种五月的暮色、这种娇嫩清新的绿荫、这种紫丁香的芬芳、这种甲虫的嗡嗡声、这种寂静、这种温暖,这一切多么新奇,多么不平常啊!我站在便门的门口,看那些散步的人。我跟其中大多数的人一块儿长大,从前一块儿玩过,现在我站在他们旁边却只能使他们发窘,因为我穿得寒酸,又不时髦,人家看到我的很窄的裤腿和又大又笨的靴子,就说这好比两条通心粉挂在海船上。此外,我在城里的名声很坏,这是因为我没有社会地位,常在便宜的酒馆里打台球,也许还因为我有两次被人硬

---

① 法语:上流社会的男女。

拉去见宪兵军官,而在我这方面其实并没有犯什么过错。

街对面那所大房子里,工程师多尔日科夫家里,有人在弹钢琴。天色黑下来,星星开始在天空眨眼。这时候我父亲一面跟熟人点头,一面慢慢走过去,他戴着一顶旧的高礼帽,宽帽檐已经向上卷起来。他用胳膊挽着我姐姐。

"你看!"他对我姐姐说,同时他举起刚才用来打过我的那把伞指着天空,"你看天空!那些星星,连顶小的也算上,都是一个个世界!跟宇宙相比,人是多么渺小啊!"

照他说话的口气听来,倒好像他自己这样渺小,对他来说是非常荣耀和愉快的事似的。他是一个多么庸庸碌碌的人啊!不幸他是我们城里唯一的建筑师,就我的记忆来说,近十五年到二十年以来城里就没有盖过一所像样的房子。每逢人家来请他设计,他总是先画出大厅和会客室。如同旧日贵族女子中学的学生跳舞必得从炉子旁边跳起一样,他的艺术构思也只能以大厅和会客室做出发点,往前进展。他画好大厅和会客室以后,再画饭厅、儿童室、书房,各房间都有门通连着,结果那些房间就不免成了过道,每个房间都有两道以至三道多余的门。大概他的构思总是不清楚,非常杂乱,丢三落四。他每回都似乎觉着还缺点什么,就想出各种拼凑的办法,这儿添一间,那儿挤一间。我至今还记得那些又窄又小的前堂、又窄又小的过道、弯弯曲曲的小楼梯,那些楼梯通到阁楼上,人要站在阁楼里就非弯着腰不可,并且那里的地板是三层大台阶,像是浴室里的蒸浴床。厨房一定在房子底下,盖着拱顶,铺着砖地。房子的正面显出死硬冷酷的气派,线条干巴巴,却又怯生生。房顶低矮而扁平。在那些仿佛加了奶油的粗烟囱上必得扣着用铁丝编的罩子,罩子上总有一个吱哩吱哩响的黑色风向标。这些由我父亲设计造成的房屋彼此十分相像,而且不知什么缘故总是使我隐隐约约联想到他那顶高礼帽和他那死硬干瘪的后脑勺。日积月累,城里人也就看惯我父亲的平庸,于是这平庸生下根,变成我们的风格了。

父亲还把这种风格带到我姐姐的生活里来。首先他给她起了一个名字叫做克丽奥佩特拉(如同给我起的名字叫做米萨伊尔一样)。她年纪还小的时候,他就给她讲星星啦,古时候的圣贤啦,我们的祖宗啦,使她听得战战兢兢。他花很长的时间给她解释究竟什么叫做生活,什么叫做责任。现在她已经二十六岁,他却仍旧讲他的老一套,只许她跟他一个人出门,挽着他的胳膊。不知什么缘故,他想象早晚一定会出现一个规规矩矩的青年人,由于尊敬他的人品而愿意跟她结婚。她呢,崇拜我父亲,怕他,相信他的不平常的智慧。

天完全黑了,街上渐渐没有人了。对面房子里的音乐声停下来,街门大开,一辆由三匹马拉着的马车跑出来,沿着我们的街道跑去,一路上小铃铛轻柔地响着。这是工程师带着女儿坐车出来兜风。我却到了该睡觉的时候了!

正房里有我自己的房间,可是我住在院子里一个小屋里,这个小屋跟用砖砌成的堆房共用一个房顶。当初造这个小屋大概是为了存放马具的,墙上钉着大钩钉,可是现在这个小屋没用了,父亲三十年来在这屋里存放报纸,不知什么缘故还把这些报纸每半年装订成一册,不准人动一动。我住在这儿,父亲和他的客人看见我的机会就比较少。我觉着既然我不是住在一个真正的房间里,又不是每天到正房里去吃饭,那么父亲所说的我靠他养活的话听起来就似乎不那么使人难堪了。

姐姐在等我。她瞒过父亲把晚饭给我带来了:一小块冰凉的小牛肉和一小块面包。我们家里常常说这样的话:"钱要算计着花","省了小钱就来大钱"等等,姐姐经不起这些俗套头的压力,就千方百计节省开支,因此我们吃得很坏。她把碟子放在桌子上,

9

她自己在我的床上坐下,哭起来。

"米萨伊尔!"她说,"你在怎样对待我们啊?"

她没有用手蒙住脸,她的眼泪滴在她的胸脯上,手上。她的神情悲伤。她一头倒在枕头上,让眼泪尽情地流出来,周身颤抖,发出抽抽搭搭的声音。

"你又辞职……"她说,"啊,这是多么可怕呀!"

"可是你要明白我的意思才好,姐姐,你要明白我的意思才好……"我说。她一哭,我简直急坏了。

仿佛故意捣乱似的,我的小灯里的煤油已经完全烧光,灯里冒出黑烟,灯就要灭了。墙上的旧钩钉显出凶相,它们的阴影跳动不定。

"可怜可怜我们吧!"姐姐坐起来说,"父亲非常忧愁,我心里难过,简直要发疯了。你将来怎么办呢?"她问道,她一面哭着一面向我伸出手来,"我求求你,我央告你,我凭我们去世的母亲的名义请求你:回去工作吧!"

"我办不到,克丽奥佩特拉!"我说,觉着再过一会儿我就要屈服了,"我办不到!"

"为什么呢?"姐姐接着说,"为什么呢?是啊,要是你跟你的上司处不好,那就另外谋一个差事也行。比方说,你何不到铁路上去工作呢?我刚才跟安纽达·布拉戈沃谈过,她断定铁路局肯用你,她甚至答应去替你奔走呢。看在基督份上,米萨伊尔,好好想一想!好好想一想吧,我求求你了!"

我们又谈了一会儿,我就屈服了。我说:为那正在修建中的铁路去工作,我还从来没有想到过,那我不妨去试一试。

她带着眼泪快活地微笑着,握住我的手,可是她仍旧在流泪,因为她自己也止不住自己的眼泪了。我就到厨房里去取煤油。

二

在具有慈善性质的业余演出、音乐会、戏剧亮相①的爱好者当中,本城的头一名应当属于阿若京一家人。她们住在大贵族街上自己的一所房子里,每一回都拨出房屋来供演出用,一切杂事和开销她们也揽在自己身上。这个富足的地主家庭在本县有将近三千俄亩土地和一所豪华的庄园,可是她们不喜欢乡间,无论冬夏都住在城里。这家人只有一个母亲和三个女儿,母亲长得又高又瘦,身体很弱,留着短短的头发,穿着短短的上衣和一条英国式的平板的裙子,至于那三个女儿,人们在谈到她们的时候,不提她们的名字,只是简单地叫她们大姑娘、二姑娘、小姑娘。这三个女儿都长着难看的尖下巴,眼睛近视,背有点驼,装束跟母亲一样,说起话来发音不清,很不好听,尽管这样却仍旧一定参加每次演出,经常做点具有慈善性质的事情,例如演剧,朗诵,唱歌等。她们都很严肃,从不笑一笑,甚至在带歌唱的轻松喜剧里也演得没有一点点快活的样子,做出一本正经的脸相,倒好像在做会计工作似的。

我喜欢我们的演出,尤其喜欢那些一再举行的、有点杂乱的、热闹的排演,每次排演过后她们总留我们吃晚饭。在选择剧本和分配角色方面我完全不管。我管的是后台的事。我画布景,抄台词,提台词,化装。我还负责制造各种效果,例如雷鸣、夜莺的啼叫等。由于我没有社会地位,又没有像样的衣服,每逢排演,我就躲在一边,站在侧面布景的阴影里,怯生生地一声不响。

我在阿若京家的堆房里或者院子里画布景。帮我忙的是一个油漆工人,或者按他自己给自己起的名称,那就是油漆工作的承包

---

① 指无声无动作的戏剧场面。

人。他叫安德烈·伊万诺夫,是个五十岁上下的人,身量很高,长得很瘦,脸色苍白,胸脯凹进去,两鬓也凹进去,眼眶下有黑眼圈,他的样子甚至有点可怕。他害着一种折磨人的病,每年秋天和春天大家都说他就要离开人世了,可是他躺一阵又起床了,事后总是惊奇地说:"我又没死!"

城里人叫他烈吉卡(萝卜),说这才是他的真正的姓。他也跟我一样爱好戏剧,只要听说我们在筹备演出,他就丢下自己的一切工作,到阿若京家里来画布景。

在我跟姐姐谈话的第二天,我从早晨到晚上一直在阿若京家里工作。排演规定在傍晚七点钟举行,在开始排演的前一个钟头,所有的业余戏剧爱好者已经在大厅里会齐,大姑娘、二姑娘、小姑娘已经在舞台上走来走去,手里拿着本子念台词。萝卜穿着褪色的长大衣,脖子上围一条围巾,已经站在那儿,鬓角靠在墙上,瞧着舞台,现出一种虔诚的神情。阿若京家的母亲时而走到这个客人面前,时而走到那个客人面前,对每个人都说几句好听的话。她有一种习惯,喜欢盯着人的脸,小声说话,仿佛在说什么机密的事似的。

"画布景一定很不容易吧,"她走到我面前来,小声说,"我刚才跟穆甫凯太太谈迷信的时候,看见您走进来。我的上帝啊,我这一辈子,一辈子都在跟迷信做斗争!为了要女仆相信她们的那些恐惧多么没道理,我就永远点三支蜡烛,到每月十三日那天才开始办我的一切重大事情。"

工程师多尔日科夫的女儿来了,她是个美丽丰满的金发姑娘。她的装束,照我们这里的人的说法,从头到脚都是巴黎式的。她不演剧,可是在排演的时候人们总在舞台上为她放一把椅子,到演出的时候也一定要等她穿着漂亮衣服,周身放光,在头一排坐下,引得人人惊叹的时候才开演。她是从京城来的人,因此可以在排演的时候提意见。她一面提意见,一面总要露出可爱的、宽容的微笑,看得出她把我们的表演看做孩子的游戏。据说她在彼得堡的音乐学院里学过唱歌,甚至好像整个冬天都在一个私营的歌剧团里演唱。我很喜欢她,照例在排演和演出的时候我的眼睛总是离不开她。

我已经拿起本子来要开始提台词,不料我的姐姐来了。她没有脱掉大衣和帽子,一直走到我面前来,说:

"我求求你,我们一块儿走吧。"

我就去了。在舞台背后的门口站着安纽达·布拉戈沃。她也戴着帽子,披着黑面纱。她是法庭副审判长的女儿,这位副审判长早就在我们城里工作,差不多从创办地方法院的时候起就来了。他的女儿长得很高,身材好看,因此大家认为她非参加戏剧亮相不可,每逢她扮演一个菲雅①或者天神,她的脸就羞得通红,可是她不参加演剧,即使到排演场上来也只待一会儿,也总是为了接洽什么事,而且不肯走进大厅里来。就是现在也看得出来,她待一会儿就要走的。

"我父亲谈到了您,"她淡淡地说,眼睛没有看我,脸却红了,"多尔日科夫答应在铁路上给您一个职位。请您明天去找他,他在家。"

我鞠躬,并且为她的奔走道谢。

"您可以把这个还给他们了。"她指着我的本子说。

她和我姐姐走到阿若京娜面前,跟她小声谈了大约两分钟,眼睛看着我。她们在商量什么。

"真的,"阿若京娜走到我面前,盯着我的脸,小声说,"真的,如果这种事引得您放弃了正业,"她从我手里把本子拿过去,"那

---

① 西欧神话中的仙女。

您可以把它交给别人。别担心,我的朋友,您去吧。"

我向她告辞,很难为情地走了。我走下楼去,看见姐姐和安纽达·布拉戈沃正走出去。她们热烈地谈着什么,大概在谈我到铁路上去工作的事吧,她们匆匆忙忙地走着。以前姐姐从没到排演场上来过,现在她的良心大概在折磨她,而且她深怕父亲知道,她没得到他的许可就到阿若京家里来。

第二天十二点多钟,我到多尔日科夫家里去。听差领我走进一个很漂亮的房间,那是工程师的客厅,又是他的工作室。这儿一切东西都柔软,优雅,对我这样没有见惯的人来说甚至显得古怪。这儿有贵重的地毯、大的圈椅、青铜器、绘画、镀金的和丝绒的镜框,相片分散地挂在墙上,那上面都是些很美的女人,脸容聪明妩媚,神态潇洒。客厅的门直接通到花园里,从阳台上,人可以看见紫丁香,还可以看见一个准备开早饭的桌子、许多瓶酒、一束玫瑰花。空中有春天的气息、贵重的雪茄烟的气息,总之是一派幸福的气息,一切都似乎极力想说:这儿生活着一个人,他辛苦地工作过,终于得到了人间所能有的幸福。写字台后边坐着工程师的女儿,她在看报。

"您来找我父亲吗?"她问,"他正在洗淋浴,马上就来。请您暂时坐一坐。"

我坐下。

"您好像就住在我们对门吧?"沉默了一会儿,她又问。

"是的。"

"我因为闲得无聊,每天总是从窗子里往外看。请您原谅,"她看着报说下去,"我常看见您和您的姐姐。她的神情老是那么善良,庄重。"

多尔日科夫走进来了。他用一块毛巾擦脖子。

"爸爸,波洛兹涅夫先生来了。"女儿说。

"是啊,是啊,布拉戈沃对我说过了,"他很快地转过身来对我说,没有伸出手来跟我握手,"不过,您听我说,我能给您什么工作呢?我这儿有些什么样的职位呢?你们也真是些怪人,先生!"他大声接着说,照他的口气听来好像在申斥我似的,"每天总有二十个像您这样的人来找我,都以为我这儿有个机关!先生,我这儿只有铁路线,我这儿只有繁重的活动,我需要机械工、钳工、挖土工、木工、掘井工,可是话说回来,你们却只会坐着写字,别的都不行!你们都是些作家!"

从他身上,就跟从他的地毯和圈椅上一样,冒出一股幸福的气息,向我迎面吹来。他又胖又健壮,脸颊很红,胸脯宽阔,洗得干干净净,穿着花布衬衫和肥腿的裤子,像是一个小孩玩的瓷制马车夫。他留着一圈鬈曲的胡子,没有一根白头发。他长着鹰钩鼻,眼睛乌黑、明亮、坦率。

"您会做什么事?"他接着说,"您什么也不会做!不错,我是工程师,我是生活富裕的人,可是在人家要我修铁路以前我干过很长时间的苦差事,我做过机车司机,在比利时当过两年普通的加油工人。您自己来说说看,最可爱的人,我能给您找个什么工作呢?"

"当然,事情是这样的……"我受不了他那对明亮坦率的眼睛,十分慌张,支支吾吾地说。

"至少您总会管个电报机什么的吧?"他想了一想,问道。

"是的,我在电报局里做过事。"

"嗯……好,那我们来试试看。请您姑且到杜别奇尼亚去。那儿我已经用着一个人了,然而他是个十足的废物。"

"那么我的职务是在哪方面呢?"我问。

"到那儿再看吧。您暂且上那边去,我给他们下个命令。只是请您别酗酒,也别提出什么请求来打扰我。要不然我就把您赶走。"

他甚至没有对我点一下头就扭转身走开了。我对他和他那看报的女儿鞠了躬,走出来。我的心头十分沉重,临到姐姐问我工程师怎样接见我的时候,我连一句话也说不出来。

为了到杜别奇尼亚去,我一清早在太阳刚出来的时候就起床了。我们的大贵族街上连一个人影也没有,大家都还在睡觉,我的脚步声孤零零地、闷闷地响着。沾着露水的白杨给空气填满柔和的清香。我心里难过,不想出城去。我喜爱我这个故乡,这个城。我觉着它那么美丽,那么温暖。我喜爱这种苍翠、这晴朗而安静的早晨、我们的大钟的当当声,可是那些跟我同住在这个城里的人依我看来却乏味,生疏,有时甚至可恶。我不喜欢他们,也不了解他们。

我不明白所有这六万五千人为什么活着,靠什么活着。我知道基木雷城的人靠了做靴子过活,土拉城的人做茶炊和枪支,奥德萨是一个港埠,可是我们这个城究竟是什么,它做出些什么东西,我就不知道了。大贵族街和另外两条比较干净的街道上住着的人要么靠现成的资金生活,要么靠做官从国库领来的薪金生活,此外还有八条街道,彼此平行,大约有三俄里长,街的尽头伸到高岗背后,住在这八条街上的人又靠什么生活呢,这对我来说永远是个捉摸不透的谜。至于这些人在怎样生活,那真叫人羞得说不出口!没有公园,没有剧院,没有像样的乐队。市立图书馆和俱乐部图书馆只有犹太籍的少年才光临,因此杂志和新书放在那儿,一连好几个月没有人去裁开书页。有钱的和有知识的人睡在又窄又闷的寝室里,躺在满是臭虫的木床上。孩子们住在脏得使人恶心的房间里,还美其名曰"儿童室"。至于仆人,哪怕是年纪大的和令人敬重的,也睡在厨房的地板上,盖着破被子。在平常日子,屋子里有红甜菜汤的气味,到了持斋的日子就有用葵花子油煎的鲟鱼的气味。他们吃没有滋味的菜，喝不卫生的水。在国会里，在省长家里，在主教家里，在各处屋子里，许多年来人们一直在纷纷谈论，说我们城里没有价钱便宜、清洁卫生的水，说必须向国库借二十万卢布来安装自来水。很有钱的富翁在我们城里总也不下于三十个，有时候，打一场牌就输掉整整一个庄园，可是也喝不好的水，一辈子热心地谈借款，这种事我也不懂，我觉着他们干脆从自己口袋里拿出那二十万卢布来倒简单多了。

在全城当中我没见过一个正直的人。我父亲收受贿赂，认为人家是出于尊敬他的思想品质才给他贿赂的。中学生们为了升班而到教师家里去搭伙食，教师乘机收下他们大笔的钱。军事长官的太太在招募新兵时期接受新兵的贿赂，甚至容许新兵邀她去吃喝，有一回在教堂里跪下去以后无论如何也站不起来，因为她喝醉了。在招募新兵时期就连医师也接受贿赂。本城的医师和兽医向肉铺和酒馆要钱。县立学校出售那种特准豁免兵役的证书。监督司祭向下面的教堂教士和长老索取贿赂。在市政机关里，在市民机关里，在医务机关里，在别的一切机关里，每个有所请求的平民办完事，刚要走，就会有人对他的背影大喝一声："应当表示感激才对！"那个平民就走回来，给他们三十个到四十个戈比。凡是不接受贿赂的人，例如司法机关的官员，总是傲慢无礼，跟人握手的时候只伸出两个手指头，为人十分冷酷，见解极其狭隘，很爱打牌，喝很多的酒，娶有钱的女人，对他们四周的人无疑地起着有害的、腐化的影响。只有从姑娘们那儿才吹出一股道德纯洁的气息，她们大都有高尚的抱负，正直纯洁的灵魂，可是她们不懂生活，相信给人贿赂是出于对那人的思想品质的尊崇，而且出嫁以后很快就衰老，堕落，不可救药地陷在庸俗的小市民生活的泥潭里了。

三

我们这个地区正在修建铁路。每逢假日的前夕,就有一群群衣衫褴褛的人在城里走来走去,城里人叫他们"修铁路的",怕他们。我常常看见衣衫褴褛的人脸上带着血迹,头上没戴帽子,被人拉到警察局去,后面跟着人,手里拿着一个茶炊或者一件不久以前洗过、现在还湿着的内衣,作为物证。"修铁路的"通常聚集在小酒店附近和集市上,他们喝酒,吃东西,骂下流话,碰见举动轻佻的女人过路就吹出刺耳的呼哨声。我们的小铺老板为了给这些饿着肚子、衣衫褴褛的人开一开心,就用白酒把一条狗和一只猫灌醉,或者在狗尾巴上拴一个空煤油桶,吹一声口哨,那只狗就沿着街道飞跑,铁桶轰隆轰隆地响起来,吓得那只狗尖声乱叫,以为身后追来一个什么怪物,一口气远远地跑出城外,到了田野上,在那儿累得精疲力尽。我们城里有几只狗经常发抖,尾巴夹在后腿当中,据说这些狗受不了这样的娱乐,发疯了。

火车站建筑在离城五俄里远的地方,据说工程师为了把铁路修得挨近城边而索取五万卢布的贿赂,市政机关只同意给四万,双方为那一万闹翻了。现在城里人后悔了,因为他们得修一条公路通到火车站去,据估算修这条公路破费的钱还要多。整个铁路线上已经铺好枕木和钢轨,公务列车来来往往,运输建筑材料和工人。由于多尔日科夫正在造桥,全线工程便受到了耽搁,另外有些地方的车站也还没有修好。

杜别奇尼亚是我们的第一个车站的名字,离城有十七俄里远。我是走着去的。秋播和春播的麦子沉浸在清晨的阳光里,一片碧绿。这一带土地平坦,草木欣欣向荣,远处明晃地现出火车站、古墓、更远的庄园的轮廓……到野外来是多么好啊!我多么希望充满自由的感觉,哪怕只有一个早晨也好,免得去想城里发生的事,免得去想自己的贫穷,免得去想自己的饥饿!再也没有一种东西比强烈的饥饿感觉更妨碍我生活的了。这种感觉一出现,我的优美思想就跟荞麦粥、牛排、煎鱼的念头古怪地掺混起来。例如现在,我一个人站在野外,抬头看着一只百灵鸟,它在天空中好像停在一个地方不动似的,不住声地唱,仿佛发了歇斯底里一样,我自己却在想:"这时候要是能够吃一块抹上黄油的面包,那该多好啊!"或者我在路边坐下,闭着眼睛养一养神,听着五月里这种美妙的闹声,这时候我却不由自主地想起了滚烫的土豆的气味。尽管我身材高大,体格强壮,平素我却只吃得到很少的东西,因此整个白天我的主要感觉就是饥饿,也许因为这个缘故我才深切地了解为什么那么多的人只为吃饭而干活,一谈话就离不开吃食这个题目吧。

在杜别奇尼亚,工人们正在车站内部抹墙,修建水塔上部的木楼。天气炎热,空中有石灰浆的气味,工人们有气无力地在一堆堆木片和碎砖上走来走去。老扳道员睡在自己的小屋旁边,阳光直射到他脸上。一棵树木也没有。电报线发出轻微的嗡嗡声,电报线上这儿那儿停着几只鹰。我也在那一堆堆土屑和碎砖上走来走去,不知道该做什么好,于是想起我问工程师我的职务是什么的时候他回答我的那句话:"到那儿再看吧。"可是在这个荒凉地方有什么可看的呢?那些抹灰工人在谈一个工头,谈一个名叫费多特·瓦西里耶夫的人,我听不懂,渐渐地我觉着烦闷无聊了。这是一种生理的感觉:人感觉到自己的手,自己的脚,自己的高大身体,可又不知道拿它们怎么办好,也不知道该把它们摆在哪儿好。

我至少蹓跶了两个钟头,才发现车站外面,铁路线右边,有一排电报线杆子,排到一俄里半或两俄里以外,它的尽头是一道白色石墙。工人说办公处就在那边,我终于想到那才是我该去的地方。

那是个很旧的、早已荒废的庄园。墙上的白石头有了麻点,墙已经风化,有些地方已经坍下来了。院里有所厢房,它那灰泥脱落的光墙面对田野,房顶生了锈,有些地方补了一块块白铁,闪闪发亮。从大门口往里看,可以看见一个长满杂草的大院子和一所古老的正房,窗口下了百叶窗,房顶很高,锈得发红。正房的左右两边各有一所孤零零的厢房,一所厢房的窗子上钉了板条,另一个小屋的窗子开着,小屋旁边有一根绳子,上面晾着内衣,附近有几条小牛走来走去。最后一根电报线杆子立在院子里,那上面的电线通到那个厢房的窗口,厢房的一面光墙面朝田野。屋门是开着的,我走进去。一个放电报机的桌子旁边坐着一位先生,一头乌黑的鬈发,穿一件帆布上衣。他皱起眉头严厉地瞧着我,可是马上笑了,说:

"你好,小利钱!"

这人是伊万·切普拉科夫,我的中学同学,他在二年级的时候因为吸烟而被开除了。有一年秋天我们一块儿去捉过金翅雀、黄雀、蜡嘴雀,一清早趁我们父母还睡觉,就拿到集市上去卖。我们藏在暗处等着小群的南飞的椋鸟飞过,用小霰弹向它们射过去,然后把受伤的鸟拾起来,有的鸟极痛苦地死去,我至今还记得它们夜里怎样在我的笼子里呻吟,有些鸟复原了,我们就拿去卖掉,而且厚着脸皮对买主赌咒说这些都是雄鸟。有一回在集市上,我手里只剩下一只椋鸟没有脱手,向顾客们兜售了很久,终于卖出去,可是只卖了一个戈比。"好歹也算是得了一点小利钱!"我安慰自己说,把那个戈比藏起来,从此以后街上的男孩们和同学们就给我起了一个外号叫小利钱,就是现在偶尔也还有些小男孩和小店员开玩笑,叫我这个名字,其实除了我以外谁都不记得这个外号是怎么来的了。

切普拉科夫身体不结实,胸脯很窄,伛着背,腿挺长。他的领结是用细绳扎的,根本没穿背心,靴子比我的还糟,靴后跟都歪了。他很少眨眼睛,脸上有一种性急的神情,好像打算一把抓住什么东西似的。他老是忙忙乱乱的。

"你等一等,"他往往慌张地说,"你听我说!……咦,我刚才说什么来着?"

我们谈起天来。我这才知道我现在来到的这个庄园不久以前还是切普拉科夫的产业,去年秋天才转让给工程师多尔日科夫。工程师认为把钱用来买地产比买证券有利,他已经在我们这一带地方买下三所上流社会的抵押过的庄园。在卖房的时候,切普拉科夫的母亲说妥她有权利在一所厢房里再住两年,而且要求给她儿子在办公处找个工作。

"他还有不买的!"切普拉科夫说到工程师,"光是从包工头那儿他就拿到多少钱!他跟人人要钱!"

然后他带我去吃饭,忙忙乱乱地决定我跟他两人合住在厢房里,我在他母亲那儿搭伙食。

"她是个吝啬的人,"他说,"不过她也不会问你要很多钱。"

他母亲住着的那些小房间里很挤,所有的房间连前堂和门道在内都堆满家具,这是在卖掉庄园以后从大房子里搬到这儿来的。这些家具都是用红木做的老古董。女主人切普拉科娃是一位长得很胖、上了年纪的太太,长着中国人那种斜眼睛,坐在靠窗子的一把大圈椅上织袜子。她对我很客气。

"妈妈,这人是波洛兹涅夫!"切普拉科夫介绍我说,"他将来在这儿工作。"

"您是贵族吗?"她用一种古怪的、不好听的声调问,我觉着她喉咙里好像有一块肥油在翻腾似的。

"是的!"我回答说。

"请坐。"

这顿饭不好吃,菜只有一种用苦奶渣做馅的馅饼和奶汤。女主人叶连娜·尼基佛罗芙娜不知怎的老是古怪地眨眼,一会儿眨这只眼,一会儿眨那只眼。她说话,吃东西,可是她的整个身体里已经透出一种死亡的味道,甚至似乎隐隐透出死尸的气息。生命在她身体里微弱地发光,同时她心里微弱地闪着一种感觉:她是地主太太,以前家里有过许多农奴,她又是将军夫人,女仆对她非尊称"夫人"不可。每逢这些可怜的生活残余在她心头亮一下,她就对儿子说:

"让①,你不该这样拿刀子!"

要不然她就呼哧呼哧地喘气,现出女主人打算应酬客人的那种装模作样的神情,对我说:

"您知道,我们把我们的庄园卖了。当然这是叫人惋惜的,我们在这儿住惯了,可是多尔日科夫答应要让做杜别奇尼亚的站长了。所以我们就不必离开这儿,将来住到车站附近去,那跟住在这个庄园里一模一样了。工程师是个大好人!您不觉得他长得挺漂亮吗?"

不久以前切普拉科夫一家还很阔绰,可是将军死后,一切都变了。叶连娜·尼基佛罗芙娜开始跟邻居吵架,打起官司来。管家和工人应得的钱她总不肯付足。她老是担心遭到别人的敲诈,于是不出十年光景,杜别奇尼亚变得叫人认不得了。

大房子后面是一个古老的花园,如今却变成野地,长满杂草和灌木,一片荒凉。我穿过至今还坚固好看的露台,隔着玻璃门可以看见里面的房间,那儿铺着镶木地板,大概这是客厅,房里有一架旧式钢琴,墙上挂着大的红木框的版画,此外就什么也没有了。以

---

① 这是法国名字,相当于俄罗斯的伊万。在谈话中夹杂法国字是为了表示上流社会的身份。

前花坛里的花卉至今还留存着的只有芍药和罂粟花,它们从青草里伸出白色的和鲜红色的花苞。花园幽径上长着些小槭树和小榆树,虽然被奶牛啃过,却不住地往上长,互相纠缠在一起。这个花园茂茂密密,好像路也走不通似的,然而只是在房子附近才这样,在这一带,旧日的林荫道两旁,还留存着白杨、松树、老菩提树,至于这后面远一点的地方,园子里的树木却已经清除掉,开辟了一个刈草场,这儿已经不闷热,也没有蜘蛛网粘到人的嘴上和眼睛上来,倒有吹拂着的清风了。越走得远也就越空旷,空地上已经长起樱桃树、李树、枝叶茂密的苹果树,这些树用棍子撑住,生着癌肿病,很难看,梨树长得高极了,简直叫人不相信这是梨树。花园的这一部分已经让我们城里的商人租去了。有一个痴呆的乡下人住在一个窝棚里,看守这块地方,防备盗贼和椋鸟。

花园的树木越来越稀疏,渐渐变成一片真正的草场,顺一个高坡溜下去,到了一条长满绿色芦苇和柳丛的河边。在磨坊的堤坝附近是水深段,水深而鱼多,那个铺着草顶的小磨坊愤愤地送出一片嘈杂声音,蛤蟆使劲地聒噪。水面平滑,好比一面镜子,偶尔出现一圈圈细纹,不住颤抖,原来是河里的莲花被快乐的鱼惊扰了。河对岸是小小的杜别奇尼亚村庄。安静的、蓝色的水引诱着人们,应允着凉爽和休息。现在这一切,水面啦,磨坊啦,舒适的河岸啦,却都属于工程师了!

随后我的新工作开始了。我收电报,发电报,写各种报表,把文笔不通的工头和工长送到我们办公室里来的领物单、请求书、报告等一律誊写干净。不过一天当中大部分时间我仍旧没有事情做,在房间里走来走去等电报,或者叫一个小孩守在厢房里,我自己到花园去散步,直到孩子跑来告诉我说电报机响了才回去。我在切普拉科娃太太那儿吃饭。肉很少见,菜都是牛奶做的,每到星期三和星期五持斋,遇到这种日子就用一种粉红色的碟子盛菜,名

23

叫斋食的碟子。切普拉科娃经常眨眼,这在她已经成了习惯,有她在座我总是觉着不自在。

这个厢房里的工作少到不够一个人做的,因此切普拉科夫什么也不做,光是睡觉或者带着枪到水边去打鸭子。每到傍晚他总到村子里或者车站上去灌一通酒,临睡觉老是照一照镜子,嚷一声:

"你好,伊万·切普拉科夫!"

他喝醉了酒,脸色就变得很白,老是搓着手笑,那声音像是马嘶:唏唏唏! 他往往一时性起,脱掉衣服,光着身体在田野上跑起来。他吃苍蝇,而且说味道有点酸。

四

有一天吃过饭后,他跑进厢房里来,喘着气说:

"走,你姐姐来了。"

我就去了。果然那所大房子的门廊前面停着一辆城里的敞篷马车。我姐姐来了,安纽达·布拉戈沃也跟她一块儿来了,另外还有一位穿着军装的先生。等到走近了,我才认出这个军人就是安纽达的哥哥,他是医师。

"我们是到您这儿来野餐的,"他说,"还好吗?"

姐姐和安纽达想问我在这儿生活得怎样,可是两个人都没有说话,光是瞧着我。我也没有说话。她们明白我不喜欢这个地方,姐姐眼睛里出现了泪水,安纽达·布拉戈沃开始脸红了。大家往花园里走去。医师走在大家前头,快活地说:

"多好的空气! 圣母啊,多好的空气!"

从外表看来,他还完全是个大学生。他说话和走路都像个大学生,他那对灰色眼睛的眼光那么活泼,朴实,坦率,像一个很好的大学生。他跟他那又高又美的妹妹站在一起却显得虚弱,显得单薄,他的胡子稀疏,他的嗓音也是那种不洪亮的男高音,不过十分好听。他在某地一个军团里服务,现在休假,回来探望亲人。他说今年秋天要到彼得堡去参加医学博士考试。他已经成了家,有一个妻子和三个儿女,他结婚很早,那是在他念到大学二年级的时候。现在城里人说他的家庭生活不幸福,他已经不跟妻子住在一块儿了。

"现在几点钟了?"姐姐不安地问道,"我们得早点回去才好,爸爸放我出来看弟弟,说定了要我六点钟回去!"

"唉,您的爸爸真是严!"医师叹道。

我端来了茶炊。在大房子的露台前面铺了一张地毯,我们就坐在那上面喝茶,医师跪在地毯上,用碟子喝茶,说他体验到了幸福。后来切普拉科夫回去取钥匙,开了玻璃门,我们大家就走进了那所房子。房子里阴暗,神秘,有蘑菇的气味,我们的脚步发出很响的声音,仿佛地板底下是个地窖似的。医师站在那儿按钢琴的键,钢琴就用微弱的、颤抖的、嘶哑的,然而仍旧和谐的琴音回答他,他就试了试嗓子,唱起一支抒情歌来,等到有个琴键不出声了,他就皱起眉头,急得跺脚。我姐姐不再张罗回家,在房间里兴奋地走来走去,说:

"我快活啊! 我快活得很,快活得很啊!"

从她的声调里可以听出惊奇的意味,倒好像她信不过自己也能心绪很好似的。这还是我生平第一次看见她这么快活。她甚至变得好看了。她的相貌本来不美,她的鼻子和嘴有点向前翘起来,显出一种神情,好像她在吹气似的。可是她那对黑眼睛好看,她那张脸白得娇嫩,脸上总有善良和悲哀的动人神情,因此,她讲话的时候就显得妩媚,甚至美丽。她和我,我们两个人,都长得像我们的母亲,肩膀宽,身体壮,刻苦耐劳,可是她脸上的苍白却像有病的样子。她常常咳嗽,我有时候在她眼睛里看出凡是身患重病,而又因为某种缘故瞒住不说的人所常有的那种神情。眼前,她的快活却有点孩子气,有点天真,倒好像我们小时候,被严厉的教育压制和扑灭的那种欢乐,现在突然在她灵魂里醒过来,要爆发出来似的。

可是等到黄昏到来,马车准备好,姐姐就消沉下来,在那辆敞篷马车上坐下,变得憔悴了,从她的神色看来仿佛这辆马车是被告席上的凳子似的。

他们都走了,热闹收场了……我想起安纽达·布拉戈沃始终没有跟我交谈一句话。

"这真是个怪姑娘!"我想,"这真是个怪姑娘!"

圣彼得节前的斋期到了,从此我们就天天吃素。我闲着没事做,职位又不固定,因此那种生理上的烦闷折磨着我,我不满意自己,无精打采,肚子又饿,一味在这庄园上蹓跶,只等生出一种适当的心情,那就可以动身离开此地了。

有一天将近黄昏,萝卜正坐在我们的厢房里,忽然多尔日科夫走进来,他给太阳晒得挺黑,浑身扑满尘土,变成灰色了。他在自己的工段上待了三天,现在坐机车到杜别奇尼亚,从车站步行到我们这里来。他在等马车,而马车大概要从城里来,他就趁这工夫带着总管在这个庄园上巡查一遍,大声地发命令,然后在我们这个厢房里坐了整整一个钟头,写了一些信。就在这段时间,来了一些电报,是打给他的,他就亲自在电报机上回了电报。我们三个笔直地站在那儿,一声不响。

"简直乱七八糟!"他厌恶地瞧着表报说,"过两个星期我就要把这办公处移到车站上去了,我真不知道该拿你们怎么办才好,先生们。"

"我尽了力了,大人。"切普拉科夫说。

"当然,当然,我看得出来您在怎样尽力。您只会拿薪水,"工程师瞧着我,接着说,"您老是指望托人情,只求快一点,便当一点地 faire la carrière①。哼,我才顾不得什么人情不人情。以前从来就没有人为我张罗过,先生。在人家叫我修铁路以前,我当过机车司机,在比利时做过普通的加油工人,先生。还有你,潘捷列,你在这儿干什么?"他回过身去问萝卜,"是跟他们一块儿灌酒吧?"

不知什么缘故,他把一切普通人都叫做潘捷列,他看不起像我和切普拉科夫这样的人,背地里骂我们是酒鬼,畜生,下流胚。总之,他对小职员很奇,常常罚他们钱,冷冰冰地把他们革职,而且连一句解释的话也不说。

最后马车来接他了。他临走说定,过两个星期把我们一股脑儿革职,骂总管是个笨蛋,随后在马车上大模大样地坐好,进城去了。

"安德烈·伊万内奇,"我对萝卜说,"收我做个工人吧。"

"哦,那有什么不行的!"

我们就一块儿往城里走去。等到车站和庄园远远地落在我们后面,我就问:

"安德烈·伊万内奇,为什么您刚才到杜别奇尼亚来?"

"第一,我的那些小伙子在铁路线上做工;第二,我来付将军夫人的利息。去年我在她那儿借了五十个卢布,现在我每月付给她一个卢布的利息。"

这个油漆工人站住,抓住我的纽扣。

"米萨伊尔·阿列克谢伊奇,我的天使。"他接着说,"我是这样看事情的:要是一个普通人或者一位先生,哪怕拿很小很小的一点利钱,那他就是一个坏人。这种人心里不会有真理。"

---

① 法语:飞黄腾达。

清瘦苍白、样子可怕的萝卜闭上眼睛,摇着头,用哲学家的口气说:

"蚜虫吃青草,锈吃铁,虚伪吃灵魂。主啊,拯救我们这些罪人吧!"

五

萝卜办事不精明,不善于考虑。他应下的活儿总是太重,弄得自己担不下来,临到结账就发了愁,不知该怎么办好了,因此差不多永远赔钱。他涂油漆,装玻璃,糊墙纸,甚至应下修盖房顶的活儿。我还记得他往往应下一桩很小的活儿,却一连跑上三天去找铺房顶的工人。他是个高明的手艺人,有时候他一天能挣十个卢布之多,要不是因为他有一个心愿,不管怎样一定要当头儿,让人叫一声包工头,那他大概已经积下一大笔钱了。

他自己讲定价钱包下活儿来,可是他每天得付给我和另外的一些小伙子工钱,从七十个戈比起到一个卢布为止。遇到天气炎热而干燥,我们就做各种外部的工作,主要的是油漆房顶。由于不习惯,我的脚觉着烫,仿佛在烧红的铁板上走路似的,等我穿上毡靴,两只脚却又闷热。不过只是在起初的时候才这样,后来我也就习惯,一切都顺顺当当了。现在我生活在那些把劳动看做理所当做而不可避免的人们当中,他们像拉重车的马那样劳动,常常体会不到劳动的道德意义,甚至在谈话中从来不用"劳动"这两个字。跟他们在一起,我也觉得自己成了拉大车的马,越来越深切地体会到我所做的工作是理所当做的,不可避免的,这就使我的生活变得轻松,使我摆脱了种种怀疑。

起初一切都吸引我,样样事情都新奇,我好像重新生到这个世界上来了。我可以睡在地上,可以光着脚走路,而这是非常痛快的。我可以站在普通人当中,不会使谁觉着拘束,遇到街上有拉马车的马倒在地上,我就跑过去,帮着把它扶起来,不怕弄脏自己的衣服。主要的是我靠我自己生活,不成为别人的累赘!

油漆房顶,特别是用我们自己的干油和油漆来做这工作,素来被人认为是很赚钱的活儿,因此就连萝卜这样的好手艺人也不看轻这种枯燥乏味的粗活儿。他穿着短裤,露出浅紫色的瘦腿,在房顶上走来走去,像是一只鹳。他用刷子涂漆的时候,我听见他沉重地叹口气,说:

"我们这些罪人真是倒霉啊,倒霉啊!"

他在房顶上走路跟在地板上一样地自由自在。尽管他有病,脸色白得跟死人一样,他却非常灵活。他跟年轻人那样不用搭脚手架就在拱顶上和教堂圆顶上涂油漆,只要有梯子和绳子就行。每逢他站在高处,离地面很远,挺直身子,不知对谁说起话来,他那样子总是有点可怕,他老是说:

"蚜虫吃青草,锈吃铁,虚伪吃灵魂!"

或者他正在想着什么,就说起话来回答自己的思想:

"什么事都会有!什么事都会有!"

每逢我下工回家,那些坐在门口凳子上的人,那些店员,顽皮孩子和他们的主人就纷纷对我的背影讲出种种讥诮和恶意的话来,起初这使我激动,甚至弄得我觉着奇怪。

"小利钱!"从四面八方传来喊叫声,"油漆工!赭石!"

对我最不客气的恰好是不久以前自己还是普通人、靠干重体力劳动糊口的那些人。我在商场里走过铁铺,他们仿佛一不小心似的把水泼了我一身,有一回甚至把一根棍子扔到我身上来。有一个鱼贩子,是个白发苍苍的老人,堵住我的去路,恶狠狠地瞧着我说:

"傻瓜,你没有什么可怜的!你父亲才可怜!"

我的熟人一遇见我,不知什么缘故都发窘。有的人把我看做怪人,小丑,有的人为我惋惜,有的人不知道怎样对待我才好。要了解他们是困难的。有一天我在我们的大贵族街附近的一个小巷子里遇见安纽达·布拉戈沃,我去上工,手里拿着两把长刷子,提着一桶油漆。安纽达认出了我,脸红了。

"请您在街上不要跟我打招呼……"她没有跟我握手,光是用发颤的声音又烦躁又严厉地说,她的眼睛里忽然闪出了泪光,"要是依您看来过这种生活是必要的,那也由您……由您,可是请您别再跟我来往了!"

我已经不住在大贵族街,而住在城郊玛卡利哈我的奶娘卡尔波芙娜家里了。她是个善良的,然而心境阴郁的老太婆,老是预感到要出什么坏事,不管做了什么梦都害怕,甚至看见蜜蜂或黄蜂飞进房间里来也觉得是不祥之兆。至于我做了工人,那在她看来也不会有什么好下场。

"你这个孩子算是完了!"她难过地说,摇摇头,"完了!"

她的养子普罗科菲跟她同住在一所小房子里。他是一个卖肉的小伙子,长得身材魁梧笨重,年纪在三十上下,头发发红,唇髭挺硬。他在门道里遇见我,总是一声不响,恭恭敬敬地给我让路,要是他喝醉酒,就把张开的五个手指头一齐举到帽檐那儿行一个礼。每天傍晚他吃晚饭,我隔着木板间壁听见他嗽喉咙,叹气,一杯连一杯地喝酒。

"妈!"他低声叫着。

"什么?"卡尔波芙娜非常疼爱她的养子,这时候回答一声,"什么事,好儿子?"

"妈,我要待您厚道。在这尘世的痛苦生活中,我要给您养老送终,等您死了,我自己出钱给您办丧事。我早就说过这话,这是真话。"

我每天在太阳东升以前就起床,睡得很早。我们油漆工人吃得很多,睡得香甜,只是不知什么缘故每天夜里心跳得厉害。我没有跟同伴吵过架。诟骂、情急的发誓、诅咒(例如"巴不得你瞎了眼才好"或者"巴不得你害一场霍乱才好")是成天价不停的,然而我们之间仍旧处得很和睦。那些工人疑心我是一个什么教派的信徒,就好意地拿我开玩笑,说是连我的亲爹都不认我做儿子了,同时他们又说他们自己很少到教堂里去,他们有很多人已经有十年没到教堂里去忏悔过。他们为这种疏懒辩白说,油漆工人在人当中所处的地位就跟乌鸦在鸟当中的地位一样。

伙伴们看重我,对我很尊敬。我不喝酒,不吸烟,过一种平静而规矩的生活,这显然中了他们的意。只有两件事情使他们不痛快,不赞成,那就是我不跟他们合伙偷干油,也不同他们一块儿去向顾主讨赏钱。偷主人的干油和油漆在油漆工人当中已经成为风气,不认为是偷了,引人注意的是就连萝卜这样公正的人每回下班也总要带走一点白粉和干油。至于讨赏钱,就连在玛卡利哈买下了房子的、可敬的老人也不觉着害臊,每逢我看见伙伴们在开始上工或者结束工程的时候成群结队地去向一个庸庸碌碌的顾主道喜,拿到一枚十戈比的银币,低声下气地道谢,我总是又烦恼又害臊。

他们如同一批狡猾的廷臣那样对待顾主,差不多每天我都要想起莎士比亚的普隆涅斯①。

"大概天要下雨。"顾主瞧着天空说。

"要下的,一定要下的!"油漆工人们同意。

"不过,这不是雨云。也许不会下雨。"

"不会下雨,老爷!真的,不会下雨。"

---

① 莎士比亚所著悲剧《哈姆雷特》中的一个佞臣。

他们在背后对顾主总是带着讽刺的态度,比方说他们看见老爷坐在阳台上看报,他们就说:

"他在看报,可是大概连吃的都没有呢。"

我没有到父亲家里去过。我下工回到自己家里,常发现房间里有字条,写得又简短又焦虑,那是姐姐写的,她时而在字条上告诉我说,父亲在吃饭时候不知怎的特别心事重重,什么东西也没吃,时而又说父亲差点绊了一跤,时而又说他坐在自己房间里,关上门,很久没出来。这一类消息使我激动,弄得我睡不着觉,有时候我甚至深夜到大贵族街去,走过我家门口,瞧着黑窗子,极力推测家里是不是平安无事。每到星期日,姐姐常来看我,然而是偷偷地来,装得不是来看我,而是来看奶娘的样子。等到她走进我的房间,她的脸色总是很苍白,眼睛带着泪痕,而且立刻哭起来。

"我们的父亲受不了这个局面!"她说,"万一他有个什么好歹(但愿别这样才好),那你的良心就要折磨你一辈子了。这真可怕,米萨伊尔!我用我们母亲的名义请求你:改悔吧!"

"姐姐,我亲爱的,"我说,"既然我相信我是在按良心行动,那我怎样改悔呢?你要了解我才好!"

"我知道你是按良心行动,可是说不定这种事可以换一个方式做,不致伤别人的心。"

"唉,圣徒啊!"老太婆在门外叹道,"你这个孩子算是完了!灾难会来的,我的亲人,灾难会来的!"

六

有一个星期日,出人意外,医师布拉戈沃来找我。他穿着军装,军装里面是一件绸衬衫,脚上穿一双高筒漆皮靴。

"我来找您了!"他开口说,而且照大学生那样使劲握一握我的手,"我天天听见人家谈起您,老是打算来找您,照俗话所说的那样,掏心窝子谈一谈。城里烦闷得可怕,简直没有一个活人,我找不到一个可以谈一谈话的人。圣母啊,天好热!"他接着说,脱掉上衣,只穿一件绸衬衫,"好朋友,请您允许我跟您谈一谈!"

我自己也觉着闷得慌,早就想在油漆工人以外找个人一块儿谈一谈了。我见了他从心里高兴。

"首先我要说,"他在我床上坐下说,"我满心同情您,深深地尊敬您这种生活。这儿的城里人都不了解您,而且也没有一个人能够了解您,因为您知道,这儿的人除了极少数的例外,都是果戈理笔下的那些猪。可是上回野餐的时候我却一眼就看透了您。您有高尚的灵魂,是一个正直而崇高的人!我尊敬您,认为跟您握手是莫大的荣幸!"他接着热诚地说,"要照您这样猛一下子急剧地改变自己的生活,那就得经历复杂的精神过程。如今为了继续过这种生活,经常站在自己的信念的高处,您的头脑和心灵必定一天到晚紧张地活动着。现在,作为我们的谈话的开端,请您告诉我,您是不是认为倘使您把这种毅力,这种紧张,这种精力用在一种别的事情上,例如用在逐步成为一个伟大的学者或者艺术家上,那么您的生活就会更加广阔,更加深刻,在各方面都有更多的效果?"

我们畅谈起来。当我们的话题碰到体力劳动的时候,我就表白了这样的想法:必须使强者不奴役弱者,必须使少数人不成为多数人的寄生虫或者不成为逐步吸尽多数人身上的脂膏的唧筒,这也就是必须使所有的人,强者和弱者,富人和穷人,没有一个例外,各人为自己,一律参加生存斗争。在这方面,除了体力劳动可以作为普遍的、人人理所当尽的责任以外,再也没有比它更好的消除差别的办法了。

"那么依您看来,体力劳动是人人必须承担的,不能有一个例外?"医师问。

"是的。"

"可是您不认为倘使大家,包括最优秀的人、思想家、大学者也在内,各人为自己,一概参加生存斗争,把时间用在敲碎石头和油漆房顶上,那就可能为进步造成严重的危机吗?"

"在哪方面会造成危机呢?"我问,"进步的关键在于见诸行动的爱,在于实践道德的准则。如果您不奴役什么人,也不成为什么人的累赘,那此外您还需要什么样的进步呢?"

"可是请您容我说!"布拉戈沃站起来,忽然冒火了,"请您容我说!倘使一个蜗牛躲在自己的壳里致力于个人的道德完善,摸索道德的准则,您把这个叫做进步吗?"

"可是何必去摸索呢?"我生气了,"如果您不驱使您的同胞供您吃,供您穿,给您赶车,为了保卫您而去跟敌人作战,那么在眼前这种完全建立在奴役上的生活里这岂不就是进步吗?依我看来,这才是真正的进步,而且恐怕是唯一可能的、为人类所需要的进步。"

"全人类全世界的进步是没有止境的,如今却来谈一种受到我们的需要或者暂时的观念所限制的'可能的'进步,对不起,这简直奇怪了。"

"如果照您所说的那样,进步是没有止境的,那就无异于说,进步的目标是不明确的,"我说,"活着而又不明确地知道为什么活着,那又何必活着呢?"

"就算是这样吧!可是这个'不知道'却不像您的'知道'那么枯燥乏味。我顺着一道名叫进步、文明、文化的楼梯往上爬,爬呀爬呀,并不明确地知道我在往哪儿爬,可是,真的,单单为了这道美妙的楼梯就值得活着。您呢,知道为了什么活着,为了让一些人不奴役另一些人,为了让画家和为他研碎颜料的人吃同样的饭。可是要知道,这是生活中小市民的、厨房的、灰色的一面。只为了这一点而活着,难道不叫人恶心吗?倘使有些昆虫奴役另一些昆虫,那就滚它的,随它们去互相吞吃好了!我们不该去想它们,不管您怎样把它们从奴役里救出来,反正它们要死,要烂掉的。应该想那个伟大的未知数,它在遥远的未来等着全人类呢。"

布拉戈沃跟我激烈地争论着,不过同时也看得出来另外有一种思想在使他激动。

"大概您姐姐不会来了,"他看了看表说,"昨天她到我们家里去,说她要到您这儿来。您一个劲儿地说奴役,奴役……"他接着说,"可是要知道,这是局部的问题,所有这类问题会由人类逐渐解决,自生自灭的。"

我们就开始谈这个渐进论。我说,关于做好事还是做坏事这个问题,每个人都是自己把它解决的,并不等到人类通过逐渐的发展解决了这个问题的时候再来解决。此外,讲到循序渐进,也吉凶不定。伴随着人道主义思想逐渐发展的过程,还有另一种思想也在逐渐地成长。农奴制度没有了,可是资本主义在成长。在解放思潮的全盛时期也跟在拔都的时代一样,多数人供少数人吃穿并且保卫他们,而多数人本身却挨饿,没有衣服穿,没有保障。这样的社会秩序能够跟任什么样的思潮和潮流融洽地相处,那是因为奴役的技术也逐渐细致起来。我们不再在我们的马厩里打我们的仆人,可是我们给奴役添上一种精致的形式,至少我们善于在每个个别例子里为奴役找出借口来。在我们这儿,思想只不过是思想罢了,要是如今,在十九世纪末尾还可以把我们的最不愉快的生理机能的需要转嫁到工人身上去,那我们一定转嫁,而且事后当然会为自己辩白说:如果最优秀的人、思想家、大学者把宝贵的光阴耗费在这方面,就可能为进步造成严重的危机了。

可是这时候姐姐来了。她一看见医师,就慌慌张张,惊恐不安,立刻说她现在该回家到父亲那儿去了。

"克丽奥佩特拉·阿列克谢耶芙娜,"布拉戈沃把两只手按在胸口上,恳切地说,"倘使您跟您弟弟和我一块儿消磨半个钟头,这于您父亲有什么妨碍呢?"

他为人爽直,善于把自己的欢乐感染别人。我姐姐想了一想,笑了,忽然高兴起来,就跟那回野餐时候一样的奇突。我们走到旷野上去,在草地上躺下,继续我们的谈话,眺望着那座城,城里所有朝西的窗子由于夕阳而放出万道金光。

这以后每一回姐姐到我这儿来,布拉戈沃就也来,从他俩打招呼的样子看来倒好像他们在我这儿相逢是出于偶然似的。姐姐听我和医师争论,同时她的表情快活得入了迷,而且温柔,好奇,我觉着她的眼前好像渐渐展开另外一个世界,这个世界她以前就连在梦里都没有见过,现在她极力要弄明白它。遇到医师不在座,她总是安静而忧郁,如果现在她有的时候坐在我床上哭,那却是出于一种她自己从来不提的原因了。

八月里萝卜吩咐我们准备着到铁路线上去。在我们"被赶"出城的大约两天以前,我父亲来看我。他坐下,眼睛没有看我,不慌不忙地用手绢擦干净他的红脸,然后从衣袋里拿出一份我们城里出版的《通报》,一板一眼地慢慢念了一段消息:我的同龄人,国立银行办公处主任的儿子,奉派担任省税务局的科长了。

"现在看一看你自己,"他叠起那份报来说,"叫花子,穿得破破烂烂,下流胚!就连小市民和农民也受教育,为的是成为一个人。你呢,出身于波洛兹涅夫家族,有显赫而高贵的祖先,却极力往泥里滚!可是我上这儿来不是为了跟你谈话;我对你已经死了心,"他站起来,压低喉咙接着说,"我来是想弄明白你姐姐上哪儿去了,混蛋。她吃过午饭后就走出家门,现在已经八点钟了,她还没回来。她近来常常出去,也不跟我说一声。她变得不如以前孝顺了,在这儿我看到了你的卑鄙恶劣的影响。她在哪儿?"

他手里拿着那把我熟悉的伞,这时候我慌了,挺直身体,像个小学生,等着父亲打我,可是他注意到我的眼光落在他那把伞上,大约就是因为这个缘故他才没有打我。

"你要怎样生活都由你!"他说,"我再也不认你这个儿子了!"

"我的老天爷!"奶娘在隔壁房间里嘟哝着,"可怜的、苦命的孩子!唉,我的心感到会有不吉利的事发生,我感到了!"

我在铁路线上工作。整个八月不断地下雨,天气潮湿而寒冷。田野上的庄稼没有运走,在用机器收割的大农场上小麦没有扎成捆,乱堆着,我还记得这些悲惨的麦堆怎样一天天变得越来越黑,麦粒在发芽。工作是困难的,我们刚做完什么活儿,一阵大雨就把它全冲毁了。人家不准我们在车站的房子里住着,睡觉,我们就挤住在夏天"修铁路的"住过的又脏又潮的土窑里,每天夜里我总是冷得睡不着觉,而且有些潮虫在我脸上和胳膊上爬来爬去。每逢我们在桥旁边做工,粗鲁的"修铁路的"晚上总到我们这儿来,专门为了打油漆工人,这在他们已经成了一种娱乐。他们打我们,偷去我们的刷子,为了惹恼我们跟他们打架而破坏我们干的活儿,例如把绿漆涂在小屋上。萝卜给我们这些灾难添上最后一笔,他常常不按时付给我们工钱。这个地段所有的油漆活儿先是由一个包工头承包下来,这个包工头再转包给另一个包工头,那个包工头给自己扣下两成利润以后又把它转包给萝卜。这种活儿本来就无利可图,不料天又下雨,时间白白耗费过去,我们不能做工,可是萝卜却得每天给工人开工钱。挨饿的油漆工人差点把他痛打一顿,骂他是骗子、吸血鬼,出卖基督的犹大,他呢,这个可怜虫,唉声叹气,绝望地向天空举起两只手,屡次到切普拉科娃太太那儿去借钱。

七

　　多雨的、泥泞的、阴暗的秋天到了。失业的日子来了,我常常一连三天没有事做,坐在家里,要不然就去做各种跟油漆无关的活儿,例如去拉沙土铺柏油路,每天挣二十个戈比。布拉戈沃医师到彼得堡去了。姐姐没有来找我。萝卜躺在家里害病,天天料着自己要死了。

　　我的心境也像秋天。这也许是因为我做了工人,才看清我们这个城的生活的内幕,差不多每一天我都有所发现,这种新发现总是惹得我灰心丧气。我那些同乡,早先我对他们倒没什么意见,或者单从外表看上去显得十分正派,现在却露出本相,原来是些下流的、残忍的人,什么坏事都干得出来。我们这些普通人受他们的欺骗,被他们克扣工钱。他们逼得我们一连几个钟头在寒冷的前堂里或者厨房里等着。他们侮辱我们,对待我们粗暴极了。秋天我在我们的俱乐部里给阅览室和两个房间糊壁纸。我糊好每一方壁纸,他们只付给我七个戈比,可是他们吩咐我在收据上写二十个戈比。我拒绝这样做,那位戴着金边眼镜、仪表堂堂的先生(多半是俱乐部的一个主任),就对我说:

　　"要是你这坏蛋再多费话,我就打你一嘴巴。"

　　仆役小声告诉他说我是建筑师波洛兹涅夫的儿子,他才有点发窘,脸红了,可是他立刻又恢复原样,说:

　　"滚他的!"

　　小铺卖给我们工人臭肉、坏了的面粉、泡过的茶叶。在教堂里警察总是推搡我们,在医院里医士和助理护士向我们敲诈,要是我们因为穷而没有给他们贿赂,他们为了报复就拿不堪下咽的食物给我们吃,在邮局里就连起码的小官儿也认为自己有权利把我们看做牲畜一样,对我们粗野无礼地嚷叫:"等着!你往哪儿钻?"就连那些看家狗都对我们不客气,特别凶恶地向我们扑过来。可是,自从我处在新的地位以后最使我吃惊的一种重大发现,就是社会上根本缺乏公平,这种情形老百姓叫做"他们忘了上帝",很少有哪一天不遇到欺诈的事。在欺诈的人当中有卖给我们干油的商人,有包工头,有同事的工人,甚至有主顾本人。不消说,这里根本谈不到我们的任何权利,就连我们做工挣来的钱我们每一回都得站在黑门廊旁边,脱下帽子,哀求很久才拿得到,倒好像讨饭似的。

我在俱乐部阅览室隔壁的一个房间里糊壁纸。傍晚我刚打算下工,工程师多尔日科夫的女儿走进这个房间里来了,臂弯里抱着一捆书。

我对她点一点头。

"啊,您好!"她立刻认出我来,就对我伸过手来说,"跟您见面我很高兴。"

她微笑着,又好奇又困惑地瞧着我的工作服、浆糊桶、摊在地板上的壁纸。我挺窘,她也觉着不自在了。

"请您原谅我这么瞧着您,"她说,"人家对我谈了许多关于您的话。特别是布拉戈沃医师,他简直迷上您了。您姐姐我也已经认识,她是个亲切可爱的姑娘,可是我无论如何也没法说得她信服:您做平民并没有什么可怕的地方。刚好相反,您现在成了城里最有趣味的人了。"

她又看一眼浆糊桶,看一眼壁纸,接着说:

"我本来请求布拉戈沃医师设法使我跟您比较亲密地交个朋友,不过他分明忘了,或者没有办到也未可知。不管怎样,我们总算相识了,如果您肯不拘礼节到我家里来玩,那我会十分感激您。我真想谈一谈!我是个普通人,"她说,向我伸过手来,"我希望您跟我在一块儿不会觉着拘束。我父亲不在家,他到彼得堡去了。"

她走进阅览室里去了,衣服沙沙响,我呢,走回家去,很久都睡不着觉。

在这个缺乏欢乐的秋天,有一个好心人,显然想多少使我的生活轻松一点,时而给我送来茶叶和柠檬,时而送来饼干,时而送来烤松鸡。卡尔波芙娜说这些东西每一回都是由一个兵送来的,可是究竟是谁派他来的,就不知道了。那个兵总要探问我身体是否健康,我每天是否吃到饭,我有没有御寒的衣服。等到严寒来了,那个人仍旧照这样趁我不在,派一个兵送来一条松软的毛线织的围巾,围巾上冒出一股柔和的、几乎闻不出的香水气味,我猜出我的好心的仙女是谁了。围巾上有铃兰的香气,这是安纽达·布拉戈沃所喜爱的香水气味。

将近冬天,活儿多起来,大家高兴多了。萝卜又活了,我们一块儿在墓园的教堂里做工,给那儿的圣像壁打好塑金的底子。这是一种又干净又清静的活儿,用我们的行话来说,是一种顺手的活儿。一天中间可以做出许多活儿,同时光阴过得很快,不知不觉就过去了。大家不骂街,不笑,不大声说话。这个地点本身就使我们不得不肃静庄重,而且它让人生出平静严肃的思想。我们站着或者坐着,专心做工,一动也不动,跟塑像一样。四周是一片墓园里所应有的、死气沉沉的寂静,因此要是有个工具掉在地上,或者长明灯的火苗发出爆声,这些声音听起来就又响又刺耳,我们都回过头去看一眼。经过长久的寂静以后,往往可以听见像蜜蜂飞过一般的嗡嗡声:这是教士在门廊里正在为去世的婴儿做安魂祈祷,声音很低,不慌不忙,要不然,一个画工正在拱顶上画鸽子和它周围的星星,轻声吹起口哨来,忽然醒悟过来,立刻就不出声了。再不然萝卜叹口气,回答自己的思想说:"什么事都会有!什么事都会有!"或者在我们的头上飘过一阵缓慢悲凉的钟声,油漆工人注意到大概有一个富足的死人抬过来了。……

白天我在这种寂静里,在教堂的幽暗里度过。在漫长的傍晚我总是去打台球,或者到剧院楼座去看话剧,穿一身新的花呢的衣服,那是我用做工挣来的钱买下的。阿若京家已经开始演剧,举办音乐会,现在却只有萝卜一个人在那儿画布景了。他给我讲他在阿若京家有机会看到的话剧和戏剧亮相的情节,我就带着嫉妒的心情听他讲。我很想去看排演,可是要到阿若京家去,我又下不了这个决心。

在圣诞节的一个星期以前,布拉戈沃医师来了。我们又争论,到傍晚总是打台球。他打台球的时候,脱掉上衣,解开衬衫胸前的扣子,不知什么缘故总是极力做出嗜酒如命的人的样子。他喝得不多,可是一喝酒就闹起来,而且在"伏尔加"那样便宜的下等酒馆里一个傍晚居然能够用掉二十个卢布。

姐姐又常上我这儿来了。他们俩一见面总是很惊讶,可是凭姐姐的又快活又负疚的脸色看得出来这种相逢并不是出于偶然。有一天傍晚,我们在打台球,医师对我说:

"您听我说,为什么您不到多尔日科娃家里去呢?您不了解玛丽亚·维克托罗芙娜,她是个聪明姑娘,迷人,心地单纯而厚道。"

我对他讲起春天工程师怎样对待我。

"这是废话!"医师笑着说,"工程师是工程师,她是她。真的,好朋友,别惹她不高兴,好歹上她那儿去一趟吧。比方说,我们明天傍晚就去找她。您肯去吗?"

他说动了我的心。第二天傍晚我就穿上那身新的花呢衣服,心里很激动,到多尔日科娃家里去了。仆役不像那天早晨我以谋事人身份到这儿来的时候那样傲慢和可怕,家具也显得不那么豪华了。玛丽亚·维克托罗芙娜正在等我,像老朋友那样迎接我,友好地紧紧握住我的手。她穿一件灰色呢料的连衣裙,袖子肥大,她那种发式等到过了一年在我们城里流行起来的时候被大家叫做"狗耳朵"。她的头发从两鬓起一直盖到耳朵上,由于这个缘故玛丽亚·维克托罗芙娜的脸显得好像宽了一些,这一次我看上去,她很像她父亲,她父亲的脸就长得宽,绯红,神态有点像马车夫。她长得美丽优雅,可是不年轻了,看上去有三十岁光景,其实她至多不过二十五岁。

"亲爱的医师,我多么感激他呀!"她给我让座,说,"要不是他,您就不会到我这儿来。我闷得要死!父亲走了,撇下我一个人,我不知道在这个城里该怎么办好了。"

然后她问我目前在哪儿做工,挣多少钱,住在哪儿。

"您只花您做工挣来的钱吗?"她问。

"是的。"

"幸福的人啊!"她叹口气说,"依我看来,生活里的一切坏事都是由闲散,由烦闷无聊,由心灵的空虚来的。人习惯了靠别人过活的时候,这一切就不可避免了。您不要以为我是在装模作样,我真心对您说:做富人是没有趣味,也不愉快的。大家说,人都是靠不义之财去结交朋友,因为一般说来正当的财富是没有也不可能有的。"

她用严肃冰冷的眼光瞧一眼四周的家具,仿佛想把家具点一点数似的,接着说:

"舒适和安乐有一种魔力。它们能够逐步吸引那些甚至意志坚强的人。以前父亲和我过得并不富裕,简简单单,现在呢,您看见我们在怎样过活。说起来骇人听闻,"她说,耸了耸肩膀,"我们一年要花到两万!而且是在外省!"

"人们往往把舒适和安乐看做金钱和教育的不可避免的特权,"我说,"我觉得生活的安乐可以跟任什么东西,甚至跟最繁重肮脏的劳动结合起来。您父亲阔绰,可是照他说来他做过一阵机车司机,当过普通的加油工人。"

她微微一笑,怀疑地摇摇头。

"爸爸有时候吃克瓦斯泡的面包渣汤,"她说,"这简直是寻开心,胡来!"

这时候传来门铃声,她站起来。

"富人和受过教育的人应当跟大家一样都做工,"她接着说,"要是有安乐的话,那就应当人人有份。任何特权都不应当有。哎,算了吧,别谈哲学了。请您跟我讲点快活的事吧。请您谈谈油漆工人。他们是什么样的人?可笑吗?"

医师来了。我开始讲油漆工人,可是因为不习惯而觉得拘束,就跟民族学家那样讲得严肃而没有力量。医师也讲了几个工厂工人的生活逸事。他身子摇摇晃晃,哭起来,跪下去,甚至学醉汉的样子躺在地板上。这简直是演员的表演,玛丽亚·维克托罗芙娜瞧着他,笑得流出了眼泪。后来他在钢琴那儿坐下来,用他那柔和好听的男高音唱着,玛丽亚·维克托罗芙娜站在旁边,给他挑选歌曲,他唱错的时候就纠正他。

"我听说您也会唱歌?"我问。

"这还用问!"医师吃惊地说,"她是个了不起的歌唱家,演员,您还要问!您说到哪儿去了!"

"从前我认真干过这一行,"她回答我的问题说,"可是现在我把它丢开了。"

她在一个矮凳上坐下,对我们讲起她在彼得堡的生活,模仿一些著名歌唱家的模样,学她们的声调和唱歌的姿态。她在纪念簿上画医师的肖像,然后画我的肖像,画得不好,结果把我们两个人画得很相像。她笑,胡闹,做出可爱的鬼脸。她做起这些事来比谈不义之财自然得多,我觉着她刚才对我讲财富和安乐仿佛不是认真地在讲,而是模仿什么人的话似的。她是个出色的喜剧演员。

我暗自把她跟我们的小姐们摆在一起,就连美丽端庄的安纽达·布拉戈沃都比不上她。这两个人的区别是很大的,好比人工培育出来的上等玫瑰和野玫瑰之间的区别一样。

我们三个人一块儿吃晚饭。医师和玛丽亚·维克托罗芙娜喝红葡萄酒、香槟、加白兰地的咖啡。他们碰杯,为友谊,为智慧,为进步,为自由干杯。他们没有喝醉,只是脸红了,常常无缘无故大笑起来,笑到流出眼泪。为了免得显出烦闷的样子,我也喝红葡萄酒。

"那些有才能的、天资特富的人,"多尔日科娃说,"知道该怎样生活,顺着自己的道路走去。至于普通人,比方拿我来说,就什么也不知道,什么也不会做,他们没有别的办法,只能瞧着深奥的社会潮流,随它把他们带到什么地方去。"

"难道人能瞧见根本不存在的东西吗?"医师问。

"不对。这是因为我们看不见。"

"是这样吗?所谓社会潮流,那是新文学捏造出来的东西。我们没有这种东西。"

争论开始了。

"任何深奥的社会潮流,不但我们现在没有,过去也没有过,"医师大声说,"新文学捏造出来的东西多的是!它还捏造过一种在乡村工作的知识分子,然而您就是找遍我们的村子,恐怕也只能找到一个穿着短上衣或者黑上衣的村学究,写起'也'字来倒会写错三笔。有文化的生活在我们这儿还没开始呢。那种野蛮、那种十足的粗鄙、那种微不足道,跟五百年前一模一样。潮流啦,思潮啦,有倒是有过,可是话说回来,那些东西都浅薄渺小,为种种庸俗的、一个钱也不值的利益服务。难道在这儿看得见什么严肃的东西吗?要是您以为您发现了深奥的社会潮流,您顺应它而把自己的一生献给那种把昆虫从奴役里解放出来或者从此不吃牛肉饼之类合乎当代风气的工作,那么我该给您道喜了,小姐。我们得学习,学习,再学习,至于深奥的社会潮流,我们得等一等:目前我们还没有长大成人,谈不到那种东西,凭良心说那种东西我们一点也不懂。"

"您不懂,我却懂,"玛丽亚·维克托罗芙娜说,"上帝才知道您今天是多么乏味!"

"我们的任务是学习再学习,竭力积累尽量多的知识,因为只有在有知识的地方才会有严肃的社会潮流,将来人类的幸福都包藏在知识里。为科学干杯啊!"

"有一点是毫无疑问的:必须给我们自己安排另外一种生活了,"玛丽亚·维克托罗芙娜沉默一阵,想了一阵以后说,"像这种一直过到现在的生活是一个钱也不值的。我们别再谈它了。"

等到我们从她家里出来,教堂里已经敲两点钟了。

"您喜欢她吗?"医师问,"她挺好,不是吗?"

圣诞节的头一天我们在玛丽亚·维克托罗芙娜家里吃饭,后来在这段节日里差不多天天到她家里去。她那儿除了我们以外没有外人,她说得对:她在这个城里除了我和医师以外连一个朋友也没有。我们把大部分时间都用在谈话上。有时候医师随身带来一本书或者杂志,大声念给我们听。事实上他是我生平所遇见的头一个有学问的人。我不能判断他的知识是不是广博,不过他经常讲出他的知识来,因为他希望别人也知道。每逢他讲到有关医学的事,他的话总是跟我们城里任何一个医师都不同,给人留下一种新颖独特的印象,我觉得只要他有意,他就会成为一个真正的学者。他也许是当时唯一对我有重大影响的人。我跟他见面,不断读他拿给我的书,结果我渐渐开始感到需要知识,知识给我的缺乏欢乐的劳动充满高尚的精神。我已经觉着奇怪,早先我竟不知道,比方说,全世界是由六十种简单的物体构成的,不知道干油是什么,油漆是什么,而且好像没有这些知识也行了。跟医师的结交甚至也把我从精神上提高了。我常跟他争论,虽然我总是保留我自己的看法,可是由于他,我还是渐渐发现我并没有把一切事情都弄明白,我就极力形成尽量明确的信念,好让良心的指示明明白白,没有一点含混的地方。不过这个全城最有学问最优秀的人仍旧离着完美很远。他的风度、他那种喜欢把任何谈话都变成争论的习惯、他那好听的男高音,甚至他那种亲热,都有点粗野,缺乏教养,每逢他脱掉上衣,只穿一件绸衬衫,或者在酒馆里丢给仆役一点赏钱的时候,我总是觉得文化到底是文化,他的心里却仍然有个鞑靼人①在活动。

到主显节他又到彼得堡去了。他是早晨动身的,午饭以后姐姐来找我。她没有脱掉皮袄和帽子,坐在那儿一声不响,脸色很白,眼睛瞧着一个地方发呆。她一阵阵发冷,看得出她强忍着病痛。

"你多半感冒了。"我说。

她的眼睛里满是泪水,她站起来,去找卡尔波芙娜,没有对我说一句话,倒好像我得罪了她似的。过了一会儿我听见她用沉痛的责备口气说:

"奶妈,我一直活到现在是为了什么呢?为了什么呢?你说说看:我岂不是糟蹋了我的青春吗?我在一生的最好岁月里却只知道记账、倒茶、数戈比、招待客人,以为世界上再也没有比这些更高尚的事了!奶妈,你要明白,我也有人的要求啊!我要生活,可是人家却把我变成一个带钥匙的女管家。这真可怕,真可怕呀!"

她把一串钥匙往门外一丢,钥匙当啷一响掉在我的房间里。这些是食器橱上的钥匙、厨房柜子上的钥匙、地窖的钥匙、茶叶匣

---

① 指缺乏文化的人。

的钥匙,也就是当年我母亲带过的那些钥匙。

"啊,哎,天呐!"老太婆害怕地说,"圣徒啊!"

姐姐回家去的时候,到我这儿来捡起钥匙,说:

"你原谅我吧。近来我起了点古怪的变化。"

八

有一回夜色很深了,我从玛丽亚·维克托罗芙娜家里回来,在我的房间里碰见一个年轻的警察分局长,穿着一身新制服。他坐在我的桌子旁边,正在翻看一本书。

"到底来了!"他说,站起来,伸了个懒腰,"这已经是我第三次来找您了。省长吩咐您明天早晨九点钟去见他。务必要去。"

他要我写一个笔据说我一定执行省长大人的命令,然后就拿着它走了。这位警察分局长的深夜光临和省长的突然召见对我说来好比晴天霹雳。我从很小的时候起就怕宪兵、警察、法官,目前我心里七上八下,好像我真犯了什么罪似的。我无论怎样也睡不着觉。奶娘和普罗科菲也心不定,睡不着。此外奶妈耳朵痛,她哼哼唧唧,有好几回痛得哭起来。普罗科菲听见我没睡着,就举着一盏小灯小心地走到我房间里来,在桌子旁边坐下。

"您得喝点胡椒酒才对……"他沉吟一下说,"在尘世的愁苦生活里喝上一点酒是没什么关系的。要是妈往耳朵里倒一点胡椒酒,那也会有大好处。"

到两点多钟他动身到屠宰场去取肉。我知道这一夜直到天亮也睡不着,为了消磨九点钟以前这段光阴,就跟他一块儿去了。我们提着灯走去。他的学徒尼科尔卡年纪在十三岁上下,冻得脸上生出青斑,那副神情十足像个强盗,他坐在雪橇上跟着我们走,用沙哑的喉咙吆喝马。

47

"您在省长那儿大概要受罚,"亲爱的普罗科菲对我说,"省长有省长的章法,方丈有方丈的章法,军官有军官的章法,医师有医师的章法,各行各业有各行各业的章法。您没有守住您的章法,人家就不能依您了。"

屠宰场坐落在墓园后面,以前我只是远远地看见过它。那是三个阴暗的板棚,四周围着一道灰色篱墙,夏天逢到炎热的日子风从板棚那边吹来,就带出闷人的臭气。现在我走进院子,四下里一片阴暗,看不见那些板棚,老是撞着马和那些空的或者已经装好肉的雪橇。人们提着灯走来走去,用下流的话互相骂着。普罗科菲也在骂,尼科尔卡也在骂,而且骂得同样难听,空中弥漫着不断的相骂、咳嗽、马嘶的嘈杂声。

到处是兽尸和畜粪的气味。这正是解冻的时令,雪已经跟泥土混成一片,在黑暗里我觉着好像在血泊里走来走去似的。

我们把肉装满雪橇,就动身到市上肉店里去。天亮起来了。拿着筐子的厨娘和穿着大衣的上了年纪的太太一个个来了。普罗科菲手里拿着斧子,身上系着溅了血迹的白围裙,嘴里恶狠狠地咒骂,面对着教堂在自己胸前画十字,大声叫嚷,响得整个市场都听得见,反复说他照原价给肉,甚至赔了本钱。他克扣分量,少找零钱,厨娘看出这些毛病,可是给他的喊声震聋了耳朵,没有跟他计较,骂他一声刽子手就算了。他举起他那把可怕的斧子,砍下来,架势十分好看,每一次都带着凶恶的神情发出"嘿!"的一声吆喝,我深怕他别真的砍掉什么人的脑袋或者胳膊。

我在肉店里待了一个早晨,等到我终于去见省长,我的皮大衣上也有了肉和血的气味。我的精神状态好像是我奉了什么人的命令,拿着矛去猎熊似的。我至今还记得那道高楼梯,楼梯上铺着有条纹的地毯,有一个年轻的官员穿着礼服,纽扣发亮,一句话也不说,用两只手向门口一指,就跑去通报了。我走进大厅,那里面布

48

置得很豪华,然而冷冰冰,引不起一点美感,特别难看刺眼的是在窗子中间墙壁上挂着的那些高而且窄的镜子和窗上挂着的那些黄得耀眼的窗帘。看得出来,尽管省长换来换去,这儿的布置却老是这个样子。那个青年官员又用两只手向门口一指,我就向一张大绿桌子走去,那边站着一个将军,脖子上挂着弗拉基米尔勋章。

"波洛兹涅夫先生,我请您来,"他开口了,手里拿着一封信,把嘴张得又大又圆,像是字母"O","我请您来是为了向您说明一件事。您那受人尊敬的父亲在书面上和口头上向本省首席贵族提出一个要求,请他召见您,向您指出您的行为跟您所荣幸的具有的贵族称号互相抵触。亚历山大·巴甫洛维奇大人公正地认为您的行为可能诱惑别人犯罪,觉得光是由他出面对您加以劝告已经不够,必须采取严肃的行政干涉了,因此在这封信里把他对您的看法陈述一遍,这种看法我也是赞同的。"

他说话声音很低,恭恭敬敬,站得笔直,倒好像我是他的长官似的。他那瞧着我的眼光一点也不严厉。他的脸憔悴,皮肉松弛,布满皱纹,下眼泡肿着,他的头发染过色,总之单凭外貌很难确定他究竟是四十岁还是六十岁。

"我希望,"他接着说,"您会重视可敬的亚历山大·巴甫洛维奇的谦和,他不是正式的,而是用私人方式向我提出要求的。我也不是正式地邀请您来,我对您也不是用省长的身份,而是以您父亲的真诚崇拜者的资格讲话的。因此我请求您,或者改变您的行为,回到跟您的称号相称的职务上去,或者为了避免诱惑别人犯罪,就请搬到人家不认得您的地方去,在那种地方您要做什么就可以做什么。在与此相反的情形下,我就不得不采取极端的措施了。"

他沉默地站了半分钟,张着嘴瞧我。

"您是素食主义者吧?"他问。

"不,大人,我吃肉。"

他坐下,把一份公文拉到自己面前来,我就鞠躬,走出来了。

在吃午饭以前犯不上再去上工了。我就回家去睡觉,可是睡不着,因为屠宰场和省长的谈话在我心里引起不愉快的、不正常的感觉,到了傍晚我心神恍惚,闷闷不乐地去找玛丽亚·维克托罗芙娜。我告诉她我见省长的经过。她困惑地瞧着我,好像不相信,忽然间她哈哈大笑,声音那么快活,响亮,激昂,只有好心的、爱笑的人才会这样大笑。

"要是能到彼得堡去把这件事讲一讲才好!"她说,笑得几乎跌倒,赶紧倚住桌子,"要是能到彼得堡去把这件事讲一讲才好!"

九

现在我们常常见面,差不多一天见两次面了。她几乎每天吃过午饭后就坐车到墓园来,一面等我,一面念十字架和墓碑上的题词。有时候她走进教堂里来,站在我身旁,看我怎样做工。这里安安静静,画工和塑金工做着纯朴的工作,萝卜通情达理,我呢,在外貌上跟别的工人没有什么区别,像他们一样只穿着背心和破鞋做工。别人对我讲话都说"你",所有这些在她都是新奇的,感动了她。有一回她在场,一个在上面画鸽子的画工对我叫一声:

"米萨伊尔,把白颜料递给我!"

我就把白颜料送到他那儿去,等到后来我顺着一个单薄的木板台走下来,她就瞧着我,感动得流出眼泪,微微笑着。

"您多么可爱啊!"她说。

我从小就记得一件事:我们的一个富翁家里养着一只绿色鹦鹉,它从笼子里飞出来,后来这只美丽的鸟有整整一个月在我们城里飞翔,懒散地从这个花园飞到那个花园,孤单单,无家可归。玛丽亚·维克托罗芙娜使我联想到那只鸟。

"除了墓园以外,我现在简直没地方可去了,"她笑着对我说,"这个城简直叫人烦闷得要命。在阿若京家,大家朗诵、唱歌、娇声娇气地说话,近来她们简直叫我受不了。您姐姐是个孤僻的人,布拉戈沃小姐不知什么缘故恨上了我。我又不喜欢看话剧。那么请教:我该怎么办呢?"

我常到她家里,身上带着油漆和松节油的气味,手是黑的,这却使她喜欢。她也希望我不要换一个样子去找她,只穿着普通的工人装就好。可是在客厅里这身衣服使我觉着拘束,我别别扭扭,仿佛穿着军装一样,因此每次我去找她,总是穿那身新的花呢衣服。这反而使她不痛快。

"您得承认,您还没有完全习惯您的新地位,"她有一回对我说,"工人服使您觉着拘束,您穿着它还嫌别扭。您说说看,这是不是因为您缺乏信念,您不满意这种地位?您自己选中的这种工作,您的油漆工作,莫非使您不满意吗?"她问,笑了,"我知道,油漆使得物件美观结实些,然而要知道,那些物件是属于市民和富人的,归根结蒂造成了奢华。此外,您不止一回说过,每个人都应当凭自己的双手挣来自己的面包,可是您挣来的是钱,而不是面包。为什么不照您那些话的真正含义去做呢?应当挣来粮食,那就是说应当耕耘,播种,收割,打谷,或者做这一类跟农业直接相关的工作,比方说放牛,垦地,造木房……"

她打开立在她写字台旁边的一个好看的柜子,说:

"我跟您讲这些话,是因为想让您知道我的秘密。Voilà!① 这是我的农业藏书。这儿有田地,有菜园,有果园,有牲口棚,有养蜂场。我热心地读过这些书,已经在理论上把这一切研究透彻了。我的梦想,我的美好的幻想是一到三月我就到我们的杜别奇尼亚

---

① 法语:都在这儿了!

去。那儿真好,妙极了！不是吗？头一年我要仔细把事情看一看,习惯一下,第二年我就真正亲自动手干活,像俗话所说的那样,拼命地干。父亲答应过把杜别奇尼亚送给我,我要在那儿按我的意思干起来。"

她涨红了脸,兴奋得流出眼泪,笑着,说着自己的梦想,她说她要在杜别奇尼亚住下,那会是很有趣味的生活。我羡慕她。三月快要到了,白昼越来越长,在晴朗的日子里,到了中午,房檐上往下滴水,空气中有春天的气息了,我自己也想下乡。

她说她要搬到杜别奇尼亚去住下,我就痛切地想到我要一个人留在城里了,我觉着我羡慕她的书柜,羡慕农业。我不懂农业,也不喜欢务农,很想对她说:务农是奴隶的工作,可是想起这类的话我父亲说过不止一次,我就没有说出来。

大斋期到了。工程师维克托·伊万内奇从彼得堡回来,我却已经渐渐忘记这个人了。他出人意外地回来,甚至没有预先打个电报通知一声。一天傍晚我照例到他家去,不料他正在客厅里走来走去,讲着什么,他刚洗过脸,刮过胡子,年轻了十岁。他的女儿跪在那儿,从手提箱里拿出许多盒子、小瓶、书籍,把这些交给仆人巴威尔。我一看见工程师,不由自主地倒退一步,他却向我伸出两只手,露出又白又结实像马车夫一样的牙齿,含笑说道:

"他来了,他来了！看见您我很高兴,油漆工人先生！玛霞把事情都跟我讲了,她刚才对您大唱赞歌。我完全了解您,赞成您！"他接着说,挽住我的胳膊,"做个正派的工人比起消耗公家的纸张和戴上公家的帽徽高明多了,也正直多了。我自己就用这两只手在比利时做过工,后来还当了两年机车司机……"

他穿着短上衣,按着家常打扮穿着拖鞋,走来走去,好像害了痛风病似的,身子有点摇晃,搓着手。他小声哼着一支歌,带点鼻音,畅快得不住缩起脖子,因为他终于回到家,洗过自己所心爱的淋浴了。

"这是毫无疑问的,"他在吃晚饭时候对我说,"这是毫无疑问的,你们是可爱的、招人喜欢的人,可是不知什么缘故,先生,你们只要从事体力劳动,或者开始拯救农民,到头来总是弄到这一切变成教派活动了事。难道您不是一个教派信徒吗?瞧,您不喝白酒。这不是教派是什么呢?"

为了使他满意,我就喝白酒。我还喝了葡萄酒。我们品尝工程师带回来的奶酪、腊肠、馅饼、酸辣菜、种种的凉菜,另外还有工程师不在家的时候从国外寄来的葡萄酒。葡萄酒是上等的。不知什么缘故工程师常常收到从国外免税寄来的葡萄酒和雪茄烟,不知什么人常常免费寄给他鱼子和干鱼肉。他住房子不花钱,因为房主供应铁路煤油。总之,他和他的女儿给我留下这样的印象,仿佛全世界一切好东西都是供他们使用的,他们完全不必出钱就可以拿到手。

我仍旧常上他们家去,可是兴致已经不那么好了。工程师使我觉着拘束,有他在场我就觉着自己的手脚仿佛全给捆住了。我受不了他那两只明亮坦率的眼睛,他那些论调使我厌倦,反感。我想起不久以前我还是这个保养得很好、脸色红润的人的部下,想起他待我粗暴得不得了,这些回忆也使我厌烦。不错,他搂住我的腰,亲热地拍我的肩膀,赞成我的生活,可是我觉着他照旧看不起我的卑微,只为博得女儿的欢心才跟我敷衍。我再也不能照我本心那样说说笑笑了,我觉着话不投机,老是暗自料着马上他就要叫我潘捷列,就跟叫他的仆役巴威尔一样,我那内地的、庸俗的自尊心是怎样地愤愤不平啊!我这个穷人,油漆工人,每天来找这些被全城看做外国人而且跟我全不相干的富人,每天在他们家里喝贵重的葡萄酒,吃不平常的食物,我的良心不肯容忍这些!每逢我到他们家去,总是阴沉地避开路上的行人,皱起眉头,倒好像我真是个教派信徒似的，每逢我从工程师家里出来，总因为自己饱餐了一顿而害臊。

最主要的是我担心自己会入迷。不管我在街上走着也好，在做工也好，跟同伴谈话也好，我时时刻刻只是想着傍晚我要去找玛丽亚·维克托罗芙娜，暗自想象她的嗓音、笑声、步态。每次我准备去找她，总要在奶娘那面凸凹不平的镜子前面站上许久，系好领带，我那身花呢衣服惹得我讨厌。我一面难过一面又看不起自己，觉得自己那么浅薄。遇到她在另一个房间里向我打招呼，说是她没穿好衣服，要我等一等，我就听她换衣服的声音，这使我激动，觉着我脚底下的地板好像陷下去了。我在街上哪怕远远地看见一个女人的身材，也一定要比一比，在这种时候我觉着我们所有的女人和姑娘都俗气，穿得不像样子，举动粗俗，这种相比在我心里挑起一种骄傲的感觉：玛丽亚·维克托罗芙娜比所有的人都好！夜里做梦，我总是梦见她和我在一块儿。

有一天晚饭时候，我们跟工程师一块儿吃了整整一只大海虾。后来我回到家，想起来晚饭席上工程师有两次叫我"最可爱的人"，我就暗想：在这个家里他们待我亲热就像待一只跟主人失散的、倒霉的大狗一样，他们在拿我取乐，等到他们厌倦了我，就会把我像狗似的赶出来。我又害臊又难过，难过到流出眼泪，好像我受了侮辱似的。我瞧着天空，暗自赌咒要从此把这件事一刀两断。

第二天我就没有到多尔日科夫家里去。夜深了，天色已经完全漆黑，又下着雨，我沿大贵族街走着，瞧着窗户。阿若京家的人已经睡熟，只有边上的一个窗子里有亮光，那是阿若京家的老太婆在自己房间里刺绣，点着三支蜡烛，自以为在跟迷信做斗争。我家已经黑了，对门多尔日科夫家的窗子却亮着，可是隔着花和窗帘什么也看不清。我不住地在街上走来走去，三月的凉雨浇在我的身上。我听见我的父亲从俱乐部里回来，他敲大门，过一分钟窗子里透出灯亮,我看见姐姐举着灯急急忙忙走来,一边走一边用一只手整理头上浓密的头发。后来父亲在客室里走来走去,搓着手讲一件什么事,姐姐坐在一把圈椅上,一动也不动,在想什么,没有听他讲话。

可是后来他们走出去,灯就熄了……我回头看工程师的家,这时候也黑了。在黑暗中,在雨地里,我觉着自己孤苦伶仃,听凭命运摆布,觉得如果跟我这种孤独相比,跟现在和日后的生活里还要发生的痛苦相比,那么我的一切行动、愿望、这以前我想过和说过的一切,就都渺小了。唉,活人的行动和思想远不及他的悲伤重大!于是我自己也没有弄明白我自己在做什么,竟用尽气力拉一下多尔日科夫家的门铃,把它拉断,然后沿着街道跑去,像小孩子一样,担惊害怕,以为马上一定会有人走出来,认出我。等我跑到街头站住,喘一口气,却只听见雨声哗哗地响,守夜人在远远的什么地方敲一块铁板。

我有整整一个星期没到多尔日科夫家里去。那身花呢衣服被我卖掉了。油漆工作没有,我就到处去找繁重而不愉快的工作,每天挣一二十个戈比,又半饥半饱地活着。我在没膝的冷泥里蹚来蹚去,累得胸腔隐隐作痛,我想照这样把种种回忆压下去,仿佛要为我在工程师家里吃过干酪和罐头食品而惩罚自己似的。可是话虽如此,等到我又湿又饿地在床上刚刚躺下来,我那有罪的幻想就立刻开始为我画出美妙诱人的画面,我就只好暗暗吃惊地对自己承认说我爱着她,热烈地爱着她。随后我就沉酣健康地睡熟了,我觉着我的身体在这苦役般的生活中反而变得更强壮更年轻了。

有一天傍晚,跟时令大相径庭,天下起雪来,而且刮起了北风,倒好像冬天又来到了。这天傍晚我下工回家,碰见玛丽亚·维克托罗芙娜坐在我的房间里。她穿着皮大衣坐在那儿,把两只手揣在暖手筒里。

"为什么您不到我家里去了?"她问,抬起她那对聪明而发亮的眼睛。我快活得心乱极了,笔直地站在她面前,就跟父亲要打我的时候我站着的姿势一样。她瞧着我的脸,从她的眼神看得出她明白我为什么这样心慌意乱。

"为什么您不到我家里去了?"她又问一遍,"既然您不肯去,我就自己来了。"

她站起来,走到我跟前。

"别丢开我,"她说,她的眼睛里满是泪水,"我孤单,十分孤单!"

她哭起来,用暖手筒盖住脸说:

"我孤孤单单!对我来说生活是沉重的,沉重得很。在整个世界上除了您以外我没有第二个人了。别丢开我!"

她微微一笑,同时找手绢要擦干眼泪。我们沉默了一会儿,随后我就搂住她,吻她,这时候她帽子上别着的佩针把我的脸划出了血痕。

我们就谈起来,谈得那么亲热,仿佛我们早已很亲密了似的……

十

大约过了两天她就打发我到杜别奇尼亚去,我说不出的高兴。我到车站去的时候,后来坐在火车里的时候,老是无缘无故地发笑,人们瞧着我,把我看成醉汉了。天在下雪,早晨很冷,可是道路已经变黑,乌鸦在那上面飞来飞去,呱呱地叫。

起初我打算在切普拉科娃太太家对面那个厢房里给我们两个人,我和玛霞,布置住处,可是那里原来早已住下许多鸽子和鸭子,要收拾干净就不能不毁掉许多鸟巢。无可奈何,我们只好搬进那所下着百叶窗的大房子,住在那些不舒适的房间里。农民们把这所大房子叫做宫殿。那里面有二十多个房间,摆设却只有一架钢琴和一个给孩子坐的、如今放在阁楼上的小圈椅,即使玛霞把自己的全部家具都从城里运来,我们也仍旧不能消除这种阴森的空虚和寒冷的印象。我选出三个不大的房间,它们的窗户都对着花园。我从早到晚收拾这几个房间,安上新玻璃,糊好壁纸,填塞地板上的隙缝和小洞。这是轻松愉快的劳动。我不止一次跑到河边去,看冰流走没有,老是觉着好像椋鸟飞来了。晚上我想着玛霞,带着说不出的甜蜜感觉,带着满腔的快乐,听耗子吵闹,听风在天花板上呜呜地叫,不住敲打。好像有个老家神在阁楼上咳嗽似的。

雪很深,到三月末还下了很大的雪,不过,仿佛谁使了魔法似的,雪很快就融化,春天的洪水汹涌而来,于是四月初椋鸟就喊喊喳喳地叫,黄色蝴蝶飞进花园里来了。天气好极了。每天黄昏以前我总要走到城里去跟玛霞见面,在那渐渐干燥、至今还发软的道路上光着脚走路是多么痛快啊!我走到半路上坐下来,瞧着那座城,下不了决心再往前走了。一看见那座城,我就心慌意乱。我不住地想:我的熟人听到我的恋爱以后会怎样对待我呢?父亲会说什么呢?特别使我心慌的,是我想到我的生活复杂起来,我完全失去纠正它的能力,它像气球似的把我带到不知什么地方去了。我不再想怎样挣来每天的食物,不再想怎样生活,而只是想,说真的,我不记得我想什么了。

玛霞坐着马车来了。我就在她旁边坐下,我们一块儿高高兴兴,自由自在地到杜别奇尼亚去。或者我等到太阳下山,独自一个人烦闷无聊,满腔不满意地走回家来,不明白玛霞为什么没有来,不料在庄园门口或者在花园里,出人意外,有个可爱的影子迎着我走来,那就是她!原来她是坐火车来的,她出了火车站就步行到这儿来了。这是什么样的喜庆啊!她穿一件朴素的毛料连衣裙,围一条三角围巾,拿一把平常的阳伞,然而腰身束紧,身段苗条,穿着外国的贵重皮靴,这是一个有才能的女演员在扮演一个小市民姑娘。我们就在我们的庄园上巡视一遍,决定谁的房间应该在什么地方,什么地方应该是我们的林荫道、菜园、养蜂场。我们已经有了鸡、鸭、鹅,我们喜爱这些东西,因为它们是属于我们的。它们已经为播种准备下燕麦、三叶草、猫尾草、荞麦、蔬菜种子,我们每一回都要把这些东西检查一遍,花很多的工夫讨论收成会怎样,凡是玛霞对我说的话依我看来都非常聪明美妙。这是我一生中最幸福的一段时期。

圣多马周①过后不久,我们在距离杜别奇尼亚三俄里远的库里洛夫卡村我们教区的教堂里结了婚。玛霞希望一切都安排得平平常常,按照她的心意,我们的傧相是农村里的青年,唱歌的只有教堂诵经士一个人,我们从教堂回来的时候坐着一辆不大的、颠簸的马车,由她亲自赶车。从城里来的客人只有我姐姐克丽奥佩特拉一个人,玛霞在举行婚礼的前三天写给她一封信。姐姐穿着白色连衣裙,戴着手套。在举行婚礼的时候,她由于感动和快乐而轻声哭着,她脸上的表情像是慈母,无限的善良。她由于我们的幸福而陶醉,微微笑着,仿佛吸进一种甜美的空气似的。在举行婚礼的时候我瞧着她,这才明白对她来说世界上再也没有比爱情,人间的爱情更高尚的东西,她正在渴望这种爱情,这渴望虽是暗藏着的,胆怯的,然而它持久而且热烈。她搂住玛霞,吻她,不知道怎样表白她的快乐才好,就对她讲到我:

"他好!他好得很!"

在她动身离开我们以前,她换上平时的衣服,把我带到花园里去好跟我单独谈一谈。

---

① 基督教的节日,复活节后的第一个星期,古时常在此期间举行婚礼。

"父亲很伤心,因为你没有写信告诉他,"她说,"应当请求他给你的婚礼祝福才对。不过实际上他很满意。他说在整个社会的眼睛里这段婚事把你抬高了,又说在玛丽亚·维克托罗芙娜的影响下你会比较严肃地对待生活了。现在我们一到傍晚就只谈你的事,昨天他甚至这样说:'我们的米萨伊尔。'这真叫我高兴。看起来,他正在暗自盘算什么,我觉着他仿佛打算对你做出宽宏大量的榜样,先跟你讲和。很可能过几天他会亲自到这儿来看你。"

她有好几回匆匆忙忙在我胸前画十字,说:

"好,求上帝跟你同在,祝你幸福。安纽达·布拉戈沃是个很聪明的姑娘,她谈起你的婚事,说这是上帝赐给你的一个新的考验。可不是!在家庭生活里不光是有快乐,也有痛苦。不会没有痛苦的。"

我和玛霞陪着她步行三俄里光景,然后我们慢慢走回来,一句话也不说,仿佛在养神。玛霞挽住我的胳膊,我们心里轻飘飘的,不再想谈情说爱。举行婚礼以后,我们彼此之间变得更亲近更密切,我们觉得再也不会有什么东西能够把我们拆开了。

"你姐姐是个可爱的人,"玛霞说,"不过看上去她好像长时期在受苦似的。你父亲一定是个可怕的人。"

我就对她讲起我和姐姐一向受着什么样的教育,实际上我们的童年多么痛苦,多么荒唐。她听到不久以前父亲还打过我,就打了个冷颤,紧紧地依偎着我。

"别说下去了,"她说,"这真可怕。"

现在她再也不离开我了。我们住在那所大厦的三个房间里,每到傍晚就关紧那道通到这所房子里没有人住的地方去的门,仿佛那边住着一个我们不认识的和害怕的人似的。我很早就起床,天一亮就起来,然后我立刻找点活儿干起来。我修理好大车,在花园里开辟道路,挖掘苗床,油漆房顶。临到播种燕麦的时候,我试着把地重耕一遍,耙一耙松,撒下种子,这些事我做得很认真,不下于雇工;我干得很累,受着雨淋,迎着刺骨的冷风,我的脸和腿长久地发烧,每天夜里我都梦见一片垦松的土地。可是田间工作不能吸引我。我不懂农业,也不喜欢它,这可能是因为我的祖先不是农夫,我的血管里流着的纯粹是城里人的血。大自然我是深深喜爱的,我喜爱田野,喜爱草场,喜爱菜园,可是用犁耕地、吆喝着瘦马的农民却穿得破破烂烂,浑身湿透,伸长了脖子,依我看来他们是一种粗暴的、野蛮的、丑恶的力量的表现,每逢我瞧着他们的笨拙的动作,我总是不由自主地想起早已成为过去的、人类还不会用火的时代的、传奇般的生活。常有一头凶猛的公牛跟农民的成群的牲口一块儿走着,或者一匹马在村子里跑来跑去,响起一片马蹄声,这种事总是弄得我满心害怕。凡是略略大一点、强壮一点、凶猛一点的东西,不管它是长着犄角的公羊也好,鹅也好,拴着链子的狗也好,总使我觉得就是那种粗暴野蛮的力量的表现。遇到恶劣的天气,在耕耘过的黑土上空悬挂着沉重的乌云,这种成见就特别强烈地在我心里抬头。尤其是我耕地或者播种的时候,总有两三个人站在一旁看我干活,我就体会不到这种劳动是无法避免,理所当做的,反而觉着自己好像在玩乐似的。我比较喜欢做院子里的工作,再也没有比油漆房顶更使我喜欢的工作了。

我常常穿过花园,穿过草场,到我们的磨坊去。这个磨坊已经由一个库里洛夫卡村的农民斯捷潘租下来,他长得漂亮,皮肤发黑,留一把浓密的黑色大胡子,从外貌看来像是一个大力士。他不喜欢磨坊的生意,认为这种生意枯燥乏味,无利可图,他只是为了免得住在家里才到磨坊来住的。他是个马具匠,周围总有一股好闻的松香和皮革的气味。他不喜欢谈话,为人疲疲沓沓,不爱活动,老是坐在岸边或者门槛上,嘴里哼着"乌——溜——溜——溜"。有时候他妻子和岳母从库里洛夫卡村来找他,她俩都长着白白的脸,身子很瘦,性情温柔。她们对他深深地鞠躬,称呼他"您,斯捷潘·彼得罗维奇"。他呢,既不说一句话也不动一下来回答她们,反而躲到一旁去,在岸边上坐下,轻声哼着"乌——溜——溜——溜"。他的岳母和妻子在沉默中过了一两个钟头,然后交头接耳地说几句话,站起来,对他看一阵,等他回过头来,然后她们深深地鞠躬,用娇滴滴的唱歌声音说:

"再见,斯捷潘·彼得罗维奇!"

她们就走了。这以后,斯捷潘就把她们留下的包着小面包圈或者衬衫的包袱收拾起来,叹口气,对她们那边睐一下眼,说:

"娘儿们!"

这个有两盘磨的磨坊昼夜不停地工作。我帮斯捷潘做工,我喜欢这种活儿。每逢他因事出外,我总是很愿意留下来替他干活。

十一

温暖晴朗的天气过去以后,来了道路泥泞的季节。整个五月下着雨,天气很凉。磨盘的闹声和雨声使人发懒和犯困。地板颤摇,空中弥漫着面粉气味,这也使人想打盹。我妻子穿着短皮袄,穿着男人的高筒雨靴,一天来两次,老是说那一套话:

"这也叫做夏天!比十月里还糟!"

我们一块儿喝茶,烧粥,或者一连几个钟头默默地坐着,等着雨停。有一回斯捷潘赶集去了,玛霞在磨坊里住了一夜。等到我们起床,我们也不知道那是几点钟,因为雨云盖没了整个天空,只有杜别奇尼亚的那些带着睡意的公鸡在啼,草场上有些秧鸡在叫,时候还很早很早……我跟妻子走下坡去,到了水边,把昨晚斯捷潘当着我们的面抛下河去的捕鱼篓子拖上来。那里面有一条大鲈鱼在挣扎,另外还有一只螃蟹,向上举起螯,直立起来。

"把它们放了吧,"玛霞说,"让它们也幸福吧。"

由于我们起身很早,后来又没有事做,这一天就显得很长,成了我一生中最长的一天。将近傍晚,斯捷潘回来了,我就回家,到庄园里去了。

"今天你父亲坐车来了。"玛霞对我说。

"他在哪儿?"我问。

"他走了。我没有招待他。"

她看见我站住,一句话也不说,看出我为我父亲抱歉,就说:

"人得始终一贯才对。我没有招待他,吩咐人传话给他说,从今以后他不必再担心,不必再来看我们。"

过了一分钟我走出门外,往城里走去,想对父亲解释一下。路上又烂又滑,天气很冷。婚后,这还是我头一回突然心境忧郁起来。我那脑子被这漫长灰色的一天弄得十分疲乏,这时候忽然闪过一种想法:也许我不该这样生活吧。我疲倦了,我渐渐无精打采,心灰意懒,不愿动手脚,动脑筋了。我走了一会儿,挥一挥手,转过身走回去了。

院子中间站着工程师,他穿一件带风帽的皮革大衣,大声说:

"家具上哪儿去了?本来这儿有帝国式的好家具,有画片,有花瓶,可是现在却空空如也!我买这庄园是连家具一齐买下的,叫鬼逮了她去才好!"

他身旁站着将军夫人的雇工莫伊谢伊,手里揉着自己的帽子。这是个二十五岁左右的小伙子,身材很瘦,脸上长着碎麻子和一对满不在乎的小眼睛,这边脸比那边脸大,好像他把这边脸压扁了似的。

"老爷,您买下的时候不带家具,"他迟疑地说,"我记得。"

"闭嘴!"工程师大叫一声,满脸涨紫,全身发抖,花园里的回声响亮地应答他的叫声。

十二

我在花园里或者院子里干活,莫伊谢伊常常站在我身旁,把手背在后面,用他那对小眼睛懒洋洋地、满不在乎地瞧着我。这总惹得我十分不痛快,弄得我只好丢下工作一走了事。

我们从斯捷潘那儿听说这个莫伊谢伊是将军夫人的情夫。我发现人家来找她借钱的时候,总是先找莫伊谢伊,有一回我看见一个乡下人,全身发黑,大概是煤炭工人,在他面前跪下来。有时候他跟别人小声商量一阵,自己拿出钱来,并没有去报告太太,因此我推想他遇到机会来了,自己拿出钱来做交易。

他在我们花园里窗跟底下开枪打鸟,从我们地窖里拿走食物,事先也不问一声就把我们的马牵走。我们生气,不再相信杜别奇尼亚是属于我们的了,玛霞脸色发白地说:

"难道我们得跟这些混蛋再相处一年半吗?"

将军夫人的儿子伊万·切普拉科夫在我们铁路上做乘务员。一个冬天,他变得瘦多了,弱多了,只要喝一杯酒就能醉,到了不见太阳的地方就觉着冷。他穿着乘务员的制服很不痛快,而且很难为情,不过他认为自己的职务有油水,因为他可以把蜡烛偷起来卖掉。我的新地位在他心里勾起一种可笑的感触,他又是惊奇又是羡慕,而且抱着模糊的希望,但愿他也有同类的机遇才好。他用欣赏的眼睛瞧着玛霞,问我现在进餐时候吃什么东西,他那难看的瘦脸上就现出忧郁而甜蜜的神情,他的手指头也动起来,倒好像摸着了我的幸福似的。

"听着,小利钱,"他忙忙乱乱地说,每隔一分钟就点一回烟,他站着的地方总是很脏,因为他吸一支烟要用十根火柴,"你听着,现在我的生活糟透了。主要的是每个小小的军官都可以吆喝我:'你这看车的！你！'老兄,我在火车上听够了各式各样的话,你要知道,我现在明白了:生活是一片肮脏！我母亲毁了我！在火车上有一位医师对我说:如果父母放荡,他们的子女就会成为酒鬼或者罪犯。原来是这样！"

有一回他摇摇晃晃地走进院子里来。他的眼睛茫然地乱看,他的呼吸困难。他又笑又哭,嘴里说着什么,仿佛发着高烧在说胡话似的。在他那些乱糟糟的话里我只能听懂这样几句:"我的母亲啊！我的母亲在哪儿？"他哭着说这几句话,好像小孩子在人群中跟母亲走散了似的。我就把他领到我们的花园里去,把他安顿在树荫底下,然后那一整天和一整夜我跟玛霞轮流守在他的身旁。他病了,可是玛霞带着憎恶瞧着他那苍白湿润的脸,说:

"难道这些混蛋在我们的院子里还要住上一年半吗？这真可怕！这真可怕呀！"

那些农民惹得我们多么伤心啊！在最初那段时期,在春天那些月份,在我们那么巴望幸福的时候,我们却遭到多么沉重的失望！我的妻子要办一个学校。我为那学校画了一个草图,容纳六十个孩子。地方自治局执行处也赞同,可是劝她在库里洛夫卡村办学校,那是个大村子,离我们有三俄里远。顺便要说到,库里洛夫卡村原有一个学校,在那里有四个村子的孩子去读书,我们杜别奇尼亚也包括在内,可是这学校又旧又挤,在那儿的朽烂地板上走路已经有危险了。三月末,按照玛霞的心意,她奉派担任了库里洛夫卡村学校的监督人,四月初我们三次召集会议,劝告农民说他们的学校又挤又旧,非修建新学校不可。地方自治局执行处派人到场,平民学校的学监也来了,他们也都劝告农民。每次开完会以后,农民总是围住我们,要我们请他们喝一大桶白酒。我们被人群围住,觉着很热。我们不久就筋疲力尽,回家去了,心里很不满意,而且有点发窘。最后农民总算给学校拨出一块地,然后他们得用自己的马从城里把全部建筑材料运回来。他们刚忙完春播作物,头一个星期日就从库里洛夫卡和杜别奇尼亚赶着大车去运砖回来奠地基。天刚亮他们就动身,可是直到夜深才回来;那些农民喝得醉醺醺的,说是他们累得要命。

仿佛故意捣乱似的,整个五月一直下雨,天冷。道路坏了,泥泞不堪。从城里回来的大车照例绕到我们的院子里来,那是多么可怕呀!瞧,大门口出现了一匹马,叉开前腿,大着肚子,在把车拉进院子里来以前深深低下头去。车上装着一根二十俄尺长的圆木,看上去又湿又滑。车子旁边走着一个农民,因为有雨而把衣服裹紧身子,把衣裾掖在腰带里,他眼睛并不瞧着脚底下,也不绕过泥塘,却大踏步走着……随后又出现一辆大车,装着薄木板,然后又出现一辆,装着圆木,再后又是一辆……正房前面那块空地渐渐挤满了马匹、圆木、木板。农民和包着头、把连衣裙底襟掖起来的农妇气冲冲地瞧着我们的窗子,吵吵嚷嚷,要太太出来,粗野的咒骂声传来。莫伊谢伊站在一旁,我们觉得他看见我们受到侮辱仿佛高兴似的。

"我们再也不管运了!"农民们喊道,"我们累坏了!让她自己去运吧!"

玛霞脸色发白,惊慌失措,以为他们马上就要冲进房子里来了,就打发人送出半桶酒去,这以后吵闹声才平息,长长的圆木一根连一根地爬出院子去了。

我准备到建筑工地去,我妻子激动起来,说:

"农民们凶得很。只求他们别对你胡闹才好。不,等一等,我跟你一块儿去。"

我们一块儿坐着车到库里洛夫卡村去,在那儿木工们要我们赏他们一些酒钱。木架已经搭好,是奠立基石的时候了,可是瓦工还没来,结果只好窝工,木工们抱怨起来。后来瓦工总算来了,不料又发现没有沙土，不知怎的大家忘了这儿要用沙土。农民们利用我们束手无策的局面，要三十个戈比运一车沙土，其实从工地到河边去装沙土不到四俄里远。他们一共要运五百多车才够用。误会啦，谩骂啦，纠缠啦，闹个没完，我妻子生气，瓦工的包工头季特·彼得罗夫是一个七十岁的老人，挽住她的胳膊说：

"你瞧着吧！你瞧着吧！你只要给我运来沙土，我就一下子给你派十个人来，两天里头就把活儿做完。你瞧着吧！"

可是沙土运齐了，过了两天，四天，一个星期，在准备奠基的那个地方仍旧张开着一条空荡荡的沟。

"这简直要叫人发疯！"我妻子激动地说，"这些老百姓是什么样的人啊！什么样的人啊！"

正在这种乱糟糟的时候工程师维克托尔·伊万内奇到我们这儿来了。他随身带来用纸包着的一瓶葡萄酒和凉菜，吃了很久，然后在露台上躺下来睡觉，呼呼地打鼾，招得工人们摇着头说：

"可了不得！"

他来了，玛霞并不高兴，她不相信他，同时却又跟他商量，他饭后睡了一大觉，醒来心绪恶劣，对我们的农活批评一阵，或者后悔买下杜别奇尼亚，因为它给他带来那么多的损失，在这种时候可怜的玛霞脸上总是现出难过的神情。她向他抱怨起来，他就打着呵欠说，应当把农民打一顿才对。

他把我们的婚事和我们的生活叫做喜剧，他说这是任性，胡闹。

"她已经出过这类的事，"他对我讲到玛霞，"有一回她自以为是歌剧演员，就离开我走了。我找了她两个月，我最可爱的人，单是电报费我就花了一千卢布。"

他不再像以前那样称呼我教派信徒，油漆工先生，也不像以前那样用赞许的态度对待我的劳动生活，而只是说：

"您是个怪人！您是个不正常的人！我不敢预言,不过您的下场好不了！"

玛霞夜间总睡不好,老是坐在我们寝室的窗前想什么。吃晚饭的时候不再有笑声,她也不再做可爱的鬼脸。我心里难过,天下雨的时候每颗雨点都像小子弹似的打进我的心里,我恨不得跪在玛霞面前,替天气赔罪才好。农民们在院子里闹,我也觉着自己有罪。我往往一连几个钟头坐在一个地方不动,一心想玛霞是个多么出色的人,多么了不起的人。我热烈地爱她,凡是她说的话,她做的事都使我陶醉。她倾向于安静的书房工作,她喜欢长时间看书,研究点什么。她只凭书本了解农业管理,然而她的知识却使我们惊奇,她出的主意全都合用,没有一个在农业管理中是白费的。此外她又多么高尚,多么风雅,多么温和啊,只有受过极好的教育的人才会那么温和！

对这个具有健康活跃的智慧的女人来说,我们现在生活中的这种杂乱环境以及种种小烦恼和小是非是痛苦的。这一点我自己也看出来了,一到晚上我就睡不着觉,苦苦思索,喉咙里发堵,恨不能哭一场才好。我翻来覆去,不知道该怎么办好了。

我坐车进城,给玛霞运来书籍、报纸、糖果、花卉。我跟斯捷潘一块儿捕鱼,一连几个钟头淋着雨在凉水里走来走去,让水没到脖子上,为的是捉到一条山鲶鱼,给我们的饭菜添一点花样。我低声下气地求农民们别闹,请他们喝酒,花钱买动他们的心,对他们许下种种的愿。此外我还做了多少蠢事啊！

最后雨总算停了,土地干了。我清早四点钟光景起床,走进花园,看见露珠在花朵上闪光,鸟儿和昆虫叫出一片喊喊喳喳的闹声,天上一点云也没有,花园、草场、河流都那么美,可是我想起了农民,想起了大车,想起了工程师！我和玛霞坐一辆轻便的马车到田野上去看一看燕麦。她赶车,我坐在她身后。她的肩膀微微耸起来,风戏弄她的头发。

"靠右边走!"她对迎面来的人嚷道。

"你很像赶车的。"有一天我对她说。

"很可能!我祖父,也就是工程师的父亲,本来就是赶车的。你不知道吧?"她回转身来问我,而且立刻表演赶车的怎样吆喝,怎样唱曲子。

"谢天谢地!"我听着她的声音暗想,"谢天谢地!"

我又想起了农民,想起了大车,想起了工程师……

十三

医师布拉戈沃骑着自行车来了。姐姐也开始常常到这儿来。我们又谈体力劳动,谈进步,谈在遥远的未来等待人类的神秘的未知数。医师不喜欢我们的农活,因为它妨碍我们争论,他说耕耘、收割、放牧之类的工作跟自由人是不相称的,人类逐渐会把所有这些生存斗争的粗鄙方式交给牲畜和机器去做,他们自己专门致力于科学研究。姐姐老是要求让她早点回家去,要是人们把她留到夜深,或者留她过夜,她就非常心神不定。

"我的天,您简直还是个孩子!"玛霞用责备的口气说,"是啊,这甚至可笑。"

"不错,这是可笑的,"姐姐同意说,"我承认这是可笑的,可是我既然没有力量克制自己,那又有什么办法呢?我老是觉着好像我做得不对似的。"

到割草季节,我由于没有做惯而周身酸痛。傍晚我跟家里人一块儿坐在露台上谈天,我往往忽然睡着了,大家就对着我大声笑起来。他们叫醒我,把我安顿在桌子旁边吃晚饭,可是我睡意蒙眬,好像在梦中似的看见那些灯火、人脸、菜碟,听人们说话,却什么也听不懂。我一清早就起床,立刻拿起镰刀来,或者到建筑工地去,工作一整天。

遇到节日我留在家里,就会发现我妻子和姐姐瞒着我什么事,甚至仿佛要躲开我。妻子待我仍旧温存,不过她脑子里有了一种什么想法,却不肯告诉我。毫无疑问,她对农民的气忿正在增长,对她来说生活变得越发沉重了,然而她却不再向我抱怨。如今她倒乐意跟医师谈话,却不大乐意跟我谈话了。我不明白为什么会这样。

我们省里有一个风俗,遇到割草和收粮食的季节,每天傍晚工人们就走到主人院子里来,主人就请他们喝白酒,连年轻的姑娘也喝一杯。我们没有照这个风俗做。割草人和村妇们就在我们院子里一直站到夜深,等酒喝,然后一边骂着一边走出去。在这种时候玛霞就严厉地皱起眉头,一声不响,或者气忿地低声对医师说:

"野人!贝琴涅戈人①!"

在乡村里就跟学校里一样,新来的人总是受到无礼的,甚至敌意的对待。我们也受到了这种待遇。起初人们把我们看做两个头脑简单的笨人,认为我们买下庄园只是因为有了钱无处用罢了。他们笑我们。农民把牲口放进我们的树林里,甚至放进我们的花园里来。他们把我们的奶牛和马赶到他们村子里去,然后走来要求赔偿,说是踏坏了他们的庄稼。他们成群结伙地到我们院子里来,七嘴八舌地声明说,好像我们在割草的时候侵入了不属于我们所有的什么贝谢耶甫卡村或者谢明尼哈村的地界。我们还不很清楚我们的地界,因此我们听信这话,付了罚款,可是事后查明,我们割草的地段没有弄错。我们树林里的小菩提树被人剥掉了树皮。有一个杜别奇尼亚的富农没有牌照私自卖白酒,他买通我们的工

---

① 土耳其的一个古代民族,曾经屡次侵入俄罗斯。

人,一块儿用最奸诈的方式欺骗我们,把大车上的新车轮换成旧车轮,把我们耕田用的马轭弄到手再转卖给我们,等等。然而最可气的是库里洛夫卡建筑工地上出的事,在那儿村妇们每天夜里偷木板、砖头、瓷砖、生铁,村长带着证人到她们家里搜查,村社罚她们每人出两个卢布,然后这些罚款却被整个村社拿去喝酒了。

玛霞知道了这件事,就愤慨地对医师或者对我姐姐说:
"简直是畜生!这真可怕!可怕!"
我不止一次地听见她说,她后悔起意造学校了。
"您要明白,"医师劝她说,"您要明白,要是您造这个学校,或者一般的做好事,那您不是为了农民,而是为了文化,为了未来。农民越坏,也就越有理由要造学校。您要明白这一点才好!"
可是他的声调透露了他缺乏信心,我觉得他跟玛霞同样憎恨农民。

玛霞常到磨坊去,而且带我姐姐一块儿去。她俩笑着说,她们去看斯捷潘,他长得多么漂亮。原来斯捷潘只有跟男人在一起才显得迟钝,不爱说话,他跟女人在一块儿就随随便便,他的话也滔滔不绝了。有一回我来到河边洗澡,无意中听见他们在谈话。玛霞和克丽奥佩特拉两个人都穿着白色连衣裙,坐在岸边一棵柳树的宽大的荫影下面,斯捷潘站在旁边,把手放在背后,说:

"难道农民算是人吗?他们不是人,而且,对不起,他们是野兽,骗子。农民过的是什么生活呢?光是吃啦,喝啦,只求伙食便宜点就好,到酒馆里拼命灌酒。他们对你说不出一句好话,没有一点好样子,不懂什么叫礼数,就是粗野!他自己在烂泥里打滚,他妻子在烂泥里打滚,他孩子在烂泥里打滚。不管到了哪儿他倒头就睡,菜汤里有土豆,他干脆伸出手指头去捞,喝起克瓦斯来连蟑螂也一齐喝下去,连吹一口气把它吹掉都不肯!"

"要知道这是穷啊!"姐姐插嘴说。

"哪里是穷！不错,他们苦是苦的,可是苦跟苦不同,小姐。要是人关在监狱里,或者比方说瞎了眼睛,瘸了腿,那么实在,求上帝别让人落到这步田地才好,可要是他自自由由,有头脑,有眼睛,有手,有力气,有上帝,那他还缺什么呢？这是胡闹,小姐,这是愚昧无知,不是穷。比方说,要是您,好心的上流人,受过教养,有一片好心,打算周济他,那他就会昧下良心把您的钱拿去喝酒,要不然就更糟,他索性开一家酒店,拿您的钱去抢劫老百姓。您刚才说到穷。可是难道富裕的农民过活得好一些吗？对不起,也跟猪差不多。又粗又野,扯开嗓门哇哇地叫,蠢头蠢脑,横下里比直下里宽,一脸的肥肉,脸膛通红,你恨不能抡起胳膊来给他这个混蛋一记耳光才好。比方说,杜别奇尼亚的拉利昂就是个富裕的农民,可是恐怕他也在你们树林里剥树皮,不在穷农民以下。他爱骂人,他的那些孩子也爱骂人,他喝多了酒,就往泥塘里一滚,睡着了。小姐,他们都是些没出息的东西。跟他们一块儿住在村子里就跟住在地狱里一样。我讨厌它,那个村子。多亏主的恩典,上帝的恩典,我有吃有穿,在龙骑兵团里服满兵役,做过三年村长,现在成了自由的哥萨克,想上哪儿去就可以上哪儿去生活。我不愿意在村子里生活,谁也没有权利硬逼着我在哪儿生活。人家说,你有老婆啊。他们说,你得跟老婆一块儿住在小木房里。为什么非这样不可呢？我又不是她雇来的。"

"告诉我,斯捷潘,您是因为爱情才结婚的吗？"玛霞问。

"我们乡村里有什么爱情呢？"斯捷潘回答说,笑了笑,"太太,要是您有意知道的话,老实说,我是第二回结婚了。我并不是库里洛夫卡村的人,而是扎列戈希村的人,后来我是入赘到库里洛夫卡来的。这是说,爹妈不肯给我们分家,我们一共弟兄五个,我就鞠个躬,照这样子跑到一个外村来入赘了。我头一个老婆年轻轻的就死了。"

"怎么死的?"

"因为她蠢嘛。她老是哭,没来由地哭啊哭的,到后来就憔悴了。她一个劲儿地喝一种什么药水,好变得漂亮点儿,可是多半伤了内脏。我的第二个老婆是库里洛夫卡村的人,她有什么可取的呢?她是个乡下女人,村里的娘儿们,别的什么也不是。人家为她来找我提亲的时候,我心里活动了,我想她年纪挺轻,长得白白净净,家里样样都清洁。她妈就跟鞭身派教徒一样,喝咖啡,顶要紧的是她们过日子干干净净。所以我们就成了亲。可是第二天我们坐下来吃饭,我叫丈母娘给我拿一把调羹,她就去拿,我一瞧,她用手指头擦调羹呐。好家伙,我心想,这就叫做干净啊。我跟她们一块儿过了一年就走了。也许我该娶个城里人才对,"他沉默一会儿,接着说,"据说,老婆是丈夫的帮手。我要帮手干什么?我自己就会帮自己,做老婆的该跟我谈谈天,不过也别老是喊喊喳喳,应该有条有理,带感情地谈。缺了这种畅快的谈天还成个什么生活呢!"

斯捷潘忽然停住嘴,我立刻听见他哼起他那无聊而单调的"乌——溜——溜——溜"。这是说他看见我了。

玛霞常去磨坊,显然她在跟斯捷潘的谈话里找到了乐趣。斯捷潘那么真心而有力量地痛骂农民,这就把她吸引到他那儿去了。每逢她从磨坊回来,看守花园的呆子农民就对她喊道:

"小妞儿巴拉希卡!你好,小妞儿巴拉希卡!"他又学狗那样对她叫道:"汪!汪!"

她就停下来,注意地瞧他,仿佛她在这呆子的吠声中找到了她思想的解答似的。大概他也像斯捷潘的痛骂那样吸引她。家里等着她的却无非是一些消息,例如村里的鹅钻进我们的菜园,把白菜啄坏了几棵,或者拉利昂偷了缰绳,她就耸着肩膀冷冷一笑,说:

"您对这些人还能指望什么呢?"

她生气,心里满是怨恨。同时我却跟农民们处熟,越来越跟他们相好了。他们大多数是神经质的、爱生气的、受尽侮辱的人。这些人的想象力已经被扑灭,他们愚昧无知,见识贫乏而模糊,老是那一套关于灰色的土地、灰色的日子、黑面包的想法。这些人狡猾,然而跟鸟那样只把头藏在树后面。他们不会算计。他们不肯为二十个卢布而上您这儿来割草,可是您只要肯出半桶酒,他们就来了,其实二十个卢布可以买四桶酒哩。他们也确实肮脏、酗酒、愚蠢、骗人,不过尽管这样,人却觉得一般说来农民生活是立足在一个坚固健康的核心上的。不管农民赶犁走着的样子多么像是一头笨拙的野兽,也不管农民怎样用白酒灌醉自己,可是人只要走近前去细细一看,就会感到农民有一种不可缺少的、很重大的东西,而比方说玛霞和医师就恰好缺少这种东西,那就是农民相信人世间最重要的东西是真理,他和所有人民的得救都只在于真理,因此人间万物当中他最喜爱的莫过于公正。我对妻子说,她看见了玻璃上的斑点,却没有看见玻璃本身。她往往用沉默作为回答,或者像斯捷潘那样哼着:"乌——溜——溜——溜"……每逢这个善良聪明的女人气得脸色惨白,嗓音发颤地跟医师讲到酗酒和欺骗,我总是弄不懂,而且为她的健忘吃惊。她怎能忘记她父亲,那位工程师,也喝酒,而且喝很多,他用来买杜别奇尼亚的钱是借助于一连串没廉耻、昧良心的欺骗得来的呢?她怎么能忘了这些呢?

十四

我姐姐也过着她自己的独特的生活,严密地瞒过我的耳目。她常跟玛霞交头接耳地说话。每逢我走到她跟前去,她总是畏畏缩缩,她的眼光变得负疚,哀求了。显然她灵魂里起了什么变化，她怕它，为它害臊。为了避免在花园里跟我相遇，或者跟我单独待在一块儿，她随时跟玛霞厮守着，弄得我很少有机会跟她谈话，只剩下吃饭的时候了。

有一天我从建筑工地回来，轻轻地走过花园。天黑下来了。我姐姐没有看见我，也没有听见我的脚步声，自顾在一棵枝叶茂密的老苹果树旁边走来走去，没有一点声音，仿佛是个幽灵。她穿一身黑衣服，走得很快，老是顺着一条线往返，眼睛瞧着地下。树上掉下一个苹果来，她给那响声吓一跳，站住，用手按住鬓角。这当儿我就向她面前走去。

一股温柔的爱忽然倾注到我的心头，不知什么缘故我含着眼泪想起了我们的母亲、我们的童年，我就搂住她的肩膀，吻她。

"你怎么了？"我问，"你心里难过，我早就看出来了。告诉我，你怎么了？"

"我害怕……"她说，身子发抖。

"你到底怎么了？"我追问道，"看在上帝分上，你老老实实说出来吧！"

"我说，我老老实实说出来，我把实在情形都告诉你。瞒着你是太沉重、太苦了！米萨伊尔，我在恋爱……"她接着小声说，"我在恋爱，我在恋爱……我幸福啊，可是不知什么缘故我又那么害怕！"

有脚步声传来，树木之间现出医师布拉戈沃的身影，上面穿着绸衬衫，下面穿着高筒靴。显然这儿，在这棵苹果树旁边，正是他们指定的约会地点。她一看见他，就激动地往他那边扑过去，痛苦地喊叫着，仿佛有人要把他从她身边夺去似的。

"弗拉基米尔！弗拉基米尔！"

她依偎着他，贪婪地瞧他的脸。一直到这时候我才发现近来她多么消瘦，多么苍白。这从她那花边衣领特别容易看出来，这个衣领我早就见过，现在却显得比以前任什么时候都肥大，包不严她那又瘦又长的脖子了。医师有点慌张，不过立刻镇定下来，抚平她的头发说：

"好，得了，得了……为什么这样激动呢？你瞧，我来了。"

我们没有谈话，不好意思地互相看看。随后我们三个人一块儿走着，我听见医师对我说：

"我们的文化生活还没有开始。老人安慰自己说：要是现在什么也没有，那么四十年代或者六十年代却有过一些东西，这是老人，至于我们，都还年轻，marasmus senilis① 还没有碰到我们的脑子，我们还不能用这类幻想来安慰自己。俄罗斯开国是在八六二年，而有文化的俄罗斯依我的理解却还没有开始。"

可是我没有理会这些论调。不知怎的有点奇怪，我不能相信姐姐在恋爱，不能相信她挽着一个生人的胳膊走着，温柔地瞧着他。我姐姐是个神经质的、担惊害怕的、受压制的、不自由的人，却爱上一个已经结了婚而且有了孩子的男人！我觉着有点惋惜，可是究竟惋惜什么，我却不知道，不知因为什么缘故，医师在场使我不愉快，而且我无论如何也想不出他们这种恋爱会有什么下场。

十五

我和玛霞坐车到库里洛夫卡去参加学校落成典礼。

"秋天了，秋天了，秋天了，……"玛霞瞧着两旁的景色小声说，"夏天过去了。鸟儿没有了，只有柳树还是绿的。"

是的，夏天过去了。晴朗温暖的日子来了，可是早晨很凉，牧人已经穿皮袄，我们花园里翠菊上的露珠一整天都不干掉。空中

---

① 拉丁语：老年的衰弱。

老是传来悲凉的叫声,分不清这是护窗板在生锈的合页上哀叫呢,还是有仙鹤飞过,总之人的心里那么畅快,那么想望生活!

"夏天过去了,……"玛霞说,"现在我们可以算一笔总账了。我们做了许多工作,思考了许多事,因而我们变得好多了,这增添了我们的名誉和光彩,我们在个人修养上有很大成就,可是我们这些成就对四周的生活有显著的影响吗?对任何一个人带来了益处吗?没有。愚昧无知、身体上的污秽、酗酒、惊人的高度的儿童死亡率,一切照旧。你耕地,下种,我花钱,读书,可是谁也没有因此得益。显然,我们只在为自己工作,我们海阔天空的思索也只是为自己罢了。"

这类论调常常使我不知所措,我不知道该怎么想才好。

"我们从头到尾始终是诚恳的,"我说,"凡是诚恳的人,就是对的。"

"谁会来争论呢?我们是对的,可是我们在做我们认为对的事的时候却做得不对。首先就我们方法的外在的一面来说,难道不是错的吗?你想对人们有益,然而只因为你买下庄园,那你从一开头起就堵塞了你对他们做任何有益的事的一切可能。其次,既然你跟农民一样地做工,穿衣服,吃东西,那你就用自己的威信把他们那种又粗又笨的服装、可怕的木屋、愚蠢的胡子合法化了……另一方面,姑且假定你工作很久很久,工作一辈子,而且到头来产生了一些实际效果,可是它们,你这些实际效果,挡得住像普遍的愚昧、饥饿、寒冷、退化之类的自发力量吗?这只不过是一滴水投进汪洋大海罢了!这儿需要另一种斗争方式,强大、勇敢、迅速的斗争方式!如果你真想变得有益,那就得走出日常活动的狭隘圈子,极力一下子影响广大的群众!这儿需要的首先是轰轰烈烈的、精力充沛的宣传。艺术,比方说音乐,为什么那样生动,那样广泛流传,实际上那样强大呢?这就是因为音乐家或者歌唱家一下子影响成千的人。可爱的艺术,可爱的艺术啊!"她接着说,梦幻地瞧着天空,"艺术给人翅膀,把人带到远远的、远远的地方去!凡是厌恶污秽和厌倦细小的、一分一厘的利钱的人,凡是被激怒的、受了委屈的、愤愤不平的人,只有在美的东西里才找得到安宁和满足。"

我们到库里洛夫卡的时候,天气晴朗,欢畅。有些院子里在打谷子,空气中弥漫着黑麦的麦秆香气。篱墙里面的花楸果一片鲜红。放眼看去,四周的树木都在变成金黄色或者变成红色。钟楼上响起钟声,人们抬着圣像到学校里来,同时传来了歌声:《热心的女保护神》①。空气多么清澈,鸽子飞得多么高啊!

人们在教室里做祷告。然后库里洛夫卡的农民把一个圣像献给玛霞,杜别奇尼亚的农民把一个大面包和一个镀金的盐瓶送给玛霞。玛霞抽抽搭搭地哭个不停。

"要是有人说过什么不该说的话,做过什么使人不痛快的事,那么请您原谅才好。"一个老人说,对她和我深深一鞠躬。

我们坐车回家的时候,玛霞不住回过头去看学校。由我漆成的绿房顶如今在阳光底下发亮,我们很久都看得见它。现在玛霞投过去的那种眼光,我觉得,是告别的眼光了。

十六

傍晚她准备进城去。

近来她常常坐车进城,在那儿过夜。她不在,我就没法做工,我的胳膊耷拉下来,软绵绵了。我们的大院子就显得乏味,空虚得讨厌。花园里充满怒冲冲的闹声。缺了她,房子、乡村、马匹,对我

---

① 指基督教中的圣母。

来说，就不再是"我们的"了。

我总是不出家门，老是坐在她的书桌那儿，挨近那个装满农业书籍的书柜，那些往日受到宠爱的书籍现在已经不需要，它们那么困窘地瞧着我。我一连几个钟头赏玩她的旧手套、她平时用来写字的钢笔或者她那把小剪刀，听着钟声敲七下，八下，九下，窗外出现了秋天的夜晚，黑得跟煤烟一样。我什么事也做不下去，清楚地体会到：如果早先我做过什么事，如果我耕过地，割过草，砍过柴，那也只是因为她希望这样罢了。即使她打发我去清理一口深井，而我得站在井里让水齐到腰上，我也会爬进井里去，不管这样做需要不需要。如今她不在旁边，杜别奇尼亚、这片废墟、这份杂乱、那些被风吹得砰砰响的护窗板、那些白天和夜晚不断光临的盗贼，在我眼里就成为一片混沌，做任什么工作也无益了。再者，既然我觉得我脚底下的土地已经不存在，我在这儿，在杜别奇尼亚所扮的角色已经演完，总之既然等待着我的是那些农业书籍所遭到的那种命运，那我何必再在这儿做工，何必为未来操心和费脑筋呢？啊，晚上，在那些孤独的光阴里，我时时刻刻提心吊胆地听着，好像预料马上就会有个人来大叫一声，说是我该走了，在那种时候我是怎样苦恼啊！我倒不是舍不得杜别奇尼亚，我是惋惜我的爱情，显然这爱情也已经到了它的秋天。爱着别人而又被人爱着是多么巨大的幸福啊，可是感觉到自己从这个高塔上一头栽下来，那又是多么可怕！

第二天傍晚以前玛霞从城里回来了。她为了一件什么事不高兴，不过她瞒住我，只是说，为什么把冬天用的外层窗子都装上了，这样真会闷死人呢。我就卸下了两扇窗子。我们不觉着饿，可是我们还是坐下来吃晚饭。

"别忙，你先洗一洗手吧，"妻子说，"你手上有一股油灰的气味。"

她从城里带回来一些新的画报,吃过晚饭以后我们就一块儿看画报。画报的副刊上有时装画和衣服式样。玛霞略略浏览一遍,就把它放在一边,为的是以后再单独仔细观赏。不过有一件连衣裙,配着大袖子和宽大没皱折的裙子,像一口钟似的,却引起她的兴趣,她认真地、聚精会神地看了它一分钟。

"这个样子不坏。"她说。

"是的,这件连衣裙跟你非常配得上,"我说,"非常配得上!"

我满腔温情地瞧着那件连衣裙,欣赏那些灰色的花点,只因为她喜欢它。我接着温柔地说:

"多么美妙漂亮的连衣裙!美丽的、光辉夺目的玛霞!我亲爱的玛霞呀!"

眼泪滴到插图上了。

"光辉夺目的玛霞……"我喃喃地说,"可爱的、珍贵的玛霞……"

她去睡觉了,我却仍旧坐在那儿,看了一个钟头的画报。

"你不该卸下窗子来,"她在寝室里说,"恐怕这样会冷了。瞧,多大的风吹进来了!"

我把《杂俎栏》读了几段,那里面讲到怎样制造廉价的墨水,讲到全世界最大的钻石。我又翻到她喜欢的那件时新连衣裙的插图,我就想象她在舞会上摇着扇子,裸露着肩膀,周身华丽,闪闪发光,而且对音乐也好,绘画也好,文学也好,她无所不知,于是在我眼里,我所扮的角色显得多么渺小短暂啊!

我们的相逢,我们的结合,仅仅是一个插曲而已,像这样的插曲日后在这天赋优厚、性格活跃的女人的一生中是不会很少的。就跟我已经说过的那样,世界上最好的东西都是供她享用的,她完全不必破费什么就可以拿到手,就连思想和当代的思想运动也为她效劳,成为一种娱乐,给她的生活添上一些花样,我呢,只不过是个马车夫,把她从这项消遣转送到那项消遣上去罢了。可是现在她不需要我,她要高飞了。那就剩下我孤单单一个人了。

仿佛回答我的思想似的,院子里传来绝望的叫声:

"救——命——啊!"

这是女人的尖细声音。好像要模仿它似的,风也在烟囱里发出尖细的呼啸声。过了半分钟,在风声中又传来那绝叫声,不过这一回好像从院子的另一头传来:

"救——命——啊!"

"米萨伊尔,你听见了吗?"妻子轻声问道,"你听见了吗?"

她从寝室里出来,向我这边走,身上只穿着衬衣,头发披散着。她瞧着黑暗的窗子,听着。

"有人正在勒死什么人!"她说,"竟有这样糟糕的事。"

我拿着枪走出去。外面很黑,刮着大风,弄得人站都站不住。我走到大门口,听一听:树木飒飒地响,风呼啸着,花园里那个呆子农民的狗大概在懒洋洋地吠叫。大门外漆黑,一点灯光也没有。在去年做办公室用的那个厢房左近,忽然传来低抑的喊声:

"救——命——啊!"

"是谁?"我叫了一声。

有两个人在打架。这一个在推那一个,那一个不肯动,他们俩呼哧呼哧地喘气。

"放开我!"那一个说,我听出这是伊万·切普拉科夫的声音,用女人的尖细声音喊叫的就是他,"放开我,该死的,要不然我就咬你的手!"

我认出另外一个是莫伊谢伊。我把他们拆开,同时我忍不住打了莫伊谢伊两个耳光。他倒下去,随后站起来,我就又打了他一下。

"他要害死我,"他嘟嘟哝哝说,"他偷偷去开他妈的柜子……

为了安全起见,我要把他关在厢房里……"

切普拉科夫喝醉了,没有认出我来,不住地粗声喘气,仿佛要吸足气再喊救命似的。

我丢下他们,回到房里去。妻子躺在床上,她已经穿好衣服。我把外面出的事讲给她听,就连我打了莫伊谢伊也没有瞒她。

"住在乡下真是可怕,"她说,"夜晚是多么长啊,我的天。"

"救——命——啊!"过了一会儿又传来喊叫声。

"我去叫他们别吵。"我说。

"不,随他们去咬断彼此的喉咙吧。"她带着厌恶的神情说。

她瞧着天花板,听着,我坐在她身旁,不敢跟她说话,心里觉着外面喊"救命"和夜晚那么长好像都该怪我不好似的。

我们沉默不语,我着急地等着窗外现出曙光。玛霞的神态始终像是大梦初醒,如今正在暗自惊奇她这样一个聪明而受过教育的女人,她这样一个整齐干净的女人,怎么会跑到这内地的、破烂的荒漠里来,怎么会跑到这群渺小无聊的人们当中来,怎么会完全忘了自己,甚至迷上这群人当中的一个,做了他半年多的妻子。我觉着,依她看来,不管是我也好,莫伊谢伊也好,切普拉科夫也好,都是一个样子。对她来说,无论是我,是我们的婚姻,是我们的农活,是秋天的泥泞,都化成了那醉醺醺的、粗野的"救命"声。每逢她叹口气,或者动一动以便躺得舒服点,我就在她脸上看出这样的表情:"啊,快点天亮才好!"

天亮以后她就走了。

我为了等她而在杜别奇尼亚多住了三天,然后就把我们的东西收拾起来,放在一个房间里,锁上,进城去了。等到我在工程师家拉门铃,那已经是黄昏时候,我们大贵族街上的街灯亮起来了。巴威尔对我说家里没人:维克托尔·伊万内奇到彼得堡去了,玛丽亚·维克托罗芙娜大概在阿若京家里排戏。我至今还记得,后来

81

我多么兴奋地往阿若京家走去,我的心怎样跳动和缩紧,我走上楼梯,在楼梯口上站很久,不敢走进那座艺术之宫!大厅里的一个小桌子上,钢琴上,舞台上点着蜡烛,都是一排三支,第一次公演规定在十三日,第一次排演定在今天,星期一,不吉利的日子。这是对迷信的斗争!所有戏剧艺术爱好者已经聚齐,那些老年的、中年的、年轻的人在舞台上走来走去,拿着台词本念台词。萝卜离开大家,独自站在旁边,一动也不动,额角靠在墙上,用崇拜的眼光瞧着舞台,静等排演开始。一切都跟从前一样!

我向女主人那边走过去,我总得问候一声才对。可是忽然大家对我发出嘘声,摇手,要我别踩响地板。四下里一片寂静。钢琴盖掀开来,有一位太太挨着钢琴坐下,对乐谱眯起近视的眼睛,我的玛霞就向钢琴那儿走过去,衣服艳丽,模样俊美,然而美得有点特别,有点新奇,完全不像春天到磨坊里来找我的那个玛霞。她唱起来:

为什么我爱你啊,明亮的夜晚?①

自从我们认识以来,这还是我头一回听见她唱歌。她的嗓音优美,响亮,有力。她唱歌的时候,我觉得我好像在吃一个又熟又香的甜香瓜。后来她唱完了,大家对她鼓掌,她很满意地微笑,眨眼,翻看乐谱,整理身上的连衣裙,好比一只鸟终于冲出鸟笼,在自由中拍着自己的翅膀。她的头发梳到耳朵上,脸上现出一种不好看的逞强神情,倒好像她要向我们大家挑战,或者把我们当马那样吆喝一声:"喂,我的小乖乖!"

这当儿她多半很像她那赶车的爷爷。

"你在这儿吗?"她问,对我伸出手来,"你听见我唱歌了吗?

---

① 摘自俄国诗人波隆斯基的诗《夜》,这首诗由柴可夫斯基编成歌曲。

那么,你觉着我唱得怎么样?"她没有等到我回答就接着说,"很凑巧,你在这儿。今天夜里我要到彼得堡去,不会去很久。你让我去吗?"

半夜里我送她上火车站去。她温柔地拥抱我,大概是因为感激我没有提出什么多余的问题。她答应给我写信来。我把她的手握了很久,吻了很久,费力地忍住眼泪,没有对她说任何话。

她走了,我站在那儿瞧着越去越远的灯火,在想象里爱抚着她,小声说:

"我亲爱的玛霞,光辉夺目的玛霞呀……"

这天夜里我到玛卡利哈去,在卡尔波芙娜那儿过夜。到早晨我就跟萝卜一块儿到一个富裕的商人家里去给他的家具包上面子,这个商人正要把女儿嫁给一个医师。

十七

有一个星期日,吃过午饭以后,姐姐到我这儿来,跟我一块儿喝茶。

"现在我看很多的书,"她说着,把书拿给我看,这是她来找我的时候从市图书馆里借来的,"谢谢你的妻子和弗拉基米尔,他们唤起了我的自觉。他们救了我,使我现在感觉到我自己是个人了。以前夜里我常常为各种操心的事睡不着觉:'哎呀,这个星期我们吃掉了那么多糖啊!哎呀,腌黄瓜可别太咸呀!'现在我也睡不着觉,可是我的思想已经换了一种。我难过,因为我这么愚蠢而胆怯地活了半辈子。我看不起自己的过去,为它害臊,现在我把父亲看做敌人一样了。啊,我多么感激你的妻子!还有弗拉基米尔!他真是个出色的人!他们打开了我的眼睛。"

"你夜里睡不着觉可不好。"我说。

"你以为我病了吗？我一点病也没有。弗拉基米尔给我听过，说我完全健康。不过关键不在于健康，健康不健康并不那么重要……你告诉我，我说得对吗？"

她需要精神上的支持，这是很明显的。玛霞走了，弗拉基米尔在彼得堡，城里除我以外再也找不到第二个人能够告诉她说她对了。她定睛瞧着我的脸，极力要看出我心底里的想法。要是我在她面前沉思不语，她就会把这看做是因为她的缘故，就会伤心。我随时得当心。每逢她问我她对不对，我总是连忙回答她，说她对，我深深地尊敬她。

"你知道吗？我在阿若京家里演剧了，"她接着说，"我想上舞台。我想生活，一句话，我想喝干满满的这杯酒。我什么才能也没有，我的全部台词不出十行，不过这还是比一天倒五次茶，注意厨娘别多吃一块面包高明不知多少倍，高尚不知多少倍。主要的是让父亲终于看出来我也能反抗。"

喝过茶，她就在我床上躺下来，闭上眼睛歇一会儿，脸色很苍白。

"多么软弱啊！"她坐起来说，"弗拉基米尔说，城里所有的女人和姑娘都因为不工作而贫血。弗拉基米尔是个多么聪明的人！他说得对，对极了。应当工作！"

过了两天她就到阿若京家里去，带着台词本排演。她穿一件黑色连衣裙，脖子上挂一串珊瑚珠，佩着一支远远看去像是一块夹馅小点心似的胸针，耳朵上戴着大耳环，由于嵌着钻石而发亮。我看着她，觉得别扭，我暗暗惊奇她这样不会打扮。别人也注意到她不恰当地戴着钻石耳环，装束得古怪。我在他们脸上看见了微笑，听见有人笑着说：

"这是那个埃及的克丽奥佩特拉。"

她极力做出善于交际，随随便便，心境坦然的样子，因此显得做作、古怪。她不再朴素可爱了。

"刚才我对父亲声明说我来排演，"她走到我跟前说，"他嚷着说他要不认我这个女儿，甚至差点打我一顿。你猜怎么着，我还没背熟台词，"她看一眼台词本说，"我准定会演得一塌糊涂。那么，该怎样就怎样吧，"她十分激动地说，"该怎样就怎样吧……"

她觉得大家好像都在看她，大家都惊奇她决意迈出这重大的一步，大家都期待她做出点不同寻常的事似的。谁也没法让她相信像我和她这样没有趣味的小人物是任何人也不来注意的。

第三幕以前她没有戏。她演一个客人，一个内地的饶舌的女人。她的戏只有一点点：她得在门外站上一阵，装出偷听的样子，然后说一段简短的独白。这时候离她出场至少还有一个半钟头。别人正在舞台上走来走去，念台词，喝茶，吵嘴，她却一步也不离开我，随时嘟嘟哝哝念她的台词，烦躁地揉她的台词本。她想象大家都在看她，等她出场，就用发抖的手理她的头发，对我说：

"我一定会演得一塌糊涂……我的心多么沉重啊，要是你知道就好了！我心里那么害怕，好像马上就要有人来拉着我去处死刑似的。"

终于要轮到她上场了。

"克丽奥佩特拉·阿列克谢耶芙娜，该您了！"导演说。

她走到舞台中央，脸上带着害怕的神情，样子难看，笨手笨脚，呆站了半分钟，仿佛吓呆了，一动也不动，只有她耳朵上的大耳环在摆动。

"头一回排演可以看台词本。"有人说。

我看得清楚她在发抖，她抖得说不出话来，没法翻台词本，她根本顾不上她的角色了。我刚要走到她那儿去，跟她说一句话，忽然她在舞台中央跪下来，嚎啕大哭。

大家活动起来，四下里一片喧哗，只有我一个人站在那儿，身子靠着侧面的布景,给眼前发生的事吓呆,不明白也不知道该怎么办才好。我看着别人把她扶起来,搀出去。我看见阿纽达·布拉戈沃向我走过来,以前我在大厅里没有看见她,如今她像是从地底下钻出来的一样。她戴着帽子,罩着面纱,照例做出她到这儿来只待一会儿,马上就要走的样子。

"我跟她说过,叫她不要演戏,"她生气地说,不连贯地吐出一个个字来,涨红了脸,"这是——胡闹!您本来应该拦住她才对!"

阿若京家的母亲长得干瘪精瘦,穿着短衣袖的短上衣,胸脯上面沾着烟灰,很快地走过来。

"我的朋友,这真可怕,"她说,绞着手,照例盯紧我的脸,"这真可怕!您姐姐怀孕了……她怀孕了!求求您,把她带走吧……"

她激动得直喘气。她的三个女儿站在一旁,跟她一样长得干瘪精瘦,惊慌地互相挨紧。她们忐忑不安,吓呆了,倒好像她们家里刚刚捉住一个女苦役犯似的。多么丢脸,多么可怕呀!要知道,这个可敬的家庭终生终世在跟迷信做斗争呢。显然,她们认为人类所有的迷信和偏见只不过是三支蜡烛,每月十三日,不吉利的日子——星期一罢了!

"求求您……求……"阿若京娜太太反复地说,她说到"求"的时候把嘴做成心的样子,念成"秋"的声音,"求求您,把她带回家去吧。"

十八

过了一会儿,我和姐姐顺着楼梯走下去。我用我大衣的前襟包住姐姐的身子,我们匆匆忙忙走着,专挑没有路灯的小巷,躲开行人,这就像是在逃跑。她不再哭了,用干巴巴的眼睛瞧着我。我要把她带到玛卡利哈去,这段路只要走二十分钟光景。说来奇怪,在这段短短的时间里,我们竟回想了我们的全部生活,我们谈到了一切,考虑了我们的处境,思索……

我们决定我们再也不能在这个城里住下去,等我挣到一点钱,我们就搬到别的一个什么地方去。有些房子里的人已经睡着了,有些房子里的人正在玩纸牌。我们痛恨这些房子里的人,怕他们,谈到他们那种由偏执而来的残暴、他们的心灵的粗鲁、这些可敬的家庭的微不足道、这些被我们吓坏的戏剧艺术爱好者。我禁不住要问:这些愚蠢、残忍、懒惰、狡猾的人究竟在哪方面比库里洛夫卡那些酗酒和迷信的农民高明呢,或者,这些人究竟在哪方面比野兽高明呢,因为只要有什么偶然的事件侵犯了野兽那种受本能限制的生活的单调气氛,也会把那些野兽弄得张皇失措的。如果现在姐姐只好回到家里去住,那她会有些什么样的遭际呢?她要跟父亲谈话,她每天遇见熟人,那她会经历到什么样的精神上的痛苦呢?我暗自揣摩这种情形,不由得想起了那些人,想起了所有那些熟人,他们总是把自己亲近的人从这个世界上慢慢排挤出去。我还想起那些受尽虐待、发了疯的狗,想起那些被小孩拔光了毛、丢进水里的活麻雀,想起我在这个城里从小就不断观察到的那许许多多愚蠢的、缓慢的痛苦。我不明白这六万居民到底为什么活着,为什么读《福音书》,为什么祷告,为什么读书籍和杂志。既然他们精神上一片黑暗,对自由心存厌恶,就跟一百年前,三百年前一样,那么古往今来人们所写和所说的一切东西能够给他们带来什么益处呢?木工包工头一辈子在城里造房子,可是一直到死都把"游廊"说成"牛廊",同样这六万居民祖祖辈辈读真理,听真理,读仁爱和自由,听仁爱和自由,却一直到死还是从早到晚撒谎,互相折磨,害怕自由,痛恨自由跟痛恨敌人一样。

"那么,我的命运已经决定了,"我们走到家后姐姐说,"出了这些事以后，我再也不能回到那边去了。天啊，这多么好呀！我心里轻松了。"

她立刻在床上躺下来。她睫毛上闪着泪光，然而她的神情幸福，她睡得又香又甜，看得出她心里真也轻松，她休息了。她好久好久没有这样酣睡过了！

我们从此开始一块儿生活。她老是唱歌，说她很痛快。我总是把我们从图书馆里借来的书原封不动地送回去，因为她已经读不下去，她只愿意幻想未来，谈论未来。她给我补内衣，或者帮卡尔波芙娜烧饭的时候，一会儿唱歌，一会儿讲她的弗拉基米尔，讲他的聪明，他的文雅和善良，讲他的不平常的学问。我虽然不再喜欢她那个医师，却也同意她的话。她想工作，想独立谋生，她说等到她的健康许可她工作，她马上就去做教师或者助理医士，亲自擦地板，洗衣服。她已经热烈地爱上自己的孩子，他还没有出世，可是她已经知道他的眼睛是什么样儿，他的手是什么样儿，他笑起来是什么样儿。她喜欢谈孩子的教育，由于世界上最好的人是弗拉基米尔，她关于教育的全部主张就归结到一点：孩子应该跟他父亲一样可爱。她的话永远说不完，她讲的一切话都在她心头勾起真正的快乐。有时候我也高兴起来，我自己也不知道为什么。

多半她把幻想的热情感染了我。我也什么书都不看，光是幻想。每到傍晚，尽管我已经很累，可是我仍旧把手插在衣袋里，从这个房角走到那个房角，讲起玛霞。

"你怎样想？"我问姐姐，"她什么时候回来？我觉得她会在圣诞节前回来，不会再迟。她在那边有什么事做呢？"

"既然她没有给你写信，她分明很快就会回来。"

"这话对。"我同意，其实我清楚地知道玛霞已经没有必要回到我们城里来了。

我非常想念她，我不再能够骗我自己，而极力要别人来骗我

了。姐姐等她的医师,我等玛霞。我们俩不住地又说又笑,却没注意到我们在妨碍卡尔波芙娜睡觉,她躺在炉台上,不断地嘟哝说:

"茶炊一清早就呜呜地叫,呜呜地叫!唉,这可不是好兆头,可怜的人啊,这可不是好兆头。"

我们这儿谁也不来,只有邮递员来,他把医师的信带给姐姐,有时候普罗科菲傍晚也来看我们,他一句话也不说地看了看姐姐,就走了,在厨房里说:

"各行各业的人都得知道各行各业的章法,谁要是性子傲,不愿意明白这一点,谁就要过一过人世的愁苦生活了。"

他喜欢说这几个字:"人世的愁苦生活"。有一天,那已经是圣诞节节期了,我走过市场,他招呼我走进他的肉铺里去,他没有跟我握手,只是声明说,他有一件很要紧的事要跟我说。天冷,他又刚喝过酒,因此他满脸通红,他身旁柜台里面站着那个一脸凶相的尼科尔卡,手里拿着一把沾着血迹的刀。

"我想跟您说一说我心里的话,"普罗科菲开口了,"这种事不能再拖下去了,因为您自己明白,人家不会为这种人世的愁苦生活而夸奖我们或者你们的。妈妈心肠软,当然不肯说惹您不高兴的话,要您姐姐明白自己的情形,搬到别处去住。我却不愿意再这样下去了,因为我不赞成她的行为。"

我明白他的意思,走出了肉铺。当天我就跟姐姐一块儿搬到萝卜那儿去了。我们没有钱雇马车,我们就走着去,我把我们的东西打成包袱,背在背上,姐姐手里没拿东西,可是她喘气,咳嗽,老是问我是不是快要走到了。

十九

最后,玛霞的信来了。

"亲爱的、好心的米·阿,"她写道,"善良温柔的我们的天使(那个老油漆工人就是这样称呼您的),请您原谅,我就要跟父亲到美国去参观展览会了。过几天我就要看见海洋,离杜别奇尼亚那么遥远,想着都可怕!它遥远,辽阔,跟天空一样,我很想上那儿去自由一下,我得意,我发狂,您看,我的信写得多么不连贯啊。亲爱的,善良的,给我自由吧,赶快把那根至今还完好地连结着您和我的线扯断吧。讲到当初我遇见您,认识您,那就像是一道从天上射下来的光,照亮了我的生活;可是后来我做您的妻子,那却错了,这一点您是明白的,犯错误的感觉至今压在我的心头,我跪下来求您,我的慷慨的朋友,在我动身去做海上旅行以前,赶快,赶快打个电报给我,说您同意纠正我们的共同错误,搬掉我翅膀上唯一的这块石头,我父亲承担这一切麻烦,答应我说不会用过多的手续来麻烦您。那么现在我自由了,可以向四面八方飞去了吧?对吗?

"祝您幸福,求主保佑您,请您原谅我这个有罪的人。

"我活着,我健康。我挥霍金钱,做了许多蠢事,每一分钟都在感激上帝,幸好像我这样的坏女人没有生孩子。我在演唱,而且获得了成功,不过这不是我入迷了,不,这是我的避风港,我的修道室,我现在从中得到了休息。大卫王有一个戒指,上面刻着几个字:'一切都会过去'。人难过的时候,看看这几个字就会高兴起来,不过人高兴的时候看了它们又会难过起来。我给自己定做了一个这样的戒指,刻着这几个埃及字,这个护身符使我免得入迷。一切都会过去,就连生活也会过去,这就是说:什么也不需要。或者只需要自由感,因为人在自由的时候就什么也不需要,什么也不需要,什么也不需要了。扯断那根线吧。紧紧拥抱您和您的姐姐。请您原谅而且忘掉您的玛。"

姐姐躺在一个房间里,萝卜躺在另一个房间里,他又生过一场病,现在正在复元。我接到这封信的时候,姐姐正巧悄悄地走到油漆工人那儿去,在他身旁坐下,开始念书。她每天给他念奥斯特洛夫斯基或者果戈理的作品,他听她念,眼睛瞧着一个地方,并不发笑,摇着头,有时候暗自嘟哝说:

"什么事都会有!什么事都会有!"

如果剧本里描写到什么丑恶的、不成体统的事,他就用手指头戳一下那本书,仿佛幸灾乐祸地说:

"就是它,虚伪!毛病就出在它身上,虚伪!"

剧本的内容、含义、复杂而艺术的结构,都吸引他。他赞叹他的本领,却永远也不提他的姓名:

"他怎么会有那么大的本事,把这些东西配搭得那么合适!"

现在姐姐只轻声念了一页,就念不下去了:嗓子里出不来声音了。萝卜拿起她的手,努动发干的嘴唇,用沙哑的声音很低很低地说:

"正派人的灵魂又白又光滑,跟白垩粉一样,有罪的人的灵魂却好比浮石。正派人的灵魂是清亮的干油,有罪的人的灵魂是煤焦油。人应当干活,应当伤心,应当有病,"他接着说,"凡是不干活,不伤心的人,就上不了天堂。那些脑满肠肥的要倒霉,那些强横霸道的要倒霉,那些富足的要倒霉,那些放债的要倒霉!他们看不到天堂。蚜虫吃青草,锈吃铁……"

"而且虚伪吃灵魂。"姐姐接着说,笑起来。

我把信又看一遍。这时候厨房里走进来一个兵,不知是由谁派来的,每个星期来两次,给我们送来茶叶、法式白面包、松鸡,那些东西有香水气味。我没有活儿做,只好一连好几天待在家里,大概那个给我们送面包的人知道我们穷。

我听见姐姐跟那个兵讲话,快活地笑着。随后她躺下来,吃着面包,对我说:

"当初你辞掉工作,做油漆工人的时候,我和安纽达·布拉戈沃从一开头就知道你做得对,可是我们不敢说出口来。你说,究竟是什么力量在妨碍我们把我们所想的据实说出来?就拿安纽达·布拉戈沃来说吧。她爱你,崇拜你,她知道你做得对,她跟姐妹一样地爱我,知道我做得对,恐怕心里还羡慕我,可是不知一种什么力量在妨碍她来找我们,她躲着我们,怕我们。"

姐姐把手放在胸前,热情地说:

"她多么爱你啊,要是你知道就好了!这种爱情她只对我一个人说过,而且是悄悄的,在黑地里。她把我带到花园里幽暗的林荫道上,小声对我说,她把你看得多么宝贵。你看,她始终没有出嫁,就因为她爱你啊。你为她歉然吗?"

"是的。"

"面包是她送来的。不错,这是可笑的,何必瞒着呢?从前我也可笑,愚蠢,现在我已经摆脱这些,已经谁也不怕,愿意想什么就想什么,愿意说什么就大声说出来,我变得幸福了。当初我住在家里的时候,根本就不知道什么叫做幸福,现在就是要我做皇后我也不干了。"

布拉戈沃医师来了。他得了博士学位,如今住在我们城里,在他父亲家里休假,说是很快就又要到彼得堡去了。他打算研究抗伤寒的疫苗以及大概是抗霍乱的疫苗,他打算出国深造,然后回来做教授。他已经辞去军职,穿着宽松的啥味呢上衣和很肥的裤子,打着漂亮的领带。姐姐欢欢喜喜地欣赏他的领带上的佩针、袖扣、大概为了漂亮才插在上衣胸前衣袋里的红绸手绢。有一回我们闲着没事,我和姐姐就按照记忆算一算他有多少套衣服,结果断定他至少有十套上下。他分明仍旧爱我的姐姐,可是他甚至在开玩笑的时候也没有说过一次他要带着她到彼得堡或者国外去,我简直想不出来要是她活下去,她会怎么样,她的孩子会怎么样。她光是无休无止地幻想,不认真地考虑未来,她说随他爱上哪儿去就上哪儿去吧,就是丢掉她也没关系,只要他自己幸福就好,至于她,有过以往那段生活也就满足了。

他来看我们的时候,照例很专心给她听诊,要求她当着他的面把药水连同牛奶一齐喝下去。这一回也是这样。他为她听诊,逼她喝下一杯牛奶,这以后我们的房间里就弥漫着一股杂酚油的气味。

"这才是乖孩子!"他说,从她手里接过杯子来,"你不可以说很多的话,近来你却像喜鹊那样喊喊喳喳。请你别说话了。"

她笑起来。随后他走进萝卜的房间,我正好坐在那儿,他亲热地拍了拍我的肩膀。

"哦,你怎么样,老头子?"他弯下腰去凑近那个病人,问道。

"老爷……"萝卜轻轻努动嘴唇说,"老爷,我要冒昧奉告……我们都在上帝手下活着,大家都得死……我说一句老实话……老爷,您不会进天国!"

"那有什么办法呢,"医师开玩笑地说,"地狱里也总得有人去啊。"

忽然我的知觉出了点毛病,我好像在做梦,梦见去年冬天那天夜里我站在屠宰场的院子里,普罗科菲跟我并排站着,他身上冒出一股胡椒酒的气味。我使劲控制自己,揉我的眼睛,却立刻觉着好像在到省长那儿去听训似的。这类情形在这以前或者以后都没发生过,我把这种像是做梦的古怪回忆解释做由于我的神经过度疲劳。我重又到了屠宰场,重又在省长面前听训,同时我又模糊地感到实际上并没有这种事。

等到我醒过来,却看见我已经不是在家里,而是在街上,跟医师一块儿站在路灯旁边了。

"真叫人难过啊,真叫人难过啊,"他说,眼泪流下他的脸颊,"她高兴,经常发笑,抱着希望,可是她的情形没有希望了,我的好朋友。您那个萝卜恨我,一个劲儿要我明白我待她不好。他按他的想法是对的,不过我也有我自己的观点,我一点也不为过去发生过的事后悔。人应当爱,我们大家都应当爱,不是吗?缺了爱就没有生活;谁怕爱,躲开爱,谁就不自由。"

他渐渐转到别的话题上去,谈到科学,谈到自己的论文,那篇论文在彼得堡受到人们的喜爱。他谈得热烈,再也想不起我的姐姐,想不起他的难过,想不起我了。生活在吸引他。我暗想:那一个有美国,有刻着字的戒指,这一个有博士学位,有学者的前程,只有我和我姐姐还是老样子。

我跟他告别以后,就走到路灯那儿,把玛霞的信再看一遍。我想起,生动地想起今年春天有一天早晨,她怎样到磨坊里来看我,躺下来,用皮袄盖在身上,她想装得像一个普通的村妇。另外有一回,也是在一天早晨,我们正从水里捞捕鱼的篓子,河边的柳树忽然把一颗颗大水珠洒到我们身上,我们就笑起来……

大贵族街上我们的家里已经一片漆黑了。我爬过围墙,照从前的办法,从后门走到厨房里去取一盏灯。厨房里没有人。火炉旁边有一只茶炊嘘嘘地冒汽,在等我父亲。"现在,"我想,"谁给父亲倒茶呢?"我举着灯,走进那个小屋,在那儿用旧报纸好歹给自己铺了床,躺下来。墙上的橡钉照旧严厉地瞧着我,它们的影子闪闪摇摇。天很冷。我觉着好像姐姐一定马上就要走进来,给我送来晚饭,可是立刻想起她在害病,躺在萝卜家里,于是我觉着奇怪:我怎么会爬过围墙,躺在这冰凉的小屋里。我的神志乱起来了,我看见了种种荒唐的事。

门铃响了。这是我从小就熟悉的铃声:先是铁丝擦着墙沙沙地响一阵,然后厨房里响起短促悲凉的铃声。这是父亲从俱乐部里回来了。我站起来,向厨房走去。厨娘阿克西尼娅看见我,把两只手一拍,不知什么缘故哭起来。

"我的亲人!"她小声说,"亲爱的! 啊,我的天!"

她由于兴奋而不住用两只手揉搓她的围裙。窗台上立着四个瓶子,里面盛着白酒,酒里泡着果子。我给自己斟了一茶杯,一口气喝完,因为我渴得很。阿克西尼娅刚刚擦过桌子和凳子,厨房里弥漫着一种气味,那种气味是干净的厨娘所掌管的明亮舒适的厨房里常有的。这种气味和蟋蟀的叫声,从前在童年时候,总是引诱我们这些孩子,到这儿,到厨房里来,让我们听神话,玩"老K"……

"克丽奥佩特拉在哪儿?"阿克西尼娅小声问,匆匆忙忙,透不过气来,"你的帽子在哪儿,少爷?听说你太太到彼得堡去了?"

她远在我母亲生前就来做事,从前给我和克丽奥佩特拉在木盆里洗过澡,现在依她看来我们仍旧是孩子,必须开导才成。足足有一刻钟的工夫,她在我面前摊开她的种种想法,这是一个老仆人在我们没有见面的这段时期里,在厨房的宁静里,凭她的深谋远虑想出来,积累起来的。她说我们可以逼医师跟克丽奥佩特拉结婚,只要吓唬他一下就成,又说如果好好写一份呈文,主教就会解除他的第一次婚姻,还劝我最好瞒住我的妻子悄悄把杜别奇尼亚卖掉,把钱放在银行里存起来,写上我的名字。她还说如果我和姐姐在父亲面前跪下来,苦苦哀求一番,他也许会原谅我们,又说我们应当向圣母做一回祈祷……

"好,去吧,少爷,跟他去谈一谈吧,"她听见父亲的咳嗽声以后说,"去吧,去讲一讲,鞠个躬,您的脑袋不会掉下来的。"

我就去了。父亲坐在书桌那儿,正在画一个别墅的草图,那别墅有哥特式的窗子和近似消防队瞭望台的粗塔,这是一张非常死板而平庸的草图。我走进书房,在正好可以看见那张图纸的地方站住。我不知道为什么我来找父亲,可是我至今还记得我一看见他的瘦脸、他的红脖子、他那印在墙上的阴影,我就恨不得扑过去,搂住他的脖子,照阿克西尼娅所教的那样跪在他的面前。可是我一看见那座有哥特式窗子和粗塔的别墅,就止住了自己。

"您晚上好。"我说。

他看一看我,立刻低下眼睛去看那张草图。

"你有什么事?"过了一会儿,他问。

"我是来告诉您:姐姐病得很重。她快要死了。"我闷闷地加了一句。

"是啊,"父亲叹道,摘下眼镜,把它放在桌子上,"你种什么就收什么。你种什么,"他又说一遍,离开书桌站起来,"就收什么。我请你回想一下:两年前你来见我,就在这个地方我请求过你,要你离开你的迷途,我对你提起义务和荣誉,提起你对祖先所负的责任,我们必须神圣地保持祖先的传统。那时候你听了我的话没有呢?你忽视我的忠告,固执地继续坚持自己的错误观点。这还不够,你又把你姐姐引到你的迷途上去,促使她失去道德和廉耻。现在你们两个人都倒霉了。是啊,你种什么就收什么!"

他一边说,一边在书房里走来走去。大概他以为我是来请罪的,大概他在等我为我自己和我姐姐讨饶。我觉得身上发凉,我打抖,好像害了热病似的,我用嘶哑的声音费力地说话。

"我也请您回想一下,"我说,"就在这个地方我也请求过您,要您了解我,要您细细想一想,一块儿来解决这个问题:我们应当怎样生活,为了什么而生活,您在回答的时候却谈祖先,谈那位写诗的祖父。刚才我对您说您的独生女已经没有希望了,您又谈祖先,谈传统……您这么大的年纪,跟死已经不是隔着万重山,在世上只能再活五年或者十年了,却还是这样的轻率!"

"你到这儿来干什么?"父亲厉声问道,听我责备他轻率,显然感到受了委屈。

"我不知道。我爱您,我非常痛心:我们彼此离得这么远。所以我来了。我还爱您,可是姐姐已经跟您彻底决裂了。她不能原谅您,永远也不会原谅您。一提起您的名字,就会勾起她对过去,对生活的憎恶。"

"这是谁的错呢?"父亲叫道,"这是你的错,混蛋!"

"好,就算是我的错吧,"我说,"我承认我在许多方面有错,然而,为什么您的生活,您认为我们也必须照这样过的生活,是这样的乏味,这样的平庸呢?为什么您三十年来所盖的这些房子里,没有一个人能教导我们应该怎样生活才不会犯过错呢?全城一个正直的人也没有!在您这些房子,这些该死的小窝里,人们把自己的母亲和女儿从世界上排挤出去,折磨子女……我那可怜的母亲啊!"我绝望地接着说,"可怜的姐姐啊!人必须用白酒,用纸牌,用诽谤来麻醉自己,必须做下流事,假仁假义,或者在几十年里不住地画,画,才能不发现所有暗藏在那些房子里的恐怖。我们这座城已经存在了几百年,在这几百年里它没有为祖国献出一个有益的人,一个也没有!凡是稍稍带点生气的、稍稍发出点亮光的东西在萌芽时期就统统被你们扼杀了!这座城只培养小店主、酒馆老板、办事员、教士,这是一座不必要的、没益处的城,即使它忽然陷进地底下去也不会有一个人可惜它。"

"我不要听你的话,混蛋!"父亲说,从桌子上拿起一把尺子来,"你喝醉了!你醉成这样居然敢来见你的父亲!我最后一次告诉你,而且也把这话转告你那不顾道德的姐姐:你们休想在我这儿得到任何什么东西。我已经把不听话的孩子从我的心里抹掉了,如果他们由于不听话,由于顽固而受苦,我并不怜惜他们。你可以回到你来的那个地方去!无论上帝怎样用你们来惩罚我,我也温顺地忍受这种考验,我像约伯①一样会在痛苦和持久的工作

---

① 见《旧约·约伯记》。

中找到安慰。在你没有改邪归正以前不准你跨过我的门坎。我是公正的,所有现在我说的话都是有益于你的,如果你希望自己好,你就该终生终世记住我以前对你说的和现在说的这些话。"

我挥了挥手,走出去。我不记得后来那天夜里和第二天我是怎样度过的了。

据说我在街上走来走去,没戴帽子,摇摇晃晃,大声唱歌,顽皮的男孩成群结伙跟在我的背后,大声喊叫:

"小利钱!小利钱!"

二十

要是我有心给自己定做一个戒指,我就会选这样一句话来刻在我的戒指上:"任何事情都不会过去"。我相信任何事情都不会不留痕迹就过去,对现在的和将来的生活来说我们所走的最小的一步路都是有意义的。

我所经历的一切并没有白白地过去。我的巨大的不幸和我的耐性感动了市民们的心,现在他们不再叫我小利钱,不再嘲笑我,每当我走过市场,也不再往我身上泼水了。关于我做工人这件事,他们已经看惯,虽然我这个贵族提着油漆桶,安装玻璃,他们也觉得没什么可奇怪的了。他们反而乐意给我活儿干,我已经被人看做高明的手艺人和继萝卜之后的最好的包工头了。萝卜虽然病后复元,虽然仍旧不搭脚手架就能够油漆钟楼的圆顶,可是已经没有力量再管工人的事。现在我就代替他在城里跑来跑去找活儿干。我雇来工人,付清工资,再解雇他们。我也借高利的债。现在我做了包工头,才明白为什么为了一个小钱的活往往会在全城跑三天以便找到铺房顶的工人。大家对我很客气,对我称呼"您"了。在我做工的房子里,房主人请我喝茶,打发人来问我要不要就在这儿吃饭。孩子们和姑娘们常常走过来,带着好奇和忧虑的神情瞧着我。

有一天我在省长的花园里做工,把那儿的一座凉亭漆成像是用大理石造出来的。省长出来散步,信步走进凉亭,由于闲着没事,就跟我攀谈起来。我提醒他说,从前有一天他怎样请我到他那儿去听训。他呆呆地看了一会儿我的脸,然后把嘴努成字母"O"的样子,两手一摊,说:

"我记不得了!"

我老了,变得不爱说话,严肃起来,甚至严厉起来,不大发笑。据说我变得像萝卜了,而且跟他那样常常说些无益的训诫,弄得工人们听着乏味。

我原先的妻子玛丽亚·维克托罗芙娜如今在国外生活。她父亲,那个工程师,在东部省份一个什么地方修铁路,在那儿买产业。布拉戈沃医师也在国外。杜别奇尼亚又转到切普拉科娃太太手里,她从工程师那儿打了八折把它买回来了。莫伊谢伊已经戴上圆顶礼帽。他常常坐着轻快的马车进城办事,在银行旁边停下来。据说他自己也买下一份被抵押过的田产,经常在银行里打听关于杜别奇尼亚的情形,那份田产他也打算买下来。可怜的伊万·切普拉科夫在城里漂泊很久,不做事,喝得醉醺醺的。我本来打算要他来做我们的活儿,有一个时期他跟我们一块儿油漆房顶,安装玻璃,甚至干得很有味,跟真正的油漆工人那样偷干油,要赏钱,酗酒了,可是这工作很快就使他厌倦,他想家,回到杜别奇尼亚去了,后来工人们告诉我说,他曾经挑唆他们挑一天夜里跟他一块儿去害死莫伊谢伊,抢劫将军夫人的财产。

父亲老多了,背驼了,每到傍晚就在自己家门附近散步。我没有到他那儿去过。

普罗科菲在霍乱流行时期用胡椒酒和焦油给小店主治病赚钱。我在报纸上看到,他坐在自己的肉铺里,把医师恶意批评一番,被官府用树条抽打了一顿。他的店员尼科尔卡害霍乱死了。卡尔波芙娜还活着,仍旧爱她的普罗科菲,怕他。她每次看见我,总要悲伤地摇头,叹口气说:

"你这个孩子算是完了!"

在工作日,我总是一天到晚地忙。到了假日,遇上好天气,我就抱着我那很小的外甥女(姐姐原来料着是男孩,可是生下来一个女孩),不慌不忙地走到墓园去。到了那儿我站着或者坐着,久久地看着那个我所珍爱的坟墓,告诉小女孩说那里面躺着她的妈妈。

有时候我在墓地上碰见安纽达·布拉戈沃。我们打个招呼,默默地站在那儿,或者谈起克丽奥佩特拉,谈起她的女儿,谈起在这个世界上生活是多么可悲。后来我们走出墓园,沉默地走着。她放慢了脚步,这是故意的,为的是跟我并排多走一会儿。那个小女孩快活,幸福,因为阳光太亮而眯起眼睛,她笑着,对她伸出手去,我们就站住,逗这个可爱的小女孩玩一阵。

等到进了城,安纽达·布拉戈沃就心神不定,满脸通红,跟我告别,一个人继续走路了。她稳重而严峻……路上的行人看见她,再也想不到刚才她跟我并排走过路,甚至逗过小女孩。

一八九七年

农　民

一

　　莫斯科旅馆"斯拉夫商场"的一个仆役尼古拉·契基尔杰耶夫害病了。他的两条腿麻木,脚步不稳,因此有一天他手里托着一个盘子,盘子里盛着一份火腿加豌豆,顺过道走着,绊一个筋斗,摔倒了。他只好辞去职务。他已经把他自己和他妻子所有的钱都花在治病上,他们没法生活了,而且闲着没事做也无聊,就决定应该回家乡,回村子里去。在家里不但养病便当些,生活也便宜些。俗语说:"在家千日好,出门一时难"①,这话不是没有道理的。

　　将近黄昏,他到了他的故乡茹科沃。据他小时候的记忆,故乡的那个家在他的心目中是个豁亮、舒服、方便的地方,可是现在一走进木房,他简直吓一跳,那么黑、那么窄、那么脏。他妻子奥莉加和他女儿萨莎是跟他同路来的,她们瞧着那个不像样的大炉子发了呆,它差不多占据半间屋子,给煤烟和苍蝇弄得污黑。好多的苍蝇哟!炉子歪了,墙上的原木歪歪斜斜,好像小木房马上就要坍下来似的。在前面墙角靠近圣像的地方。贴着瓶子上的商标纸和剪下来的报纸,这些是用来代替画片的。穷啊,穷啊!大人一个也不

---

① 原文直译是"在家庭的四面墙壁里有帮助"。

在家。大家都收庄稼去了。炉台上坐着一个八岁上下的、淡黄色头发的姑娘,没洗脸,露出冷冷淡淡的神情,她甚至没有看一眼这些走进来的人。下面,一只白猫正在炉叉上蹭痒痒呢。

"猫咪,猫咪!"萨莎叫它,"猫咪!"

"我们这只猫听不见,"那小姑娘说,"它聋了。"

"为什么?"

"是啊。它挨了打。"

尼古拉和奥莉加头一眼就瞧出来这儿的生活是什么样子,可是彼此都没说话。他们一声不响地放下包袱,一声不响地走出门外,到街上去了。从尽头数起他们的木房算是第三家,看上去好像是顶穷苦、顶古老的一家。第二家也好不了多少。可是尽头的一家却有铁皮房顶,窗上挂着窗帘。那所木房孤零零地立在那儿,四周没有围墙,那是一个小饭铺。所有的木房排成一单行,整个小村子安静而沉思,从各处院子里伸出柳树、接骨木、山梨树的枝子,有一种愉快的景象。

在农民住房的背后,有一道土坡溜到河边,直陡而险峻,这儿那儿的黏土里露出一块块大石头。在陡坡上,有一条小路顺着那些石头和陶工所挖的坑旁边蜿蜒出去。一堆堆碎陶器的破片,有棕色的,有红色的,在各处垒得很高。坡下面铺展着一片广阔、平整、碧绿的草场,草已经割过,如今农民的牲口正在那儿蹓跶。那条河离村子有一俄里远,在美丽的、树木茂密的两岸中间弯弯曲曲流过去。河对岸又是一个广阔的草场,有一群牲口和长长的好几排白鹅。过了草场,跟河这边一样,有一道陡坡爬上山去。坡顶上有一个村子和耸起五个拱顶的教堂,再远一点是一个老爷的房子。

"你们这儿真好!"奥莉加说,对着教堂在胸前画十字,"主啊,多么宽敞啊!"

正好这当儿钟声响起来,召人去做彻夜祈祷(这是星期六的黄昏)。下面有两个小姑娘,抬着一桶水,回过头去瞧着教堂,听那钟声。

"这会儿,'斯拉夫商场'正在开饭……"尼古拉沉思地说。

尼古拉和奥莉加坐在陡坡的边上,观赏日落,看金黄和绯红的天空怎样映在河面上,映在教堂的窗子上,映在空气中。空气柔和、沉静、难以形容的纯净,这在莫斯科是从来也没有的。太阳下山,成群的牲口走过去,咩咩地、哞哞地叫着,鹅从对岸飞过河来,然后四下里又沉静了。柔和的亮光融解在空气里,昏暗的暮色很快地降下来。

这当儿尼古拉的父母,两个干瘦的、驼背的、掉了牙的老人,身材一般高,回家来了。两个女人,儿媳妇玛丽亚和菲奥克拉,本来在对岸的地主庄园上工作,也回家来了。玛丽亚是尼古拉的哥哥基里亚克的妻子,有六个孩子。菲奥克拉是他弟弟杰尼斯的妻子,有两个孩子,杰尼斯出外当兵去了。尼古拉一走进木房,看见全家的人,看见高板床上、摇篮里、各处墙角里那些动弹着的大大小小的身体,看见两个老人和那些女人怎样用黑面包泡在水里,狼吞虎咽地吃下去,他就暗想:他这么生着病,一个钱也没有,回到这里来,而且带着家眷,是做错了,做错了!

"哥哥基里亚克在哪儿?"他们互相招呼过后,他问。

"他在一个商人那儿做看守人,"他父亲回答,"他住在那边树林子里。他呢,倒是个好样儿的庄稼汉,就是酒喝得太厉害。"

"他不是挣钱的人!"老太婆辛酸地说,"咱们这一家的庄稼汉都倒霉,都不带点什么回家来,反倒从家里往外拿。基里亚克喝酒,老头子呢,也认得那条上小饭铺去的路,这种罪孽也用不着瞒了。这是圣母生了咱们的气。"

由于来了客人,他们烧起茶炊来。茶有鱼腥气,糖是灰色的,而且已经有人咬过。蟑螂在面包和碗盏上爬来爬去。喝这种茶叫

人恶心,谈话也叫人不舒服,谈来谈去总离不了穷和病。可是他们还没喝完一杯茶,忽然院子里传来响亮的、拖长的、醉醺醺的声音:

"玛——丽亚!"

"看样子好像基里亚克来了,"老头子说,"说起他,他就来了。"

一片沉寂。过了不大工夫,嚷叫声又响起来,又粗又长,好像是从地底下发出来的:

"玛——丽亚!"

大儿媳妇玛丽亚脸色变白,缩到炉子那边去。这个结实的、宽肩膀的、难看的女人的脸上会现出这么害怕的神情,看上去很有点古怪。她女儿,那个原先坐在炉台上、神情淡漠的小姑娘,忽然大声哭起来。

"你号什么,讨厌鬼!"菲奥克拉对她吆喝道。她是一个漂亮的女人,身体也结实,肩膀也宽,"他不会打死她,不用怕!"

尼古拉已经从老头子口里听说玛丽亚不敢跟基里亚克一块儿住在树林子里。每逢他喝醉酒,他总来找她,大吵大闹,死命地打她一顿。

"玛——丽亚!"嚷叫声从门口传来。

"看在基督面上,救救我,亲人们,"玛丽亚嘟嘟哝哝地说,喘着气,仿佛浸在很冷的水里似的,"救救我,亲人们……"

木房里的孩子有那么多,他们一齐哭起来。萨莎学他们的样,也哭起来。先是传来一声醉醺醺的咳嗽,随后有一个身材高大、满脸黑胡子的农民,戴着一顶冬天的帽子走进木房里来,由于小灯射出昏暗的光,他的脸看不清,显得很吓人。这人就是基里亚克。他走到妻子跟前,抡起胳膊,一拳头打在她脸上。她没喊出一点声音就给这一拳打昏了,一屁股坐下去,她的鼻子里立刻流出血来。

"好不害臊,好不害臊,"老头子嘟哝着,爬到炉台上去,"而且当着客人的面！造孽哟！"

老太婆一声不响地坐在那儿,躬着身子想心事。菲奥克拉摇着摇篮……显然,基里亚克感到自己招人害怕,心里得意,索性抓住玛丽亚的胳膊,拉她到门口,像野兽似的吼叫,为了显得更可怕些,可是这当儿他忽然瞧见客人,就停住手。

"哦,他们已经来了……"他说,放了妻子,"亲兄弟跟他家里的人……"

他在圣像前面念完祷告,摇摇晃晃,睁大他那发红的醉眼,接着说：

"亲兄弟跟他家里的人到爹娘家里来了……就是说,打莫斯科来的。就是说,莫斯科那个古时候的京城,所有的城市的母亲……原谅我……"

他在靠近茶炊的一张长凳上坐下,开始喝茶,在一片沉寂里独有他凑着小碟大声地喝茶……他喝了十来杯,然后在长凳上躺下,打起鼾来。

他们分头睡下。尼古拉因为有病,就跟老头子一块儿睡在炉台上。萨莎躺在地板上,奥莉加跟别的女人一块儿到板棚里去了。

"算了,算了,亲人儿,"她说,挨着玛丽亚在干草上躺下来,"眼泪消不了愁！忍一忍就行了。《圣经》上说：谁要是打你的右脸,就把左脸也送上去……算了,算了,亲人儿！"

然后,她压低嗓音用唱歌样的声调跟她们讲莫斯科,讲她的生活,讲她怎样在那些带家具的房间里做女仆。

"在莫斯科呀,房子都挺大,是用石头砌的,"她说,"教堂好多好多哟,四十个四十都不止,亲人儿。那些房子里都住着上等人,真好看,真文雅！"

玛丽亚说她不但从来没有到过莫斯科,就连故乡的县城也没去过。她认不得字,也不会祷告,就连"我们的父"①也不知道。她和她的弟媳菲奥克拉(这时候她坐在不远的地方听着呢)都十分不开展,什么也不懂。她们俩都不喜欢自己的丈夫。玛丽亚怕基里亚克。每逢只剩下她一个人跟他待在一块儿,她就害怕得发抖,而且一挨近他就总是被他喷出的浓烈的酒气和烟气熏得头痛。菲奥克拉一听到人家问起丈夫不在,是不是闷得慌,就没好气地回答说:

"滚他妈的!"

她们谈了一会儿,就不响了……

天气凉了。一只公鸡在板棚附近逼尖了喉咙喔喔地啼着,搅得人睡不着。等到淡蓝色的晨光射进每条板缝,菲奥克拉就悄悄地爬起来,走出去,随后听见她匆匆地跑到什么地方去了,她那双光脚踩出一片吧嗒吧嗒的声音。

二

奥莉加到教堂里去,带着玛丽亚一路去了。她们顺小路下坡,向草场走去,两个人兴致都挺好。奥莉加喜欢空旷的乡野。玛丽亚觉着这个妯娌是一个贴心的亲人。太阳升上来了。一只带着睡意的鹰在草场上面低低地飞翔,河面黯淡无光,有些地方有雾飘浮,可是从对面的高岸上面已经伸过一长条亮光来。教堂发亮了,白嘴鸦在地主的花园里哇哇地叫得很欢。

"老头子倒没什么,"玛丽亚讲起来,"可是老奶奶挺凶,总是吵架。咱们自己的粮食只够吃到谢肉节,现在我们在小饭铺里买面粉,所以她不痛快。她说:'你们吃得太多了。'"

---

① 祈祷文的开头几个字。

"算了,算了,亲人儿!忍一忍就行了。经上写着:上我这儿来吧,所有你们这些辛苦劳累的人。"

奥莉加用唱歌样的声调平心静气地说着,她的步子像参拜圣地的女人的那种步子,又快又急。她每天念《福音书》,念得挺响,学教堂执事的那种腔调,有很多地方她看不懂,可是那些神圣的句子却把她感动得流泪,她一念到"如果"和"暂且"那类字,就觉着晕晕乎乎,心都不跳了。她信仰上帝,信仰圣母,信仰圣徒。她相信不管欺负什么人,普通人也好,德国人也好,茨冈也好,犹太人也好,都不应该。她相信甚至不怜恤动物的人都会倒霉。她相信这些是写在圣书上的,因此,每逢她念《圣经》上的句子,即使念到不懂的地方,她的脸容也会变得怜悯、感动、放光。

"你是哪儿的人?"玛丽亚问她。

"我是弗拉基米尔省的人。可是我早就到莫斯科去了,那时候我才八岁。"

她们走到河边。河对岸有个女人站在水边上,正在脱衣服。

"那是咱们家的菲奥克拉,"玛丽亚认出来了,"她刚才过河到老爷的庄园上去了。她去找老爷手下的男管事。她胡闹,爱骂人,真不得了!"

眉毛乌黑,头发蓬松的菲奥克拉年纪还轻,身体跟姑娘家一样结实,从岸坡上跳下去,用脚拍水,向四面八方送出浪花去。

"她爱胡闹,真不得了!"玛丽亚又说一遍。

河上架着一道摇晃的小木桥,桥底下清洁透亮的河水里游着成群的、宽额头的鲦鱼。碧绿的灌木丛倒映在水里,绿叶上的露珠闪闪发亮。天气暖起来,使人感到愉快。多么美丽的早晨啊!要是没有贫穷,没有那种可怕的、无尽头的、使人躲也没处躲的赤贫,大概人世间的生活也会那样美丽吧!这时候只要回头看一眼村庄,昨天发生的一切事情就会生动地想起来,她们本来在四周的风光里感到的那种令人陶醉的幸福,这时候就一下子消灭了。

她们走进教堂。玛丽亚站在门口,不敢再往前走。虽然要到八点多钟教堂才会打钟作弥撒,她却不敢坐下去。她始终照这样站在那儿。

正在念《福音书》的时候,人群忽然分开,闪出一条路来让地主一家人走过去。有两个姑娘穿着白色连衣裙,戴着宽边帽子,走进来,跟她们一块儿来的还有一个脸蛋儿又胖又红的男孩,穿着海军服。她们一来,感动了奥莉加。她第一眼看去,就断定她们是上流社会的、有教养的、优雅的人。可是玛丽亚皱起眉头阴沉而郁闷地瞟着她们,仿佛进来的不是人,而是妖怪,要是她不让出路来,就会被踩死似的。

每回辅祭用男低音高声念着什么,她总觉着仿佛听见了一声喊叫:"玛——丽亚!"她就打冷颤。

三

村子里的人已经听说这些客人来了,做完弥撒以后,马上有许多人聚到那小木房里去。列昂内切夫家的人、玛特维伊切夫家的人、伊里巧夫家的人,都来打听他们那些在莫斯科做事的亲戚。茹科沃村所有的青年,只要认得字,会写字,就都送到莫斯科去,专门在旅馆或者饭馆里做仆役(就跟河对面那个村子里的青年都送到面包房里去做学徒一样)。这早已成了风气,从农奴制时代①就开始了。先是有一个茹科沃的农民名叫卢卡·伊万内奇的,现在已经成为传奇人物了,那时候在莫斯科的一个俱乐部里做食堂的侍役,只肯推荐同乡去做事。等到那些乡亲得了势,就找他们的亲戚

---

① 农奴解放令是在一八六一年颁布的。

来,把他们安插在旅馆里和饭馆里。从那时候起,附近一带的居民就把茹科沃这个村子不叫做别的,只叫做下贱村或者奴才村了。尼古拉在十一岁那年给送到莫斯科去,由玛特维伊切夫家的伊万·马卡雷奇谋了个事,当时伊凡·马卡雷奇在隐居饭店当差。现在,尼古拉带着一本正经的神情对玛特维伊切夫家的人说:

"伊万·马卡雷奇是我的恩人,我得日日夜夜为他祷告上帝,因为多亏他提拔,我才成了上流人。"

"我的爷啊,"伊万·马卡雷奇的妹妹,一个身材很高的老太婆,含着泪说,"我们一直没得着一点他的消息,那个亲人。"

"去年冬天他在奥蒙那一家当差,听说这一季他到城外一个花园饭店去了……他老了!是啊,往年夏天,他每天总要带着大约十个卢布回家,可是现在到处生意都清淡,这就苦了老人家了。"

女人们和那些老太婆瞧着尼古拉的穿了毡靴的脚,瞧着他那苍白的脸,悲凉地说:

"你不是挣钱的人了,尼古拉·奥西培奇,你不是挣钱的人了!真的不行了!"

大家全都疼爱萨莎。她已经满十岁了,可是她个子小,很瘦,看上去不过七岁的样子。别的小姑娘,都是脸蛋儿晒得黑黑的,头发胡乱地剪短,穿着褪了色的长衬衫,她夹在她们当中,却脸蛋儿白白的,眼睛又大又黑,头发上系着红丝带,显得滑稽可笑,倒好像她是一头小野兽,在旷野上给人捉住,带到小木房里来了似的。

"她认得字呐!"奥莉加夸道,温柔地瞧着她的女儿,"念一念吧,孩子!"她说,从墙角拿出一本《福音书》来,"你念,让那些正教徒听一听。"

那本《福音书》又旧又重,皮封面,书边摸脏了。它带来一种空气,仿佛修士们走进房里来了似的。萨莎抬起眉毛,用唱歌样的声音响亮地念起来:

"'他们去后有主的使者……向约瑟梦中显现,说:起来,带着小孩子同他母亲……'"

"'小孩子同他母亲。'"奥莉加跟着念了一遍,激动得涨红了脸。

"'逃往埃及,……住在那里,等我吩咐你,因为希律必寻找小孩子,要除灭他……'"①

听到这里,奥莉加再也忍不住,就哭起来。玛丽亚看着她那样子,就也抽抽搭搭地哭了,随后伊万·马卡雷奇的妹妹也跟着哭。老头子不住咳嗽起来,跑来跑去要找一件礼物送给孙女,可是什么也没找到,只好挥一挥手,算了。等到念完经,邻居们就走散,回家去了。他们都深受感动,十分满意奥莉加和萨莎。

由于这天是节日,一家人就在家里待了一天。老太婆(不管丈夫也好,儿媳妇也好,孙子孙女也好,统统都叫她老奶奶)样样事情都要亲自做。她亲自生炉子,烧茶炊,甚至自己给田里的男人们送午饭去,事后却又抱怨说累得要死。她老是担心家里人吃得太多,担心丈夫和儿媳妇闲坐着不做事。一会儿,她仿佛听见饭铺老板的鹅从后面溜进她的菜园里来了,她就捞起一根长棍子跑出小木房,到那些跟她自己一样瘦小干瘪的白菜旁边尖声喊上半个钟头,一会儿,她又觉着仿佛有一只乌鸦偷偷来衔她的小鸡,就一边骂着,一边向乌鸦冲过去。她一天到晚生气,发牢骚,常常叫骂得那么响,弄得街上的行人都站住脚听。

她待她的老头子很不和气,一会儿骂他懒骨头,一会儿骂他瘟疫。他是个没有主张而很不可靠的人,要不是因为她经常督促他,也许他真就什么活也不干,光是坐在炉台上扯淡了。他对儿子说

---

① 见《新约·马太福音》。"小孩子"是耶稣,"约瑟"是耶稣母亲马利亚的丈夫,当时希律王要捉耶稣,所以全家逃了。

起他的一些仇人,讲个没完没了,抱怨邻居每天欺负他,听他讲话是乏味的。

"是啊,"他的话头拉开了,手叉在腰上,"是啊……在圣十字架节①以后,过了一个星期,我把干草按一普特三十戈比的价钱卖出去了,是我自个儿要卖的……是啊……挺好……所以,你瞧,有一天早晨我把干草搬出去,那是我自个儿要干,我又没招谁惹谁。偏偏赶上时辰不利,我看见村长安契普·谢杰尔尼科夫打小饭铺里出来。'你把它拿到哪儿去,你这混蛋?'他说啊说的,给我一个耳光。"

基里亚克害着很厉害的醉后头痛,在他弟弟面前觉得不好意思。

"这白酒害得人好苦啊。唉,我的天!"他嘟哝着,摇着他那胀痛的脑袋,"看在基督的分上,原谅我,亲兄弟和亲弟妹。我自己也不快活啊。"

因为这天是节日,他们在小饭铺里买了一条鲱鱼,用鲱鱼头熬汤。中午,他们坐下来喝茶,喝了很久,喝得大家都出了汗。他们真也好像让茶灌得胀大了。然后他们又喝鱼汤,大家就着一个汤钵舀汤喝。至于鲱鱼,老奶奶却藏起来了。

傍晚,一个陶器工人在坡上烧汤钵。下面草场上,姑娘们围成一个圆圈跳舞,唱歌。有人拉手风琴。河对面也在烧窑,也有姑娘唱歌,远远听来歌声柔美而和谐。小饭铺里面和小饭铺左近,农民们闹得正有劲。他们用醉醺醺的嗓音杂七杂八地唱歌,互相咒骂,骂得非常难听,吓得奥莉加只有打抖的份儿,嘴里念着:

"啊,圣徒!……"

使她吃惊的是这种咒骂滔滔不绝,而且骂得顶响、骂得顶久的

---

① 基督教的节日,在九月十四日。

反而是快要入土的老头子。姑娘们和孩子们听着这种咒骂,一点也不难为情,他们明明从小就听惯了。

过了午夜,河两岸陶窑里的火已经微下去,可是在下面的草场上,在小饭铺里,大家仍旧在玩乐。老头子和基里亚克都醉了,胳膊挽着胳膊,肩膀挤着肩膀,走到奥莉加和玛丽亚所睡的板棚那边去。

"算了吧,"老头儿劝道,"算了吧……她是挺老实的娘儿们……这是罪过……"

"玛——丽亚!"基里亚克嚷道。

"算了吧……罪过……她是个很不错的娘儿们。"

两个人在堆房旁边站了一分钟,就走了。

"我啊,爱——野地——里的花!"老头子忽然用又高又尖的中音唱起来,"我啊,爱——到草场上去摘它!"

然后他啐口痰,骂了句难听的话,走进小木房里去了。

四

老奶奶把萨莎安置在菜园附近,吩咐她看守着,别让鹅钻进来。那是炎热的八月天。小饭铺老板的鹅可能从后面钻进菜园里来,可是眼下它们正在干正经事,它们在小饭铺附近拾麦粒,平心静气地一块儿聊天,只有一只公鹅高高地昂起头,仿佛打算看一下老太婆是不是拿着棍子赶过来了。别的鹅也可能从坡下跑上来,可是眼下它们正在远远的河对面打食,在草场上排成白白的一条长带子。萨莎站了一会儿,觉着无聊,看见鹅没来,就跑到陡坡的边上去了。

在那儿她看见玛丽亚的大女儿莫特卡一动也不动地站在一块大石头上,瞧着教堂。玛丽亚生过十三个孩子,可是只有六个孩子还活着,全是姑娘,没有一个男孩,顶大的才八岁。莫特卡光着脚,穿一件长长的衬衫,站在太阳地里。太阳直直地晒着她的脑袋,可是她不在意,仿佛化成了石头。萨莎站在她旁边,瞧着教堂,说:

"上帝就住在教堂里。人点灯和蜡烛,可是上帝点绿的、红的、蓝的小圣像灯,跟小眼睛似的。夜里上帝就在教堂里走来走去,最神圣的圣母和上帝的侍者尼古拉陪着他走——咚,咚,咚!……守夜人吓坏了,吓坏了!算了,算了,亲人儿,"她说,学她母亲的话,"等到世界的末日来了,所有的教堂就都飞上天去了。"

"带——着——钟——楼——一——齐——飞?"莫特卡用低音问道,拖长每个字的字音。

"带着钟楼一齐飞。世界的末日来了,好心的人就上天堂,爱发脾气的人呢,可就要在永远燃着的、不灭的火里烧一烧了,亲人儿。上帝会对我妈和玛丽亚说:'你们从没欺负过人,那就往右走,上天堂去吧。'可是对基里亚克和老奶奶呀,他就要说:'你们往左走,到火里去。'在持斋的日子吃了荤腥东西的人也要送到火里去。"

她抬头看天,睁大眼睛,说:

"瞧着天空,别眨眼睛,那你就会看见天使。"

莫特卡也开始看天,在沉静中过了一分钟。

"看见没有?"萨莎问。

"没有。"莫特卡用低音说。

"可是我看见了。天空中有些小天使在飞,扇着小翅膀,一闪一闪的,跟小蚊子一样。"

莫特卡想了一想,眼睛瞧着地下问:

"老奶奶会遭到火烧吗?"

"会的,亲人儿。"

从这块石头直到紧底下,有一道光滑的慢坡,长满柔软的绿草,谁一看见,就想伸出手去摸一摸,或者在那上面躺一躺。萨莎躺下,滚到坡底下去了。莫特卡现出庄重而严肃的脸相喘着气,也躺下去,往下滚。她往下一滚,衬衫就卷到她肩膀上去了。

"多好玩呀!"萨莎说,高兴得很。

她们俩走到顶上预备再滚下去,可是正好这当儿那熟悉的尖嗓音响起来了。啊呀,多么可怕!那老奶奶,没了牙,瘦得皮包骨,驼着背,短短的白发在风里飘动,正拿着一根长棍子把鹅赶出菜园去,哇哇地叫着:

"它们糟践了所有的白菜,这些该死的东西!把你们宰了才好,你们这些该诅咒三次的恶鬼,祸害,为什么你们不死哟!"

她一眼看见那两个小女孩,就丢下棍子,拾起一根枯树枝,伸出又干又硬的手指头一把掐住萨莎的脖子,活像加了一个套包子,开始抽她。萨莎又痛又怕,哭起来,这当儿那只公鹅却伸直脖子,摇摇摆摆迈动两条腿,走到老太婆这边来,咕咕地叫了一阵,这才归到它的队里去,招得所有的雌鹅都用称赞的口气向它致敬:"嘎——嘎——嘎!"后来,老奶奶又打莫特卡。这一打,莫特卡的衬衫就又卷上去了。萨莎伤透了心,大声哭着,跑到小木房里去申诉。莫特卡跟着她跑,她也哭,可是嗓音粗得多,眼泪也不擦,脸湿得仿佛在水里泡过一样。

"我的圣徒啊!"奥莉加瞧见她俩走进小木房来,吓慌了,叫道,"圣母啊!"

萨莎刚开头讲她的事,老奶奶就尖声叫着,骂着,走进来了,然后菲奥克拉生气了,屋子里闹得乱哄哄的。

"没关系,没关系!"奥莉加脸色苍白,心里很乱,摩挲萨莎的脑袋,极力安慰这孩子,"她是你的奶奶,生她的气是罪过的。没什么,孩子。"

尼古拉本来已经给这种不断的吵嚷、饥饿、烟子、臭气闹得筋疲力尽,本来已经痛恨而且看不起贫穷,本来已经在妻子和女儿面前为自己的爹妈害臊,这时候就把两条腿从炉台耷拉下来,用气恼的、含泪的声音对他母亲说:

"您不能打她!您根本没有权利打她!"

"得了吧,你就待在炉台上等着咽气吧,你这病包儿!"菲奥克拉恶狠狠地顶撞他,"鬼支使你们上这儿来的,你们这些吃闲饭的!"

萨莎和莫特卡和家里所有的小女孩都躲到炉台上尼古拉的背后去,缩在一个角落里,在那儿一声不响,害怕地听着大人讲话,人可以听见她们的小小的心在怦怦地跳。每逢一个家庭里有人害很久的病,没有养好的希望了,就往往会发生一种可怕的情形:所有那些跟他贴近的人都胆怯地、悄悄地在心底里盼望着他死,只有小孩子才害怕亲近的人会死,一想到这个总要战战兢兢。现在,那些小姑娘屏住气息,脸上现出凄凉的神情,瞧着尼古拉,暗想他不久就要死了,她们就想哭,一心想对他说点什么亲切的、怜恤的话才好。

他呢,紧挨着奥莉加,仿佛求她保护他似的,用颤抖的声音轻轻对她说:

"奥里亚①,亲爱的,我在这儿住不下去了。我没有力量了。看在上帝的分上,看在天上的基督的分上,你写封信给你妹妹克拉夫季·阿勃拉莫芙娜吧。叫她把她所有的东西都卖掉,当掉,叫她把钱给我们寄来,我们好离开这儿。啊,上帝呀,"他痛苦地接着说,"哪怕让我看一眼莫斯科也好!哪怕让我梦见它也是好的,亲爱的!"

---

① 奥莉加的爱称。

黄昏来了,小木房里黑了,大家心里都发闷,一句话也说不出来。生气的老奶奶拿黑面包的碎皮泡在一个碗里,吃了很久,足足有一个钟头。玛丽亚给奶牛挤完奶,提进一桶牛奶来,放在一张凳子上。然后老奶奶把桶里的牛奶灌进罐子里,也灌了很久,不慌不忙,明明很满意,因为眼下正是圣母升天节的斋期,谁也不能喝牛奶,这些牛奶就可以原封不动地留下来了。她只在一个茶碟里倒了一点点,留给菲奥克拉的小娃娃吃。等到老奶奶和玛丽亚把罐子送到地窖里去,莫特卡却忽然跳起来,从炉台上溜下去,走到凳子那儿,瞧见凳子上摆着那个装着面包皮的木头碗,就把茶碟里的牛奶倒一点在碗里。

老奶奶回到小木房里来,又吃她的面包皮。这当儿萨莎和莫特卡坐在炉台上瞧着她,心里暗暗高兴,因为她已经吃了荤腥,现在包管要下地狱了。她们得了安慰,就躺下去睡觉。萨莎一面迷迷糊糊地睡着,一面暗自描画最后审判的可怕情景:有一个大炉子烧着火,那炉子像陶窑,魔鬼长着牛样的犄角,周身漆黑,用一根长棍子把老奶奶赶进火里去,就跟刚才老奶奶自己赶鹅一样。

五

圣母升天节晚上十点多钟,正在坡下草场上游玩的男孩和女孩,忽然大惊小怪地叫起来,往村子那边跑。那些上边,坐在峭壁边上的人起初怎么也弄不明白这是怎么回事。

"着火了!着火了!"焦急的嚷叫声从底下传上来,"村里着火了!"

坐在坡上的人回头一看,就有一幅可怕的、不同寻常的景象映进他们的眼帘。村子尽头的几个小木房中,有一个小木房的草顶上升起一个火柱,有一俄丈高,火舌往上卷着,向四面八方撒出火星去,仿佛喷泉在喷水。猛然间,整个房顶燃成一片明亮的火焰,火烧的爆裂声传过来。

月光朦胧,整个村子已经笼罩在颤抖的红光里。黑影在地面上移动,空中弥漫着烧焦的气味。从坡底下跑上来的人一个劲儿地喘气,抖得一句话也说不出来,他们互相推挤,摔倒,他们不习惯明亮的光芒,变得什么也看不见,彼此都认不清了。这真吓人。特别吓人的是在火焰上空,烟雾里面,飞着一些鸽子。小饭铺里还不知道起火的事,大家继续在唱歌,拉手风琴,仿佛压根儿没出什么岔子似的。

"谢苗大叔家里着火了!"有人粗声粗气地大叫一声。

玛丽亚在她的小木房附近跑来跑去,哭哭啼啼,绞着手,牙齿打战,其实火还远得很,在村子的那一头呢。尼古拉穿着毡靴走出来,孩子们穿着小衬衣一个个往外跑。乡村警察小屋左近,一块铁板敲响了。当当当的声音飘过空中。这急促而不停的响声闹得人心里发紧,浑身发凉。那些老太婆站在一旁,举着圣像。母羊、小牛、奶牛,从院子里给赶到街上来了。衣箱啦,羊皮袄啦,桶啦,也搬出来了。一匹黑毛的雄马,素来跟成群的马隔开,因为它踢它们,伤它们,这时候却撒开了缰,嘶叫着,踏得咚咚响地在村子里跑来跑去,跑了一两个来回,后来忽然在一辆大车旁边猛的站住,扬起后蹄踢那车子。

河对面教堂里的钟也响起来。

在起火的小木房旁边又热又亮,地上的每一根小草都可以看清楚。在一口抢救出来的衣箱上坐着谢苗,这是一个生着棕红色头发的农民,长着大鼻子,穿一件上衣,戴一顶便帽,扣在脑袋上,一直碰到耳朵。他的妻子扑在地上,脸朝下,神志昏迷,嘴里哼哼唧唧。一个八十岁上下的老头儿,身材矮小,留一把大胡子,看上去活像一个地精①。他不是本村的人,可显然跟这场火灾有关系,他在火场旁边走来走去,没戴帽子,抱着一个白包袱。火焰映在他的秃顶上。村长安契普·谢杰尔尼科夫,黑黑的脸,黑黑的头发,跟茨冈一样,手里拿着一把斧子,走到小木房那儿,把一个个的窗子接连砍掉(谁也不知道为什么缘故),然后开始砍门廊。

"娘儿们,拿水来!"他嚷道,"把机器弄来!快办!"

方才在小饭铺里闹酒的农民们把救火的机器拉来了。他们全醉了,不断地绊绊跌跌,脸上露出束手无策的神情,眼睛里泪汪汪的。

"姑娘们,拿水来!"村长嚷着,他也醉了,"快办,姑娘们!"

妇女和姑娘跑下坡到泉水那儿,再提着装满水的大桶和小桶爬上坡,把水倒进机器里,再跑下坡去。奥莉加、玛丽亚、萨莎、莫特卡,都去取水。女人们和男孩们用唧筒压水,水龙带噬噬地响,村长把水龙带时而指着门,时而指着窗子,有时候用手指头堵住水流,这样一来,吱吱声越发尖了。

"真是一条好汉,安契普!"好些人的称赞声音嚷着,"加一把劲!"

安契普蹿进起火的过道屋,在里面哇哇地喊:

"用唧筒压水!惨遭不幸,教徒们,出力啊!"

一群农民站在旁边,什么也不干,瞧着火发呆。谁也不知道该做什么,他们什么事也不会做。而四周围全是麦子垛、干草、板棚、成堆的枯树枝。基里亚克和他父亲老奥西普,两人都带着几分醉意,也站在那儿。仿佛要为自己的袖手旁观辩护似的,老奥西普对伏在地上的女人说:

"何必拿脑袋撞地,大嫂?这小木屋保过火险啊,那你还愁

---

① 西欧神话中守护地下财宝的丑陋的侏儒。

什么?"

谢苗把起火原因一会儿对这个人讲一遍,一会儿又对那个人讲一遍:

"就是那个老头子,那个抱着包袱的老头子,茹科夫将军的家奴……他从前在我们的将军家里做厨子,但愿将军的灵魂升入天堂!今天傍晚他上我家来:'留我在这儿过夜吧。'他说……是啊,当然,我们就喝了一小盅……老婆忙着烧茶炊,想请老头子喝点茶,可是活该倒霉,她把茶炊搁在门道上了,烟囱里的火星一直吹到顶棚上,吹到干草上,就这么出了事。我们自己都差点给烧死。老头子的帽子烧掉了,真罪过!"

那块铁板被人不断地敲着,河对岸教堂里的钟一个劲儿地鸣响。奥莉加周身给火光照着,气也透不出来,害怕地瞧着红色的羊和在烟雾里飞翔的粉红色鸽子。她时而跑下坡去,时而跑上来。她觉得钟声跟尖刺似的钻进她的灵魂,觉得这场火永远也烧不完,觉得萨莎丢了……等到小木屋的天花板咔嚓一声坍下来,她心想这一下子包管全村都要起火,就浑身发软,再也提不动水,在岸坡的边上坐下来,把桶子放在身旁。她的身旁和她的身后都有农妇们坐着嚎啕大哭,仿佛在哭死人一样。

这当儿,从河对岸地主的庄园里来了两辆大车,车上坐着地主家的管事们和工人们,带着一架救火机。有一个年纪很轻的大学生骑着马赶来,穿着白色海军上衣,敞着怀。他们用斧子劈砍,声音很响,又把梯子安在起火的房架子上,立刻有五个人由大学生带头爬上去。那大学生涨红了脸,用尖利的嘶哑声调和仿佛干惯了救火的事的口气嚷着。他们拆开那个小木屋,把一根根木头卸下来,把畜栏、篱笆、附近的干草堆都移开了。

"不准他们捣毁东西!"人群里有人用很凶的声音喊叫,"不准!"

基里亚克带着坚决的神气走到小木屋去,仿佛要拦阻新来的人毁掉东西似的,可是有一个工人把他一把拉回来,在他脖子上打了一拳。这引起了笑声,那工人又打他一拳,基里亚克就倒下去,四肢着地,爬回人群里去了。

从河对岸还来了两个戴帽子的漂亮姑娘,大概是大学生的姊妹。她们站在远点的地方,看这火灾。拆下来的木头不再燃烧,可是冒着浓烟。大学生操纵水龙带,先对着木头冲,然后对着农民冲,再后又对那些提水的女人冲。

"乔治!"两个姑娘责备地、不安地斥责他,"乔治!"

火烧完了。直到人群开始走散,他们才注意到天亮了,大家的脸色苍白,有点发青,一清早残星在天空消失的时候人的脸色总是这样的。农民们一面走散,一面笑着,拿茹科夫将军的厨子和他那顶烧掉的帽子说了一阵笑话。他们已经有意把这场火灾变成笑谈,甚至好像惋惜火熄得太快了。

"您救火很有本事,少爷!"奥莉加对大学生说,"您应当到我们莫斯科去,那儿差不多天天有火灾!"

"您莫非是从莫斯科来的?"一位小姐问。

"正是这样。我丈夫原先在斯拉夫商场当差。这是我女儿,"她说,指一指萨莎,萨莎觉着冷,正偎在她身边,"她也是莫斯科人。"

两位小姐跟大学生说了一句法国话,他就给萨莎一个二十戈比的钱。老奥西普看在眼里,他的脸上顿时放出了希望的光。

"感谢上帝,老爷,幸好没风,"他对大学生说,"要不然一下子就都烧光了。老爷,好心的贵人,"他又说,声音放低了,而且觉着不好意思,"清早天冷,想法暖一暖才好……求您恩典赏几个钱买一小瓶酒喝吧。"

他没得着钱,就大声嗽了嗽喉咙,磨磨蹭蹭走回家去了。后来奥莉加站在岸坡的边上,瞧那两辆车子涉水过河,看那位少爷穿过草场。河对岸有一辆马车等着他们。她走进小木屋,对丈夫赞赏地说:

"那几个人真好!长得也好看!两位小姐出落得跟天使一样。"

"叫她们咽了气才好!"困倦的菲奥克拉恶狠狠地说。

六

玛丽亚认定自己不幸,常说巴不得死了才好,菲奥克拉却刚好相反,觉得这生活里样样东西,例如穷困、肮脏、不停的咒骂,都合她的胃口。人家给她什么,她不分好歹拿着就吃。不管到了哪儿,也不用被褥,她倒头就睡。她把脏水随手倒在门廊上,或者从门槛上泼出去,然后再光着脚蹚着泥水塘走过去。从头一天起她就恨尼古拉和奥莉加,这也正是因为他们不喜欢这生活。

"我倒要看看你们在这儿吃什么,莫斯科的贵人!"她幸灾乐祸地说,"我倒要看看!"

有一天早晨,那已经是九月初了,菲奥克拉从坡下担着两桶水回来,脸冻得发红,健康而美丽,这当儿玛丽亚和奥莉加正坐在桌子旁边喝茶。

"又是茶又是糖!"菲奥克拉讥诮地说,"两位贵夫人!"她放下水桶,补了一句,"她们倒养成了天天喝茶的派头。小心点,别让茶胀死!"她接着说,憎恨地瞧着奥莉加,"她在莫斯科养得肥头胖脸,这油篓子!"

她抡起扁担来,一下子打在奥莉加的肩头上,弄得两个妯娌只能把两手举起,轻轻一拍,说:

"啊呀,圣徒!……"

然后菲奥克拉下坡到河边去洗衣服,一路上高声痛骂,弄得木房里都听得见。

白昼过去了,然后来了秋天悠长的黄昏。他们在小木屋里缠丝线,人人都做,只有菲奥克拉例外,她过河去了。他们从附近的工厂里拿来这丝,全家人一齐工作,挣一点点钱,一个星期才挣二十戈比左右。

"当初,在东家手底下,日子倒好过得多,"老头子一面缠丝,一面说,"干完活就吃,吃了就睡,一样挨着一样。午饭有白菜汤和麦粥,晚饭也是白菜汤和麦粥。黄瓜和白菜多的是:随你吃,吃得你心满意足。那时候也严得多。人人都守本分。"

小木房里只点一盏小灯,灯光昏暗,灯芯冒烟。要是有人遮住灯光,一个大黑影就会落在窗上,人就能看见明亮的月光。老奥西普不慌不忙地讲起来,说到在农奴解放以前人们怎样生活,说起在这一带,现在固然穷了,生活乏味了,可是当初人们怎样带着猎犬、快腿狗、受过特别训练的猎狗去打猎,在围捕野兽的时候,农民都喝到白酒。成串的大车队怎样载着被打死的飞禽,送到莫斯科年轻的东家那边去。他又说到坏农奴怎样给人用桦树条打一顿,或者发配到特威尔的领地上去,好农奴怎样受到嘉奖。老奶奶也有话讲。她什么都记得,一样也没忘。她讲到她的女东家是一个好心的、信神的女人,她丈夫却是酒徒和浪子,他们所有的女儿都嫁给一些天晓得的人物:一个嫁给酒徒,一个嫁给小市民,一个私奔了(老奶奶当时是个年轻的姑娘,帮过她的忙),她们三个不久都郁郁地死了,她们的母亲也一样。想起这些事,老奶奶甚至洒下几滴眼泪。

忽然有人来敲门,大家都吃一惊。

"奥西普大叔,留我住一夜吧!"

随后走进来一个矮小的、秃顶的老头子,他就是茹科夫将军的厨子,也就是帽子被烧掉的那个人。他坐下,听着,然后他也开始回忆,讲各式各样的往事。尼古拉坐在炉台上,垂着两条腿,听着,详细问他旧日为老爷烧些什么菜。他们谈到肉饼、肉排、各种汤、各种佐料,那厨子样样事情也都记得清楚,举出一些现在已经不烧的菜,比方说有一种用牛眼睛做的菜,名叫"早晨醒"。

"那时候你们烧'上将肉排'吗?"尼古拉问。

"不烧。"

尼古拉不以为然地摇摇头,说:

"唉!你们这些半吊子的厨子!"

小女孩们在炉台上坐着或者躺着,眼也不眨地瞧着炉台下面。那儿好像有很多的孩子,仿佛是云端里的小天使。她们爱听故事。她们时而高兴时而害怕,不住叹气,打冷战,脸色发白。老奶奶讲的故事比所有的故事都有趣味,她们就屏住呼吸听着,动也不敢动。

大家默默地躺下去睡觉。老年人给那些故事搅得心不定,兴奋起来,心想年纪轻轻的,那是多好啊,青春,不管是什么样儿,在人的记忆里留下的总是活泼、愉快、动人的印象。至于死,那是冷酷得多么可怕,而死又不很远了,还是别想它的好!小灯熄了。黑暗啦,给月光照得明晃晃的两个小窗子啦,寂静啦,摇篮的吱吱嘎嘎声音啦,不知什么缘故,只使得他们想到生活已经过去,再也没法子把它拉回来了。……刚刚迷迷糊糊,刚刚沉入遗忘的境界,忽然不知什么人碰了碰肩膀,朝自己的脸上吹一口气,睡意就没有了,身体觉着发麻,种种有关死亡的想头钻进脑子里来。翻一个身再睡,死亡倒是忘掉了,可是关于贫穷、饲料、面粉涨价等种种早就有的枯燥而沉闷的思想又在脑子里出现了,过一会儿,又不由得想起生活已经过去,再也没法子把它拉回来了……

"唉,主啊!"厨子叹气。

不知什么人轻轻地,轻轻地敲着小窗子。一定是菲奥克拉回来了。奥莉加起来,打个呵欠,小声念一句祷告,开了房门,然后走到外面门道里拉开门栓。可是没有人走进来,只有一阵冷风从街上吹进来,门道忽然给月光照亮了。从敞开的门口可以瞧见寂静而荒凉的街道和在天空浮游的月亮。

"是谁啊?"奥莉加喊一声。

"我,"传来了回答,"是我。"

靠近门口,贴着墙边,站着菲奥克拉,全身一丝不挂。她冻得打哆嗦,牙齿打战,在明亮的月光里显得很白、很美、很怪。她身上的阴影和照在皮肤上的月光,使人看来黑白分明。她的黑眉毛和结实而年轻的乳房特别清楚地显露出来。

"河对岸那些胡闹的家伙把我的衣服剥光,照这样把我赶出来了……"她说,"我只好没穿衣服,走回家来……就这么光着身子。给我拿件衣服穿上吧。"

"你倒是进屋里来啊!"奥莉加小声说,也开始发抖了。

"不要让老家伙们看见才好。"

事实上,老奶奶已经在动弹,咕噜了,老头子问:"是谁啊?"奥莉加把她自己的衬衫和裙子送出去,帮菲奥克拉穿上,然后她俩极力不出声地掩上门,轻手轻脚地走进屋里来。

"是你吗,野东西?"老奶奶猜出是谁了,生气地咕噜着,"该死的,夜游鬼……怎么不死哟!"

"没关系,没关系,"奥莉加小声说,给菲奥克拉穿好衣服,"没关系,亲人儿。"

一切又都沉静了,这屋子里的人素来睡不稳,各人都给一种捣乱的、纠缠不已的东西闹得睡不熟:老头子背痛,老奶奶心里满是焦虑和恶意,玛丽亚担惊害怕,孩子身上疥疮发痒,肚里饥饿。现在他们的睡眠也还是不安。他们不断地翻身,说梦话,起来喝水。

菲奥克拉忽然哇的一声哭了,粗声粗气,可是立刻又忍住,只是时不时地抽抽搭搭,她的哭声越来越轻,越来越含混,到后来就完全静下来了。河对面偶尔传来报时的钟声,可是那钟敲得挺古怪,先是五下,后是三下。

"唉,主啊!"厨子叹道。

瞧着窗口,谁也弄不清究竟是月亮仍旧在照耀呢,还是天已经亮了。玛丽亚起床,走出去。可以听见她在院子里挤牛奶,说:"站稳!"老奶奶也出去了。小木屋里还黑着,可是一切物件都已经可以看清楚了。

尼古拉通宵没睡着,从炉台上下来。他从一个绿箱子里拿出自己的燕尾服,穿上,走到窗口,摩平衣袖,揪一揪燕尾服的后襟,微微一笑。然后他小心地脱下这身衣服,放回箱子里,再躺下去。

玛丽亚走进来,开始生炉子。她明明没有睡足,现在一边走才一边醒过来。她一定做了什么梦,或者也许昨晚的故事来到了她的脑海里吧,因为她在炉子前面舒服地伸了个懒腰,说:

"是啊,自由好得多!"

七

老爷来了,村里的人这样称呼县警察所长。他什么时候来,为什么来,大家早在一个星期以前就知道了。茹科沃村只有四十家人,可是他们欠下官府和地方自治局的税款已经积累到两千多卢布了。

县警察所长在小饭铺里停下。在那儿,他"喝了两杯茶",然后步行到村长家里去。村长家门的附近已经有一群欠缴税款的人等着了。村长安契普·谢杰尔尼科夫尽管年轻,只不过三十岁出点头,却很凶,总是帮着上级说话,其实他自己挺穷,也总不能按期纳税。大概他很喜欢做村长,喜欢权力的感觉,他没有别的法子,只好借严厉来表现他的权力。在全村开会时候,人人怕他,听他的话。往往,在街上,或者在小饭铺附近,他忽然抓住一个醉汉,倒绑上他的手,把他关进禁闭室里去。有一回他甚至逮捕老奶奶,把她拘留在禁闭室里,关了一天一夜,因为她替奥西普出席村会,在会上骂街。他从没在城里住过,也从没看过书,可是他不知从哪儿学来各式各样文绉绉的字眼,喜欢插在谈话里用一用,人家虽然不能常常听懂他的意思,倒也因此敬重他。

奥西普带着他的缴税底册走进村长的小木屋,那县警察所长,一个瘦瘦的老头子,生着又长又白的络腮胡子,穿一件灰色衣服,正坐在过道屋墙角一个桌子那儿,写什么东西。小木屋里干干净净,四壁贴着从杂志上剪下来的画片,花花绿绿,在靠近圣像顶显眼的地方贴一张以前保加利亚巴丹堡公爵的照片。桌子旁边站着安契普·谢杰尔尼科夫,两条胳膊交叉在胸口上。

"他欠一百十九个卢布,大人,"轮到奥西普的时候,他说,"在复活节以前他付过一卢布,打那时候以后没给过一个钱。"

县警察所长抬头看奥西普,问:

"这是为什么,老兄?"

"发发慈悲吧,大人,"奥西普开口了,激动起来,"容我回禀,去年从留托列茨基来的一位老爷对我说,'奥西普,'他说,'把你的干草卖给我……你卖了吧。'他说。那有什么不行?我有大约一百普特要卖呢,都是娘儿们在水草场上割来的……好,我们就成交了……这事儿干得挺好,我自己个儿要卖的……"

他抱怨村长,一个劲儿扭回头去瞧那些农民,倒好像要请他们来作见证似的,他脸红,冒汗,他的眼睛变得尖利而凶狠。

"我不懂你说这些干什么,"县警察所长说,"我问你……我问你为什么不缴欠款?你们都不缴,难道这要我来负责吗?"

"我缴不出来嘛!"

"这些话是岂有此理,大人,"村长说,"固然,契基尔杰耶夫家道贫寒,不过请您问问别人好了,此中症结都在白酒上,他们是一班胡作非为之徒。糊涂之至。"

县警察所长写下几个字,然后镇静地对奥西普说话,口气平和,仿佛跟他要一杯水喝似的:

"出去。"

不久他就坐上车走了。他坐上一辆简便的四轮马车,咳嗽着,甚至只凭他那又长又瘦的背影也看得出他已经记不得奥西普、村长、茹科沃的欠款,只在想他自己的心事了。他还没走出一俄里路,安契普·谢杰尔尼科夫已经从契基尔杰耶夫的小木屋里拿着茶炊走出来。老奶奶跟在后面,用尽气力尖声叫道:

"不准你拿走!不准你拿走,该死的!"

他迈开大步,走得很快,她呢,在后面紧紧地追他,驼着背,气冲冲,喘吁吁,差点跌倒。她的头巾滑到肩膀上,她的白头发看上去好像带点绿颜色,在风里飘着。她忽然站住,像一个真正的叛党似的,握着拳头使劲捶胸,用拖长的声音比平时更响地嚷着,好像在痛哭似的:

"正教徒啊,信仰上帝的人啊!圣徒啊,他们欺侮我!亲人啊,他们挤对我!哎呀,哎呀,好人啊,替我伸冤报仇!"

"老奶奶,老奶奶!"村长厉声说,"不得无理取闹!"

契基尔杰耶夫家的小木屋里缺了茶炊显得沉闷极了。茶炊丢了不要紧,可是这却有点叫人难堪,含着点侮辱意味,仿佛这家的名誉也完了似的。要是村长拿走桌子、所有的凳子、所有的盆盆罐罐,那倒好些,这地方不会显得这么空荡荡。老奶奶哇哇地叫,玛丽亚呜呜地哭,小姑娘们看见她们流眼泪,也哭了。老头子自觉有罪,坐在墙角,无精打采,闷声不响。尼古拉也一声不响。老奶奶爱他,为他难过,可是现在却忘了怜悯,忽然哇啦哇啦地骂他,责备他,对准他的脸摇拳头。她尖声叫道,这全得怪他不好,是啊,他在信上夸口,说什么在"斯拉夫商场"他一个月挣五十卢布,那为什么他汇给他们那么一点点钱?为什么他上这儿来,而且把家眷也带来?要是他死了,上哪儿去找钱来葬他?……尼古拉、奥莉加、萨莎的样儿,看起来真叫人心酸。

老头子嗽了嗽喉咙,拿起帽子,找村长去了。天擦黑了。安契普·谢杰尔尼科夫正在炉子旁边焊什么东西,鼓起腮帮子,屋里满是炭气。他的孩子们挺瘦,没有洗脸洗手,不见得比契基尔杰耶夫家的小孩强多少,正在地板上爬着玩。他妻子是一个难看而长着雀斑的女人,大着肚子,正在缠丝。他们是一个极穷的、不幸的家庭。只有安契普一个人看上去还算结实、漂亮。有一张长凳上摆着五个茶炊,排成一行。老头子对巴丹堡①念了祷告,然后说:

"安契普,发发慈悲,把茶炊还给我吧!看在基督的面上!"

"拿三个卢布来,那你就可以取走。"

"我拿不出来嘛。"

安契普鼓起腮帮子,火呜呜地响,吱吱地叫,亮光映在茶炊上。老头子揉搓着帽子,想了一想,说:

"把它还给我吧!"

黑皮肤的村长好像变得完全漆黑,活像一个魔法师。他扭过头来对着奥西普发话,吐字很快,声音很凶:

"这全得由地方行政长官决定。到本月二十六日,你可以到行政会议去口头或者书面申诉你不满的理由。"

奥西普一个字也没听懂,可是也算满意,就回家去了。

---

① 前面叙过,他是保加利亚公爵,他的相片贴在圣像旁边,老头子原该对圣像念祷告,不料忙忙乱乱地弄错了。

过了十天光景,县警察所长又来了,待了一个钟头就坐上车走了。那些天,天气寒冷而且有风,河老早就结冰了,可是雪仍旧没下。道路难走,人们很痛苦。在一个节日的前夜,有几个邻居到奥西普家里来坐着闲谈。他们摸着黑说话,因为做工是有罪的,他们就没点灯。消息倒有几个,不过听着都十分不痛快。例如为了抵欠款,有两三家的公鸡被捉去送到乡公所,不料在那儿死掉了,因为没有人喂它们。羊也给捉去,而且捆在一块儿运走,每过一个村子就换一回大车,其中有一只死掉了。那么现在就有一个问题要解答:这都该怪谁呢?

"该怪地方自治局!"奥西普说,"不怪它,还怪谁?"

"当然,该怪地方自治局。"

虽然谁也不知道地方自治局是什么东西,可是样样事情,什么欠款啦,欺压啦,歉收啦,都怪在地方自治局身上。这种情形从很早以前就开始了,那时候有些富农自己开工厂、商店、客栈,做了地方自治局的议员,却始终不满意地方自治局,便在自己的工厂和酒馆里痛骂它。

他们谈到上帝还不把雪送下来,谈到该去砍柴了,可是坑坑洼洼的道路上没法走车子,也不能步行。原先,十五年到二十年以前,在茹科沃,大家谈的话要有趣味得多。在那年月,看起来每个老人心里好像都藏着一份秘密,仿佛他知道什么,正在盼着什么似的。他们谈加金色火漆印的圣旨,谈土地的划分,谈新土地,谈埋藏的财宝,总之,他们的话里暗示着什么。现在呢,茹科沃的人根本没有什么秘密,他们的全部生活就像都摊在手心上一样,大家看得明明白白。他们没别的可谈,只能谈贫穷和饲料,谈天还不下雪……

大家沉静了一阵。然后他们又想起公鸡和羊,又开始争论该怪谁不对。

"该怪地方自治局!"奥西普垂头丧气地说,"不怪它,还怪谁呢?"

八

教区的教堂在六俄里以外的柯索果罗沃村里,农民们只有不得已的时候,例如给孩子施洗礼,举行婚礼,或者举行教堂葬仪,才去一趟。他们做礼拜,通常是到河对面的教堂去。到了节日,遇上好天气,姑娘们就打扮漂亮,成群结伙地去做弥撒。她们穿着红的、黄的、绿的衣服,走过草场,看上去很快活。不过遇着坏天气,她们就都待在家里了。为了忏悔和领圣餐,她们总是到教区的教堂去。在复活节后的一周内,神甫举着十字架走遍各个小木屋,向每一个在大斋期间没有能够领圣餐的人要十五戈比。

老头子不信上帝,因为他差不多从没想到过上帝。他承认神奇的事,可是他觉得这只可能跟女人有关系。人家在他面前谈起宗教或者奇迹,向他提出关于这类事情的问题,他总是搔搔头皮,勉强地说:

"谁知道呢!"

老奶奶信上帝,可是她的信仰有点朦朦胧胧,在她的脑海里一切事情都掺混在一起,她刚想起罪恶、死亡、灵魂的得救,贫穷和烦恼立刻就插进来,盘踞她的脑海,她马上忘了刚才在想什么。祷告词一点也记不得,通常在傍晚躺下去睡觉以前,她总站在圣像面前,小声说:

"喀山的圣母,斯摩棱斯克的圣母,三臂的圣母……"

玛丽亚和菲奥克拉经常在胸前画十字,每年持斋,可是完全是应景儿。孩子都没学过祷告,也没人向他们讲起过上帝,传授过训诫,只是不准他们在斋期吃荤腥罢了。别的家庭也差不多,相信的人少,理解的人也少。同时大家又都喜欢《圣经》,温柔而敬仰地喜爱它。可是他们都没有书,也没有人念《圣经》,讲《圣经》。奥莉加有时候对他们念《福音书》,他们就尊敬她,对她和萨莎都恭恭敬敬地称呼"您"。

遇到当地教堂的命名节和祷告仪式,奥莉加常常到邻村去,到县城去,县城里有两个修道院和二十七个教堂。她痴痴迷迷,在朝圣的路上完全忘了家人,一直到回来的路上才会忽然发现自己有丈夫,有女儿,就高兴起来,笑眯眯、喜洋洋地说:

"上帝赐福给我了!"

村子里发生的事,她觉得厌恶,使她痛苦。到圣伊利亚节①,他们喝酒。到圣母升天节,他们喝酒。到圣十字架节,他们喝酒。圣母节②是茹科沃教区的节日,逢到这个节期,农民们一连喝三天酒。他们喝光了村社公积金五十卢布,然后还要挨家敛钱拿来喝酒。头一天,契基尔杰耶夫家宰了一头公羊。早晨,中午,傍晚,连吃三顿羊肉。他们吃得很多,到夜里孩子们还要起来再找补一点。那三天,基里亚克喝得酩酊大醉,他把所有的东西,连帽子和靴子也在内,统统换酒喝了,而且死命地打玛丽亚,打得她昏过去,一定要往她头上浇水,她才能醒过来。事后,大家都觉得害臊,恶心。

然而,甚至在茹科沃,在这"奴才村",每年也总有一回隆重的真正的宗教盛典。那是在八月,他们抬着赐与生命的圣母从这村走到那村,走遍全县。到了茹科沃所盼望的这一天,正好没风,天色阴沉。姑娘们一清早就穿上鲜艳华丽的衣服,出去迎接圣像,将近傍晚才把它抬进村子来,排成严肃的行列,举着十字架,唱着歌,同时河对面教堂的钟全部响起来。一大群本村和外村的人堵住街

---

① 基督教的节日,在七月二十日。
② 基督教的节日,在十月一日。

道,吵吵嚷嚷,尘土飞扬,挤成一团……老头子也好,老奶奶也好,基里亚克也好,大家都对圣像伸出手去,热切地瞧着它,哭哭啼啼地叫道:

"保护神啊,母亲!保护神啊!"

大家好像忽然明白人间和天堂并不是两隔开的,明白有钱有势的人还没有把一切都夺去,明白他们在遭受欺侮,遭受奴役,遭受沉重而难堪的贫穷,遭受可怕的白酒的祸害的时候,还有神在保佑他们。

"保护神啊,母亲!"玛丽亚哭道,"母亲!"

可是祈祷做完,圣像抬走了,一切就又恢复老样子,小饭铺里又传出粗鲁而酒醉的声音。

只有富裕的农民才怕死,他们越阔,就越不相信上帝和灵魂的得救,只因为害怕在人世的寿命会完结,才点蜡烛,做礼拜,以防万一。贫穷的农民并不怕死。人家当着老头子和老奶奶的面说他们活得太久,到死的时候了,可是他们满不在乎。他们一点也没顾忌地当着尼古拉的面对菲奥克拉说,等尼古拉死了,她丈夫杰尼斯就可以得到优待从军队里退伍,回家来了。玛丽亚呢,不但不怕死,反而惋惜死亡这么久还不来。她的小孩一死,她倒高兴。

他们不怕死,可是对于各种疾病,他们却过分地害怕。只要生一点点小毛病,肠胃不消化啦,着了点凉啦,老奶奶就在炉台上躺下,盖得严严的,不断地大声哀叫:"我要死——了!"老头子赶紧去请神甫,老奶奶就领圣餐,受临终涂油礼。他们常常谈到受凉,谈到蛔虫,谈到瘤子,说是瘤子在胃里移动,滚到心脏那儿去了。他们顶怕的是着凉,因此就是夏天也穿厚衣服,躺在炉台上取暖。老奶奶喜欢看病,常坐上车子到医院去,到了那儿她老是说她自己才五十八岁,而不说七十岁。她认为医生如果知道她的真岁数,就不肯给她看病,反而会说她该死了。她通常一清早就动身到医院去,随身带去两三个小姑娘,傍晚才回来,肚子挺饿,怒气冲冲,给自己带回来药水,给小姑娘带回来药膏。有一回她把尼古拉也带去,这以后他喝了两个星期的药水,说是觉得好一点了。

老奶奶认识周围三十俄里以内所有的医生、医士、巫医,其中她一个也不中意。在圣母节那天,神甫举着十字架走遍各个小木屋,教堂执事对她说:城里监狱附近住着一个小老头儿,做过军医士,医道很好,劝她去找他。老奶奶听了他的劝。等到头一场雪落下地,她就坐车进城,带回一个小老头子,留着胡子,穿一件长上衣,是一个皈依正教的犹太人,脸上满是蓝色的细血管。那当儿正好有些短工在小木屋里工作。一个老裁缝戴着极大的眼镜,正拿一件破烂的衣服裁成背心,还有两个年轻小伙子在用羊毛擀成毡靴。基里亚克因为酗酒而给革掉了差使,这时候住在家里,跟裁缝并排坐着,修理一个套包子。小木屋里又挤又闷,臭烘烘的。皈依正教的犹太人诊察了尼古拉,说是须得给病人放血。

他放上拔血罐去,老裁缝、基里亚克、小姑娘们站在一旁瞧着,他们觉着他们仿佛瞧见疾病从尼古拉身子里流出来了。尼古拉也瞧着吸血的罐子附在他胸膛上,渐渐充满浓浓的血,觉得好像真有什么东西从他身子里出去似的,就满意地微笑了。

"这挺好,"裁缝说,"求上帝保佑,这对你有好处。"

那皈依正教的人放了十二罐血,然后又放十二罐,喝了茶,坐车走了。尼古拉开始打抖,他的脸瘦下去,照女人们的说法,缩成一个小拳头了。他的手指头发青。他盖上一条被子和一件羊皮袄,可是觉着越来越冷。将近傍晚,他觉着很不好过,要求把自己放在地板上,请裁缝不要抽烟,然后他在羊皮袄下面安安静静地躺着。将近早晨,他死了。

九

啊,这个冬天多么寒冷,多么长啊!

到圣诞节,他们自己的粮食已经吃完,只好买面粉吃了。基里亚克现在住在家里,每到傍晚就吵闹,弄得人人害怕,到了早晨又因为头痛和羞愧而难过,他那样子看上去很是可怜。饥饿的母牛的叫声昼夜不停地从畜栏那边传来,叫得老奶奶和玛丽亚的心都碎了。仿佛故意捣乱似的,天气始终非常冷,雪堆得很高,冬天拖延下去。到报喜节①,刮了一场真正的冬天的暴风雪。在复活节后的一周内又下了一场雪。

不过,不管怎样,冬天毕竟过完了。到四月初,白昼变得温暖,夜晚仍旧寒冷。冬天还不肯退让,可是终于来了温暖的一天,打退了冬季,于是小河流水,百鸟齐鸣。河边的整个草场和灌木给春潮淹没,茹科沃和对岸的高坡中间那一大块地方被一片汪洋大水占据,野鸭子在水面上这儿一群那儿一群地飞起飞落。每天傍晚,火红的春霞和华美的云朵造成新的、不平凡的、离奇的景致,日后人们在画儿上看见那种彩色和那种云朵的时候简直不会相信是真的。

仙鹤飞得很快很快,发出哀伤的叫声,声音里好像有一种召唤的调子。奥莉加站在斜坡的边上,长久地望着水淹的草场,瞧着阳光,眺望那明亮的、仿佛变得年轻的教堂,流下了眼泪,喘不过气来,因为她恨不得快快走掉,随便到哪儿去,即使到天涯海角去也行。大家已经决定让她重回莫斯科去当女仆,叫基里亚克也跟她一路去,谋个差使,做个管院子的或者雇工什么的。啊,快点走

---

① 基督教的节日,在俄旧历三月二十五日。

才好!

土地一干,天气一暖,他们就打点着动身了。奥莉加和萨莎背上背着包袱,脚上穿着树皮鞋,天刚亮就走了。玛丽亚也出来,送她们一程。基里亚克身体不舒服,只好再在家里待一个星期。奥莉加最后一次对着教堂在胸前画个十字,念了一阵祷告。她想起自己的丈夫,可是没哭,只是脸皱起来,变丑了,像老太婆一样。这一冬,她变得瘦多了,丑多了,头发也有点花白,脸上失去从前那种动人的风韵和愉快的微笑,现在只有她经历到的愁苦所留下的一种悲哀的、听天由命的神情了。她的目光有点迟钝呆板,仿佛耳朵聋了似的。她舍不得离开这个村子和这儿的农民。她想起他们怎样抬走尼古拉,在每一个小木屋旁边怎样为他做安魂祭,大家怎样同情她的悲痛,陪着她哭。在夏天和冬天有过一些日子,这些人生活得仿佛比牲口还糟,跟他们在一块儿生活真可怕,他们粗野、不老实、肮脏、醺醉。他们生活得不和睦,老是吵嘴,因为他们不是互相尊重,而是互相害怕和怀疑。谁开小酒馆,灌醉人民?农民。谁把村社、学校、教堂的公款盗用了,喝光了?农民。谁偷邻居的东西,放火烧房子,为一瓶白酒到法庭上去做假见证?谁在地方自治局和别的会议上第一个出头跟农民们作对?农民。不错,跟他们一块儿生活是可怕的。不过话说回来,他们也是人,他们跟普通人一样受苦,流泪,而且在他们的生活里没有一件事无法使人谅解。劳动是繁重的,使人一到夜晚就周身酸痛,再者冬季严寒,收获稀少,住处狭窄,任何帮助也得不到,也没有一个地方可以去寻求帮助。比他们有钱有势的人是不可能帮助人的,因为他们自己就粗野、不老实、醺醉,骂起人来照样难听。任何起码的小官儿或者地主的管事都把农民当做叫花子,即使对村长和教会的长老讲话也只称呼"你",自以为有权利这样做。再者,那些爱财的、贪心的、放荡的、懒惰的人到村子里来只是为了欺压农民、掠夺农民、吓唬农民罢了,哪儿谈得上什么帮助或者做出好榜样呢？奥莉加想起冬天基里亚克被押去挨打的时候那两位老人的悲悲惨惨、忍气吞声的表情……现在,她可怜所有这些人,为他们难过。她一边走,一边老是回过头去瞧那些小木屋。

送出三俄里以后,玛丽亚告别,然后她跪下来,把脸凑到地面,哭诉起来:

"又剩下我孤单单一个人了,我这可怜的人啊,多么可怜,多么不幸啊……"

她照这样哭诉很久。奥莉加和萨莎很久很久还看见她跪在地上,双手抱着脑袋,一个劲儿地向一边不知对谁叩头,一些白嘴鸦在她头顶上飞来飞去。

太阳升高了,天热起来。茹科沃村远远地落在后面了。走路是畅快的,奥莉加和萨莎不久就忘了村子,也忘了玛丽亚她们多么高兴,样样东西都吸引她们。时而出现一个古老的坟丘,时而出现一长排电线杆子,一根挨着一根,伸展到不知什么地方去,到了地平线就不见了。电线神秘地嗡嗡响,时而她们远远看到一个小农庄,完全给一片苍翠遮住,飘来一股潮气和大麻的香气,不知什么缘故她们觉得好像那儿住着一些幸福的人似的,时而出现一匹皮包骨的瘦马,在田野上成为孤零零的一个白点。百灵鸟不停地歌唱,鹌鹑互相呼应。秧鸡不断尖声叫着,仿佛谁猛的丢出一个旧铁环去似的。

中午,奥莉加和萨莎走进一个大村子。那儿,在宽阔的街道上,她们遇见一个小老头,就是茹科夫将军家的厨子。他挺热,他那冒汗的、红红的秃顶在阳光里发亮。起初,他和奥莉加彼此都没认出来,后来他们正好同时看见对方,认出来了,却各走各的路,一句话也没说。有一个小木屋比别家显得新一点,阔气一点,奥莉加就在它那敞开的窗前站住,鞠一躬,提高喉咙,用尖细的、唱歌样的声调说：

"东正教的教徒啊，看在基督的分上多多周济周济吧，好让上帝保佑您，让您的爹娘在天国得到永久的安息。"

"东正教的教徒啊，"萨莎唱起来，"看在基督的分上，多多周济周济吧，好让上帝保佑您，让您的爹娘在天国……"

佩彻涅格人

伊凡·阿勃拉梅奇·日穆兴是个退伍的哥萨克军官,以往在高加索服役,如今住在自己的农庄上。他过去年轻、健康、强壮,现在却苍老、干瘪,背有点驼,眉毛蓬松,唇髭白得带点绿色了。有一天,那是在炎热的夏季,他从城里回自己的农庄。他在城里斋戒过,在公证人那里写下遗嘱(大约两个星期以前他得过一次小中风),如今坐在火车车厢里,那些关于临近的死亡、关于尘世的空虚、关于人间万物的短暂等忧郁而严肃的想法,一路上始终没离开过他。到了普罗瓦里耶车站(顿涅茨克铁路上有这样一个车站),有个胖胖的、中年的金发先生,手中拿着一个旧皮包,走进他的车厢,在他对面坐下。他们两个就谈起话来。

"是啊,"伊凡·阿勃拉梅奇说,呆呆地瞧着窗外,"什么时候结婚都不算晚。我自己就是在四十八岁那年结的婚,人家都说太晚了,其实不晚也不早,不过呢,还是根本不结婚的好。老婆很快就会弄得人厌烦,然而并不是每个人都肯说真心话,因为,您明白,人总觉得不幸的家庭生活是丢脸的事,瞒着不说。有的人在老婆身旁'玛尼雅,玛尼雅'地叫个不停,可是如果按他的本心办事,他就会把这个玛尼雅装进袋子,丢进水里了事。跟老婆一块儿过日子真没意思,简直是蠢事。再者,我敢于向您保证,儿女也不见得好一点。我有两个,这些坏蛋。在此地草原上,他们没处可以上学,要把他们送到新切尔卡斯克去读书,可又没有钱,于是他们只好在这里生活,像两只狼崽子似的。你瞧着就是,他们会在大道上杀人哩。"

金发先生注意地听着,回答问话的声音不大,而且简略,看来这人秉性斯文而谦和。他自称是个律师,说他现在到玖耶甫卡村去办事。

"哦,你知道,那地方离我家九俄里,我的上帝!"日穆兴说,从他的口气听来,倒好像人家在跟他吵架似的,"不过,对不起,等一会儿您到了车站是找不到马车的。依我看,您还是索性到我家里去好,您明白,在我那儿过上一夜,第二天早晨坐着我的马车走就行了。"

律师想了想,同意了。

等他们到达火车站,太阳已经低低地挂在草原上空了。从火车站到田庄的路上,他们没有讲话,车子的颠动妨碍他们谈天。那辆四轮马车蹦蹦跳跳,吱吱地叫,似乎在哭泣,好像它这种跳动弄得它自己十分痛苦似的。律师坐得很不舒服,愁闷地瞧着前面,巴望看到那个田庄。他们坐车走了八俄里光景,才远远地望见一所不高的房子和一个院子,四周围着一道用黑色石板砌成的围墙。那所房子的房顶是绿色的,墙上的灰泥脱落,窗子又小又窄,像是眯细的眼睛。田庄建在太阳地里,四周看不到水,也看不到树。邻近的地主和农民都把这儿叫作"佩彻涅格田庄"。许多年以前有一个过路的土地测量员在田庄上留宿,跟伊凡·阿勃拉梅奇谈了一夜,感到很不满意,早晨临走的时候对他严厉地说:"您,我的先生,是佩彻涅格人!"从此"佩彻涅格田庄"这个名称就传开了,等到日穆兴的孩子长大,开始打劫邻近的果园和瓜地,这个外号就越发牢不可破了。大家还把伊凡·阿勃拉梅奇叫作"您明白",因为他通常讲话很多,而且常常使用这个"您明白"。

在院子里的堆房旁边站着日穆兴的儿子,一个是十九岁,另一个是个半大孩子,两个人都光着脚,没戴帽子。正当马车驶进院子的时候,那个小儿子把一只母鸡高高地抛到半空中,母鸡咕咕地叫,飞起来,在空中画了一道弧线;大儿子开枪射击,那只母鸡就被打死,掉在地上了。

"这是我的孩子在学打鸟。"日穆兴说。

穿堂里有个女人迎接来人。她身材瘦小,脸色苍白,年纪还轻,相貌美丽。从她身上穿的衣服来看,人家可能把她当作仆人。

"容我介绍一下,"日穆兴说,"她是我那些小崽子的妈。喂,柳包芙·奥西波芙娜,"他转过身去对她说,"快点,孩子他妈,给客人做饭。开晚饭!快!"

这所房子分成两半:这一半是"客厅"以及紧挨着它的老人日穆兴的卧室,这些房间都闷热,天花板很低,有许多苍蝇和黄蜂;那一半是厨房,那儿烧饭,洗衣服,给雇工开饭,那儿的长凳底下有鹅和鸡孵蛋,柳包芙·奥西波芙娜和她两个儿子的床也在那儿。客厅里的家具没上油漆,显然是一个木匠马马虎虎做出来的。墙上挂着枪支、猎袋、短鞭子,这些陈旧的废物早已生锈,上面满是尘垢,变成灰白色了。画片一张也没有,墙角上有一块木板,当初是放圣像用的。

一个年轻的乌克兰女人摆好饭桌,端来火腿,然后是红甜菜汤。客人拒绝喝酒,只吃面包和腌黄瓜。

"吃点火腿怎么样?"日穆兴问。

"谢谢,我不吃,"客人回答说,"我素来不吃肉。"

"这是为什么?"

"我是素食主义者。杀死动物是违背我的信念的。"

日穆兴想了一会儿,然后叹一口气,慢吞吞地说:

"是啊。……对了。在城里我也见过一个不吃肉的人。现在这种信仰时兴起来了。嗯,这挺好。不能老是杀牲口,打鸟儿了,您明白,早晚得洗手不干这种事,让畜生也过太平日子才是。杀生是罪过,是罪过啊,这是不消说的。有的时候开枪打兔子,伤了它的腿,它就直叫,跟小娃娃一样。可见它也觉得痛啊!"

"当然,它觉得痛。畜生跟人一样懂得痛苦。"

"这是实在的。"日穆兴同意说。"这些我都很明白,"他一边想,一边接着说,"不过呢,老实说,有一点我却不明白:比方说,您明白,要是所有的人都不再吃肉,到那时候这些家禽,比如鸡和鹅,可怎么办呢?"

"鸡和鹅就会自由自在地生活下去,像那些野禽一样。"

"现在我懂了。不错,乌鸦和寒鸦都活着,不要我们管也过得挺好。对了。……鸡啦,鹅啦,兔子啦,羊啦,都会自由自在地活下去,高高兴兴,您明白,赞美上帝,它们再也不会怕我们了。世界上就会出现和平同安宁。不过呢,您明白,有一点我还是不懂,"日穆兴看一眼火腿,接着说,"猪会怎么样呢?拿它们怎么办呢?"

"猪也跟别的动物一样,那就是说,它们自由了。"

"是这样。对了。可是,对不起,话说回来,要是不把它们杀掉,它们就会繁殖起来,您明白,到那时候草场和菜园就遭殃了。要知道,猪这种东西,要是随它们自由自在,不去管它们,那么不出一天,它们就会把什么东西都糟蹋掉。猪总是猪,给它起名叫猪可不是无缘无故的。……"

他们吃完了晚饭。日穆兴离开饭桌,在房间里走了很久,不住地讲啊讲的。……他喜欢谈论一些重大而严肃的事,喜欢沉思,再者,他巴望在老年找到一个什么信仰,使心灵有所寄托,而死亡不至于显得这么可怕。他希望自己脾气温柔,心平气和,相信自己,就跟这个吃腌黄瓜和面包果腹而认为自己因此变得完善的客人一样。客人坐在一口箱子上,健康,胖乎乎的,沉默着,隐忍他的烦闷。要是有人在苍茫的暮色中从穿堂往他这边看一眼,就会觉得他活像一块谁也搬不开的大石头。人在生活里有所寄托,心里就踏实了。

日穆兴穿过穿堂,走到门外廊子底下,人可以听见他不住地叹气,在沉思中自言自语:"对了……是这样。"天已经黑下来,天上这儿那儿出现了星星。房间里还没有点灯。有个人悄没声儿地走进大厅来,像个影子似的,在门旁站住。原来这是日穆兴的妻子柳包芙·奥西波芙娜。

"您从城里来吗?"她没看着客人,怯生生地问道。

"是的,我住在城里。"

"也许,您是个搞学问的人吧,先生,那么请您费心开导我们吧。我们得递一个呈子上去。"

"递到哪儿去?"客人问。

"我们有两个儿子,好先生,早就该把他们送去念书了,可是我们这儿没有人管,也找不到一个商量的人。我自己又什么都不懂。他们要是不上学,就要照普通的哥萨克那样征去当兵。那就糟了,先生!他们不识字,连庄稼汉也不如,连伊凡·阿勃拉梅奇自己都嫌弃他们,不让他们走进房间来。不过,难道这能怪他们吗?真的,哪怕把小的一个送去上学也好,要不然,真叫人心痛啊!"她缓慢地说,声音发抖;这么瘦小、年轻的女人居然已经有长大成人的孩子,这似乎使人没法相信,"唉,真叫人心痛啊!"

"你,孩子他妈,什么也不懂,这不关你的事,"日穆兴在门口出现,说,"别拿你那些荒唐话去纠缠客人。走开,孩子他妈!"

柳包芙·奥西波芙娜就走出去,在前堂又用她尖细的声音说:

"唉,真叫人心痛啊!"

他们在客厅里一张长沙发上给客人铺好被褥,点亮了长明灯,免得他嫌黑。日穆兴在自己的卧室里上床睡下。他躺在那儿想他的灵魂,想老年,想不久以前的中风,那次中风把他吓得心惊胆战,真以为自己快要死了。他喜欢独自一人在寂静中深思冥想,每逢这种时候,他就自以为是个十分严肃而深刻的人,在这个世界上只有重大的问题才会引起他的兴趣。现在他就在不断地思索,他想抓住某个与众不同的、杰出的思想,使它成为生活的指南,有心为自己想出一种原则,好把他的生活也变得像他本人那样严肃而深刻。比方说,对他这个老人来说,戒绝肉食和各种珍馐美味确实挺好。那种人类不再互相残杀,也不杀害动物的时代是早晚要来的,它不可能不来,于是他幻想着那个时代,清楚地想象他自己和所有的动物和睦相处,可是突然间他又想起那些猪,他头脑里的思路就全给搅乱了。

"怪事,上帝保佑。"他呼哧呼哧地喘气,嘟哝着说。"您睡着了吗?"他问。

"没有。"

日穆兴从床上起来,在门口站住,只穿着衬衣,在客人面前露出他那两条青筋突起的、干瘪的、像木棍一样的腿。

"您明白,"他开口说,"如今这年月,时兴各式各样的什么电报啦,电话啦,一句话,各种奇迹应有尽有,可是人并没有变得好一些。据说在我们那个时代,三四十年以前,人是粗暴残忍的;然而现在难道不是仍旧一样吗?的确,在我那个时代,大家不讲究礼貌。我还记得,有一次在高加索,我们在一条小河旁边驻扎了整整四个月,什么工作也没有,那时候我还是个军士。当时出了一件麻烦事,简直像是一篇小说。在我们哥萨克骑兵连驻扎的小河对岸,您明白,埋葬着一个穷公爵,他是不久以前让我们杀死的。每到夜里,您明白,守寡的公爵夫人总要到坟上去哭。她边哭边诉,嘴里哼哼唧唧地叫个没完,吵得我们心里不好受,简直睡不着觉。我们第一夜睡不着,第二夜又睡不着;得,这就惹得我们心烦了。从常理来推断,为了他妈的这么点缘故就不睡觉,那确实不行——请您原谅我这种说法。我们就把这个公爵夫人抓来,用鞭子抽一顿,她就再也不去哭了。就是这么回事。现在呢,当然,这样的人没有了,也不用鞭子抽人了,大家生活得像样多了,学问也大得多了,不过,您明白,人的灵魂还是老样子,没起什么变化。喏,不瞒您说,我们这儿住着个地主。他办矿,您明白。那些没有护照的、没处投奔的、各式各样的流浪汉在他那儿做工。每到星期六就得给工人发工钱,可是他不愿意给,您明白,他舍不得钱。他就找了个账房先生,也是个流浪汉,不过脑袋上总算还戴着一顶帽子。地主说:'你别给他们钱,一个小钱也别给;他们会打你,'他说,'那就让他们打,你忍着,我每个星期六给你十个卢布就是。'好,到星期六傍晚,工人们按规矩来拿工钱,账房先生却对他们说:'没有!'得,你一句我一句地骂个不停,打起来了。……大家一齐打他,拳脚交加,您明白,这些人饿得心狠了。他们把那个人打得人事不知,然后各自走散。老板吩咐人往账房先生脸上泼水,随后就塞给他一张十卢布的钞票,那个人收下来,而且还挺高兴,因为实际上,漫说给十个卢布,就是给三个卢布,他也会答应钻进绞索里去。是啊。……到了星期一就又有一伙工人来了。他们只好来,没地方可去嘛。……到星期六就又是那一套。……"

客人翻一个身,脸对着长沙发靠背,嘴里含含糊糊说了一句什么话。

"喏,还有一个例子,"日穆兴接着说,"有一年,您明白,此地闹一种叫炭疽热的瘟疫。那些牲口啊,我跟您说吧,像苍蝇那么纷纷死掉。兽医到此地来,下了严厉的命令,要把死牲口弄到远处去,深深地埋进地里,浇上石灰浆等等的,您明白,这都是根据科学的原理。我那匹马也死了。我就按照种种预防措施把它埋了,单是在它身上浇的石灰浆就有十普特。您猜怎么着?我那两个小子,您明白,我的宝贝儿子,夜里却把马挖出来,剥下它身上那张皮,卖了三个卢布。您瞧瞧。可见人并没有变好,可见不管你怎么喂狼,狼总是往树林里瞧。就是这么回事。这种事真叫人深思啊!不是吗?您认为怎么样?"

突然,在房间的一边,有一道电光在护窗板的缝隙里闪现。暴风雨之前,天气总是闷热,蚊子不住地叮人,日穆兴躺在自己的房间里沉思默想,唉声叹气,哼哼唧唧,自言自语:"对了……是这样",怎么也睡不着觉。在很远很远的地方响起隆隆的雷声。

"您睡着了吗?"

"没有。"客人回答说。

日穆兴就起床,穿过客厅和穿堂,两只光脚吧嗒吧嗒地响着,到厨房喝水去了。

"世界上,您明白,最糟糕的是愚蠢,"过了一会儿,他端着个水瓢走回来,说,"我那个柳包芙·奥西波芙娜正跪在那儿祷告上帝呢。她每天晚上都祷告,您明白,她咕咚咕咚地叩头,头一件事就是祷告上帝把她的孩子送去上学,她生怕孩子们像普通的哥萨克那样去当兵,到了那边,背上挨一军刀。不过,要上学就得有钱,可是上哪儿去找钱呢?你就是拿脑门碰破地板,没钱也还是没钱啊。其次,她祷告是因为,您明白,任何女人都认为世界上再没有人比她更不幸了。我是直性子,什么事也不想瞒住您。她是穷人家出身,教士的女儿,所谓僧侣阶层。我是在她十七岁那年娶她的。她家把她嫁给我,一大半是因为家里没有吃的,受穷受苦,我呢,您看得出来,毕竟有田地,有家业,喏,不管怎么说吧,我好歹也是个军官;您明白,她嫁给我要算是高攀了。我们结婚的头一天她就哭,后来一直哭了二十年,就像俗话说的,眼泪没干过。她老是坐在那儿,想啊想的,想心思。请问,有什么可想的呢?妇道人家能想点什么呢?没有什么可想的。老实说,我是不把娘们儿当人看的。"

那位律师猛地坐了起来。

"对不起,我觉得有点闷热,"他说,"我要出去。"

日穆兴一面继续讲女人,一面走进穿堂,拉开门闩,两个人走到外面。正巧一轮明月在院子上面的天空中浮动,这所房子和堆房在月光下显得比白天还要白。在草地上,在黑色的阴影中间,铺开几条明亮的月光,也是白的。从这儿可以看到右边远处的一片草原,草原上空宁静地闪着繁星。一切都神秘,无限的遥远,人仿佛望着深渊一样。左边,草原的上空堆积着酝酿雷雨的沉重的乌云,黑得像煤烟似的。乌云的边缘被月光照亮,似乎那儿有些峰顶盖着白雪的高山以及漆黑的树林和海洋。电光闪耀,传来轻微的雷声,好像山上正在打仗似的。……

田庄附近有一只小小的猫头鹰单调地叫着:"睡啦!睡啦!"

"现在几点钟了?"客人问。

"一点多钟。"

"离天亮还早着哪,真是!"

他们回到房子里,又躺下。应当睡着才对,下雨以前,人照例能睡得十分酣畅,然而这个老人却喜欢想一些重大而严肃的事情。他不只是想,而且要反复地琢磨。他琢磨着死亡已经临近,为了拯救自己的灵魂,最好不要再这样游手好闲,让时间一天又一天,一年又一年不知不觉地浪费掉,没有留下任何痕迹。他最好给自己想出一种什么大事来干,比方步行到很远很远的一个什么地方,或者像这个年轻人一样戒绝肉食。他又想象人类不再杀死动物的时代,想得那么生动,那么逼真,倒好像他自己正在经历那个时代似的。可是忽然,他的脑子里又都乱糟糟,一切都不清楚了。

雷雨已经过去,可是乌云还留下一点边缘,雨还在下,轻轻地拍打房顶。日穆兴起床,伸着懒腰,因为年老而哼哼唧唧,眼睛瞧

着大厅。他看出客人没有睡着,就说:

"在高加索的时候,您明白,我们那儿有个上校也是素食主义者。他不吃肉,从来也不打猎,也不许部下去钓鱼。当然,我明白。一切动物都应当自由地生活,享受生活;只是我不懂:猪怎么能随便走来走去,没有人管。……"

客人爬起来,坐好。他那苍白憔悴的脸上现出烦恼和疲乏的神情;看得出来,他累得要命,只是他那温顺、柔和的心不容许他用话语把他的气恼表达出来。

"天已经亮了,"他温和地说,"劳驾,请您吩咐他们备马。"

"这是为什么?您等一等,雨就要停了。"

"不,我求求您,"客人恳求地说,声调里带着惊恐,"我得马上就走。"

他就动手匆匆忙忙穿衣服。

等到马车备好,太阳已经升上来了。雨刚刚停住,云很快地奔驰着,天上一些蔚蓝色的透光的空隙变得越来越大。初出的阳光怯生生地映在下面的小水洼里。律师拿起他的皮包,穿过穿堂,去坐马车,这时候日穆兴的妻子脸色苍白,似乎比昨天还要苍白,带着泪痕,注意地瞧着他,眼睛一眨也不眨,现出姑娘那样的纯朴神情,从她的哀伤的脸容可以看出她羡慕他的自由:啊,要是她自己能离开此地,她会多么高兴啊!还可以看出她有话要跟他说,大概是要他为她的孩子出些主意吧。她是多么可怜啊!这人不是妻子,也不是女主人,甚至不是一个女仆,倒像是个穷食客,一个谁也不需要的亲戚,一个渺不足道的人。……她的丈夫忙忙乱乱,不停嘴地讲着,一边抢在前面,送客人出门。她呢,惊恐而负疚地缩在墙边,一直在等个方便的机会好开口讲话。

"欢迎您下次再来!"老人反复说着,一刻也不停嘴,"您明白,我们一定尽其所有来招待您!"

客人匆匆地坐上马车,显然十分愉快,仿佛生怕这当儿会有人扣留他似的。马车像昨天那样蹦蹦跳跳,吱吱地尖叫,猛烈地撞响车后拴着的一个桶子。律师回过头来,带着一种特别的神情朝日穆兴看了一眼,仿佛他像从前那个土地测量员那样,想骂他一声佩彻涅格人或者别的什么,然而温和的性格占了上风,他忍住了,什么话也没说。可是走到大门口,他忽然忍不住,欠起身来,响亮而气愤地嚷了一声:

"我讨厌您!"

接着,马车驶出门外,不见了。

日穆兴的儿子站在堆房旁边:大儿子拿着一管枪,小儿子抱着一只灰色的公鸡,头上生着鲜艳美丽的冠子。小儿子使足力气把那只公鸡往上抛去,那只鸡飞得高过房顶,在空中翻了个身,像鸽子一样。大儿子开一枪,那只公鸡就跟一块石头似的落下来了。

老人心慌意乱,不知道该怎样解释客人这一声奇怪的意外的嚷叫。他慢腾腾地走回房子。他在房子里靠着桌子坐下,琢磨了很久,想到当前的思潮,想到普遍的道德败坏,想到电报,想到电话,想到自行车,想到这一切多么不必要,渐渐地心平气和,然后不慌不忙地吃完饭,喝下五大杯茶,躺下去睡觉了。

在 故 乡

一

顿涅茨克铁路。一个冷冷清清的火车站,呈现着白色,孤单地立在草原上,墙壁晒得发烫,没有一点阴影,看上去这儿像是没有人似的。火车把您丢在这儿,开走了,它的轰隆声先还可以隐约听见,最后无声无息了。……车站附近一片荒凉,除了您的马车以外,别的马车一辆也没有。您就坐上一辆四轮马车(这在坐过火车以后是极其痛快的),沿着草原上的大道走去,您面前渐渐展开一幅幅在莫斯科附近没有的画面,广漠无垠,单调得迷人。草原,草原,此外什么也没有了。远处是一座古墓或者一架风车。牛车在载运煤炭。……鸟儿在平原上空低低地飞翔,有节奏地扇动着翅膀,使人看得昏昏欲睡。天气炎热。一两个钟头过去了,却还是草原,草原,远处也还是古墓。您的车夫讲这讲那,常常用鞭子往旁边指一指,他讲得很长,无非是些无关紧要的事,而您的灵魂沉浸在安宁之中,不愿意回想过去的事了。……

一辆三套马车来接薇拉·伊凡诺芙娜·卡尔津娜。车夫把她的行李放好,开始整理马具。

"一切都跟从前一样,"薇拉说,不住地往四下里看,"上一回我在这儿的时候还是个小姑娘,那差不多是十年以前的事了。我记得那一回赶着马车来接我的是包利斯老头。怎么样,他还活着吗?"

车夫一句话也没有回答,光是照乌克兰人那样生气地瞪她一眼,爬上了车夫的座位。

出了火车站,要走大约三十俄里的路。薇拉也给草原的魅力迷住,忘记过去,只想着这儿多么辽阔,多么自由。她健康、聪明、美丽、年轻(她刚刚二十三岁),到现在为止,她的生活里所缺乏的恰好就是这种辽阔和自由。

草原,草原。……马车奔驰着,太阳越升越高,在她小时候,六月间的草原似乎没有这么丰富多彩,这么茂盛。草地上开满鲜花,有绿色的、黄色的、淡紫色的、白色的。这些花和晒热的土地冒出一阵阵香气。大路上有些古怪的、蓝色的鸟。……薇拉早已没有祈祷的习惯,可是现在却克制着睡意,喃喃地说:

"主啊,保佑我在这儿过得畅快吧。"

她心里平静,舒服,似乎情愿照这样望着草原,坐一辈子马车。忽然,路旁出现一道深深的山沟,长满小橡树和小赤杨树。一股潮气扑面而来,大概下边有一条小溪吧。在这一边,在悬崖的边沿上,有一群山鹬扑棱一声飞起来。薇拉想起从前傍晚他们常到这道悬崖旁边来散步,那么庄园一定很近了!果然,远处现出杨树和谷仓,旁边冒起一股黑烟,这是在烧旧麦秆。这时候她的姑姑达霞迎面走来,摇着手绢;她的爷爷站在露台上。哎呀,多么高兴啊!

"亲爱的!亲爱的!"她姑姑说,尖声喊着,就像发了癔病似的,"我们真正的女主人来了!要明白,你就是我们的女主人,我们的女皇啊!这儿样样东西都属于你!亲爱的,美人儿,我不是你的姑姑,而是你顺从的奴隶!"

薇拉除了姑姑和爷爷以外,一个亲人也没有了。她母亲早已去世,她父亲是个工程师,三个月前从西伯利亚回来,死在喀山。

她爷爷蓄着一大把白胡子,身体很胖,脸色红润,害气喘病,走起路来拄着手杖,挺着肚子。她姑姑是个四十二岁的女人,穿一条袖子隆起的时髦连衣裙,腰身勒得很紧,显然要打扮得年轻点,仍旧想招人喜爱。她走起路来踩着细碎的步子,同时她的脊背不住地颤动。

"你会喜欢我们吗?"她搂住薇拉,说,"你不骄傲吧?"

大家按照爷爷的心意做感恩祈祷,然后吃了很久的饭,于是对薇拉来说,她的新生活开始了。他们给她准备了一个最好的房间,把全家所有的地毯都拿来铺上,而且放上许多花。晚间她在她那张舒适的、宽阔的、柔软的床上躺下,盖上一床发散出存放过久的衣服气味的绸被子,她就快活得笑起来。她姑姑达霞进来一会儿,为的是给她道晚安。

"喏,你总算回来了,谢天谢地,"她在床沿上坐下来,说,"你看得明白,我们生活得挺好,再好也没有了。只有一件:你爷爷不行了!糟透了!他气喘,记性也差了。你记得吗?他以前健康得很,力气大极了!他是个火气很大的人。……从前,只要仆人不顺他的心或者出了点什么事,他就跳起来,嚷着:'抽他二十五下!拿桦树条子!'可是现在他变得和气多了,听不见他嚷了。而且,现在也不是那种年月,宝贝儿,不兴打人了。嗯,当然,何必打人呢,可是把他们惯坏了也不应该。"

"姑姑,现在他们还挨打吗?"薇拉问。

"有时候,总管打他们,我是不打的。求主保佑他们!你爷爷拗不过老脾气,有的时候举起手杖来挥动几下,不过打是不打了。"

姑姑达霞打了个哈欠,她先在嘴上,然后在右耳朵上画一个十字。

"这儿生活沉闷吗?"薇拉问。

"怎么对你说好呢？现在地主都搬走，不住在这儿了。不过，宝贝儿，附近陆续建造了一些工厂，什么工程师啦，医生啦，采矿技师啦，多着呢！当然，有业余演出，有音乐会，不过打牌的时候居多。他们常坐车到我们这儿来。工厂里的涅沙波夫大夫就常来，他长得挺漂亮，招人喜欢！他看了你的照片就爱上你了。我呢，打定了主意，心想：行，这也是薇罗琪卡①的造化。这人又年轻又漂亮，还有家当，一句话，正配得上。嗯，说真的，你也是天下难找的未婚妻。你出身上流人家，我们的田产已经抵押出去了，不过那有什么关系？经营得挺好，没有荒掉。这里面也有我的一份，可是往后都归你了。我是你的顺从的奴隶。我那去世的哥哥，你的爸爸，留下一万五。……哦，不过，我看出来，你的眼皮要合上了。那就睡吧，孩子。"

第二天薇拉在房子四周散步很久。那儿有个古老的花园，不好看，小路也没有一条，坐落在一个斜坡上，很不方便，完全荒芜了，大概他们认为这是家业当中一种多余的东西吧。这儿有许多蛇。戴胜鸟在树下面飞来飞去，叫着："呜——吐——吐！"从那声调听起来，仿佛要叫人想起一件什么事似的。下面是一道河，岸旁长满高高的芦苇，河对面，离岸半俄里，是个村子。薇拉从花园里走到田野上，眼睛望着远处，心里想着她在故乡的新生活，一心要弄明白，什么样的前途在等待她。草原的这种辽阔、这种美丽的恬静，都在对她说：幸福临近了，也许已经来到了；实际上成千的人都会说：一个年轻健康、受过教育的人，又住在自己的庄园上，这是多么幸福啊！同时，这无边无际的原野，单调而没有人烟，却使她害怕，有的时候，可以清楚地看出，这个安静的绿色怪物会吞吃她的生命，把它化为乌有。她年轻、优雅，喜爱生活；她在贵族女子中学

---

① 薇罗琪卡是薇拉的爱称。

毕了业,学会说三种外国语,读过很多书,跟父亲一块儿游历过;可是,难道所有这些仅仅是为了到头来在一个荒僻的草原庄园上定居下来,成天价无所事事,从花园里走到田野上,再从田野上走到花园里,然后就在房子里坐着,听爷爷喘气吗?可是该怎么办呢?躲到哪儿去呢?她无论如何也找不出答案。等到她走回家去,她就暗想:她在这儿未必会幸福,从火车站坐着马车到这儿来的时候比在这儿生活有趣得多了。

涅沙波夫大夫从工厂里来了。他是医生,然而三年前他在工厂里入了股,成了工厂主人之一,现在虽然还干医疗工作,却不认为医疗是他的主要工作了。从外貌来看,这是个脸色苍白、身体匀称的金发男子,穿一件白色坎肩;可是要了解他的心灵,了解他头脑里有些什么想法,那就难了。他打过招呼以后,就吻姑姑达霞的手,然后不时站起身来,去给人端椅子,或者让出自己的座位,始终很严肃,不说话,如果开口说话,那么虽然讲得很有条理,声音也不低,可是不知什么缘故,他的头一句话总是叫人听不清,弄不懂。

"您弹钢琴吗?"他问薇拉,忽然急促地站起来,因为她把手绢掉在地上了。

他从中午坐到深夜十二点钟,沉默不语,薇拉很不喜欢他。她觉得在乡下穿白坎肩显得俗气,他那种过分讲究礼貌的姿态、举止和他那张生着黑眉毛的、严肃的白脸叫人感到腻味。她觉得他经常沉默大概是因为他智力不发达。可是姑姑在他走后却高兴地说:

"嗯,怎么样?挺迷人,不是吗?"

二

姑姑达霞掌管这份家业。她把腰身勒得很细,两条胳膊上的镯子叮当作响,一会儿走到厨房,一会儿走到谷仓,一会儿走到牲口棚,老是踩着细碎的步子,背脊不住地颤动。不知什么缘故,她对管事或者农民讲话,每次都要戴上夹鼻眼镜。爷爷老是坐在一个地方摆牌阵①或者打盹儿。到午饭和晚饭的时候,他吃得非常多。仆人给他端来今天的菜、昨天的菜、星期日剩下的冷馅饼、仆人的腌牛肉,他都狼吞虎咽,一股脑儿吃光。每次吃饭都给薇拉留下很深的印象,因此后来她一看到人们赶羊,或者从磨坊里运来面粉,她就会想:"爷爷会把这些都吃掉的。"他大部分时间沉默着,专心吃东西或者玩牌阵,可是有时候,在吃饭的当儿,他看到薇拉,就动了感情,温柔地说:

"我的独一无二的亲孙女啊!薇罗琪卡!"

他说着,眼泪就在他的眼睛里发亮。或者,他的脸突然涨得通红,脖子变粗,恶狠狠地瞧着仆人,敲着手杖,问道:

"为什么不拿辣根来?"

冬天他过一种完全不出家门的生活,夏天他偶尔坐上马车到野外去看一看燕麦和青草,回到家里来总是挥动着手杖,说缺了他,到处都搞得乱糟糟。

"你爷爷心绪不好,"姑姑达霞小声说,"嗯,现在倒没什么了,可是从前啊,那可不得了:'抽他二十五下!拿桦树条子!'"

姑姑抱怨说大家都变懒了,谁都不干活儿,这份田产没有带来什么收入。确实,这儿说不上什么农业上的经营;大家只是按照习惯耕一点地,下一点种,实际上没干什么事,虚度光阴。可是大家又成天价跑来跑去,这样那样地计算,忙忙碌碌在这所房子里,从早晨五点钟就忙起,经常可以听见:"拿来","拿来","快去找",到傍晚仆人们照例累得筋疲力尽。姑姑每个星期都要更换厨娘和

---

① 一种单人玩的纸牌戏。

女仆;有时候她认为她们道德败坏而辞退她们,有时候她们说累得要命,自动走了。本村的人谁也不来当差,那就只好到远村去雇人。本村的人只有一个姑娘阿辽娜还在这儿当差,没有走掉,因为她一家人老老小小都靠她的工钱糊口。这个阿辽娜身材矮小,脸色苍白,傻头傻脑,整天收拾房间,伺候开饭,生火,缝补,洗衣服,可是大家总觉得她是在瞎忙,把靴子踩得咚咚响,反而在这所房子里妨碍别人做事。她生怕叫东家辞掉,被打发回家;因为怕,她就常把手里的东西掉在地上,打碎碗碟,他们就扣她的工钱,事后她的母亲和祖母就到这儿来,在姑姑达霞面前跪下求情。

客人们每个星期来一次,有时候来得勤一些。碰到这种时候,姑姑就走到薇拉的房间里,说:

"你最好去陪客人坐坐,要不然人家就要认为你骄傲了。"

薇拉走去陪客人,跟他们一块儿玩很久的"文特"①,或者由她弹钢琴,客人们跳舞。姑姑兴高采烈,跳舞跳得喘吁吁的,走到她面前,小声说:

"你对玛丽雅·尼基佛罗芙娜要亲热点。"

十二月六日,圣尼古拉节,一下子来了很多客人,有三十个上下。他们玩"文特"一直玩到深夜,许多人留下来过夜。到早晨,他们又坐下来打牌,然后吃饭,饭后薇拉走到自己的房间去,打算躲开谈话,躲开烟雾,休息一下,可是那儿也有客人,她绝望得差点哭出来。到傍晚,大家准备动身回家,她才因为他们到底要走了而高兴起来,就说:

"你们再坐一会儿吧!"

客人们使她劳累,使她感到拘束;同时(差不多每天如此),天一黑下来,她就想走出家门,坐上马车随便到哪儿去——去工厂或

---

① 一种纸牌戏。

者附近的地主家做客,在那儿打牌,跳舞,玩游戏,吃晚饭。……在工厂里和矿场上工作的年轻人有时候唱小俄罗斯①歌,唱得很不错。他们唱的歌总叫人感到辛酸。要不然,他们就一齐聚在房间里,在昏暗的暮色中谈矿场,谈当初埋在草原的地底下的金银财宝,谈萨乌尔古墓②。……谈着谈着,天色晚了,有时候会忽然传来"救——命——啊"的喊叫声。这是一个醉汉在走路,或者有人在附近矿场上遭到抢劫。要不然,风就在炉子里哀号,吹打护窗板,后来,过了一阵,教堂里就响起报警的钟声:这是暴风雪开始了。

在所有的晚会、野餐会、宴会上最招人喜欢的女人总是姑姑达霞,最招人喜欢的男人总是涅沙波夫大夫。在工厂和庄园里,很少有人朗诵,弹起钢琴来也只弹进行曲和波尔卡舞曲,年轻人老是为他们不理解的事发生激烈的争论,显得很粗暴。他们吵得厉害,声调很高,可是说来奇怪,薇拉在别的地方从来也没有遇见过像他们那样漠不关心、无所用心的人。好像他们既没有祖国,又没有宗教,对社会也不感兴趣。大家谈到文学,或者解答什么抽象的问题的时候,从涅沙波夫的脸上可以看出他对这些东西毫无兴趣,他已经很久没看什么书,而且也不想看。他神态严肃,没有表情,像是一张画得很糟的肖像画,经常穿一件白色的坎肩,始终沉默不语,莫测高深;可是太太小姐们都认为他有趣味,欣赏他的风度,嫉妒薇拉,因为他显然很喜欢她。薇拉每一次做客回来都感到烦恼,暗自赌咒从此再也不出家门;可是白天过去,傍晚一到,她就又急忙赶到工厂去,整个冬季几乎天天如此。

她买书,订杂志,在自己的房间里看这些书和杂志。到了晚

---

① 历史资料中对乌克兰的称呼。
② 指古代壮士歌中的英雄,传奇式的勇士萨乌尔之墓。

上,躺在床上,她还在看书。等到过道里的钟敲了两下或者三下,她看书看得太阳穴涨痛,她就在床上坐起来,想心思。该干些什么好呢?上哪儿去好呢?这个该死的、纠缠不休的问题早就有许多现成的答案,可是实际上又一个都没有。

啊,为民众服务,减轻他们的痛苦,教育他们,那该是多么高尚,神圣,美妙啊!可是她薇拉不熟悉民众。该怎样接近他们呢?对她来说,民众是生疏的,没有趣味的,她受不了农民小木房里那种刺鼻的气味、酒馆里骂人的话、没洗脸的孩子们、农妇们唠叨疾病的话。要她在雪地上走一大段路,冻得浑身发僵,然后在密不通风的小木房里坐着,教那些她不喜欢的孩子们读书,不,那还不如死了的好!再说,你教农民的孩子们读书,可同时,姑姑达霞却收那些饭铺的租金,罚农民钱,这是多么荒唐!关于学校、乡村图书室,关于普及教育,议论有那么多,可是,如果所有这些熟识的工程师、工厂主、太太们不是假充善人,而是真的相信教育是必要的,他们就不会像现在这样每月发给教师十五个卢布,叫他们挨饿了。学校也罢,关于愚昧的议论也罢,仅仅是为了欺骗自己的良心罢了,因为他们拥有五千或者一万俄亩土地,却对民众漠不关心,那是可耻的。太太们讲到涅沙波夫大夫,总是说他心善,为工厂开办了一所学校。不错,他用工厂的旧砖头造学校,花了大约八百卢布,在学校的落成典礼上人们为他唱《长命百岁》歌,可是要他把股票献出来,他就未必肯,他脑子里也未必想到过农民跟他一样是人,也需要在大学里受教育,而不仅仅是在工厂这种简陋的学校里读书。

薇拉恼恨自己,也恼恨所有的人。她又拿起书来,想看下去,可是过一会儿又坐起来,想心思。去做医生吗?可是要做医生,就得把拉丁语考及格,再者她对死尸和疾病有一种难于克制的厌恶感。要是能做机械工程师、法官、船长、科学家,干一种可以用出全部体力和脑力的工作,累得筋疲力尽,然后晚上酣畅地睡一觉,那就好了;要是能把自己的一生贡献给一种什么事业,使得自己成为一个有趣味的人,被有趣味的人所喜欢,而且爱上一个人,有自己的真正的家庭,那就好了。……可是该怎么做呢?从哪件事做起呢?

有一回,在大斋节期间的一个星期日,姑姑清晨走到她的房间里来取阳伞。薇拉坐在床上,双手抱住头,沉思着。

"你,宝贝儿,该到教堂去才对,"姑姑说,"要不然人家就会以为你是个不信神的人了。"

薇拉什么话也没有回答。

"我看得出来你烦闷,可怜的人儿,"姑姑说,在床前跪下;她疼爱薇拉,"说实话,你烦闷吗?"

"我闷得慌。"

"美人儿,我的女皇,我是你的顺从的奴隶,我一心巴望你好,巴望你幸福。……你说,为什么你不愿意嫁给涅沙波夫呢?你还要什么样的人呢,孩子?原谅我心直口快,亲爱的,这样挑挑拣拣是不行的,我们又不是公爵。……岁月如流,你不是十七岁了。……我真弄不懂!他爱你,崇拜你嘛!"

"哎,主啊,"薇拉气恼地说,"可是我怎么知道呢?他自己闷声不响,从来也不说一句话。"

"他不好意思,宝贝儿。……万一你回绝他呢!"

后来姑姑走了,薇拉就站在房间中央,不知道该穿衣服呢,还是该再睡下去。那张床真讨厌。往窗外看一眼,那儿也净是光秃的树木、灰白的雪、讨厌的寒鸦、要被爷爷吃掉的猪。……

"真的,"她暗想,"也许还是出嫁的好!"

三

一连两天,姑姑带着泪痕、扑着浓粉的脸走来走去,吃饭的时候不住地唉声叹气,呆望着神像。谁也不明白她愁的是什么。后来她终于下了决心,走到薇拉的房间里,随随便便地说:

"是这么回事,孩子,我们该缴银行贷款的利息了,可是佃户没有给我们钱。让我从你爸爸留给你的一万五当中拿一笔钱来付利息吧。"

后来姑姑一整天在花园里熬樱桃果酱。阿辽娜烤得脸蛋绯红,时而跑到花园里,时而跑到房外,时而跑到地窖去。姑姑熬果酱的时候,脸色十分严肃,仿佛在举行什么宗教仪式似的。从她短短的袖子里露出两只小小的、结实的、傲慢地指挥别人的手,女仆不停地跑来跑去,在果酱四周忙忙碌碌,而这果酱她是吃不到的,每逢这种时候,可以感觉到这儿有一种折磨人的气氛。……

花园里有熬熟的樱桃味。太阳已经落下去,火盆已经端走,然而空中仍旧保留着那种好闻的甜香气味。薇拉坐在一条长凳上,看一个新来的工人按她的指示修一条小路,这人是个过路的年轻的兵。他用铁锹铲着草土,把它堆到一辆手推车上。

"你原是在哪儿当兵的?"薇拉问他。

"在别尔江斯克。"

"你现在要到哪儿去呢?回家去?"

"不,小姐,"工人回答说,"我没有家。"

"那你是在哪儿出生、长大的呢?"

"在奥廖尔省。我当兵以前跟着我妈住在后爹家里;我妈当家,她很受尊敬,我靠她生活。我当兵的时候收到一封信,说我妈已经死去。……现在我好像不乐意回那个家了。他又不是我的亲爹,所以那个家也就成了外人的家。"

"那么你的亲爹死了吗?"

"我不知道,小姐。我是私生子。"

这当儿窗口露出姑姑的身影,说:

"不要跟下人谈天①……小伙子,到厨房去,"她对兵士说,"到那儿去跟人聊天吧。"

后来,如同昨天和往常一样,又是晚饭、阅读、失眠的夜晚,没完没了的老一套想法。三点钟,太阳升起来了,阿辽娜已经在过道里奔走不停,而薇拉还没有睡觉,支撑着看书。手推车的吱吱嘎嘎声响起来:这是新来的工人到花园里去了。……薇拉拿着书坐在窗口,昏昏欲睡,瞧那个兵士为她修路,这个工作吸引了她的注意。小路像皮带一样平坦整齐,她愉快地想象将来路上铺了黄沙以后会是什么样子。

五点钟刚过,就可以看见姑姑从正房里走出来,穿一件粉红色宽大长衣,头发上夹着卷发纸。她在门廊上默默地站了三分钟光景,然后对那个兵士说:

"你把你的身份证拿去,走吧,求上帝保佑你。我不能让我的家里有个私生子。"

一种沉重、愤恨的感觉涌上了薇拉的心头。她愤怒,憎恨她的姑姑;她对她的姑姑厌恶到了难以忍受、深恶痛绝的地步。……然而怎么办呢?打断她的话吗?把她辱骂一番吗?可是那有什么用处?假定同她斗争,把她赶走,使她不能为非作歹,假定能使她爷爷不再摇晃手杖,可是那有什么用处呢?这无异于在看不到尽头的草原上打死一只老鼠或者一条蛇罢了。广大的空间、漫长的冬季、生活的单调无聊,使人感到束手无策,这局面似乎毫无希望,弄

---

① 原文为法语。

得人什么事也不想做,因为无论做什么都毫无用处。

阿辽娜走进来,对薇拉深深一鞠躬,然后动手将一把圈椅搬出去,为的是拍打那上面的尘土。

"这时候来收拾房间,"薇拉气恼地说,"出去!"

阿辽娜茫然失措,吓得没有弄明白薇拉要她干什么,就赶紧收拾五斗橱上的东西。

"我跟你说,出去!"薇拉喊道,浑身发冷;以前她从没生过这么大的气,"出去!"

阿辽娜发出一声呻吟,像鸟叫似的,把一块金表掉在地毯上了。

"滚出去!"薇拉大叫一声,嗓音都变了。她跳起来,周身发抖。"把她赶出去,她把我气坏了!"她接着说,很快地跟踪阿辽娜走到过道上,不住地顿脚,"滚出去!拿桦树条子来!抽她!"

随后她忽然清醒过来,就照她原来的样儿,头没梳,脸也没洗,穿着睡衣和拖鞋,一口气跑出房外去了。她一直跑到熟悉的悬崖边上,藏在杂草丛里,免得看到人,也免得让人看到。她一动不动地躺在那儿的草地上,既不哭,也不怕,眼睛望着天空,一眨也不眨,冷静而清楚地思忖着:刚才发生了一件她永远不能忘记而且一辈子也不能原谅自己的事。

"不,够了,够了!"她想,"现在该把自己抓紧,要不然这种事就没个完了。……够了!"

中午,涅沙波夫大夫坐着马车穿过山沟,到庄园那儿去。她看见他,就很快做出决定,她要开始过新的生活,她要逼着自己开始,这个决定使她心绪安定下来。她目送着大夫的匀称身材,仿佛要减轻她的决定的严峻性质似的,说:

"他挺好。……我们一块儿好歹总能过下去。"

她走回家去。她正在换衣服,姑姑达霞走进她的房间,说:

"阿辽娜惹得你不痛快,宝贝儿,我打发她回家去了。她母亲把她狠狠地打了一顿,还到这儿来,哭哭啼啼的……"

"姑姑,"薇拉很快地说,"我愿意嫁给涅沙波夫大夫了。只是请您去跟他谈。……我没法谈。……"

她又走到野外。她一面信步走去,一面做出决定:等她出嫁以后,她就管家,给人医病,教人读书,凡是她这个圈子里其他女人所做的事她都要做。至于那种经常不满意自己和不满意别人的心情,那种每逢回顾过去就会看到像山一样立在面前的一长串重大错误,她索性认为都是她注定要过的真实生活,她不再希望更好的生活了。……要知道,更好的生活是没有的! 美丽的大自然、幻想、音乐告诉我们的是一回事,现实生活告诉我们的却是另一回事。显然,幸福和真理存在于生活之外的什么地方。……人应当不要生活,应当跟这个茂盛、像永恒那样无边无际、冷漠无情的草原以及它那些花朵、古墓、远方打成一片,那样一来就万事大吉了。……

一个月以后,薇拉已经住在工厂里了。

在 大 车 上

早晨八点半钟他们坐车出了城。

大路是干的,四月间灿烂的太阳照得人浑身发热,然而山沟里和树林里还有残雪。严寒的、阴暗的、漫长的冬季还没有走得那么远,春天却突然来了,然而对于目前坐在大车上的玛丽雅·瓦西列芙娜来说,温暖的天气也罢,让春天的气息烘暖的、懒洋洋的、透光的树林也罢,野外类似湖泊的大水塘上空那些黑压压成群飞翔的鸟儿也罢,美妙的、深不可测的、使人很乐于飞上去的天空也罢,都没有什么新鲜有趣的地方。她做教师已经有十三年了,在这些年里,她坐车到城里去取过多少次薪金,那是数也数不清了,不管是像现在这样的春天,还是下雨的秋日傍晚,还是冬天,对她来说都是一样,她总是一成不变地巴望着一件事:赶快走到目的地。

她有这样一种感觉,仿佛她在这一带地方已经生活过很久很久,将近一百年了。她觉得从城里到她的学校,一路上每块石头,每棵树,她都认得。这儿有她的过去,有她的现在,至于她的未来,那么除了学校、进城往返的道路,然后又是学校,又是道路以外,她就想不出什么别的前景来了。……

关于她做教师以前的往事,她已经不再去回忆,而且也差不多忘光了。从前她有过父亲和母亲;他们住在莫斯科红门附近一个大宅子里,可是那一段生活在她的记忆里只留下一点模糊而朦胧的东西,像梦境一样。她十岁那年,她的父亲去世,过了不久,她的母亲也死了。……她有个做军官的哥哥,起初还通信,后来她哥哥不再回信,就此断了音信。旧日的东西保存下来的只有一张她母亲的照片,然而那张照片放在学校里受了潮,现在除去头发和眉毛以外什么也看不见了。

等到车子走了三俄里光景,赶车的老人谢敏回过头来说:

"城里捉住一个当官的。他给押走了。听人说,他在莫斯科跟一些德国人把市长阿历克塞耶夫打伤了。"

"这是谁告诉你的?"

"这是在伊凡·约诺夫的饭铺里,人家在报纸上看到的。"

他们又沉默了很久。玛丽雅·瓦西列芙娜想着她的学校,想到不久就要举行考试,她得送四个男生和一个女生应考。她正想着考试,地主哈诺夫坐着一辆四套马车从后面追上来了,去年,他曾在她的学校里当过主考官。他的马车走到跟她并排的时候,他认出她来,就点一下头。

"您好!"他说,"您这是回家去吧?"

这个哈诺夫是个四十岁上下的男子,脸色憔悴,神情萎靡,已经开始明显地变老,不过相貌仍旧漂亮,招女人喜欢。他一个人住在他那个大庄园里,从不出来工作。人家说他在家里什么事也不做,光是在屋里从这头走到那头,嘴里吹着口哨,或者跟他的老听差下棋。人家还说他爱喝酒。确实,去年考试的时候,就连他带来的纸张也有香水和酒的气味。当时他穿一身新衣服,玛丽雅·瓦西列芙娜很喜欢他。她跟他并排坐着的时候,老是觉得发窘。她看惯了冷漠而老练的主考官,这一个却连一句祷告词都记不得,不知道该问什么好,非常客气,殷勤,总是给学生打五分。

"我是到巴克维斯特那儿去,"他接着对玛丽雅·瓦西列芙娜说,"不过据说他不在家。"

他们离开大道,转到一条乡间土路上,哈诺夫走在前面,谢敏跟在后面。四匹马沿着土路一步一步向前走去,费力地拖着陷在烂泥里的沉重马车。谢敏赶着车子在那条土路上曲曲折折地往前走,时而走过土丘,时而走过草地,常从大车上跳下来,帮着马拉车。玛丽雅·瓦西列芙娜一直想着学校,想着这次考试的题目,不知道是难还是容易。她想到地方自治局就不痛快,昨天她在那儿一个人也没有找到。多么不成体统!两年以来她一直要求解雇学校里的看守人,此人什么活也不干,对她态度粗暴,打她的学生,可是谁也不理她。在执行处要找到主席是困难的,即使找到,他也总是眼睛里含着泪水,说他抽不出工夫来。学监每三年到她的学校里来一次,对他的本行一点也不懂,因为早先他在税务局工作,托了人情才谋到学监的职位。校务会议很少召开,而且在什么地方召开也不得而知。督学是个识字不多的乡下人,他是制革作坊的老板,头脑不聪明,态度粗鲁,同那个看守人十分要好。上帝才知道她该去找谁诉说,要主意。……

"他确实漂亮。"她看哈诺夫一眼,暗想。

道路越来越糟。……他们的车子驶进一个树林。这儿的道路很窄,马车转不过身来,车辙很深,灌满了水,咕唧咕唧地响。带刺的树枝打人的脸。

"这叫什么路啊?"哈诺夫问,笑起来。

女教师看着他,不明白这个怪人为什么住在此地。在这个荒僻的地方,在这种满是泥泞、寂寞无聊的环境里,他的钱财、他的招人喜欢的外貌、他的文雅的风度对他能有什么用处呢?他在生活里没有得到任何好处,就拿眼前来说,他跟谢敏一样,在这极端恶劣的小道上慢腾腾地赶路,忍受同样的不方便。既然他能住在彼得堡,住在国外,那么何必住在这儿呢?看样子,要他这个阔人把这条坏路修成一条好路,免得受苦,免得看见他的车夫和谢敏的脸上露出绝望的神情,那是不算一回事的;然而他光是笑笑,显然,对他来说,什么都无所谓,他并不需要更好的生活。他善良、温和、天真,不了解这种粗鄙的生活,不熟悉它,就像在考试的时候不熟悉祷告辞一样。他仅仅捐给学校一些地球仪,就真诚地以为自己在民众教育方面是个有益的人和杰出的活动家。在这种地方谁需要他的地球仪啊!

"坐稳了,瓦西列芙娜!"谢敏说。

大车猛地一歪,差点翻了。一个沉甸甸的东西滚到玛丽雅·瓦西列芙娜的脚边来,这是她买来的东西。前面是一道爬上山去的黏土高坡,在弯曲的山沟里水声哗哗地响,水好像吞吃了这条路,在这种地方怎么能走车呢!马不住地打响鼻儿。哈诺夫走下车来,穿着他那件长大衣在路边走动。他觉得热了。

"什么样的路啊?"他又说,笑了,"照这样子不用很久就会把马车弄坏。"

"谁叫您在这样的天气坐车出来!"谢敏严厉地说,"应该在家里待着才是。"

"在家里,老大爷,闷得慌。我不喜欢待在家里。"

挨着老谢敏,他显得身材匀称,精神挺好,可是他的步态有一种刚刚露头的迹象,表现出他已经像个中了毒的、衰弱的、接近灭亡的人了。树林里仿佛忽然弥漫着酒的气味。玛丽雅·瓦西列芙娜害怕起来,开始怜惜这个不知因为什么缘故正在走向灭亡的人。她蓦地产生一个念头:如果她是他的妻子或者他的妹妹,那么她似乎就会献出她的全部生命,一定要把他从灭亡里拯救出来。做他的妻子?生活却安排成这个样子,一方面让他独自一人住在大庄园里,另一方面让她独自一人住在偏僻的村子里,可是不知什么缘故,就连他和她互相亲近、彼此平等的想法都显得不可能,显得荒唐。实际上,全部生活的安排和人类关系的形成,已经到了不可理解的地步,只要你细细一想,就会感到可怕,心直往下沉。

"这真叫人不理解,"她想,"为什么上帝把漂亮的外貌、和蔼可亲的风度、忧郁而可爱的眼睛赐给软弱的、不幸的、无益的人呢?为什么它们那么招人喜欢呢?"

"我们要在这儿往右拐弯了,"哈诺夫坐上马车,说,"再见!一路顺风!"

于是她又想起她的学生,想起考试,想起看守人,想起校务会议。等到风从右边带来越走越远的马车的响声,她这些思想就同另一些思想掺和在一起了。她打算想一想那双美丽的眼睛,想一想爱情,想一想永远也不会有的幸福。……

做他的妻子?早晨天冷,却没有人给她生炉子,看守人不知到哪儿去了;学生们天一亮就来了,带来许多雪和泥,吵吵嚷嚷;一切都那么不方便,不舒适。她的住处只有一个小房间,厨房也在这儿。每天下课以后她总是头痛,吃过饭以后,感到心窝底下烧得慌。她得向学生们收齐木柴费和看守人的工钱,交给督学,然后恳求他,那个肥头大耳、蛮不讲理的乡下人,看在上帝分上送木柴来。夜里她总是梦见考试、农民、雪堆。由于过着这样的生活,她就变得苍老,粗俗了,变得不美丽,不灵活,笨手笨脚,仿佛她身子里灌了铅似的。她见了什么人都怕,当着执行处委员的面,或者当着督学的面,她总是站着,不敢坐下,她谈到他们当中任何一个人的时候,总是小心翼翼地用敬称。她引不起别人的喜爱,生活乏味地过下去,缺乏爱抚,缺乏友好的关切,缺乏有趣的熟人。处在她这种地位,假如她真是爱上一个什么人,那会是多么可怕的事啊!

"坐稳了,瓦西列芙娜!"

又是一道上山的陡坡。……

她是由于贫困才做教师的,并没感到这个工作是她的使命。她从来也没有想到过使命,想到过教育的益处,她老是觉得在她的工作中最重要的不是学生,也不是教育,而是考试。再者她哪儿有工夫想到使命,想到教育的益处呢?教师们、不富裕的医生们、医士们的工作都很繁重,他们甚至不去想自己在为理想服务,为民众服务,从而得到安慰,因为他们的头脑里经常装满了关于食粮、木柴、坏道路、疾病的念头。这种生活是艰苦而没有趣味的,只有像玛丽雅·瓦西列芙娜这种不声不响地听命负重的人才会长久地熬下去;而那些活跃的、神经质的、敏感的、常谈到自己的使命,谈到为理想服务的人却会很快厌倦,丢掉这种工作。

谢敏尽量挑选干一点、近一点的路走,时而穿过一个草场,时而从人家的后院走;可是走到这个地方,一看,农民不让过路,走到那个地方又是教士的地,没有通道,再走到一个地方又是伊凡·约诺夫从地主老爷手里买下的一块地,周围掘了一道沟。他们屡次拨转马头往回走。

他们来到下戈罗季谢。小饭铺附近停着几辆大车,车上装着大瓶的浓硫酸,地上满是畜粪,粪下面还有雪。饭铺里有许多人,都是车夫,这儿弥漫着白酒、烟草、熟羊皮①的气味。人们大声谈话,安着滑轮的房门砰砰地响。隔壁是一家杂货铺,有人在拉手风琴,一分钟也不停。玛丽雅·瓦西列芙娜坐下来喝茶。邻近的一张桌子边,有些农民在喝白酒和啤酒,他们浑身冒汗,那是由于刚喝过热茶,加上饭铺里闷热的缘故。

"你听着,库兹玛!"响起嘈杂的说话声,"那算得了什么!求上帝保佑!伊凡·杰敏狄奇,我能给你这么一下子!亲家,小心!"

有一个身材矮小的农民,留一把黑胡子,麻脸,早就喝醉了,忽然因为一件什么事大惊小怪,难听地骂起来。

---

① 指他们身上所穿的羊皮袄。

"你在那儿骂什么呀?你!"谢敏坐在远处,生气地搭腔说,"难道你没看见这儿有一位小姐!"

"小姐……"有人在另一个墙角挖苦地跟着说。

"坏蛋!"

"我没什么……"矮小的农民发窘地说,"对不起。我花我的钱,小姐花小姐的钱。……您好!"

"你好!"女教师回答说。

"我满心感激您。"

玛丽雅·瓦西列芙娜愉快地喝着茶,自己也像农民那样热得脸红起来,她又想起木柴,想起看守人。……

"亲家,等一等!"从旁边桌子上传来说话声,"她是符亚左维耶村的女教师……我们认得!她是个挺好的小姐。"

"正派人!"

安着滑轮的房门老是砰砰地响,有些人走进来,有些人走出去。玛丽雅·瓦西列芙娜坐在那儿,总是想那老一套,隔壁的手风琴也拉个不停。斑斑点点的阳光照在地板上,随后移到柜台上,墙上,最后完全不见了;可见太阳西斜,已是午后时分。旁边桌子上的农民们准备上路了。那个矮小的农民脚步有些歪斜,走到玛丽雅·瓦西列芙娜跟前,向她伸出一只手,别人学他的样,也伸出手来告别,陆续走出去,安着滑轮的门就吱吱地叫,砰砰地响了九回。

"瓦西列芙娜,动身吧!"谢敏招呼道。

他们上路了。马又慢腾腾地朝前走。

"不久以前这儿,在他们这个下戈罗季谢,造了一所学校,"谢敏回过头来说,"好大的罪过啊!"

"怎么呢?"

"听说执行处主席往腰包里揣了一千,督学也揣了一千,老师揣了五百。"

171

"那个学校一共才值一千。造人家的谣言是不好的,老大爷。这都是胡说。"

"我不知道。……人家怎么说,我也就跟着说说罢了。"

然而事情很清楚,谢敏不相信女教师的话。农民们不相信她。他们总是认为她的薪金太多,一个月有二十一个卢布(有五个也就够了),认为她从学生们那儿收来的木柴费和看守人的工钱,大部分都被她吞没了。那位督学的想法也跟所有的农民一样,而他自己却在木柴上捞好处,而且瞒着上司凭他的身份向农民们要薪金。

谢天谢地,这片树林总算走完了,从这儿起到符亚左维耶村都是平地。前面的路已经不多:过了那条河,再穿过铁道,就到符亚左维耶村了。

"你往哪儿赶车啊?"玛丽雅·瓦西列芙娜问谢敏,"顺右边那条路过桥才对。"

"为什么?这边也好走嘛。河又不很深。"

"当心,别把我们的马淹死才好。"

"怎么会呢?"

"瞧,哈诺夫也坐着车过桥了,"玛丽雅·瓦西列芙娜看见右边远处有一辆四套马车,就说,"大概是他的车子吧?"

"是他。多半没碰上巴克维斯特。真是蠢货啊,求上帝保佑,他们顺那条路走,何必呢?从这儿走足足可以近三俄里呢。"

他们的车子往河边驶去。夏天,这条河水浅,很容易涉水走过去,将近八月照例就干涸了,然而现在,在春汛之后,这条河大约有六俄丈宽,水流湍急,混浊,冰凉;从岸坡到水边有几条新的车辙,可见已经有人从这儿赶车过河了。

"往前走!"谢敏怒气冲冲而又提心吊胆地吆喝道,用力拉住缰绳,扬起胳膊肘,仿佛鸟儿扇动翅膀似的,"走啊!"

那匹马走进河里,水没到它的肚子上,它站住了,可是立刻又使足力气往前走,玛丽雅·瓦西列芙娜的两只脚感到刺骨的寒冷。

"往前走!"她略微欠起身来,也喊道,"走啊!"

他们上岸了。

"这是怎么搞的,主啊,"谢敏一边整理马具,一边嘟嘟哝哝地说,"地方自治局简直该死。……"

她的套靴和皮鞋里都灌满了水,连衣裙和皮袄的下摆以及一只袖子都是湿的,滴着水。糖和面粉也浸了水,这是最叫人难受的了,玛丽雅·瓦西列芙娜只能绝望地举起双手,击着掌说:

"哎,谢敏啊,谢敏!……你这个人啊,真是的!……"

在铁道的道口上,拦路杆放下来了:有一列特别快车正从火车站开来。玛丽雅·瓦西列芙娜在道口那儿站住,等那列火车开过去,冷得周身发抖。符亚左维耶村已经看得清了,——那绿屋顶的学校,那十字架映着夕阳、闪闪发光的教堂,火车站上的窗子也亮着,火车头里冒出粉红色的烟子。……她觉得好像样样东西都在冷得发抖。

后来,列车来了,车窗射出明亮的光芒,像教堂上的十字架一样,刺得人眼睛痛。在一节头等客车的车厢台上站着一个女人,玛丽雅·瓦西列芙娜仓促中看了她一眼:这是母亲嘛!长得多么像啊!她的母亲也有那么浓密的头发,也生着那样的额头,也那么低着头。于是十三年来她头一次栩栩如生、历历在目地想起她的母亲、父亲、哥哥、莫斯科的住宅、养着小鱼的玻璃鱼缸,总之连细枝末节都想起来了。她忽然听见弹钢琴的声音、她父亲的说话声,感觉自己像那时候一样年轻、美丽,打扮得漂漂亮亮,待在明亮、暖和的房间里,四周都是亲人;欢欣和幸福的感觉忽然涌上她的心头,她兴奋得用手心按住太阳穴,温柔而恳求地叫道:

"妈妈!"

她哭了起来,自己也不知道为什么。正在这当口,哈诺夫坐着那辆四套马车来了,她看见他,就想象那种从来也没有过的幸福,微笑着对他点了点头,像对一个跟她平等、亲近的人那样,她觉得她的幸福,她的喜悦,在天空,在四处的窗子里,在树上放光。是啊,她父亲和母亲压根儿就没有死,她也压根儿没有做教师,那无非是一个漫长、沉闷、古怪的梦,如今她醒过来了。……

"瓦西列芙娜,上车吧!"

忽然一切都消失了。拦路杆慢慢地升上去。玛丽雅·瓦西列芙娜瑟瑟地抖,冷得周身发僵,坐上那辆大车。那辆四套马车穿过铁道,谢敏跟上去。道口上的看守人脱掉帽子。

"瞧,前面就是符亚左维耶村。我们到了。"

一八九八年

在朋友家里

故　事

早晨来了一封信：

亲爱的米沙①，您把我们完全忘记了，请您赶快来，我们要见一见您。我们俩跪下来恳求您，今天就来吧，叫我们看看您那对明亮的眼睛。我们焦急地等着您。

塔和瓦

六月七日于库兹明吉

这封信是塔契雅娜·阿历克塞耶芙娜·洛塞娃写来的，十年到十二年前波德果陵住在库兹明吉的时候，大家都简单地叫她"塔"。然而瓦是谁呢？波德果陵忆起那些冗长的谈话、欢畅的哄笑、谈情说爱的韵事、傍晚的散步、一大群当时住在库兹明吉以及它附近的姑娘和年轻的女人，于是想起一张普通的、活泼的、聪明的脸，脸上生着雀斑，跟深棕色的头发十分相配，这人就是塔契雅娜的朋友瓦丽雅，或者叫瓦尔瓦拉·巴甫洛芙娜。她在医学专科学校毕业以后，在图拉城外一个工厂里供职，现在看来到库兹明吉做客去了。

---

① 米哈依尔的小名。

"可爱的瓦呀！"波德果陵沉浸在回忆里，想道，"她多么招人喜欢啊！"

塔契雅娜、瓦丽雅和他差不多同样年纪；可是那时候他是个大学生，而她们却已经是成年的、将要出嫁的姑娘了，都把他看作孩子。现在呢，虽然他已经做了律师，头发开始斑白，她们却仍旧叫他米沙，认为他年轻，说他在生活里还什么都没有体验过。

他很喜欢她们，不过与其说是真正喜欢她们，倒不如说是似乎在回忆中喜欢她们。他对她们现在的情况不熟悉，不理解，很生疏。就连这封简短而调皮的信也是生疏的，她们大概写了很久，很费力，塔契雅娜写信的时候，她的丈夫谢尔盖·谢尔盖伊奇多半站在她的背后。……库兹明吉作为陪嫁赠给新婚夫妇不过是六年前的事，可是已经被这个谢尔盖·谢尔盖伊奇糟蹋掉了，现在他每逢要到银行里去付款或者为抵押契约付款，总要来找波德果陵，要他出主意，就跟找律师出主意一样，而且不光是如此，他已经有两次开口向他借钱了。显然，目前他们就是打算向他要主意或者借钱。

库兹明吉不再像从前那样吸引人了。那儿一片凄凉景象。再也没有欢笑，没有热闹，没有高兴的、无忧无虑的脸容，没有安静的月夜的幽会，主要的是再也没有青春了；再者，所有那些东西大概只有在回忆中才会迷人。……除了塔和瓦以外，那儿还有一个娜，她是塔契雅娜的妹妹娜杰日达，大家不论是开玩笑或者认真，总是把她叫作他的未婚妻；他是亲眼看她长大成人的，大家指望他会跟她结婚，有一个时期他也真是爱上她，准备向她求婚，可是现在她已经二十四岁，而他至今还没有结婚。……

"哎，这都是怎么搞的，"现在他暗自想着，困惑地把信重看一遍，"可是，不去一趟不成，她们会生气的。……"

他很久没有到洛塞夫家去了，这像一块石头似的压在他的良心上。他在房间里来回走了一阵，想了一会儿，就硬逼着自己做出决定,到他们家里去住上三天,尽一下自己的义务,然后就可以自由自在,心安理得,至少拖到来年夏天再去了。早饭以后他动身到布列斯特火车站去的时候,对仆人说,他过三天就回来。

从莫斯科到库兹明吉要坐两个钟头的火车,然后从火车站出来,再坐大约二十分钟的马车。从车站上就可以看见塔契雅娜的树林和三座又高又窄的别墅,那是洛塞夫在婚后头几年干各种投机生意的时候开始建造而没有造完的。弄得他破产的不仅是这些别墅,还有各种农业方面的经营,还有那些频繁的、到莫斯科去的旅行;他到了莫斯科,就在斯拉维扬斯基市场吃早饭,在隐庐饭店吃午饭,傍晚总是到小布龙纳亚①或者席沃杰尔卡②去跟茨冈人玩乐(他把这叫作"散散心")。波德果陵自己也爱喝酒,有的时候喝很多,也不加选择地跟女人们周旋,然而并不起劲,冷冷淡淡,感觉不到什么欢乐,每逢他亲眼看到别人热心干这种事,他总是生出嫌恶的心情,他不了解那些在席沃杰尔卡觉得比在家里跟正派女人在一起自由得多的人,他不喜欢这种人;他总感到种种不干不净的东西像牛蒡似的缠住了他。他也不喜欢洛塞夫,认为他没有趣味,什么事也不会做,是个懒人,跟他在一起不止一次地生出嫌恶的心情。……

他一走出那个树林,谢尔盖·谢尔盖伊奇和娜杰日达就迎着他走过来。

"我亲爱的,您怎么把我们都忘了呢?"谢尔盖·谢尔盖伊奇跟他吻了三次,然后两只手搂住他的腰,说,"您简直不喜欢我们了,好朋友。"

他的脸盘很宽,鼻子肥大,淡褐色的胡子相当稀疏。他学商人的样子把头发往一旁梳,要显得像个普通的、纯粹的俄罗斯人。他

---

① ② 莫斯科郊外类似夜总会的饭店。

讲话的时候把嘴里的气直喷到对方脸上,不说话的时候就用鼻子喷气,呼呼地响。他那营养良好的身体和过分的饱足弄得他不舒服,他为了呼吸得畅快点,老是挺起胸脯,这就给他添上傲慢的样子。他身旁站着他的妻妹娜杰日达,显得很秀气。她生着淡黄色的头发,脸色苍白,眼睛善良而亲切,身材匀称;至于她漂亮不漂亮,波德果陵就弄不清楚了,因为他从她小时候起就认得她,对她的相貌看惯了。此刻她穿一条敞着领口的白色连衣裙,她那裸露的、白白的长脖子给他留下的印象是新奇而且不大愉快的。

"我和姐姐从早晨起就在等您了,"她说,"瓦丽雅在我们家里,她也在等您。"

她挽住他的胳膊,忽然无缘无故地笑起来,轻松畅快地叫了一声,仿佛突然给一种什么思想迷住了似的。田地里长着开花的黑麦,在安静的空气里一动也不动,树林被阳光照着,这些都很美。在波德果陵身旁走着的娜杰日达,仿佛直到现在才发现风景很美似的。

"我到你们家里来住三天,"他说,"对不起,这以前我怎么也离不开莫斯科。"

"不好,不好,您把我们完全忘记了。"谢尔盖·谢尔盖伊奇用好意的责备口气说。"决不会!"①他忽然说,同时打了个榧子。

他有一个习惯,常常在谈话的时候出乎对方的意料,用惊叹的形式说出一句与谈话毫不相干的话,同时弹指作声。他老是在模仿什么人;如果他转动眼珠,或者随随便便地把头发往后一甩,或者装出慷慨激昂的样子,那就是说,前一天他去过戏院或者参加过有人发表演说的宴会。现在他踩着碎步走路,膝盖也不弯,像个痛风病患者,大概也是在模仿什么人吧。

---

① 原文为法语。

"您要知道,塔尼雅①不相信您会来,"娜杰日达说,"可是我和瓦丽雅都有预感。不知什么缘故,我知道您准会坐这班火车来。"

"决不会!"谢尔盖·谢尔盖伊奇又说一遍。

那两个女人在花园里露台上等着。十年前波德果陵(那时候他是一个穷大学生)教娜杰日达算术和历史,她家供他伙食和住宿;当时瓦丽雅是专科学校的学生,顺便在他这里学拉丁语。塔尼雅呢,那时候已经是个漂亮的成年姑娘,除了恋爱以外什么也不想,一心巴望爱情和幸福,热烈地巴望着,期待着她日夜梦想的求婚男子。现在她已经三十多岁,仍旧像从前那么漂亮、体面,穿一件宽大的罩衫,两条胳膊又白又胖,她只关心自己的丈夫,关心自己的两个小姑娘。她的脸上带着这样的一种神情:虽然眼下她在说话、微笑,可是她心里想着别的,她时时刻刻在保卫她的爱情和她对这种爱情的权利,如果有人要夺去她的丈夫和孩子,她就随时会扑到这个敌人身上去。她爱得热烈,而且觉得自己同样被人热烈地爱着,可是嫉妒和为孩子的忧虑经常折磨她,妨碍她感到幸福。

在露台上经过一场热闹的会晤以后,除了谢尔盖·谢尔盖伊奇以外,大家都走到塔契雅娜的房间里去了。阳光隔着垂下的窗帘射不进来,房间里昏暗,弄得一大束玫瑰花像是同一种颜色了。波德果陵在窗子旁边一把旧圈椅上坐下来,娜杰日达坐在他脚边的一只矮凳上。他知道,除了现在他听到而且使他清晰地忆起往事的亲热的责备、打趣、欢笑以外,还会有关于借据和抵押契约的不愉快的谈话,这是没法避免的;于是,他思忖,也许还是现在就谈这些事好,不要再耽搁,赶快敷衍过去,然后就可以到花园里去透

---

① 塔契雅娜的爱称。

一下新鲜空气了。……

"我们要不要先谈正事?"他说,"你们库兹明吉这儿有什么新闻吗? 在丹麦王国万事如意吗?①"

"我们的库兹明吉可不妙。"塔契雅娜回答说,悲伤地叹一口气。"唉,我们的事糟透了,糟透了,好像不可能再糟了。"她说,激动地在房间里走来走去。"我们的庄园要卖掉了,拍卖预订在八月七日举行,已经在各处登了广告,买主纷纷到这儿来,在房间里走来走去,东张西望。……现在人人都有权利走进我的房间里来东张西望了。这在法律上也许是公平的,可是这却使我抱屈,深深地伤了我的心。没有人给我们钱,也没有地方去借钱。一句话,可怕,可怕呀! 我对您起誓,"她在房间中央站住,接着说,她的声音发颤,眼眶里进出了泪水,"我凭一切神圣的东西,凭我孩子的幸福向您起誓,缺了库兹明吉我就活不下去! 我是在这儿出生的,这儿就是我的窝,要是有人把它从我手里夺走,那我就受不了,我会绝望得死掉。"

"我觉得,您把事情看得过于阴暗了,"波德果陵说,"什么事情都能对付过去。您的丈夫会找到工作,你们会走上新的轨道,按新的方式生活下去的。"

"您怎么能说这话!"塔契雅娜叫道;这时候她显得很漂亮,很有力量,她随时准备向任何打算夺走她的丈夫、她的孩子、她的窝的敌人扑过去的心情,特别清楚地表现在她的脸上,她的整个体态上。"什么新的生活! 谢尔盖正在奔走,人家答应在乌法省或者彼尔姆省的某个地方给他找一个税务督察官的位子,我呢,随便哪儿都能去,哪怕西伯利亚也能去,我准备在那儿住上十年,二十年,不过,我得知道,迟早我仍旧会回到库兹明吉来。缺了库兹明吉我

---

① 引自莎士比亚的悲剧《哈姆雷特》。

就活不成。活不成,而且也不愿意再活下去。不愿意!"她叫道,顿一下脚。

"您,米沙,是个律师,"瓦丽雅说,"您是个讼师。这事该怎么办,就该由您出个主意了。"

只有一个回答,既公平,又合理:"什么办法也没有。"可是波德果陵下不了决心照直说出口,就犹豫不决地小声嘟哝道:

"是得考虑一下。……我要想一想。"

在他身上有两个人。他,作为律师,有的时候办粗俗的案子,在法庭上对待当事人态度傲慢,老是直率而尖锐地发表自己的见解,对待朋友也毫不客气;然而在他个人的私生活里,在亲近的或者早已熟识的人们身边,他却表现出异乎寻常的体贴态度,他腼腆,容易动感情,不会直截了当地说话。他只要看到眼泪,不满的目光,作假,或者甚至难看的姿态,他就会缩成一团,手足无措。现在娜杰日达坐在他的脚边,他不喜欢她那裸露的脖子,这使他发窘,他甚至恨不得回家去。一年以前,有一次他在布龙纳亚的一个女人那儿遇见谢尔盖·谢尔盖伊奇,现在他在塔契雅娜面前觉得很不自在,好像他自己参与了她丈夫的背叛行为似的。这场关于库兹明吉的谈话使他非常为难。他习惯于让一切棘手的、不愉快的问题由法官们,或者由陪审员们,或者简单地由法律的某个条文去解决;如今问题提到他本人面前,要由他来做出决定,他就发慌了。

"米沙,您是我们的朋友,我们大家都喜欢您,把您看成自己人,"塔契雅娜接着说,"我老实跟您说:所有的希望都在您身上。看在上帝分上,请您指点我们:我们该怎么办?也许得递个呈文上去?也许把这个庄园转到娜嘉①或者瓦丽雅名下去,还不算

---

① 娜杰日达的爱称。

迟?……该怎么办呢?"

"您救救她吧,米沙,救救她吧,"瓦丽雅点上烟,说,"您素来是个聪明人。您生活经验少,在生活里还没经历过什么,不过您的两个肩膀上有一个好脑袋。……您会帮助塔尼雅的,我知道。"

"是得考虑一下。……也许我会想出什么办法来的。"

他们到花园里去散步,后来走到田野上。谢尔盖·谢尔盖伊奇也去散步。他挽着波德果陵的胳膊,老是带他走到前头去,显然有事要跟他谈,大概就是谈这种糟糕的事儿。跟谢尔盖·谢尔盖伊奇一块儿走路,跟他谈话,是一件苦事。他不时要接吻,而且总是吻三次,拉人的胳膊,搂人的腰,对人的脸喷气,仿佛他身上满是带甜味的胶水,马上就要粘到人身上来似的;他眼睛里露出他对波德果陵有所要求而且马上就要提出的那种神情弄得波德果陵很不好受,好像有一支手枪的枪口瞄准了他似的。

太阳落下去,天色黑下来。沿铁路线上这儿那儿点亮了灯火,有绿色的,有红色的。……瓦丽雅站住,瞧着那些灯火,开始朗诵:

> 这条路笔直向前:
> 狭窄的路堤、铁轨、桥梁、电线杆,
> 两旁都是俄国人的白骨……
> 数也数不完!……①

"下面是什么?唉,我的上帝,我都忘光了!"

> 我们不管热天冷天老是辛勤劳瘁,
> 弯着我们的脊背。……

她用好听的低沉的声音朗诵,动了感情;脸上现出富有朝气的红晕,眼睛里含着泪水。她变成从前的瓦丽雅,专科学校学生瓦丽

---

① 此处以及下面的诗句均引自俄国诗人涅克拉索夫的诗《铁路》。

雅了。波德果陵听着她的朗诵,想起当初他做大学生的时候,也背熟许多好诗,喜欢朗诵这些诗。

> 他到现在还没有伸直伛偻的脊背,
> 总是闷声不响,默默无言。……

可是下面的诗句瓦丽雅记不得了。……她沉默下来,软弱无力地淡淡一笑。在她朗诵以后,那些绿色的和红色的灯火似乎也开始显得悲凉了。……

"唉,我忘啦!"

可是波德果陵忽然记起来了,这首诗不知怎的从大学生时代起就偶然地保留在他的记忆里。他就缓缓地小声念道:

> 俄罗斯人民经得住种种痛苦,
> 也经得住修这条铁路,
> 他们经得住一切,
> 用自己的胸膛铺出这条宽阔明亮的道路……
> 只是可惜啊……

"只是可惜啊,"瓦丽雅记起来了,就打断他的朗诵,念道,"只是可惜啊,不论是我还是你,都无缘生活在这美好的时代里!"

她笑起来,伸手拍一下他的肩膀。

他们回到家里,坐下来吃晚饭。谢尔盖·谢尔盖伊奇模仿一个什么人,随随便便把餐巾的一角往衣领里一塞。

"让我们喝一杯,"他说,给自己和波德果陵斟上白酒,"我们这些老牌大学生又会喝酒,又健谈,又会做事。我为您的健康干杯,好朋友,您呢,为这又老又傻的理想主义者干杯,祝他一直到死始终是个理想主义者。江山易改,禀性难移啊。"

塔契雅娜在晚饭桌上一直温柔地瞧着她的丈夫,她怀着醋意,生怕他爱上别的女人,同时又担心他吃了或者喝了什么有害的东西。她觉得他被女人们宠坏了,疲乏了,这一点惹得她喜欢他,同时又使她痛苦。瓦丽雅和娜嘉对待他也很温柔,不安地瞧着他,仿佛生怕他猛地站起来,从她们身边走掉似的。他想给自己再倒一杯酒,瓦丽雅就做出气愤的脸色,说:

"您在害您自己,谢尔盖·谢尔盖伊奇。您是个神经质的、敏感的人,很容易喝上瘾。塔尼雅,叫人把酒拿下去吧。"

一般说来,谢尔盖·谢尔盖伊奇在女人方面总是获得很大的成功。她们喜欢他的身量、体格、大脸、他的闲散和他的不幸。她们说他过于善良,因而才滥花钱;他是理想主义者,因而才不切实际;他诚实,灵魂纯洁,不善于适应人们和环境,因而才一无所有,找不到固定的工作。她们都深深地相信他,爱慕他,她们的崇拜把他给惯坏了,弄得他自己也开始相信自己是个理想主义者,不切实际,诚实,灵魂纯洁,比这些女人高出一头,好得多。

"您怎么不称赞我这些小姑娘呢?"塔契雅娜说,怀着热爱看她的两个小姑娘,她们长得胖乎乎的,挺健康,就像两个椭圆形的白面包,她给她们盛上满满两盆子米饭,"您只要瞧一瞧她们就行!据说所有的母亲都夸自己的孩子,可是我向您担保,我不偏心,我这些小姑娘确实与众不同。特别是大的一个。"

波德果陵对她和那些小姑娘不住地微笑,可是他觉得奇怪:这个健康、年轻、并不愚蠢的女人实际上是个巨大而复杂的机体,却把她的全部精力,全部生命的力量都消耗在这种不复杂的琐碎的工作上,例如建立这个窝,其实这个窝不用她操心也已经建成了。

"也许,这样做是必要的吧,"他暗想,"不过,这是没有趣味,也不聪明的。"

"他没来得及喊一声哎呀,熊就扑到他身上来了。"①谢尔

---

① 引自克雷洛夫的寓言《农夫与雇工》。

盖·谢尔盖伊奇说,同时打了个榧子。

吃完晚饭后,塔契雅娜和瓦丽雅让波德果陵在客厅里一张长沙发上坐下来,开始跟他低声讲话,又谈那些事。

"我们得救救谢尔盖·谢尔盖伊奇才是,"瓦丽雅说,"这是我们道义上的责任。他有他的弱点,他花钱大手大脚,不考虑日后会有困难的日子,不过这是因为他太善良、太慷慨的缘故。他有一颗纯粹孩子般的心。要是给他一百万,不出一个月他就会用得一个也不剩,全散给外人了。"

"这是实话,实话,"塔契雅娜说,眼泪淌下她的脸颊,"我为他受够了苦,不过也得承认,他是个了不起的人。"

她俩,塔契雅娜和瓦丽雅,却又无法不表现小小的残忍,忍不住责备波德果陵说:

"至于你们这一代啊,米沙,可就不同啦!"

"这哪儿谈得上什么一代呢?"波德果陵暗想,"洛塞夫至多比我大六岁罢了。……"

"生活在这个世界上可不容易啊,"瓦丽雅说,叹一口气,"人经常会有灾难威胁他。一会儿人家想夺去你的庄园,一会儿一个亲人害病了,你就担心他会死掉,天天都是这样。可是这有什么办法呢,我的朋友。必须毫无怨言地顺从最高意旨①,必须记住这个世界上没有一件事是偶然发生的,什么事都有它深远的目的。您,米沙,还涉世不深,受的苦不多,您会嘲笑我,那就管自嘲笑吧,不过我仍旧要说:在我感到最深沉的忧虑的时刻,有几次忽然大彻大悟,这使我的灵魂产生了根本性的转变,我现在才知道什么事情都不是偶然的,凡是我们生活里所发生的事都是势所必然的。"

这个已经有白头发,穿着紧身胸衣和袖子隆起的时髦连衣裙

---

① 指上帝。

的瓦丽雅,这个用又长又细的手指头转动纸烟,而那些手指头不知什么缘故老是颤抖的瓦丽雅,这个动不动就大讲神秘主义,讲得那么呆板、单调的瓦丽雅,跟当年那个长着深棕色头发的专科学校学生,那个兴高采烈、谈笑风生、无所畏惧的瓦丽雅相比,是多么不同啊。……

"要能了结这种谈话多好!"波德果陵乏味地听她讲着,暗自想道。

"瓦,您唱个歌吧,"他对她说,为的是打断这种关于大彻大悟的谈话,"从前您唱得挺好。"

"哎,米沙,过去的事都已经过去了。"

"那么,您朗诵涅克拉索夫的诗吧。"

"我全忘掉了。刚才我是无意中念出来的。"

尽管她穿着紧身胸衣和袖子隆起的衣服,可是看得出来她很穷,在图拉城外那家工厂里过着半饥半饱的生活。而且十分明显,她工作过度。那种繁重而单调的劳动、她对别人的事情的经常干预和操心,使她过于疲劳,变得衰老了。波德果陵现在瞧着她那张悲伤的、已经憔悴的脸,心里想,实际上应该帮助的并不是她那么关切的库兹明吉和谢尔盖·谢尔盖伊奇,倒是她本人。

高等教育和医务工作似乎没有触及她身上的女人本性。她也像塔契雅娜一样喜欢婚礼、分娩、洗礼宴、关于孩子的冗长谈话,喜欢可怕而又有圆满结局的长篇小说。她在报纸上只看关于火灾、水灾、盛大的典礼的新闻。她十分希望波德果陵会向娜杰日达求婚,如果这件事真的发生,她就会感动得大哭一场。

他不知道这是偶然发生的呢,还是瓦丽雅的故意安排,总之只剩下他一个人和娜杰日达待在一起了。可是他怀疑有人在窥伺他,怀疑她们对他有所企图,单是这种怀疑就弄得他很拘束,心里发慌。他感到待在娜杰日达身旁就像跟她一块儿被人关在同一只笼子里似的。

"我们到花园里去走走吧。"她说。

他们就走进花园。他心里不满意,带着懊恼的感情,不知道该跟她谈什么好。她呢,高高兴兴,由于他跟她亲近而得意,显然由于他还要在这儿住三天而感到满意,也许还充满甜蜜的幻想和希望呢。他不知道她爱不爱他,然而他知道她早已跟他很熟,对他有好感,至今仍旧把他看作她的老师,他也知道,当前她的内心活动和当年她姐姐塔契雅娜的内心活动是一样的,那就是,她只想着爱情,只想着快些出嫁,有个丈夫,生儿育女,安个自己的窝。那种在孩子们身上常常表现得很强烈的友好感情她一直保留到现在,很可能她只是尊敬波德果陵,把他当作朋友那样喜欢他,她所爱的不是他,而是她那些关于丈夫和子女的幻想。

"天黑了。"他说。

"对了。月亮现在上来得迟了。"

他们一直在房子附近那条林荫道上来回走着。波德果陵不愿意走到花园深处去:那儿黑,那就得挽住娜杰日达的胳膊,跟她挨得很近。露台上有些人影在活动,他觉得好像是塔契雅娜和瓦丽雅在窥伺他。

"我要跟您商量一下,"娜杰日达站住,说,"如果库兹明吉卖掉,谢尔盖·谢尔盖伊奇就要出去工作,那时候我们的生活就得完全改变。我不打算跟姐姐走,我们就要分开了,因为我不想成为她家庭的累赘。我得工作。我要到莫斯科去找个工作,自己挣钱,帮助我的姐姐和她的丈夫。您会帮我拿主意的,对不对?"

她对劳动完全不熟悉,现在却受到独立劳动生活的想法的鼓舞,正在构思未来的计划,这在她脸上流露出来了。依她看来,那种她自己劳动而帮助别人生活的想法显得美妙而富于诗意。他近距离看到她那张白白的脸和黑黑的眉毛,想起当初她是一个多么聪明伶俐的女学生,有多么好的素质,教她功课是多么愉快。现在,她大概不光是一个想望未婚夫的小姐,而且是一个聪明高尚的姑娘,非常善良,具有温顺柔和的心灵,这种心灵像蜡做的,想把它捏成什么样就可以捏成什么样,要是把她放在一个适当的环境里,她就会成为一个出色的女人。

"何不真的跟她结婚呢?"波德果陵暗想,可是不知什么缘故,立刻被这个想法吓坏,走回正房去了。

在客厅里,塔契雅娜坐在钢琴旁边,她的弹奏使人生动地忆起过去,那时候人们也是在这个客厅里弹琴,唱歌,跳舞,直到深夜,同时窗子敞开着,花园里和河边的鸟也在歌唱。波德果陵高兴起来,便闹着玩,跟娜杰日达跳舞,又跟瓦丽雅跳舞,然后唱歌。他脚上的鸡眼弄得他不好受,他就要求允许他换上谢尔盖·谢尔盖伊奇的便鞋。说来奇怪,他穿上这双便鞋,竟觉得自己就是他家的人,他们的亲人("像他们的妹夫一样……"这个想法在他脑子里闪现了一下),他就变得越发高兴了。大家看着他,也变得活泼起来,高兴起来,仿佛变得年轻了似的。大家都脸色开朗,有了希望:库兹明吉得救了!要知道,这是很好办的:只要翻一翻法律书,找出一个什么办法,或者让娜嘉嫁给波德果陵就成了。……显然,事情已经有了眉目。娜嘉脸色红喷喷,感到很幸福,眼睛里含满泪水,期望着什么不平常的事发生,在跳舞中旋转着,她的白色连衣裙鼓起来,露出她那双小小的、美丽的、穿着肉色袜子的脚。……瓦丽雅十分满意,挽着波德果陵的胳膊,带着意味深长的神情对他低声说:

"米沙,不要逃避自己的幸福。趁它自己送到您手里来,您就抓住它不放,要不然,日后您自己想追求它,可是时机已经太迟,追不上了。"

波德果陵想应允,给予希望,连他自己也已经相信库兹明吉会得救,相信事情好办了。

"'你会成为世界的女皇……'①"他唱起来,做出一种姿势,但是他忽然想起对这些人来说已经什么办法也没有,一丁点办法也没有了,他就停住唱,像是自己犯了什么过错似的。

然后他就在角落里坐下来,默默无言,把两只穿着别人的便鞋的脚缩到椅子底下去。

瞧着他,别人也就明白事情已经无法可想了,便都安静下来。钢琴盖子关上了。大家才发现时间已经不早,该睡觉了,塔契雅娜吹熄了客厅里的一盏大灯。

他们给波德果陵在他原先住过的那所厢房里准备下床铺。谢尔盖·谢尔盖伊奇送他去,把蜡烛举得高过头顶,其实月亮已经升上来,外面很亮。他们在一条两边长着丁香花丛的林荫道上走着,沙砾在他们脚底下沙沙地响。

"他没来得及喊一声哎呀,熊就扑到他的身上来了。"谢尔盖·谢尔盖伊奇说。

波德果陵觉得这句话他好像已经听过一千次了。他多么讨厌这句话呀!他们走进厢房,谢尔盖·谢尔盖伊奇从他那件肥大的上衣里拿出一个瓶子和两个杯子,放在桌子上。

"这是白兰地,"他说,"这是名牌货。瓦丽雅在那边正房里,在她面前没法喝酒,你一喝,她就马上开口说什么酒瘾。在这儿,我们就不受拘束了。这白兰地好得很。"

他们坐下来。这白兰地果然很好。

"今天我们来开怀畅饮吧,"谢尔盖·谢尔盖伊奇接着说,啃着一个柠檬,"我这个老牌的大学生有时候喜欢提一提神。这是必不可少的。"

---

① 引自俄国诗人莱蒙托夫的诗《恶魔》。

他的眼睛里仍旧流露出他对波德果陵有所企图、他马上要请求他什么事的神情。

"喝吧,老兄,"他接着说,唉声叹气,"要不然,太难受了。对我们这班怪人来说,末日到了,完蛋了。如今理想主义可是不时兴了。如今是卢布得势,要是你想不让人推到一边去,那就得趴在卢布面前恭恭敬敬地叩头。可是我办不到。我顶讨厌这种事!"

"拍卖定在什么时候?"波德果陵问道,为的是变换话题。

"八月七日。可是我根本不指望挽救库兹明吉了,我亲爱的。欠款的数目很大,田产又没有带来什么收入,反而年年赔钱。划不来了。……当然,塔尼雅舍不得,这是她家祖传的产业,我呢,老实说,甚至还有几分高兴。我根本不是乡村居民。我的阵地是热闹的大城市,我的爱好是战斗!"

他还讲了些别的,然而完全不是他要讲的话。他紧紧地盯住波德果陵,好像在等一个适当的机会。忽然,波德果陵看见他的眼睛凑过来,脸上感觉到他的呼吸了。……

"我亲爱的,救救我吧!"谢尔盖·谢尔盖伊奇说,呼呼地喘气,"给我两百卢布吧!我求求您!"

波德果陵想说他自己手头也很紧,他心想这两百卢布还不如送给一个穷人,或者索性打牌输掉的好,然而他十分窘,觉得自己待在这个只有一支蜡烛的小房间里像是掉进一个陷阱里了。他想快点躲开他的呼吸,摆脱他那两只搂住他腰的、柔软的手,觉得那两只手仿佛已经粘在他身上似的。他就赶快在自己的口袋里摸他那放钱的皮夹。

"喏……"他拿出一百卢布,喃喃地说。"另外的一百以后再说吧。我身边没有多的了。您明白,我不会拒绝别人的请求,"他带着愤激的声调接着说,开始生气了,"我有一种讨厌的婆婆妈妈脾气。不过,这笔钱请您以后务必还给我。我自己也缺钱。"

"谢谢您。谢谢,好朋友!"

"看在上帝分上,您不要以为自己是个理想主义者。您绝不是理想主义者,就跟我也绝不是火鸡一样。您只不过是个轻浮懒散的人罢了。"

谢尔盖·谢尔盖伊奇深深地叹一口气,在长沙发上坐下来。

"您,我亲爱的,生气了,"他说,"不过,要是您知道我多么痛苦就好了!现在我就在经历一段可怕的时间。我亲爱的,我起誓,我不是怜惜自己,不是!我是怜惜我的妻子和儿女。要不是因为有妻子和儿女,我早就了结我的残生了。"

忽然他的肩膀和脑袋开始颤动,他哭起来了。

"莫名其妙,"波德果陵说,激动地在房间里走来走去,觉得十分气恼,"是啊,请问,一个人做了一大堆坏事,后来哭了,你拿他怎么办呢?您的眼泪解除人的武装,我什么话也没法跟您说了。您哭,可见您认为自己是对的。"

"我做了一大堆坏事?"谢尔盖·谢尔盖伊奇问,站起身来,惊讶地瞧着波德果陵,"我亲爱的,这话是您说的吗?我做了一大堆坏事?!啊,您多么不明白我!您多么不了解我呀!"

"好,就算我不了解您吧,不过,请您别再哭了。这叫人讨厌。"

"啊,您多么不明白我啊!"洛塞夫十分诚恳地又说一遍,"您多么不明白我啊!"

"请您照一照镜子吧,"波德果陵接着说,"您已经不是个年轻人,很快就要老了,现在总该好好想一想,认识清楚您究竟是个什么人了。您一辈子什么事也不做,一辈子这样无聊而幼稚地胡说八道,装腔作势,扭扭捏捏,莫非您的脑袋还没有发晕,您还不厌恶这样的生活?跟您在一起沉闷得很!跟您在一起乏味得要命!"

说完这话,波德果陵就走出厢房,砰的一声把门带上。这恐怕还是他生平第一次真心诚意,说出了他所要说的话。

过了一会儿,他已经后悔不该这样严厉了。既然一个人经常作假,吃得很多,喝得不少,花掉许多别人的钱,同时又深信自己是个理想主义者和受难者,那么跟这种人认真谈话或者发生争论有什么益处呢?这儿的问题在于愚蠢,或者是多年的坏习气,而这种习气就像疾病似的深深地侵蚀人的机体,已经不可救药了。不管怎样,愤慨和严厉的责备在这儿是没有益处的,所需要的毋宁是嘲笑。只要来一次厉害的嘲笑就比讲十次大道理有用得多!

"不过,再简单一点,索性不理他算了,"波德果陵想,"主要的是不该给他钱。"

又过了一会儿,他就不再想谢尔盖·谢尔盖伊奇,也不再想他那一百个卢布。这是一个安静的、似乎在沉思的夜晚,十分明亮。每逢月夜,波德果陵瞧着天空,总觉得只有他和月亮没有睡觉,其他的一切都睡熟了,或者在打盹儿。这时候,人也罢,钱也罢,都不在他的心上,他的心绪渐渐平静、安宁了。他觉得他在世界上是孤零零的一个人,在夜晚的沉寂中,他感到自己的脚步声显得那么凄凉。

花园四周是白色的石墙。在朝着田野的那堵墙的右角上有一个塔楼,那是很久以前,远在农奴制时代建成的。塔楼下部是石砌的,上部用木头搭成,有一个小平台、一个圆锥形的房顶、一个很长的塔尖,塔尖上安着一个黑色的风向标。下面有两道门,从花园里穿过这两道门就可以走到田野上去。从下面到上面的小平台有一道楼梯相通,人走在那道楼梯上,它就会嘎吱嘎吱地响。楼梯下边堆着几把旧的破圈椅,这时候月光射进门来,照亮那些圈椅,它们翘起弯曲的椅腿,仿佛到了夜间就活过来,在寂静中埋伏着,等待什么人似的。

波德果陵顺着楼梯走到小平台上,坐下来。围墙外面就是一道标明地界的沟和土堤,再过去就是辽阔的田野,浸沉在月光里。波德果陵知道从这儿一直往前走,离庄园三俄里的地方有树林,现在他仿佛看见远处有一道乌黑的林带。鹌鹑和长脚秧鸡在叫,有的时候从树林那边传来一只杜鹃的叫声,它也没有睡觉。

脚步声响起来。有一个人在花园里走动,靠近这个塔楼。

一条狗吠起来。

"茹克!"一个女人的声音轻声招呼道,"茹克,回来!"

可以听见下面他们走进塔楼的声音;过一会儿土堤上就出现波德果陵熟识的一条黑毛老狗。它站住,往上看,瞧着波德果陵坐着的那一边,好意地摇尾巴。随后,过了一会儿,从那道黑沟里,像幽灵似的升起一个白色的人影,也在土坡上站住。这人是娜杰日达。

"你在那儿看什么?"她问那条狗,她也开始往上看。

她没有看见波德果陵,可是大概感到他就在附近,因为她微微笑着,她那被月光照亮的白脸显得很幸福。塔楼的黑影顺着地面伸展到远处的田野里,这个不动的白色人影以及她那张苍白的脸上的幸福笑容、那条黑狗、他们的阴影,所有这些合在一起好像梦境似的。……

"那儿有人吧……"娜杰日达轻声说。

她站在那儿等着他走下楼来或者招呼她上去,终于吐露他的爱情,于是他们在这安静美丽的夜晚就双双幸福了。她穿着白色的衣服,肤色也白,身材消瘦,在月光下显得十分美丽,正在等着爱抚;她那种对幸福和爱情的执着追求已经使得她心力交瘁,她再也没有力量掩盖她的感情了。她的整个身形、她眼睛的亮光、她常挂在脸上的幸福笑容,都泄露了她那些密藏在心底的思想。他觉得很不自在,缩起身子,不出声音,不知道该开口说话,照往常那样开个玩笑把这种事敷衍过去呢,还是该沉默;他感到烦恼,心里暗想:

在这儿,在这个庄园里,在这个月夜,在这个美丽的、钟情的、好幻想的姑娘身旁,他竟像在小布龙纳亚那样冷淡;因为对他来说,这种诗如同那种粗俗的散文一样,显然已经过时了。而且,月夜的幽会也好,腰身很细的白色身形也好,神秘的阴影也好,塔楼也好,庄园也好,像谢尔盖·谢尔盖伊奇那样的"人物"也好,也都过时了。就连他波德果陵自己这样的人,这种老是感到冷冷的沉闷,经常气恼,不善于适应现实生活,不善于从现实生活中取得它所能给予的东西,却难忍难熬地苦苦渴求着世界上没有,也不可能有的东西的人,也过时了。如今,他坐在这儿,坐在这个塔楼上,只希望看一场好烟火或者月光下的一个什么行列,要不然就听瓦丽雅再一次朗诵《铁路》,或者看另一个女人站在土堤上,站在眼前娜杰日达站着的地方,听她讲一些有趣而新鲜的话,跟爱情和幸福都没有关系的话。即使她讲到爱情,那也该是号召人们去过一种高尚而合理的新型的生活,说不定我们已经生活在它的前夜,这是有的时候可以预感到的。……

"没有人。"娜杰日达说。

她又站一会儿,就低下头,慢腾腾地往树林那边走去。那条狗跑到前头去了。很久很久波德果陵还可以看见一个白色的斑点。

"哎,这都是怎么搞的啊……"他心里又说一遍,就回到他的厢房里去了。

他不能想象明天他会对谢尔盖·谢尔盖伊奇,对塔契雅娜说些什么,他会怎样对待娜杰日达,后天也是这样,总之他预先感到慌张、恐惧、烦闷了。怎样来度过他答应在这儿盘桓的漫长的三天呢?他回想关于大彻大悟的谈话,回想谢尔盖·谢尔盖伊奇所说的那句话:"他没来得及喊一声哎呀,熊就扑到他的身上来了。"又想到明天为了讨塔契雅娜的好而不得不对她的饱足的胖姑娘们微笑,于是决定一走了事。

五点半钟,谢尔盖·谢尔盖伊奇从大房子里走出来,站在露台上,穿一件布哈拉式的长袍,戴一顶带缨子的圆锥形平顶帽。波德果陵一刻也不耽搁,走到他跟前,向他告辞。

"我得在十点钟以前赶到莫斯科去,"他说,眼睛没有瞧着对方,"我完全忘了有人要在公证人那儿等我。请您务必放我走。等您家里的人起来,请您替我对她们赔罪,说我非常抱歉。……"

他没有听谢尔盖·谢尔盖伊奇对他说了些什么话,就匆匆地走了,老是回头看正房的窗子,仿佛生怕那些女人醒过来,留住他似的。他为自己的慌张害臊。他感到这是他最后一次到库兹明吉来,以后不会再到这儿来了。他临走的时候,好几次回过头去看他从前度过许多美好岁月的那个厢房,然而他的内心却冷冷的,并没有感到忧郁。……

他回到自己家里,首先看见桌子上放着昨天他收到的那封信。"亲爱的米沙,"他读道,"您把我们完全忘记了,请您赶快来吧……"不知什么缘故,他想起娜杰日达在跳舞中旋转,她的连衣裙鼓起来,露出她那双穿着肉色袜子的脚。……

过了十分钟,他已经坐在桌子旁边工作,不再想到库兹明吉了。

套 中 人

　　误了时辰的猎人们在米罗诺西茨科耶村边上村长普罗科菲的堆房里住下来过夜了。他们一共只有两个人：兽医伊万·伊万内奇，和中学教师布尔金。伊万·伊万内奇姓一个相当古怪的双姓：奇姆沙-吉马莱斯基，这个姓跟他一点也不相称，全省的人就简单地叫他的本名和父名伊万·伊万内奇。他住在城郊一个养马场上，这回出来打猎是为了透一透新鲜空气。然而中学教师布尔金每年夏天都在 Π 伯爵家里做客，对这个地区早已熟透了。

　　他们没睡觉。伊万·伊万内奇是一个又高又瘦的老人，留着挺长的唇髭，这时候坐在门口，脸朝外，吸着烟斗。月亮照在他身上。布尔金躺在房里的干草上，在黑暗里谁也看不见他。

　　他们讲起各种各样的事。顺便他们还谈到村长的妻子玛芙拉。她是一个健康而不愚蠢的女人，可是她一辈子从没走出过她家乡的村子，从没见过城市或者铁路，近十年来一直守着炉灶，只有夜间才到街上去走一走。

　　"这有什么可奇怪的！"布尔金说，"那种性情孤僻、像寄生蟹或者蜗牛那样极力缩进自己的硬壳里去的人，这世界上有不少呢。也许这是隔代遗传的现象，重又退回从前人类祖先还不是群居的动物而是孤零零地住在各自洞穴里的时代的现象，不过，也许这只不过是人类性格的一种类型吧，谁知道呢？我不是博物学家，探讨这类问题不是我的事。我只想说像玛芙拉那样的人并不是稀有的现象。是啊,不必往远里去找,就拿一个姓别里科夫的人来说好了,他是我的同事,希腊语教师,大约两个月前在我们城里去世了。当然,您一定听说过他。他所以出名,是因为他即使在顶晴朗的天气出门上街,也穿上套鞋,带着雨伞,而且一定穿着暖和的棉大衣。他的雨伞总是装在套子里,怀表也总是装在一个灰色的麂皮套子里,遇到他拿出小折刀来削铅笔,就连那小折刀也是装在一个小小的套子里的。他的脸也好像蒙着一个套子,因为他老是把脸藏在竖起的衣领里面。他戴黑眼镜,穿绒衣,用棉花堵上耳朵。他一坐上出租马车,总要叫马车夫支起车篷来。总之,在这人身上可以看出一种经常的、难忍难熬的心意,总想用一层壳把自己包起来,仿佛要为自己制造一个所谓的套子,好隔绝人世,不受外界影响。现实生活刺激他,惊吓他,老是闹得他六神不安。也许为了替自己的胆怯、自己对现实的憎恶辩护吧,他老是称赞过去,称赞那些从没存在过的东西。实际上他所教的古代语言,对他来说,也无异于他的套鞋和雨伞,使他借此躲避了现实生活。

"'啊,希腊语多么响亮,多么美!'他说,现出甜滋滋的表情。他仿佛要证明这句话似的,眯起眼睛,举起一个手指头,念道:'Anthropos!'[①]

"别里科夫把他的思想也极力藏在套子里。只有政府的告示和报纸上的文章,其中写着禁止什么事情,他才觉得一清二楚。看到有个告示禁止中学生在晚上九点钟以后到街上去,或者看到一篇文章要求禁止性爱,他就觉着又清楚又明白:这种事是禁止的,这就行了。他觉着在官方批准或者允许的事里面,老是包含着使人起疑的成分,包含着隐隐约约、还没说透的成分。每逢经当局批

[①] 希腊语:人。

准,城里成立一个戏剧小组,或者阅览室,或者茶馆,他总要摇摇头,低声说:

"'当然,行是行的,这固然很好,可是千万别闹出什么乱子来啊。'

"凡是违背法令、脱离常轨、不合规矩的事,虽然看来跟他毫不相干,却惹得他垂头丧气。要是他的一个同事参加祈祷式去迟了,或者要是他听到流言,说是中学生顽皮闹事,再不然要是有人看见一个女校的女学监傍晚陪着军官玩得很迟,他总是心慌意乱,一个劲儿地说:千万别闹出什么乱子来啊。在教务会议上,他那种慎重、他那种多疑、他那种纯粹套子式的论调,简直压得我们透不出气,他说什么不管男子中学里也好,女子中学里也好,青年人都品行恶劣,教室里吵吵闹闹,哎呀,只求这种事别传到上司的耳朵里去才好!哎呀,千万别闹出什么乱子来啊,还说如果把二年级的彼得罗夫和四年级的叶果罗夫开除,那倒很好。后来怎么样?他凭他那种唉声叹气、他那种垂头丧气、他那苍白的小脸上的黑眼镜(您要知道,那张小脸活像黄鼠狼的脸),把我们都降伏了,我们只好让步,减少彼得罗夫和叶果罗夫的品行分数,把他们禁闭起来,最后终于把他俩开除了事。他有一种古怪的习惯:常来我们的住处访问。他来到一位教师家里,总是坐下来,就此一声不响,仿佛在考察什么事似的。他照这样一言不发地坐上一两个钟头,就走了。他把这叫做'跟同事们保持良好关系'。显然,这类拜访,这样呆坐,在他是很难受的。他所以来看我们,只不过是因为他认为这是对同事们应尽的责任罢了。我们这些教师都怕他。就连校长也怕他。您瞧,我们这些教师都是有思想的、极其正派的人,受过屠格涅夫和谢德林的教育,然而这个老穿着套鞋、拿着雨伞的人,却把整个中学辖制了足足十五年!可是光辖制中学算得了什么?全城都受他辖制呢!我们这儿的太太们到星期六不办家庭戏剧晚会,因为怕他知道。有他在,教士们到了斋期就不敢吃荤,不敢打牌。在别里科夫这类人的影响下,在最近这十年到十五年间,我们全城的人变得什么都怕。他们不敢大声说话,不敢发信,不敢交朋友,不敢看书,不敢周济穷人,不敢教人念书写字……"

伊万·伊万内奇想说点什么,嗽了嗽喉咙,可是他先点燃烟斗,瞧了瞧月亮,然后才一板一眼地讲起来:

"是啊,有思想的正派人,既读屠格涅夫,又读谢德林,还读勃克尔①等等,可是他们却屈服,容忍这种事……问题就在这儿了。"

"别里科夫跟我同住在一所房子里,"布尔金接着说,"同住在一层楼上,他的房门对着我的房门。我们常常见面,我知道他在家里怎样生活。他在家里也还是那一套:睡衣啦,睡帽啦,护窗板啦,门闩啦,一整套各式各样的禁条和忌讳,还有:'哎呀,千万别闹出什么乱子来啊!'吃素对健康有害,可是吃荤又不行,因为人家也许会说别里科夫不持斋。他就吃用奶油煎的鲈鱼,这东西固然不是素食,可也不能说是斋期禁忌的菜。他不用女仆,因为怕人家对他有坏看法,于是雇了个六十岁上下的老头子做厨子,名叫阿法纳西,这人老是醉醺醺的,神志不清,从前做过勤务兵,好歹会烧一点菜。这个阿法纳西经常站在门口,两条胳膊交叉在胸前,老是长叹一声,嘟哝那么一句话:

"'眼下啊,像他们那样的人可真是多得不行!'

"别里科夫的卧室挺小,活像一口箱子,床上挂着帐子。他一上床睡觉,就拉过被子来蒙上脑袋;房里又热又闷,风推动关紧的门,炉子里嗡嗡地响,厨房里传来叹息声,不祥的叹息声……

"他躺在被子底下战战兢兢。他深怕会出什么事,深怕阿法纳西来杀他,深怕小偷溜进来,然后他就通宵做噩梦,到早晨我们

---

① 勃克尔(1821—1862),英国历史学家、社会学家、哲学家。

一块儿到学校去的时候,他闷闷不乐,脸色苍白。他所去的那个有很多人的学校,分明使得他满心的害怕和憎恶。跟我并排走路,对他那么一个性情孤僻的人来说,显然也是苦事。

"'我们的教室里吵得很凶,'他说,仿佛极力要找一个理由说明他的愁闷似的,'太不像话了。'

"您猜怎么着,这个希腊语教师,这个套中人,还差点结了婚。"

伊万·伊万内奇很快地回头瞟一眼堆房,说:

"您开玩笑了!"

"真的,尽管说起来古怪,可是他的确差点结了婚。有一个新的史地教师,一个原籍乌克兰、名叫米哈伊尔·萨维奇·科瓦连科的人,派到我们学校里来了。他不是一个人来的,而是带着他姐姐瓦连卡一路来的。他是个高高的、皮肤发黑的青年,手挺大,从他的脸相就看得出他说话是男低音,果然他的嗓音像是从桶子里发出来的一样:'嘭,嘭,嘭!……'她呢,已经不算年轻,年纪有三十岁上下了,可是她长得也高,身材匀称,黑眉毛,红脸蛋,一句话,她简直不能说是姑娘,而是蜜饯水果,活泼极了,谈笑风生,老是唱小俄罗斯的抒情歌曲,老是哈哈大笑。她动不动就发出响亮的笑声:'哈哈哈!'我记得我们初次真正认识科瓦连科姐弟是在校长的命名日宴会上。在那些死板板的、又紧张又沉闷的、甚至把赴命名日宴会也看做应公差的教师中间,我们忽然看见一个新的阿佛洛狄忒①从浪花里钻出来。她两手叉着腰,走来走去,笑啊唱的,翩翩起舞。……她带着感情唱《风在吹》,然后又唱一支抒情歌曲,随后又唱一支。她把我们大家,连别里科夫也在内,都迷住了。他挨

---

① 希腊神话中爱和美的女神,相当于古罗马神话中的维纳斯,她在海里诞生,从浪花里钻出来。

着她坐下,露出甜滋滋的笑容,说:

"'小俄罗斯语言的柔和清脆使人联想到古希腊语言。'

"这句话她听着受用,她就开始热情而恳切地对他讲起他们在加佳奇县有一个庄园,她的妈就住在庄园里,那儿有那么好的梨,那么好的甜瓜,那么好的卡巴克①!乌克兰人把南瓜叫做卡巴克,把酒馆叫做希诺克,他们用红甜菜和白菜熬的红甜菜汤:'可好吃了,可好吃了,简直好吃得要命!'

"我们听啊听的,忽然大家灵机一动,生出了同样的想法。

"'要是把他们配成夫妇,那倒不错。'校长太太轻声对我说。

"不知什么缘故,我们大家这才想起来:原来我们的别里科夫还没结婚;这时候我们才觉着奇怪:不知怎么,他生活里这样一件大事,我们以前竟一直没有理会,完全忽略了。他对女人一般采取什么态度呢?这种终身大事的要紧问题他怎样替他自己解决的?这以前我们一点也没有关心过这件事。也许我们甚至不允许自己想到:一个不问什么天气总是穿着套鞋、睡觉总要挂上帐子的人,也会热爱什么人吧。

"'他已经四十多岁了,她呢,也三十了……'校长太太说明她的想法,'我看她肯嫁给他的。'

"在我们内地,由于闲得无聊的缘故,什么事没做出来过,多少不必要的蠢事啊!这是因为必要的事大家却根本不做。是啊,比方说,这个别里科夫,既然大家甚至不能想象他是一个可以结婚的人,那我们何必忽然要给他撮合婚事呢?校长太太啦,学监太太啦,我们中学里的所有太太们,都活跃起来,甚至变得好看多了,仿佛忽然发现了生活目标似的。校长太太在剧院里订下一个包厢,我们一看,原来瓦连卡坐在她的包厢里面,搧着扇子,满脸放光,高

---

① 俄语:酒馆。

高兴兴。她旁边坐着别里科夫,身材矮小、背脊拱起,看上去好像刚用一把钳子把他从家里夹来的一样。我在家里办小晚会,太太们就要求我一定邀请别里科夫和瓦连卡。总之,机器开动了。看来瓦连卡也并不反对出嫁。她在她弟弟那儿生活得不大快活,他们只会成天价吵啊骂的。比方说,有过这样一个场面:科瓦连科顺了大街大踏步走着,他是又高又壮的大汉,穿一件绣花衬衫,一绺头发从帽子底下钻出来耷拉在他的额头上,一只手拿着一捆书,另一只手拿着一根有节疤的粗手杖。他身后跟着他姐姐,也拿着书。

"'可是你啊,米哈伊里克①,这本书绝没看过!'她大声争辩说,'我告诉你,我敢赌咒:你压根儿没看过!'

"'我跟你说我看过嘛!'科瓦连科大叫一声,把手杖在人行道上顿得直响。

"'唉,我的上帝,米哈伊里克!你为什么发脾气?要知道,我们谈的是原则问题啊。'

"'我跟你说我看过嘛!'科瓦连科嚷道,声音更响了。

"在家里,要是有外人在座,他们也一个劲儿地争吵。这样的生活多半使她厌烦,盼望着有自己的小窝了。况且,也该想到她的年纪,现在已经没有工夫来挑啊拣的,跟什么人结婚都行,即使是希腊语教师也将就了。附带还要说一句:我们的小姐们大多数都不管跟谁结婚,只要能嫁出去就算。不管怎样吧,瓦连卡对我们的别里科夫开始表示明显的好感了。

"别里科夫呢?他也常去拜望科瓦连科了,就跟他常来拜望我们一样。他去了就坐下,一声不响。他沉默着,瓦连卡就对他唱《风在吹》,或者用她那双黑眼睛沉思地瞧着他,再不就忽然扬声大笑:

---

① 米哈伊尔的爱称。

"'哈哈哈!'

"在恋爱方面,特别是在婚姻方面,外人的怂恿总会起很大作用。所有的人,他的同事们和太太们,开始向别里科夫游说:他应当结婚了,他的生活没有别的缺憾,只差结婚了。我们大家向他道喜,做出一本正经的脸色说了各种俗套,例如,'婚姻是终身大事'等等。况且,瓦连卡长得不坏,招人喜欢,她是五等文官的女儿,有田庄,尤其要紧的是,她是第一个待他诚恳而亲热的女人。于是他昏了头,决定真该结婚了。"

"哦,到了这一步,就应该拿掉他的套鞋和雨伞了。"伊万·伊万内奇说。

"您只要一想就明白:这是办不到的。他把瓦连卡的照片放在自己桌子上,不断地来找我,谈瓦连卡,谈家庭生活,谈婚姻是终身大事,常到科瓦连科家去,可是他一点也没改变生活方式。甚至刚好相反,结婚的决定对他起了像害病一样的影响。他变得更瘦更白,好像越发深地缩进他的套子里去了。

"'瓦尔瓦拉①·萨维希娜我是喜欢的,'他对我说,露出淡淡的苦笑,'我也知道人人都必须结婚,可是……您知道,这件事发生得这么奇突……总得细细想一想才成。'

"'有什么可想的?'我对他说,'一结婚,就万事大吉了。'

"'不成,婚姻是终身大事,人先得估量一下将来的义务和责任……免得日后闹出什么乱子。这件事弄得我六神不安,现在我通宵睡不着觉。老实说,我害怕:她和她弟弟有一种古怪的思想方法。您知道,他们议论起事情来有点古怪。她的性情又很活泼。结婚倒不要紧,说不定就要惹出麻烦来了。'

"于是他没求婚,一个劲儿地拖延,弄得校长太太和我们所有

---

① 这名字的爱称即上文的瓦连卡。

的太太都烦恼极了。他时时刻刻在估量将来的义务和责任,同时他又差不多天天跟瓦连卡出去散步,也许他认为这是在他这种情形下照理该做的事吧。他常来看我,为的是谈家庭生活。要不是因为忽然闹出一场 Kolossalische Scandal①,他临了多半会求婚,因而促成一桩不必要的、愚蠢的婚事。在我们这儿,由于闲得无聊,没事情做,照那样结了婚的,正有成千上万的先例呢。

"应该说明一下:瓦连卡的弟弟科瓦连科从认识别里科夫的第一天起,就痛恨他,受不了他。

"'我不懂,'他常对我们说,耸一耸肩膀,'我不懂你们怎么能够跟这个告密的家伙,那副叫人恶心的嘴脸处得下去。唉!诸位先生,你们怎么能在这儿生活下去啊!你们这儿的空气闷死人,糟透了!难道你们能算是导师,教师吗?你们是官僚,你们这儿不是学府,而是城市警察局,而且有警察岗亭里那股酸臭气味。不行,诸位老兄,我在你们这儿再住一阵,就要回到我的田庄上去,在那儿捉捉虾,教教乌克兰的小孩子念书了。我是要走的,你们呢,尽可以跟你们的犹大留在这儿,叫他遭了瘟才好!'

"要不然他就哈哈大笑,笑得流出眼泪来,时而用男低音,时而用非常尖细的嗓音,摊开双手,问我:

"'他干吗上我这儿来坐着?他要干什么?他一直坐在那儿发呆。'

"他甚至给别里科夫起了一个外号叫'蜘蛛'。当然,关于他姐姐瓦连卡打算跟'蜘蛛'结婚的事,我们对他绝口不谈。有一回校长太太向他暗示说,要是他姐姐跟别里科夫这么一个稳重的、为大家所尊敬的人结婚,那倒是一件好事。他就皱起眉头,嘟哝道:

"'这不关我的事;哪怕她跟毒蛇结婚也由她。我不喜欢干涉

---

① 德语:大笑话。

别人的事。'

"现在,您听一听后来发生的事吧。有个促狭鬼画了一张漫画,画着别里科夫打着雨伞,穿着套鞋,卷起裤腿,正在走路,臂弯里挽着瓦连卡,下面缀着题名:'恋爱中的 anthropos'。您要知道,那神态画得像极了。那位画家一定画了不止一夜,因为男子中学和女子中学里的教师们、宗教学校的教师们、衙门里的官儿,每人都接到一份。别里科夫也接到一份。这幅漫画给他留下极其难堪的印象。

"我们一块儿从房子里走出去,那天正好是五月一日,星期日,我们全体教师和学生事先约定在学校里会齐,然后一块儿步行到城郊的一个小树林里郊游。我们动身了,他脸色发青,比乌云还要阴沉。

"'天下有多么歹毒的坏人!'他说,他的嘴唇发抖了。

"我甚至可怜他了。我们走啊走的,忽然间,您猜怎么着,科瓦连科骑着自行车来了,在他身后,瓦连卡也骑着自行车,涨红了脸,筋疲力尽,可是快活,兴高采烈。

"'我们先走一步!'她嚷道,'天气多么好啊!多么好,简直好得要命!'

"他们俩走远,不见了。我的别里科夫的脸色从发青变成发白,好像呆住了。他站住,瞧着我……

"'请问,这是怎么回事?'他问,'或者,也许我的眼睛骗了我吗?难道中学教师和女人骑自行车还成体统吗?'

"'这有什么不成体统的?'我说,'让他们尽管骑自行车,快快活活玩一阵好了。'

"'可是这怎么行?'他叫起来,看见我平心静气,感到惊讶,'您在说什么呀?!'

"他大为震动,不愿意再往前走,回家去了。

207

"第二天他老是心不定地搓手,打哆嗦,从他的脸色看得出他身体不舒服,还没到放学的时候,他就走了,这还是他生平第一回呢。他没吃午饭。虽然门外已经完全是夏天天气,可是将近傍晚,他却穿得暖暖和和的,慢腾腾地走到科瓦连科家里去了。瓦连卡不在家,他只碰到她弟弟在家。

"'请坐吧。'科瓦连科冷冷地说,皱起眉头:他的脸上带着睡意,饭后他打了个盹儿,刚刚醒来,心绪很坏。

"别里科夫沉默地坐了十分钟光景,然后开口了:

"'我上您这儿来,是为了减轻我心里的负担。我心里沉重得很,沉重得很。有个不怀好意的家伙画了一张漫画,把我和另一个跟您和我都有密切关系的人画成可笑的样子。我认为我有责任向您保证我跟这事没一点关系……我没有做出什么事来该得到这样的讥诮,刚好相反,我的举动素来在各方面都称得起是正人君子。'

"科瓦连科坐在那儿生闷气,一句话也不说。别里科夫等了一会儿,然后压低喉咙,用悲凉的声调接着说:

"'另外我还有件事情要跟您谈一谈。我已经教书多年了,您最近才开始工作。我是一个比您年纪大的同事,认为有责任给您进一个忠告。您骑自行车,这种消遣对青年的教育工作者来说是完全不成体统的。'

"'怎么见得?'科瓦连科用男低音问。

"'难道这还用解释吗,米哈伊尔·萨维奇,难道这不是理所当然吗?如果教师骑自行车,那还能希望学生做出什么好事来?他们所能做的就只有头朝下,拿大顶走路了!既然政府还没有发出通告,允许做这种事,那就做不得。昨天我吓了一大跳!我一看见您的姐姐,眼前就变得一片漆黑。一个女人或者一个姑娘骑自行车,这太可怕了!'

"'说实在的,您到底要怎么样?'

"'我所要做的只有一件事,就是忠告您,米哈伊尔·萨维奇。您是青年人,您前途远大,您的举动得十分十分小心才成,您却这么马马虎虎,唉,多么马马虎虎!您穿着绣花衬衫出门,经常拿着些书在大街上走来走去,现在呢,又骑什么自行车。校长会听说您和您姐姐骑自行车的,然后,这事又会传到督学的耳朵里,……这还会有好下场吗?'

"'讲到我姐姐和我骑自行车,这不干别人的事!'科瓦连科说,涨红了脸,'谁要来管我的家事和私事,我就叫谁滚他的蛋!'

"别里科夫脸色苍白,站起来。

"'要是您用这种口吻跟我讲话,那我就不能再讲下去了,'他说,'我请求您在我面前谈到上司的时候永远不要这样说话。您对当局应当尊敬才对。'

"'难道我说了当局什么坏话吗?'科瓦连科问,生气地瞧着他,'请您躲开我。我是正直的人,不愿意跟您这样的先生讲话。我不喜欢告密的人。'

"别里科夫心慌意乱,匆匆忙忙地穿大衣,脸上带着恐怖的神情。要知道这还是他生平第一回听到这么不客气的话。

"'随您怎么说,都由您,'他一面走出前堂,到楼梯口去,一面说,'只是我得跟您预先声明一下:说不定有人偷听了我们的话;为了避免我们的谈话被人家误解,避免闹出什么乱子起见,我得把我们的谈话内容报告校长先生……把大意说明一下。我不能不这样做。'

"'报告?去,报告去吧!'

"科瓦连科在他后面一把抓住他的衣领,使劲一推,别里科夫就滚下楼去,他的套鞋乒乒乓乓地响。楼梯又高又陡,不过他滚到楼下却安然无恙,站起来,摸了摸鼻子,看他的眼镜碎了没有。可是,他滚下楼的时候,偏巧瓦连卡回来了,还带着两位太太。她们站在楼下,呆呆地瞧着,这在别里科夫却比任什么事情都可怕。看样子,他情愿摔断脖子和两条腿,也不愿意成为取笑的对象:是啊,这样一来,全城的人都会听说这件事,还会传到校长耳朵里,传到督学耳朵里去。哎呀,千万别闹出什么乱子来啊!人家又会画一张漫画,到头来就会弄得他奉命辞职吧……

"等到他站起来,瓦连卡才认出是他。她瞧着他那滑稽的脸相、他那揉皱的大衣、他那套鞋,不明白是怎么回事,以为他是自己不小心摔下来的,就忍不住扬声大笑,响得整个房子都可以听见:

"'哈哈哈!'

"这一串响亮而清脆的'哈哈哈'就此结束了一切:结束了婚事,结束了别里科夫的人间生活。他没听见瓦连卡说了些什么话,他什么也没看见。一到家,他第一件事就是从桌子上撤去瓦连卡的照片,然后他躺下,从此再也没有起床。

"大约三天以后,阿法纳西来找我,问我要不要派人去请医生,因为据他说,他的主人不大对头。我走到别里科夫的屋里去。他躺在帐子里,盖着被子,一声不响:不管问他什么话,他总是回答一声'是'或者'不',此外就闷声不响了。他躺在那儿,阿法纳西呢,满脸愁容,皱着眉头,在他旁边走来走去,深深地叹气,可是像酒馆一样冒出白酒的气味。

"过了一个月,别里科夫死了。我们都去送葬,那就是说,两个中学校和宗教学校的人都去了。这时候他躺在棺材里,神情温和、愉快,甚至高兴,仿佛暗自庆幸终于装进一个套子里,从此再也不必出来了似的。是啊,他的理想实现了!老天爷也仿佛在对他表示敬意,他出殡的时候天色阴沉,下着雨。我们大家都穿着套鞋,打着雨伞。瓦连卡也去送葬,等到棺材下了墓穴,她哭了一阵。我发现乌克兰的女人总是不笑就哭,对她们来说不哭不笑的心情是没有的。

"老实说,埋葬别里科夫那样的人是一件大快人心的事。我们从墓园回来的时候,露出忧郁谦虚的脸相,谁也不肯露出快活的感情,像那样的感情,我们很久很久以前做小孩子的时候,遇到大人不在家,我们到花园里去跑一两个钟头,享受充分自由的时候,都经历过。啊,自由啊,自由!只要有一点点自由的影子,只要有可以享受自由的一线希望,人的灵魂就会长出翅膀来。难道不是这样吗?

"我们从墓园回来,心绪极好。可是一个星期还没过完,生活又过得跟先前一样,跟先前一样的严峻、无聊、杂乱了,这样的生活固然没有奉到明令禁止,不过也没有得到充分的许可啊。局面并没有变得好一点。确实,我们埋葬了别里科夫,可是另外还有多少这种套中人活着,将来也还不知道会有多少呢!"

"问题就在这儿。"伊万·伊万内奇说,点上了他的烟斗。

"那样的人,将来不知道还会有多少!"布尔金又说一遍。

这个中学教师从堆房里走出来。他是一个矮胖的男子,头顶全秃了,留着一把黑胡子,差不多齐到腰上。有两条狗跟他一块儿走出来。

"多好的月色,多好的月色!"他抬头看,说道。

这时候已经是午夜了。向右边瞧,可以看见整个村子,一条长街远远地伸出去,大约有五俄里长。一切都浸在深沉而静寂的睡乡里,没有一点动静,没有一点声音,人甚至不能相信大自然能够这么静。人在月夜看着宽阔的村街和村里的茅屋、干草垛、睡熟的杨柳,心里就会变得恬静。这时候村子给夜色包得严严紧紧,躲开了劳动、烦恼、忧愁,安心休息,显得那么温和、哀伤、美丽,看上去仿佛星星在亲切而动情地瞧着它,大地上不再有坏人坏事,一切都挺好似的。左边,村子到了尽头,便是田野。可以看见田野远远地一直伸展到天边。在这一大片浸透月光的旷野上也是没有动静，没有声音。

"问题就在这儿了，"伊万·伊万内奇又说一遍，"我们住在城里，空气污浊，十分拥挤，写些无聊的文章，玩'文特'，这一切岂不就是套子吗？至于在懒汉、爱打官司的人、无所事事的蠢女人中间消磨我们的一生、自己说而且听人家说各式各样的废话，这岂不也是套子吗？嗯，要是您乐意，那我就给您讲一个很有教益的故事。"

"不，现在也该睡了，"布尔金说，"留到明天再讲吧。"

他俩走进堆房，在干草上睡下来。他俩盖好被子，刚要昏昏睡去，忽然听见轻轻的脚步声：吧嗒，吧嗒……有人在离堆房不远的地方走着，走了一会儿站住了，过一分钟又是吧嗒，吧嗒……狗汪汪地叫起来。

"这是玛芙拉在走来走去。"布尔金说。

脚步声渐渐听不见了。

"你看着人们做假，听着人们说假话，"伊万·伊万内奇翻了个身说，"人们却因为你容忍他们的虚伪而骂你傻瓜。你忍受侮辱和委屈，不敢公开说你跟正直和自由的人站在一边，你自己也做假，还微微地笑，你这样做无非是为了混一口饭吃，得到一个温暖的角落，做个一钱不值的小官儿罢了。不成，不能再照这样生活下去了！"

"算了吧，您扯到别的题目上去了，伊万·伊万内奇，"教师说，"睡吧！"

过了大约十分钟，布尔金睡着了。可是伊万·伊万内奇不住地翻身，叹气，后来他起来，又走出去，坐在门边，点上烟斗。

醋　　栗

从大清早起,整个天空布满了雨云。那天没风,不热,可是使人烦闷,遇到灰色的阴天日子,乌云挂在田野的上空,久久不散,看样子会下雨,却又不下,那就会碰到这样的天气。兽医伊万·伊万内奇和中学教师布尔金已经走累了,依他们看来田野好像没有尽头似的。向前望去,远远的隐约可以看见米罗诺西茨戈耶村的风车,右边有一排高岗,伸展出去,越过村子,到远方才消失。他们俩都知道那是河岸,那儿有草场、绿油油的柳树、庄园,要是站在一个高岗的顶上望出去,就可以看见同样辽阔的田野,看见电报线,看见远处一列火车,像是毛毛虫在爬,遇到晴朗天气在那儿甚至看得见城市。如今,遇到这没风的天气,整个大自然显得那么温和,正在沉思。伊万·伊万内奇和布尔金对这片田野生出满腔热爱,两人都心想:这个地方多么辽阔、多么美丽啊。

"上回我们在村长普罗科菲的堆房里,"布尔金说,"您打算讲一个故事来着。"

"对了,那时候我本来想讲一讲我弟弟的事。"

伊万·伊万内奇深深地叹一口气,点上烟斗,预备开口讲故事,可是正巧这当儿下雨了。过了大约五分钟,雨下大了,连绵不断,谁也说不清什么时候雨才会停。伊万·伊万内奇和布尔金站住,考虑起来。狗已经淋湿,站在那儿,用后腿夹着尾巴,带着温柔的神情瞧他们。

"我们得找个地方避一避雨才好,"布尔金说,"那就到阿廖欣家去吧。离这儿挺近。"

"那我们就去吧。"

他们往斜下里拐过去,穿过已经收割过的田地,时而照直走,时而往右走,后来走到大道上了。不久出现了白杨和花园,后来出现了谷仓的红房顶。有一条河,河水闪闪发光,于是眼界豁然开朗,前面是一大片水,有一个磨坊和一个白色的浴棚。这就是阿廖欣所住的索菲诺村。

磨坊在工作,声音盖过了雨声,水坝在颤抖。有几匹淋湿的马垂着头,站在大车旁边。人们披着麻袋走来走去。这儿潮湿、泥泞、不舒服,河水仿佛冰凉,不怀好意似的。伊万·伊万内奇和布尔金已经觉得周身潮湿、不干净、不舒服,脚沾着烂泥而变得挺重,他们穿过水坝,爬上坡,往地主的谷仓走去,都不说话,仿佛在互相生气似的。

有一个谷仓里筛谷机轰轰地响。门开着,滚滚的灰尘冒出来。阿廖欣本人就站在门口,这是一个四十岁光景的男子,又高又胖,头发挺长,与其说像地主,倒不如说像教授或者画家。他穿一件白的、可是好久没洗过的衬衫,拦腰系一根绳子,算是腰带,下身没穿长裤,只穿一条衬裤,靴子上也沾着烂泥和麦秸。他的眼睛和鼻子扑满灰尘,变得挺黑。他认出了伊万·伊万内奇和布尔金,显然很高兴。

"请到正房里去吧,两位先生,"他说,微微笑着,"我马上就来,用不了一分钟。"

那所房子高大,有两层楼。阿廖欣住在楼下的两个房间里,那儿有拱顶和小窗子,原先是管家们居住的。屋里设备简单,有黑面包、便宜的白酒、马具的气味。楼上的正房他难得去,只有客人来了他才去一趟。伊万·伊万内奇和布尔金走进那所房子,遇到一个使女,是个年轻女人,长得很美,他俩一下子都站住,互相瞧了一眼。

"你们再也想不出来我看见你们有多么高兴,两位先生,"阿廖欣说,跟着他们一块儿走进前堂,"真是想不到!佩拉格娅,"他对那使女说,"给客人找几件衣服来换一换吧。顺便,我也要换一换。只是我先得去洗个澡,因为我大概打春天起就没洗过澡了。两位先生,你们愿意到浴棚里去吗?他们也好趁这工夫在这儿打点一下。"

美丽的佩拉格娅那么娇弱,看上去又那么温柔,她给他们送来毛巾和肥皂,阿廖欣就陪着客人到浴棚里去了。

"是啊,我很久没洗过澡了,"他一面脱衣服一面说,"你们看,我的浴棚挺好,这还是我父亲盖起来的,可是不知怎么,我总是没工夫洗澡。"

他在台阶上坐下,给他的长头发和脖子擦满肥皂,他四周的水就变成棕色了。

"对了,我看也是的……"伊万·伊万内奇瞧着他的头,意味深长地说。

"我很久没洗过澡了……"阿廖欣难为情地重说一遍,又用肥皂洗起来,他四周的水就变成深蓝色,跟墨水一样了。

伊万·伊万内奇走到外面去,扑通一声跳进水里,冒着雨游泳,抡开胳膊划水。他把水搅起波浪,弄得白色的百合在水浪上摇摇摆摆。他一直游到河当中水深处,扎一个猛子,过一分钟在另一个地方钻出来,接着再往远里游去,老是扎猛子,极力想够到河底。"哎呀,我的上帝啊!……"他反复说着,游得痛快极了。"哎呀,我的上帝啊!……"他游到磨坊那儿,跟农民们谈一阵,再游回来,平躺在水塘中央,仰起脸来承受雨水。布尔金和阿廖欣已经穿好衣服,准备走了,可是他仍旧在游泳,扎猛子。

"哎呀,我的上帝啊!……"他说,"哎呀,求主怜恤我!……"

"您也游得够了!"布尔金对他嚷道。

他们回到房子里。一直等到楼上的大客厅里点上灯,布尔金和伊万·伊万内奇穿好绸长袍和暖拖鞋,在圈椅上坐下,阿廖欣本人也洗好脸,梳好头,穿好新上衣,在客厅里走来走去,显然很痛快地享受着干净、温暖、干衣服、轻便的鞋,一直等到俊俏的佩拉格娅没一点声音地在地毯上走着,温柔地微笑,用盘子端来加了果酱的茶,一直到了这时候,伊万·伊万内奇才开口讲他的故事,而且仿佛不光是布尔金和阿廖欣在听,就连藏在金边镜框里、严厉而沉静地瞧着他们的那些老老少少的太太以及军官也在听似的。

"我们一共弟兄两个,"他开口了,"我伊万·伊万内奇和我弟弟尼古拉·伊万内奇,他比我大约小两岁。我学技术行业,做了兽医。尼古拉从十九岁起就已经在税务局里工作。家父奇姆沙-吉马莱斯基本来是少年兵①,可是后来他升上去,作了军官,给我们留下世袭的贵族身份和一份小小的田产。他死后,那份小田产抵了债,可是,不管怎样,我们的童年是在乡下自由自在地度过去的。我们完全跟农民的孩子一样,一天到晚在田野上,在树林里度过,看守马匹,剥树皮,钓鱼,等等……你们知道,只要人一辈子钓过一次鲈鱼,或者在秋天见过一次鹚鸟南飞,瞧着它们在晴朗而凉快的日子里怎样成群飞过村庄,那他就再也不能做一个城里人,他会一直到死都苦苦地盼望自由的生活。我弟弟在税务局里老是惦记乡下。一年年过去了,他却一直坐在他那老位子上,老是抄写那些文件,老是想着一件事:怎样才能回到乡下去。他这种怀念渐渐成为

---

① 在十九世纪中叶的俄国,兵士的儿子从出生的那天起就编入军籍,到相当年龄就入军事学校受训。

明确的渴望,化成梦想,只求找个靠河或者近湖的地方给自己买下一个小小的庄园才好。

"他是个温和善良的人,我喜欢他,可是这种把自己关在自家小庄园里过一辈子的愿望,我却素来不同情。人们通常说:一个人只需要三俄尺的土地①。可是要知道,三俄尺的土地是死尸所需要的地方,而不是活人需要的。现在还有人说,要是我们的知识分子贪恋土地,盼望有个庄园,那是好事。可是要知道,这种庄园也就是三俄尺土地。离开城市,离开斗争,离开生活的喧嚣,隐居起来,躲在自己的庄园里,这算不得生活,这是自私自利,偷懒,这是一种修道主义,可又是不见成绩的修道主义。人所需要的不是三俄尺土地,也不是一个庄园,而是整个地球,整个大自然,在那广大的天地中人才能够尽情发挥他自由精神的所有品质和特点。

"我弟弟尼古拉坐在他那办公室里,梦想将来怎样喝他自己家里的白菜汤,那种汤怎样散发满院子的清香,他怎样在绿草地上吃饭,怎样在太阳底下睡觉,怎样一连好几个钟头坐在大门外的凳子上眺望田野和树林。农艺书和日历上所有那些农艺建议,成了他的欢乐,成了他心爱的精神食粮。他也喜欢看报,可是他光看报纸上的一种广告,说某地有若干亩田地、连同草场、庄园、小溪、花园、磨坊和活水的池塘等一并出售。他脑子里就暗暗描出花园的幽径、花卉、水果、椋鸟巢、池塘里的鲫鱼,总之,你们知道,诸如此类的东西。这些想象的图画因他看到的广告不同而有所不同,可是不知什么缘故,其中每一个画面都一定有醋栗。他不能想象一个庄园,一个饶有诗意的安乐窝里会没有醋栗。

"'乡村生活自有它舒服的地方,'他常说,'在阳台上一坐,喝一喝茶,自己的小鸭子在池塘里泅水,各处一片清香,而且……而

---

① 指墓穴的长度。

217

且醋栗成熟了。'

"他常画他田庄的草图,而每一回他的草图上都离不了这几样东西:(甲)主人的正房,(乙)仆人的下房,(丙)菜园,(丁)醋栗。他生活节俭,省吃省喝,上帝才知道他穿的是什么衣服,活像叫花子,可是不断地攒钱,存在银行里。他变得贪财极了。我一瞧见他就痛心,常给他点钱,遇到过节也总要寄点钱给他,可是他连这点钱也收藏起来。一个人要是打定了主意,那你就拿他没法办了。

"许多年过去了,他调到别的省里去了。他年纪也已经过四十岁,却仍旧看报上的广告,存钱。后来我听说他结婚了。他仍旧存心要买一个有醋栗的庄园,就娶了一个又老又丑的寡妇,其实对她一点感情也谈不上,只因为她有几个臭钱罢了。跟她结婚以后,他生活仍旧吝啬,老是弄得她吃不饱,同时,他把她的钱存在银行里,却写上他自己的名字。早先她嫁给一个邮政局长,跟他一块儿过活的时候,吃惯馅饼,喝惯果子露酒,可是跟第二个丈夫一块儿过日子,却连黑面包也吃不够;过着这样的生活,她开始憔悴,而且不出三年就把灵魂交给上帝了①。当然,我的弟弟一分钟也没想过她的死要由他负责。金钱跟白酒一样,会把人变成怪物。从前我们城里有个垂危的商人。他临死叫人给他端来一碟蜂蜜,把他所有的钱钞和彩票就着蜜一古脑儿吃到肚子里,让谁也得不着。有一回我正在一个火车站检查牲口,正巧有个马贩子摔到火车头底下,压断了一条腿。我们把他抬到候车室里,血哗哗地流,样子真是可怕,可是他老是求大家找回他的腿,老是放心不下:原来那条压断的腿所穿的靴子里有二十卢布,他深怕那点钱丢了。"

---

① 意思是"死了"。

"您岔到别的事情上去了。"布尔金说。

"我的弟媳死后,"伊万·伊万内奇沉吟了半分钟,接着说,"我弟弟就开始给他自己物色一份田产。当然,尽管物色了五年,到头来仍旧会出错,买下来的东西跟所想望的迥然不同。我弟弟尼古拉托中人买成一个抵押过的庄园,有一百十二俄亩土地,有主人的正房,有仆人的下房,有花园,可是单单没有果树园,没有醋栗,没有池塘和小鸭子。河倒是有,可是河水的颜色跟咖啡一样,因为田产的一边是造砖厂,另一边是烧兽骨的工场①。可是我的尼古拉·伊万内奇倒也并不十分难过,他订购二十株醋栗树,栽好,照地主的排场过起来了。

"去年我去探望他。我心想我要去看看那儿的情况怎么样。我弟弟在来信上称它为'楚木巴罗克洛夫芜园,又称吉马莱斯科耶'。我是在下午到达那个'又称吉马莱斯科耶'的。天挺热。到处都是沟渠、围墙、篱笆、栽成一行行的杉树,弄得人不知道怎样才能走到院子里去,应该把马拴在哪儿。我向房子走去,迎面遇见一条红毛的肥狗,活像一头猪。它想叫一声,可又懒得叫。厨娘从厨房里走出来,是一个光脚的胖女人,看样子也像一头猪。她说主人吃过饭后正在休息。我走进去看我弟弟。他在床上坐着,膝上盖一条被子。他老了,胖了,皮肉发松,他的脸颊、鼻子、嘴唇,全都往前拱出去,眼看就要跟猪那样咕咕叫着钻进被子里去了。

"我们互相拥抱,哭了几声,一半因为高兴,一半也因为凄凉地想到我们原先都年轻,现在两人却白发苍苍,快要入土了。他穿好衣服,领我出去看他的田庄。

"'怎么样,你在这儿过得好吗?'我问。

"'哦,还不坏,谢谢上帝,我过得很好。'

---

① 烧兽骨是为了制胶。

"他不再是往日那个畏畏缩缩的、可怜的文官,而是真正的地主,老爷了。他已经在这儿住熟,习惯,而且觉得很有味道了。他吃得很多,常到浴棚去洗澡,长得胖起来,已经跟村社和两个工厂打过官司,农民若不称呼他'老爷',就老大地不高兴。他还带着老爷气派郑重其事地关心他的灵魂的得救,就做起好事来,然而并不是简简单单地做,却是摆足了架子做的。然而那是什么样的好事啊!他用苏打和蓖麻子油给农民治各种病,到了他的命名日就在村子中央作一回谢恩祈祷,然后摆出半桶白酒来请农民喝,自以为事情就该这么办。啊,那可怕的半桶白酒!今天,这位胖地主拉着农民们到地方行政长官那儿去控告他们放出牲畜来践踏他的庄稼,明天遇上隆重的节日,却请那些农民喝半桶白酒,他们喝酒,嚷着:'乌拉!'喝醉了的人就给他叩头。生活只要变得好一点,吃得饱,喝得足,闲着不做事,就会在俄罗斯人身上培养出顶顶骄横的自大。尼古拉·伊万内奇当初在税务局里自己甚至不敢有自己的见解,现在说起话来却没有一句不是真理,而且总是用大臣的口气:'教育是必要的,但是对老百姓来说,还未免言之过早。''体罚总的来说是有害的,可是遇到某些情形,这却是有益的,不可缺少的。'

"'我了解老百姓,我会应付他们,'他说,'老百姓都喜欢我。我只要动一动手指头,老百姓就会把我要办的事统统给我办好。'

"请注意,这些话都是带着贤明而慈悲的笑容说出来的。他把'我们这些贵族''我以贵族的身份看来'反反复复说了二十遍。他分明已经不记得我们的祖父是农民、父亲是兵了。就连我们的姓,奇姆沙-吉马莱斯基,实际上是个不相称的姓,他现在也觉着响亮、高贵、十分中意了。

"可是问题不在他,而在我自己了。我要跟你们讲一讲我在他那庄园上盘桓了短短几个钟头,我自己起了什么变化。傍晚,我们正在喝茶,厨娘端来满满一盘醋栗放在桌子上。这不是买来的,而是他自己家里种的,自从那些灌木栽下以后,这还是头一回收果子。尼古拉·伊万内奇笑起来,对那些醋栗默默地瞧了一分钟,眼睛里含着一泡眼泪,他兴奋得说不出话来。然后他拿起一颗醋栗送进嘴里,瞧着我,现出小孩子终于得到心爱的玩具那种得意的神情,说:

"'多好吃啊!'

"他狼吞虎咽地吃起来,不住地反复说道:

"'啊,真好吃!你尝一尝吧!'

"那些醋栗又硬又酸,可是普希金说得好:'我们喜爱使人高兴的谎话,胜过喜爱许许多多的真理。'①我看见了一个幸福的人,他的心心念念的梦想显然已经实现,他的生活目标已经达到,他所想望的东西已经到手,他对他的命运和他自己都满意了。不知什么缘故,往常我一想到人的幸福,就不免带一点哀伤的感觉,这一回亲眼看到幸福的人,我竟生出一种跟绝望相近的沉重感觉。夜里我心头特别沉重。他们在我弟弟的卧室的隔壁房间里为我搭好一张床,我听见他没有睡着,老是爬下床来,走到那盘醋栗跟前,拿一颗吃一吃。我心想:实际上有多少满足而幸福的人啊!这是一种多么令人沮丧的势力!你们看一看这种生活吧:强者骄横而懒惰,弱者无知而且跟牲畜那样生活着,处处都是叫人没法相信的贫穷、拥挤、退化、酗酒、伪善、撒谎……可是偏偏所有的屋子里也好,街上也好,却一味的心平气和,安安静静。一个城市的五万居民当中竟没有一个人叫喊一声,大声发泄一下他的愤慨。我们看见人们到市场上去买食物,白天吃饭,晚上睡觉,他们说废话,结婚,衰

---

① 引自普希金的诗《英雄》,但引文不全,原文是"我们喜爱使人高兴的谎话,胜过喜爱许许多多卑微的真理。"——俄文本编者注

老,心平气和地送死人到墓园去。可是那些受苦受难的人,那些在幕后什么地方正在进行着的人生惨事,我们却没看见,也没听见。处处都安静而太平,提抗议的只有那些没声音的统计表:若干人发了疯,若干桶白酒喝光了,若干儿童死于营养不良……这样的世道显然是必要的,幸福的人所以会感到逍遥自在,显然只是因为那些不幸的人沉默地背着他们的重担,缺了这种沉默想要幸福就办不到。这是普遍的麻木不仁。每一个幸福而满足的人的房门背后都应当站上一个人,拿一个小锤子经常敲着门,提醒他:天下还有不幸的人,不管他自己怎样幸福,可是生活早晚会向他露出爪子来,灾难早晚会降临:疾病啦,贫穷啦,损失啦,到那时候谁也不会看见谁,谁也不会听见他,就跟现在他看不见别人,听不见别人一样。可是拿小锤子的人却没有,幸福的人无忧无虑地生活下去,日常的小烦恼微微地激动他,就跟微风吹动白杨一样,真是天下太平。

"那天晚上我才明白:我也幸福而满足,"伊万·伊万内奇接着说,站起来了,"我在吃饭和打猎的时候也教导过别人,说应该怎样生活,怎样信仰宗教,怎样驾驭老百姓。我也常说学问是光明,教育是必不可少的,可是对普通人来说,目前只要认得字,能写字,也就够了。我常说:自由是好东西,我们生活中不能没有它,就跟不能没有空气一样,不过我们得等待。对了,我常说那样的话,现在我却要问:'为什么要等?'"伊万·伊万内奇问,生气地瞧着布尔金,"我问你们:为什么要等?根据什么理由?人们就告诉我说:什么事都不是一下子就能办到的;各种思想都要渐渐地到一定的时期才能在生活里实现。可是这话是谁说的?有什么证据能够证明这话对?你们引证事物的自然规律,引证社会现象的合法性,可是我,一个有思想的活人,站在一道壕沟面前,本来也许可以从上面跳过去,或者在上面搭座桥走过去,却偏要等它自动封口,或者等它让淤泥填满,难道这样的事还说得上什么规律和合法性?

再说一遍,为什么要等?等到没有了生活的力量才算吗?可是人又非生活不可,而且也渴望生活!

"那一次一清早,我从弟弟家里出来,走了,从此我在城里住着就感到不能忍受。城里的那种和平安静压得我不好受。我不敢看人家的窗子,因为这时候再也没有比幸福的一家人团团围住桌子喝茶的光景更使我难受的了。我已经老了,不适宜作斗争了,我甚至不会憎恨人了。我只能满心地悲伤,生气,烦恼,一到夜里,我的脑子里种种思想纷至沓来,弄得我十分激动,睡不着觉……唉,要是我年轻点就好了!"

伊万·伊万内奇激动得从这个墙角走到那个墙角,反复地说:"要是我年轻点就好了!"

他忽然走到阿廖欣面前,先是握住他的一只手,后来又握住他的另一只手。

"帕维尔·康斯坦丁内奇!"他用恳求的声调说,"不要心平气和,不要容您自己昏睡!趁您还年轻力壮,血气方刚,要永不疲倦地做好事情!幸福是没有的,也不应当有。如果生活有意义,有目标,那意义和目标就绝不是我们自己的幸福,而是比这更伟大更合理的东西。做好事情吧!"

这些话,伊万·伊万内奇是带着可怜样的、恳求的笑脸说出来的,仿佛他本人为自己请求一桩什么事似的。

然后这三个人在客厅里挑了三张圈椅各据一方坐下来,沉默了。伊万·伊万内奇的故事既没满足布尔金,也没满足阿廖欣。金边镜框里的将军们和太太们在昏光中显得像是活人,低下眼睛来瞧他们,在这样的时候听那个可怜的、吃醋栗的文官的故事觉得乏味得很。不知什么缘故他们很想谈一谈或者听一听高雅的人和女人的事。他们所在的这个客厅里,样样东西,蒙着套子的枝形烛架啦,圈椅啦,脚底下的地毯啦,都在述说如今在镜框里低下眼睛瞧他们的那些人,从前就在这房间里走动过,坐过,喝过茶,现在俊俏的佩拉格娅正在这儿没一点声音地走来走去;这倒比一切故事都美妙得多呢。

阿廖欣困得要命,他一清早两点多钟就起床干农活儿,现在他的眼皮粘在一起了,可是他深怕客人等他走后也许会讲出什么有趣的故事,就流连着没走。他并没细想伊万·伊万内奇刚才所讲的是不是有道理,正确,反正他的客人没谈起麦粒,也没谈起干草,也没谈起煤焦油,所谈的都是跟他的生活没有什么直接关系的事,他不由得暗自高兴,盼望他们接着谈下去才好……

"不过,现在该睡了,"布尔金说,站起来,"请允许我跟你们道一声晚安吧。"

阿廖欣道了晚安,走下楼回到自己的住处去。客人们仍旧待在楼上。他俩被人领到一个大房间里过夜,房间里安着两张旧的雕花木床,墙角有一个象牙的耶稣受难像的十字架。那两张凉快的大床由俊俏的佩拉格娅铺好了被褥,新洗过的床单冒出好闻的气味。

伊万·伊万内奇一声不响地脱掉衣服,躺下。

"主啊,饶恕我们这些罪人吧!"他说,拉过被子来蒙上头。

他的烟斗放在桌子上,冒出一股浓烈的烟草的焦气。布尔金很久睡不着觉,不住地纳闷,想不出这股难闻的气味是打哪儿来的。

雨点通宵抽打着窗上的玻璃。

关 于 爱 情

　　第二天吃早饭的时候,仆人端来很可口的小馅饼、虾、羊肉排;我们正吃着,厨师尼卡诺尔走上楼来,问客人们中饭想吃什么菜。这个人中等身材,胖胖的脸,小小的眼睛,胡子刮光,看上去他的唇髭好像不是剃掉而是拔掉的。

　　阿列兴说美丽的彼拉盖雅爱上了这个厨师。由于他是个酒徒,脾气暴躁,她就不愿意嫁给他,只同意这样同居下去。他呢,笃信上帝,宗教信仰不允许他照这样同居下去;他要求她嫁给他,要不然就不肯再同居;每逢他喝醉了酒,他总是骂她,甚至打她。他喝醉酒的时候,她就躲到楼上去哭,于是阿列兴和仆人们就不走出家门,为的是在必要的时候好保护她。

　　大家开始谈到爱情。

　　"究竟爱情是怎样产生的,"阿列兴说,"为什么彼拉盖雅不爱上另外一个在内心和外貌方面更配得上她的人,却偏偏爱上尼卡诺尔这个丑八怪(我们这儿大家都叫他丑八怪),个人幸福的问题在爱情里究竟重要到什么程度,这都不得而知,关于这一切,要怎样解释就可以怎样解释。到目前为止关于爱情,只有一句话可以算得上是无可辩驳的真理:'这是个极大的秘密',至于此外人们关于爱情所写和所说的话,那都不成其为答案,只是把至今得不到解决的问题提出来罢了。某种解释看来似乎适合某一种情况,然而却不适合另外十种情况,依我看来,最好是对每一种情况分别加以解释,不要一概而论。像医生们所说的那样,每个情况应该分别处理。"

"完全正确。"布尔金同意道。

"我们这些俄国的正派人对这些至今没有得到解决的问题却有一种偏爱。通常人们美化爱情,给它装点上玫瑰和夜莺,而我们俄国人却用那些要命的问题来装点它,而且所选择的往往是其中最没有趣味的问题。当初在莫斯科,我还是个大学生的时候,我有过一个生活伴侣,一个可爱的女人,每一次我把她搂在怀里,她心里却在想我一个月会给她多少钱,现在一俄磅①牛肉卖什么价钱。同样,我们爱着别人的时候,也不断地给自己提出问题:这样做是不是正直,是聪明还是愚蠢,这场恋爱会闹到什么下场,等等。这种情形是好还是不好,我不知道,不过这会败人的兴,使人不满足,惹得人生气,这我却是知道的。"

看样子他像是要讲一件事。凡是生活孤独的人,心里总是藏着点什么,很想一吐为快。在城里,单身汉往往特意到澡堂或者饭馆里去,目的仅仅在于谈天,有的时候会把很有趣的事情讲给澡堂工人或者堂倌听,而在乡下,他们照例是在客人面前吐露他们的衷曲。此刻,从窗口望出去只看得见灰色的天空和被雨水淋湿的树木,在这样的天气是没有地方可去的,而且也没有什么别的事情可做,只有讲话和听别人讲话了。

"我在索菲诺住下来经营田产,已经很久了,"阿列兴讲开了头,"自从大学毕业以后一直到现在。按我所受的教育来说,我不是个从事体力劳动的人,按我的素质来说,我喜欢坐在书斋里工作,然而当初我到这儿来的时候,这个田庄已经欠了一大笔债;我

---

① 俄国采用公制前的重量单位,1俄磅等于409.5克。

父亲借债,其中一部分原因是,在我的教育方面花了很多钱,所以我就决定不走,就在这儿工作,直到债务还清为止。我作了这样的决定,就开始在此地工作,不过说老实话,心里未尝不感到厌恶。这儿的土地出产不多,为了使农业经营不致赔钱,就得利用农奴或者雇农的劳动,而这两种情况差不多是一样的,要不然,就得照农民的做法来经营我的田产,也就是亲自下地干活,带着全家人一起干。中间道路是没有的。不过那时候我没有考虑得这样仔细。我连一小块土地也没有放过,我把附近村子里所有的农民和农妇都找来,我这儿的工作就热火朝天地干开了;我自己也耕地、播种、收割,同时又觉得乏味,厌恶地皱起眉头,好比乡下那种饿得发慌、溜进菜园里去吃黄瓜的猫;我浑身酸痛,一边走路,一边就睡着了。起初我以为我能够很容易地使得这种劳动生活和我的文明的习惯同时并存;我想,要做到这一点只要在生活里保持一种外部的秩序就行了。我在楼上的正房里住下来,吩咐仆人在早饭和午饭以后给我送咖啡来,咖啡里加上蜜酒,晚间我上床躺下以后就看《欧洲通报》①。可是有一天我们的教士伊凡神甫来到,一下子把我的蜜酒都喝光了,《欧洲通报》也给神甫的那些女儿拿了去。在夏天,特别是在割草的季节,我没有工夫回到家里上床睡觉,往往就在板棚里,在雪橇上,或者在哪个守林人的小屋里睡上一觉,这样一来,怎么还谈得上看书呢?渐渐地,我搬到楼下来住,开始在仆人的厨房里吃饭了;我往日的奢侈生活就此完结,保留下来的只有当年伺候过我父亲的这些仆人,我不忍心辞退他们。

"我在这儿住了没有几年,就被选为当地的荣誉调解法官。有时候我得坐车到城里去参加调解法官会审法庭和地方法庭的审讯,这倒能使我散一下心。在此地一连住上两三个月而不到外地

---

① 当时在彼得堡出版的一种俄国资产阶级自由派文学与政治月刊。

去,特别是在冬天,那么最后人就会想念黑色的礼服了。在地方法院里既有礼服,又有制服,还有燕尾服,大家都是受过一般教育的法律工作人员,要谈天也可以找到伙伴。平时在雪橇上睡觉,在仆人的厨房里吃饭,这时候却坐在圈椅里,身穿干净的衬衣,脚登轻便的靴子,胸前挂着表链,那是多么惬意啊!

"在城里,人们亲热地接待我,我也乐于结交。在所有的熟人当中,跟我交情最好,而且说实话,也最跟我合得来的,就是地方法庭的副庭长卢加诺维奇。你们俩都认得他,这是个极可爱的人。我们之间的结交是在审完那个著名的纵火案以后开始的,审讯连续进行了两天,我们都累了。卢加诺维奇瞧着我,说:

"'您听我说,到我家里吃饭去吧。'

"这是出人意料的。因为我跟卢加诺维奇相交还浅,只是公事上的接触罢了,我一次也没有到他家里去过。我连忙回到旅馆里,换了一身衣服,就赶去吃饭。在那儿我有机会认识了卢加诺维奇的妻子安娜·阿历克塞耶芙娜。那时候她还很年轻,不过二十二岁,半年以前刚生过头一个孩子。这是过去的事了,现在要我说明她究竟有什么与众不同的、惹我喜欢的地方,我也说不清了,可是当时,吃饭的时候,我却是十分清楚的;我看到了一个年轻的、漂亮的,善良的、有知识的、迷人的女人,一个我早先没有碰到过的女人;我立刻觉得她是一个亲近的、早已熟识的人,仿佛那张脸,那对殷勤而聪明的眼睛,我以前小时候在我母亲的五屉柜上放着的那本照片簿上已经见过似的。

"在那个纵火案里,被告是四个犹太人,人们认定他们是同谋犯,而依我看来这是完全没有根据的。吃饭的时候我很激动,很痛心,现在我记不得我讲过一些什么话了,只是安娜·阿历克塞耶芙娜不住地摇头,对她的丈夫说:

"'德米特利,怎么会这样的呢?'

"卢加诺维奇是个好心肠的、朴实的人,像这样的人坚定地抱着一种看法,认为人一旦受审,那就必定是有罪,谁对判决的公正有所怀疑,谁就只能按照法定手续用书面提出,而万万不能在吃饭时候,在私人间的闲谈里表达出来。

"'我和您没有放过火,'他温和地说,'所以您瞧,我们就没有受审,没有关进监狱啊。'

"他们夫妇俩极力要我多吃一点,多喝一点;从一些小事上,比方说从他们俩一起烧咖啡,他们彼此只要说半句话就能互相会意的情形看来,我可以推断他们生活得融洽、和睦,喜欢招待客人。饭后他们俩一起弹钢琴,后来天黑下来,我就回去了。这是在早春时节。后来整个夏天我都是在索菲诺度过的,不曾离开过,我连想一想城里的工夫都没有,然而在那些日子里,那个身材苗条的金发女人的形象却一直跟我在一起;我没有想她,可是她那轻盈的影子却印在我的心上了。

"到了晚秋,城里举行了一次为慈善事业募捐的戏剧演出。我走进省长的包厢(我是在幕间休息的时候被邀请到那儿去的),一眼看见安娜·阿历克塞耶芙娜跟省长夫人坐在一起,于是那美丽的模样,那对亲切可爱的眼睛又对我产生不可抗拒的、使人震动的印象,产生了那种亲近的感觉。

"我们并排坐着,后来就走到休息室里去了。

"'您瘦了,'她说,'您生过病吧?'

"'对了。我的肩膀受了寒,到下雨天我就睡不好觉。'

"'您好像没精神的样子。春天您来吃饭的时候要显得年轻得多,也活泼得多。那一回您精神振奋,讲了许多话,十分有趣,老实说,我简直有点给您迷住了。不知什么缘故,这个夏天我常常想起您,今天我动身到剧院里来的时候,就觉得我一定会见到您。'

"说着,她笑了。

"'可是今天您好像没精神的样子,'她又说一遍,'这就使得您显老了。'

"第二天我在卢加诺维奇家里吃早饭,饭后他们坐车到他们的别墅里去料理一下在那里过冬的事,我跟他们一起去了。我又随同他们回到城里,午夜在他们那儿,在安静的家庭环境里喝茶,壁炉生上了火,年轻的母亲老是走出去看一下她的女儿睡熟没有。这以后,我每次进城就一定要到卢加诺维奇家里去。他们跟我处熟了,我也跟他们处熟了。我照例不经仆人通报就走进去,就像他们家里的人一样。

"'谁啊?'远处一个房间里传来柔和的说话声,我听起来十分悦耳。

"'是巴威尔·康斯坦丁内奇来了。'女仆或者奶妈回答说。

"安娜·阿历克塞耶芙娜总是带着忧虑的神色出来见我,每一次都要问:

"'为什么您这么久没有来?出了什么事吗?'

"她的目光、她那只向我伸过来的优美高贵的手、她那件家常穿的连衣裙、她的发型、她的说话声、她的脚步声,每一次都在我的心里留下崭新的、在我的生活里不同寻常的、了不起的印象。我们常常谈得很久,也常常沉默很久,各人想各人的心思,要不然她就给我弹钢琴。要是他俩都不在家,那么我就留下来等着,跟奶妈闲谈,跟孩子玩耍,或者到书房里去,躺在一张土耳其式的长沙发上看报;等到安娜·阿历克塞耶芙娜回来,我就到前厅里去迎接她,从她手里接过来她所买的种种东西,不知什么缘故每一次我都像小孩子那样满心热爱、得意洋洋地抱着那些包裹。

"有一句俗话说:乡下娘们儿没有操心事,就买口小猪来养着,自找麻烦。卢加诺维奇家的人本来没有操心的事,他们就跟我交上了朋友。要是我很久没有到城里去,那一定是我生病了,或者出了什么事,他们俩就十分担心。他们看到我这样一个受过教育、通好几国语言的人不从事科学或者文学工作,却住在乡下,像踩着轮子的松鼠那样忙个不停,干很多的活,却老是穷得连一个小钱也没有,心里总感到不是滋味。他们以为我很郁闷,如果我说话,发笑,吃东西,那也只是为了掩盖我的痛苦,甚至在我快活的时候,在我情绪畅快的时候,我也感觉到他们的追根究底的眼光在盯着我。每逢我真的心情沉重,某个债主把我逼得很紧,或者我的钱不够,无法支付到期的欠款时,他们总是特别使人感动。夫妇俩走到窗口去交头接耳,商量一阵,然后他走到我面前来,带着严肃的神色说:

"'如果您,巴威尔·康斯坦丁诺维奇,眼前缺钱用,那么我和我的妻子请求您不要客气,把我们的钱拿去用吧。'

"他激动得耳朵都涨红了。有一回,他也像那样在窗口和妻子交头接耳地商量一阵以后,就走到我跟前来,耳朵发红,说:

"'我和我的妻子恳切地要求您收下我们的这点礼物。'

"他就拿给我一副袖扣,一个烟盒,或者一盏灯;为此我也从乡下派人把打死的飞禽、牛油、花束给他们送去。顺便提一句,他们俩很有钱。当初我常常向别人借钱,而且不大选择对象,哪儿借得到就在哪儿借,然而任什么力量也不能促使我向卢加诺维奇夫妇借钱。可是何必谈这些呢!

"我心里很苦。不论在家里也好,在田野上也好,在板棚里也好,我总是想着她,我极力要了解这个年轻、美丽、聪明的女人的秘密,她怎么会嫁给一个枯燥乏味、几乎是个老头儿的人(她的丈夫已经四十多岁了),还跟他生下了孩子;我也极力要了解那个枯燥乏味的人,那个好心肠、朴实的人的秘密,他总是讲些没趣味的老生常谈,在舞会和晚会上总是挨近那些稳重的人,没精打采,显得是个多余的人,脸上现出温顺、冷漠的神情,仿佛是人家把他运到这儿来出售似的,而他却相信他有权利享受幸福,有权利跟她生孩子;我苦苦地要了解为什么她遇见的恰恰是他而不是我,为什么我们的生活里必须产生这样可怕的错误。

"我每一次到城里去,总是从她的眼神看出来她在盼望我;她自己也对我承认说,从早晨起她就有一种特别的感觉,她料着我要去了。我们谈了很久,沉默了很久,可是我们彼此之间没有说穿我们的爱情,而是胆怯地、严密地把它掩盖起来。我们害怕那些足以泄露我们的秘密的事情。我温柔而深切地爱着她,可是我左思右想,问我自己,如果我们没有足够的力量克制我们的爱情,那么这种爱情会导致什么样的后果;我难以想象,我这种温柔、忧郁的爱情会突然粗暴地破坏她丈夫、她孩子、她一家的幸福生活,而他们是十分爱我,十分信任我的。这样做正当吗?她固然会跟着我走,可是走到哪儿去呢?我能把她带到哪儿去呢?假如我过着美好、有趣的生活,比方说,假如我在为祖国的解放战斗,或者是个著名的学者、演员、画家,倒也罢了,可是照眼前的情形看来,这无非是把她从一个普通而平庸的环境里拉到另一个同样平庸,或者更平庸的环境里去罢了。而且我们的幸福能够维持多久呢?万一我害病了,死了,或者干脆我们不再相爱了,那她怎么办呢?

"她显然也在这样考虑。她想到她的丈夫,想到她的孩子,想到她那爱女婿如同爱儿子一样的母亲。如果她放任她的感情,那么,她就得要么说谎,要么说实话,然而处在她的地位这两种办法是同样可怕而不相宜的。此外还有一个问题在折磨她:她的爱情会给我带来幸福吗?她的爱情是否会把我这种本来已经沉重的、充满种种不幸的生活弄得更加复杂?她觉得:自己已经不够年轻,跟我不相配,要开始一种新的生活,她也不够刻苦,而且精力也不足。她常对她丈夫说,我需要娶一个聪明贤德的姑娘,做我的好主妇和助手,不过她又立刻补充说,像这样的姑娘全城未必找得到一个。

"一晃就过了好几年。安娜·阿历克塞耶芙娜已经有两个孩子了。每逢我到卢加诺维奇家里去,女仆就殷勤地微笑,孩子们嚷着说巴威尔·康斯坦丁内奇叔叔来了,搂住我的脖子,大家都欢欢喜喜。他们不明白我的心情,以为我也高兴。大家把我看作一个高尚的人。大人也好,孩子也好,都感到有一个高尚的人在房间里走动,这就给他们对我的态度添上一种特别的魅力,仿佛我一来,连他们的生活也纯洁多了,美丽多了似的。我和安娜·阿历克塞耶芙娜常常一块儿到剧院去,每一次都是走着去的;我们并排坐在池座里,肩膀挨着肩膀,我默默地从她的手里接过望远镜来,同时感觉到她贴近我,她是我的,把我们拆散是不行的,可是由于一种古怪的误会,我们走出剧院以后却像陌生人那样互相道别,分手。关于我们,城里人已经议论纷纷,天晓得他们说了些什么话,不过,他们所说的话没有一句是真的。

"随后那几年,安娜·阿历克塞耶芙娜常常出门,有时候到她母亲那儿去,有时候到她妹妹那儿去;她常常心绪恶劣,对生活感到不满意,觉得生活已经毁了,在这种时候她就不愿意看到她的丈夫,她的子女。她已经在医治神经衰弱症了。

"我们沉默着,始终沉默着;有外人在场,她总是对我生出一种奇怪的反感;不管我说什么,她老是不同意我的话;如果我在争论,她就站到我的对方那一边去。我失手弄掉了什么东西,她就冷冷地说:

"'我给您道喜。'

"如果我跟她一起到剧院里去,却忘了带望远镜,她事后就会说:

"'我早就知道您会忘记。'

"不知是幸运还是不幸,总之在我们的生活里没有一件事情不是或迟或早要结束的。离别的时刻到了,因为卢加诺维奇奉派到西部的一个省里去做法庭的庭长了。家具、马车、别墅都必须卖掉。我们坐车到他们的别墅里去,以及后来往回走,频频回头,最后看几眼花园和绿色房顶的时候,大家都觉得凄凉,我心里明白:事到如今,我要告别的不仅仅是这个别墅了。大家已经做出决定,到八月底我们要把安娜·阿历克塞耶芙娜送到克里米亚①去,那是医生要她去的;不久以后,卢加诺维奇就要带着孩子们到西部那个省里去了。

"我们一大群人去给安娜·阿历克塞耶芙娜送行。等到她已经跟她的丈夫和孩子告别,离开摇第三遍铃还有一点点时间,我跑进她的包房,为的是把她差点忘掉的一个筐子放到行李架上去;而且也需要告别。临到在这儿,在这个包房里,我们的眼光碰到一起,我们俩都失去了原有的精神力量,我搂住她,她把脸贴在我的胸口上,眼泪从她的眼睛里流下来;我吻她的脸、肩膀、沾着泪痕的手,啊,我跟她是多么不幸啊!我对她说穿,我爱她。我心里怀着燃烧般的痛苦明白过来:所有那些妨碍我们相爱的东西是多么不必要,多么渺小,多么虚妄啊。我这才明白过来:如果人在恋爱,那么他就应当根据一种比世俗意义上的幸福或不幸、罪过或美德更高、更重要的东西来考虑这种爱情,否则就干脆什么也不考虑。

"我最后吻她一下,握一下她的手,我们就分别了,从此不再相见。火车已经开了。我坐在隔壁一个包房里(那儿空着没人),在那儿一直哭到火车开到下一站。然后我就步行回到索菲诺村。……"

在阿列兴讲话的时候,雨已经停住,太阳出来了。布尔金和伊凡·伊凡内奇走出去,站在阳台上,从那儿可以看见花园和眼前在

---

① 俄国南部一个疗养地。

阳光里如同镜子一样发光的水面的美景。他们欣赏着,同时惋惜这个生着善良聪明的眼睛、坦诚地对他们叙述往事的人真的在这儿,在这个大庄园里转来转去,像松鼠踩着轮子那样忙碌着,却不去干科学工作或者别的什么工作,使他的生活变得愉快些;他们想到他在包房里同她告别,吻她的脸和肩膀的时候,那个年轻的女人的神情该多么悲伤。他们俩都在城里看到过她,布尔金甚至跟她相识,认为她长得很美。

约 内 奇

一

每逢到这个省城来的人抱怨这儿的生活枯燥而单调,当地的居民仿佛要替自己辩护似的,就说正好相反,这个城好得很,说这儿有图书馆、剧院、俱乐部,常举行舞会,最后还说这儿有些有头脑的、有趣味的、使人感到愉快的人家,尽可以跟他们来往。他们还提出图尔金家来,说那一家人要算是顶有教养,顶有才气的了。

那一家人住在本城大街上自己的房子里,跟省长的官邸相离不远。伊万·彼得罗维奇·图尔金本人是一个胖胖的、漂亮的黑发男子,留着络腮胡子,常常为了慈善性的募捐举办业余公演,自己扮演老年的将军,咳嗽的样儿挺可笑。他知道许多趣闻、谜语、谚语,喜欢开玩笑,说俏皮话,他脸上老是露出这么一种表情:谁也弄不清他是在开玩笑呢,还是说正经话。他的妻子薇拉·约瑟福芙娜是一个身材瘦弱、模样俊俏的夫人,戴着夹鼻眼镜,常写长篇和中篇小说,喜欢拿那些小说当着客人朗诵。女儿叶卡捷琳娜·伊万诺芙娜是一个年轻的姑娘,会弹钢琴。总之,这个家庭的成员各有各的才能。图尔金一家人殷勤好客,而且带着真诚的纯朴,兴致勃勃地在客人面前显露各自的才能。他们那所高大的砖砌的房子宽敞,夏天凉快,一半的窗子朝着一个树木苍郁的老花园,到春天就有夜莺在那儿歌唱。每逢家里来了客人,厨房里就响起叮叮当当的菜刀声,院子里散布一股煎洋葱的气味,这总是预告着一顿丰盛可口的晚餐要开出来了。

当德米特里·约内奇·斯达尔采夫医师刚刚奉派来做地方自治局医师,在离城九俄里以外的嘉里日住下来的时候,也有人告诉他,说他既是有知识的人,那就非跟图尔金家结交不可。冬天,有一天在大街上他经人介绍跟伊万·彼得罗维奇相识了。他们谈到天气、戏剧、霍乱,随后伊万·彼得罗维奇就邀他有空上自己家里来玩。到春天,有一天正逢节期,那是耶稣升天节①,斯达尔采夫看过病人以后,动身到城里去散散心,顺便买点东西。他不慌不忙地走着去(他还没置备马车),一路上哼着歌:

在我还没喝下生命之杯里的泪珠的时候……②

在城里,他吃过午饭,在公园里逛一阵,后来忽然想起伊万·彼得罗维奇的邀请,仿佛这个念头自动来到他心头似的,他就决定到图尔金家去看看他们是些什么样的人。

"您老好哇?"伊万·彼得罗维奇说,走到门外台阶上来接他,"看见这么一位气味相投的客人驾到,真是高兴得很,高兴得很。请进。我要把您介绍给我的贤妻。薇罗琪卡③,我跟他说过,"他接着说,同时把医师介绍给他妻子,"我跟他说过,按照法律他可没有任何理由老是坐在医院的家里,他应该把公余的时间用在社交上才对。对不对,亲爱的?"

"请您坐在这儿吧,"薇拉·约瑟福芙娜说,叫她的客人坐在

---

① 基督教的节日,在复活节后的第四十日。
② 意思是"在我还不懂愁苦的时候……",这是诗人杰尔维格的诗《悲歌》,经另一诗人亚科甫科夫编成歌曲。
③ 薇拉的爱称。

她身旁,"您满可以向我献献殷勤。我丈夫固然爱吃醋,他是奥赛罗①,不过我们可以做得很小心,叫他一点也看不出来。"

"哎,小母鸡,你这宠坏了的女人,……"伊万·彼得罗维奇温柔地喃喃道,吻了吻她的额头,"您来得正是时候,"他又转过身来对客人说,"我的贤妻写了一部伟乎其大的著作,今天她正打算高声朗诵一遍呢。"

"好让②,"薇拉·约瑟福芙娜对丈夫说,"dites que l'on nous donne du thé."③

斯达尔采夫由他们介绍,跟叶卡捷琳娜·伊万诺芙娜,一个十八岁的姑娘,见了面。她长得很像母亲,也瘦弱,俊俏。她的表情仍旧孩子气,腰身柔软而苗条。她那已经发育起来的处女胸脯,健康而美丽,叫人联想到春天,真正的春天。然后他们喝茶,外加果酱、蜂蜜,还有糖果和很好吃的饼干,那饼干一送进嘴里就立时溶掉。等到黄昏来临,别的客人就渐渐来了,伊万·彼得罗维奇用含着笑意的眼睛瞧着每一个客人,说:

"您老好哇?"

然后,大家都到客厅里坐下来,现出很严肃的脸色。薇拉·约瑟福芙娜就朗诵她的长篇小说。她这样开头念:"寒气重了……"窗子大开着,从厨房飘来菜刀的叮当声和煎洋葱的气味……人们坐在柔软的、深深的圈椅里,心平气和。在客厅的昏暗里灯光那么亲切地眨着眼。眼前,在这种夏日的黄昏,谈笑声从街头阵阵传来,紫丁香的香气从院子里阵阵飘来,于是寒气浓重的情景和夕阳的冷光照着积雪的平原和独自赶路的行人的情景,就不容易捉摸

---

① 英国剧作家莎士比亚所著剧本《奥赛罗》中的男主人公。他疑妻不贞,杀死了她。
② 俄文伊万等于法文的让。
③ 法语:叫人给我们拿茶来。

出来了。薇拉·约瑟福芙娜念到一个年轻美丽的伯爵小姐怎样在自己的村子里办学校,开医院,设立图书馆,怎样爱上一个流浪的画家。她念着实生活里绝不会有的故事,不过听起来还是很受用,很舒服,使人心里生出美好宁静的思想,简直不想站起来……

"真不赖……"伊万·彼得罗维奇柔声说。

有一位客人听啊听的,心思飞到很远很远的什么地方去了,用低到刚刚能听见的声音说:

"对了……真的……"

一个钟头过去了,又一个钟头过去了。附近,在本城的公园里,有一个乐队在奏乐,歌咏队在唱歌。薇拉·约瑟福芙娜合上她的稿本,大家沉默五分钟,听着歌咏队合唱的《卢契努希卡》,那支歌道出了小说里所没有的,实生活里所有的情趣。

"您把您的作品送到杂志上发表吗?"斯达尔采夫问薇拉·约瑟福芙娜。

"不,"她回答,"我从来不拿出去发表。我写完,就藏在柜子里头。何必发表呢?"她解释道,"要知道,我们已经足可以维持生活了。"

不知因为什么缘故,人人叹一口气。

"现在,科契克①,你来弹个什么曲子吧。"伊万·彼得罗维奇对女儿说。

钢琴的盖子掀开,乐谱放好,翻开。叶卡捷琳娜·伊万诺芙娜坐下来,两只手按琴键,然后使足了气力按,按了又按,她的肩膀和胸脯颤抖着。她一个劲儿地按同一个地方,仿佛她不把那几个琴键按进琴里面去就决不罢休似的。客厅里满是铿锵声,仿佛样样东西,地板啦,天花板啦,家具啦……都发出轰隆轰隆的响声。叶

---

① 叶卡捷琳娜的爱称。

卡捷琳娜·伊万诺芙娜正在弹一段很难的曲子,那曲子所以有趣味就因为它难,它又长又单调。斯达尔采夫听着,幻想许多石块从高山上落下来,一个劲儿地往下落,他巴望着那些石块快点停住,别再落了才好。同时,叶卡捷琳娜·伊万诺芙娜紧张地弹着,脸儿绯红,劲头很大,精力饱满,一绺卷发披下来盖在她的额头,很招他喜欢。他在嘉里日跟病人和农民一块儿过了一冬,现在坐在这客厅里,看着这年轻的、文雅的,而且多半很纯洁的人,听着这热闹的、冗长的、可又高雅的乐声,这是多么愉快,多么新奇啊……

"嗯,科契克,你以前从没弹得像今天这么好,"当女儿弹完,站起来的时候,伊万·彼得罗维奇说,眼里含着一泡眼泪,"死吧,丹尼司,你再也写不出更好的东西来了。"①

大家围拢她,向她道贺,表示惊奇,说他们很久没听到过这么好的音乐了。她默默地听着,微微地笑,周身显出得意的神态。

"妙极了!好极了!"

"好极了!"斯达尔采夫受到大家的热情的感染,说,"您是在哪儿学的音乐?"他问叶卡捷琳娜·伊万诺芙娜,"是在音乐学院吗?"

"不,我刚在准备进音乐学院,眼下我在家里跟扎夫洛芙斯卡娅太太学琴。"

"您在这儿的中学毕业了?"

"哦,没有!"薇拉·约瑟福芙娜替她回答,"我们在家里请了老师。您会同意,在普通中学或者贵族女子中学里念书说不定会受到坏影响。年轻的女孩子正当发育的时候是只应该受到母亲的影响的。"

---

① 这是极高的赞语,似是波乔木金公爵对伟大的俄罗斯剧作家冯维辛说的,那是在一八七二年喜剧《纨绔少年》初次公演以后。

"可是,我还是要进音乐学院。"叶卡捷琳娜·伊万诺芙娜说。

"不,科契克爱她的妈妈。科契克不会干伤爸爸妈妈心的事。"

"不嘛,我要去!我要去!"叶卡捷琳娜·伊万诺芙娜逗趣地说,耍脾气,还跺了一下脚。

吃晚饭的时候,轮到伊万·彼得罗维奇来显才能了。他眼笑脸不笑地谈趣闻,说俏皮话,提出一些荒谬可笑的问题,自己又解答出来。他始终用一种他独有的奇特语言高谈阔论,那种语言经长期的卖弄俏皮培养成功,明明早已成了他的习惯:什么"伟乎其大"啦,"真不赖"啦,"一百二十万分的感谢您"啦,等等。

可是这还没完。等到客人们酒足饭饱,心满意足,聚集在前厅,拿各人的大衣和手杖,他们身旁就来了个听差帕夫卢沙,或者,按照这家人对他的称呼,就是巴瓦,一个十四岁的男孩,头发剪得短短的,脸蛋儿胖胖的。

"喂,巴瓦,表演一下!"伊万·彼得罗维奇对他说。

巴瓦就拉开架势,向上举起一只手,用悲惨惨的声调说:"苦命的女人,死吧!"

大家就哈哈大笑。

"真有意思。"斯达尔采夫走到街上,想道。

他又走进一个酒店,喝点啤酒,然后动身回家,往嘉里日走去。一路上,他边走边唱:

在我听来,你的声音那么亲切,那么懒散……①

走完九俄里路,上了床,他却一丁点倦意也没有,刚好相反,他觉得自己仿佛能够高高兴兴地再走二十俄里似的。

---

① 这是普希金抒情诗《夜》中的一行,在谱成歌曲时作曲家已略加更动。原句不是这样,而是"在你听来,我的声音那么亲切,那么懒散……"

"真不赖……"他想,笑着昏昏睡去。

二

斯达尔采夫老是打算到图尔金家去玩,不过医院里的工作很繁重,他无论如何也抽不出空闲工夫来。就这样,有一年多的时间在辛劳和孤独中过去了。可是有一天,他接到城里来的一封信,装在淡蓝色信封里……

薇拉·约瑟福芙娜害偏头痛①,可是最近科契克天天吓唬她,说是她要进音乐学院,那病就越发常犯了。全城的医师都给请到图尔金家去过,最后就轮到了地方自治局医师。薇拉·约瑟福芙娜写给他一封动人的信,信上求他来一趟,解除她的痛苦。斯达尔采夫去了,而且从此以后常常,常常上图尔金家去……他果然给薇拉·约瑟福芙娜略微帮了点忙,她已经在对所有的客人说他是个不同凡响的、医道惊人的医师了。不过,现在他上图尔金家去,却不再是为了医治她的偏头痛了……

那天正逢节日。叶卡捷琳娜·伊万诺芙娜坐在钢琴前弹完了她那冗长乏味的练习曲。随后他们在饭厅里坐了很久,喝茶,伊万·彼得罗维奇讲了个逗笑的故事。后来,门铃响了,伊万·彼得罗维奇得上前厅去迎接客人。趁这一时的杂乱,斯达尔采夫十分激动地低声对叶卡捷琳娜·伊万诺芙娜说:

"我求求您,看在上帝面上,别折磨我,到花园里去吧!"

她耸耸肩头,仿佛觉得莫名其妙,不明白他要拿她怎么样似的。不过她还是站起来,去了。

"您一弹钢琴就要弹上三四个钟头,"他跟在她的后面走着,

---

① 偏头痛是一种神经性的头痛。

说,"然后您陪您母亲坐着,简直没法跟您讲话。我求求您,至少给我一刻钟的工夫也好。"

秋天来了,古老的花园里宁静而忧郁,黑色的树叶盖在人行道上。天已经提早黑下来了。

"我有整整一个星期没看见您,"斯达尔采夫接着说,"但愿您知道那是多么苦就好了!请坐。请您听我说。"

在花园里,他们两个人有一个喜欢流连的地方:一棵枝叶繁茂的老枫树底下的一个长凳。这时候他们就在长凳上坐下来。

"您有什么事?"叶卡捷琳娜·伊万诺芙娜用办公事一样的口吻干巴巴地问。

"我有整整一个星期没看见您了,我有这么久没听见您的声音。我想念得好苦,我一心巴望着听听您说话的声音。那您就说吧。"

她那份娇嫩,她那眼睛和脸颊的天真神情,迷住了他。就是在她的装束上,他也看出一种与众不同的妩媚,由于朴素和天真烂漫的风韵而动人。同时,尽管她天真烂漫,在他看来,她却显得很聪明,很开展,超过她目前的年龄了。他能够跟她谈文学,谈艺术,想到什么就跟她谈什么,还能够对她发牢骚,抱怨生活,抱怨人们,不过,在这种严肃的谈话的半中央,有时候她会忽然没来由地笑起来,或者跑回房里去。她跟这城里的差不多所有的女孩子一样,看过很多书(一般说来本城的人是不大看书的,本地图书馆里的人说,要不是因为有这些女孩子和年轻的犹太人,图书馆尽可以关掉)。这使得斯达尔采夫无限的满意,每回见面,他总要兴奋地问她最近几天看了什么书,等到她开口讲起来,他就听着,心里发迷。

"自从我上回跟您分别以后,这个星期您看过什么书?"他现在问,"说一说吧,我求求您了。"

"我一直在看皮谢姆斯基①写的书。"

"究竟是什么书呢?"

"《一千个农奴》,"科契克回答,"皮谢姆斯基的名字真可笑,叫什么阿列克谢·菲奥菲拉克特奇!"

"您这是上哪儿去啊?"斯达尔采夫大吃一惊,因为她忽然站起来,朝房子那边走去,"我得跟您好好谈一谈才行,我有话要说……哪怕再陪我坐上五分钟也行,我央求您了!"

她站住,好像要说句话,后来却忸怩地把一张字条塞在他手里,跑回正房,又坐到钢琴那儿去了。

"请于今晚十一时,"斯达尔采夫念道,"赴墓园,于杰梅季墓碑附近相会。"

"哼,这可一点也不高明,"他暗想,清醒过来,"为什么挑中了墓场?这是什么意思呢?"

这是明明白白的:科契克在开玩笑。说真的,既然城里有大街和本城的公园可以安排做相会的地方,那么谁会正正经经地想起来约人三更半夜跑到离城那么远的墓园去相会?他身为地方自治局医师,又是明情达理的稳重人,却唉声叹气,接下字条,到墓园去徘徊,做出现在连中学生都会觉得可笑的傻事,岂不丢脸?这番恋爱会弄到什么下场呢?万一他的同事听到这种事,会怎么说呢?这些,是斯达尔采夫在俱乐部里那些桌子旁边走来走去,心中暗暗想着的,可是到十点半钟,他却忽然动身上墓园去了。

他已经雇了一对马,还雇了一个车夫,名叫潘捷列伊蒙,穿一件丝绒的坎肩。月光照耀着。空中没有一丝风,天气暖和,然而是秋天的那种暖和。城郊屠宰场旁边,有狗在叫。斯达尔采夫叫自己的车子停在城边一条巷子里,自己步行到墓园去。"各人有各

---

① 皮谢姆斯基(1821—1881),俄国批判现实主义作家。

人的怪脾气,"他想,"科契克也古怪,谁知道呢?说不定她不是在开玩笑,也许倒真会来呢。"他沉湎于这种微弱空虚的希望,这使得他陶醉了。

他在田野上走了半俄里路。远处,墓园现出了轮廓,漆黑的一长条,跟树林或大花园一样。白石头的围墙显露出来,大门也看得见了……借了月光可以看出大门上的字:"大限临头……"斯达尔采夫从一个小门走进去,头一眼看见的是宽阔的林荫路两边的白十字架、墓碑以及它们和白杨的阴影。四外远远的地方,可以看见一团团黑东西和白东西,沉睡的树木垂下枝子来凑近白石头。仿佛这儿比田野上亮一点似的,枫树的树叶印在林荫路的黄沙土上,印在墓前的石板上,轮廓分明,跟野兽的爪子一样,墓碑上刻的字清清楚楚。初一进来,斯达尔采夫看着这情景惊呆了,这地方,他还是生平第一次来,这以后大概也不会再看见:这是跟人世不一样的另一个天地,月光柔和美妙,就跟躺在摇篮里睡熟了似的,在这个世界里没有生命,无论什么样的生命都没有,不过每棵漆黑的白杨、每个坟堆,都使人感到其中有一种神秘,它应许了一种宁静、美丽、永恒的生活。石板、残花、连同秋叶的清香都在倾吐着宽恕、悲伤、安宁。

四周一片肃静。星星从天空俯视这深奥的温顺。斯达尔采夫的脚步声很响,这跟四周的气氛不相称。直到教堂的钟声响起来,而且他想象自己死了,永远埋在这儿了,他这才感到仿佛有人在瞧他。一刹那间他想到这不是什么安宁和恬静,只不过是由空无所有而产生的不出声的愁闷和断了出路的绝望罢了……

杰梅季墓碑的形状像一个小礼拜堂,顶上立着一个天使。从前有一个意大利歌剧团路过这个城,团里有一个女歌手死了,就葬在这儿,造了这墓碑。本城的人谁也不记得她了,可是墓门上边的油灯反映着月光,仿佛着了火似的。

这儿一个人也没有。当然,谁会半夜上这儿来呢?可是斯达尔采夫等着。仿佛月光点燃他的热情似的,他热情地等着,暗自想象亲吻和拥抱的情景。他在墓碑旁边坐了半个钟头,然后在侧面的林荫路上走来走去,手里拿着帽子,等着,想着这些坟堆里不知埋葬了多少妇人和姑娘,她们原先美丽妩媚,满腔热爱,每到深夜便给热情燃烧着,浸沉在温存抚爱里。说真的,大自然母亲多么歹毒地耍弄人!想到这里觉得多么委屈啊!斯达尔采夫这样暗想着,同时打算呐喊一声,说他需要爱情,说他不惜任何代价一定要等着爱情。由他看来,在月光里发白的不再是一方方大理石,却是美丽的肉体。他看见树荫里有些人影怕难为情地躲躲闪闪,感到她们身上的温暖。这种折磨叫人好难受啊……

仿佛一块幕落下来似的,月亮走到云后面去,忽然间四周全黑了。斯达尔采夫好容易才找到门口(这时候天色漆黑,而秋夜总是这么黑的)。后来他又走了一个半钟头光景才找到停车的巷子。

"我累了。我的脚都站不稳了。"他对潘捷列伊蒙说。

他舒舒服服地在马车上坐下,暗想:

"唉,我这身子真不该发胖!"

三

第二天黄昏,他到图尔金家里去求婚。不料时机不凑巧,叶卡捷琳娜·伊万诺芙娜正在自己的房间里由一个理发匠为她理发。她正准备到俱乐部去参加跳舞晚会。

他只好又在饭厅里坐着,喝了很久的茶。伊万·彼得罗维奇看出客人有心事,烦闷,就从坎肩的口袋里掏出一封可笑的信来,那是由管理田庄的一个日耳曼人写来的,说是"在庄园里所有的铁器已经毁灭,粘性自墙上掉下。"①

"他们大概会给一笔丰厚的嫁资。"斯达尔采夫想,心不在焉地听着。

一夜没睡好,他发觉自己老是发呆,仿佛有人给他喝了很多催眠的甜东西似的。他心里昏昏沉沉,可是高兴、热烈,同时脑子里有一块冰冷而沉重的什么东西在争辩:

"趁现在时机不迟,赶快罢手!难道她可以做你的对象吗?她娇生惯养,撒娇使性,天天睡到下午两点钟才起床,你呢,是教堂执事的儿子,地方自治局医师……"

"哎,那有什么关系?"他想,"我不在乎。"

"况且,要是你娶了她,"那块东西接着说,"那么她家的人会叫你丢掉地方自治局的工作,住到城里来。"

"哎,那有什么关系?"他想,"要住在城里就住在城里好了。他们会给一笔嫁资,我们可以挺好地成个家……"

最后,叶卡捷琳娜·伊万诺芙娜走进来,穿着参加舞会的袒胸露背的礼服,看上去又漂亮又利落。斯达尔采夫看得满心爱慕,出了神,一句话也说不出来,光是瞧着她傻笑。

她告辞。他呢,现在没有理由再在这儿待下去了,就站起来,说是他也该回家去了,病人在等着他。

"那也没法留您了,"伊万·彼得罗维奇说,"去吧,请您顺便送科契克到俱乐部去。"

外面下起了小雨,天色很黑,他们只有凭着潘捷列伊蒙的嘶哑的咳嗽声才猜得出马车在哪儿。车篷已经支起来了。

"我在地毯上走,你在说假话的时候走……"伊万·彼得罗维奇一面搀他女儿坐上马车,一面说,"他在说假话的时候走……走

---

① 意思是"铁门都坏了,墙上的泥灰剥落了。"

吧！再见！"

他们坐车走了。

"昨天我到墓园去了，"斯达尔采夫开口说，"您啊，好狠心，好刻薄……"

"您真到墓园去了？"

"对了，我去了，等到差不多两点钟才走。我好苦哟……"

"您既不懂开玩笑，那就活该吃苦。"

叶卡捷琳娜·伊万诺芙娜想到这么巧妙地捉弄了一个爱上她的男子，想到人家这么强烈地爱她，心里很满意，就笑起来，可是忽然惊恐地大叫一声，因为这当儿马车猛的转弯走进俱乐部的大门，车身歪了一下。斯达尔采夫伸出胳膊去搂住叶卡捷琳娜·伊万诺芙娜的腰。她吓慌了，就依偎着他，他呢，情不自禁，热烈地吻她的嘴唇和下巴，把她抱得更紧了。

"别再闹了。"她干巴巴地说。

过了一会儿，她不在马车里了。俱乐部的灯光辉煌的大门附近站着一个警察，用一种难听的口气对潘捷列伊蒙嚷道：

"你停在这儿干什么，你这呆鸟？快把车赶走！"

斯达尔采夫坐车回家去，可是不久就又回来了。他穿一件别人的晚礼服，戴一个白色硬领结，那领结不知怎的老是翘起来，一味要从领口上滑开。午夜时分，他坐在俱乐部的休息室里，迷恋地对叶卡捷琳娜·伊万诺芙娜说：

"噢，凡是从没爱过的人，哪儿会懂得什么叫做爱！依我看来，至今还没有人真实地描写过爱情，那种温柔的、欢乐的、痛苦的感情恐怕根本就没法描写出来；凡是领略过那种感情的人，哪怕只领略过一回，也绝不会打算用语言把它表白出来。不过，何必讲许多开场白，何必渲染呢？何必讲许多好听的废话呢？我的爱是无边无际的……我请求，我恳求您，"斯达尔采夫终于说出口，"做我的妻子吧!"

"德米特里·约内奇,"叶卡捷琳娜·伊万诺芙娜想了一想,现出很严肃的表情说,"德米特里·约内奇,承蒙不弃,我感激得很。我尊敬您,不过……"她站起来,立在那儿接着说,"不过,原谅我,我不能做您的妻子。我们来严肃地谈一谈。德米特里·约内奇,您知道,我爱艺术胜过爱生活里的任什么东西,我爱音乐爱得发疯,我崇拜音乐,我已经把我的一生献给它了。我要做一个艺术家,我要名望,成功,自由。您呢,却要我在这城里住下去,继续过这种空洞无益的生活,这种生活我受不了。做太太,啊,不行,原谅我!人得朝一个崇高光辉的目标奋斗才成,家庭生活会从此缚住我的手脚。德米特里·约内奇,"(她念到他的名字就微微一笑,这个名字使她想起了"阿列克谢·菲奥菲拉克特奇"。)"德米特里·约内奇,您是聪明高尚的好人,您比谁都好……"眼泪涌上她的眼眶,"我满心感激您,不过……不过您得明白……"

她掉转身去,走出休息室,免得自己哭出来。

斯达尔采夫的心停止了不安的悸跳。他走出俱乐部,来到街上,首先扯掉那硬领结,长吁一口气。他有点难为情,他的自尊心受了委屈(他没料到会受到拒绝),他不能相信他的一切梦想、希望、渴念,竟会弄到这么一个荒唐的结局,简直跟业余演出的什么小戏里的结局一样。他为自己的感情难过,为自己的爱情难过,真是难过极了,好像马上就会痛哭一场,或者拿起伞来使劲敲一顿潘捷列伊蒙的宽阔的背脊似的。

接连三天,他什么事也没法做,吃不下,睡不着。可是等到消息传来,说是叶卡捷琳娜·伊万诺芙娜已经到莫斯科去进音乐学院了,他倒定下心来,照以前那样生活下去了。

后来,他有时候回想以前怎样在墓园里漫步,怎样坐着马车跑遍全城找一套晚礼服,他就懒洋洋地伸个懒腰,说:

"唉，惹出过多少麻烦！"

四

四年过去了。斯达尔采夫在城里的医疗业务已经很繁忙。每天早晨他匆匆忙忙地在嘉里日给病人看病，然后坐车到城里给病人看病。这时候他的马车已经不是由两匹马而是由三匹系着小铃铛的马拉着了。他要到夜深才回家去。他已经发胖，不大愿意走路，因为他害气喘病了。潘捷列伊蒙也发胖。他的腰身越宽，他就越发悲凉地叹气，抱怨自己命苦：赶马车！

斯达尔采夫常到各处人家去走动，会见很多的人，可是跟谁也不接近。城里人那种谈话，那种对生活的看法，甚至那种外表，都惹得他不痛快。经验渐渐教会他：每逢他跟一个城里人打牌或者吃饭，那个人多半还算得上是一个温顺的、好心肠的，甚至并不愚蠢的人，可是只要话题不是吃食，比方转到政治或者科学方面来，那人一定会茫然不懂，或者讲出一套愚蠢恶毒的大道理来，弄得他只好摆一摆手，走掉了事。斯达尔采夫哪怕跟思想开通的城里人谈起天来，比方谈到人类，说是谢天谢地，人类总算在进步，往后总有一天可以取消公民证和死刑了，那位城里人就会斜起眼来狐疑地看他，问道："那么到那时候人就可以在大街上随意杀人？"斯达尔采夫在交际场合中，遇着喝茶或者吃晚饭的时候，说到人必须工作，说到生活缺了劳动就不行，大家就会把那些话当做训斥，生起气来，反复争辩。虽然这样，可是那些城里人还是什么也不干，一点事也不做，对什么都不发生兴趣，因此简直想不出能跟他们谈什么事。斯达尔采夫就避免谈话，只限于吃点东西或者玩"文特"。遇上谁家有喜庆的事请客，他被请去吃饭，他就一声不响地坐着吃，眼睛瞧着自己的碟子。筵席上大家讲的话，全都没意思、不公道、无聊。他觉得气愤,激动,可是一句话也不说。因为他老是保持阴郁的沉默,瞧着菜碟,城里人就给他起了个绰号叫"架子大的波兰人",其实他根本不是波兰人。

像戏剧或者音乐会一类的娱乐,他是全不参加的,不过他天天傍晚一定玩三个钟头的"文特",倒也玩得津津有味。他还有一种娱乐,那是他不知不觉渐渐养成习惯的:每到傍晚,他总要从衣袋里拿出看病赚来的钞票细细地清点,那都是些黄的和绿的票子,有的带香水味,有的带香醋①味,有的带熏香②味,有的带鱼油味,有时候所有的衣袋里都塞得满满的,约莫有七十个卢布,等到凑满好几百,他就拿到互相信用公司去存活期存款。

叶卡捷琳娜·伊万诺芙娜走后,四年中间他只到图尔金家里去过两次,都是经薇拉·约瑟福芙娜请去的,她仍旧在请人医治偏头痛。每年夏天叶卡捷琳娜·伊万诺芙娜回来跟爹娘同住在一块儿,可是他没跟她见过一回面,不知怎的,两回都错过了。

不过现在,四年过去了。一个晴朗温暖的早晨,一封信送到医院里来。薇拉·约瑟福芙娜写信给德米特里·约内奇说,她很惦记他,请他一定去看她,解除她的痛苦,顺便提到今天是她的生日。信后还附着一笔:"我附和我母亲的邀请。"

斯达尔采夫想了一想,傍晚就到图尔金家里去了。

"啊,您老好哇?"伊万·彼得罗维奇迎接他,眼笑脸不笑,"彭茹尔杰。③"

薇拉·约瑟福芙娜老得多了,头发白了许多,跟斯达尔采夫握手,装模作样地叹气,说:

"您不愿意向我献殷勤了,大夫。我们这儿您也不来了。我

---

① 一种化妆品,洗脸时和在脸水里用。
② 一种带香味的树脂,在举行宗教上的礼拜式时烧出烟来。
③ 把法语 Bonjour(您好)加上了俄语语法意在取笑。

太老,配不上您了。不过现在有个年轻的来了,也许她运气会好一点也说不定。"

科契克呢？她瘦了,白了,可也更漂亮更苗条了。不过现在她是叶卡捷琳娜·伊万诺芙娜,不是科契克了,她失去旧日的朝气和那种稚气的天真烂漫神情。她的目光和神态有了点新的东西,一种惭愧的、拘谨的味儿,仿佛她在图尔金家里是做客似的。

"过了多少夏天,多少冬天啊!"她说,向斯达尔采夫伸出手。他看得出她兴奋得心跳,她带着好奇心凝神瞧着他的脸,接着说,"您长得好胖!您晒黑了,男人气概更足了,不过大体看来,您还没怎么大变。"

这时候,他也觉得她动人,动人得很,不过她缺了点什么,再不然就是多了点什么,他自己也说不清究竟怎么回事了,可是有一种什么东西作梗,使他生不出从前那种感觉来了。他不喜欢她那种苍白的脸色、新有的神情、淡淡的笑容、说话的声音,过不久就连她的衣服,她坐的那张安乐椅,他也不喜欢了。他回想过去几乎要娶她的时候所发生的一些事,他也不喜欢。他想起四年以前使得他激动的那种热爱、梦想、希望,他觉得不自在了。

他们喝茶,吃甜馅饼。然后薇拉·约瑟福芙娜朗诵一部小说。她念着生活里绝不会有的事,斯达尔采夫听着,瞧着她的美丽的白发,等她念完。

"不会写小说,"他想,"不能算是蠢。写了小说而不藏起来,那才是蠢。"

"真不赖。"伊万·彼得罗维奇说。

然后叶卡捷琳娜·伊万诺芙娜在钢琴那儿弹了很久,声音嘈杂。等到她弹完,大家费了不少工夫向她道谢,称赞她。

"幸好我没娶她。"斯达尔采夫想。

她瞧着他,明明希望他请她到花园里去,可是他却一声不响。

"我们来谈谈心,"她走到他面前说,"您过得怎么样?您在做些什么事?境况怎么样?这些日子我一直在想您,"她神经质地说下去,"我原本想写信给您,原来想亲自上嘉里日去看您。我已经下决心要动身了,可是后来变了卦,上帝才知道现在您对我是什么看法。我今天多么兴奋地等着您来。看在上帝面上,我们到花园里去走走吧。"

他们走进花园,在那棵老枫树底下的长凳上坐下来,跟四年前一样。天黑了。

"您过得怎么样?"叶卡捷琳娜·伊万诺芙娜问。

"没什么,马马虎虎。"斯达尔采夫回答。

他再也想不出别的话来。他们沉默了。

"我兴奋得很,"叶卡捷琳娜·伊万诺芙娜说,用双手蒙住脸,"不过您也别在意。我回到家来,那么快活。看见每一个人,我那么高兴,我还没有能够习惯。这么多的回忆!我觉得我们说不定会一口气谈到天明呢。"

现在他挨近了看着她的脸、她那放光的眼睛。在这儿,在黑暗里,她比在房间里显得年轻,就连她旧有那种孩子气的神情好像也回到她脸上来了。实在,她也的确带着天真的好奇神气瞧他,仿佛要凑近一点,仔细看一看而且了解一下这个原先那么热烈那么温柔地爱她、却又那么不幸的男子似的。为了那种热爱,她的眼睛在向他道谢。于是他想起以前那些事情,想起最小的细节:他怎样在墓园里走来走去,后来快到早晨怎样筋疲力尽地回到家。他忽然感到悲凉,为往事惆怅了。他的心里开始点起一团火。

"您还记得那天傍晚我怎样送您上俱乐部去吗?"他说,"那时候下着雨,天挺黑……"

他心头的热火不断地烧起来,他要诉说,要抱怨生活……

"唉!"他叹道,"刚才您问我过得怎么样。我们在这儿过的是什么生活哟？哼，简直算不得生活。我们老了，发胖了，泄气了。白昼和夜晚，一天天地过去，生活悄悄地溜掉，没一点光彩，没一点印象，没一点思想……白天，赚钱，傍晚呢，去俱乐部。那伙人全是牌迷，酒鬼，嗓音嘶哑的家伙，我简直受不了。这生活有什么好呢？"

"可是您有工作，有生活的崇高目标啊。往常您总是那么喜欢谈您的医院。那时候我却是个怪女孩子，自以为是伟大的钢琴家。其实，现在凡是年轻的小姐都弹钢琴，我也跟别人一样地弹，我没有什么与众不同的地方，我那种弹钢琴的本事就如同我母亲写小说的本事一样。当然，我那时候不了解您，不过后来在莫斯科，我却常常想到您。我只想念您一个人。做一个地方自治局医师，帮助受苦的人，为民众服务，那是多么幸福。多么幸福啊！"叶卡捷琳娜·伊万诺芙娜热烈地反复说着，"我在莫斯科想到您的时候，您在我心目中显得那么完美，那么崇高……"

斯达尔采夫想起每天晚上从衣袋里拿出钞票来，津津有味地清点，他心里那团火就熄灭了。

他站起来，要走回正房去。她挽住他的胳膊。

"您是我生平所认识的人当中最好的人，"她接着说，"我们该常常见面，谈谈心，对不对？答应我。我不是什么钢琴家，我已经不夸大我自己。我不会再在您面前弹琴，或者谈音乐了。"

他们回到正房，斯达尔采夫就着傍晚的灯光瞧见她的脸，瞧见她那对凝神细看的、悲哀的、感激的眼睛看着他，他觉得不安起来，又暗自想道："幸亏那时候我没娶她。"

他告辞。

"按照罗马法，您可没有任何理由不吃晚饭就走，"伊万·彼得罗维奇一面送他出门，一面说，"您这态度完全是垂直线。喂，现在，表演一下吧！"他在前厅对巴瓦说。

巴瓦不再是小孩子,而是留了上髭的青年了。他拉开架势,扬起胳膊,用悲惨惨的声调说:

"苦命的女人,死吧!"

这一切都惹得斯达尔采夫不痛快。他坐上马车,瞧着从前为他所珍爱宝贵的乌黑的房子和花园,一下子想到了那一切情景,薇拉·约瑟福芙娜的小说、科契克的热闹的琴声、伊万·彼得罗维奇的俏皮话、巴瓦的悲剧姿势,他心想:这些全城顶有才能的人尚且这样浅薄无聊,那么这座城还会有什么道理呢?

三天以后,巴瓦送来一封叶卡捷琳娜·伊万诺芙娜写的信。她写道:

> 您不来看我们。为什么?我担心您别是对我们变了心吧。我担心,我一想到这个就害怕。您要叫我安心才好,来吧,告诉我说并没出什么变化。
>
> 我得跟您谈一谈。——您的叶·图。

他看完信,想一想,对巴瓦说:

"伙计,你回去告诉她们,说今天我不能去,我很忙。就说过三天我再去。"

可是三天过去了,一个星期过去了,他始终没有去。有一回他坐着车子凑巧路过图尔金家,想起来他该进去坐一坐才对,可是想了一想……还是没有进去。

从此,他再也没到图尔金家里去过。

五

又过了好几年。斯达尔采夫长得越发肥胖,满身脂肪,呼吸困难,喘不过气来,走路脑袋往后仰了。每逢他肥肥胖胖、满面红光地坐上铃声叮当、由三匹马拉着的马车出门,同时那个也是肥肥胖胖、满面红光的潘捷列伊蒙挺直长满了肉的后脑壳,坐上车夫座位,两条胳膊向前平伸,仿佛是木头做的一样,而且向过路的行人嚷着:"靠右,右边走!"那真是一幅动人的图画,别人会觉得这坐车的不是人,却是一个异教的神①。在城里,他的生意忙得很,连歇气的工夫也没有。他已经有一个田庄、两所城里的房子,正看中第三所合算的房子。每逢他在互相信用公司里听说有一所房子正在出卖,他就不客气地走进那所房子,走遍各个房间,也不管那些没穿好衣服的妇女和孩子惊愕张皇地瞧着他,用手杖戳遍各处的房门,说:

"这是书房?这是寝室?那么这是什么房间?"

他一面走着说着,一面喘吁吁,擦掉额头上的汗珠。

他有许多事要办,可是仍旧不放弃地方自治局的职务。他贪钱,恨不得这儿那儿都跑到才好。在嘉里日也好,在城里也好,人家已经简单地称呼他"约内奇":"这个约内奇要上哪儿去?"或者,"要不要请约内奇来会诊?"

大概因为他的喉咙那儿叠着好几层肥油吧,他的声调变了,他的语声又细又尖。他的性情也变了,他变得又凶又暴。他给病人看病,总是发脾气。他急躁地用手杖敲地板,用他那种不入耳的声音嚷道:

"请您光是回答我问的话!别说废话!"

他单身一个人。他过着枯燥无味的生活,他对什么事也不发生兴趣。

他在嘉里日前后所住的那些年间,只有对科契克的爱情算是他唯一的快活事,恐怕也要算是最后一回的快活事。到傍晚,他总

---

① 指木雕的偶像。

上俱乐部去玩"文特",然后独自坐在一张大桌子旁边,吃晚饭。伊万,服务员当中年纪顶大也顶有规矩的一个,伺候他,给他送去"第十七号拉菲特"酒。俱乐部里每一个人,主任也好,厨师也好,服务员也好,都知道他喜欢什么,不喜欢什么,就想尽方法极力迎合他,要不然,说不定他就会忽然大发脾气,拿起手杖来敲地板。

他吃晚饭的时候,偶尔回转身去,在别人的谈话当中插嘴:

"你们在说什么?啊?说谁?"

遇到邻桌有人提到图尔金家,他就问:

"你们说的是哪个图尔金家?你们是说有个女儿会弹钢琴的那一家吗?"

关于他,可以述说的,都在这儿了。

图尔金家呢?伊万·彼得罗维奇没有变老,一丁点儿都没变,仍旧爱说俏皮话,讲掌故。薇拉·约瑟福芙娜也仍旧兴致勃勃地朗诵她的小说给客人听,念得动人而朴实。科契克呢,天天弹钢琴,一连弹四个钟头。她明显地见老了,常生病,年年秋天跟母亲一块儿上克里米亚去。伊万·彼得罗维奇送她们上车站,车一开,他就擦眼泪,嚷道:

"再会啰!"

他挥动他的手绢。

出　　诊

教授接到利亚利科夫工厂打来的一封电报,请他赶快就去。从那封文理不通的长电报上,人只能看懂这一点:有个利亚利科娃太太,大概就是工厂的厂主,她的女儿生病了,此外的话就看不懂了。教授自己没有去,派他的住院医师科罗廖夫替他去了。

他得坐火车到离莫斯科两站路的地方,然后出车站坐马车走大约四俄里。有一辆三匹马拉着的马车已经奉命在车站等科罗廖夫了。车夫戴着一顶插一根孔雀毛的帽子,他对医师所问的一切话都照军人那样高声回答:"决不是!""是那样!"那是星期六的黄昏,太阳正在落下去。工人从工厂出来,成群结伙到火车站去,他们见到科罗廖夫坐着的马车就鞠躬。黄昏、庄园、两旁的别墅、桦树、四周的恬静气氛,使科罗廖夫看得入迷,这时候在假日前夜,田野、树林、太阳,好像跟工人一块儿准备着休息,也许还准备着祷告呢……

他生在莫斯科,而且是在那儿长大成人的。他不了解乡村,素来对工厂不感觉兴趣,也从没到工厂里去过。不过他偶尔也看过讲到工厂的文章,还到厂主家里拜访过,跟他们谈过天。他每逢看见远处或近处有一家工厂,总是暗想从外面来看那是多么安静,多么平和,至于里面,做厂主的大概是彻头彻尾的愚昧,昏天黑地的自私自利,工人做着枯燥无味、损害健康的苦工,大家吵嘴,灌酒,满身的虱子。现在那些工人正在战战兢兢、恭恭敬敬地给四轮马车让路,他在他们的脸上、便帽上、步法上,看出他们浑身肮脏,带着醉意,心浮气躁,精神恍惚。

他的车子走进了工厂大门。他看见两边是工人的小房子,看见许多女人的脸,看见门廊上晾着被子和衬衫。"小心马车!"车夫嚷道,却并不勒住马。那是个大院子,地上没有青草。院子里有五座大厂房,彼此相离不很远,各有一根大烟囱,此外还有一些货栈和棚子,样样东西上都积着一层灰白的粉末,像是灰尘。这儿那儿,就跟沙漠里的绿洲似的,有些可怜相的小花园,和管理人员所住的房子的红色或绿色房顶。车夫忽然勒住马,马车就在一所重新上过灰色油漆的房子前面停住了。这儿有一个小花园,种着紫丁香,花丛上积满尘土。黄色的门廊上有一股浓重的油漆味。

"请进,大夫,"好几个女人的语声在过道里和前厅里说,同时传来了叹息和低语的声音,"请进,我们盼您好久了……真是烦恼。请您往这边走。"

利亚利科娃太太是一个挺胖的、上了岁数的太太,穿一件黑绸连衣裙,袖子样式挺时髦,不过从她的面容看来,她是个普通的、没受过教育的女人。她心神不宁地瞧着大夫,不敢对他伸出手去。她没有那份勇气。她身边站着一个女人,头发剪短,戴着夹鼻眼镜,穿一件花花绿绿的短上衣,长得清瘦,年纪已经不算轻了。女仆称呼她赫里斯京娜·德米特里耶芙娜,科罗廖夫猜想这人是家庭女教师。大概她是这家人里顶有学问的人物,所以受到嘱托来迎接和招待这位大夫吧,因为她马上急急忙忙地开始述说得病的原因,讲了许多琐碎而惹人讨厌的细节,可是偏偏没说出是谁在害病,害的是什么病。

医师和家庭女教师坐着谈话,女主人站在门口一动也不动,等着。科罗廖夫从谈话里知道病人是利亚利科娃太太的独生女和继承人,一个二十岁的姑娘,名叫丽莎。她害病很久了,请过各式各样的医师治过病,昨天夜里,从黄昏起到今天早晨止她心跳得厉害,弄得一家人全没睡觉,担心她别是要死了。

"我们这位小姐,可以说,从小就有病,"赫里斯京娜·德米特里耶芙娜用娇滴滴的声音说,屡次用手擦嘴唇,"医师说她神经有毛病,她小时候害过瘰疬病,可是医师把那病闷到她心里去了,所以我想毛病也许就出在这上面了。"

他们去看病人。病人已经完全是个成人,身材高大,可是长得跟母亲一样难看,眼睛也一样小,脸的下半部分宽得不相称。她躺在那儿,头发蓬松,被子一直盖到下巴上。科罗廖夫第一眼看上去,得了这么一个印象:她好像是一个身世悲惨的穷人,多亏别人慈悲,才把她弄来藏在这儿。他不能相信这人就是五座大厂房的继承人。

"我来看您,"科罗廖夫开口说,"我是来给您治病的。您好。"

他说出自己的姓名,跟她握手,那是一只难看的、冰凉的大手。她坐起来,明明早已习惯让医师看病了,裸露着肩膀和胸脯一点也不在乎,听凭医师给她听诊。

"我心跳,"她说,"通宵跳得厉害极了……我差点吓死!请您给点什么药吃吧。"

"好的!好的!您放心吧。"

科罗廖夫诊查过后,耸一耸肩膀。

"心脏挺好,"他说,"一切都正常,一切都没有毛病。一定是您的神经有点不对头,不过那也是十分平常的事。必须认为,就是神经上的毛病也已经过去了,您躺下来睡一觉吧。"

这当儿一盏灯送进寝室里来。病人看见灯光就眯细眼睛,忽然双手捧着头,号啕大哭起来。于是难看的穷人的印象忽然消散,科罗廖夫也不再觉得那对眼睛小,下半个脸过分宽了。看见一种柔和的痛苦表情,这表情是那么委婉动人,在他看来她周身显得匀称、娇气、朴实了,他不由得想要安慰她,不过不是用药,也不是用医师的忠告,而是用亲切简单的话。她母亲搂住她的头,让她贴紧自己的身子。老太太的脸上现出多么绝望,多么悲痛的神情啊!她,做母亲的,抚养她,把她养大成人,一点不怕花钱,把全部精力都用在她身上,叫她学会法语、跳舞、音乐,为她请过十来个老师,请过顶好的医师,还请一个家庭女教师住在家里。现在呢,她弄不明白她女儿的眼泪是从哪儿来的,为什么她这么愁苦,她不懂,她惶恐,她脸上现出惭愧、不安、绝望的表情,仿佛她忽略了一件很要紧的事,有一件什么事还没做好,有一个什么人还没请来,不过究竟那人是谁,她却不知道了。

"丽桑卡①,你又哭了……又哭了,"她说,把女儿紧紧搂在怀里,"我的心肝,我的宝贝,我的乖孩子,告诉我,你怎么了?可怜可怜我,告诉我吧。"

两个人都哀哀地哭了。科罗廖夫在床边坐下,拿起丽莎的手。

"得了,犯得上这么哭吗?"他亲切地说,"真的,这世界上任什么事都值不得这么掉眼泪。算了,别哭了,这没用处……"

同时他心里暗想:

"她到了该结婚的时候了……"

"我们工厂里的医师给她溴化钾吃,"家庭女教师说,"可是我发觉她吃下去更糟。依我看来,真要是治心脏,那一定得是药水……我忘记那药水的名字了……是铃兰滴剂吧,对不对?"

随后她又详详细细解释一番。她打断医师的话,妨碍他讲话。她脸上带着操心的神情,仿佛认为自己既是全家当中顶有学问的人,那就应该跟医师连绵不断地谈下去,而且一定得谈医学。

---

① 丽莎的爱称。

科罗廖夫觉得厌烦了。

"我认为这病没有什么大关系,"他走出卧房,对那位母亲说,"既然您的女儿由厂医在看病,那就让他看下去好了。这以前他下的药都是对的,我看用不着换医师。何必换呢?这是普普通通的小病,没什么大不了的……"

他从容地讲着,一面戴手套,可是利亚利科娃太太站在那儿一动也不动,用泪汪汪的眼睛瞧着他。

"现在离十点钟那班火车只差半个钟头了,"他说,"我希望我不要误了车才好。"

"您不能在我们这儿住下吗?"她问,眼泪又顺着她的脸颊流下来了,"我不好意思麻烦您,不过求您行行好……看在上帝面上,"她接着低声说,朝门口看一眼,"在我们这儿住一夜吧。她是我的命根子……独生女……昨天晚上她把我吓坏了,我都沉不住气了……看在上帝面上,您别走!……"

他本来想对她说他在莫斯科还有许多工作要做,说他家里的人正在等他回去,他觉着在陌生人家里毫无必要地消磨一个黄昏再过一个通宵是一件苦事,可是他看了看她的脸,就叹一口气,一言不发地把手套脱掉了。

为了他,客厅和休息室里的灯和蜡烛全点亮了。他在钢琴前面坐下来,翻一会儿乐谱,然后瞧墙上的画片,瞧画像。那些画片是油画,镶着金边框子,画的是克里米亚的风景,浪潮澎湃的海上浮着一条小船,一个天主教教士拿着一个酒杯,那些画儿全都干巴巴,过分雕琢,没有才气……画像上也没有一张美丽的、顺眼的脸,尽是些高颧骨和惊讶的眼睛。丽莎的父亲利亚利科夫前额很低,脸上带着扬扬得意的表情,他的制服像口袋似的套在他那魁伟强壮的身子上面,胸前戴着一个奖章和一个红十字章。房间里缺乏文雅的迹象,奢华的布置也是偶然凑成,并不是精心安排的,一点也不舒适,就跟那套制服一样。地板亮得照眼,枝形吊灯架也刺眼,不知什么缘故他想起一段故事,讲的是一个商人,就是去洗澡的时候,脖子上也套着一个奖章……

从前厅传来交头接耳的语声,有人在轻声地打鼾。忽然,房子外面传来金属的、刺耳的、时断时续的声音,那是科罗廖夫以前从没听到过的,现在他也不懂那是什么声音。这响声在他的心里挑起奇特的、不愉快的反应。

"看样子,怎么也不该留在这儿住下……"他想,又去翻乐谱。

"大夫,请来吃点东西!"家庭女教师低声招呼他。

他去吃晚饭。饭桌很大,上面摆着许许多多凉菜和酒,可是吃晚饭的只有两个人:他和赫里斯京娜·德米特里耶芙娜。她喝红葡萄酒,吃得很快,一面戴起夹鼻眼镜瞧他,一面说话:

"这儿的工人对我们很满意。每年冬天我们工厂里总要演剧,由工人自己演。他们常听到有幻灯片配合的朗读会,他们有极好的茶室,看样子,他们真是要什么有什么。他们对我们很忠心,听说丽桑卡病重了,就为她做祈祷。虽然他们没受过教育,倒是些有感情的人呢。"

"你们这家里仿佛没有一个男人。"科罗廖夫说。

"一个也没有。彼得·尼卡诺雷奇已经在一年半以前去世,剩下来的只有我们这些女人了。因此,这儿一共只有我们三个人。夏天,我们住在这儿,冬天呢,我们住在莫斯科或者波梁卡。我在她们这儿已经住了十一年。跟自家人一样了。"

晚饭有鲟鱼、鸡肉饼、糖煮水果,酒全是名贵的法国葡萄酒。

"请您别客气,大夫,"赫里斯京娜·德米特里耶芙娜说,吃着,攥着拳头擦嘴。看得出来,她觉得这儿的生活满意极了,"请再吃一点。"

饭后,医师被人领到为他准备好床铺的房间里去了。可是他还没有睡意。房间里闷得很,而且有油漆的气味,他就披上大衣,出去了。

外面天气凉爽,天空已经现出微微的曙光,那五座竖着高烟囱的大厂房、棚子、货栈在潮湿的空气里清楚地显出轮廓。由于假日到了,工人没有做工,窗子里漆黑,只有一座厂房里还生着炉子,有两个窗子现出红光,从烟囱里冒出来的烟偶尔裹着火星。院子外边远远的有青蛙呱呱地叫,夜莺在歌唱。

他瞧着厂房和工人在其中睡觉的棚子,又想起每逢看见工厂的时候总会想到的种种念头。尽管让工人演剧啦,看幻灯片啦,请厂医啦,进行各式各样的改良措施啦,可是他今天从火车站来一路上所遇见的工人,跟许久以前,在没有工厂戏剧和种种改良措施以前,他小时候看见的那些工人相比仍旧没有什么两样。他作为医师,善于正确判断那种根本病因无法查明,因而无法医治的慢性病,他把工厂也看做一种不能理解的东西,它的存在原因也不明不白,而且没法消除。他并不是认为凡是改善工人生活的种种措施都是多余的,不过这跟医治不治之症一样。

"当然,这是一种不能理解的事……"他想,瞧着暗红色的窗子,"一千五百到两千个工人在不健康的环境里不停地做工,做出质地粗劣的印花布,半饥半饱地生活着,只有偶尔进了小酒店才会从这种噩梦里渐渐醒过来。另外还有百把人监督工人做工,这百把人一生一世只管记录工人的罚金,骂人,态度不公正,只有两三个所谓的厂主,虽然自己一点工也不做,而且看不起那些糟糕的印花布,倒坐享工厂的利益。可是,那是什么样的利益呢?他们在怎样享受呢?利亚利科娃和她女儿都悲悲惨惨,谁瞧见她们都会觉得可怜,只有赫里斯京娜·德米特里耶芙娜一个人,那戴夹鼻眼镜的、相当愚蠢的老处女,才生活得满意。这么说起来,这五座大厂房里所以有那么多人做工,次劣的花布所以在东方的市场上销售,只是为了叫赫里斯京娜·德米特里耶芙娜一个人可以吃到鲟鱼，喝到红葡萄酒罢了。"

忽然传来一种古怪的声音，就是晚饭以前科罗廖夫听到的那种声音。不知是谁，在一座厂房的近旁敲着一片金属的板子。他敲出一个响声来，可又马上止住那震颤的余音，因此成了一种短促而刺耳的、不畅快的响声，听上去好像"杰儿……杰儿……杰儿……"然后稍稍沉静一会儿，另一座厂房那边也传来同样断断续续的、不好听的响声，那声音更加低沉："德雷恩……德雷恩……德雷恩……"敲了十一回。显然，这是守夜人在报时：现在是十一点钟了。

他又听见第三座厂房旁边传来："扎克……扎克……扎克……"于是所有的厂房旁边全都响起了声音，随后木棚背后和门外也有了。在夜晚的静寂里，这些声音好像是那个瞪着红眼的怪物发出来的，那怪物是魔鬼，他在这儿既统制着厂主，也统制着工人，同时欺骗他们双方。

科罗廖夫走出院子，来到空旷的田野上。

"谁在走动？"有人用粗鲁的声音在门口对他喊了一声。

"就跟在监狱里一样……"他想，什么话也没有回答。

走到这儿，夜莺和青蛙的叫声听起来更清楚一点，人可以感到这是五月间的夜晚了。车站那边传来火车的响声。不知什么地方，有几只没睡醒的公鸡喔喔地啼起来，可是夜晚仍旧平静，世界恬静地睡着了。离工场不远的一块空地上，立着一个房架子，那儿堆着建筑材料。科罗廖夫在木板上坐下来，继续思索：

"在这儿觉得舒服的只有女家庭教师一个人，工人做工是为了使她得到满足。不过，那只是表面看来是这样，她在这儿只不过是傀儡罢了。主要的东西是魔鬼，这儿的一切事都是为他做的。"

他想着他不相信的魔鬼，回过头去眺望那两扇闪着火光的窗子。他觉得,仿佛魔鬼正在用那两只红眼睛瞧着他似的,他就是那个创造了强者和弱者相互关系的来历不明的力量,创造了这个现在没法纠正过来的大错误。强者一定要妨害弱者生活下去,这是大自然的法则,可是这种话只有在报纸的论文里或者教科书上才容易使人了解,容易被人接受。至于在日常生活所表现的纷扰混乱里面,在编织着人类关系的种种琐事的错综复杂里面,那条法则却算不得一条法则,反而成了逻辑上的荒谬,因为强者也好,弱者也好,同样在他们的相互关系下受苦,不由自主屈从着某种来历不明的、站在生活以外的、跟人类不相干的支配力量。科罗廖夫就这么坐在木板上想心事,他渐渐生出一种感觉,仿佛那个来历不明的神秘力量真就在自己附近,瞧着他似的。这之际,东方越来越白,时间过得很快。附近连一个人影也没有,仿佛万物都死了似的,在黎明的灰白背景上,那五座厂房和它们的烟囱显得样子古怪,跟白天不一样。人完全忘了那里面有蒸汽发动机,有电气设备,有电话,却不知怎的,一个劲儿想着水上住宅①,想着石器时代,同时感到冥冥之中存在着一种粗暴的、无意识的力量……

又传来那响声:

"杰儿……杰儿……杰儿……杰儿……"

十二下。随后沉寂了,沉寂了这么半分钟,院子的另一头又响起来:

"德雷恩……德雷恩……德雷恩……"

"难听极了!"科罗廖夫想。

"扎克……扎克……"另外一个地方响起来,声音断断续续,尖锐,仿佛很烦躁似的,"扎克……扎克……"

为了报告十二点钟,前后一共要用去四分钟工夫。随后大地

---

① 指古昔湖上生活时代。

沉寂了,又给人那种印象,仿佛四周的万物都死去了似的。

科罗廖夫再略略坐一会儿,就走回正房去,可是在房间里又坐了很久,没有上床睡觉。隔壁那些房间里,有人低声说话,有拖鞋的声音,还有光脚走路的声音。

"莫非她又发病了?"科罗廖夫想。

他走出去看一看病人。各房间里已经很亮,一道微弱的阳光射透晨雾,照在客厅的地板上和墙上,颤抖着。丽莎的房门开着,她本人坐在床旁边一张安乐椅上,穿着长袍,没有梳头,围着披巾。窗帘放下来。

"您觉得怎样?"科罗廖夫问。

"谢谢您。"

他摸摸她的脉搏,然后把披在她额头上的头发理一理好。

"原来您没有睡觉,"他说,"外面天气好得很,这是春天了,夜莺在唱歌,您却坐在黑地里想心事。"

她听着,瞧着他的脸,她的眼神忧郁而伶俐。看得出来她想要跟他说话。

"您常这样吗?"他问。

她动一动嘴唇,回答说:

"常这样。我几乎每夜都难熬。"

这当儿院子里守夜人开始报告两点钟了。他们听见:"杰儿……杰儿……"她打了个冷战。

"打更的声音搅得您心不定吗?"他问。

"我不知道。这儿样样事情都搅得我心不定,"她回答说,随后思考了一下,"样样事情都搅得我心不定。我听出您的说话声音里含着同情。我头一眼看见您的时候,不知什么缘故,就觉得样样事都可以跟您谈一谈。"

"那我就请求您谈一谈吧。"

"我要对您说一说我自己的看法。我觉得自己好像没什么病,只是我心不定,我害怕,因为处在我的地位一定会这样,没有别的办法。就是一个顶健康的人,比方说,要是有个强盗在他窗子底下走动,那他也不会不心慌。常常有医师给我看病,"她接着说,眼睛瞧着自己的膝头,现出羞答答的微笑,"当然,我心里很感激,也不否认看病有好处,可是我只盼望跟一个亲近的人谈谈心,倒不是跟医师谈心,而是跟一个能了解我,也指得出我对或者不对的朋友谈心。"

"难道您没有朋友吗?"科罗廖夫问。

"我孤孤单单。我有母亲,我爱她,不过我仍旧孤孤单单。生活就是这个样子……孤独的人老是看书,却很少开口,也很少听到别人的话。在他们,生活是神秘的。他们是神秘主义者,常常在没有魔鬼的地方看见魔鬼。莱蒙托夫的达玛拉①是孤独的,所以她看见了魔鬼。"

"您老是看书吗?"

"对了。您要知道,我从早到晚,全部时间都闲着没事干。我白天看书,到了夜里脑子中空空洞洞,思想没有了,只有些阴影。"

"夜里您看见什么东西吗?"科罗廖夫问。

"没有看见什么,可是我觉着……"

她又微微地笑,抬起眼睛来瞧医师,那么忧郁、那么伶俐地瞧着他。他觉得她仿佛信任他,要跟他诚恳地谈一谈似的,她也正在那样想。不过她沉默着,也许在等他开口吧。

他知道应该对她说些什么话才对。他明明白白地觉得她得赶快丢下五座厂房和日后会继承到的百万家财,要是他处在她的地位,就会离开这个夜间出巡的魔鬼,他同样明明白白地觉得她自己

---

① 俄国诗人莱蒙托夫的长诗《恶魔》中的女主人公。

也在这样想,只等着一个她信任的人来肯定她的想法罢了。

可是他不知道该怎么说才好。怎么说呢?对于已判决的犯人,谁也不好意思问他一声为了什么事情判的罪,同样,对于很有钱的人,谁也不便问一声他们要那么些钱有什么用,为什么他们这么不会利用财富,为什么他们甚至在看出财产造成了他们的不幸的时候还不肯丢掉那种财产。要是谈起这种话来,人照例会觉着难为情,发窘,而且会说得很长的。

"怎么说才好呢?"科罗廖夫暗自盘算着,"再者,有必要说出来吗?"

他没有率直地把心里要说的话说出来,而是转弯抹角地说了一下:

"您处在工厂主人和富足的继承人的地位,却并不满足;您不相信您有这种权利。于是现在,您睡不着觉了。这比起您满足,睡得酣畅,觉得样样事情都顺心当然好得多。您这种失眠是引人起敬的。不管怎样,这是个好兆头。真的,我们现在所谈的这些话在我们父母那一辈当中是不能想象的。他们夜里并不谈话,而是酣畅地睡觉。我们,我们这一代呢,却睡不好,受着煎熬,谈许许多多话,老是想判断我们做得对还是不对。然而,到我们的子孙辈,这个对不对的问题就已经解决了。他们看起事情来会比我们清楚得多。过上五十年光景,生活一定会好过了;只是可惜我们活不到那个时候。要是能够看一眼那时候的生活才有意思呢。"

"我们的子孙处在我们的地位上会怎么办呢?"丽莎问。

"我不知道……大概他们会丢开一切,走掉吧。"

"上哪儿去呢?"

"上哪儿去吗?……咦,爱上哪儿去就上哪儿去啊,"科罗廖夫说,笑起来,"一个有头脑的好人有的是地方可去。"

他看一看表。

"可是,太阳已经升起来了,"他说,"您该睡觉了。那就脱掉衣服,好好睡吧。我认识了您,很高兴,"他接着说,握了握她的手,"您是一个很有趣味的好人。晚安!"

他走回自己的房间,上床睡觉了。

第二天早晨,一辆马车被叫到门前来了,她们就都走出来,站在台阶上送他。丽莎脸色苍白,形容憔悴,头发上插一朵花,身上穿一件白色连衣裙,像过节似的。跟昨天一样,她忧郁地、伶俐地瞧着他,微微笑着,说着话,时时刻刻现出一种神情,仿佛她要告诉他——只他一个人——什么特别的、要紧的事情似的。人们可以听见百灵鸟啭鸣,教堂里钟声叮当地响。厂房的窗子明晃晃地发亮。科罗廖夫坐着车子走出院子,然后顺着大路往火车站走去,这时候他不再想那些工人,不再想水上住宅,不再想魔鬼,只想着那个也许已经很近了的时代,到那时候,生活会跟这宁静的星期日早晨一样的光明畅快。他心想:在这样的春天早晨,坐一辆由三匹马拉着的好马车出来,晒着太阳,是多么愉快啊。

一八九九年

宝 贝 儿

　　退休的八品文官普列米扬尼科夫的女儿奥莲卡[①]，坐在当院的门廊上，想心事。天气挺热，苍蝇讨厌地钉着人，不飞走。人想到不久就要天黑，心里那么痛快。乌黑的雨云从东方推上来，潮湿的空气时不时地从那边吹来。

　　库金站在院子中央，瞧着天空。他是剧团经理人，经营着"季沃里"游乐场，他本人就寄住在这个院里的一个厢房内。

　　"又要下雨了！"他灰心地说，"又要下雨了！天天下雨，天天下雨，好像故意跟我为难似的！这简直是要我上吊！这简直是要我破产！天天要赔一大笔钱！"

　　他举起双手一拍，朝奥莲卡接着说：

　　"喏！奥莉加·谢苗诺芙娜，我们过的就是这种日子。真要叫人哭一场！一个人好好工作，尽心竭力，筋疲力尽，夜里也睡不着觉，老是想怎样才能干好。可是结果怎么样？先不先，观众就是些没知识的人，野蛮人。我为他们排顶好的小歌剧、精致的仙境剧，请第一流的演唱家，可是难道他们要看吗？你当是他们看得懂？他们只要看滑稽的草台戏哟！给他们排庸俗的戏就行！其次，请您看看这天气吧，差不多天天晚上都下雨。从五月十号起下

[①] 奥莉加的爱称。

开了头，一连下了整整一个五月和一个六月。简直要命！看戏的一个也不来，可是租钱我不是照旧得付？演员的工钱我不是也照旧得给？"

第二天傍晚，阴云又四合了，库金歇斯底里般地狂笑着说：

"那有什么关系？要下雨就下吧！下得满花园灌满水，把我活活淹死就是！叫我这辈子倒霉，到了下一个世界也还是倒霉！让那些演员把我扭到法院去就是！法院算得了什么？索性把我发配到西伯利亚去做苦工好了！送上断头台就是！哈哈哈！"

到第三天还是那一套……

奥莲卡默默地、认真地听库金说话，有时候眼泪从她的眼眶里滚出来。临了，他的不幸打动她的心，她爱上他了。他又矮又瘦，脸色发黄，头发往两边分梳，讲话用的是尖细的男高音，他一讲话就撇嘴。他脸上老是有灰心的神情，可是他还是在她心里挑起一种真正的深厚感情。她老得爱一个人，不这样就不行。早先，她爱她爸爸，现在他害了病，在一个黑房间里坐在一把圈椅上，呼吸困难。她还爱过她的姑妈，往常她姑妈隔一年总要从布良斯克来一回。再往前推，她在上初级中学的时候，爱过她的法语教师。她是个文静的、心好的、体贴人的姑娘，生着温顺柔和的眼睛和很结实的身子。男人要是看见她那胖嘟嘟的红脸蛋儿，看见她那生着一颗黑痣的、柔软白净的脖子，看见她一听到什么愉快的事情脸上就绽开的天真善良的笑容，就会暗想："对了，这姑娘挺不错……"就也微微地笑，女客呢，在谈话中间往往情不自禁，忽然拉住她的手，忍不住满心爱悦地说：

"宝贝儿！"

这所房子坐落在城边茨冈区，离"季沃里"游乐场不远，她从生出来那天起就一直住在这所房子里，而且她父亲在遗嘱里已经写明这房子将来归她所有。一到傍晚和夜里，她就听见游乐场里乐队奏乐,鞭炮噼啪地爆响,她觉得这是库金在跟他的命运打仗,猛攻他的大仇人——淡漠的观众,她的心就甜蜜地缩紧,她没有一点睡意了。等到天快亮了,他回到家来,她就轻轻地敲自己寝室的窗子,隔着窗帘只对他露出她的脸和一边的肩膀,温存地微笑着……

他就向她求婚,他们结了婚。等到他挨近她,看清她的脖子和丰满结实的肩膀,他就举起双手轻轻一拍,说:

"宝贝儿!"

他幸福,可是因为结婚那天昼夜下雨,灰心的表情就始终没有离开他的脸。

他们婚后过得很好。她掌管他的票房,照料游乐场的内务,记账,发工钱。她那绯红的脸蛋儿,可爱而天真的、像在发光的笑容,时而在票房的小窗子里,时而在饮食部里,时而在后台,闪来闪去。她已经常常对她的熟人说,世界上顶了不起、顶重要、顶不能缺少的东西就是剧院,只有在剧院里才可以享受到真正的快乐,才会变得有教养,有人道主义精神。

"可是难道观众懂得这层道理吗?"她说,"他们只要看滑稽的草台戏!昨天晚场我们演改编的《浮士德》,差不多全场的包厢都空着,不过要是万尼奇卡和我叫他们上演一出庸俗的戏,那您放心好了,剧院里倒会挤得满满的。明天万尼奇卡和我叫他们上演'奥尔菲欧司在地狱'。请您过来看吧。"

凡是库金讲到剧院和演员的话,她统统学说一遍。她也跟他一样看不起观众,因为他们无知,对艺术冷淡。她在彩排的时候出头管事,纠正演员的动作,监视乐师的品行。遇到本城报纸上发表对剧院不满意的评论,她就流泪,然后跑到报馆编辑部去疏通。

演员们喜欢她,叫她"万尼奇卡和我",或者"宝贝儿"。她怜惜他们,稍稍借给他们一点钱。要是他们偶尔骗了她,她就偷偷流几滴眼泪,可是不告到她丈夫那儿去。

冬天他们也过得很好。整个一冬,他们租下本城的剧院演戏,只留出短短的几个空当,或是让给小俄罗斯的剧团,或是让给魔术师,或是让给本地业余爱好者上演。奥莲卡发胖了,由于心满意足而容光焕发。库金却黄下去,瘦下去,抱怨赔累太大,其实那年冬天生意不错。每天夜里他都咳嗽,她就给他喝覆盆子花汁和菩提树花汁,用香水擦他的身体,拿软和的披巾包好他。

"你真是我的心上人!"她捋平他的头发,十分诚恳地说,"你真招我疼!"

到四旬斋①,他动身到莫斯科去请剧团。他一走,她就睡不着觉,老是坐在窗前,瞧着星星。这时候她就把自己比做母鸡:公鸡不在窠里,母鸡也总是通宵睡不着,心不定。库金在莫斯科耽搁下来,写信回来说到复活节才能回来,此外,关于"季沃里"他还在信上交代了几件事。可是到受难节②前的星期一,夜深了,忽然传来不吉利的敲门声,不知道是谁在用劲捶那便门,就跟捶一个大桶似的——嘭嘭嘭!睡意蒙眬的厨娘光着脚啪嗒啪嗒地踩过泥水塘,跑去开门。

"劳驾,请开门!"有人在门外用低沉的男低音说,"有一封你们家的电报!"

奥莲卡以前也接到过丈夫的电报,可是这回不知什么缘故,她简直吓呆了。她用颤抖的手拆开电报,看见了如下的电文:

> 伊万・彼得罗维奇今日突然去世星期二究应如河殡葬请吉示下。

电报上真是那么写的——如"河"殡葬,还有那个完全讲不通

---

① 基督教的大斋期,在复活节前的四十日内,纪念耶稣在荒野绝食。
② 基督教的节日,在复活节前的一周,纪念耶稣受难。

的字眼"吉"。电报上是歌剧团导演署的下款。

"我的亲人!"奥莲卡痛哭起来,"万尼奇卡呀,我的爱人,我的亲人!为什么当初我跟你要相遇?为什么我要认识你,爱上你啊?你把你这可怜的奥莲卡,可怜的、不幸的人丢给谁哟?……"

星期二他们把库金葬在莫斯科的瓦冈科沃墓地。星期三奥莲卡回到家,刚刚走进房门,就往床上一倒,放声大哭,声音响得隔壁院子里和街上全听得见。

"宝贝儿!"街坊说,在自己胸前画十字,"亲爱的奥莉加·谢苗诺芙娜,可怜,这么难过!"

三个月以后,有一天,奥莲卡做完弥撒走回家去,悲悲切切,深深地哀伤。凑巧有一个她的邻居瓦西里·安德烈伊奇·普斯托瓦洛夫,也从教堂走回家去,跟她并排走着。他是商人巴巴卡耶夫木材场的经理。他戴一顶草帽,穿一件白坎肩,坎肩上系着金表链,看上去与其说像商人,还不如说像地主。

"万事都由天定,奥莉加·谢苗诺芙娜,"他庄严地说,声音里含着同情的调子,"要是我们的亲人死了,那一定是出于上帝的旨意,遇到那种情形我们应当忍住悲痛,逆来顺受才对。"

他把奥莲卡送到门口,对她说了再会,就往前走了。这以后,那一整天,她的耳朵里老是响着他那庄严的声音,她一闭眼就仿佛看到他那把黑胡子。她很喜欢他。而且她明明也给他留下了好印象,因为不久以后就有一位不大熟识的、上了岁数的太太到她家里来喝咖啡,刚刚在桌旁坐定就立刻谈起普斯托瓦洛夫,说他是一个可靠的好人,随便哪个到了结婚年龄的姑娘都乐于嫁给他。三天以后,普斯托瓦洛夫本人也亲自上门来拜访了。他没坐多久,只不过十分钟光景,说的话也不多,可是奥莲卡已经爱上他了,而且爱得那么深,通宵都没睡着,浑身发热,好像害了热病,到第二天早晨就派人去请那位上了岁数的太太来。婚事很快就讲定,随后举行

277

了婚礼。

普斯托瓦洛夫和奥莲卡婚后过得很好。通常,他坐在木材场里直到吃午饭的时候,饭后就出去接洽生意,于是奥莲卡就替他坐在办公室里,算账,卖货,直到黄昏时候才走。

"如今木材一年年贵起来,一年要涨两成价钱,"她对顾客和熟人说,"求主怜恤我们吧,往常我们总是卖本地的木材,现在呢,瓦西奇卡只好每年到莫吉列夫省去办木材了。运费好大呀!"她接着说,现出害怕的神情双手捂住脸,"好大的运费!"

她觉得自己仿佛已经做过很久很久的木材买卖,觉得生活中顶要紧、顶重大的东西就是木材。什么"梁木"啦,"原木"啦,"薄板"啦,"护墙板"啦,"箱子板"啦,"板条"啦,"木块"啦,"毛板"啦等等,在她听来,那些字音总含着点亲切动人的意味。……夜里睡觉以后,她梦见薄板和木板堆积如山,长得没有尽头的一串大车载着木材从城外远远的什么地方走来。她还梦见一大批十二俄尺高、五俄寸厚的原木竖起来,在木材场上开步走,于是原木、梁木、毛板,彼此相碰,发出干木头的嘭嘭声,一会儿倒下去,一会儿又竖起来,互相重叠着。奥莲卡在睡梦中叫起来,普斯托瓦洛夫就对她温柔地说:

"奥莲卡,你怎么了,亲爱的?在胸前画十字吧。"

丈夫怎样想,她也就怎样想。要是他觉得房间里热,或者现在生意变得清淡,她就也那么想。她丈夫不喜欢任何娱乐,遇到节日总是待在家里。她就也照那样做。

"你们老是待在家里或者办公室里,"熟人们说,"你们应当去看看戏剧才对,宝贝儿,要不然就去看一看杂技也是好的。"

"瓦西奇卡和我没有工夫上剧院去,"她庄重地回答说,"我们是工作的人,我们可没有工夫去看那些胡闹的东西。看戏剧有什么好处呢?"

每到星期六普斯托瓦洛夫和她总是去参加彻夜祈祷,遇到节日就去做晨祷。他们从教堂出来,并排走回家去的时候,总是现出感动的脸容。他们俩周身都有一股好闻的香气,她的绸子连衣裙发出好听的沙沙声。在家里,他们喝茶,吃奶油面包和各种果酱,然后他们吃馅饼。每天中午,他们院子里和大门外街道上,总有红甜菜汤、煎羊肉,或者烧鸭子等等喷香的气味,遇到斋日就有鱼的气味,谁走过他们家的大门口都不能不犯馋。在办公室里,茶炊老是滚沸,他们招待顾客喝茶,吃面包圈。两夫妇每个星期去洗一回澡,并肩走回家来,两个人都是满面红光。

"没什么,我们过得挺好,谢谢上帝,"奥莲卡常常对熟人说,"只求上帝让人人都能过着瓦西奇卡和我这样的生活就好了。"

每逢普斯托瓦洛夫到莫吉列夫省去采办木材,她总是十分想念他,通宵睡不着觉,哭。有一个军队里的年轻兽医斯米尔宁寄住在她家的厢房里,有时候傍晚来看她。他来跟她谈天,打牌,这样就解了她的烦闷。特别有趣味的是他自己的家庭生活的种种事情。他结过婚了,有一个儿子,可是他跟妻子分居,因为她对他变了心,现在他还恨她,每月汇给她四十卢布做儿子的生活费。听到这些话,奥莲卡就叹气,摇头,替他难过。

"唉,求上帝保佑您,"在分手时候,她对他说,举着蜡烛送他下楼,"谢谢您来给我解闷儿,求上帝赐给您健康,圣母……"

她学丈夫的样,神情总是十分庄严稳重。兽医已经走出楼下的门外,她喊住他,说:

"您要明白,弗拉基米尔·普拉托内奇,您应当跟您的妻子和好。您至少应当看在儿子的分上原谅她!……您放心,那小家伙心里一定都明白。"

等到普斯托瓦洛夫回来,她就把兽医和他那不幸的家庭生活低声讲给他听,两个人就叹气,摇头,谈到那男孩,说那孩子一定想念父亲。后来，由于思想上发生了某种奇特的联系，他们两个都到圣像前面去，双双跪下叩头，求上帝赐给他们儿女。

就是这样，普斯托瓦洛夫夫妇在相亲相爱和融洽无间里平静安分地过了六年。可是，唉，一年冬天，瓦西里·安德烈伊奇在场里喝饱热茶，没戴帽子就走出门去卖木材，得了感冒，病了。她请来顶好的医生给他治病，可是病一天天重下去，过了四个月他就死了。奥莲卡就又守寡了。

"你把我丢给谁啊，我的亲人？"她送丈夫下葬后痛哭道，"现在没有了你，我这个苦命的不幸的人怎么过得下去啊？好心的人们，可怜可怜我这个无依无靠的孤魂吧……"

她穿上黑衣服，缝上白丧章，永远不戴帽子和手套了。她不大出门，只是间或到教堂去或者到丈夫的坟上去，老是待在家里，跟修道女一样。直到六个月以后，她才去掉白丧章，开了护窗板。有时候可以看见她早晨跟她的厨娘一块儿上市场去买菜，可是现在她在家里怎样生活，她家里情形怎样，那就只能猜测了。大家也真是在纷纷猜测，因为常看见她在自家的小花园里跟兽医一块儿喝茶，他对她大声念报上的新闻，又因为她在邮政局遇见一个熟识的女人，对那女人说：

"我们城里缺乏兽医的正确监督，因此发生了很多疾病。常常听说有些人因为喝牛奶得了病，或者从牛马身上招来了病。实际上对家畜的健康应该跟对人类的健康那样关心才对。"

她重述兽医的想法，现在她对一切事情的看法跟他一样了。显然，要她不爱什么人，她就连一年也活不下去，她在她家的厢房里找到了新的幸福。换了别人，这种行径就会受到批评，不过对于奥莲卡却没有一个人能够往坏里想，她生活里的一切事情都可以得到谅解。他们俩的关系所起的变化，她和兽医都没对外人讲，还极力隐瞒着，可是这还是不行，因为奥莲卡守不住秘密。每逢他屋里来了客人,军队里的同行,她就给他们斟茶,或者给他们开晚饭,谈起牛瘟,谈起家畜的结核病,谈起本市的屠宰场。他呢,忸怩不安,等到客人散掉,他就抓住她的手,生气地轻声说:

"我早就要求过你别谈你不懂的事!我们兽医谈到我们的本行的时候,你别插嘴。这真叫人不痛快!"

她惊讶而且惶恐地瞧着他,问道:

"可是,沃洛杰奇卡,那要我谈什么好呢?"

她眼睛里含着一泡眼泪,搂住他,求他别生气。他们俩就都快活了。

可是这幸福没有维持多久。兽医动身,随着军队开拔,从此不回来了,因为军队已经调到很远的什么地方去,大概是西伯利亚吧。于是剩下奥莲卡孤单单一个人了。

现在她简直孤苦伶仃了。父亲早已去世,他的圈椅扔在阁楼上,布满灰尘,缺了一条腿。她瘦了,丑了,人家在街上遇到她,已经不照往常那样瞧她,也不对她微笑了。显然好岁月已经过去,落在后面。现在她得开始过一种新的生活,一种不熟悉的生活,关于那种生活还是不要去想的好。傍晚,奥莲卡坐在门廊上,听"季沃里"的乐队奏乐,鞭炮噼啪地响,可是这已经不能在她心头引起任何思想了。她漠不关心地瞧她的空院子,什么也不想,什么也不盼望,然后等到黑夜降临,就上床睡觉,梦见她的空院子。她固然也吃也喝,不过那好像是出于不得已似的。

顶顶糟糕的是,她什么见解都没有了。她看见她周围的东西,也明白周围发生些什么事情,可是对那些东西和事情没法形成自己的看法,也不知道该说什么好。没有任何见解,那是多么可怕呀!比方说,她看见一个瓶子,看见天在下雨,或者看见一个乡下人坐着大车走过,可是她说不出那瓶子、那雨、那乡下人为什么存在,它们有什么意义,哪怕拿一千卢布给她,她也什么都说不出来。

当初跟库金或普斯托瓦洛夫在一块儿,后来跟兽医在一块儿的时候,样样事情奥莲卡都能解释,随便什么事她都说得出自己的见解,可是现在,她的脑子里和她的心里,就跟那个院子一样空空洞洞。生活变得又可怕又苦涩,仿佛嚼苦艾一样。

渐渐,这座城向四面八方扩张开来。茨冈区已经叫做大街,"季沃里"游乐场和木材场的原址已经辟了一条条巷子,造了新房子。光阴跑得好快!奥莲卡的房子发黑,屋顶生锈,板棚歪斜,整个院子生满杂草和荆棘。奥莲卡自己也老了,丑了。夏天,她坐在走廊上,她心里跟以前一样又空洞又烦闷,充满苦味。冬天,她坐在窗前赏雪。每当她闻到春天的清香,或者风送来教堂的叮当钟声的时候,往事的记忆就突然涌上她的心头,她的心甜蜜地缩紧,眼睛里流出一汪汪眼泪,可是这也只不过有一分钟的工夫,过后心里又是空空洞洞,自己也不知道为什么要活着。黑猫布雷斯卡依偎着她,柔声地咪咪叫,可是这种猫儿的温存不能打动奥莲卡的心。她可不需要这个!她需要的是那种能够抓住她整个身心、整个灵魂、整个理性的爱,那种给她思想、给她生活方向、温暖她的老血的爱。她把黑猫从裙子上抖掉,心烦地对它说:

"走开,走开!……用不着待在这儿!"

照这样,一天天,一年年,过去了,没有一点快乐,没有一点见解。厨娘玛夫拉说什么,她就听什么。

七月里有一天很热,将近傍晚,城里的牲口刚沿街赶过去,整个院里满是飞尘,像云雾一样,忽然有人来敲门了。奥莲卡亲自去开门,睁眼一看,不由得呆住了:原来门外站着兽医斯米尔宁,白发苍苍,穿着便服。她忽然想起了一切,忍不住哭起来,把头偎在他的胸口,一句话也说不出来。她非常激动,竟没有注意到他们俩后来怎样走进房子,怎样坐下来喝茶。

"我的亲人!"她嘟哝着说,快活得发抖,"弗拉基米尔·普拉托内奇！上帝从哪儿把你送来的？"

"我要在此地长住下来，"他说，"我已经退休，上这儿来打算凭自己的能力谋生计，过一种安定的生活。况且，现在我的儿子已经应该上学了。他长大了。您要知道，我已经跟我的妻子和好了。"

"她在哪儿呢？"奥莲卡问。

"她跟儿子一块儿在旅馆里，我这是出来找房子的。"

"主啊，圣徒啊，就住到我的房子里来好了！这里还不能安个家吗？咦，主啊，我又不要你们出房钱，"奥莲卡着急地说，又哭起来，"你们住在这边屋里，我搬到厢房里去住就行了。主啊，我好高兴！"

第二天房顶就上漆，墙壁刷白粉，奥莲卡把两只手叉在腰上，在院子里走来走去发命令。她的脸上现出旧日的笑容，她全身都活过来，精神抖擞，仿佛睡了一大觉，刚刚醒来似的。兽医的妻子到了，那是一个又瘦又丑的女人，留着短短的头发，现出任性的神情。她带着她的小男孩萨沙，他是一个十岁的小胖子，身材矮小得跟他的年龄不相称，生着亮晶晶的蓝眼睛，两腮有两个酒窝。孩子刚刚走进院子，就追那只猫，立刻传来了他那快活而欢畅的笑声。

"大妈，这是您的猫吗？"他问奥莲卡，"等您的猫下了小猫，请您送给我们一只吧。妈妈特别怕耗子。"

奥莲卡跟他讲话，给他茶喝。她胸膛里的那颗心忽然温暖了，甜蜜蜜地收紧，倒仿佛这男孩是她亲生的儿子似的。每逢傍晚他在饭厅里坐下，温习功课，她就带着温情和怜悯瞧着他，喃喃说：

"我的宝贝儿，漂亮小伙子……我的小乖乖，长得这么白净，这么聪明。"

"'海岛者，一片陆地，周围皆水也。'"他念道。

"海岛者，一片陆地……"她学着说，在多年的沉默和思想空虚以后,这还是她第一回很有信心地说出她的意见。

现在她有自己的意见了。晚饭时候,她跟萨沙的爹娘谈天,说现在孩子们在中学里功课多难,不过古典教育也还是比实科教育强,因为中学毕业后,出路很宽,想当医师也可以,想做工程师也可以。

萨沙开始上中学。他母亲动身到哈尔科夫去看她妹妹,从此没有回来。他父亲每天出门去给牲口看病,往往一连三天不住在家里。奥莲卡觉得萨沙完全没人管,在家里成了多余的人,会活活饿死。她就把他搬到自己的厢房里去住,在那儿给他布置一个小房间。

一连六个月,萨沙跟她一块儿住在厢房里。每天早晨奥莲卡到他的寝室里去,他睡得正香,手放在脸蛋底下,一点儿声息也没有。她不忍心叫醒他。

"萨宪卡①,"她难过地说,"起来吧,乖乖!该上学去了。"

他就起床,穿好衣服,念完祷告,然后坐下来喝早茶。他喝下三杯茶,吃完两个大面包圈,外加半个法国奶油面包。他还没有完全醒过来,因此情绪不好。

"你还没背熟你那个寓言哪,萨宪卡,"奥莲卡说,瞧着他,仿佛要送他出远门似的,"我为你要操多少心啊。你得用功,学习,乖乖……还得听老师的话才行。"

"嗨,请您别管我的事!"萨沙说。

然后他就出门顺大街上学去了。他身材矮小,却戴一顶大制帽,背一个书包。奥莲卡没一点声息地跟在他后面走。

"萨宪卡!"她叫道。

他回头看,她就拿一个枣子或者一块糖塞在他手里。他们拐

---

① 萨沙和萨宪卡都是亚历山大的爱称。

弯,走进他学校所在的那条胡同,他害臊了,因为后面跟着一个又高又胖的女人。他回转头来说:

"您回家去吧,大妈。现在我可以自己走到了。"

她就站住,瞧着他的背影,眼也不眨,直到他走进校门口不见了为止。啊,她多么爱他!她往日的爱恋没有一回像这么深,以前她从没像现在她的母性感情越燃越旺的时候那么忘我地、那么无私地、那么快乐地献出自己的心灵。为这个头戴大制帽、脸蛋上有酒窝的、旁人的男孩,她愿意交出她整个的生命,而且愿意带着快乐,带着温柔的泪水交出来。这是为什么呢?谁说得出来这是为什么呢?

她把萨沙送到学校,就沉静地走回家去,心满意足,踏踏实实,满腔热爱。她的脸在最近半年当中变得年轻了,微微笑着,喜气洋洋,遇见她的人瞧着她,都感到愉快,对她说:

"您好,亲爱的奥莉加·谢苗诺芙娜!您生活得怎样,宝贝儿?"

"如今在中学里念书可真难啊,"她在市场上说,"昨天一年级的老师叫学生背熟一个寓言,翻译一篇拉丁文,做一个习题,这是闹着玩的吗?……唉,小小的孩子怎么受得了?"

她开始讲到老师、功课、课本,她讲的话正好就是萨沙讲过的。

到两点多钟,他们一块儿吃午饭,傍晚一块儿温课,一块儿哭。她服侍他上床睡下,久久地在他胸前画十字,小声祷告,然后她自己也上床睡觉,幻想遥远而朦胧的将来,那时候萨沙毕了业,做了医师或者工程师,有了自己的大房子,买了马和马车,结了婚,生了子女……她睡着以后,还是想着这些,眼泪从她闭紧的眼睛里流下她的脸颊。那只黑猫在她身旁躺着叫道:

"咪……咪……咪……"

忽然,响起了挺响的敲门声。奥莲卡醒过来,害怕得透不出气,她的心怦怦地跳。过半分钟,敲门声又响了。

"这一定是从哈尔科夫打来了电报,"她想,周身开始打抖,"萨沙的母亲要叫他上哈尔科夫去了……哎,主啊!"

她绝望了,她的头、手、脚,全凉了,她觉得全世界再也没有比她更倒霉的人了。可是再过一分钟就传来了说话声:原来是兽医从俱乐部回家来了。

"唉,谢天谢地。"她想。

渐渐的,她心里一块石头落了地,又觉得轻松了。她躺下去,想着萨沙,而萨沙在隔壁房间里睡得正香,偶尔在梦中说:

"我揍你!滚开!别打人!"

新　别　墅

一

离奥勃鲁恰诺沃村三俄里的地方正在造一座大桥。这个村子高高地建在陡峭的河岸上,从这儿望出去可以看见桥的栅栏状的骨架。不论是下雾的天气还是在宁静的冬日,桥的细铁梁和四周的脚手架总是披着重霜,构成一幅美妙以至神奇的画面。大桥的建造者库切罗夫工程师,偶尔乘一辆轻便马车或者四轮马车穿过村子。这是个体态丰满、肩膀很宽、蓄着胡子的男子,头上戴一顶揉皱的软制帽。有的时候,遇到假日,在桥上工作的流浪汉就到村子里来。他们乞讨施舍,调笑村妇,偶尔还偷走一点东西。不过这种情形是少有的。通常,日子总是过得安静而平稳,仿佛根本没有那个建筑工程似的,只有到傍晚桥旁边燃起一堆堆篝火,风才隐隐约约传来流浪汉的歌声。白天有的时候也传来金属的悲凉的响声:咚……咚……咚……

有一天工程师库切罗夫的妻子到他这儿来。她喜欢这个河岸,喜欢有村庄、有教堂、有畜群的绿色盆地的美景,就开口要求她的丈夫买上一小块土地,在这儿修建一座别墅。她的丈夫依了她。他们就买下二十俄亩的土地,在陡岸上原先奥勃鲁恰诺沃村民放牛的林边空地上盖起一座漂亮的两层楼房,有凉台,有阳台,有塔楼,房顶上竖着旗杆,每到星期日,旗杆上就飘扬着一面旗子。这座房子用三个月左右的时间盖成,后来他们整个冬天栽种大树,等到春天来临,四下里一片苍翠,新庄园上已经有了林荫道,花匠和两个系着白色围裙的工人在正房附近挖掘土地,一个小喷水池在喷水,一个镜面的圆球光芒四射,望过去刺得眼睛痛。这个庄园已经起了名字,叫作"新别墅"。

五月末,一个晴朗温暖的早晨,有两匹马被人牵进奥勃鲁恰诺沃村里来,到当地的铁匠罗季昂·彼得罗夫家里换马掌。它们是从新别墅来的。那两匹马毛色雪白,身材匀称,膘头很足,而且长得非常相像。

"简直是一对天鹅呀!"罗季昂带着敬慕的神情瞧着那两匹马,说。

他的妻子斯捷潘尼达、他的儿女、他的孙辈都到街上来看马。渐渐地围上来一群人。雷奇科夫父子走过来了,他们天生不长胡子,面孔浮肿,没戴帽子。柯左夫也走过来了,这是一个又高又瘦的老人,留着一把狭长的胡子,手里拿着一根弯柄拐杖;他老是眯着他那对狡猾的眼睛,露出讥讽的笑容,好像他知道什么机密似的。

"它们也不过是毛色白罢了,有什么了不起的?"他说,"给我的马喂上点燕麦,它们的皮毛也会这么光溜。这两匹马应该套上犁,拿鞭子抽才对。……"

车夫光是轻蔑地看他一眼,一句话也没有说。后来铁匠铺里生火,车夫就一面吸烟一面讲起来。农民们从他嘴里知道了许多详情:他的东家很有钱,太太叶连娜·伊凡诺芙娜出嫁以前原本住在莫斯科,很穷,当家庭教师;她善良,心慈,喜欢周济穷人。他说,他们不会在这个新庄园上耕地,播种,他们住到这儿来只是为了散散心,呼吸新鲜空气罢了。他办完事,牵着马走回去,身后跟着一群小孩子,狗汪汪地叫。柯左夫瞧着他的背影,讥诮地眨巴眼睛。

"什么地主哟!"他说,"盖房子啦,养马啦,可是连吃的东西都未必有。什么地主哟!"

不知怎么,柯左夫从此恨那个新庄园,而且又恨那些白马,又恨那个漂亮而丰满的车夫。他是单身一人,老婆早已死了。他生活得乏味(有一种病妨碍他干活,他时而说这是疝气,时而又说是闹蛔虫),他的生活费是由在哈尔科夫一家糖果点心店里工作的儿子寄来的。他一天到晚总是在河岸上或者村子里闲散地溜达,如果,比方说,看见农民运木头或者钓鱼,他就说:"这是枯树上的木头,朽了",或者说:"在这种天气,鱼是不会上钩的"。遇上天旱,他就说,不到严寒,不会下雨,等到天下雨了,他又说,现在庄稼都要在地里烂掉,全完了。他一边说,一边老是眯眼,仿佛知道什么天机似的。

庄园里每到傍晚就放焰火,放爆竹,一条挂着小红灯和张着布帆的小船驶过奥勃鲁恰诺沃村。有一天早晨,工程师的妻子叶连娜·伊凡诺芙娜带着小女儿坐一辆黄色车轮的马车,由一对深栗色的矮马拉着,到村子里来,母女俩都戴着宽边草帽,帽边压到耳朵上。

这当儿正好是送粪肥的时令。铁匠罗季昂,这个又高又瘦的老人,没戴帽子,光着脚,肩膀上扛着大叉子,站在他那辆肮脏而难看的板车旁边,心慌意乱,瞧着那些矮马,从他的脸色看得出来,他以前从来也没有瞧见过这样小的马。

"库切里哈①来了!"四下里响起低语声,"瞧,库切里哈来了!"

叶连娜·伊凡诺芙娜打量那些小木房子,仿佛想选择一所似

---

① 即库切罗夫的妻子,带有戏谑的意味,下同。

的,然后让马车在一所顶简陋的小木房门前停下,这所房子的窗子里伸出好几个孩子的头,他们的头发有的淡黄色,有的黑色,有的火红色。罗季昂的妻子斯捷潘尼达是个胖老太婆,她从小木房里跑出来,头巾从花白的头发上滑下来,她迎着阳光瞧那辆马车,脸上现出笑容和皱纹,好像她是个瞎子似的。

"这是给你孩子的。"叶连娜·伊凡诺芙娜说,送给她三个卢布。

斯捷潘尼达忽然哭起来,跪在地下叩头;罗季昂也扑在地下,露出他那块很大的褐色秃顶,同时他那把叉子差点戳在他妻子的肋部。叶连娜·伊凡诺芙娜感到尴尬,就坐车回去了。

二

雷奇科夫父子在自家的草地上逮住两匹供使役的马,一匹矮马、一头肥头大脸的阿尔加乌兹种牛犊,他们就跟铁匠罗季昂的儿子,头发火红色的沃洛德卡一块儿把这些牲口赶进村子。他们叫来村长,邀集证人,去查看踏坏的草地。

"好哇,行啊!"柯左夫眨巴着眼睛说,"行啊!看他们现在怎么办,这些工程师。你当是没有王法了?好哇!去叫巡官来,告他一状!……"

"告他一状!"沃洛德卡附和道。

"这事就这么算了,那我可不干!"小雷奇科夫嚷道,嗓门越来越高,这样一来他那张没有胡子的脸似乎越发肥了,"他们这是什么派头啊!要是由着他们的性儿干,那他们就把草地都糟踏了!你们可没有权利欺压老百姓!现在没有农奴了!"

"现在没有农奴了!"沃洛德卡附和道。

"咱们当初没有这座桥也活下来了,"老雷奇科夫阴沉地说,

"咱们又没有要他造桥,咱们要桥干什么用!咱们用不着!"

"弟兄们,正教徒们!这事可不能就这么算了!"

"好哇,行啊!"柯左夫眨巴着眼睛说,"瞧他们现在怎么办!什么地主哟!"

他们走回村里,小雷奇科夫一面走,一面不住地用拳头捶胸膛,一路叫喊着,沃洛德卡也跟着喊叫,附和他的话。这当儿,在村子里,在那头良种的牛犊和马匹四周,围上了一大群人。那头牛犊很窘,从眉毛底下往上看,可是忽然低下嘴去凑近地面,扬起后腿,跑了起来。柯左夫吓了一跳,朝它挥动手杖,大家哈哈大笑。后来他们把牲口关起来,等待着。

傍晚工程师打发人送来五个卢布,赔偿踏坏的草地。那两匹供使役的马,那匹矮马和那头牛犊,又饿又渴,回家去了,它们耷拉着脑袋,像是自觉有罪,仿佛是被人拉去执行死刑似的。

雷奇科夫父子、村长和沃洛德卡拿到五个卢布以后,就坐船过河,到对岸的克里亚科沃村去了。村里有一家酒店,他们在那儿开怀畅饮了好半天。可以听见他们唱歌和小雷奇科夫喊叫的声音。本村的妇女通宵没有睡觉,放心不下。罗季昂也没有睡。

"这事可不妙,"他说,翻来覆去,不住地叹气,"老爷一发脾气,往后可就要吃官司了。……他们得罪了老爷。……唉,他们得罪了老爷,这可不好啊。……"

有一回,一些农民,包括罗季昂在内,到本村的树林里去划分草场。他们在回家的路上遇见工程师。他上身穿一件红布衬衫,下面穿一双长筒皮靴,身后跟着一条猎狗,吐出很长的舌头。

"你们好,弟兄们!"他说。

农民们站住,脱掉帽子。

"我早就想跟你们谈一谈了,弟兄们,"他接着说,"事情是这样的。从今年一开春,你们的牲口就天天到我的花园和树林里来。

什么都踩坏了,猪把草地拱得坑坑洼洼的,菜园全给糟蹋了,树林里的小树都毁了。你们的那些牧人简直叫人没办法,你好好要求他们,他们却出口伤人。我的草地天天给踩坏,我都没有怎么样,我没有罚过你们钱,也没有告过你们状,可是你们却把我的马和牛扣住不放,硬拿去我五个卢布。这样对吗?难道这像做邻居的样子吗?"他接着说,他的声调那么柔和,婉转,目光也不严厉,"难道正派人该这样办事吗?一个星期以前你们有人砍掉我树林里的两棵小橡树。你们把通到叶烈斯涅沃村去的道路掘坏了,现在我只好绕三俄里的弯路。你们为什么处处跟我作对呢?看在上帝面上,你们说说看,我做了什么对不起你们的事呢?我和我的妻子极力要跟你们和和睦睦地相处,我们尽心竭力帮助农民。我的妻子是个善良的、热心肠的女人,她没少帮助过人,她的心愿就是做一些对你们和你们的孩子有益的事。你们呢,却对我们以怨报德。你们不公平,弟兄们。你们好好想一想吧。我恳切地请求你们好好想一想。我们像对待自己人那样对待你们,你们也该照这样还报我们才是。"

他说完,便转身走了。农民们又站了一会儿,戴上帽子,也走了。别人对罗季昂说话,他素来不是按照对方的意思去理解,而总是按他自己的方式去理解,这一次他叹口气,说:

"得还钱了。他说,弟兄们,你们该还钱了。……"

他们默默地走回村子。罗季昂回到家里,祷告一下,脱掉靴子,跟他的妻子并排在一条长凳上坐下。他和斯捷潘尼达在家里总是并排坐着,到了街上总是并排走路,他们吃喝睡觉总是在一块儿,他们越老,相爱得越深。他们的小木房里又挤又热,到处都是小孩子,有的在地下,有的在窗台上,有的在炉台上。……斯捷潘尼达尽管上了年纪,却还在生孩子。现在,看着这一群孩子,很难分清哪个是罗季昂的孩子,哪个是沃洛德卡的孩子。沃洛德卡的妻子卢凯丽雅是个年轻而难看的女人,生着暴眼和鸟喙样的鼻子,正在揉木桶里的面团。沃洛德卡本人坐在炉台上,耷拉着两条腿。

"在大路上,靠近尼基达的荞麦地……工程师带着一条小狗。……"罗季昂歇了会儿,开口了,搔着两肋和胳膊肘,"他说,得还钱。……还钱,他说。……有钱没钱,每家都得出十个戈比。他们把老爷得罪苦了。我替他难过。……"

"我们当初没有桥也活下来了,"沃洛德卡说,眼睛没有看着任何人,"又不是我们要造桥。"

"瞧你说的!桥是公家造的。"

"我们不要。"

"人家又没有问你要不要。你多什么嘴!"

"'人家又没有问你'……"沃洛德卡讥诮地重复他的话说,"我们又不坐车到什么地方去,要桥干什么?要过河,坐小船也能过去嘛。"

有人在外面敲窗子,敲得那么用劲,似乎整个小木房都颤动起来了。

"沃洛德卡在家吗?"小雷奇科夫的说话声响起来,"沃洛德卡,出来,走!"

沃洛德卡从炉台上跳下地,开始找他的帽子。

"别去了,沃洛德卡,"罗季昂胆怯地说,"别跟他们一块儿去,儿子。你傻,跟小孩子一样,他们不会教你干出什么好事来的。别去了!"

"别去了,儿子!"斯捷潘尼达央告说,眨着眼睛,要哭出来了,"他们大概是叫你上酒馆去。"

"'上酒馆'……"沃洛德卡学着她的话说。

"又要喝醉酒回来了,狗东西!"卢凯丽雅说,恶狠狠地瞧着他,"去,去,巴不得让酒把你活活烧死才好,没尾巴的魔鬼!"

293

"喂,你闭嘴!"沃洛德卡叫道。

"他们把我嫁给这么一个蠢货,断送了我这苦命的孤儿,这个红头发的酒鬼……"卢凯丽雅哭起来,伸出一只沾满了面的手擦着脸,"叫我的眼睛别再瞧见你才好!"

沃洛德卡打她一个耳光,走了。

三

叶连娜·伊凡诺芙娜和她的小女儿步行到村子里来。她们在散步。正巧那天是星期日,妇女和姑娘们穿着花花绿绿的连衣裙到街上来了。罗季昂和斯捷潘尼达并排坐在台阶上,对叶连娜·伊凡诺芙娜和她的女孩点头,微笑,仿佛见了熟人一样。十几个孩子从窗口瞧着她们。他们脸上现出困惑和好奇的神情,唧唧喳喳地低声说:

"库切里哈来了!库切里哈!"

"你们好,"叶连娜·伊凡诺芙娜说,站定下来;她沉吟一下,问道,"哦,你们过得怎么样?"

"谢天谢地,我们过得还好,"罗季昂回答道,说得很快,"自然,我们将就着过罢了。"

"我们这是什么样的生活呀!"斯捷潘尼达说,笑一笑,"您看得明白,太太,好人,真是穷啊!一家十四口,挣钱的只有两个人。说起来是铁匠,可是只有个空名,人家牵马来钉马掌,这儿却没有煤。没钱买啊。我们愁死了,太太,"她接着说,笑起来,"嘿,真愁死了!"

叶连娜·伊凡诺芙娜在台阶上坐下,搂住她的小女孩,呆呆地想心思;从那小女孩的脸色看来,她的头脑里也有些不愉快的思想在活动。她在沉思中玩弄着从她母亲手里接过来的一把漂亮的镶花边的阳伞。

"穷啊!"罗季昂说,"操心的事很多,我们不住地干活,没完没了。瞧,上帝又不给雨水。……不用说,我们的日子过得不顺心哟。"

"你们在这个世界里生活得苦,"叶连娜·伊凡诺芙娜说,"不过到另一个世界里,你们就会幸福了。"

罗季昂没有听懂她的话,光是对着空拳头咳嗽一声作为回答。可是斯捷潘尼达说:

"好太太,阔人就是到另一个世界也会过得挺顺心。阔人在神像前面点蜡烛,出钱做礼拜,阔人周济叫花子,可是庄稼人能干什么呢?就连在脑门上画个十字的工夫也没有,自己又穷得连叫花子都不如,哪儿说得上拯救自己的灵魂。再说,人一穷,罪过就多了,心里有了苦恼就会不住地骂街,像狗一样,说不出一句好话,什么事都干得出来,我的好太太,求上帝保佑,别弄到这个地步才好!大概,在这个世界上也好,在另一个世界上也好,幸福我们总归是得不到的。所有的幸福都让阔人得去了。"

她讲得挺高兴。显然,她早已讲惯了她的苦生活。罗季昂也微微地笑;他看到他的老伴这样聪明,能说会道,心里很快活。

"阔人舒心,那不过是从表面上来看罢了,"叶连娜·伊凡诺芙娜说,"其实,各人有各人的苦恼。就拿我们来说,我和我丈夫过得不算穷,我们有产业,可是难道我们幸福吗?我还年轻,可已经有四个孩子;孩子们老是生病,我也有病,经常去找大夫。"

"你有什么病?"罗季昂问。

"妇女病。我睡不好,头痛使我不得安宁。比方说,现在我坐在这儿谈天,可是我的脑袋不舒服,周身发软,老实说,与其这个样子,还不如让我干最重的活儿好。我的心也不踏实。我经常为我的孩子,为我的丈夫担心。每家都有每家的苦恼,我们家里也有。

我不是贵族。我的祖父是普通的庄稼人,我父亲在莫斯科做买卖,也是个普通人。我丈夫的父母却有财有势。他们不愿意让他跟我结婚,可是他不听,跟他们吵架,他们直到现在也没有原谅我们。这就弄得我的丈夫心神不安,常常激动,老是发愁,他爱他的母亲,爱得很深。这样,我心里也就不踏实了。我心里难过。"

在罗季昂的小木房旁边已经有许多农民和村妇站着,听他们讲话。柯左夫也走过来,站住,不时抖动一下他那把狭长的胡子。雷奇科夫父子也走过来。

"事情很清楚,一个人要是觉得自己不是处于合适的地位,那就不可能幸福而满意,"叶连娜·伊凡诺芙娜接着说,"你们各人都有各人的一块田地,你们人人劳动,也知道为什么劳动;我的丈夫造桥,一句话,各人有各人的位置。可是我呢?我光是走来走去。我没有一块地,我不劳动,我觉得自己像是一个局外人。我说这些话是要你们别从外表下断语。要是一个人穿得阔气,有家产,那还不能说,他满意他自己的生活。"

她站起来要走,拉住她女儿的手。

"我很喜欢你们这个地方。"她说,微微一笑,从她那淡淡的、羞怯的笑容可以看出她确实身体不好,她还那么年轻,那么漂亮;她有着一张苍白消瘦的脸、两道黑眉毛、一头淡黄色的头发。那女孩长得跟她母亲一样,头发淡黄,脸庞消瘦,模样秀气。她们身上发出香水的气味。

"这条河,这个树林,这个村子我都喜欢……"叶连娜·伊凡诺芙娜接着说,"我可能要在这儿住一辈子,我觉得在这儿我的身体会好起来,我会找到我的位置。我想,我一心想,帮助你们,对你们有益,跟你们接近。我知道你们穷苦,至于我不知道的情况,我也能用我的心感觉出来,揣摩出来。我有病,身子弱,我也许已经不可能按我的心意改变我的生活了。不过我有儿女,我要尽我的力量教育他们,要他们跟你们处熟,喜爱你们。我要经常开导他们,要他们知道他们的生命不是属于他们自己,而是属于你们的。只是我恳切地请求你们,央告你们,要信任我们,跟我们和好地生活下去。我的丈夫是个心地善良的好人。不要惹他激动,不要招他生气。他对一丁点小事都敏感,比如昨天,你们的牲口闯到我们的菜园里来,你们有人拆毁我们养蜂场的篱笆,这样对待我们,惹得我的丈夫又急又气。我请求你们,"她用央告的声调接着说,把两只手按在胸口上,"我请求你们,对待我们要像对待好邻居一样,让我们和睦相处!俗语说得好:勉强维持的和睦总比真正争吵强,不要买田产,而要买邻居。我再说一遍,我丈夫是个心地善良的好人;如果一切都顺利,那我就应许你们,凡是我们的能力办得到的事情,我们都会去做。我们会修路,我们会给你们的孩子造学校。我应许你们。"

"那我们当然太谢谢了,太太,"老雷奇科夫眼睛瞧着地下,说,"您是受过教育的,您懂得多。不过呢,比方说,在叶烈斯涅沃村有个沃罗诺夫,是个富足的农民,也答应造一所学校,嘴上也说,'我给你们办这个,办那个',可是只搭了个房架子就不管了,后来硬逼着乡里人盖房顶,造完,花了上千的卢布。沃罗诺夫倒不在乎,他光是摩挲一下胡子就算了,可是乡里人就不好受了。"

"那是一只乌鸦①,现在呢,又有一只白嘴鸦飞过来了。"柯左夫说,眨巴一下眼睛。

响起了笑声。

"我们用不着办学校,"沃洛德卡阴沉地说,"我们的孩子到彼得罗夫斯科耶村去上学,那就让他们还是到那儿去好了。我们不

---

① 在俄语中,"воронов"(音译沃罗诺夫,可用作人的姓,亦可作"乌鸦的"解)一词源出"ворон"(意为"乌鸦")一词。

要办什么学校。"

不知怎的,叶连娜·伊凡诺芙娜忽然有点胆怯了。她脸色发白,一下子显得瘦了,缩起身子,仿佛给什么粗硬的东西碰了一下似的,她再也没说一句话就走了。她越走越快,头也不回。

"太太!"罗季昂叫道,跟着她走过去,"太太,等一等,我有话要跟您说。"

他跟在她后面,没有戴帽子,轻声说着,仿佛要饭似的:

"太太! 等一等,我有话要跟您说。"

他们走出村子,叶连娜·伊凡诺芙娜走到一棵老花楸树的树荫底下,在不知什么人的板车旁边站住。

"你别生气,太太,"罗季昂说,"这没什么! 你忍一忍吧。忍上两年就好了。你自管在这儿住下去,忍一忍,往后就没事了。我们这儿的老百姓都好,都安分……老百姓挺不错,我对您说的全是真话。你别理睬柯左夫和雷奇科夫父子,至于沃洛德卡,你也别理他,他是我的傻小子:人家说什么,他就信什么。另外那些人都本分,一声不响。……有的人,你知道,很想凭良心说句话,给你打抱不平,可是说不出来。这种人有灵魂,有良心,可就是缺舌头。你别生气……忍一忍吧。……这没什么!"

叶连娜·伊凡诺芙娜瞧着那条宽阔、平静的河,呆呆地想心思,眼泪淌下她的脸颊。这眼泪使得罗季昂心慌意乱,他自己也差点哭了。

"你不要放在心上……"他嘟哝说,"忍他两年吧。造学校也可以,修路也可以,只是不要一下子都做。……你,比方说,打算在这个高坡上种粮食,那就先得拔掉野草,搬开所有的石头,然后耕地,折腾来,折腾去。……对老百姓呢,你明白,也得这样……折腾来,折腾去,直到叫他们心服了为止。"

那一群人离开罗季昂的小木房,在街上走着,往花楸树这边移动。他们唱起歌来,拉响手风琴。他们越走越近,越来越近。……

"妈妈,我们离开这儿吧!"小女孩说,脸色苍白,依偎着母亲,浑身发抖,"走吧,妈妈!"

"到哪儿去?"

"到莫斯科去。……我们走吧,妈妈!"

小女孩哭起来。罗季昂急坏了,满脸大汗。他从口袋里拿出一根又小又弯,像月牙似的、沾满黑麦面包渣的黄瓜,塞到小女孩手里。

"得了,得了……"他嘟哝说,严厉地皱起眉头,"把这小黄瓜拿去,吃吧。……哭可是不行啊,你妈要揍你一顿的……回到家里要把你告到爸爸那儿去。……得了,得了。……"

她们往前走去,他仍旧跟在她们后面,想对她们说点亲热动听的话。后来,他看见她们只顾想自己的心思,浸沉在她们自己的忧愁里,没有注意到他,他就站定下来,手搭凉棚,遮住阳光,久久地瞧着她们的后影,直到她们消失在她们的树林里为止。

四

工程师显然变得爱生气,小题大做,把每一件微不足道的事都看成盗窃或者侵占行为。他的大门甚至白天也上锁,夜里有两个看守在花园里巡行,敲着铁板,他再也不雇用奥勃鲁恰诺沃村的人做短工了。好像故意捣乱似的,有人(也不知是农民还是流浪汉)从一辆大车上卸下新的车轮,换上旧的,后来,过了不久,有两个笼头和一把钳子给人拿走了,连村子里的人也开始有怨言了。大家纷纷说,雷奇科夫家里和沃洛德卡那里应该搜查一下,正在这个时候,钳子和笼头却在工程师的花园的篱笆下找到了,不知是什么人偷偷丢在那儿的。

299

有一次农民们成群地从树林里走出来,又在大道上碰见工程师。他站住,没有向大家打招呼,只是气冲冲地瞧瞧这个人,又瞧瞧那个人,开口说:

"我请求过你们不要在我的花园里和院子附近采菌菇,留给我的妻子和孩子们去采,可是你们的女孩子天一亮就来了,后来连一个菌菇也没有剩下。请求你们也好,不请求你们也好,反正都是一样。请求也罢,亲热也罢,劝告也罢,我看都没什么用处。"

他把愤怒的目光停在罗季昂身上,接着说:

"我和我的妻子把你们当人看待,看成跟我们一样的人,可是你们呢?哎,说这些有什么用!大概到头来总要弄到我们看不起你们了事。也只能这样了!"

他极力控制自己,压住心头的怒火,免得说出什么不得当的话来,就转身走了。

罗季昂回到家里,祷告一下,就脱了靴子,在一条长凳上挨着他的妻子坐下来。

"是啊……"他叹口气,开口了,"刚才我们走啊走的,迎面遇见库切罗夫老爷。……是啊。……他在天亮的时候看见一些女孩子。……他说:'为什么不送菌子来?'……他说:'为什么不送给我的妻子和孩子?'后来他瞧着我,又说:'我跟我妻子要周济①你们。'我想对他跪下,可是又胆怯。……求上帝赐给他健康。……求主给他赐福。……"

斯捷潘尼达在胸前画个十字,叹一口气。

"这是位好心的、厚道的老爷……"罗季昂接着说,"'我们要周济你们',这话他是当大家的面应许的。……我们到了老

---

① 在俄语中,"瞧不起"(презирать)和"周济"(призирать)两词词形相似,只有一个字母不同。

年……真要这样倒不错。……我要永生永世替他祷告上帝。……求圣母给他赐福。……"

九月十四日举荣圣架节是本地教堂的节日。雷奇科夫父子一清早就到对岸去了,回来吃午饭的时候已经喝得大醉。他们在村子里游荡了很久,时而唱歌,时而用难听的话相骂,后来打起架来,他们就到庄园里去告状。先是老雷奇科夫走进院子,手里拿着一根山杨木的长棍子。他犹豫不决地站住,脱掉帽子。这当儿工程师和他家里的人正坐在凉台上喝茶。

"你有什么事?"工程师叫道。

"老爷,大人……"雷奇科夫开口说,哭起来,"求您发发慈悲,给我做主。……我儿子弄得我没法活下去了。……我儿子花光我的钱,打我……大人。……"

小雷奇科夫也走进来。他没戴帽子,手里也拿着木棒。他站住,抬起醉眼呆呆地瞧着凉台。

"我不管你们争吵的事,"工程师说,"去找地方自治局或者警察局。"

"我到处都去过……状子也递过……"老雷奇科夫说,放声大哭,"现在我能到哪儿去呢?莫非他现在能把我打死吗?莫非他什么事都能干吗?能这样对待自己的父亲吗?自己的父亲?"

他举起木棒,打他儿子的脑袋,那一个也举起木棒,照准老人的秃顶使劲打下去,弄得那根木棒甚至倒蹦起来了。老雷奇科夫连身子也没有摇晃一下,又打他儿子,打他的头。他们就这么站在那儿,打彼此的脑袋,这不像是打架,倒像是玩一种游戏。大门外围着些农民和村妇,默默地瞧着院子里,大家的脸色都挺严肃。这些农民是来拜节的,可是看见雷奇科夫父子都觉得难为情,就没有走进院子里来。

第二天早晨叶连娜·伊凡诺芙娜就带着孩子们到莫斯科去

了。传说工程师正在卖他的庄园。……

五

大家早已看惯那座桥,很难设想那个地方的河没有桥了。造桥工程留下来的碎石堆上早就长满青草,至于那些流浪汉,人们倒把他们忘掉了。现在大家不再听到《杜比努希卡》的歌声,却几乎每个钟头都能听到过路火车的隆隆声了。

新别墅早已卖掉。现在它归一个文官所有,这个人每到假日就带着全家从城里来到这儿,在凉台上喝茶,然后又回到城里去。他的帽子上有一个帽徽,他讲起话来,嗽起喉咙来,好像一个大官,其实论官位他只不过是个十等文官罢了。每逢农民们对他鞠躬,他一概不理。

奥勃鲁恰诺沃村里的人都老了;柯左夫已经死了,罗季昂的小木房里的孩子越发多了,沃洛德卡的脸上生了一把火红色的长胡子。他们依旧像先前那么穷。

这年早春季节,奥勃鲁恰诺沃村的人在火车站附近锯木柴。这时候他们做完工,正在走回家去,一个跟着一个,不慌不忙;宽锯子呈弓形横在他们的肩膀上,在阳光底下闪光。沿岸的矮树丛里夜莺在歌唱,天空中的云雀发出一连串清脆的叫声。新别墅里安安静静,一个人也没有,只有些金黄色的鸽子在房子上空飞翔,说它们呈金黄色,是因为被阳光照耀的缘故。所有的人,包括罗季昂,雷奇科夫父子,沃洛德卡,都想起那些白马,矮马,焰火,那条有灯的小船,想起工程师的妻子,那个相貌漂亮、装束考究的女人,怎样来到村子里,对他们十分亲切地说话。这一切仿佛根本没有发生过似的。这一切像是一场梦或者一个童话。

他们身体疲乏,一步一步地走着,暗自寻思。……

他们想:他们村子里的人都善良,安分,通情达理,敬畏上帝,叶连娜·伊凡诺芙娜也安分,心好,温和,谁看见她那模样都会觉得可怜,然而为什么他们处不来,分手的时候像仇人似的?到底是一种什么样的雾遮住了他们的眼睛,使他们看不见最重要的事情,而只看见踏坏的草地、笼头、钳子以及现在回想起来显得那么微不足道的种种小事呢?为什么他们跟新的房主人倒能相处得和睦,跟工程师却合不来呢?

大家不知道该怎样回答这些问题才好,都沉默着,唯独沃洛德卡喃喃自语。

"你说什么?"罗季昂问。

"我们当初没有桥也过下来了……"沃洛德卡阴沉地说,"我们当初没有桥也活下来了,我们又没有要求造桥……我们用不着它。"

谁也没有答理他,大家耷拉着脑袋,沉默地往前走去。

公　　差

　　法院的代理侦讯官和本县的医生坐着雪橇到绥尔尼亚村去验尸。在路上他们遇到了暴风雪,兜了很久的圈子,结果他们不是按他们所希望的那样在中午,而是在黄昏,天色已经黑下来的时候才到达目的地。他们在地方自治局的一所小木房里停下来过夜。在这儿,在地方自治局的这所小木房里,凑巧摆着那具尸体,地方自治局的保险公司代理人列斯尼茨基的尸体。这个人三天以前来到绥尔尼亚村,在地方自治局的这所小木房里住下,叫人送来茶炊,然后就十分出人意料地开枪自杀了。他是在桌子上茶炊旁边放好各种凉菜以后才了结性命的,这种情况有点蹊跷,使许多人有理由怀疑是凶杀案。这就需要验尸了。

　　那位医生和侦讯官在穿堂抖掉身上的雪,顿着脚,他们身旁站着乡村警察伊里亚·洛沙津,他是个老人,手里拿着小小的铁皮灯,给他们照亮。有一股浓重的煤油气味。

　　"你是什么人?"医生问。

　　"巡警……"乡村警察回答说。

　　他就是在邮政局里也是这样签名:巡警。

　　"证人们在哪儿?"

　　"大概喝茶去了,老爷。"

　　右边是一个干净的房间,"客房",或者老爷住的房间,左边是一间杂屋,里面有一个大炉子和一张高板床。医生和侦讯官以及跟在他们身后、把那盏小灯举得高过头顶的乡村警察走进那个干净的房间。这儿的地板上,有一具长长的尸体,一动不动地躺在桌腿旁边,身上盖着白被单。在那盏小灯的微弱光线下,除了白色的盖布以外还可以清楚地看见一双新的胶皮套鞋。这儿的一切都阴森可怕,叫人看了不舒服:那乌黑的墙壁、那寂静、那套鞋、那纹丝不动的尸体。桌上放着早已凉了的茶炊,茶炊四周放着一些纸包,大概包着凉菜吧。

"在地方自治局的小木房里开枪自杀,这样做多么不通人情!"医生说,"既然起意要往脑门子里射进一颗子弹去,那就该在自己家里,一个什么堆房里下手才是。"

他依旧戴着帽子,穿着皮大衣和毡靴,在一条长凳上坐下来,他的旅伴,侦讯官,在他对面坐下。

"这些歇斯底里患者和神经衰弱患者都是十足的利己主义者,"医生苦恼地接着说,"要是一个神经衰弱患者跟您同住在一个房间里,他就把报纸翻得沙沙响;要是他跟您一块儿吃饭,他就跟他的妻子吵架,并不因为您在座而有所顾忌;要是他起意开枪自杀,他就在村子里,在地方自治局的小木房里自杀,为的是给大家多惹些麻烦。这些老爷在各种生活环境中都只顾自己。只顾自己!就因为这个缘故,老人们才十分不喜欢我们这个'神经的时代'。"

"老人们不喜欢的事儿多着呢,"侦讯官打着哈欠,说,"您该对老人们指出从前的自杀和现在的自杀有什么样的区别。从前的所谓上流人自杀,是因为盗用公款,现在呢,却是因为厌倦生活,苦恼。……哪种好一点呢?"

"厌倦生活啦,苦恼啦,不过您会同意,他本来可以不在这个地方自治局的小木房里自杀的。"

"真倒霉,"乡村警察说,"真倒霉,简直是受罪。老百姓很不安心,老爷,他们已经有两夜睡不着觉了。孩子们哇哇地哭。该给母牛挤奶了,可是女人们不敢到牛棚里去,害怕。……她们生怕那位老爷在黑暗中显灵。当然,她们是些蠢娘们儿,可是有些男人也怕。天一黑,他们就不敢单身走过这所小木房,总是成群结队地走。证人也是这样。……"

医生斯达尔倩科是一个中年男子,留一把黑胡子,戴着眼镜,侦讯官雷仁生着淡黄色头发,年纪还轻,两年前刚在大学毕业,与其说像个文官,不如说像个大学生。他们俩坐在那儿,不说话,沉思默想。他们因为来得太迟而懊恼。现在他们得等到天亮,只好在这儿过夜了,可是此刻刚五点多钟,他们面前有漫长的傍晚,然后是漫长的黑夜,烦闷无聊,不舒服的床,蟑螂,晨寒;他们俩听着阁楼上和烟囱里哀号的暴风雪,想到这一切跟他们所希望过的以及从前所梦想过的生活多么不同,想到他们俩和他们的同代人隔得多么远,那些人如今正在城里灯光明亮的街道上行走,没有注意到坏天气,或者这时候正准备着到剧院去,或者坐在书房里看书。啊,现在只要能够在涅瓦大街或者在莫斯科的彼得罗夫卡走一走,听一听悦耳的歌唱,在饭馆里坐上一两个钟头,他们情愿付出多么昂贵的代价啊。……

"呜——呜——呜——呜!"暴风雪在阁楼上歌唱,外面有个什么东西在恶狠狠地砰砰响,大概是地方自治局的小木房门外的招牌吧。"呜——呜——呜——呜!"

"您爱怎么样随您便,反正我不愿意留在这儿,"斯达尔倩科站起来,说,"现在才五点多钟,睡觉还嫌早,我要坐车出去一趟。冯·达乌尼茨住得离这儿不远,离绥尔尼亚村不过三俄里路。我要坐车上他家去,在那儿消磨这个傍晚。警察,去对马车夫说不要把马卸下来。那么您怎么样呢?"他问雷仁。

"我不知道。大概躺下睡觉吧。"

医生把身上的皮大衣裹一裹紧,走出去了。可以听见他在跟马车夫讲话,那些冻僵的马脖子上的铃铛颤动起来。他坐车走了。

"你,老爷,在这儿过夜可不合适,"乡村警察说,"到那边房间里去吧。那边不干净,不过反正住一夜,对付得了。我马上到庄稼汉家里去取一个茶炊来,给它生上火,然后我给你铺上点干草,你就可以好好睡一觉了,老爷。"

过了不久,侦讯官坐在那间杂屋里一张桌子旁边喝茶,乡村警察洛沙津站在门口讲话。这是个六十开外的老人,身量不高,很瘦,背有点驼,白发苍苍,脸上现出纯朴的笑容,眼睛里含满泪水,老是吧嗒着嘴,好像在吃糖似的。他穿一件短皮袄,脚上穿一双毡靴,一根拐棍总不离开他的手。侦讯官的年轻显然引起他的怜惜,大概就是因为这个缘故,他才跟侦讯官亲热地讲话。

"乡长费多尔·玛卡雷奇吩咐我说,区警察局长或者侦讯官一到,就得报告他,"他说,"那么,事情既是这样,我现在得走了。……这儿离乡里有四俄里路,正碰上暴风雪的天气,这雪下得好大啊,大概最早也得午夜才能走到。听,呜呜地叫呢。"

"我用不着乡长,"雷仁说,"这儿没有他的事。"

他好奇地瞧瞧老人,问道:

"告诉我,老大爷,你当乡村警察有多少年了?"

"多少年吗?足足有三十年了。农奴解放①以后过了五年我就当差,那你就算一算嘛。从那时候起我就每天跑路。人家有假日,我呢,老是东奔西走。外头已经是复活节,教堂里敲着钟,基督复活了,可我还是背着个背包赶路。一会儿到地方金库去,一会儿到邮局去,一会儿到区警察局长家里去,一会儿到地方自治局去,

---

① 指1861年俄国废除农奴制。

一会儿到税务局去,一会儿到执行处去,一会儿到地主老爷家里去,一会儿到庄稼汉家里去,反正各个正教徒的家里我都去过。我带着邮包啦,传票啦,税额通知书啦,信件啦,各种单据啦,表格啦。是啊,好老爷,如今时兴这么一种表格,要填数目字,有黄的,白的,红的,每位老爷,或者神甫,或者富裕的农民,每年必得填十来回:种了多少,收了多少,黑麦有多少俄石①或者多少普特,燕麦有多少,干草有多少,还有,你知道,天气怎么样,各式各样的虫子也得写上。当然,你要怎么写就怎么写,这只是公事罢了,可是我就得东奔西跑,发表格,然后又东奔西跑,把表格收回来。比方说,眼前这位老爷就用不着开膛破肚,你心里明白,这是白费劲,不过把手弄脏罢了,可你还是得辛苦一趟,老爷,跑到这儿来,因为这是照规矩办事,是没有办法的事。我就为这些照规矩办的事走了三十年。夏天倒还不要紧,暖和,干燥,冬天或者秋天就不舒服了。有的时候我差点淹死,有的时候差点冻死,什么事儿都出过。有些坏人在树林里抢走我的背包,有的人揍我,我还吃过官司。……"

"为了什么事吃官司?"

"为了诈骗。"

"怎么诈骗呢?"

"是这样的,你知道,文书赫利桑甫·格利果利耶夫把别人的木板卖给包工头;你知道,他这是骗钱。我也给牵连到这个案子里去了,因为他们打发我到饭铺里去买酒;其实,文书并没有分钱给我,连一杯酒都没有请我喝过,可是我穷,人家看我这模样,就认为我大概是个靠不住的人,没出息的人,我们俩就都给带到法院里去了。他坐了牢,我呢,上帝保佑,总算宣告无罪,给放出来了。法庭上念了这么一个公文。他们都穿着制服。我是说那些法庭上的官

---

① 旧俄体积单位,散物体:1俄石等于209.91升;液体:1俄石等于3.08升。

儿。我跟你说吧,老爷,我们这份差事叫没干惯的人去干,那真倒霉透了,简直要人的命,可是我干起来,倒也没什么。不出去跑,反而会腿疼。待在家里,那在我反而更糟。待在乡公所里不出去,就得给文书生火啦,给文书送水啦,给文书擦皮鞋啦。"

"你挣多少钱薪水?"雷仁问。

"一年八十四个卢布。"

"恐怕总还有点外快。这总有的吧?"

"哪儿有什么外快!这年月老爷们很少赏酒钱。这年月老爷们变得凶了,动不动就生气。你给他送公文去,他生气,你在他面前脱掉帽子,他又生气。他说,'你走错了门,'他说,'你是个酒鬼,嘴里有一股葱臭味,'他骂你笨蛋,狗崽子。当然,和气的老爷也有,可是从他们手里哪儿拿得到什么钱?他们光是耍笑你,给你起各式各样的外号。比方拿阿尔土兴老爷来说吧,为人倒还和气,看上去挺清醒,有头脑,可是一见着我,就嚷开了,他自己也不知道为什么。他给我起了个怪外号。他说你这个……"

乡村警察说了几个字,可是声音很低,听不清楚。

"什么?"雷仁问,"你再说一遍。"

"行政人员!"乡村警察大声又说一遍,"他早就这样叫我,有六年了。你好,行政人员!不过我也不在乎,随他去叫吧,求上帝保佑他。有的时候,某位太太盼咐人给我一杯酒喝,一小块馅饼吃,我呢,就为她的健康干杯。庄稼汉倒大半都肯给我点什么,庄稼汉是厚道人,敬畏上帝:有的给一小块面包,有的给点白菜汤喝,有的请你喝一盅。乡长总是在饭铺里请人喝茶。刚才那些证人也出去喝茶了。他们说:'洛沙津,你替我们待在这儿守着吧。'他们每个人都给我一个戈比。他们不习惯,害怕。昨天他们也给了我十五个戈比,还请我喝了一盅。"

"莫非你就不害怕?"

"害怕,老爷,不过要知道,这是我分内的事,我的差事嘛,那就不能躲开不管了。今年夏天我押着一个犯人进城去,他狠狠地揍了我一顿!好狠哪!好狠哪!四下里是田野和树林,你能躲到哪儿去?眼下这件事也是这样。这位列斯尼茨基老爷,我还记得他这么高的时候是什么样子,我认得他父亲,也认得他母亲。我是涅多肖托瓦村人,列斯尼茨基老爷家离我们不过一俄里路,甚至还不到一俄里,我们两家的田界紧挨着。列斯尼茨基老爷有个姐姐,是个老处女,敬畏上帝,心地仁慈。主啊,让你的奴隶尤丽雅的灵魂安息吧,让它永生吧!她没有出嫁,临死把她的全部财产分了,把一百俄亩土地送给修道院,把二百俄亩土地送给我们,涅多肖托瓦村的农民村社,来纪念她的灵魂,可是她的弟弟,那位老爷,却把那张纸藏了起来,据说放在火炉里烧掉了,把所有的土地都霸占了。你知道,他以为这对他有好处,可是,不行啊,你等着就是,在这个世界上靠了弄虚作假是混不长的。后来这位老爷有二十年没有到神父那里去忏悔,你知道,他不进教堂的门了,临死的时候也没有忏悔,他的肚子胀破了。他胖得不得了。他的肚子一下子就胀破了。后来少东家,也就是谢廖查①,欠下了债,他的财产全给人家拿走抵了债,有多少就拿走多少,一点也没剩下。他呢,学问又不大,什么事也不会干。他舅舅当地方自治局执行处的主席,心里寻思:'把他,谢廖查,弄到我这儿来当个代理人,让他做保险代理人,这个工作比较简单。'可是少东家生性高傲,也想把日子过得有气派,有排场,自由自在,所以,你知道,要他坐着一辆破板车在全县跑来跑去,跟庄稼汉谈话,他就觉得难受了;他走来走去,眼睛老是瞧着地下,瞧啊瞧的,一句话也不说;你对着他的耳朵叫一声:'谢尔盖·谢尔盖伊奇!'他就回过头来说一声:'啊?'随后又

---

① 谢尔盖的小名。

瞧着地下了。现在呢,你瞧,他用自己的手把自己干掉了。这不像样子,大人,不对头。谁也不明白这个世道是怎么回事,慈悲的主啊。当然,你父亲有钱,你穷,你心里难过,不过那又有什么办法呢,你总得将就着活下去嘛。从前我也过得好,老爷,我有两匹马,有三头奶牛,养着二十来只羊,可是临了只剩下一个背包,而且就连这个背包也不是我的,是公家的。如今在我们涅多肖托瓦村里,说句老实话,那就数我的房子最糟了。当初莫凯伊用过四个听差,眼下莫凯伊自己做了听差。彼特拉克本来有四个雇农,现在彼特拉克本人成了雇农。"

"那么你是怎么穷下来的呢?"侦讯官问。

"我那些儿子死命地灌酒啊。他们那种灌法简直没法说,说了你也不信。"

雷仁听着,心想:他雷仁迟早总会回到莫斯科去,而这个老人却要永远留在此地,老是东奔西跑。他雷仁在这一生中不知还会遇见多少这种破衣烂衫、很久不梳头的、"没出息"的老人,在这种人的心里,一枚十五戈比的钱币、一小杯酒以及对于在这个世界上靠弄虚作假混不长的深刻信念,是以某种方式紧紧地结合在一起的。后来雷仁听腻了,他就吩咐拿干草来铺床。客房里摆着一张铁床,上面有枕头,有被子,本来可以把那张床搬过来,可是那个死人在床边差不多躺了三天(他临死以前也许在床上坐过),现在要睡在那张床上就会不舒服了。……

"现在刚七点半钟,"雷仁看一下表,暗想,"这多么可怕呀!"

他不困倦,可是又没有事情可做,无法消磨时间,他就躺下去,盖上毛毯。洛沙津收拾茶具,进进出出跑了好几次,吧嗒着嘴,不住地叹气,老是在桌子旁边走动,最后拿着他那盏小灯,走出去了,雷仁在后面看着他那又长又白的头发和伛偻的身体,心想:"活像歌剧里的魔法师。"

天黑下来了。大概月亮藏在云后面,因为窗子和窗框上的雪都可以看得清清楚楚。

"呜——呜——呜!"暴风雪唱着,"呜——呜——呜!"

"老——天——爷啊!"阁楼上有个女人哀叫着,或者听起来像是那样,"我——的——老——天——爷啊!"

"砰!"外面有个什么东西敲着墙,"哗啦!"

侦讯官细听一下:根本就没有什么女人,那是风在吼叫。他觉得冷,就把皮大衣盖在毛毯上面。他渐渐暖和过来,心里想:这一切,暴风雪啦,小木房啦,老人啦,躺在隔壁房间里的尸体啦,这一切同他所希望过的生活相隔多么远,这一切对他来说是多么陌生,微不足道,没有趣味啊。假如这个人是在莫斯科或者莫斯科近郊的一个什么地方自杀,而必须进行侦讯工作,那就会有趣味而且意义重大了,睡在尸体旁边的房间里也许甚至会害怕;可是,这儿,在这个离莫斯科有一千俄里远的地方,这一切就好像换了样子,这一切都算不得生活,算不得人,而只是像洛沙津所说的那种"照规矩"存在着的东西而已,这一切在记忆里连一丁点的痕迹也不会留下,他雷仁一坐车走出绥尔尼亚村,马上就会忘光。祖国,真正的俄罗斯,是莫斯科,是彼得堡,而这儿是内地,是移民区。每逢你渴望着大显身手,扬名天下,比如做一个专办特别重大案件的侦讯官或者地方法院的检察官,做一个上流社会的社交家,那你就一定会想到莫斯科。如果要生活,那就要在莫斯科,而在这儿,你什么也不会想望,很容易听天由命,做个默默无闻的角色,在生活里只巴望一件事,那就是赶快走掉。于是雷仁幻想自己在莫斯科的街道上跑来跑去,到熟人家里去拜访,会见亲人和同学。他想到他现在才二十六岁,即使过五年或者十年才能脱离此地,到莫斯科去,那也还不算迟,前面还有整整一辈子的生活在等待他,他的心就甜蜜地缩紧了。等到他的思想开始紊乱,他渐渐落入迷迷糊糊的境

地,他就想象莫斯科法院里的长廊,想象自己起立发言的样子,想象他的姐妹们,想象一个乐队不知什么缘故老是这样吵闹:

"呜——呜——呜!呜——呜——呜!"

"砰!哗啦!"这声音又响起来,"砰!"

他忽然想起有一次在地方自治局执行处跟一个会计员讲话,有一位瘦瘦的、脸色苍白的先生走到办公桌跟前来。这人生着一对黑眼睛,一头黑头发,眼神很不愉快,就像午饭后睡得过久的人一样,这种眼神破坏了他那秀气而聪明的脸相。他穿的那双长筒靴跟他不相称,显得很粗糙。会计员介绍说:"这是我们地方自治局的保险代理人。"

"原来他就是列斯尼茨基……就是他……"雷仁现在明白了。

他回想列斯尼茨基的低微的说话声,想象他走路的样子,觉得现在自己身旁好像就有一个人在照列斯尼茨基的步态走动似的。

他忽然害怕起来,他的心凉了半截。

"是谁?"他惊恐地问道。

"巡警。"

"你上这儿来干什么?"

"我,老爷,是来问一声。您刚才说用不着找乡长,可是我担心,他也许会生气的。他本来吩咐我去一趟。要不要去一趟?"

"走开!我厌烦了……"雷仁懊恼地说,又盖好毛毯。

"他也许会生气的。……我去了,老爷,祝您在这儿睡得舒服。"

洛沙津走出去了。穿堂里响起一些人的咳嗽声和低语声。大概证人们回来了。

"明天早点让这些可怜的人走吧……"侦讯官暗想,"天一亮,我们就动手验尸。"

他刚昏昏睡去,忽然又响起什么人的脚步声,不过这脚步声并不胆怯,而是又急又响。房门砰地响了一声,然后是说话声,划火柴的声音。……

"您睡了?您睡了?"医生斯达尔倩科匆忙而生气地问道,一根连一根地划亮火柴,他全身都是雪,身上冒出一股寒气,"您睡了?起来,我们到冯·达乌尼茨家里去。他打发马车来接您了。走吧,在那儿您至少可以像人那样吃顿晚饭,睡一觉。您瞧,我亲自来接您了。马是好马,我们不出二十分钟就可以到了。"

"现在几点钟?"

"十点一刻。"

雷仁睡意蒙眬,很不痛快,穿上毡靴和皮大衣,戴上皮帽,外加长耳风雪帽,跟医生一块儿到外面去了。严寒已经过去,然而刮着刺骨的大风,顺着街道卷起一股股雪花,这些雪花仿佛吓得正在逃跑似的。围墙旁边和台阶上都积起高高的雪堆。医生和侦讯官坐上雪橇,周身雪白的车夫弯下腰去,给他们扣上车毯。他们两个人都觉得暖和了。

"走吧!"

他们坐着雪橇穿过村子。"'掘开一道道松软的垄沟,'①……"侦讯官一面瞧着拉边套的马怎样迈动着四条腿,一面懒洋洋地想道。所有的小木房里都点着灯火,仿佛是大节期的前夕似的:农民们都没有睡,害怕那个死人。车夫阴郁地沉默着:大概刚才站在地方自治局的小木房门口的时候,等得厌烦了,如今也在想那个死人吧。

"刚才在达乌尼茨家里,"斯达尔倩科说,"他们听说您留在这所小木房里过夜,就都责怪我为什么没有带您一块儿去。"

----

① 引自普希金的长诗《叶甫盖尼·奥涅金》,第5章,第2节。——俄文本编者注

在村口转弯的地方,车夫忽然扯着嗓门大叫一声:

"让开路!"

有一个人闪过去了,他已经从大路上走开,站在齐膝的雪中,瞧着这辆三套马的雪橇;侦讯官看见一根弯柄拐棍、一把胡子、一个斜挂在腰间的包,他觉得这人好像就是洛沙津,甚至觉得他在微笑。这个人闪现了一下就不见了。

这条路先是沿着树林的边沿向前伸展,后来就变成一条宽阔的林间通路了。他们眼前闪过一些老松树,闪过一片小桦树林,闪过一些高高的、有节疤的、年轻的橡树,它们孤零零地立在一片不久以前刚砍掉树林的空地上,可是很快一切都在空气中,在雪雾中混成一片了。车夫说他看见一片树林,可是侦讯官什么也看不见,只看见那匹拉边套的马。风朝着他们的脊背吹来。

忽然马停住了。

"喂,怎么啦?"斯达尔倩科生气地问道。

车夫一句话也没说,从车夫座位上下来,开始绕着雪橇快跑,他跑的圈子越来越大,离雪橇也越来越远,好像他在跳舞似的,最后他跑回来,坐上雪橇,往右转弯。

"迷路了还是怎的?"斯达尔倩科问。

"没——什——么。……"

他们走到一个小村子,那儿一点灯火也没有。又是树林,田野,又迷了路,于是车夫跳下雪橇,跳舞。这辆三套马的雪橇在一条黑暗的林荫道上跑着,跑得很快,那匹烈性的拉边套的马碰击着雪橇的前部。在这儿,树木呼啸着,那响声叫人害怕,天色黑得伸手不见五指,这辆雪橇仿佛正在冲到一个深渊里去似的。突然间,门口和窗子里的明亮灯光射进人的眼帘,好意的、忽高忽低的狗叫声,人的说话声响起来。……他们到了。

他们在门厅里脱掉皮大衣和毡靴,楼上有人在弹钢琴,弹的是《一小杯克利科酒》①,可以听见孩子们在顿脚。来客立刻感觉到在古老的地主宅子里常有的那种温暖的气氛,在这种地方不管外面的天气怎么样,人们总是生活得温暖,干净而舒适。

"这才好。"冯·达乌尼茨说,握一下侦讯官的手,他是个胖子,脖子粗得惊人,留一把络腮胡子。"这才好。欢迎欢迎,跟您认识很高兴。要知道,我跟您好歹还要算是同行呢。从前我做过副检察长,然而时间不久,总共只有两年,后来我到这里来料理家事,就在这儿逐渐年老起来。一句话,老家伙了。欢迎欢迎,"他接着说,显然在压低嗓门,免得说话声太响;他和客人们一起走上楼去,"我的妻子不在了,死了。让我介绍一下,这是我的几个女儿。"说完,他回转身去对楼下大声嚷道:"吩咐伊格纳特,明天早晨八点钟以前把雪橇备好!"

他的四个女儿都在大厅里,她们是年轻的姑娘,相貌俊俏,都穿着灰色连衣裙,头发也梳成同样的款式;她们的表姐也年轻,招人喜欢,带着几个孩子。斯达尔倩科已经跟她们认识,就立刻请求她们唱个歌,有两位小姐口口声声说她们不会唱歌,也没有乐谱,反复地说了很久,后来那位表姐在钢琴旁边坐下来,她们就用发颤的嗓音唱了《黑桃皇后》里的二重唱。《一小杯克利科酒》又弹奏起来,孩子们就跳跳蹦蹦,顿着脚打拍子。斯达尔倩科也跟着跳。大家哈哈大笑。

后来孩子们道过晚安,去睡觉了。侦讯官笑着,跳卡德里尔舞,向小姐们献殷勤,而心里暗自想着:莫非这是一场梦吗?本来是地方自治局小木房里那间杂屋,墙角上一堆干草,蟑螂的沙沙声,使人厌恶的贫苦环境,证人的说话声,大风,暴风雪,迷路的危

---

① 原文为法语。

险,可是忽然间有了这些明亮、华美的房间,钢琴的声音,美丽的姑娘,头发拳曲的孩子,欢乐而幸福的笑声,他觉得这种转变像是神话;而且这样的变化居然能在三俄里的距离以内,在一个钟头之内发生,简直叫人难于相信。乏味的思想妨碍他欢乐,他心里老是在想:这一带地方的生活算不得生活,而是生活的断片,一鳞半爪,这儿的一切都是偶然的,不能由此得出什么结论来;他甚至为那些姑娘惋惜,她们在此地,在穷乡僻壤,在远离文化中心的内地生活着,日后就在此地了结她们的一生,而在文化中心,就没有一件事是偶然的,一切都可以理解,都合情合理,比如任何自杀案是容易明白的,为什么会发生这桩自杀案,它在普遍的生活进程中具有什么意义,都可以加以说明。他认为:如果在穷乡僻壤,在这儿四周的生活是他所不理解的,如果他看不见生活,那就意味着这儿根本就没有生活。

吃晚饭的时候,大家谈到列斯尼茨基。

"他留下他的妻子和一个孩子,"斯达尔倩科说,"如果我能做主,我就要禁止神经衰弱患者和一般神经系统不健全的人结婚,我要剥夺他们繁殖他们这类人的权利和条件。在世界上生下一些神经有病的儿童是犯罪。"

"这是一个不幸的年轻人,"冯·达乌尼茨说,轻轻地叹气,摇摇头,"一个人事先得怎样地左思右想,经受怎样的痛苦,才能最后下定决心了结自己的生命……年轻的生命啊。每个家庭都可能发生这样的不幸,而这是可怕的。这种事是难于忍受的,难堪的。……"

所有的姑娘都默默地听着,现出严肃的脸色,瞧着她们的父亲。雷仁感到他也得说几句才对,可是又想不出什么话来,就光是说:

"对了,自杀是一种不良现象。"

他在一个温暖的房间里睡觉,躺在一张软和的床上,盖着被子,下面铺着一条新洗干净的细布床单,可是不知什么缘故,他并没有感到舒适;也许这是因为医生和冯·达乌尼茨在隔壁房间里长时间地谈着话,同时上边,天花板上面,烟囱里,暴风雪也像在地方自治局小木房里那样喧嚣,那样悲凉地哀叫:

"呜——呜——呜!"

达乌尼茨的妻子两年前死了,他直到现在还不能忘情;他不管说什么,每一次都要提起他的妻子,在他身上,检察官的影子已经一点都没有了。

"难道将来我也会弄到这个地步吗?"雷仁想,隔墙听着他那低抑的、仿佛孤儿似的声调,昏昏睡去。

侦讯官睡得不安稳。屋里热,不舒服,在睡梦中他觉得自己不是在达乌尼茨家里,不是躺在一张软和干净的床上,而是仍旧在地方自治局的小木房里,躺在一堆干草上,听着那些证人压低嗓门说话。他觉得列斯尼茨基好像就在近处,离他十五步远。他在睡梦中又想起地方自治局的保险代理人,那个黑头发、白脸、穿着扑满灰尘的长筒靴的人,怎样走到会计员的办公桌边。"这是我们地方自治局的保险代理人。……"后来他梦见在田野上,在雪地里,列斯尼茨基和乡村警察洛沙津仿佛在肩并肩地走路,互相搀扶着,暴风雪在他们头上飞舞,风吹着他们的后背,他们一边走一边唱着:

"我们往前走,走啊走,走啊走。"

老人活像歌剧里的魔法师,这两个人确实在唱,仿佛在剧院里似的:

"我们往前走,走啊走,走啊走。……你们那儿温暖,你们那儿明亮,你们那儿舒适,我们却在严寒里,在暴风雪里,在深深的雪地里奔走。……我们不曾有过安宁,不曾有过欢乐。……我们肩负着我们和你们的生活的全部重担。……呜——呜——呜!我们往前走,我们走啊走,走啊走。……"

雷仁醒了,从床上坐起来。多么混乱的噩梦啊!怎么会梦见保险代理人和乡村警察在一块儿呢?多么荒唐呀!这时候雷仁的心怦怦地跳着,他坐在床上,用两只手抱住头,觉得那个保险代理人和那个乡村警察在生活里确实有一种共同点。他们在生活里不就是肩并肩走着,互相搀扶着吗?这两个人之间有一种肉眼看不见的,然而有意义的、必要的联系,甚至在他们和达乌尼茨中间,在所有的人中间,在各式各样的人中间,也有这种联系。在生活里,甚至在最荒凉的穷乡僻壤,也没有一件事情是偶然的,一切事情都充满一个共同的思想,一切事情都有同一个灵魂,同一个目标,要理解这一点,光是思考还不够,光是推断也不够,大概还需要有一种洞察生活的能力,而这种能力显然不是人人都有的。只有把自己的生存看作偶然的人,才会认为那个不幸的、伤透了心的、自杀的、医生称之为"神经衰弱患者"的人和那个一生当中天天为人奔走的老农民,是偶然现象,生活的片断;而把自己的生活看作整个有机体的一部分,并且理解这一点的人,则认为他们是这个神奇而合理的整体的一部分。雷仁这样想着,这是一个早已深藏在他心里的思想,只是现在才在他的意识里充分而清楚地显现出来罢了。

他躺下去,开始昏昏入睡;忽然,又梦见他们在一块儿走,唱着:

"我们往前走,走啊走,走啊走。……我们承受生活中最深重的苦难和哀痛,而把轻快和欢乐留给你们,让你们在坐下来吃晚饭的时候可以冷静而头头是道地议论为什么我们受苦和死亡,为什么我们不像你们那么健康和满足。"

他们歌唱的内容也是以前他想到过的,不过这个思想在他的头脑里不知怎的总是隐藏在别的思想背后,胆怯地闪现一下,好比大雾天气里远处的一个灯火。他感到他对这桩自杀案和那个农民的痛苦负有责任。这些人顺从自己的命运,承受生活中最沉重最黑暗的一切,而我们却熟视无睹,这是多么可怕呀!一方面对这些熟视无睹,一方面又巴望自己在幸福满足的人们当中过一种光明而热闹的生活,不断地渴望这样的生活,这就无异于渴望新的自杀案,渴望那些被劳动和烦恼压倒的人或者那些软弱而被抛弃的人一个个地自杀。关于他们,人们只有偶尔在晚饭桌上谈起,有的人心烦,有的人讥诮,可就是没有一个人去帮助他们。……接着,又唱起来:

"我们往前走,走啊走,走啊走。……"

仿佛有个什么人用小锤子敲他的太阳穴似的。

一清早他就给嘈杂声惊醒了,头很痛;隔壁房间里,冯·达乌尼茨正在大声对医生说:

"您现在不能走。您看看外面是什么样子!您不要争了,最好去问一问车夫吧:这样的天气就是给他一百万,他也不肯送您走。"

"可是只有三俄里路啊。"医生用恳求的声调说。

"哪怕半俄里也不行。说不行就是不行。您坐上车子,一出大门,就是漆黑的地狱,不出一分钟就会迷路。随您怎么样,反正我无论如何也不放您走。"

"这场暴风雪到傍晚大概就停了。"一个正在生炉子的农民说。

医生在隔壁房间里开始讲到严峻的自然环境对俄罗斯人的性格的影响,讲到漫长的冬季限制活动的自由,阻碍人们智力的发展。雷仁烦躁地听着这些议论,瞧着窗外在围墙那边积起的雪堆,瞧着布满整个肉眼看得见的空间的白色雪尘,瞧着那些时而拼命向右弯、时而向左弯的树木,听着风的呼啸和砰砰的响声,阴郁地想:

"哎,从这种天气哪儿引得出什么大道理来呢?暴风雪就是暴风雪,如此而已。……"

中午他们吃早饭,然后在这所房子里毫无目的地走来走去。他们站在窗前。

"列斯尼茨基还躺在那边呢,"雷仁暗想,瞧着旋风卷起的雪尘在雪堆上发狂般地打转,"列斯尼茨基还躺在那边,证人也在等着呢。……"

大家谈到天气,谈到暴风雪照例只闹两天两夜就停了,很少超过两天。六点钟大家吃午饭,然后打牌,唱歌,跳舞,最后吃晚饭。这一天过去了,他们上床睡觉。

夜间,将近黎明,风雪停了。早晨人们起床,看着窗外,光秃的柳树立在那儿一动也不动,枝子衰弱地耷拉下来,天色阴沉,没有一丝风,仿佛大自然在为自己的胡闹羞愧,在为那些疯狂的夜晚,为了放纵自己的感情而羞愧似的。从早晨五点钟起,车子已经套上马,马儿排成纵列,站在台阶边等待着。等到天色大亮,医生和侦讯官就穿上皮大衣和毡靴,跟主人告别,走出来。

在台阶旁边,跟车夫并排站着的是那个熟悉的"巡警"伊里亚·洛沙津,他没戴帽子,肩上斜挂着一个旧皮包,周身是雪,脸孔通红,汗水淋淋。一个听差走出来要扶客人上雪橇,给他们盖腿,他严厉地瞧着洛沙津,说:

"你站在这儿干什么,老鬼?走开!"

"老爷,老百姓心里不踏实……"洛沙津说,满脸洋溢着纯朴的笑容,他终于看到他等了那么久的客人,分明很满意,"老百姓心里很不踏实,孩子们哇哇地哭。……他们以为你们又回城里去了。……发发慈悲吧,我们的恩人。……"

医生和侦讯官什么话也没有说,坐上雪橇,到绥尔尼亚村去了。

带小狗的女人

一

据说在堤岸上出现了一个新人：一个带小狗的女人。德米特利·德米特利奇·古罗夫已经在雅尔塔生活了两个星期，对这个地方已经熟悉，也开始对新人发生兴趣了。他坐在韦尔奈的售货亭里，看见堤岸上有一个年轻的金发女人在走动，她身材不高，戴一顶贝雷帽；有一条白毛的狮子狗跟在她后面跑。

后来他在本城的公园里，在街心小花园里遇见她，一天遇见好几次。她孤身一个人散步，老是戴着那顶软帽，带着那条白毛狮子狗；谁也不知道她是什么人，就都简单地把她叫作"带小狗的女人"。

"如果她没有跟她的丈夫住在这儿，也没有熟人，"古罗夫暗自思忖道，"跟她认识一下，倒也未尝不可呢。"

他还没到四十岁，可是已经有一个十二岁的女儿和两个上中学的儿子了。他结婚很早，当时他还是大学二年级的学生，如今他妻子的年纪仿佛比他大半倍似的。她是一个高身量的女人，生着两道黑眉毛，直率，尊严，庄重，按她对自己的说法，她是个有思想的女人。她读过很多书，在信上不写"ъ"这个硬音符号，不叫她的丈夫德米特利而叫吉米特利；他呢，私下里认为她智力有限，胸襟狭隘，缺少风雅，他怕她，不喜欢待在家里。他早已开始背着她跟别的女人私通，而且不止一次了，大概就是因为这个缘故，他一讲起女人几乎总是说坏话；每逢人家在他面前谈到女人，他总是这样称呼她们：

"卑贱的人种！"

他认为他已经受够了沉痛的经验教训，可以随意骂她们了，可是话虽如此，只要他一连两天身边没有那个"卑贱的人种"，他就过不下去。他跟男人相处觉得乏味，不称心，跟他们没有多少话好谈，冷冷淡淡，可是到了女人中间，他就觉得自由自在，知道该跟她们谈什么，该采取什么态度；甚至跟她们不讲话的时候也觉得很轻松。他的相貌、他的性格、他的全身心有一种迷人的、不可捉摸的东西，使得女人对他发生好感，吸引她们；这一点他是知道的，同时也有一种什么力量在把他推到她们那边去。

多次的经验，确实沉痛的经验，早已教导他说：跟正派女人相好，特别是跟优柔寡断、迟疑不决的莫斯科女人相好，起初倒还能够给生活添一点愉快的变化，显得是轻松可爱的生活波折，过后却不可避免地演变成为非常复杂的大问题，最后情况就变得令人难以忍受了。可是每一次他新遇见一个有趣味的女人，这种经验不知怎的总是从他的记忆里消失；他渴望生活，于是一切都显得十分简单而引人入胜了。

有一天将近傍晚，他正在公园里吃饭，那个戴贝雷帽的女人慢慢地走过来，要在他旁边的一张桌子那儿坐下。她的神情、步态、服饰、发型都告诉他说，她是一个上流社会的女人，已经结过婚，这是头一次到雅尔塔来，孤身一个人，觉得在这儿很寂寞。……那些关于本地风气败坏的传闻，有许多是假的，他不理会那些传闻，知道这类传闻大多是那些只要自己有办法也很乐意犯罪的人们捏造出来的；可是等到那个女人在离开他只有三步远的那张桌子边坐下,他就不由得想起那些关于风流艳遇和登山旅行的传闻,于是,来一次快当而短促的结合,跟一个身世不明、连姓名都不知道的女人干一回风流韵事这样的诱人想法就突然控制了他。

他亲切地招呼那条狮子狗,等到它真走近,他却摇着手指头吓唬它。狮子狗就汪汪地叫起来。古罗夫又摇着手指头吓唬它。

那个女人瞟他一眼,立刻低下眼睛。

"它不咬人。"她说,脸红了。

"可以给它一根骨头吃吗?"等到她肯定地点一下头,他就殷勤地问道:"您来雅尔塔很久了吧?"

"有五天了。"

"我在这儿可已经待了两个星期了。"

他们沉默了一会儿。

"光阴过得很快,可是这儿又那么沉闷!"她说,眼睛没有看着他。

"讲这儿沉闷,这不过是一种惯常的说法罢了。一个市民居住在内地城市别廖夫或者日兹德拉,倒不觉得沉闷,可是一到了这儿却说:'唉,沉闷啊!哎,好大的灰尘!'人会以为他是从格林纳达①来的呢。"

她笑起来。后来这两个人继续沉默地吃饭,像两个不认识的人一样,可是吃过饭后他们并排走着,开始了一场说说笑笑的轻松谈话,只有那种自由而满足的、不管到哪儿去或者不管聊什么都无所谓的人才会这样谈天。他们一面散步,一面谈到海面多么奇怪地放光,海水现出淡紫的颜色,那么柔和而温暖,在月光下,水面上荡漾着几条金黄色的长带。他们谈到炎热的白昼过去以后天气多么闷热。古罗夫说他是莫斯科人,在学校里学的是语文学,然而在

---

① 指格林纳达岛,位于西印度群岛中向风群岛南部。

一家银行里工作;先前他准备在一个私人的歌剧团里演唱,可是后来不干了,他在莫斯科有两所房子。……他从她口中知道她是在彼得堡长大的,可是出嫁以后就住到斯城去,已经在那儿住了两年,她在雅尔塔还要住上一个月,说不定她丈夫也会来,他也想休养一下。至于她丈夫在什么地方工作,在省政府呢,还是在本省的地方自治局执行处,她却无论如何也说不清楚,连她自己也觉得好笑。古罗夫还打听清楚她名叫安娜·谢尔盖耶芙娜。

后来,他在自己的旅馆里想起她,想到明天想必会跟她见面。这是一定的。他上床躺下,想起她不久以前还是个贵族女子中学的学生,还在念书,就跟现在他的女儿一样,想起她笑的时候,跟生人谈话的时候,还那么腼腆,那么局促不安,大概这是她生平头一次孤身一个人处在这种环境里吧,而在这种环境里,人们纯粹出于一种她不会不懂的秘密目的跟踪她,注意她,跟她讲话。他想起她的瘦弱的脖子和她那对美丽的灰色眼睛。

"总之,她那样儿有点可怜。"他想着,昏昏睡去了。

二

他们相识以后,一个星期过去了。这一天是节日。房间里闷热,而街道上刮着大风,卷起灰尘,吹掉人的帽子。人们一整天都口渴,古罗夫屡次到那个售货亭去,时而请安娜·谢尔盖耶芙娜喝果汁,时而请她吃冰淇淋。人简直不知躲到哪儿去才好。

傍晚风小了一点,他们就在防波堤上走来走去,看轮船怎样开到此地。码头上有许多散步的人;他们聚在这儿,手里拿着花束,预备迎接什么人。这个装束考究的雅尔塔人群有两个特点清楚地映入人的眼帘:上了年纪的太太们打扮得跟年轻女人一样,将军很多。

由于海上起了风浪,轮船来迟了,到太阳下山以后才来,而且在靠拢防波堤以前,花了很长时间掉头。安娜·谢尔盖耶芙娜举起带柄眼镜瞧着轮船,瞧着乘客,好像在寻找熟人似的;等到她转过身来对着古罗夫,她的眼睛亮了。她说许多话,她的问话前言不搭后语,而且刚刚问完就马上忘了问的是什么,后来在人群中把带柄眼镜也失落了。

装束考究的人群已经走散,一个人也看不见了,风完全停住,可是古罗夫和安娜·谢尔盖耶芙娜却还站在那儿,好像等着看轮船上还有没有人下来似的。安娜·谢尔盖耶芙娜已经沉默下来,在闻一束花,眼睛没有看古罗夫。

"天气到傍晚好一点了,"他说,"可是现在我们到哪儿去呢?我们要不要坐一辆马车到什么地方去兜风?"

她一句话也没有回答。

这时候他定睛瞧着她,忽然搂住她,吻她的嘴唇,花束的香味和潮气向他扑来,他立刻战战兢兢地往四下里看:有没有人看见他们?

"我们到您的旅馆里去吧……"他轻声说。

两个人很快地走了。

她的旅馆房间里闷热,弥漫着一股她在一家日本商店里买来的香水的气味。古罗夫瞧着她,心里暗想:"在生活里会碰到多么不同的人啊!"在他的记忆里,保留着以往一些无忧无虑、心地忠厚的女人的印象,她们由于爱情而高兴,感激他带来的幸福,虽然这幸福十分短暂;还保留着另一些女人的印象,例如他的妻子,她们在恋爱的时候缺乏真诚,说过多的话,装腔作势,感情病态,从她们的神情看来,好像这不是爱情,不是情欲,而是一种更有意义的事情似的;另外还保留着两三个女人的印象,她们长得很美,内心却冷冰冰的,脸上忽而会掠过一种猛兽般的贪婪神情,她们具有固

"刚才我在楼下门厅里看到你的姓,那块牌子上写着冯·季杰利茨,"古罗夫说,"你丈夫是德国人吧?"

"不,他祖父好像是德国人,然而他本人却是东正教徒。"

到了奥列安达,他们坐在离教堂不远的一条长凳上,瞧着下面的海洋,沉默着。透过晨雾,雅尔塔朦朦胧胧,看不大清,白云一动不动地停在山顶上。树上的叶子纹丝不动,知了在叫,单调而低沉的海水声从下面传上来,述说着安宁,述说着那种在等候我们的永恒的安眠。当初此地还没有雅尔塔,没有奥列安达的时候,下面的海水就照这样哗哗地响,如今还在哗哗地响,等我们不在人世了,它仍旧会这么冷漠而低沉地哗哗响。这种持久不变,这种对我们每个人的生和死完全无动于衷,也许包藏着一种保证:我们会永恒地得救,人间的生活会不断地运行,一切会不断趋于完善。古罗夫跟一个在黎明时刻显得十分美丽的年轻女人坐在一起,面对着这神话般的环境,面对着这海,这山,这云,这辽阔的天空,不由得平静下来,心醉神迷,暗自思忖:如果往深里想一想,那么实际上,这个世界上的一切都是美好的,唯独我们在忘记生活的最高目标,忘记我们人的尊严的时候所想和所做的事情是例外。

有个人,大概是看守吧,走过来,朝他们望了望,就走开了。这件小事显得那么神秘,而且也挺美。可以看见有一条从费奥多西亚来的轮船开到了,船身被朝霞照亮,船上的灯已经熄灭。

"草上有露水了。"在沉默以后安娜·谢尔盖耶芙娜说。

"是啊。该回去啦。"

他们就回到城里去了。

后来,他们每天中午在堤岸上见面,一块儿吃早饭,吃午饭,散步,欣赏海洋。她抱怨睡眠不好,心跳得不稳;她老是提出同样的问题,一会儿因为嫉妒而激动,一会儿又担心他不十分尊重她了。在广场的小花园里或者大公园里,每逢他们附近一个人也没有的时候,他就会突然把她拉到自己身边,热烈地吻她。十足的闲散,这种在阳光下的接吻以及左顾右盼、生怕有人看见的担忧,炎热,海水的气味,再加上闲散的、装束考究的、饱足的人们不断在他眼前闪过,这一切仿佛使他更生了;他对安娜·谢尔盖耶芙娜说,她多么好看,多么迷人,他迫不及待地热恋着,一步也不肯离开她的身旁,而她却常呆呆地出神,老是要求他承认他不尊重她,一点也不爱她,只把她看作一个庸俗的女人。几乎每天傍晚,夜色深了,他们总要坐上马车出城走一趟,到奥列安达去,或者到瀑布那儿去。这种游玩总是很尽兴,他们得到的印象每一次都必定是美好而庄严的。

他们在等她的丈夫到此地来。可是他寄来一封信,通知她说他的眼睛出了大毛病,要求他的妻子赶快回家去。安娜·谢尔盖耶芙娜就慌忙起来。

"我走了倒好,"她对古罗夫说,"这也是命中注定的。"

她坐上马车走了,他送她去。他们走了一整天。等到她在一列特别快车的车厢里坐好,等到第二遍钟声敲响,她就说:

"好,让我再看您一回。……再看一眼。这就行了。"

她没有哭,可是神情忧伤,仿佛害了病,她的脸在颤抖。

"我会想到您……念到您,"她说,"求上帝保佑您,祝您万事如意。我有什么不好的地方,您也别记着。我们永远分别了,这也是应当的,因为我们根本就不该遇见。好,求上帝保佑您。"

火车很快地开走,车上的灯火消失,过一会儿连轰隆声也听不见了,好像什么事物都串通一气,极力要赶快结束这场美妙的迷梦,这种疯狂似的。古罗夫孤身一个人留在月台上,瞧着黑暗的远方,听着蟊斯的叫声和电报线的嗡嗡声,觉得自己好像刚刚睡醒过来一样。他心里暗想:如今在他的生活中又添了一次奇遇,或者一次冒险,而这件事也已经结束,如今只剩下回忆了。……他感动,悲伤,生出一点淡淡的懊悔心情;要知道,这个他从此再也不能与之见面的年轻女人跟他过得并不幸福;他对她亲热,倾心,然而在他对她的态度里,在他的口吻和温存里,仍旧微微地露出讥诮的阴影,露出一个年纪差不多比她大一倍的幸福男子的带点粗鲁的傲慢。她始终说他心好,不平凡,高尚;显然,在她的心目中,他跟他的本来面目不同,这样说来,他无意中欺骗了她。……

这儿,在车站上,已经有秋意,傍晚很凉了。

"我也该回北方去了,"古罗夫走出站台,暗想,"是时候了!"

三

在莫斯科,家家都已经是过冬的样子了,炉子生上火,早晨孩子们准备上学、喝早茶的时候,天还黑着,保姆就点一会儿灯。严寒已经开始。下头一场雪的当儿,人们第一天坐上雪橇,看见白茫茫的大地,白皑皑的房顶,呼吸柔和而舒畅,就会感到很愉快,这时候不由得会想起青春的岁月。那些老菩提树和桦树蒙着重霜而变得雪白,现出一种忠厚的神情,比柏树和棕榈树更贴近人的心,有它们在近处,人就无意去想那些山峦和海洋了。

古罗夫是莫斯科人,他在一个晴朗、寒冷的日子回到莫斯科,等到他穿上皮大衣,戴上暖和的手套,沿彼得罗夫卡走去,每逢星期六傍晚听见教堂的钟声,不久以前的那次旅行和他到过的那些地方对他来说就失去了一切魅力。他渐渐沉浸在莫斯科的生活中,每天津津有味地阅读三份报纸,但却说他不是本着原则读莫斯科报纸的。他已经喜欢到饭馆、俱乐部去,喜欢去参加宴会、纪念会,有著名的律师和演员到他的家里来,或者他在医生俱乐部里跟教授一块儿打牌,他就觉得光彩。他已经能够吃完整份的用小煎锅盛着的酸白菜焖肉了。……

他觉得,再过上个把月,安娜·谢尔盖耶芙娜在他的记忆里就会被一层雾盖没,只有偶尔像别人那样来到他的梦中,现出她那动人的笑容罢了。可是一个多月过去,隆冬来了,而在他的记忆里一切还是很清楚,仿佛昨天他才跟安娜·谢尔盖耶芙娜分手似的。而且这回忆越来越强烈,不论是在傍晚的寂静中,孩子的温课声传到他的书房里来,或者在饭馆里听见抒情歌曲,听见风琴的声音,或者是暴风雪在壁炉里哀叫,顿时,一切就都会在他的记忆里复活:在防波堤上发生的事、清晨以及山上的迷雾、从费奥多西亚开来的轮船、接吻等等。他久久地在书房里来回走着,回想着,微微地笑,然后回忆变成幻想,在想象中,过去的事就跟将来会发生的事混淆起来了。安娜·谢尔盖耶芙娜没有到他的梦中来,可是她像影子似的跟着他到处走,一步也不放松他。他一闭上眼睛就看见她活生生地站在他面前,显得比本来的样子还要美丽、年轻、温柔;他自己也显得比原先在雅尔塔的时候更漂亮。每到傍晚她总是从书柜里,从壁炉里,从墙角里瞅他,他听见她的呼吸声、她的衣服的亲切的窸窣声。在街上他的目光常常跟踪着来往的女人,想找一个跟她长得相像的人。……

一种强烈的愿望折磨他,他渴望把他这段回忆跟什么人谈一谈。然而在家里是不能谈自己的爱情的,而在外面又找不到一个可以谈的人。跟房客们谈是不行的,在银行里也不行。而且谈些什么呢?难道那时候他真爱她吗?难道他跟安娜·谢尔盖耶芙娜的关系中有什么优美的,富于诗意的,或者有教育意义的,或者干脆有趣味的地方吗?他只好含含糊糊地谈到爱情,谈到女人,谁也猜不出他的用意在哪儿,只有他的妻子扬起两道黑眉毛,说:

"你,德米特利,可不配演花花公子的角色啊。"

有一天夜间,他同一个刚刚一块儿打过牌的文官走出医生俱乐部,忍不住说:

"但愿您知道我在雅尔塔认识了一个多么迷人的女人!"

那个文官坐上雪橇,走了,可是突然回过头来,喊道:

"德米特利·德米特利奇!"

"什么事?"

"方才您说得对:那鲟鱼肉确实有点臭味儿!"

这句话平平常常,可是不知什么缘故惹得古罗夫冒火了,他觉得这句话不干不净,带有侮辱性。多么野蛮的习气,什么样的人啊!多么无聊的夜晚,多么没趣味的、平淡的白天啊!狂赌,吃喝,酗酒,反反复复讲老一套的话。不必要的工作和老套头的谈话占去了人的最好的那部分时间,最好的那部分精力,到头来只剩下一种短了翅膀和缺了尾巴的生活,一种无聊的东西,想走也走不开,想逃也逃不脱,仿佛关在疯人院里或者苦役连①里似的!

古罗夫通宵没睡,满腔愤慨,然后头痛了整整一天。第二天晚上他睡不稳,老是坐在床上,想心思,或者从这个墙角走到那个墙角。他讨厌他的孩子,讨厌银行,不想到什么地方去,也不想谈什么话。

在十二月的假期中,他准备好出门的行装,对他的妻子说,他要到彼得堡去为一个青年人张罗一件什么事,可是他动身到 C 城去了。去干什么呢?他自己也不大清楚。他想跟安娜·谢尔盖耶芙娜见面,谈一谈,如果可能的话,就约她出来相会。

他早晨到达 C 城,在一家旅馆里租了一个顶好的房间,房间里整个地板上铺着灰色的军用呢子,桌子上有一个蒙着灰色尘土的墨水瓶,瓶上雕着一个骑马的人像,举起一只拿着帽子的手,脑袋却打掉了。看门人给他提供了必要的消息:冯·季杰利茨住在老冈察尔纳亚街上他的私宅里,这所房子离旅馆不远,他生活优

---

① 俄国 19 世纪惩罚士兵流放边远地区的单位。

333

裕,阔气,自己有马车,全城的人都知道他。看门人把他的姓念成"德雷迪利茨"了。

古罗夫慢慢地往老冈察尔纳亚街走去,找到了那所房子。正好在那所房子的对面立着一道灰色的围墙,很长,墙头上钉着钉子。

"谁见着这样的围墙都会逃跑。"古罗夫看一看窗子,又看一看围墙,暗想。

他心里盘算:今天是机关不办公的日子,她的丈夫大概在家。再者,闯进她的家里去,搅得她心慌意乱,那总是不妥当的。要是送一封信去,那封信也许就会落到她的丈夫手里,那就可能把事情弄糟。最好是相机行事。他一直在街上围墙旁边走来走去,等机会。他看见一个乞丐走进大门,于是就有一些狗向他扑过来,后来,过了一个钟头,他听见弹钢琴的声音,低微含混的琴声就传过来。大概是安娜·谢尔盖耶芙娜在弹琴吧。前门忽然开了,一个老太婆从门口走出来,后面跟着那条熟悉的白毛狮子狗。古罗夫想叫那条狗,可是他的心忽然剧烈地跳动起来,他由于兴奋而忘了那条狮子狗叫什么名字了。

他走来走去,越来越痛恨那堵灰色的围墙,就气愤地暗想安娜·谢尔盖耶芙娜忘了他,也许已经在跟别的男人相好,而这在一个从早到晚不得不瞧着这堵该死的围墙的年轻女人的处境里原是很自然的。他回到他的旅馆房间里,在一张长沙发上坐了很久,不知道该怎么办才好,然后吃午饭,饭后睡了很久。

"这是多么愚蠢,多么恼人啊,"他醒过来后,瞧着乌黑的窗子,暗想:已经是黄昏时分了,"不知为什么我倒睡足了。那么晚上我干什么好呢?"

他坐在床上,床上铺着一条灰色的、廉价的、像医院里那样的被子,他懊恼得挖苦自己说:

"你去会带小狗的女人吧。……去搞风流韵事吧。……你可只能在这儿坐着。"

这天早晨他还在火车站的时候,有一张用很大的字写的海报映入他的眼帘:《艺妓》①第一次公演。他想起这件事,就坐车到剧院去了。

"她很可能去看第一次公演的戏。"他想。

剧院里满座。这儿如同一般的内地剧院里一样,枝形吊灯架的上边弥漫着一团迷雾,顶层楼座那边吵吵嚷嚷;在开演以前,头一排的当地大少爷们站在那儿,把手抄在背后;在省长的包厢里头一个座位上坐着省长的女儿,围着毛皮的围脖,省长本人却谦虚地躲在门帘后面,人们只看得见他的两条胳膊。舞台上的幕晃动着,乐队调音花了很久时间。在观众们走进来找位子的时候,古罗夫一直在热切地用眼睛搜索。

安娜·谢尔盖耶芙娜也走进来了。她坐在第三排,古罗夫一眼瞧见她,他的心就缩紧了,他这才清楚地体会到如今对他来说,全世界再也没有一个比她更亲近、更宝贵、更重要的人了。她,这个娇小的女人,混杂在内地的人群里,一点出众的地方也没有,手里拿着一副俗气的长柄眼镜,然而现在她却占据了他的全部生命,成为他的悲伤,他的欢乐,他目前所指望的唯一幸福;他听着那个糟糕的乐队的乐声,听着粗俗、低劣的提琴的声音,暗自想着,她多么美啊。他思索着,幻想着。

跟安娜·谢尔盖耶芙娜一同走进来、坐在她旁边的是一个身量很高的年轻人,留着小小的络腮胡子,背有点驼;他每走一步路就摇一下头,好像在不住地点头致意似的。这人大概就是她的丈夫,也就是以前在雅尔塔,她在痛苦的心情中斥之为奴才的那个人

---

① 在当时俄国流行的一个由英国作曲家琼斯(1861—1946)创作的轻歌剧。

吧。果然,他那细长的身材、他那络腮胡子、他那一小片秃顶,都有一种奴才般的卑顺神态,他的笑容甜得腻人,他的纽扣眼上有个什么学会的发亮的证章,活像是听差的号码牌子。

头一次幕间休息的时候,她丈夫走出去吸烟,她留在位子上。古罗夫也坐在池座里,这时候就走到她跟前去,勉强做出笑脸,用发颤的声音说:

"您好。"

她看他一眼,脸色顿时发白,然后又战战兢兢地看他一眼,不相信自己的眼睛了;她双手紧紧地握住扇子和长柄眼镜,分明在极力支撑着,免得昏厥过去。两个人都没有讲话。她坐着,他呢,站在那儿,被她的窘态弄得惊慌失措,不敢挨着她坐下去。提琴和长笛开始调音,他忽然觉得可怕,似乎所有包厢里的人都在瞧他们。可是这时候她却站了起来,很快地往出口走去;他跟着她走,两个人糊里糊涂地穿过过道,时而上楼,时而下楼,眼睛前面晃过一些穿法官制服、教师制服、皇室地产管理部门制服的人,一概佩戴着证章。又晃过一些女人和衣架上的皮大衣,过堂风迎面吹来,送来一股烟头的气味。古罗夫心跳得厉害,心想:"唉,主啊!干什么要有这些人,要有那个乐队啊。……"

这当儿他突然记起那天傍晚他在火车站上送走安娜·谢尔盖耶芙娜的时候,对自己说:事情就此结束,他们从此再也不会见面了。可是这件事离着结束还远得很呢!

在一道标着"通往梯形楼座"的狭窄而阴暗的楼梯上,她站住了。

"您吓了我一大跳!"她说,呼吸急促,脸色仍旧苍白,吓慌了神,"哎,您真吓了我一大跳。我几乎死过去了。您来干什么?干什么呀?"

"可是您要明白,安娜,您要明白……"他匆忙地低声说,"我求求您,您要明白……"

她带着恐惧、哀求、热爱瞧着他,凝视着他,要把他的相貌更牢固地留在她的记忆里。

"我苦死了!"她没有听他的话,接着说,"我时时刻刻都在想您,只想您一个人,我完全是在对您的思念中生活着。我一心想忘掉,忘掉您,可是您为什么到这儿来?为什么呢?"

上边,楼梯口有两个中学生在吸烟,瞧着下面,可是古罗夫全不在意,把安娜·谢尔盖耶芙娜拉到身边来,开始吻她的脸、她的脸颊、她的手。

"您干什么呀,您干什么呀!"她惊恐地说,把他从身边推开,"我们两个都疯了。您今天就走,马上就走。……我凭一切神圣的东西恳求您,央告您。……有人到这儿来了!"

下面有人走上楼来了。

"您一定得走……"安娜·谢尔盖耶芙娜接着小声说,"您听见了吗,德米特利·德米特利奇?我会到莫斯科去找您的。我从来没有幸福过,我现在不幸福,将来也决不会幸福,决不会,决不会!不要给我多添痛苦了!我赌咒,我会到莫斯科去的。现在我们分手吧!我亲爱的,好心的人,亲爱的,我们分手吧!"

她握一下他的手,开始快步走下楼去,不住地回头看他,从她的眼神看得出来,她也确实不幸福。……古罗夫站了一会儿,留心听着,然后,等到一切声音停息下来,他就找到他那挂在衣帽架上的大衣,走出剧院去了。

四

安娜·谢尔盖耶芙娜真的动身到莫斯科去看他了。每过两三个月她就从 C 城去一次,告诉她的丈夫说,她去找一位教授治她的妇女病,她的丈夫将信将疑。她到了莫斯科就在"斯拉维扬斯基市场"住下来,立刻派一个戴红帽子的人去找古罗夫。古罗夫就去看她,莫斯科没有一个人知道这件事。

有一回,那是冬天的一个早晨(前一天傍晚信差来找过他,可是没有碰到他),他照这样去看她。他的女儿跟他同路,他打算送她去上学,正好是顺路。天上下着大片的湿雪。

"现在气温是零上三度,然而下雪了,"古罗夫对他的女儿说,"可是要知道,这只是地球表面的温度,大气上层的温度就完全不同了。"

"爸爸,为什么冬天不打雷呢?"

关于这个问题他也解释了一下。他一边说,一边心里暗想:现在他正在去赴幽会,这件事一个人都不知道,大概永远也不会有人知道。他有两种生活:一种是公开的,凡是要知道这种生活的人都看得见,都知道,充满了传统的真实和传统的欺骗,跟他的熟人和朋友的生活完全一样;另一种生活则在暗地里进行。由于环境的一种奇特的,也许是偶然的巧合,凡是他认为重大的、有趣的、必不可少的事情,凡是他真诚地去做而没有欺骗自己的事情,凡是构成他的生活核心的事情,统统是瞒着别人,暗地里进行的;而凡是他弄虚作假,他用以伪装自己、以遮盖真相的外衣,例如他在银行里的工作、他在俱乐部里的争论、他的所谓"卑贱的人种"、他带着他的妻子去参加纪念会等,却统统是公开的。他根据自己来判断别人,就不相信他看见的事情,老是揣测每一个人都在秘密的掩盖下,就像在夜幕的遮盖下一样,过着他的真正的、最有趣的生活。每个人的私生活都包藏在秘密里,也许,多多少少因为这个缘故,有文化的人才那么惴惴惶惶地主张个人的秘密应当受到尊重吧。

古罗夫把他的女儿送到学校以后,就往"斯拉维扬斯基市场"走去。他在楼下脱掉皮大衣,上了楼,轻轻地敲门。安娜·谢尔盖耶芙娜穿着他所喜爱的那条灰色连衣裙,由于旅行和等待而感到疲乏,从昨天傍晚起就在盼他了。她脸色苍白,瞧着他,没有一点笑容,他刚走进去,她就扑在他的胸脯上了。仿佛他们有两年没有见面似的,他们的接吻又久又长。

"哦,你在那边过得怎么样?"他问,"有什么新闻吗?"

"等一等,我过一会儿告诉你。……我说不出话来了。"

她没法说话,因为她哭了。她转过脸去,用手绢捂住眼睛。

"好,就让她哭一场吧,我坐下来等着就是。"他想,就在一把圈椅上坐下来。

后来他摇铃,吩咐送茶来,然后他喝茶,她呢,仍旧站在那儿,脸对着窗子。……她哭,是因为激动,因为凄苦地体验到他们的生活落到多么悲惨的地步;他们只能偷偷地见面,瞒住外人,像窃贼一样! 难道他们的生活不是毁掉了吗?

"得了,别哭了!"他说。

对他来说,事情是明显的,他们这场恋爱还不会很快就结束,不知道什么时候才会结束。安娜·谢尔盖耶芙娜越来越深地依恋他,崇拜他;如果有人对她说这场恋爱早晚一定会结束,那在她是不可想象的,而且说了她也不会相信。

他走到她跟前去,扶着她的肩膀,想跟她温存一下,说几句笑话,这当儿他看见了他自己在镜子里的影子。

他的头发已经开始花白。他不由得感到奇怪:近几年来他变得这样苍老,这样难看了。他的手扶着的那个肩膀是温暖的,在颤抖。他对这个生命感到怜悯,这个生命还这么温暖,这么美丽,可是大概已经临近开始凋谢、枯萎的地步,像他的生命一样了。她为什么这样爱他呢? 他在女人的心目中老是跟他的本来面目不同,她们爱他并不是爱他本人,而是爱一个由她们的想象创造出来的、她们在生活里热切地寻求的人,后来她们发现自己错了,却仍旧爱

339

他。她们跟他相好的时候,没有一个人幸福过。岁月如流,以往他认识过一些女人,跟她们相好过,分手了,然而他一次也没有爱过;把这种事情说成无论什么都可以,单单不能说是爱情。

直到现在,他的头发开始白了,他才生平第一次认真地、真正地爱上一个女人。

安娜·谢尔盖耶芙娜和他相亲相爱,像是十分贴近的亲人,像是一对夫妇,像是知心的朋友。他们觉得他们的遇合似乎是命中注定的,他们不懂为什么他已经娶了妻子,她也已经嫁了丈夫;他们仿佛是两只候鸟,一雌一雄,被人捉住,硬关在两只笼子里,分开生活似的。他们互相原谅他们过去做过的自觉羞愧的事,原谅目前所做的一切,感到他们的这种爱情把他们两个人都改变了。

以前在忧伤的时候,他总是用他想得到的任何道理来安慰自己,可是现在他顾不上什么道理了,他感到深深的怜悯,一心希望自己诚恳,温柔。……

"别哭了,我的好人,"他说,"哭了一阵也就够了。……现在让我们来谈谈,想出一个什么办法来吧。"

后来他们商量了很久,讲到应该怎样做才能摆脱这种必须躲藏、欺骗、分居两地、很久不能见面的处境。应该怎样做才能从这种不堪忍受的桎梏中解放出来呢?

"应该怎样做?应该怎样做呢?"他问,抱住头,"应该怎样做呢?"

似乎再过一会儿,解答就可以找到,到那时候,一种崭新的、美好的生活就要开始了,不过这两个人心里明白:离着结束还很远很远,那最复杂、最困难的道路现在才刚刚开始。

一九〇〇年

在圣诞节节期①

一

"写什么呢?"叶果尔拿钢笔在墨水里蘸了蘸,问。

瓦西丽萨已经有四年没有见到她的女儿了。她的女儿叶菲米雅结婚以后,就跟她的丈夫到彼得堡去,寄过两封信回来,后来就如石沉大海,音讯全无了。这个老太婆不管是黎明时候给母牛挤奶也好,生炉子也罢,夜里打盹儿也好,总是只想着一件事:叶菲米雅在那边怎么样?是否还活着?应该写封信去才对,可是她的老头子不会写信,要找个会写信的人也找不到。

可是现在到圣诞节节期了,瓦西丽萨再也忍不住,就到饭铺里去找饭铺老板的弟弟叶果尔;这个人自从退伍以后来到本地,就一直待在家里,坐在饭铺里,什么事也不干。大家都说他会写信,不过得给足了钱才行。瓦西丽萨在饭铺里跟厨娘谈了一阵,随后又跟老板娘谈了一阵,最后才跟叶果尔本人谈。价钱说妥了,十五个戈比。

现在(这发生在节期的第二天,在饭铺的厨房里),叶果尔坐

---

① "圣诞节节期"从1月7日至19日,共十二天。基督教会为纪念《圣经》中所说基督诞生和受洗而规定。

在桌子旁边,手里拿着一支钢笔。瓦西丽萨站在他的面前沉思不语,脸上现出忧虑和悲伤的神情。她的老头子彼得也跟她一块儿来了,他很瘦,身量高,头上有一块深棕色的秃顶;他站在那儿,眼睛一动不动地呆视着前面,像瞎子一样。炉灶上的一口锅里正在炖猪肉,时而发出咝咝的声音,时而扑哧扑哧地响,甚至仿佛在说话:"不了——不了——不了"。屋子里闷热。

"写什么呢?"叶果尔又问。

"什么!"瓦西丽萨说,又生气又怀疑地瞧着他,"你别催我!你用不着担心,不会叫你白写,会给你钱的!好,写吧。我们的亲女婿安德烈·赫利桑菲奇和我们疼爱的独生女叶菲米雅·彼得罗芙娜,我们怀着爱心向你们深深鞠躬,并送上父母永远的祝福。"

"好。快说下去。"

"再祝你们过一个幸福的基督圣诞节,我们都活着,身体挺好,愿你们也这样,求主……上天保佑。"

瓦西丽萨沉吟一下,跟她的老头子互相看一眼。

"愿你们也这样,求主……上天保佑……"她又说一遍,哭起来了。

她再也没有话可说了。先前,她夜里想心思的时候,总是觉得她要说的话连十封信也装不下。自从她的女儿跟丈夫走了以后,已经有许多水流进了大海,这两个老人像孤老一样活着,每到晚上就沉重地叹气,好像埋葬了他们的女儿一样。在这段时期当中,村子里发生过多少各式各样的事,多少人结了婚,多少人死了呀。多么漫长的冬天!多么漫长的夜晚!

"好热啊!"叶果尔说,解开他的坎肩的纽扣,"多半有七十度了。还写什么?"他问。

两个老人没有说话。

"你女婿在那边做什么事?"叶果尔问。

"他当兵,老弟,你知道,"老头子用衰弱的声调回答说,"他是跟你同时退伍回来的。他原先当兵,现在呢,我是说,在彼得堡一家水疗院里做事。大夫用水给病人治病。他呢,我是说,在大夫那儿当看门人。"

"这儿都写着呢……"老太婆从手绢里取出一封信,说,"这是叶菲米雅寄来的,上帝才知道那是什么时候写的了。也许他们都不在人世了。"

叶果尔想了一会儿,开始很快地写信。

"现在,"他写道,"既然您的命运指定您在军界工作,我们就要劝您留(浏)览一下《惩界(戒)条令》和《军事部门刑法》,您将在上述法律中看到军事部门人员之文明。"

他一面写,一面把他所写的念出来,可是瓦西丽萨正在考虑:应该写一写去年多么苦,甚至没到圣诞节节期粮食就吃完了,只好卖母牛。应当要求他们寄钱来,应当写一写她的老头子常常闹病,多半不久就要把灵魂交给上帝了。……可是这些事怎样用文字表达出来呢?哪一件事先写,哪一件事后写呢?

"请注意《军事法轨(规)》第五册。兵是普遍的、光彩的名称。最高一级的兵是将军,最低一级的是列兵。……"

老头子努动嘴唇,小声说:

"要是能看一看外孙子、外孙女才好。"

"哪儿有什么外孙子、外孙女?"老太婆问,生气地瞧着他,"是啊,也许一个也没有!"

"外孙子外孙女?也许有的。谁知道呢!"

"因此您可以判断,"叶果尔匆匆地写下去,"外部的敌人是什么,内部的敌人是什么。我们的头号内部敌人是巴克科斯[①]。"

[①] 希腊神话中的酒神狄俄尼索斯的别号。

钢笔吱吱地响,在纸上描出一些花体字,好像钓鱼用的钩子。叶果尔匆匆忙忙地写着,每行字都要念好几回。他坐在一条板凳上,两条腿在桌子底下叉开,长得肥头胖脑,身体健壮,面孔肥大,后脑勺通红。他就是庸俗的化身,粗鄙、傲慢、骄横,由于在饭铺里出生和长大而洋洋得意。瓦西丽萨很明白这个人庸俗,可是没法用话语表达出来,光是气愤而轻蔑地瞅着他。他的声调和那些难于理解的字眼,再加上屋里又闷又热,闹得她头痛起来,思路乱了,她就不再说话,也不再思索,光是等着那个人的钢笔的吱吱声结束。不过老头子倒十分信任地瞧着他。他既信任带他到这里来的他那老太婆,也信任叶果尔;刚才他提到水疗院的时候,从他的脸色可以看出来他既相信这个机关,也相信水治疗法的效验。

叶果尔写完信以后,站起来,把全信从头到尾读一遍。老头子没有听懂,可是信任地点着头。

"写得不错,挺通顺……"他说,"求主赐给你健康。写得不错。……"

他们在桌子上放了三枚五戈比的硬币,就从饭铺里走出去了;老头子眼睛一动不动地直视着前面,像瞎子一样,他脸上流露出充分的信任,可是瓦西丽萨走出饭铺时却对一条狗摇一摇手,气冲冲地说:

"去,瘟疫!"

老太婆通宵没有睡着,种种思虑搅得她心神不定;黎明时分她下床来,祷告一下,就到火车站去寄信。

离火车站有十一俄里路。

二

勃·奥·莫节尔韦依节尔大夫的水疗院即使在新年也像在平

常日子一样地工作,只有看门人安德烈·赫利桑菲奇穿上镶着新的金丝绦的制服,皮靴擦得格外亮,他对所有的来人都拜年,向他们恭贺新禧。

那是早晨。安德烈·赫利桑菲奇站在门旁看报。十点钟整,一位熟识的将军来了,他是这儿的常客,随后,一个邮差来了。安德烈·赫利桑菲奇给那位将军脱掉军大衣,说:

"新年新禧,大人!"

"谢谢你,好小伙子。祝你也这样。"

将军走上楼去,对一个房门扬扬头,问道(他每天必问,每次问了以后总要忘记):

"这个房间是干什么用的?"

"按摩室,大人!"

等到将军的脚步声消失,安德烈·赫利桑菲奇就瞧了瞧收到的邮件,发现有一封信上写着他自己的名字。他拆开信,看了几行,然后眼睛看着报纸,不慌不忙地向自己的房间走去,这个房间就在这儿楼下,在过道的尽头。他妻子叶菲米雅正坐在床上,喂孩子吃奶;另一个孩子,年纪顶大的一个,站在她身旁,把他那头发拳曲的脑袋枕在她的膝盖上,第三个孩子睡在床上。

安德烈走进自己的房间,把那封信交给他的妻子,说:

"大概是乡下寄来的。"

随后他就走出去了,眼睛没有离开过报纸,在过道上离他的房门不远的地方站住。他可以听见叶菲米雅用颤抖的嗓音念了开头的几行。她再也念不下去,对她来说,这几行就足够了,她的泪如泉涌,搂住她那大孩子,吻他,开始讲话,谁也闹不清她究竟在哭还是在笑。

"这信是外婆写来的,外公写来的……"她说,"从乡下寄来的。……圣母啊,圣徒啊!现在那边已经下大雪,雪堆到房顶那么高了……那些树白白的,白白的。小孩子坐着小小的雪橇。……秃头的老外公,坐在家里炉台上……有一条小黄狗。……我那些亲人啊!"

安德烈·赫利桑菲奇听着这些话,想起来他的妻子有三四次给他一封信,求他寄到乡下去,可是总有些重要的事情来打岔,他没有寄出去,那些信也不知丢到哪儿去了。

"有些小兔子在野地上跑来跑去,"叶菲米雅哭着说,吻着她的男孩,"外公温和,心眼好,外婆也心眼好,仁慈。村里的人相处得挺亲热,他们都敬畏上帝。……村子里有个小小的教堂,庄稼汉们在唱诗班里唱歌。求圣母,保护我们的母亲,带我们离开这个地方!"

安德烈·赫利桑菲奇趁没有外人来,就回到自己的房间里去打算吸一会儿烟,叶菲米雅就忽然止住哭,一声也不响,擦干眼睛,光是嘴唇在发抖。她十分怕他,哎,怕极了!他的脚步声一响,他的眼睛一动,她就发抖,心惊胆战,在他面前她连一句话也不敢说。

安德烈·赫利桑菲奇开始吸烟,可是正在这时候,楼上的铃声响了。他就熄掉纸烟,做出很庄重的脸色,跑到大门口去了。

将军从楼上走下来,刚洗过澡,脸色红润,精神抖擞。

"这个房间是干什么用的?"他指着一个房门,问道。

安德烈·赫利桑菲奇就挺直身子,双手下垂,紧贴裤缝,大声说道:

"夏尔科淋浴①室,大人!"

---

① "夏尔科淋浴"是一种淋浴疗法,由法国现代神经病学创始人之一夏尔科(1825—1893)首创。

在 峡 谷 里

一

乌克列耶沃村坐落在一个峡谷里,因此从公路上和火车站上只能看见教堂的钟楼和棉布印花厂的烟囱。过路的人一问起这是什么村子,就会听见人家说:

"这就是那个教堂执事在丧宴上吃光鱼子酱的村子。"

有一回在厂主科斯丘科夫家里的丧宴上,一个年老的教堂执事在各种凉菜中间一眼看见成粒的鱼子酱,就狼吞虎咽地吃起来,人家用胳膊肘碰他,拉他的衣袖,可是他好像因为吃开了胃而变得麻木了,一点感觉也没有,只顾吃。他把鱼子酱都吃光,那一罐子有四磅光景呢。从那以后好多年过去了,那教堂执事早已死了,可是鱼子酱的事大家却还记得。不知是因为这儿的生活十分贫乏呢,还是因为人们除了这件十年前发生的小事以外不知道注意别的事,总之,人们一提起乌克列耶沃村就没有别的事可讲了。

这个村子里没有断绝过热病,就连在夏天也是满地泥泞,特别是靠近围墙的地方。老柳树在围墙上弯下腰来,造成一片宽阔的树荫。此地永远有一股工厂垃圾的气味和用来给花布加工的醋酸的气味。那些工厂,三个棉布印花厂和一个制革厂,并不在村子里面,而是在村边,离这儿相当远。那都是些不大的工厂,合起来一共雇了不过四百个工人。制革厂常常使得小河的水发臭。垃圾污染草地,农民的牲口害炭疽病,于是制革厂奉命关闭了。这厂子表面看来算是关闭了,其实在秘密地开工,这是得到县警察局长和本县医师默许的,因为厂主按月送给他们每人十卢布。全村只有两幢像样的房子是用石头砌成,用铁皮铺成房顶的,其中有一幢是乡公所,另外一幢是两屋楼的房子,正巧坐落在教堂对面,住着一个从叶皮方搬来的小市民格里戈里·彼得罗维奇·齐布金。

格里戈里开一家食品杂货店,不过这只是摆样子的,实际上却贩卖白酒、牲口、兽皮、原粮、猪,碰上什么他就卖什么,比方说,国外需要喜鹊毛做女帽,他就买卖喜鹊,每一对赚三十戈比。他买下树林采伐权,他放钱生利,总之,他是一个善于谋利的老头子。

他有两个儿子。大儿子阿尼西姆在警察局侦缉队里做事,很少在家。小儿子斯捷潘做生意,帮助父亲,可是要希望他帮很大的忙是不行的,因为他身体弱,耳朵聋。他妻子阿克西尼娅是个相貌俊俏、身体匀称的女人,遇到节日总要戴上帽子,撑起阳伞。她起床早,上床迟,成天价提起裙子,跑来跑去,弄得钥匙叮当响,忽而到谷仓去,忽而到地窖去,忽而到小铺去,老齐布金高兴地瞧着她,眼睛发亮。遇到这类时候,他总是觉着歉然:她没嫁给他的大儿子,却嫁给耳朵聋的小儿子了,小儿子分明不会欣赏女人的美丽。

老头子素来喜欢家庭生活,他爱他的家庭胜过世上的一切,特别喜爱做暗探的大儿子和儿媳妇。阿克西尼娅刚刚跟那聋儿子结了婚,就显出她精明强干,对谁可以赊账,对谁不可以赊账,她心里清清楚楚。她保管钥匙,甚至信不过她丈夫。她拿过算盘来,打出一片噼啪声。她像农民那样察看马的牙齿,她老是发笑或者喊叫。不管她干什么,说什么,老头子总挺感动,喃喃地说:

"真有你的,儿媳妇!好一个美人儿,小娘子……"

他本来是鳏夫,可是儿子婚后过了一年,他自己忍不住,也结婚了。人家给他找了一个姑娘,住在离乌克列耶沃村三十俄里远的一个村子里,名叫瓦尔瓦拉·尼古拉耶芙娜,出身于一个上流人家,年纪不算轻了,可是长得美丽,大方。她一搬到楼上的小房间里住下,这所房子里一切东西就都放光了,仿佛所有的窗子都安了新玻璃似的。圣像前面的油灯亮起来,桌子上铺了雪白的桌布,窗台上和花圃里出现了花,结着红苞。吃饭时候也不是公用一个木钵,而是各人面前有各人的碟子了。瓦尔瓦拉·尼古拉耶芙娜愉快而亲切地微笑着,仿佛房子里样样东西都在微笑似的。乞丐、男香客、女香客,开始走进院子里来,这种事在过去是从来没有的。窗根底下传来乌克列耶沃的村妇们那种哀诉的、唱歌样的说话声,和因为喝醉酒而被工厂开除的、衰弱干瘦的乡下人的惭愧的咳嗽声。瓦尔瓦拉周济他们钱、面包、旧衣服,后来她在这儿住熟了,就开始把铺子里的东西也送出去。有一回聋子看见她拿去四分之一磅的茶叶,这使他不放心了。

"妈在这儿拿去了四分之一磅茶叶,"事后他告诉父亲说,"这笔账出在哪儿呢?"

老头子没答话,站着不动,想了一想,眉毛动弹着,然后上楼看他妻子去了。

"瓦尔瓦鲁希卡①,要是你,亲爱的,要铺子里的什么东西,"他亲切地说,"你尽管拿好了。随便拿吧,不必犹疑。"

第二天聋子跑过院子,对她招呼道:

"妈,倘或您要什么东西,您就来拿吧!"

她这种布施显得有一点新鲜,有一点轻松畅快,就跟圣像前面的油灯和那些小小的红花蕾一样。斋期前最后一次荤食日或者一连三天的当地守护神节日当中,商店里总是把腐臭的腌牛肉卖给

---

① 瓦尔瓦拉的爱称。

农民,那种肉冒出那么浓的臭气,就连站在肉桶旁边都会受不住,他们从醉汉手里收下镰刀、帽子、老婆的头巾,作为抵押品,工人们喝了低劣的白酒,昏昏沉沉倒在泥地里打滚。罪恶凝结起来,像雾那样停在空中,每逢这种时候,人要是想起那边,在那所房子里,有一个文静的、穿得整整齐齐的、跟腌牛肉或者低劣的白酒没一点关系的女人,心头就会稍稍轻松一些。在那种沉重的、昏天黑地的日子里,她的施舍起着机器里的安全阀的作用。

齐布金家里,白天过得很忙。太阳还没出来,阿克西尼娅就已经在前堂洗脸,发出喷鼻子的声音,厨房里茶炊滚沸着,发出呜呜的响声,好像预告着要发生什么不吉利的事似的。老人格里戈里·彼得罗维奇穿一件又长又黑的上衣,一条印花布裤子,一双亮晃晃的高筒靴,那么干净,那么矮小,在各房间里走来走去,小小的靴后跟踩得噔噔响,活像一首著名的歌里的老公公。商店开门了。等到天色大亮,就有一辆轻快的二轮马车来到门廊外边,老头子矫健地坐上车,把他那顶大便帽压到耳朵边上,谁瞧见他都不会说他有五十六岁了。他的妻子和儿媳妇送他上车。每逢老头子身上穿一件讲究而干净的礼服,马车上套一匹值三百卢布的又大又黑的雄马,他就不喜欢农民们到他面前来请托什么事,诉什么苦情。他痛恨农民,讨厌他们。要是他看见有个农民站在门口等他,他就生气地嚷道:

"你为什么站在这儿?躲我远远的!"

或者,如果那是一个乞丐,他就叫道:

"上帝才会养活你!"

他坐着车子办事去了。他妻子穿一身黑衣服,系一条黑围裙,打扫房间,或者在厨房里帮忙。阿克西尼娅在店里做买卖,这时候院子里就传来酒瓶和钱的叮当声,她嗤嗤地笑着或者喊叫,被她得罪的顾客发脾气了,同时还可以看得出白酒已经在那边,在店子里偷偷地出售了。聋子也坐在店里,要不然就不戴帽子,把手插在口袋里,在村街上散步,心不在焉地一会儿瞧着农民的小木房,一会儿瞧着上面的天空。他们一天在家里大约喝六道茶,大约有四次围着桌子坐下来吃饭。到了傍晚,他们就把进款算清,登在账上,然后酣畅地睡觉。

乌克列耶沃的所有三家棉布印花厂跟厂主住宅都用电话联系着,那三家厂主是赫雷明家年长的一辈人,赫雷明家年轻的一辈人和科斯丘科夫。乡公所里也安一架电话,可是不久那架电话就给臭虫和蟑螂爬满,打不通了。乡长是个半文盲,写起公文来每个字的第一个字母都用大草。可是他看见电话坏了,却说:

"得,现在我们没有了电话可就有点困难了。"

赫雷明家年长一辈人经常跟年轻一辈人打官司,有时候年轻一辈人自家伙儿里起内讧,也打官司,于是他们的工厂停工一个月,两个月,直到他们重又讲和为止。这种事总是使得乌克列耶沃的居民们很高兴,因为每次吵嘴总会引起许多闲话和流言蜚语。到了节日,科斯丘科夫和赫雷明家年轻一辈人就坐上车子出去兜风,飞快地在乌克列耶沃村里跑来跑去,把小牛压死了事。阿克西尼娅打扮得花枝招展,在她商店附近的街上走来走去,弄得她那浆得蓬起的衬裙沙沙响,赫雷明家年轻一辈人就把她拉上车去,仿佛硬把她架走了似的。然后老齐布金也坐车出来,为的是夸耀他的新马。他带着瓦尔瓦拉一块儿坐在车上。

坐车兜风以后,到傍晚,人们都躺下睡觉,赫雷明家年轻一辈人的院子里却有一个贵重的手风琴响起来,如果那天晚上有月亮,人们听了乐声就会觉得又忧愁又快乐,乌克列耶沃就不再像是一个陷阱了。

二

大儿子阿尼西姆很少回家来,只有遇到大节期才回来一趟,可是他常托同乡带回礼物和家信,信是托别人代写的,字迹优美,每回都是用大张的信纸,看上去像是正式的呈文。信上满是阿尼西姆在谈话里素来不用的词藻:"亲爱的爸爸妈妈,兹奉上花茶一磅,借以满足您们生理上之需要耳。"

每封信的下款都好像是用破钢笔尖歪歪斜斜地写出:"阿尼西姆·齐布金。"下款底下又是那笔优美的字:"侦探。"

那些信经人大声念过好几遍,老头子听得很感动,兴奋得涨红脸,说:

"瞧,他不愿意待在家里,却去干念书人的营生了。好的,随他去吧!各人有各人的行业!"

在谢肉节①以前,有一天下了一阵夹着雪粒的大雨,老头子和瓦尔瓦拉走到窗前去看雨,可是看啊,阿尼西姆从车站坐着雪橇来了。他来得完全出人意外。他走进门来,心神不定,看样子仿佛在为什么事担忧似的,后来,在他住下的那些天也始终是这样子,他的举止有点随随便便。他并不急着要走,倒好像给革掉了差使似的。他回来,瓦尔瓦拉倒很高兴,她老是带点狡猾的神情瞧他,摇头,叹气。

"这是怎么回事啊,我的天?"她说,"啧啧,这小伙子已经二十八岁了,可是他仍旧是光棍儿,没个牵挂。唉,啧啧……"

她讲的那些轻柔平稳的话在隔壁房间里听起来就像是"啧啧啧"。她开始跟老头儿和阿克西尼娅交头接耳地说话,他们的脸

---

① 大斋前的一星期。

就也现出狡猾的、鬼鬼祟祟的神情,仿佛他们串通了要做什么坏事似的。

大家决定要给阿尼西姆办亲事了。

"唉,啧啧!……弟弟倒早就结婚了,"瓦尔瓦拉说,"可是你仍旧没个伴儿,就跟集市上的公鸡一样。这成什么话?唉,啧啧,求上帝保佑,结婚吧,然后随你的便,自管出外去做事好了,让老婆留在家里做个帮手。小伙子,你过日子没有一点章法,我看你已经把什么章法都忘了。唉,啧啧,你们这些城里人呀,全有罪哟。"

齐布金家里的人既是要结婚,那么大家就得给他们这些有钱的人挑顶好看的新娘。他们给阿尼西姆也找了一个俊俏的姑娘。他自己呢,长着一副不招人喜欢的、不起眼的相貌,尽管身体单薄而且病态,个子矮小,脸蛋却挺肥,鼓起来,倒好像他把腮帮子吹起来似的。他那对眼睛一眨也不眨,眼神尖利,胡子又稀又红,每逢他想心事,老是把胡子塞进嘴里去嚼。此外,他常常喝酒,这从他的脸容和他的步态就看得出来。可是他一听说他们已经给他找到一个很漂亮的新娘,就说:

"哦,话说回来,我自己也不丑啊。应当说,咱们齐布金家的人都长得漂亮。"

靠近城边有一个托尔古耶沃村。最近,这个村子有一半已经并进城里去,剩下来的一半仍旧算是村子。在并出去的那一半里面,有一个寡妇住着一所自己的小房子,她跟她妹妹同住。这妹妹很穷,白天出去做零工,有个女儿名叫丽巴,是个姑娘,也出去做零工。托尔古耶沃的人们已经在称道丽巴的美貌,可是她那赤贫的家境却吓退了一切人。大家认为只有鳏夫或者上了岁数的人才肯不顾她穷而跟她结婚,或者索性不结婚而跟她同居,她母亲跟着她也就有吃有喝了。瓦尔瓦拉听媒婆说到丽巴,就坐车子到托尔古耶沃去了。

然后,在那姑娘的姨妈家里照规矩安排了相亲的仪式,备了凉菜和葡萄酒。丽巴穿一件特为相亲做的粉红色新衣服,一条鲜红的缎带在她头发上面像火焰一样闪着。她又瘦又弱,脸白,五官温柔而秀气,她的皮肤由于在露天底下工作而晒得发红,羞赧哀伤的笑容老不离开她的脸,一双眼睛带着孩子气看人,显出信任和好奇的神情。

她年轻,仍然是个小姑娘,乳房还看不大出来,不过她可以结婚了,因为已经到了年纪。她长得确实美,只有一个地方不招人喜欢,就是她那双像男人一样的大手,现在那双手没事可做,垂在那儿,好比两只大爪子。

"陪嫁钱没有,我们倒也不在乎,"老人对姨妈说,"早先我们给我们的儿子斯捷潘也娶了个穷人家的姑娘,现在我们不知该怎样称赞她才好了。在家里也罢,在店里也罢,她那双手简直称得起是金子打的呢。"

丽巴站在门口,好像要说:"随您怎样摆布我就是,我相信您。"她母亲普拉斯科维娅,这个做零工的女人,躲在厨房里,胆怯得一动也不能动。当初她还年轻的时候,有一回,她在一个商人家里擦地板,那商人发火了,对她跺起脚来,她十分害怕,吓傻了,从此她一辈子心底里老存着害怕的感觉。她一害怕,胳膊和腿就老是发抖,脸颊抽筋。她坐在厨房里,极力听客人们说什么话,不断地在胸前画十字,用手指头按着前额瞧着圣像。阿尼西姆微微有点醉意,推开厨房的门,毫不拘束地说:

"您坐在这儿干什么,亲爱的妈妈?您不来,我们觉着闷得慌呢。"

普拉斯科维娅战战兢兢,用手按着干瘪的瘦胸脯,回答说:"哪儿的话,求上帝怜恤吧……您心真好,老爷。"

相亲以后,婚期定妥了。这以后,阿尼西姆在家各个房间里走来走去,吹口哨,或者忽然想起什么,就变得心事重重,一动也不动地凝神瞧着地板,仿佛眼光要钻到深深的地底下去似的。他知道自己就要结婚,而且那么快,定在复活节后的第一个星期,却没露出高兴的样子,也不打算去看新娘,光是不断地吹口哨。他所以结婚,显然只因为他父亲和后妈要他结婚,又因为村子里有这样的风俗:要儿子结婚是为了给家里添一个帮手。他走的时候,一点也不匆忙,总之他一举一动都跟先前几次回来的情形不一样。他显得满不在乎,说出来的话也不对头。

三

希卡洛沃村住着两个女裁缝,是姊妹俩,属于鞭身派教徒①。婚礼的新衣服就交给她们做,她们常常来量尺寸,喝很久的茶。她们给瓦尔瓦拉做一件棕色连衣裙,镶黑花边和玻璃珠,给阿克西尼娅做一件淡绿的连衣裙,配上黄色前胸,拖着长后襟。等到裁缝做完活,齐布金却不付她们工钱,只给店里的货物。她们愁闷地走了,手里提着她们完全不需要的几小捆硬脂蜡烛和沙丁鱼。她们走出村子,到了野外,就在一个土坡上坐下,哭起来。

举行婚礼的三天以前,阿尼西姆回来了,从头到脚一身新。他穿着发亮的胶皮雨鞋,没扎领结,却拴着一条红线绳,上面穿着小珠子。他肩上披着一件大衣,没把胳膊伸进衣袖里去,这件大衣也是新的。

他在圣像面前庄重地祷告一番,然后向父亲问安,送给他十枚银卢布和十枚半卢布银币,送给瓦尔瓦拉的也是这样一份。他送给阿克西尼娅的是四分之一卢布银币二十枚。这份礼物特别可爱

---

① 基督教的一种宗派,相信鞭笞自己,可以平息神怒。

的地方就在于所有的钱币仿佛是精心选出的一样,一律是新的,在阳光下闪闪发亮。阿尼西姆极力要显得庄重严肃,绷紧了脸,鼓起腮帮子。他嘴里冒出酒气来。他一定每到一个火车站就到小吃部去一趟。这个人仍旧带着那种满不在乎的样子,那种多余的气派。然后,阿尼西姆跟老头儿一块儿喝茶,吃点东西。瓦尔瓦拉把那些新卢布放在手心上翻来覆去地看,同时问起那些在城里生活的同乡。

"谢谢上帝,他们都不错,他们过得挺好,"阿尼西姆说,"只是伊万·叶戈罗夫家里出了点事:他的老婆子索菲娅·尼基福罗芙娜去世了。她害的是痨病。他们为了让她的灵魂安息而安排了丧宴,是从包办宴席的人那儿定来的。每一客是两个半卢布。还有真正的葡萄酒。我们的同乡,几个庄稼汉,也去了。叶戈罗夫为他们也叫了两个半卢布一客的饭菜。其实他们什么也没吃。庄稼汉哪儿懂得什么口味!"

"两个半卢布呀!"老头说,摇摇头。

"可不是!那儿又不是乡下。比方说,你走进一家饭馆想吃一顿,点了这样那样的菜,凑上三朋四友,一块儿喝上一通酒。一眨巴眼儿的工夫,天就已经亮了。对不起,你得替每个人付三四个卢布才成。要是跟萨莫罗多夫在一块儿,那他饭后喜欢喝上一杯掺白兰地的咖啡,可是,先生,上等白兰地要六十戈比一小杯呐。"

"这全是随口乱说了,"老头子惊叹地说,"这全是随口乱说了!"

"现在我老是跟萨莫罗多夫在一块儿。替我给你们写信的就是这个萨莫罗多夫。他写得好极了。妈,"阿尼西姆快活地对瓦尔瓦拉说下去,"要是我告诉您萨莫罗多夫是个什么样的人,您才不会相信呢。我们大家都叫他穆赫达尔,因为他跟亚美尼亚人一样,周身上下一片黑。我把他看得透里透,妈,他的事儿就跟我手上的五个指头一样,我全知道,这一点他自己也明白,就老是跟着我,难舍难分,现在我们真是拆不开,打不散了。他好像有点怕我,可是离开我又活不下去。我上哪儿他也上哪儿。妈,我长着一对真正厉害的眼睛。我在旧衣市上一眼看见一个农民卖一件衬衫。'慢着,这衬衫是偷来的!'果然不错,那衬衫真是偷来的。"

"你怎么知道的呢?"瓦尔瓦拉问。

"也说不出是怎么知道的,我就是长着那样的眼睛呗。我并不知道衬衫的来历,可是,不知什么缘故,我就那么心血来潮了:这东西是偷来的,准是这么的。我们侦缉队里那些同事常常这么说:'嘿,阿尼西姆打山鹑去了!'那意思是说去找贼赃了。对了……偷是谁都会的,可是要想保牢贼赃,那就难了!世界挺大,可就是没有地方藏贼赃。"

"上个星期我们村里贡托列夫家给偷走了一只公羊和两只小母羊,"瓦尔瓦拉说,叹一口气,"却没有人去把它们找回来……唉,啧啧……"

"行。我可以去找。这没什么,我办得到。"

结婚的日子到了。那是四月里一个凉快、晴朗、快活的日子。从一清早起,人们就坐着由两匹或者三匹马拉着的马车在乌克列耶沃村里来来去去,铃子叮当地响,车轭和马鬃上装饰着五颜六色的绦带。白嘴鸦给车马声闹得心慌意乱,在柳树林里呱呱叫,椋鸟也提高嗓门,不停地叫唤,倒好像因为齐布金家办喜事而高兴似的。

屋里桌子上,已经摆满长条的鱼、整只火腿、肚子里填满东西的家禽、一盒盒的熏鲱鱼、各种各样盐腌的和醋渍的吃食、许多瓶白酒和葡萄酒,空气里弥漫着熏腊肠和酸龙虾的气味。老齐布金在桌子旁边走来走去,靴后跟嘎吱嘎吱地响,拿着两把刀子互相磨着。大家不断地喊住瓦尔瓦拉,问她要这样要那样,她呢,样子慌慌张张,上气不接下气,不断地在厨房里跑进跑出。厨房里面,科斯丘科夫家的厨师和赫雷明家年轻一辈人的给老爷做饭的女厨子从天亮起就在干活了。阿克西尼娅卷起头发,只穿着紧身胸衣,没穿连衣裙,脚上穿一双嘎吱嘎吱响的新皮鞋,一阵风似地跑过院子,只看见她那光光的膝头和胸脯一闪就过去了。各处热热闹闹,人们可以听见骂人和赌咒的声音。行人在敞开的大门口站住,样样事情都使人觉得马上就要发生一件大事了。

"他们坐车去接新娘了!"

马车铃子叮当响着,出了村子很远才消失……到两点多钟,人们奔跑起来,原来铃声又响了,他们把新娘接来了!教堂里挤满了人,圣像前的枝形烛台点亮了,唱诗班按老齐布金的意思照着乐谱歌唱。辉煌的亮光和鲜艳的衣服弄得丽巴眼花缭乱。她觉得歌手用响亮的嗓音砸她脑袋,就跟锤子一样。她生平第一回穿的紧身胸衣和她那双皮鞋勒得她挺痛。她的脸相看上去仿佛是在昏厥以后刚清醒过来似的,她呆瞪瞪地往四下里瞧,却什么也没看明白。阿尼西姆穿一身黑礼服,脖子上没扎领结,却系了一条红线绳,心事重重,瞧着一个地方出神,每逢歌手高声唱起来,他就赶快在胸前画十字。他心里感动,想哭出来。这个教堂他从很小很小的时候起就熟悉,从前有一个时期他那去世的母亲常带他上这儿来领圣餐,有一个时期他还在儿童唱诗班里歌唱,每个圣像、每个角落他都记得清清楚楚。现在呢,他结婚了,为了合乎世道而必须娶妻子,可是现在他没想这些,不知怎么他竟不记得而且完全忘了他的婚事。眼泪使得他眼睛看不见圣像,心里堵得慌。他暗自祷告,祈求上帝让那个在劫难逃的灾难,即使不是今天,就是明天一定会降在他身上的灾难,好歹放过他去,就跟天旱的日子里雨云掠过村子却不落下一滴雨来一样。过去已经积下那么多的罪,那么多的罪,事情已经闹到简直没有退避的余地,没有挽回的余地,就连要求宽恕也好像不近情理了。可是他仍旧恳求宽恕,甚至大声哭出来,不过谁也没理会,因为他们以为他喝醉了。

有一个孩子用惊慌的声音哭着说:

"好妈妈,带我离开这儿吧,亲妈妈!"

"不许说话!"司祭叫道。

新婚夫妇从教堂出来,走回家去,人们跟在他们身后跑着。小铺附近,大门附近,院子里窗跟前,也都围满了人。村妇们来唱喜歌。合唱队早已站在前堂,拿了乐谱等着,年轻的夫妇刚刚跨进门槛,他们就提高喉咙用尽力气齐声唱起来。特意从城里约来的一个乐队也开始奏乐。顿河香槟酒已经盛在高脚杯子里,送过来。木匠兼包工头叶利扎罗夫是一个又高又瘦的老人,眉毛生得很密,弄得眼睛也看不大见了,他对新婚夫妇说:

"阿尼西姆和你,孩子,要相亲相爱,要按上帝的意思过日子,孩子们,求圣母不要抛弃你们。"他伏在老头子的肩膀上,呜呜地哭了,"格里戈里·彼得罗维奇,咱们哭一场吧,高兴得哭一场吧,"他用尖细的声音说,然后立刻突然笑起来,用响亮的男低音接着说,"哈哈哈,你又添了个好儿媳妇!她呀,处处都合格,处处都光溜溜的,没一点杂音,整个机器都没毛病,螺丝钉多得很。"

他是叶戈列夫县的人,可是从年轻时候起就在乌克列耶沃村的工厂和县里做工,已经在这儿住惯了。多年以来,大家觉得他一直是这么老,一直跟现在一样瘦高,多年以来,大家一直叫他"拐杖"。也许因为近四十多年来专门在工厂里做修理工作吧,总之,他批评每个人和每样东西的时候总是在扎实上面着眼:看一看是不是需要修理。他在靠着饭桌坐下来以前,先试了好几把椅子,看它们结实不结实,他还摸了摸鲑鱼。

喝过顿河香槟酒以后,大家围着桌子坐下来。客人们谈天,移动椅子。歌手在前堂唱歌,乐队奏乐,同时院子里村妇们齐声唱喜歌,结果造成一种可怕的、乱七八糟的声音,闹得人头昏眼花。

"拐杖"坐在椅子上扭个不停,胳膊肘碰着他身旁的人,妨碍人家谈话。他一会儿笑一会儿哭。

"孩子们,孩子们,孩子们……"他急促地嘟哝着,"阿克西尼娅宝贝儿,瓦尔瓦拉宝贝儿,咱们太太平平、和和睦睦地过日子吧,我亲爱的小斧子……"

他酒量小,现在只喝了一杯英国白酒就醉了。这难于下咽的白酒不知道是用什么东西做成的,一喝就昏醉,仿佛一闷棍把人打晕了似的。舌头开始转动不灵了。

在座的有本地的教士、带着妻子一同来的工厂职员们、商人、从别的村子来的饭铺老板。乡长和乡里的文书也并排坐在那儿,他们已经一块儿服务了十四年,在这段时期里每逢给人签署文件,或者在放人走出乡公所以前,总是把人欺骗一下或者侮辱一下,如今他俩养得肥头胖脑,仿佛他们在欺诈里泡得太久,连脸上的皮肤都有了一种特别的骗子色彩。文书的老婆是一个斜眼的瘦女人,把她所有的孩子都带来了,她像一只鹰似地斜着眼瞄准菜碟,凡是她的手够得到的都被她一齐抢光,放进她自己的或者孩子的衣袋里去了。

丽巴坐在那儿不动,好像变成了石头,仍旧现出在教堂里的那副表情。阿尼西姆自从认识她以后还没跟她说过一句话,因此直到现在还不知道她的嗓音是什么样儿。现在,他坐在她身旁,始终闷声不响,只顾喝英国白酒,等到喝醉了才开口,跟坐在对面的丽巴的姨妈说:

"我有个朋友,姓萨莫罗多夫。他是个有专长的人。论身份他是个非世袭的名誉公民,能说会道。不过我把他看得透里透,姨妈,这他也知道。请您跟我一块儿为萨莫罗多夫的健康干一杯吧,姨妈!"

瓦尔瓦拉筋疲力尽,精神恍惚,绕着桌子走来走去,劝客人吃东西。她明明很满意,因为菜有那么多碟,全都那么丰富,现在谁也不能挑剔他们了。太阳落下去了,可是酒宴一直没停,客人已经不知道自己在吃什么,喝什么,他们讲的话也休想听得清,只有在乐队的乐声偶尔停下来的时候,才可以清楚地听见外面有一个村妇嚷道:

"你们吸饱了我们的血,强盗,叫你们死了才好!"

到傍晚,大家和着乐声跳舞。赫雷明家年轻一辈人带着他们自己的酒光临了,其中有一个在跳卡德里尔舞的时候,两只手各拿一个酒瓶,嘴里还衔着酒杯,逗得大家都笑了。卡德里尔舞跳到一半,他们忽然挫下身去,蹲着跳起来。穿绿衣服的阿克西尼娅像一道闪电似地飞过来飞过去,她的长后襟扇起一阵风。有人踩坏她下摆的绉边,"拐杖"就嚷道:

"喂,他们把护墙板扯下来了! 孩子们!"

阿克西尼娅生着天真的灰色眼睛,那对眼睛难得眨巴一下,她脸上老是带着天真的笑容。她那对一眨也不眨的眼睛、长脖子上的小脑袋、她那苗条的身材,都有点蛇的样子。她配上周身的绿色,配上她那黄色的前胸,唇边露出微笑,看上去活像春天从嫩嫩的黑麦田中挺直身子昂起头来瞧着行人的一条毒蛇。赫雷明家的那些人待她随随便便。很明显,她跟他们当中年纪较大的一个早已打得火热了。可是她那聋丈夫却一点也没看出来,他压根儿就没瞧她。他坐在那儿,一条腿搭在另一条腿上,正在吃胡桃。他咬开胡桃壳的声音响得很,听上去跟放枪一样。

可是,看哪,老齐布金自己走到房中央来了,他挥动手绢,表示他也要跳俄罗斯舞了。于是从房里各处,从院子当中的人群里,响起一片嘈杂的赞叹声:

"大老板也出场了！大老板！"

瓦尔瓦拉跳舞，可是老头子光是挥动手绢，跺靴后跟。院子里的人互相推搡着，往窗子里看，十分高兴。一时间，他们宽恕了他的一切——他的财富，他的欺侮。

"跳得好哇，格里戈里·彼得罗维奇！"那群人叫道，"对，跳吧！你还能行呐！哈哈！"

这场舞直跳到深夜一点多钟才散。阿尼西姆跟跟跄跄走过去跟乐师和歌者一一告别，送给他们每人一枚新的半卢布银币。老人身体倒没摇晃，不过走起路来也还是有一条腿下脚很重。他一面送客人出去，一面对每个客人说：

"办这场喜事花了两千卢布呐。"

大家走散的时候，有人穿错衣服，丢下自己的旧外衣，穿走了希卡洛沃村的小饭铺老板的好外衣。阿尼西姆忽然冒火，嚷起来：

"别忙！我马上就会找着它！我知道是谁偷的！别忙！"

他跑上街去追一个人，可是人家拦住他，把他搀回家来，尽管他醉醺醺，气得满脸通红，一头的汗，仍旧把他推进屋里去，扣上了门。在那屋里，姨妈已经在给丽巴脱衣服了。

四

五天过去了。阿尼西姆准备好动身，就走上楼去向瓦尔瓦拉告辞。她房间里圣像前面的灯都点亮了，弥漫着熏香的气味。她本人坐在窗口，正在用红毛线打袜子。

"你在我们这儿住得不久，"她说，"大概你觉得腻味了吧？唉，啧啧……我们过得挺好，样样东西都很多。我们把你的喜事办得挺像样，挺风光，老头子说用了两千卢布呢。一句话，我们生活得跟商人一样，只是我们这儿很乏味。我们净欺负老百姓。我的心都痛了,我亲爱的。我们把他们欺负得多厉害啊,我的上帝!我们交换一匹马也好,买什么东西也好,雇工人也好,处处都要骗人。骗了又骗。铺子里的素油又苦又有哈喇味,就连人家的煤焦油都比它强。可是请你说说看,难道我们不能卖好油吗?"

"各人有各人的行业,妈。"

"可是话说回来,我们将来不是都得死吗?唉唉,你真应该跟你爸爸谈一谈才好!……"

"您自己该跟他谈才对。"

"算了吧,算了吧!谈呢,我倒是对他谈了,可是他也跟你一样,说什么各人有各人的行业。你想,将来到了另一个世界,人家会管你干的是什么行业吗?上帝的裁判可是公道的。"

"当然,人家不会管的,"阿尼西姆说,叹一口气,"话说回来,反正上帝是没有的,妈。哪儿会有人来管呢!"

瓦尔瓦拉惊奇地瞧着他,扬声大笑,两只手举起来一拍。由于她真心地对他的话感到惊奇,而且睁大眼睛瞧着他,把他当作怪人一样,他窘了。

"也许上帝是有的,只是信仰没有罢了,"他说,"我在举行婚礼的时候,觉着很不自在。如同从母鸡身子底下拿到一个鸡蛋,鸡蛋里面有个小鸡在唧唧叫一样,我的良心也忽然唧唧叫起来,我在举行婚礼的时候,时时刻刻暗想:'上帝是有的!'可是我一走出教堂啊,就全完了。再者,究竟有没有上帝,我怎么知道呢?我们从小就没受过这样的教育。娃娃还在娘怀里吃奶的时候,就只是受到这样的教育:'各人有各人的行业。'要知道,爸爸也不信上帝啊。您先前说贡托列夫家里有些羊给人偷走了……我已经找着了,那是希卡洛沃村的一个农民偷的。他偷了羊,可是爸爸得了羊皮……这就叫做信仰!"

阿尼西姆眨巴着眼睛,摇头。

"乡长也不相信上帝,"他接着说,"文书也一样,就连教堂执事也一样。至于他们上教堂,持斋,那也只是为了免得人家说他们的坏话,而且防着万一真有世界末日的审判罢了。如今大家都说世界的末日好像已经来了,因为人变得软弱,不尊敬父母,等等。这全是废话。妈,依我的看法,毛病全出在人们昧了良心。我看得透,妈,我明白。要是人家有一件偷来的衬衫,我一眼就看得出来。比方说,有一个人坐在小饭铺里,您还当是他在喝茶,没什么,我呢,不但看见他在喝茶,还看见他没有良心。您走来走去,尽可以走上一整天,却碰不见一个有良心的人。这原因完全在于他们不知道有没有上帝……好了,再见,妈。希望您好好活下去,身体健康,别记着我的坏处。"

阿尼西姆在瓦尔瓦拉面前跪下来。

"我为种种事情感激您,妈,"他说,"我们家有了您,得了很大的好处。您是一个很正派的女人,我对您很满意。"

阿尼西姆十分感动地走出去了,可是又回来,说:

"萨莫罗多夫把我牵连到一桩麻烦事里面去了:我要么发一笔大财,要么完蛋。要是出了什么事,那就求您务必安慰爸爸,妈。"

"唉,何必说这种话?唉,啧啧……上帝是仁慈的。你呢,阿尼西姆,对你老婆也该心疼一点才好,可是现在你们却大眼瞪小眼。说真的,你至少也该带个笑脸啊。"

"是啊,她也真是个怪物……"阿尼西姆说,叹口气,"她什么也不懂,老是不讲话。她年轻得很,那就让她慢慢长大吧。"

一匹高大壮实的白毛公马已经拉着一辆二轮马车停在门廊外面。

老齐布金一纵身上了车,意气扬扬地坐下,拿起缰绳。阿尼西姆吻瓦尔瓦拉、吻阿克西尼娅、吻他的兄弟。丽巴也站在门廊上,一动不动,眼睛瞧着别处,仿佛她不是来送他,而是不知什么缘故凑巧站在那儿似的。阿尼西姆走到她面前,用嘴唇轻轻碰了碰她的脸蛋儿。

"再见。"他说。

她没有瞧他,却现出一种古怪的笑容,她的脸颤抖起来,不知什么缘故大家都可怜她了。阿尼西姆也一蹿就跳上了马车,两只手叉在腰上,因为他认为自己是个美男子。

他们坐着车子上坡,一路出了峡谷,阿尼西姆不断回过头去瞧村子。那是一个温暖晴朗的日子。牲口还是第一回给人赶到外面来,村姑和村妇们穿着过节的华丽衣服在牲口旁边走来走去。一头褐色的公牛在嗥叫,由于得到自由而高兴,用前蹄刨地。四面八方,上上下下,都有百灵鸟在歌唱。阿尼西姆回过头去看一眼那座端正的白色教堂(它最近才粉刷过),想起五天前怎样在那里面祈祷,又看一眼绿色房顶的学校,看一眼从前他常在里面游泳和钓鱼的小河,就有一股欢乐的浪头在他的胸中激荡,他恨不得地下忽然升起一堵墙来,不容他再往前走,让他永远伴着过往的岁月才好。

到了火车站,他们走进小吃部,各人喝了一杯白葡萄酒。老头子伸手到口袋里摸钱包,打算付钱。

"我请客!"阿尼西姆说。

老头子感动地拍拍他的肩膀,对小吃部的服务员眨一眨眼,好像说:"瞧,我有一个多么好的儿子。"

"你应当留在家里做生意才对,阿尼西姆,"他说,"对我来说,你是个了不起的宝贝!我会把你从头到脚镀上金呢,好儿子。"

"这是办不到的,爸爸。"

白葡萄酒有点酸,而且有火漆的气味,可是他们又喝了一杯。

老齐布金从火车站回到家来,一下子竟认不出他的小儿媳妇了。丈夫刚刚坐着车出了院子,丽巴就变了样,忽然高兴起来。她换上一条早先穿过的旧裙子,光着脚,把袖子卷到肩膀上,擦前堂的楼梯,用银铃样的尖嗓音唱歌。她端着一大盆脏水走出去,抬头看太阳,露出孩子气的笑容,她自己也像一只百灵鸟一样了。

一个老工人正好走过门口,摇着头,嗽了嗽喉咙。

"是啊,格里戈里·彼得罗维奇,上帝给你送来的儿媳妇真了不起!"他说,"她不能算是娘们儿,简直该算是一宗宝贝!"

五

七月八日,星期五那天,外号叫做"拐杖"的叶利扎罗夫和丽巴,从卡桑斯科耶村回来,这天是当地教堂纪念卡桑圣母的祭礼日,他们刚刚到那儿去做过礼拜。丽巴的母亲普拉斯科维娅在他们身后很远的地方走着,她老是落在后面,因为她有病,气喘。天色已经将近黄昏了。

"啊,啊,啊!……""拐杖"一面听丽巴讲话,一面惊奇地说,"啊,啊!……真的吗?"

"我啊,挺爱吃果酱,伊利亚·马卡雷奇,"丽巴说,"我坐在我那小屋里,老是喝茶呀,吃果酱呀。要不然我就跟瓦尔瓦拉·尼古拉耶芙娜一块儿喝茶,她常常讲点打动人心的事儿。她们有许多许多的果酱,四罐子呐。'吃吧,丽巴,'她说,'由着性儿吃吧。'"

"啊,啊,啊!……四罐子呐!"

"他们过得可阔气了。喝茶的时候还吃小白面包,牛肉也是要吃多少就吃多少。他们过得可阔气了,不过我在他们那儿总觉着害怕,伊利亚·马卡雷奇。唉唉,我好怕哟!"

"你怕什么呢,孩子?""拐杖"问,他回过头去看普拉斯科维娅落得远不远。

"结婚以后,我先是怕阿尼西姆·格里戈里奇。阿尼西姆·

格里戈里奇并没怎么样,也没欺负我,只是他一走近我的身边,就有一股凉气跑遍我的全身,一直钻进我所有的骨头里去了。我没有一夜睡着过,老是发抖,祷告上帝。现在呢,我怕阿克西尼娅,伊利亚·马卡雷奇。她也没怎么样,老是笑呵呵的,不过有时候她瞧一眼窗外,眼神却那么凶,射出绿光,就跟关在栏里的羊眼睛一样。赫雷明家年轻一辈人正在撺掇她:'你家的老头子,'他们说,'在布乔基诺有一小块地,大约有四十俄亩,'他们说,'那儿有沙土,有水,所以你,阿克秀霞①,'他们说,'在那儿自己盖一个砖厂吧,我们来合股经营就是。'现在的砖价是二十卢布一千块。那是赚钱的生意。昨天吃午饭的时候阿克西尼娅就对老头子说:'我打算在布乔基诺盖个砖厂,我自己做点生意。'她一边说一边笑。格里戈里·彼得罗维奇的脸可就阴下来了,看得出来他是不喜欢这个办法的。'只要我还活着,'他说,'那就不能分家,我们得守在一块儿。'她瞪了他一眼,暗自咬牙……油炸饼端上来了,可是她不吃!"

"啊,啊,啊!……""拐杖"惊奇地说,"她不吃呀!"

"还有,劳您的驾说说看,她到底什么时候才睡觉啊?"丽巴接着说,"她刚刚睡了半个钟头,就跳起来,这儿走走,那儿走走,看农民们放火烧什么东西没有,偷什么东西没有……她真可怕,伊利亚·马卡雷奇!赫雷明年轻一辈人喝过喜酒以后,没有回去睡觉,却一块儿坐车到城里去打官司了。大家都说这大概是阿克西尼娅闹出来的。有两个兄弟答应给她盖一个造砖厂,可是第三个生气了。他们的工厂就此停工一个月,我的叔父普罗霍尔没活儿可做,挨门挨户地要饭。'叔叔,趁这工夫,您应该去种地,或者砍柴,'我对他说,'何必这么丢脸?''庄稼活我已经丢生了,'他说,'我什

---

① 阿克西尼娅的爱称。

么也不会干了,丽宾卡①。'……"

他们在一小片新生的山杨树林旁边站住,歇歇气,等普拉斯科维娅。叶利扎罗夫早就在做小规模的包工活儿,可是买不起马,总是徒步走遍全县,什么也不带,只带一个小口袋,里头装着面包和洋葱,他大踏步地走路,甩搭着胳膊。同他一块儿走路是很难跟得上的。

树林的进口地方立着一块地界标。叶利扎罗夫碰一碰它,看它结实不结实。普拉斯科维娅喘吁吁地走到他们面前来了。她那满是皱纹、素来神色惊恐的脸,这时候却快活得放光,今天她跟别人一样到过教堂,后来赶了一趟集,在那儿还喝了梨汁克瓦斯!这在她是少有的,现在她甚至觉得今天是她生平第一回过得满意的一天了。他们休息了一阵,三个人并排走着。太阳已经在落下去,斜阳射进树林,树干发亮。前面隐约传来了人声。乌克列耶沃的姑娘们早就在他们前头走过去了,可是一直留在树林里没走,多半在采菌吧。

"喂,姑娘们!"叶利扎罗夫叫道,"喂,美人儿!"

回答的是一片笑声。

"'拐杖'来了!'拐杖'!老生姜!"

回答的也是笑声。然后树林也落在后面了。工厂的烟囱顶可以看见了。钟楼上的十字架发亮:这就是那个"教堂执事在丧宴上吃光鱼子酱"的村子。现在他们差不多要走到家了,他们只要下坡,走进那大峡谷就成了。丽巴和普拉斯科维娅本来光着脚走路,这时候就在草地上坐下来穿鞋,包工头叶利扎罗夫也陪她们坐下来。要是从上面往下瞧一眼,乌克列耶沃和它的柳树、白教堂、小河,就显得美丽平静,只有工厂的房顶刺眼,主人为了少花钱而

---

① 丽巴的爱称。

把房顶涂成一种暗淡无光的古怪颜色。他们可以看见对面山坡上有黑麦,一垛垛,一捆捆,东一堆,西一堆,仿佛让暴风吹散了,那些新割下来的麦子一排排地躺在那儿。燕麦熟了,这时候给太阳照得跟珍珠母一样发出反光。这时令正是农忙期。今天是节日,明天是星期六,他们割黑麦,运走干草,随后是星期日,又是假日。每天远处有隆隆的雷声。天气闷热,看起来像要下雨。因此,现在每个人瞧着这片田野都会想:求上帝保佑我们及时收割完庄稼才好。大家觉得高兴,畅快,同时却又着急。

"如今割麦子的工人真能挣钱,"普拉斯科维娅说,"一天挣一卢布零四十戈比呢!"

人们纷纷从卡桑斯科耶的市集回来:村妇啦,戴新帽子的工人啦,乞丐啦,小孩子啦……一会儿有一辆大车走过去,扬起灰尘,车后跟着一匹没卖掉的马,那匹马仿佛因为没卖掉而暗自高兴似的,一会儿有一头母牛由人牵着犄角往前走去,它却死命地不肯走,一会儿又过去一辆大车,车上坐着些醉醺醺的农民,把腿耷拉下来。一个老太婆领着一个头戴大帽子、脚穿大靴子的男孩走过去,男孩热得累了,又因为那双沉甸甸的靴子不容他的腿在膝头那儿打弯,就更加累了,不过他还是用足气力不断地吹一个玩具喇叭。他们已经走下斜坡,转弯上了大街,可是喇叭声仍旧听得到。

"我们的厂主好像完全变了……"叶利扎罗夫说,"这可真糟!科斯丘科夫生了我的气。'飞檐上用的薄板太多。''怎么太多?该用多少就用多少,瓦西里·丹尼雷奇。我又没拿它们就着粥吃到肚子里去,那是薄板啊。''你怎么可以跟我这样说话?'他说,'你这蠢货,没出息的!别忘了形!'他嚷着说,'是我提拔你做包工头的。''这也没什么稀罕!'我说,'当初我没做包工头的时候,我也天天有茶喝啊。''你们全是下流胚……'他说。我没言语。'我们在这个世界是下流胚,'我心想,'到了那个世界你们就是下流胚啰。'哈哈哈!第二天他软下来了。'你别因为我说的话记恨我,马卡雷奇,'他说,'要是我说话有过火的地方,'他说,'那么话说回来,我到底是一等行会的商人,比你上流,你应当闭嘴才是。''您是一等行会的商人,我是木工,'我说,'这话不错。可是圣徒约瑟也是木工啊。我们这行业是正当的,连上帝都喜欢。要是你愿意做比我上流的人,那也随您,瓦西里·丹尼雷奇。'后来,我是说在谈过这回话以后,我心想:'到底谁是上流人啊?一等行会的商人呢,还是木工?'一定是木工,孩子们!"

"拐杖"想了一想,补充几句:

"是这样的,孩子们。谁劳动,谁能忍,谁就上流。"

太阳已经落下去了。浓雾在河面上,在教堂的围墙里,在工厂四周的空地上升起来,白得跟牛奶一样。这时候,黑暗很快地降临了,坡下面已经有灯火在闪亮,看上去那片浓雾好像掩盖着一个不见底的深渊似的。生来穷苦、准备照这样过一辈子、除去惊恐而温柔的灵魂以外愿意把一切都献给别人的丽巴和她母亲,也许在这一刹那间会隐约感到:在这广大神秘的世界里,在生命世世代代无穷的延续中,她们也是一种力量,而且比某些人上流吧。她们坐在坡上挺痛快,幸福地微笑着,却忘了她们还得走下斜坡回家去。

末后,她们回到了家。收割工人坐在小铺附近和大门外面的地上。乌克列耶沃的农民们素来不肯到齐布金家来做活,他们只好雇外乡人。如今在黑地里看上去,坐在那儿的人仿佛长着又长又黑的胡子似的。小铺开着门,从门口可以瞧见聋子在里面跟一个男孩下跳棋。收割工人轻声唱歌,低得差不多听不清,或者大声要求发给他们前一天的工钱,可是雇主不发给他们,因为深怕他们明天走掉。老齐布金脱掉上衣,穿着坎肩,跟阿克西尼娅坐在门廊前面桦树底下喝茶,桌子上点着一盏灯。

"老大爷!"收割工人在门外叫道,好像要嘲弄他似的,"哪怕发给我们一半工钱也是好的!老大爷!"

立刻来了笑声。然后他们又唱起来,声音低得差不多听不清……"拐杖"也坐下来喝茶。

"喏,我们去赶集来着,"他讲起来,"我们玩玩乐乐,痛快极了,孩子们,赞美主吧。可是出了一件不好的事儿:铁匠萨希卡买烟叶,喏,给了店老板一枚半卢布银币。不料那半卢布银币是个假钱。""拐杖"接着说,往四下里看一眼。他想小声说话,可是他却用一种发闷的、嘶哑的声音讲着,人人都听得见。"原来那半卢布银币是假钱。人家问他这钱是哪儿来的。'这是阿尼西姆·齐布金给我的,'他说,'他是在我去吃喜酒的时候给我的。'他说。他们就把警察叫来,把这人带走了。……注意啊,格里戈里·彼得罗维奇,可别出什么事儿,也别惹出什么闲话来……"

"老大——爷!"那个声音又在门外嘲弄地叫道,"老大——爷!"

随后是沉默。

"啊,孩子们,孩子们,孩子们……""拐杖"很快地嘟哝着,站起来。他困了,"好了,谢谢您的茶,您的糖,孩子们。到睡觉的时候了。我有点朽了,我的脊梁全都朽了。哈哈哈!"

他一面走,一面说:

"我大概到死的时候了!"

他就呜呜地哭了。老齐布金没有把茶喝完,只是仍旧坐了一会儿,想心事,从他那脸容看上去像是在听"拐杖"的脚步声,"拐杖"已经顺着大街走远了。

"铁匠萨希卡多半是胡说。"阿克西尼娅猜中他的心事,说。

他走进房里去,过一会儿拿着一包东西走回来,他打开包,卢布闪闪发亮,都是些簇新的钱币。他拿一个,用牙咬了咬,往托盘上一丢,然后又丢一个……

"这些卢布果然是假的……"他说,瞧着阿克西尼娅,好像糊涂了,"这都是当初阿尼西姆带回来,算做他的礼物的。你,孩子,拿去,"他小声说,把包塞在她手里,"拿去丢在井里……去它的吧! 注意,可别张扬出去。千万别出什么岔子才好……把茶炊收拾了,灯熄掉……"

丽巴和普拉斯科维娅坐在板棚里,瞧着灯亮一个个地灭了,只有楼上瓦尔瓦拉的房间里,有些蓝色和红色的圣像前的油灯还亮着,安宁、满足、神秘的空气从那儿飘下来。普拉斯科维娅对女儿嫁了阔人这件事始终还没习惯,每逢她来到这儿,总是怯生生地缩在前堂里,脸上现出恳求的笑容,茶和糖就给她送来了。丽巴也过不惯,丈夫走后就不在自己的床上睡觉,随便在哪儿倒头就睡,或是在厨房里,或是在板棚里。她天天擦地板,洗衣服,觉得自己像是来打短工的。现在,她们做完礼拜回来以后,就到厨房里去跟厨娘一块儿喝茶,然后她们走进板棚,在雪橇和矮墙中间的地板上躺下来。那儿挺黑,有套包子的气味。正房四周的灯全熄了,然后她们听见聋子关上店门,收割工人们在院子里打点着睡觉了。远处,在赫雷明家年轻一辈人的家里,他们正在拉那贵重的手风琴……丽巴和普拉斯科维娅开始昏昏地睡去。

她们给什么人的脚步声惊醒了,月亮正在明晃晃地照着板棚。门口站着阿克西尼娅,手里抱着她的被褥。

"这儿也许凉快点……"她说,然后走进来,几乎就躺在门口,月光照亮了她的全身。

她睡不着,喘气,热得摊开四肢,差不多把被子全揭掉了。在月亮的魔光下这是个多么美丽、多么骄傲的动物啊! 过了不大工夫,又来了脚步声:老头子穿一身白,在门口出现了。

"阿克西尼娅!"他叫道,"你在这儿吗?"

"怎么?"她生气地回答。

"我刚才叫你把钱扔在井里。你扔掉没有?"

"哪有这样的事,把一大笔钱扔在水里!我已经把它发给收割工人了……"

"啊呀,我的上帝!"老头儿叫道,又惊讶又害怕,"你这个胡闹的娘儿们……唉,我的上帝!"

他举起两只手来一拍,走出去了,一面走一面不住地自言自语。过了一会儿,阿克西尼娅坐起来,心烦得长叹一口气,然后站起来,收起铺盖,抱着走了。

"你为什么把我嫁到这个人家来啊,妈!"丽巴说。

"人总得结婚,女儿。那不是我们做得了主的。"

一种没法慰解的悲痛准备来抓住她们的心。可是她们觉着在高高的天上好像有人低下头来,从那一片布满星斗的蓝天里瞧着下界,看见了乌克列耶沃发生的种种事情,注视着。不管罪恶有多么强大,可是夜晚仍旧安静美丽,上帝创造的这个世界里现在有,将来也会有,同样恬静美丽的真理。人间万物,一心等着跟真理合成一体,如同月光和黑夜融合在一起一样。

于是她俩放了心,互相依偎着睡着了。

六

早就来了消息,说是阿尼西姆因为制造和使用假钱而关在监牢里。好几个月过去了,大半年过去了,漫长的冬天过去了,春天开始了。家里的人也好,村子里的人也好,对阿尼西姆关在监牢里这件事都已经习惯了。谁要是晚上走过这所房子或者这个小铺,就会想起阿尼西姆关在监牢里。每逢乡村墓地里响起钟声,不知什么缘故也会使人想起他在坐牢,等候审判。

仿佛有一个阴影罩住了这所庭院似的。正房变得暗淡,房顶生了锈,那扇沉甸甸的、包着铁皮的店门上,绿漆褪了色,或者用聋子的话来说,就是"起茧子"了。老齐布金自己也好像变得暗淡了。他早已不剪头发和胡子,看上去乱蓬蓬的。他也不再一纵身跳上马车,也不再吆喝乞丐:"上帝才养活你们!"他的精力衰退了,这在种种事情上都看得出来。人们也已经不大怕他,警官虽然仍旧接受他按期拿的贿赂,却把他的铺子告了一状。老头子已经三次被传到城里去,为了卖私酒而受审。由于证人没有出庭,这案子不断地拖下去,老头子给闹得筋疲力尽了。

他常坐车去探望儿子,请个什么律师,递个什么呈文,捐给某个教堂一方神幡。他送给囚禁阿尼西姆的监狱看守一个茶杯的银托子,珐琅上刻着字:"灵魂知分寸"。另外他还送了一个长的小匙子。

"没有人替我们张罗一下,没有人替我们好好张罗一下,"瓦尔瓦拉说,"唉,啧啧……你应当去求一位老爷给主要的长官写封信才好……至少可以让他交保释放嘛!……何必折磨那小伙子呢?"

她也难过,可是长得更胖更白了。她照旧点亮自己屋子里圣像前面的油灯,监督着把家里收拾得干干净净,用果酱和苹果软糕招待宾客。聋子和阿克西尼娅在铺子里做生意。一个新的事业开始了,那就是布乔基诺的砖厂。阿克西尼娅差不多天天坐着马车上那儿去。她亲自赶车,每逢遇见熟人,总是伸出脖子去,活像嫩黑麦中间的一条蛇,天真而谜样地笑着。丽巴在大斋以前生了个娃娃,现在老是逗着娃娃玩。那是个一丁点大的、瘦瘦的、可怜样的小娃娃,奇怪的是他居然会哭,会看,居然算是一个人,甚至起了个名字叫尼基福尔。他躺在摇篮里。丽巴走开,到门口去,然后向他鞠躬,说:

"您好啊,尼基福尔·阿尼西梅奇!"

然后她连忙跑到他身边去吻他。后来她又走到门口去,鞠躬,说:

"您好啊,尼基福尔·阿尼西梅奇!"

他呢,踢蹬着他那两条小小的红腿。他的哭声跟笑声混在一起,跟木匠叶利扎罗夫一样。

临了,审判的日子确定了。齐布金提前五天动身赶去。随后,听说有些奉命作证的农民被传去了,他们的一个老工人也接到传票,动身赶去了。

审判是在星期四。可是星期日已经过去了,齐布金还没回来,一点消息也没有。到星期二将近黄昏,瓦尔瓦拉坐在敞开的窗口,听老头子回来没有。丽巴在隔壁房间里逗她的娃娃玩。她用双手托住他,往上颠他,欢欢喜喜地说:

"你将来会长得挺大,挺大! 那你就会做农民,咱们一块儿出去打短工! 咱们出去打短工!"

"得了,得了!"瓦尔瓦拉生气地说,"亏你想得出,要打什么短工,傻孩子! 他将来要做商人的!……"

丽巴轻声唱着,可是过了一会儿就忘了,又开口说:

"你将来会长得挺大,挺大! 那你就会做农民,咱们一块儿出去打短工。"

"瞧,她又说起来了!"

丽巴把尼基福尔抱在怀里,站在门口,问:

"妈妈,为什么我这么爱他? 为什么我这么怜惜他?"她用发颤的声音接着说,她的眼睛含着泪水而发亮,"他是什么? 他是怎么一个人? 轻得跟一小片羽毛一样,跟一小块面包一样,可是我爱他,把他当做真正的人一样的爱他。对,他什么事也不会做,话也不会说,可是我凭他的小眼睛完全明白他要什么东西。"

瓦尔瓦拉竖起了耳朵:晚班车到达火车站的响声传到了她这

377

儿。老头子来了吗？她不再听丽巴讲话,也没弄明白丽巴说了些什么,她更没理会时间怎样过去,光是周身发抖,这倒不是因为害怕,而是出于强烈的好奇心。她看见一辆大车装满农民,辘辘响着,很快地滚过门前。那是从火车站回来的证人。大车经过小铺的时候,老工人跳下车,走进了院子。她听见院子里有人招呼他,问他话……

"判决褫夺公权,"他大声说,"流放西伯利亚,判处六年苦役。"

她看见阿克西尼娅从小铺后门走出来,她本来在卖煤油,一只手拿着一个瓶子,一只手拿着一个漏斗,嘴里衔着几枚银币。

"公公在哪儿?"她咬字不清地问。

"在火车站,"工人回答,"'过一会儿,等到天黑一点,'他说,'我再回去。'"

等到全家都知道阿尼西姆被判了苦役,厨娘就在厨房里忽然哭起来,就跟死了人似的,她自以为这样才合乎礼节的要求:

"阿尼西姆·格里戈雷奇啊,漂亮的小鹰啊,你这一走不要紧,撇下我们有谁来管哟……"

那些狗惊恐地叫起来。瓦尔瓦拉跑到窗口,忧愁地走来走去,用尽气力提高嗓音,吆喝厨娘:

"闭嘴,斯捷潘尼达,闭嘴!看在基督分上,别折磨我们!"

她们忘了烧茶炊,什么也顾不上了。只有丽巴闹不清这是怎么回事,仍旧把全副心思都用在娃娃身上。

临到老头子从火车站回来,她们都没再问他什么话。他跟她们打过招呼,就一言不发地在各房间里走进走出,他没吃晚饭。

"没有人出来张罗一下嘛……"瓦尔瓦拉等到房间里只剩他俩的时候,说,"我早就说过你应该去请托一位老爷才对,当时你却不肯听……应该递一份呈文上去……"

"我想过办法的!"老头子摆一摆手说,"阿尼西姆判罪以后,我去找那位替他辩护的先生。'现在没法子了,'他说,'时机太迟了。'阿尼西姆自己也这样说,时候太迟了。不过我走出法庭以后,仍旧请了个律师,而且给了他一笔定钱。我等一个星期再上那儿去。这要托上帝的福了。"

老头子又一声不响地走遍各房间。等到他回到瓦尔瓦拉身边来,他说:

"我一定病了。我的脑袋有点……迷迷糊糊。我的思想乱了。"

他关上门,免得让丽巴听见,接着轻声说:

"我担心钱。你还记得阿尼西姆在结婚以前,就是复活节后第一个星期里,给我一些新卢布和半卢布的银币吗?当时我把一部分钱收在一个包里藏起来,可是另外的钱我却拿来掺混在自己的钱里了……当初我叔父德米特里·菲拉狄奇——祝他到了天国——在世的时候,常到莫斯科或者克里木去办货。他有一个妻子,这妻子趁他像我所说的那样出去办货,常常勾搭别的男人。他们有六个孩子。叔叔一喝醉酒,就笑着说:'我怎么也分不清哪个是我的孩子,哪个是别人的孩子。'你看,这种脾气称得起是马马虎虎。我呢,现在也就是这样分不清我的钱哪些是真的,哪些是假的。在我眼里,它们好像全是假的。"

"别胡说了,求上帝保佑你!"

"我在火车站买票,付了三卢布,心想别是假钱吧。我害怕。我一定是病了。"

"这是不消说的,我们都在上帝的手心里……唉,啧啧……"瓦尔瓦拉说,她摇摇头,"这倒也应当想一想,彼得罗维奇……保不住会出什么事,你到底不是青年人了。你会去世的,总要想法在你去世以后不要让人欺侮你的孙子才好。啊,我真担心他们会亏

379

待尼基福尔,欺负他!他只好算是没有爹了,他母亲又年轻,傻头傻脑……你应当给那可怜的小男孩留下一点什么才好,至少把布乔基诺那块地给他吧,真的,彼得罗维奇!你想一想吧!"瓦尔瓦拉接着劝他,"那孩子挺好看,而又可怜!明天你出门一趟,立个遗嘱吧。何必再拖呢?"

"我把孙子也忘了,……"齐布金说,"我得去看一看他。那么你是说孩子长得挺好?嗯,好,让他长大吧。求上帝保佑!"

他开了门,弯起手指头,招呼丽巴过来。丽巴就抱着娃娃走到他面前来了。

"要是你需用什么,丽宾卡,你开口好了,"他说,"想吃什么就尽管吃,我们绝不吝惜,只要你身强力壮就好……"他在娃娃胸前画十字,"好好照应我的孙子。我儿子不在了,不过总算留下了一个孙子。"

眼泪滚下他的面颊,他抽抽搭搭地哭了,走开了。过一会儿,他上了床,在一连七夜没睡好以后,他沉酣地睡着了。

七

老头子进城去略略盘桓了一阵。有人告诉阿克西尼娅说他进城是到公证人那儿去立遗嘱的,说他已经把布乔基诺留给他孙子尼基福尔了,而那就是她烧砖的地方。她得到这个消息是在早晨,那时候老头子和瓦尔瓦拉正坐在门廊附近一棵桦树底下喝茶。她就关上铺子的正门和后门,检齐她所带的一切钥匙,使劲往老头子的脚旁边一扔。

"我再也不给你们干活了!"她大声嚷着说,忽然放声痛哭,"看起来,我不是你们的儿媳妇,而是工人!大家都在讪笑我说:'瞧啊,齐布金家找了个多好的女工!'我可不是你们雇来的!我既不是叫花子,也不是无家可归的婊子,我有爹有娘。"

她没有擦她的眼泪,却睁着含满泪水的眼睛盯紧老头子,她的眼光凶恶,气得发斜。她的脸和脖子一齐涨红,绷得很紧,因为她用足了气力嚷叫。

"我不愿意再给你们卖力气了!"她接着说,"我累死了!讲到干活儿,讲到成天价坐在店里,讲到深更半夜偷偷出去私运白酒,那就都该我做,可是讲到分地,却分给那苦役犯的老婆和她的小鬼!她是这儿的女主人,太太,我成了她的女用人!那就索性把样样东西都给她,这囚犯老婆,让她活活噎死才好,我呢,回家去!你们另外去找傻瓜来吧,你们这些该死的强盗!"

老头子生平从没骂过或者责罚过他的子女,甚至从没想到过他家里的人会对他说粗鲁的话,或者做出不恭敬的举动。这时候他怕得很,就跑进房去,躲在立柜后面。瓦尔瓦拉慌得什么似的,站也站不起来,光是挥动两只手,倒好像在赶走蜜蜂,免得螫着自己似的。

"啊,圣徒!这是什么意思啊?"她害怕地嘟哝着,"她在嚷什么呀?唉,啧啧……人家都听见了!小点声吧……唉,小点声吧!"

"你们既然把布乔基诺给苦役犯的老婆,"阿克西尼娅接着咆哮道,"那现在索性把样样东西都给她就是,你们的东西我一样也不要!滚你妈的蛋!你们这儿的人是一帮土匪!我看得够了,我看得不要看了!你们讹诈来往的行人,坐车的乘客,不管老还是少的,你们一律讹诈,这群土匪!是谁没有领执照就卖酒?还有假钱呢?你们的箱子里装满了假钱,所以现在再也用不着我了!"

这时候敞开的门口已经聚集了一群人,往院子里瞧。

"随人家来看吧!"阿克西尼娅嚷道,"我要让你们丢尽了脸!我要叫你们让羞耻活活地烧死!我要叫你们趴在我脚跟前求我!

381

喂！斯捷潘！"她招呼聋子，"咱们马上回家去！咱们去找我爹，去找我妈，我不要跟囚犯们住在一块儿！收拾一下就走！"

当院的几根绳子上晾着衣服，她一把拉下她那些仍旧湿着的裙子和短上衣，丢在聋子的胳臂上。随后，她大发脾气，在院子里那些晾着的内衣旁边跑来跑去，把所有不是她的衣服都扯下来，丢在地上，拿脚踩脏。

"哎呀，圣徒啊，拦住她吧！"瓦尔瓦拉哀叫着，"她是个什么样的人啊？把布乔基诺给她吧！为了基督的缘故，给她吧！"

"嘿！好一个娘儿们！"门口有人说，"居然有这样的娘儿们！她撒泼好厉害！"

阿克西尼娅跑进厨房，那儿正在洗衣服。只有丽巴一个人在洗，厨娘到河边用清水过衣服去了。洗衣槽里和炉子旁边的锅里冒着热气。厨房里闷热，由于弥漫着水气而发暗。地板上还放着一堆没洗过的衣服，尼基福尔躺在这堆衣服旁边的一个凳子上，踢蹬着他那两条小小的红腿，这样即使摔下来，也摔不坏。阿克西尼娅走进来的时候，丽巴正巧从那堆衣服里拿出阿克西尼娅的衬衣放进洗衣槽里，已经伸出手去拿桌子上摆着的一个盛满开水的大水勺……

"拿过来！"阿克西尼娅说，仇恨地瞧着她，从洗衣槽里抽出衬衣来，"不准你碰一碰我的衬衣！你是囚犯的老婆，应当识相点，应当知道你自己是什么东西！"

丽巴呆呆地瞧着她，吓慌了，一点也不懂，可是她忽然瞅见阿克西尼娅落到小孩子身上的眼光，就明白过来，周身僵住了……

"你夺去了我的地，那我就给你点厉害看看！"

说罢，阿克西尼娅就抓起那个装满开水的大水勺，往尼基福尔身上一泼。

这以后，厨房里发出乌克列耶沃人从没听见过的一声尖叫，谁也不相信像丽巴那样一个又弱又小的人儿会发出这样的叫声。院子里忽然静下来。阿克西尼娅默默地走进正房,唇边带着她平素那种天真的笑容……聋子不断地在院子里走来走去,怀里抱满了衬衣,然后他一言不发,不慌不忙地重又把一件件衣服挂起来。在厨娘没从河边回来以前,谁也不敢走进厨房去看一看出了什么事。

八

尼基福尔给送到地方自治局的医院里去,将近黄昏,他在医院里死了。丽巴不等到人家来接她,就用小被子包起尸首,带回家去了。

这医院是新的,不久以前才造起来,安着大窗子,高高地立在一座山上,在夕阳里整个房子发亮,看上去好像里面着了火似的。山下有一个村子。丽巴顺着大路走下坡去,还没走到村子,就在一个小池塘旁边坐下来。有一个女人牵着一匹马来饮水,马却不肯喝。

"你还要怎么样呢?"女人轻声对马说,没了主意,"你还要怎么样呢?"

一个穿着红衬衫的男孩坐在水边上,洗他父亲的靴子。此外,村里也好,山上也好,一个人影也看不见了。

"它不喝……"丽巴瞧着那马说。

后来,女人牵着马,男孩拿着靴子,都走了。一个人也看不见了。太阳睡了,盖上金黄和火红的锦缎。长条的云,红的,紫的,铺满天空,保卫着太阳的安宁。远处不知什么地方有一只大麻鸻在叫,声音哀伤而低沉,好像一条母牛关在板棚里的叫声一样。这种神秘的鸟的叫声每年春天都听得见,可是谁也不知道它长的是什么样子,住在什么地方。在山顶上医院旁边,在池塘附近灌木丛中,在村子后边,在田野四处,夜莺嘹亮地啼叫着。杜鹃数着什么人的年纪,数啊数地就数乱了,又从头数起。池塘里那些青蛙愤愤地互相招呼,拼命地叫,人甚至听得清那些话:"你就是这种东西!你就是这种东西!"好热闹啊!这些生物这么唱啊嚷的,仿佛是故意要在这春夜吵得谁也睡不着觉,好让大家,就连气愤的青蛙也包括在内,爱惜而且享受每一分钟。要知道生命只有一次啊。

一个银白的半月在天空照耀,星星很多。丽巴没理会自己在池塘旁边坐了多久,可是等到她站起来,往前走,村子里的人却已经全都睡着,一个灯亮也没有了。大概还有十二俄里才能走到家,可是她的气力差了,也没法动脑筋去想该怎样走了。月亮时而在前面照耀,时而在右边照耀。那只杜鹃仍旧不断地叫唤,嗓子已经叫哑,而且带一点笑音,仿佛在嘲弄她:"喂,注意啊,你要迷路了!"丽巴加紧步子走去,头巾从脑袋上掉了⋯⋯她瞧着天空,心想:现在她孩子的灵魂在哪儿呢?它究竟在跟着她走呢,还是高高地在繁星中间飘荡,不再想到他母亲了?啊,夜里在旷野上走路是多么孤单啊,特别是听着四周的歌声自己却唱不出来,夹在不断的欢呼中自己却高兴不起来,而且那月亮,不管时令是春天还是冬天,不管人活着还是死了,都不在心上,也孤单地从天空看着下界⋯⋯心里痛苦的时候,没有人做伴是难受的。要是她母亲普拉斯科维娅,或者"拐杖",或者厨娘,或者一个农民来陪陪她就好了!

"布——布!"大麻鸦叫道,"布——布!"

忽然清清楚楚地传来人的说话声:

"套车,瓦维拉!"

在她前面,道路旁边,烧着一堆篝火:它已经没有火苗,只剩下一堆红炭在发亮了。她可以听见马在嚼草。黑暗中显出两辆大车的轮廓,一辆车上有一个大桶,另一辆比较矮的大车上有些麻袋。

另外还显出两个人影,一个牵着一匹马去套车,一个呆呆不动地站在火边,手抄在背后。有一只狗在车子附近叫起来。那个牵着马的人就站住,说:

"好像有人顺大路走过来了。"

"沙利克,不准叫!"另一个人吆喝狗。

这另一个人从声调听得出是个老人。丽巴站住,说:

"求上帝保佑你!"

老人走到她面前,停了一停才回答说:

"你好!"

"你们的狗不咬人吧,老爷爷?"

"不咬,走吧。它不会碰你的。"

"我本来在医院里,"丽巴沉默了一阵说,"我的小儿子在那儿死了。现在我把他带回家去。"

老人听了这些话,大概觉着不痛快,因为他走开了,匆匆地说:

"这也没关系,我的好人儿。这是上帝的旨意。你别磨蹭啊,小伙子!"他对他的旅伴说,"你打起精神来!"

"你的套包子没有了,"青年说,"我看不见。"

"瓦维拉,拿你简直没法办!"

老人拾起一小块炭,对它吹口气,它只照亮了他的鼻子和眼睛。后来,他们找到了套包子,他就带着那点亮光走到丽巴跟前,瞧她一眼,他的眼光流露了怜悯和温柔。

"你做娘了,"他说,"凡是做娘的都舍不得自己的孩子。"

他说完,叹口气,摇摇头。瓦维拉往火上丢了点东西,把火踩熄,四周立刻很黑了。眼前的景象消失了。跟先前一样,只有田野、星罗棋布的天空、鸟儿那种吵得彼此睡不着觉的鸣叫。听起来倒好像秧鸡就在烧篝火的那地方鸣叫似的。

可是过了一分钟,那两辆车子、老人、高高的瓦维拉,又可以看

385

清楚了。车子上了路,吱吱嘎嘎地响着。

"你们是侍奉神的人吧?"丽巴问老人。

"不是的。我们是菲尔萨诺沃的人。"

"刚才你瞧我一眼,我的心就松动了。那小伙子也挺斯文。我当你们一定是侍奉神的人呢。"

"你要上很远的地方去吗?"

"到乌克列耶沃去。"

"上车吧,我们把你送到库兹敏基。到了那儿你就照直往前走,我们就往左拐弯了。"

瓦维拉坐上那辆载着桶子的大车,老头子和丽巴坐上另外一辆。车子慢腾腾地走着,瓦维拉的车子在前面。

"我的小儿子受了一天的罪,"丽巴说,"他睁着一对小眼睛瞧我,什么话也没说。他想要说话,可又不会说。上帝啊! 天上的圣母! 我难受得老是倒在地上。我站啊站的,就倒在床旁边了。告诉我,老爷爷,为什么一个小小的孩子临死以前要受那么大的苦? 大人,男的也好,女的也好,受过了苦,犯的罪就得到了宽恕,可是一个小孩子,没犯过什么罪,为什么也要受苦呢? 为什么呢?"

"谁知道呢!"老人回答。

他们坐着车默默地过了半个钟头。

"人总不能样样事情都知道:怎么样啦,为什么啦,"老人说,"鸟儿注定了不生四个翅膀,只生两个,因为有两个翅膀也就能飞了。所以人也注定了不能样样事情都知道,只能知道一半或者一半的一半。人为了生活该当知道多少,就知道多少。"

"我还是走路轻松一点,老爷爷。此刻我的心抖得什么似的。"

"不要紧,坐着吧。"

老人打个呵欠,在嘴上画十字。

"不要紧……"他又说一遍,"你的苦恼还算不得顶厉害的苦恼。人寿是长的,往后还会有好日子,有坏日子,什么事都会来的。俄罗斯母亲真大呀!"他说,往左右两边看了一看,"我走遍了俄罗斯,什么都见识过,你相信我的话吧,好孩子。将来还会有好日子,也会有坏日子的。早先,我走着到西伯利亚去,到过黑龙江,到过阿尔泰山,在西伯利亚住过,在那儿垦过地,后来想念俄罗斯母亲,就回到家乡来了。我们走着回到俄罗斯来,我记得我们有一回坐渡船,我啊,要多瘦有多瘦,穿得破破烂烂,光着脚,冻得发僵,啃着面包皮。渡船上有一位过路的老爷——要是他下世了,那就祝他升天堂——怜恤地瞧着我,流下了眼泪。'唉,'他说,'你的面包是黑的,你的日子也是黑的……'等我到了家,正好应了那句俗话:家徒四壁。我有过老婆,可是我把她留在西伯利亚,她葬在那儿了。所以我就做长工过日子。你猜怎么样?我告诉你吧:打那时候起,我过过坏日子,可也过过好日子。眼下,我却还不想死,好孩子,我还想再活上二十年呢。这样说来,还是好日子多。我们的俄罗斯母亲真大哟!"他说,又瞧了瞧两边,还回头看了一眼。

"老爷爷,"丽巴问,"人死了,他的灵魂在人世间还要飘荡多少天?"

"谁知道呢!这得问问瓦维拉,他上过学。眼下,学校里什么都教。瓦维拉!"老人招呼他。

"啊!"

"瓦维拉,人死了,他的灵魂在人世上还要待多少天啊?"

瓦维拉勒住马,等到马站住才答话:

"九天。我叔叔基里拉死后,他的灵魂在我们的木房里还活了十三天呢。"

"你怎么知道?"

"炉子里一连十三天有敲敲打打的声音嘛。"

387

"哦,行了。走吧。"老人说。看得出来,他一点也不相信那些话。

走到库兹敏基附近,大车拐弯,上了大道,丽巴就照直走下去。这时候天已经亮了。她走下坡,进了峡谷,乌克列耶沃的农舍和教堂蒙在雾里。天气很冷,她觉着仿佛那只杜鹃还在叫似的。

丽巴回到家的时候,牲口还没放出来,大家都在睡觉。她就在门廊上坐下,等着。第一个走出来的是老头子,他只瞧了她一眼就立刻明白出了什么事,好久说不出话来,光是吧嗒嘴唇。

"唉,丽巴,"他说,"你没保护好我的孙子……"

瓦尔瓦拉给叫醒了。她举起两只手合起来一拍,痛哭起来。她立刻动手装殓尸首。

"他是个挺好看的娃娃……"她说,"唉,啧啧……你只有一个孩子,可是就连这一个孩子也没保护好,你这蠢东西……"

早晨做了安灵祭,傍晚又做一回。第二天下葬。举行葬礼以后客人们和神甫们吃了许多东西,狼吞虎咽,仿佛许久没吃过东西了。丽巴伺候他们吃饭,神甫举起一把叉着腌蘑菇的叉子,对她说:

"不用为娃娃伤心。这样的娃娃总要上天堂的。"

直到大家告辞以后,丽巴才真切地体会到现在尼基福尔已经不在,而且再也不会活回来了。她明白过来,就痛哭不止。而且,她不知道跑到哪个房间里去哭才好,因为她觉着孩子一死,这所房子里已经没有她待的地方,她没有理由再在这儿待下去,她变成一个多余的人了,而且别人也有这样的感觉。

"喂,你嚎什么?"阿克西尼娅忽然在门口出现,大叫一声,为了参加葬礼,她穿得一身新,脸上扑了粉,"闭嘴!"

丽巴想止住哭,可又止不住,反而哭得更响了。

"你听见没有?"阿克西尼娅嚷道,大发雷霆地顿脚,"我在跟

388

谁讲话？滚出这所房子去，从此不准再上门，你这苦役犯的老婆！滚出去！"

"算了，算了，算了！……"老头子慌慌张张地说，"阿克秀霞，小点声，我的好人……她哭，这也是人情之常……她的孩子死了……"

"人情之常……"阿克西尼娅学着他的话说，"姑且让她在这儿住一夜，明天可别让我再看见她的人影！人情之常！……"她又学着他的话说，笑呵呵地，往小铺那边走去。

第二天一清早丽巴就回到托尔古耶沃村她母亲的家里去了。

九

现在小铺的房顶和前门涂过油漆，明晃晃的，就跟新的一样，窗子里照旧开着鲜艳的天竺葵。三年以前在齐布金家里和院子里出过的事，差不多给人忘光了。

老头子格里戈里·彼得罗维奇仍旧跟往常一样算是主人，不过实际上一切事情全由阿克西尼娅掌管了。她买东西，卖东西。不管什么事，不得她的同意就办不成。砖厂经营得挺好。由于修铁路需用砖，砖价已经涨到二十四卢布一千块了。村妇和村姑用大车把砖运到火车站上，装进火车，做这样的活儿，一天赚四分之一卢布。

阿克西尼娅跟赫雷明家年轻的一辈人搭伙经营，他们的工厂现在叫做赫雷明兄弟公司了。他们在火车站附近开了一家饭铺，那个贵重的手风琴已经不是在工厂里，而是在这个饭铺里奏乐了。邮政局长也在做一种什么生意，常常到饭铺去。火车站站长也一样。赫雷明家年轻一辈人送给聋子斯捷潘一个金表，他常从衣袋里拿出那个表，放到耳朵旁边听一听。

村里人谈到阿克西尼娅,都说她有很大势力。不错,每逢她早晨坐上马车到自己的砖厂去,脸上挂着天真的笑容,漂亮,幸福,以及后来到了砖厂,在那儿发命令,人都会感到她有很大势力。家里也好,村里也好,砖厂里也好,人人都怕她。遇到她上邮政局去,邮政局长总是很快地站起来,对她说:

"请您赏光坐一坐,克谢尼娅·阿勃拉莫芙娜!"

有一回有个上了岁数、可是装束时髦的地主,穿一件细呢料的长外衣和一双高筒的漆皮靴,卖给她一匹马,跟她谈来谈去,谈得入了迷,竟迎合她的心意,压低价钱对她让步了。他跟她握了很久的手,瞧着她那快活、狡猾、天真的眼睛,说:

"为了您这样的女人,克谢尼娅·阿勃拉莫芙娜,随您喜欢什么,我都愿意照办。不过,请您说一声:什么时候我们才可以单独相会,没人来打搅我们?"

"那随您的便,什么时候都行!"

这以后,那个上了岁数的花花公子差不多天天坐着车到小铺来喝啤酒。啤酒挺难喝,苦得跟艾草一样。地主摇头,可是仍旧喝下去了。

老齐布金已经不管生意上的事。他身边不带钱了,因为他怎么也分不清真钱和假钱,可是他一声不响,绝不对任何人提到这个弱点。不知怎的他变得健忘了,要是人家不给他东西吃,他也不要。他们已经惯了,吃饭时候总不记得找他。瓦尔瓦拉常常说:

"昨天我们那口子又没吃东西就上床睡了。"

她满不在乎地说这句话,因为她也惯了。不知什么缘故,不论冬夏,他总穿一件皮大衣,只有遇到很热的天气才不出门,坐在家里。他照例穿着那件皮大衣,裹得严严的,竖起衣领,在村子里蹓蹓跶跶,顺着大路到火车站去散步,或者从早到晚坐在教堂门口附近的长凳上。他坐在那儿一动也不动。行人向他鞠躬,可是他不理,因为他跟先前一样,仍旧不喜欢农民。要是人家问他话,他总是合情合理、客客气气地回答,不过答话很简单。

村子里传播着一种流言,说是他的儿媳妇把他从自己家里赶出来了,不给他东西吃,说是他靠施舍活着。有人听了高兴,有人替他难过。

瓦尔瓦拉长得越发胖,皮肤也越发白了。她仍旧在做好事,阿克西尼娅也不来过问。现在,果酱多得很,他们来不及吃完,新果子就又收下来了。果酱凝成糖块,瓦尔瓦拉不知道拿它怎么办才好,差点哭出来。

大家已经开始忘记阿尼西姆。有一天他写了一封信来,是用韵文写成的,用的是大张的纸,仿佛呈文一样,而且写的仍旧是先前那一笔好字。显然他的朋友萨莫罗多夫跟他在一块儿服刑。那些诗句下面,有一行字却是用难看的、几乎认不清的笔迹写出来的:"我在这儿一直害病,我很痛苦,看在上帝分上帮帮我。"

有一回,那是秋天一个晴朗的日子,将近黄昏,老齐布金坐在教堂大门附近,竖起皮大衣的衣领,只有鼻子和帽檐还看得清。这条长凳的另一头坐着包工头叶利扎罗夫,跟他并排坐着的是学校看守人亚科夫,他是一个脱了牙齿、大约七十岁的老头儿。"拐杖"和看守人正在聊天。

"孩子应当养活老人,供老人吃喝……孝敬爹娘,"亚科夫有气地说,"她呢,一个做儿媳妇的却把公公从自己家里撵出来了。老头子没吃没喝,上哪儿去好呢?他三天没吃东西了。"

"一连三天啊!""拐杖"吃惊地说。

"他就这么坐着,老是一句话也不说。他已经变得衰弱了。何必闷声不响呢?告她一状就是,反正法院也不会夸奖她。"

"法院夸奖谁?""拐杖"没听清,问道。

"什么?"

"那娘儿们不错,她也算卖力气了。干他们那行生意,不那么办就不行……我是说,不能不犯罪……"

"他打自己的家里给撵出来了,"亚科夫接着气愤地说,"你得自己挣下钱,买下房子,然后才能撵人啊!嘿,你想想看,真有这样的女人!简直是瘟疫嘛!"

齐布金听着,一动也没动。

"不管是自己的房子也好,别人的房子也好,只要暖和,娘儿们不骂人,那就都是一样……""拐杖"说,他笑起来,"我年轻时候,很疼我的娜斯达霞。她是个文文静静的小女人。那当儿她老爱说:'买所房子吧,马卡雷奇!买所房子吧,马卡雷奇!买匹马吧,马卡雷奇!'她临死,还一个劲儿地说:'你买一辆快马马车吧,马卡雷奇,免得自己走路。'我呢,什么也没给她买,只给她买过蜜糖饼干。"

"她的丈夫又聋又笨,"亚科夫接着说,没听"拐杖"的话,"十足的傻瓜,活像一只笨鹅。他能懂什么?拿根棍子照准鹅脑袋兜头打下去,它也还是不会懂啊。"

"拐杖"站起来,要回到工厂的家里去了。亚科夫也站起来,两个人一块儿走,边走边谈。等他们走出大约五十步去,老齐布金也站起来,跟着他们勉强地走,他迈步不稳,倒好像在光滑的冰上走路似的。

村子已经笼罩在薄暮的昏暗里,那条大路蜿蜒地爬上坡去,好比一条蛇,太阳只照到大路的上半部了。老太婆们从树林里回来,身边带着小孩子。她们提着装满片状蕈和乳蘑的篮子。村妇和村姑成群地从火车站回来,她们已经在那儿把砖装进车厢了。她们的鼻子和眼睛底下的脸颊布满红色的砖末。她们在唱歌。领头走着的是丽巴,眼睛望着天空,用尖细的嗓音唱着,声音发颤,仿佛在得意,在高兴:谢天谢地,白天总算过去,可以休息了。她母亲,做短工的普拉斯科维娅,也夹在人群里,抱着一个包袱走着,跟往常一样,一边走一边喘气。

"你好,马卡雷奇!"丽巴一看见"拐杖",就说,"你好,亲爱的!"

"你好,丽宾卡!""拐杖"叫道,挺高兴,"姑娘们,娘儿们,爱这个阔绰的木匠吧!哈哈!我的孩子们,孩子们!("拐杖"鼻子一酸,哭出来了。)我亲爱的小斧子!"

"拐杖"和亚科夫往前走去,可以听见他们在谈话。他们走后,人群遇见了老齐布金,大家忽然静下来。丽巴和普拉斯科维娅稍稍落在大家的后面。等到老头子跟她们走到并排,丽巴就深深地一鞠躬,说:

"您好,格里戈里·彼得罗维奇!"

她母亲也鞠躬。老头儿站住,没说话,瞧着她俩。他的嘴唇抖动,眼睛里满是泪水。丽巴从母亲的包袱里拿出一块荞麦面馅饼,递给他。他接过去,吃起来。

太阳已经完全落下去:大路的上半部的阳光也消失了。天黑下来,凉下来了。丽巴和普拉斯科维娅往前走去,她们在自己胸前画了很久的十字。

一九〇二年

主　教

一

在棕枝主日①的前夜,古彼得罗甫斯基修道院里正在举行晚祷。等到教堂里分发柳枝,已经将近十点钟,烛火暗下去,烛心结了花,一切东西都像在迷雾当中。在教堂的昏暗里,人群浮动,好比海洋。彼得主教身体不适已经有三天了,在他眼里,所有这些人的脸,年老的也好,年轻的也好,男的也好,女的也好,彼此都一模一样,凡是走过来取柳枝的人,眼睛里也都现出同样的神情。在这种迷雾中,门口是看不见的,人群老是在走动,仿佛不但现在走不完,将来也走不完似的。妇女合唱队在唱歌,一个修女在念赞美诗。

多么闷呀,多么热呀！这个晚祷是多么长啊！彼得主教累了。他的呼吸沉重、急促,喉咙发干,两个肩膀累得酸痛,两条腿发抖。合唱队那边偶尔有个狂热的教徒大叫起来,搅得他心里不舒服。而且,突然间,仿佛在梦里或者昏迷中,主教觉得他那九年没有见

---

① 东正教十二节之一,在复活节前一周的星期日。纪念耶稣在受难前不久骑驴进入耶路撒冷,受到居民执棕欢迎。俄国许多地区没有棕树,用柳枝代替棕枝。

过面的亲娘玛丽雅·季莫费耶芙娜好像夹在人群当中向他走过来了，或者那是一个面容跟他母亲相像的老太婆吧，那个女人从他手里接过柳枝以后走开了，眼睛却一直高兴地瞧着他，脸上现出善意而快活的笑容，后来她就消失在人群中了。不知什么缘故，眼泪在他脸上流淌。他内心平静，一切都顺利，然而他定睛瞧着左边的唱诗班，那儿正在朗诵，在昏暗的暮色中一个人也看不清，他瞧啊瞧的，哭了。泪水在他的脸上、胡子上发亮。于是在他近旁，有个人哭起来，随后远处另一个人哭了，后来哭的人越来越多，教堂里渐渐充满轻轻的涕泣声。可是过一会儿，大约五分钟的样子，修女的合唱团唱起来，就没有人再哭，一切又恢复原样了。

过了不久，祈祷结束了。主教坐上轿式马车准备回家，这时候，整个花园里满是月光，那些名贵、沉重的钟发出欢快好听的当当声。那些白色的墙、那些坟墓上的白色十字架、那些白色的桦树和黑色的阴影，那个遥远的、恰好挂在修道院上空的月亮，这时候仿佛过着一种它们自己的、为人类所不理解而又接近人类的特殊生活。那是四月初，在春日的温暖的白昼以后，天气凉下来，微微带点寒意，同时，在柔和、清凉的空气里可以使人感到春天的气息。从修道院到城里是一条沙土路，马车只得慢慢地走；在这辆轿式马车两旁，在明亮恬静的月光里，有些虔诚的祈祷者在沙土地上缓缓地走动。大家都不开口，都在沉思。周围的一切东西，树木啊，天空啊，以至月亮，都显得和蔼，年轻，十分亲切，人就不由得巴望这一切能永远这样才好。

最后，轿式马车驶进城里，在一条大街上奔驰。商店已经关门，只有富商叶拉金的铺子里在试验电灯，灯光使劲地闪烁，招得一群人围着看。随后来到宽阔昏暗的街道，一条接着一条，连人影也没有，再后就是城外那条由地方自治局修的大道，旷野，迎面扑来松树的清香。忽然，眼前升起一道有雉堞的白墙，墙里边耸起一座高高的钟楼,完全浸沉在月光里,钟楼旁边有五个颜色金黄、闪闪发光的大圆房顶,这就是潘克拉契耶夫斯基修道院,彼得主教就住在那里面。在这儿,那个安静而沉思的月亮也高高地挂在修道院的上空。那辆轿式马车驶进大门,在沙土路上发出嘎吱嘎吱的响声,月光下面这儿那儿闪过几个修士的黑色身影,石板路上响着脚步声。……

"主教大人,刚才您不在的时候,您的妈妈到这儿来了。"侍者在主教走进自己住所的时候报告说。

"我的妈妈?她是什么时候来的?"

"晚祷以前。她老人家先是打听您在哪儿,后来就坐车到女修道院去了。"

"这样说来,刚才我在教堂里看见的就是她!啊,主!"

主教快活得笑起来。

"她老人家吩咐我报告您,主教大人,"修士接着说,"她明天来。她带着一个小姑娘,大概是她的孙女吧。她老人家住在奥甫相尼科夫客栈里。"

"现在几点钟?"

"刚过十一点。"

"哎,真糟糕!"

主教在客厅里又坐了一会儿,迟疑不定,仿佛不相信已经这样晚了。他的胳膊和腿有点酸痛,后脑壳疼痛。他觉得热,不舒服。他歇了一会儿就走到他的卧室里去,又坐了一阵,心里始终想着他的母亲。可以听见那个修士走出去了,修士司祭西索依神甫在隔壁咳嗽。修道院的钟敲了十一点一刻。

主教换了衣服,开始念睡前的祈祷词。他专心地念这个古老的、早已熟悉的祈祷词,同时想着他的母亲。她有九个儿女,有将近四十个孙子孙女。从前她跟她的丈夫,一个助祭,住在一个穷苦的村子里,在那儿住了很久,从十七岁起住到六十岁。主教记得他在童年时,差不多只有三岁的时候,她是什么模样,他多么爱她呀!可爱的、宝贵的、难忘的童年时代!为什么它,那段永远过去而不会再回来的光阴,仿佛比当时的实在情形还要光明、快乐、丰富呢?他在童年时代和少年时代每逢身体不好,他的母亲总是那么温柔,那么体贴啊!此刻,他的祷告同他的回忆混在一起了,他的回忆像火焰似的越烧越旺,而他的祷告并不妨碍他想到他的母亲。

他祷告完毕就脱掉衣服,上床躺下;四周刚刚黑下来,他的眼前就立刻浮现出他那去世的父亲、他的母亲、他的故乡列索波里耶村。……车轮的吱嘎声,羊群的咩咩声,在晴朗的夏日清晨教堂里的钟声,窗子跟前的茨冈人,啊,想起这些,心里是多么甜蜜啊!他不由得想起列索波里耶村的司祭西美昂神甫,这人温和,安分,心好,他本人长得倒不高,很瘦,可是他的儿子,一个宗教学校学生,却身材魁伟,用恶狠狠的低音讲话,有一回这个教士的儿子对家里的厨娘发脾气,骂她道:"哼,你这头耶户①的母驴!"而西美昂神甫听了这话却什么也没说,只是暗自羞愧,因为他记不得《圣经》上什么地方提到这条母驴了。他走后,到列索波里耶村来当司祭的是杰米扬神甫,这人酒瘾大,有的时候喝得酩酊大醉,他甚至得了一个外号叫"醉汉杰米扬"。列索波里耶村的教师是玛特威·尼古拉伊奇,原是宗教学校的学生,这人心眼好,不愚蠢,然而也是一个酒鬼。他从来也不打学生,可是不知什么缘故他的墙上总是挂着一小捆桦树枝子②,下面写着一行毫无意义的拉丁字:Betula kinder balsamica secuta③。他有一条毛蓬蓬的黑狗,给它起个名字

---

① 公元前9世纪以色列国王,以驾车迅猛出名,见《旧约·列王纪下》。
② 在俄国常用它来打人。
③ 这是用几个单词凑成的,大意是"诊治儿童的、鞭打用的桦树枝"。

叫辛达克西司①。

主教笑起来了。离列索波里耶村八俄里远有个奥勃尼诺村,那儿有一个能显灵的圣像。夏天人们排成宗教行列,抬着这个圣像从奥勃尼诺村到附近的村子里去,整天敲着钟,一会儿到这个村子,一会儿到那个村子,在这种时候主教就觉得空气里荡漾着欢乐,他(那时候,他叫巴甫鲁沙)不戴帽子,光着脚,跟着圣像走来走去,怀着纯朴的信仰,现出纯朴的笑容,无限幸福。他现在回想起来,在奥勃尼诺村总是有许多人,那儿的司祭阿历克塞神甫为了有充分的时间做奉献祈祷,就叫他的耳聋的侄子伊拉利昂念圣饼上的"祈福"和"祈求灵魂安息"的名单。伊拉利昂就念,有时候因此得到五个戈比或者十个戈比,直到他头发白了,头顶秃了,一辈子过去了,他才忽然看到一张纸条上写着:"你是个大傻瓜,伊拉利昂!"巴甫鲁沙至少在十五岁以前还很笨,学习成绩不好,因此家里人甚至打算把他从宗教学校里接回来,送到小铺里去做学徒。有一次,他到奥勃尼诺村去取信,对邮局里的职员看了很久,问道:"容我问一声,你们是怎样拿薪水的:是按月算还是按天算?"

主教在胸前画个十字,翻一个身,极力不再思索,定下心来睡觉。

"我的母亲来了……"他记起来,就笑了。

月亮照着窗子,地板上满是月光,也印着些阴影。一只蟋蟀在叫。西索依神甫在隔壁的房间里打鼾,从他那苍老的鼾声中可以听出一种孤单的、无依无靠的,甚至漂泊者的音调。西索依从前做过教区主教的管家,现在大家就叫他"原先的管家神甫"。他七十岁了,住在离城十六俄里的一个修道院里,有的时候也住在城里。三天前他顺路来到潘克拉契耶夫斯基修道院,主教就把他留在身

---

① 这名字的原意是"句法学"。

边,为的是在空闲的时候同他谈谈公事,谈谈此地的情况。……

一点半钟,修道院里敲钟做晨祷。可以听见西索依神甫咳嗽起来,用不满的声调嘟哝着,然后起床,光着脚在各个房间里走来走去。

"西索依神甫!"主教叫道。

西索依回到自己房里,过了一会儿就穿着靴子,举着蜡烛来了。他的内衣外面罩着一件圣衣,头上是一顶褪了色的旧主教冠。

"我睡不着觉,"主教坐起来,说,"我大概生病了。我不知道生的是什么病。我在发烧!"

"大概是着凉了,大主教。应当用蜡烛油给您擦一擦身子才是。"

西索依站了一会儿,打个哈欠,说:"啊,主,饶恕我这个罪人!"

"叶拉金的铺子里今天点上电灯了,"他说,"我不喜欢!"

西索依神甫苍老,消瘦,背有点驼,老是对什么事不满意,他那双愤怒的、突出的眼睛像虾的眼睛一样。

"我不喜欢!"他又说一遍,走出去了,"不喜欢,永远去他的吧!"

二

第二天,复活节前的星期日,主教在本城的大教堂里做过祷告,然后到教区主教那儿去,又到一个年老多病的将军夫人家里去,最后坐车回到家里。一点多钟他家里有贵宾来吃饭:他的老母亲和他的外甥女卡嘉,一个八岁的姑娘。吃午饭的时候,春天的艳阳一直从外面射进窗子里来,欢畅地照着白色的桌布和卡嘉的棕红色头发。隔着双层窗子可以听见花园里白嘴鸦在聒噪,椋鸟在歌唱。

"我们已经有九年没见面了,"老妈妈说,"昨天我在修道院里一看到您,主啊!您一丁点儿也没变,也许只是瘦了一点,胡子长了。圣母啊,圣母!昨天做晚祷的时候,大家都忍不住哭了。我瞧着您,忽然也哭起来了,至于为什么哭,我自己也不知道。这是上帝的神圣的旨意啊!"

尽管她带着亲切的口气讲这些话,却可以看出来,她感到拘束,仿佛不知道该称呼他"你"还是"您",该笑还是不该笑,仿佛感到自己与其说是他的母亲,不如说是一个助祭的妻子。卡嘉眼也不眨地瞧着他的舅舅,主教大人,似乎想弄明白他是一个什么样的人。她那束着一根丝绒带、插着一把小梳子的头发往上梳,像是一个光圈;她生着一个狮子鼻和一对调皮的眼睛。她坐下来吃饭以前,打碎了一只玻璃杯,现在她的外婆一面讲话,一面从她面前时而移开一个茶杯,时而移开一个酒杯。主教听着他的母亲讲话,回想从前,许多许多年以前,她带着他,带着他的弟兄,带着他的姐妹到她认为阔绰的亲戚家里去,那时候她为儿女们奔走,如今呢,又为孙儿女奔走,这不,带着卡嘉来了。……

"您的姐姐瓦连卡有四个孩子,"她讲道,"这个卡嘉是最大的。上帝才知道您的姐夫伊凡神甫怎么会得病,在圣母安息节的前三天去世了。我的瓦连卡现在只怕要讨饭了。"

"尼卡诺尔怎么样?"主教问起他的大哥。

"还好,谢天谢地。虽然不怎么样,不过谢天谢地,总算可以将就着过了。只是有一件事:他的儿子,也就是我的孙子尼古拉沙,不愿意在教会里做事,进了大学,做医生了。他认为这样好,可是谁知道好不好!这是上帝的神圣的旨意啊。"

"尼古拉沙给死人开膛破肚。"卡嘉说,把水泼翻在膝盖上了。

"好孩子,乖乖地坐好,"外婆平静地说,把她手里的玻璃杯拿

403

下来,"祷告一下就吃饭吧。"

"我们有多少时间没见面了!"主教说,温柔地摩挲他母亲的肩膀和手,"妈妈,当初我在国外的时候想念您,非常想念您。"

"谢谢您。"

"傍晚我常坐在一扇敞开的窗子跟前,孤身一个人,有人奏起乐曲来,我心里忽然充满了思乡之情,似乎我什么都可以不要,只求能够回到家里,见着您就好。……"

母亲微微一笑,满脸放光,可是立刻又做出严肃的脸色,说:

"谢谢您。"

他的心情不知怎的突然变了。他瞧着他的母亲,不明白她的面容和声调为什么显得恭敬而胆怯,为什么要这样,他认不得她了。他心里忧闷,难过。又加上他的头跟昨天一样痛,两条腿十分酸痛,他觉得鱼烧得淡而无味,他老想喝水。……

午饭后有两位阔太太坐着马车来了,这两个女地主沉着脸,沉默地坐了一个半钟头。随后修士大司祭来接洽公务,这人沉默寡言,有点耳聋。后来钟声响了,召人去做晚祷,太阳落到树林后面,白昼过去了。主教从教堂里回来,匆匆祷告一下就上床躺下,盖得暖和一些。

他回想起午饭时候吃的鱼,感到厌恶。月光搅得他心神不定,随后又传来了谈话声。隔壁房间里,大概是在客厅里吧,西索伊神甫正在谈政治:

"现在日本人在打仗。他们正在厮杀。老太太,日本人同黑山人一样,属于同一个种族。它们都受过土耳其的压制。"

后来响起了玛丽雅·季莫费耶芙娜的声音:

"后来,您知道,我们祷告了一阵,喝够了茶以后,就坐上马车到诺沃哈特诺耶村叶果尔神甫那儿去了,后来……"

"喝够了茶"或者"我们喝够了"不断地出现,好像她一生中只知道喝茶似的。主教慢慢地、懒洋洋地回想起宗教学校和宗教学院。他在宗教学校当过三年希腊语教师,那时候他不戴眼镜就没法看书,后来他做了修士,奉派担任学监。接着,他进行了论文答辩。他三十二岁那年就奉派担任宗教学校的校长,升为修士大司祭,那时候,他的生活是那么轻松愉快,这种生活似乎还要过很久,没有一个尽头似的。可是那时候他就开始生病,人也瘦了,眼睛几乎瞎掉,他就遵照医生的嘱咐,只好丢开一切,到国外去了。

"后来怎么样呢?"西索依在隔壁房间里问。

"后来就喝茶……"玛丽雅·季莫费耶芙娜回答说。

"神甫,您的胡子是绿的!"卡嘉忽然惊奇地说,笑起来。

主教想起白头发的西索依神甫的胡子确实带点绿色,就笑了。

"我的天哪,这个小姑娘可真磨人!"西索依大声说,生气了,"惯成这个样子!坐好!"

主教回想起一所全新的白色教堂,他住在国外时就在那个教堂里做礼拜,他还想起温暖的海水的哗哗声。他的一套住宅有五个房间,又高又亮,书房里有一张新的写字台,有藏书。他看很多书,常写文章。他还想起他多么怀念故乡,一个瞎眼的女乞丐天天在他的窗下弹着吉他唱情歌,他听着这种歌,不知什么缘故每次都会想起往事。可是八年过去了,他被召回俄国,现在当了助理教务主教,所有的往事都退到远处去,朦朦胧胧,像是梦境一般。……

西索依神甫举着蜡烛走进卧室里来。

"哎呀,"他惊讶地说,"您已经睡了吗,主教?"

"怎么了?"

"时间还早呢,才十点钟,或许还不到十点。我今天买了一支蜡烛,想用蜡烛油给您擦一擦身子。"

"我发烧……"主教说,坐起来,"真的,应该想办法治一治了。脑袋里不好受。……"

西索依脱掉主教的衬衣，开始用蜡烛油擦他的胸脯和后背。

"这就行了……这就行了……"他说，"主耶稣基督啊。……这就行了。今天我到城里走了一趟，去看望——他叫什么来着？——哦，大司祭西冬斯基。……我在他那儿喝了茶。……我不喜欢他！主耶稣基督啊。……这就行了。……不喜欢！"

三

教区主教是一个很胖的老人，害风湿病或者痛风病，有一个月没有起床了。主教彼得几乎每天都去探望他，代替他接见那些请求帮助的人。现在他自己生病了，才惊奇地感到所有那些再三请托和哭着央求的事情都是那么无聊琐碎，那些人的笨拙和胆怯惹得他生气，这些琐碎而不必要的请求多得不得了，压得他透不过气来，他觉得他现在才了解那位教区主教，这个人当初在年轻的时候写过《意志自由论》，现在却似乎完全陷进琐碎的事务当中，什么都忘掉，也不再想到上帝了。主教在国外待了多年，大概不习惯于俄国的生活了，那种生活对他来说并不轻松，他觉得老百姓粗鄙，那些请托事情的女人乏味而愚蠢，那些宗教学校的学生和他们的教师缺乏教养，有时候很野蛮。收进和发出的公文不下几万件，然而那都是些什么样的公文呀！全教区的监督司祭给老老少少的神甫们，以至他们的妻子儿女，打五分和四分的品行分数，有时候也打三分，关于这些事他必须说话，批阅和草拟严肃的公文。简直连一分钟的空闲也没有，整天战战兢兢，只有到了教堂里，彼得主教才能定下心来。

尽管他性情温和谦虚，他却违背本心，在人们心中引起对他的敬畏，而他无论如何也不能习惯于这种敬畏。全省所有的人，在他瞧着他们的时候，都显得矮小、惊恐、有愧。在他面前，人人胆怯，连年老的大司祭也不例外，大家都"扑通一声"对他跪下。不久以前有一个请求帮助的女人是一个乡村教士的年老的妻子，她吓得一句话也说不出来，就这样走了，毫无所获。他平素在布道的时候从来也不忍心说人们的坏话，从来也不责备一句，因为他怜惜他们，可是接见那些请求帮助的人的时候却常发脾气，冒火，把他们的呈文丢在地上。他在此地的这段时期里，没有一个人诚恳地、爽直地、亲切地跟他讲过话，就连他的老母亲也似乎跟以前不一样，完全不一样了！试问，为什么她跟西索依就能谈得无休无止，不住地发笑，而跟他，跟她的儿子，却那么严肃，照例不大开口，拘束得很，跟她的性格完全不符呢？在他面前行动随便、想说什么就说什么的人只有一个，那就是老头西索依，这个人一辈子跟主教们在一起，先后在十一个主教手下供职。因此，主教跟他相处倒也随随便便，不过，当然，他是个沉闷的、没趣味的人。

星期二，主教做完祷告以后，到教区主教家里去，在那儿接见那些请求帮助的人，他激动，生气，然后坐车回家去了。他仍旧觉得身体不舒服，很想到床上去躺一躺；可是他刚到家里，就有人通报说年轻的商人，施主叶拉金来了，有很重要的事求见。只好接见他。叶拉金坐了一个钟头光景，说话声音很响，差不多在嚷叫，很难听明白他在说什么。

"求上帝保佑，要这样才行！"他临走时说，"务必要这样！看情况吧，主教大人！我希望这样！"

他走后，一个远方的女修道院长来了。等她一走，召人去做晚祷的钟声就响起来，主教得到教堂里去了。

每到傍晚，修士们就唱得和谐，热情洋溢；一个年轻的、留着一把黑胡子的修士司祭主持晚祷，主教听着歌中唱到半夜里来的新郎，唱到装饰华丽的殿堂，他心里感到的不是对罪恶的忏悔，不是悲伤，而是心灵的宁静和休息，他的思想把他带到遥远的过去，带到童年时代和少年时代去,那时候人们也这样唱新郎,唱殿堂,现在这个过去显得那么生动、美丽、欢畅,大概实际上从来也没有这样过吧。也许在另一个世界里,在死后的生活里,我们会带着这样的感情回想遥远的过去,回想我们俗世的生活吧。谁知道呢!主教坐在祭坛的旁边,那儿很黑。眼泪顺着他的脸颊流下来。他心想,凡是处在他的地位所能得到的东西如今他都得到了,他有信仰,然而并非一切都很清楚,他还缺点什么,他不愿意死。他仍然觉得好像缺少一种极重要的、他过去朦胧地想望过的东西,如今,这种对未来的希望还是使他激动,如同在小时候,在宗教学院里,在国外一样。

"今天他们唱得多么好啊!"他留心听着歌声,暗想,"多么好啊!"

四

星期四他在大教堂里主持日祷,行濯足礼。教堂里礼拜结束,人们走散回家的时候,外面阳光普照,温暖而欢乐,水沟里的水潺潺地流动,城外田野里传来云雀的不停的歌唱声,声调温柔,呼吁着安宁。树木已经醒过来,亲切地微笑,在树木的上方,蔚蓝的天空深不见底,广袤无际,上帝才知道它伸展到什么地方去。

彼得主教坐车回到家里,喝够了茶,然后换好衣服,在床上躺下,吩咐侍者关上百叶窗。卧室里昏暗了。可是,多么疲乏呀,他的两条腿和背多么痛,那是一种难以忍受的、阴冷的疼痛。同时,耳朵里嗡嗡地响得好厉害啊!这时候他觉得好像很久没有睡着过,很久很久了,只要他闭上眼睛,就会有一些琐碎事情钻进他的脑子里,不容他睡着。如同昨天一样,旁边那个房间里隔着一堵墙传来说话的声音、玻璃杯的声音、茶匙的声音。……玛丽雅·季莫费耶芙娜正在高高兴兴地对西索依神甫讲一件什么事,言谈中夹杂着俏皮话,西索依神甫却用阴郁不满的声调回答说:"去他的吧!哪能这样!这怎么行!"主教又觉得烦恼,后来甚至难过了,因为他想到老妈妈跟外人在一起很自在,很随便,而跟他,跟她的儿子在一起却胆怯,很少说话,就是开口也不说心里话,他甚至觉得这些天里她在他面前总是找个借口站起来,因为她觉得坐着拘束。那么他的父亲呢?如果他在世,在他儿子面前恐怕会连一句话也说不出来吧。……

隔壁房间里有个什么东西掉在地板上,打碎了,多半是卡嘉把一只茶杯或者茶碟掉在地上了,因为西索依神甫忽然啐了一口唾沫,生气地说:

"跟这个姑娘在一起简直是受罪,主啊,饶恕我这个罪人吧!有多少东西也不够你摔的!"

随后,一切都沉寂了,只有院子里传来一些响声。等到主教睁开眼睛,就看见卡嘉站在他的房间里,一动也不动,瞧着他。她那插着一把小梳子的棕红色头发往上梳,像是一个光圈。

"是你吗,卡嘉?"他问,"是谁在楼底下老是开门关门的?"

"我没听见。"卡嘉回答说,仔细听着。

"喏,现在有个人走过去了。"

"那是您肚子里的声音,舅舅!"

他笑起来,摩挲她的脑袋。

"那么你是说,表哥尼古拉沙常给死人开膛破肚吗?"他沉默一会儿,问道。

"是啊。他在学。"

"他心好吗?"

"没什么,挺好的。只是他喝酒喝得厉害。"

"你父亲是得什么病死的?"

"爸爸身子弱,一个劲儿地瘦下去,后来他的嗓子忽然坏了。那时候我也害起病来,我弟弟费佳也病了,大家的嗓子都坏了。爸爸死了,舅舅,我们倒好了。"

她的下巴开始发抖,眼睛里出现泪水,顺着她的脸蛋儿流下来。

"主教,"她尖声说,已经伤心地哭了,"好舅舅,我们跟妈妈都过得很苦。……给我们一点钱吧……发发善心吧……亲舅舅!……"

他也流泪了,激动得很久说不出一句话来,后来他摩挲着她的脑袋,拍拍她的肩膀,说:

"好,好,姑娘。光辉的基督复活节就要来了,到那时候我们来商量一下。……我要帮助你们。……我要帮助的。"

他的母亲没一点声息,怯生生地走进来,对着圣像祷告一番。她看到他没睡着,就问道:

"您要不要喝点汤?"

"不了,谢谢……"他回答说,"我不想喝。"

"依我看来……您好像生病了。当然啦,哪能不生病呀!一天到晚忙个不停,一天到晚,我的上帝啊,就连看您一眼也叫人心痛哟。嗯,复活节快要到了,您休息一下吧,求上帝保佑,到那时候我们再谈吧,眼下我不想跟您谈话来搅扰您了。咱们走吧,卡嘉,让主教睡一会儿吧。"

他回想从前,很久很久以前,他还是个孩子的时候,她也是这样用一种开玩笑的恭敬口吻在讲话里称呼他监督司祭。……人只有凭她那对异常善良的眼睛、她走出房间的时候匆匆看他一眼的那种胆怯而忧虑的目光,才能猜出来她是他的母亲。他闭上眼睛,好像睡着了,然而有两次听见时钟敲响,还听见西索依神甫隔着墙在咳嗽。他的母亲又走进来,胆怯地瞧了他一会儿。有辆马车驶到了门口,听上去像是一辆轿式马车或者四轮马车。忽然有人敲门,房门砰的一响,侍者走进卧室里来。

"主教大人!"他叫道。

"什么事?"

"马车备好了,该去做纪念基督受难的礼拜了。"

"几点钟了?"

"七点一刻了。"

他穿上衣服,坐车到大教堂去。在念十二节福音的全部时间里,他得站在教堂中央不动,那最长最优美的头一节福音由他亲自念。精神振奋,情绪很好。头一节福音《现在人子受到尊崇》他背得出来,他念的时候偶尔抬起眼睛,看两旁烛光的海洋,听蜡烛的爆裂声,然而像往年一样,他看不见人,觉得周围好像就是以前他童年时代和少年时代在教堂里见到的那些人,觉得以后每年来的都会是同样这些人,这种情况会继续到什么时候为止,那就只有上帝知道了。

他的父亲是助祭,祖父是神甫,曾祖父是助祭,他的整个家族也许从俄国接受基督教的时候起就属于宗教界,他对教堂的礼拜,对宗教界和对钟声的热爱,在他是天生的,根深蒂固、无法消除的。在教堂里,尤其是在他参加礼拜的时候,他总感到自己精力充沛,朝气蓬勃,十分幸福。现在也是这样。一直到念完第八节福音,他才觉得他的嗓音弱了,甚至咳嗽声都听不见了,头痛欲裂,他开始不安,生怕自己会当场倒下去。果然,他的两条腿完全麻木,他渐渐不再感到身子下面有腿,不明白自己怎么会站得住,究竟靠了什么站着,为什么没有倒下去。……

等到礼拜结束,那已经是十一点三刻。主教坐车回到家里,立刻脱掉衣服,躺下去,甚至没有对上帝祷告一下。他说不出话来,而且觉得再也站不住了。等到他盖好被子,他却忽然起意要到国外去,这种渴望简直难忍难熬!好像他宁可牺牲性命,只求别再看到这些寒碜的、廉价的百叶窗和低矮的天花板,别再闻到这种浓重的修道院气味。哪怕能找到一个可以谈一谈,可以吐露衷曲的人也好!

隔壁房间里有一个什么人的脚步声响了很久,他无论如何也想不起这个人是谁。最后房门开了,西索依举着一支蜡烛走进来,手里拿着一个茶碗。

"您已经躺下啦,主教大人?"他问,"现在我来,是打算用加了醋的白酒给您擦一擦身子。要是擦得透,那可有很大的好处。主耶稣基督啊。……这就行了。……这就行了。……刚才我到我们的修道院里去了一趟。……我不喜欢!明天我就要离开此地,主教大人,我不愿意再待下去了。主耶稣基督啊。……这就行了。……"

西索依不能在一个地方久住,他觉得他在潘克拉契耶夫斯基修道院里似乎已经住了整整一年了。主要的是从他的话里谁也弄不懂他的家在哪儿,他是否喜爱过什么人或者什么东西,他是否信仰上帝。……他自己也不明白为什么他当了修士,而且这个问题他根本就没想过,至于他是在什么时候成为修士的,在他的记忆里也早已模模糊糊了,好像他一生下来就是个修士似的。

"我明天就走。求上帝保佑他,保佑所有的人吧!"

"我本想跟您谈一谈……一直也抽不出工夫来,"主教费力地小声说,"要知道,我在这儿什么人也不了解,什么事也不清楚。"

"承您的情,我住到星期日再走,就这样吧,反正我不愿意再待下去了。去他们的!"

"我算是什么主教呢?"主教小声地接着说,"我情愿做个乡村教士,做个教堂执事……或者做个普通的修士。……这儿的一切都压得我透不过气来……压得我透不过气来。……"

"什么？主耶稣基督啊。……这就行了。……好,您睡吧,主教大人！……您说的是些什么呀！这哪儿行啊！祝您晚安！"

主教通宵没有睡着。早晨大约八点钟,他开始肠出血。修士吓坏了,先是跑到修士大司祭那儿去,后来又跑去请住在城里的修道院医生伊凡·安德烈伊奇。那位医生是一个身子发胖的老人,留着又长又白的胡子,他为主教诊查了很久,不住地摇头,皱眉,然后说:

"您猜怎么着,主教大人？要知道,您得了伤寒啦！"

由于流血,主教不出一个钟头就变得很瘦,很苍白,很憔悴了,他脸上起了皱纹,眼睛大了,仿佛他苍老了,身材矮小了,他自己也觉得他比所有的人都瘦,都弱,都无足轻重,他觉得以往发生过的事都退到很远很远的一个地方去,再也不会重现,再也不会延续下去了。

"这多么好啊！"他暗想,"这多么好啊！"

他的老母亲来了。她一看见他那起了皱纹的脸、他那双大眼睛,就大吃一惊,在他的床前跪下来,开始吻他的脸、肩膀和两只手。不知什么缘故,她也觉得他比所有的人都瘦,都弱,都无足轻重了。她已经不记得他是个主教,却像吻一个十分贴心的、至亲的孩子那样吻他了。

"巴甫鲁沙,亲爱的,"她开口说,"我的亲人！……我的亲儿子啊！……你怎么变成这样啦？巴甫鲁沙,你回答我的话呀！"

卡嘉脸色苍白,神情严峻,站在一旁,不明白她的舅舅出了什么事,为什么她外婆脸上的神情那么痛苦,为什么她说出这么动人而哀伤的话来。他呢,已经一句话也说不出来,什么也不明白了,只觉得自己好像成了一个普通的、平常的人,在田野上兴高采烈而且很快地走着,手里的拐杖敲打着地面,头顶上是广阔的天空,阳光普照,他现在自由了,像鸟一样爱到哪儿去就可以到哪儿去了！

"亲儿子,巴甫鲁沙,你回答我的话呀!"老妈妈说,"你怎么啦? 我的亲人!"

"不要打搅主教大人了,"西索依在房间里走来走去,生气地说,"让他睡一会儿吧。……用不着说了……还有什么可说的呢!……"

三位医生坐车来了,会诊一下,然后就走了。白昼很长,长得出奇,随后来了夜晚,很久很久才过去,星期六凌晨,侍者走到睡在客厅里一张长沙发上的老妈妈跟前,请她到卧室里去一趟:主教去世了。

第二天是复活节。城里有四十二座教堂和六个修道院,洪亮欢畅的钟声从早到晚在城市上空响个不停,激荡着春天的空气,鸟雀齐鸣,太阳灿烂地照耀。在集市的大广场上人声鼎沸,秋千摆动,手摇风琴响起来,手风琴尖声地叫,不时传来醉醺醺的说话声。大街上,过了中午,骑着快马的闲游开始了,一句话,大地欢腾,一切顺利,如同去年一样,而且明年多半也会这样。

一个月以后,一个新的助理教务主教奉派上任,谁也不会想起彼得主教了。后来他就被人完全忘了。只有死者的母亲,那个老妈妈,如今住在一个偏僻的小县城她那当助祭的女婿家里,每逢傍晚出门去找她的奶牛,在牧场上遇到别的女人,讲起儿女,讲起孙辈的时候,才会讲到她有过一个当主教的儿子,她讲得很胆怯,生怕人家不相信她的话。……

的确,并不是所有的人都相信她的话。

一九〇二——一九〇三年

补偿的障碍

一

本县的首席贵族米哈依尔·伊里奇·彭达烈夫的家里正在举行彻夜祈祷。主持祈祷的是一个年轻的神甫,身材丰满,留着长长的金色鬈发,生着一个像狮子那样的宽鼻子。唱歌的只有一个教堂执事和一个文书。

米哈依尔·伊里奇病得很重,坐在一把圈椅里,一动也不动,脸色苍白,闭着眼睛,像是一个死人。他的妻子薇拉·安德烈耶芙娜站在他旁边,歪着头,露出一个对宗教冷淡而又不得不站在那儿并且偶尔在胸前画个十字的人所常有的那种懒散而顺从的神态。薇拉·安德烈耶芙娜的亲哥哥亚历山大·安德烈耶维奇·杨欣和他的妻子列诺琪卡站在那把圈椅后面,也在病人身边。这天是圣三主日①的前夕。花园里的树木发出轻微的飒飒声,美丽的晚霞烧遍半个天空,大有过节的气象。

不管是从敞开的窗口听到城里的和修道院里的节日的钟声也罢,院子里的孔雀的叫声也罢,或者是门厅里有个什么人在咳嗽也罢,大家都会不由自主地想到米哈依尔·伊里奇病得很重,大夫嘱

---

① 亦称三一主日,东正教十二大节之一,在复活节后第五十天。

咐说只要他的病稍有好转，就该送他到国外去，可是这些天来他的病情时好时坏，谁也闹不清是怎么回事，而时间却在过去，这种不知是吉是凶的疑团惹得大家都厌烦了。杨欣还在复活节那天就到这儿来了，为的是帮他的妹妹把她的丈夫送到国外去，可是他跟他的妻子已经在这儿住了几乎两个月，在他居留期间，彻夜祈祷也已经做过差不多三回，前景却依然渺茫，难以预测。谁也不能担保这场噩梦不会拖到秋天去。……

杨欣心里不满意，闷闷不乐。这种每天准备出国的情形惹得他厌烦，他一心想回家去，回到他的诺沃塞尔吉村去。固然，家里也并不愉快，不过那边毕竟没有这种墙角上立着四根圆柱的空荡荡的大厅，没有这种蒙着金黄色套子的圈椅、黄色的窗帘、枝形吊灯以及所有这些庸俗无味、追求富丽堂皇的摆设，没有晚上每走一步路都会引起的回声，主要的是没有这种病态的、发黄的、浮肿的脸和闭着的眼睛。在家里可以笑，可以说点胡闹的话，可以跟妻子或者母亲大声吵嘴，一句话，想怎么生活就可以怎么生活；这儿呢，好像在寄宿中学里一样，要踮起脚尖走路，小声讲话，只准说正经话，要不然就得像现在这样站在这儿听彻夜祈祷，而做这种祈祷并不是出于宗教感情，却像米哈依尔·伊里奇自己所说的那样，是照规矩办事……不得不顺从一个在自己灵魂深处认为渺不足道的人，不得不照料一个自己并不怜惜的病人，天下没有比这种情况更使人感到厌倦、委屈了。……

杨欣还想起一件事：昨天晚上他的妻子列诺琪卡告诉他说，她怀孕了。这个消息之所以有趣，也只是因为这给旅行的问题又带来一个新的麻烦而已。现在怎么办呢？是该带着列诺琪卡一同出国呢，还是打发她回到诺沃塞尔吉村他的母亲那儿去呢？可是按她这种情形，旅行是不方便的，至于回家，她是无论如何也不会肯的，因为她跟她的婆婆不和，她不会同意丈夫不在时单独住在那个村子里。

"或者我索性利用这个借口,跟她一块儿回家去?"杨欣暗想,极力不去听那个教堂执事的歌声。"不行,撇下薇拉一个人留在这儿是不妥当的……"他断定,看一眼他妹妹的匀称的身材,"可是怎么办呢?"

他思忖着,问自己:"怎么办呢?"于是他感到他的生活极端复杂和混乱了。所有这些有关旅行、他的妹妹、他的妻子、他的妹夫等等的问题,每一个单独对待,也许解决起来很容易,很方便,然而这些问题是纠缠在一起的,活像一个走进去就出不来的沼泽,只要解决其中一个问题,其他那些问题反而会因此更加混乱。

神甫在念福音书以前,回转身来说:"愿人人平安。"这时候有病的米哈依尔·伊里奇却突然睁开眼睛,在圈椅上活动起来。

"萨沙①!"他叫道。

杨欣赶快走到他跟前,弯下腰。

"我不喜欢他主持祈祷……"米哈依尔·伊里奇低声说,不过他的话整个大厅都听得清楚;他的呼吸困难,带有呼哧声和喘息声。"我要离开这儿。你陪我走出去,萨沙。"

杨欣帮他站起来,扶住他的胳膊。

"你留下吧,亲爱的。"米哈依尔·伊里奇用微弱的、恳求的声调对他的妻子说,她想在病人的另一边扶住他。"你留下!"他生气地又说一遍,瞧着她的冷漠的脸,"我没有你也走得到!"

神甫站在那儿,翻开福音书,等着。在随后的寂静中清楚地响起男声合唱的和谐的歌声。花园外边什么地方也有人在唱歌,大概是在河上吧。忽然,附近一个修道院里的钟声响了,这柔和悦耳的钟声跟歌声混在一起,显得十分好听。杨欣愉快地预感到一种什么好的事情就要到来,他的心就缩紧,他几乎忘了他得扶着病人

----

① 亚历山大的爱称。

走路了。这种从外边飞进大厅里来的声音不知什么缘故使他联想到在他眼前的生活里快乐和自由是多么少,他每天从早到晚那么费劲地解决的种种问题是多么琐碎,渺小,没有趣味。他扶着病人一路走去,仆人给他们让路,怀着乡下人通常瞧见死尸的时候那种阴沉的好奇心看着他们,就在这当儿,他突然生出了憎恨的心情,他沉重而痛切地憎恨病人那张浮肿的、胡子刮光的、演员般的脸,憎恨他那双蜡黄的手,憎恨他那件长毛绒的长袍,憎恨他的呼吸,憎恨他的黑手杖敲着地面发出的响声。……此刻,由于他有生以来第一次体验到这种感情,而且这种感情又来得那么突然,他的脑袋和两条腿都发凉了,他的心猛烈地跳起来。他热切地巴望米哈依尔·伊里奇马上死掉,巴望他最后大叫一声,扑通一声倒在地板上才好,然而他一刹那间想象到这种死亡的情景,就吓得把这想法丢开了。……他们走出大厅的时候,他所想的已经不是病人的死亡,而是自己的生活了:他巴不得从病人的温暖的腋下抽出手来,就此跑掉,跑掉,头也不回地跑掉。……

米哈依尔·伊里奇的被褥铺在书房里的一张土耳其式长沙发上。病人觉得卧室里又热又不方便。

"这差不多是一回事,当教士或者当骠骑兵!"他说,沉甸甸地往那个长沙发上一坐,"这算什么风度!哎,我的上帝啊。……要是我能做主,我就要把这种大少爷派头的神甫降为教堂的下级职员。"

杨欣瞧着他那张任性的、倒霉的脸,打算反驳他,讲几句顶撞他的话,说出自己的憎恨,可是又想起大夫不许病人激动的嘱咐,就沉默下来。不过这不关大夫的事。要不是他的妹妹薇拉的命运跟这个可恨的人永远而且无望地结合在一起,那么有什么话不能畅快地说,有什么话不能畅快地骂呢?米哈依尔·伊里奇养成一种习惯,总是把抿紧的嘴噘起来,然后把嘴角往两边撇,好像在吮水果糖似的;此刻,那两片胡子刮光的厚嘴唇的这种动作惹得杨欣不痛快。

"你,萨沙,回到那边去吧……"米哈依尔·伊里奇说,"你身体好,而且似乎对教堂冷淡……对你来说,不管什么人主持祈祷都无所谓。去吧。"

"可是你也对教堂冷淡……"杨欣轻轻地说,极力按捺自己。

"不,我相信天命,承认教堂。"

"正是这样。就跟我感觉到的一样,你在宗教里所需要的不是上帝,也不是真理,而是像'天命'、'神赐'……之类的字眼。"

杨欣想添一句:"要不然今天你就不会无缘无故地侮辱那个神甫了。"可是他没有说出口。他觉得就是不添这句话他也已经放任自己,说得太多了。

"去吧,请!"米哈依尔·伊里奇不耐烦地说,他不喜欢人家不同意他的话或者谈到他本人,"我不愿意给任何人添麻烦。……我知道守着病人是多么苦。……我知道,老兄!我平素就说,而且将来还要说:再也没有比护士的劳动更苦、更神圣的了。去吧,劳驾!"

杨欣从书房里走出去。他走下楼,回到自己的房间里,穿上大衣,戴上帽子,出了正门,走进花园里。时间已经八点多了。楼上在唱赞美诗。他在花坛、玫瑰花丛、由天芥菜组成的淡蓝色花字薇和米(也就是薇拉和米哈依尔)中间穿来穿去,一路上见到许多美妙的花,而这些花在这个宅子里却没有给谁带来什么快乐,它们生长,开花,大概也是"照规矩办事"吧。杨欣匆匆走着,生怕他的妻子在楼上叫他。她是很容易看见他的。可是他在花园里走了不多的路,就走上一条云杉的林荫道,那条林荫道又长又暗,在这儿每到傍晚可以看到日落的景色。在这儿,哪怕是在没风的天气,那些年代久远的老云杉也总是发出轻微而严峻的飒飒声,冒出树脂的

421

气味,人的两只脚在干枯的针叶上滑行。

杨欣一面走,一面暗想:今天做彻夜祈祷的时候那么意外地向他袭来的那种憎恨的感情,不会再离开他,必须认真对待它了;它给他的生活又带来新的复杂性,前途是不妙的。可是这些云杉、这平静而遥远的天空、这节日的晚霞,都发散着和平美满的气息。他愉快地听着在幽暗的林荫道上孤单而沉闷地响着的自己的脚步声,不再问自己"怎么办"了。

差不多每天傍晚他都要到火车站去取报纸和信,这在他住在他妹夫家里的这段时期里成了他唯一的消遣。邮车九点三刻到站,恰好是傍晚那种不堪忍受的烦闷在家里开始的时候。在这种时候要打牌找不到对手,晚饭还没有开,睡意还没有来,出于无奈,只能要么坐在病人身旁,要么给列诺琪卡念她很喜欢的翻译小说。火车站很大,有小吃部和书柜。在那儿可以吃点东西,喝点啤酒,看一看书。……杨欣最喜欢迎接那趟列车,羡慕那些不知到什么地方去而且依他看来比他幸福的旅客。

他来到火车站的时候,月台上已经有一些人在散步,等火车来,他每天傍晚总是在这儿碰到他们。其中有火车站附近的别墅里的住客,有两三个从城里来的军官,有一个地主,右脚上带着马刺,身后跟着一条大猛狗,悲哀地耷拉着脑袋。那些住在别墅里的男人和女人显然彼此十分熟识,在大声说笑。跟往常一样,其中最活跃、笑声最响的是一个住在别墅里的工程师,这是一个四十五岁左右的肥胖男子,留着络腮胡子,生着很宽的骨盆,上身穿一件印花布衬衫,衬衫的底襟没有塞在裤腰里,下身穿一条毛绒的灯笼裤。每逢他腆出他那大肚子,摩挲着他的络腮胡子,走过杨欣面前,用他那油亮的眼睛亲热地看着杨欣的时候,杨欣总是觉得这个人生活得津津有味。这个工程师的脸上甚至有一种特殊的神情,这种神情不能解释成别的意思,而只能是:"啊,多么有味道啊!"

他的姓挺别扭,分成三截,杨欣所以会记住这个姓,只是因为喜欢大声谈政治和喜欢争论的工程师常常起誓,说:

"那我就不姓比特内依-库希列-苏甫烈莫维奇了!"

据说他是个喜欢逗笑取乐的人,好客,很爱玩"文特"。杨欣早就想和他结识,可是却不敢走到他跟前去,跟他攀谈,虽然料着这个工程师不会拒绝这种结识。……杨欣独自在月台上溜达,听那些住在别墅里的人谈话,在这种时候,不知什么缘故他每次都会想起他已经三十一岁,想起他从二十四岁在大学毕业的那一年起就没有一天畅快地生活过,时而因田界问题同邻居打官司,时而他的妻子流产,时而觉得他的妹妹薇拉不幸,现在呢,米哈依尔·伊里奇在生病,得送他到国外去;他推断这种情形会延续下去,以不同的形式重现,没完没了,到了四十岁和五十岁,也会像在三十一岁的时候一样,有这类操心的事和这类思虑,一句话,他一直到死也钻不出这层坚硬的外壳了。必须善于欺骗自己才能不这样想。他一心打算不再做牡蛎①,哪怕一个钟头也好;他一心想看一看外界,为那些不涉及他个人的事所吸引,同那些跟他不相干的人谈一谈天,哪怕是跟这个胖工程师或者跟那些住别墅的女人也好,那些女人在苍茫的暮色中都显得那么美丽,快活,而主要的是年轻。

列车来了。那个一只脚带着马刺的地主迎接一位上了年纪的胖太太,那位胖太太抱住他,用激动的声调重复了几次:"阿历克塞!"②大概这位太太是他的母亲。他呢,像芭蕾舞剧里的男一号③那样彬彬有礼地把马刺磕响,向她伸出手去,挽住她的胳膊,用柔和的、甜得腻人的音调对一个搬运工人说:

"费心,请您去取一下我们的行李!"

---

① 这种动物藏在贝壳里。
②③ 原文为法语。

这趟列车很快就开走了。……那些住别墅的人取到自己的报纸和信件，就走散，回家去了。四周复归于寂静。……杨欣在月台上又溜达了一会儿，就走到头等客车候车室里去。他不饿，可是他仍旧吃了一份小牛肉，喝了些啤酒。那个带着马刺的地主的彬彬有礼的文雅风度，他那种甜得腻人的音调和不自然的客套，给杨欣留下一种讨厌的、病态的印象。他想起他的长唇髭，想起他那和气的、不愚蠢的，然而有点古怪的、难于理解的面容，他那不住地搓手、仿佛觉得冷的样子，不由得思忖：如果那位上了年纪的胖太太真是这个人的母亲，那她大概是很不幸的。她的激动的声音只说了"阿历克塞！"，然而她那胆怯而慌张的面容和她那双充满热爱的眼睛却说出了其余没说出来的话。……

二

薇拉·安德烈耶芙娜在窗口看见她的哥哥走了。她知道他是到火车站去，就想象那条云杉的林荫道，到了尽头是一道斜坡，下面是河和广阔的景色，河水总是给她安宁朴素的印象，河对面是一片水淹的草地，过了那片草地就是火车站和一片桦树林，那些别墅的住客就生活在桦树林里；右边远处是一个小县城和有着金色圆顶的修道院。……后来她又想象那条林荫道，那种幽暗，她的恐惧和羞臊，那熟悉的脚步声以及所有那些可能重演的，也许今天就能重演的事。……她从大厅里出去了一会儿，为的是吩咐人给那些教士准备好茶。她走到饭厅里，从口袋里拿出一个折成两截的硬信封，信封上贴着外国的邮票。这封信是在做彻夜祈祷前五分钟送到她手里的，她已经设法把这封信看过两遍了。

"我亲爱的人儿，宝贵的人儿，我的磨难，我的苦恼。"她念着，用两只手捧着那封信，让那两只手尽情享受碰到那些可爱而热烈的字句的快乐。"我亲爱的人儿,"她又从头念起,"宝贵的人,我的磨难,我的苦恼,你的来信写得很恳切,可是我仍旧不知道我该怎么办才是。你那时候说你一定会到意大利来,我呢,就像疯子似的预先跑到这儿来迎接你,倾诉我对我的亲爱的人的思慕之情。我心想,在这儿,在月夜,你就不会再担心你的丈夫或者你的哥哥从窗户里看见我的影子了。在这儿我就可以跟你一块儿在街上散步,你无须害怕罗马人或者威尼斯人会知道我们彼此相爱。原谅我这么说,我的宝贝,确实有那么一个胆小的、懦弱的、迟疑不决的薇拉;不过另外还有一个薇拉,她淡漠、冷酷、高傲,当着外人的面对我称呼'您',装出几乎不理会我的样子。我要这另外的一个,这高傲而美丽的一个爱我。……我不愿意做一个只有在傍晚和夜间才有权利享受到快乐的猫头鹰。给我光明吧!黑暗使我感到压抑,亲爱的,我们这种爱情断断续续,偷偷摸摸,弄得我半饥半饱,我生气,痛苦,发疯。……喏,一句话,我想:我的薇拉(不是第一个而是另一个)在这儿,在国外,在比家里容易躲开众人耳目的地方,会给我哪怕一个小时的圆满的、真正的、无所顾忌的爱情,使得我哪怕只有一次认真地感到自己是一个情人,而不是一个偷偷摸摸的人,使得你在拥抱我的时候不至于说:'我现在该走了!'我是这样想的,可是我在这儿,在佛罗伦萨已经待了足足一个月,你却没来,而且究竟来不来也不得而知。你来信说:'这个月我们未必走得成。'这是什么意思?你在怎样对待我啊,使我绝望的人儿?!你要明白,我缺了你就活不下去,活不下去,活不下去啊!!!人家说意大利美丽,可是我闷闷不乐,我仿佛被流放了,我的强烈的爱情像流放犯那样受煎熬。你会说:我这句俏皮话并不可笑,可是我却像小丑那样可笑。我到处乱跑,时而跑到博洛尼亚①,时而跑到

---

① 意大利北部的一个城市。

425

威尼斯,时而跑到罗马,老是观察女人群里有没有人长得像你。我由于闷得慌而把所有的绘画馆和博物馆各跑了五次,而在那些画里我所看见的却只有你一个人。我在罗马喘吁吁地爬上平秋山,在那儿观看那个永久的城,可是永久、美丽、天空,这一切在我的心目中却跟你的脸,你的衣服,合而为一了。在这儿,在佛罗伦萨,我走遍了出售塑像的商店,我往往趁商店里没有人的时候搂住一个塑像,我觉得我搂住的就是你。我现在就需要你,马上就需要你。……薇拉,我疯了,可是对不起,我受不住了,明天我就要去找你。……这封信是多余的,哎,写就写了吧!亲爱的,这是说,我已经下了决心:我明天就去。"①

---

① 原稿在此中断。

一 封 信

"敬爱的玛丽雅·谢尔盖耶芙娜！我星期三在信上提到的那本书，现在奉上。请您读一遍。请您注意第十七页到四十二页，第九十二页，第九十三页和第一百一十二页，特别要注意我用铅笔画过线的那些地方。多么有力量啊！这本书的形式显然是笨拙的，然而在这种笨拙中可以使人感觉到多么宽广的自由，感觉到一个多么了不起的、博大的艺术家啊！一个句子里三次出现'它'字，两次出现'显然'这个词；句子造得很粗糙，似乎不是用笔写的，而是用擦子刷的，可是从这些'它'字下面涌出多么有力的喷泉，包藏着多么灵活、严整、深刻的思想，多么泼辣的真理啊！您读着这本书，就会在字里行间看见仿佛有一头鹰在云端飞翔，在这种时候人就无心为文字的美丽操心了。思想和美类似飓风和海浪，不应当顾到习常的固定格式。它们的格式就是自由，不应该由于考虑到'它'和'显然'这些字眼而受到束缚。我给您写信的时候，我在文体方面的最细微的毛病每一次都使我缩手缩脚，惹我生气，这就是说，我不是艺术家，在我身上文字胜过形象和情绪。

"请您务必读一读这本书。我昨天读了一整天，连气都透不过来了，我感觉到我以前所不知道的新的生活要素深入我的心灵。我每读一页就觉得自己变得丰富一点，有力一点，高尚一点！我惊讶，由于欣喜而哭泣，我骄傲，这时候，我深刻而神秘地相信，真正的才能来源于神,我觉得在这些强大有力、可与自然力相比拟的篇章中的每一页都不是白写的,它凭它的来源和它的存在一定会在自然界引起一种跟它的力量相当的现象,一种近似地下的轰鸣、天气的转变、海上的风暴之类的现象。……我不信,一千个不信,这个一切都合理的大自然会无视它本身的最美、最合理、最强大、最不可征服的部分,也就是人类中的天才不顾它的意志而创造出来的部分。我觉得我似乎在胡说八道,您在笑我了,可是请您不要拦阻我说昏话,做美梦,讲神话。您无法想象,一个人在知道自己所写的东西会给您的善良的眼睛看到的时候,哪怕是无聊的昏话也会欢欢喜喜、兴高采烈地写出来。

"昨天我只顾看书,就连我喜爱的特拉甫尼科夫到我这儿来,也没有使我高兴。他到我这儿来的时候正在头痛,心绪恶劣。自从动过大手术以后,他老是头痛,这是中了石炭酸气体的毒。他问起我的腿,我呢,把我在第九十二页上画了线的那二十行给他读一遍作为回答,于是我们之间就开始了文学争论。特拉甫尼科夫说:

"'我用在读哲学、读诗、读散文上的那些时间,我认为是白费了。这些书里充满了装模作样、自命不凡的调子,可是它们并没有向我解释和说明任何一个现象,因此我不喜欢它们。它们的内容都是主观的,所以其中有一半是假话,另一半是不三不四,介乎假话和真理之间。那种认为缺了它们就不行的看法是一种偏见;它们像戏剧和杂技一样是纯粹为娱乐服务的,我现在读它们就纯粹是为了消遣。我偏爱那些不大自以为是的作者,在这方面最适当的书就要算是法国小说了。'

"'那么容我问您一句,是谁教导我们思考的?'我说。

"'是那些说出真理的人,而诗和小说是不说真理的。'

"诸如此类,无非是这一套。要是您高兴的话,那就去跟他吵架吧!他是个固执的、有成见的人。后来我们开始讲到美。

"'美是愉快的,'他说,'它只为快乐服务,正因为这个缘故缺了它就很难过日子了。谁在美里不是寻求快乐,而是寻求真理或者知识,那么,他就会受美的哄骗,产生错觉,被弄得晕头转向,像进了迷宫一样。从前我不小心,向美学习思考,它就把我变成了醉汉和瞎子。比如,我读《浮士德》的时候就没有注意到玛格丽特①是杀死自己孩子的凶手,在拜伦的《该隐》里不管该隐②本人也好,魔鬼也好,在我看来都是无比可爱的。……难道这种情形还少吗?'

"他用两只手抱紧他那疼痛的头,把它靠在桌子上,有气无力地说:

"'美啦,才能啦,崇高的、优美的、具有艺术性的东西啦,所有这些都很可爱,然而是有条件的,不能容忍逻辑的定义,而且从这些东西中是得不出任何确定不移的法则的。古时候有个人说夜莺是玫瑰的爱人,说橡树强大有力,说菟丝子温柔,好,我们就相信了。……可是为什么相信呢?'

"我就照往常那样发起火来,说了些不该说的话。

"'我不明白,您为什么生气呢?'他抬起头来说,'把艺术说成是纯粹为娱乐服务,这有什么侮辱人的地方呢?我亲爱的,我情愿做一个哪怕很糟的作家,只求我善于用我的小书给病人和坐牢的人解闷就行。如果您今天一整天高高兴兴,难道作家的功劳还算小吗?不过,老兄,我的头痛得不得了。也许您说得对。我什么也不懂。'

"诗和散文没有解释任何一个现象!那么难道电光一闪的时候解释了什么吗?不应当由它来对我们解释什么,而应当由我们

---

① 《浮士德》中的女主人公。
② 《圣经》人物,因嫉妒而杀害弟弟亚伯。

来解释它。如果不去解释电，而去否定电，只因为它没有对我们解释许多东西，那我们也未免太妙了。要知道诗和一切所谓优美的艺术都是自然界的严峻神奇的现象，我们应当学着解释它们，而不是静等它们来向我们解释什么。就连聪明、优秀的人也用专门的、偏执的、纯粹个人的观点来看待每个现象，这是多么叫人惋惜，多么叫人难过啊。比方说，特拉甫尼科夫被关于上帝和生活目标这个专门问题折磨着；艺术没有解决这个问题，没有解释人在死后会怎么样，因而特拉甫尼科夫就认为艺术是偏见，把它贬低到简单的娱乐的地步，认为缺了它也不难过日子，有一次他甚至当着您母亲的面似乎开玩笑地说：艺术是'世代相传的罪恶'的一种。在这方面他不是会使您联想到我们都认识的一个熟人吗？这个人只因为看到医生跳玛祖卡舞不高明就把医学和科学一概否定了。葡萄酒甜美、可口，提高人的兴致，然而这样说不够全面：一定会有那么一个裁缝否定它，因为它不能消除污斑，不能当松节油用。

"不过哲学也谈得够了。我的腿还是原来那个样子。特拉甫尼科夫坚决主张动手术，可是我不同意。大自然本身力求治愈人的疾病，我热烈地希望这是它的本性。说不定不动手术也行。我寂寞极了，要不是有书，我觉得我会寂寞得整天哭泣。住在离您八俄里的地方，却又没有权利去找您，这简直是活受罪！

"昨天您的母亲到节列尼内依家里去，顺便到我们这儿来了一趟。她和我父亲一起责备我，怪我不该离开宗教学院。大家异口同声地对我说，我做得不聪明。也许是这样吧。我自己也不知道我为什么离开学院，不过我同样不知道为什么我该继续留在那儿。对生活的渴望折磨着我，我就从那个没有生活或者生活搞得不合我口味的地方逃走了。我的生活就是你们大家，我无限热爱你们。要我不看见您那美丽的、温柔的、放出善良的光彩的脸，要我一个月一次也听不见您的说话声，那我可受不了；要我不看见您那宽宏大量的母亲和您那充满生活乐趣、心地仁慈、受到上帝祝福的一家人,我也受不了,你们一家人跟我的心那么贴近,如同我的兄弟和我的父亲一样。我需要每天看见我那受苦的老父亲在我的身旁,每天夜里听见他睡不着觉,念叨我那做了苦役犯的哥哥。我需要我那疯癫的、做修士的哥哥每隔两三个月从修道院里回家一次,只是为了让他闪着炯炯有神的眼睛,在我面前痛骂文明,然后再回去。如果我一个星期连一次也看不见特拉甫尼科夫,那我的生活就不算圆满,这个人被自己那贪婪的、顽强的、痛苦的思想吸引到泥潭里去了,他在那个泥潭里越是陷得深,我倒越是强烈地喜爱他。他不惜一切代价要求得到信仰。他需要上帝,寻找上帝,日日夜夜寻找,可是他只找到一个深渊,你越是对这个深渊看得久,它就越显得深,越显得黑。在村子里散步,顺便走进农舍里去跟人谈一谈天,这在我是多么大的乐趣。那儿有多么不同的脸、音调、智慧、趣味、信仰!我们那个老助祭巴威尔·杰尼索维奇是个多么可爱的人啊,近两年来,他天天都在死亡的边缘上,可是总也死不成,连他自己都嘲笑自己的生命力:'我眼看就要死了,眼看就要死了,可是总也死不成!'生活真好啊,玛丽雅·谢尔盖耶芙娜!不错,生活是沉重而短暂的,然而另一方面它又是多么丰富、合理、多彩、有趣,多么了不起啊!特拉甫尼科夫在害他自己,他寻求不朽和永恒的幸福;可是我不这么贪心,我对这种短促的、渺小的,然而美好的生活已经感到十分满足了。

"等到我一开始能走路,我就立刻动手工作。我要照管农务,献身于艺术。我要写作。可是写什么呢?我的中篇小说没有写成功。技巧方面我应付不好,我过于推敲了。我脑子里满是形象和画面,拥挤不堪,这些东西我有很多,然而不知什么缘故我的主人公不能形成有性格的人物,彼此相像,就跟两滴水一样。我这些人物行动少、思考多,而所需要的恰好相反。目前我在做批评工作。

431

我要自己研究,尽我的能力向人们解释我十分喜爱的是什么,我认为应该怎样做才是唯一而永久的反对偏见、无知、奴役的方法。

"昨天我的父亲在街上绊了一下,跌倒了。他解释这是因为疲劳:眼前是受难周,他差不多整天做礼拜。谢天谢地,总算没出什么事。

"我热诚地问候您的全家。我向大家鞠躬,向大家鞠躬!我听说窗外已经是真正的春天了,可是我看不见。要是现在能到您那儿去才好!我只求能够跟您一块儿登一次山,此外我就什么要求也没有了。樱桃树开花了吗?不过,时令还早。再见吧,祝您幸福,健康,快活,请您别忘记热诚地爱您、真挚地忠于您的残废者伊格纳季·巴希达诺夫。"

伊格纳沙①写完这封信,就把它装在一个信封里,写上收信人姓名:"玛丽雅·谢尔盖耶芙娜·沃尔恰尼诺娃夫人收。"这时候阿历克塞神父走进房间里来,手里端着一个托盘,上面放着一杯茶。伊格纳沙心慌了,就把那封信塞在枕头底下。②

---

① 伊格纳季的爱称。
② 原稿在此中断。

一九〇三年

新　　娘

一

　　这时候已经是晚上十点钟光景，一轮明月照着花园。在舒明家里，祖母玛尔法·米哈伊洛芙娜盼咐做的晚祷刚刚完事，娜佳到花园里去蹓跶一会儿，这时候她看见大厅里饭桌上正在摆小吃，祖母穿着华丽的绸衫在忙这样忙那样。安德烈神甫，大教堂的大司祭，正在跟娜佳的母亲尼娜·伊万诺芙娜谈一件什么事，这时候隔着窗子望过去，母亲在傍晚的灯光下，不知什么缘故，显得很年轻。安德烈神甫的儿子安德烈·安德烈伊奇站在一旁，注意地听着。

　　花园里安静，凉快，宁静的黑影躺在地上。人可以听见远处，很远的什么地方，大概是城外吧，有些青蛙呱呱的叫声。现在有五月的气息了，可爱的五月啊！你深深地呼吸着，热切地想着：眼下，不是在这儿，而是在别的什么地方，在天空底下，在树木上方，远在城外，在田野上，在树林里，春天的生活正在展开，神秘、美丽、丰富、神圣，那是软弱而犯罪的人所不能理解的。不知因为什么缘故，人恨不得哭一场才好。

　　她，娜佳，已经二十三岁了。她从十六岁起就热切地盼望着出嫁，现在她总算做了安德烈·安德烈伊奇的未婚妻，这个青年现在正站在窗子里面。她喜欢他，婚期已经定在七月七日，可是她并不高兴，夜里也睡不好，兴致提不起来……厨房是在地下室那一层，从敞开的窗子里，她听见人们忙忙碌碌，刀子叮当响着，安着滑轮的门砰砰地开关，那儿飘来烤鸡和醋渍樱桃的气味。不知什么缘故，她觉得整个生活似乎会永远像现在这样过下去，没有变化，没有尽头！

这时候有一个人从正房走出来，在门廊上站住。这人是亚历山大·季莫费伊奇，或者简单地叫做萨沙。他是大约十天前从莫斯科来到她们家里做客的。很久以前，祖母的一个远亲，贵族出身的穷寡妇玛丽亚·彼得罗芙娜，一个带着病容的、瘦小的女人，常到她们家来请求周济。她有个儿子名叫萨沙。不知什么缘故，大家都说他是出色的画家，等到他母亲去世，祖母为了拯救自己的灵魂就送他到莫斯科的科米萨罗夫斯基学校去念书。大约两年以后他转到一个绘画学校去，在那儿差不多念了十五年书才勉强在建筑系毕业。可是他仍旧没做建筑师，却在莫斯科的一个石印工厂里做事。他差不多每年夏天都到祖母这儿来，总是病得很重，以便休息调养一阵。

他现在穿着一件常礼服，扣上纽扣，下身穿一条旧帆布裤子，裤腿下面都磨破了。他的衬衫没熨过，周身上下有一种没精神的样子。他很瘦，眼睛大，手指头又长又瘦，留着胡子，黑脸膛，不过仍旧挺漂亮。他跟舒明家的人很熟，如同自己的亲人一样，他住在他们家里，觉得跟在自己家里似的。他每回来到这儿所住的那个房间，早就叫做萨沙的房间了。

他站在门廊上，看见娜佳，就走到她面前去。

"你们这儿真好。"他说。

"当然，挺好。您应当在这儿住到秋天再走。"

"是的，大概会这样的。也许我要在你们这儿住到九月间呢。"

他无缘无故地笑起来,在她身旁坐下。

"我正坐在这儿,瞧着妈妈,"娜佳说,"从这儿看过去,她显得那么年轻!当然,我妈妈有弱点,"她沉默了一会儿,补充说,"不过她仍旧是个不同寻常的女人。"

"是的,她很好……"萨沙同意道,"您的母亲,就她本人来说,当然是一个很善良很可爱的女人,可是……怎么跟您说好呢?今天一清早我偶然到你们家的厨房里去,在那儿我看见四个女仆干脆睡在地板上,没有床,被褥不像被褥,破破烂烂,臭烘烘,还有臭虫,蟑螂……这跟二十年前一模一样,一点变动也没有。哦,奶奶呢,求上帝保佑她,她毕竟是个老奶奶,不能怪她了。可是要知道,您母亲多半会讲法国话,还参加演出。想来,她总该明白的。"

萨沙讲话的时候,总要把两根瘦长的手指头伸到听话人的面前去。

"不知怎么这儿样样事情我都觉得奇怪,看不惯,"他接着说,"鬼才明白为什么,这儿的人什么事都不做。您母亲一天到晚走来走去,跟一位公爵夫人一样,奶奶也什么事都不做,您呢,也一样。您的未婚夫安德烈·安德烈伊奇也是什么事都不做。"

这种话娜佳去年就听过了,仿佛前年也听过。她知道萨沙一开口,总离不了这一套,从前这种话引得她发笑,可是现在不知什么缘故,她听着心烦了。

"这些话是老生常谈,我早就听厌了,"她说,站起来,"您应当想点比较新鲜的话来说才好。"

他笑了,也站起来,两个人一块儿朝正房走去。她又高又美,身材匀称,这时候挨着他,显得很健康,衣服也很漂亮。这一点她自己也体会到了,就替他难过,而且不知什么缘故觉得挺窘。

"您说了许多不必要的话,"她说,"喏,您方才谈到我的安德烈,可是要知道,您并不了解他。"

437

"我的安德烈……去他的吧,您的安德烈!我正在替您的青春惋惜呢。"

等到他们走进大厅,大家已经坐下来吃晚饭了。祖母,或者照这家人的称呼,老奶奶,长得很胖,相貌难看,生着两道浓眉,还有一点点唇髭,说话很响,凭她说话的声音和口气可以看出她在这儿是一家之长。她的财产包括集市上好几排的商店和这所有圆柱和花园的旧式房子,可是她每天早晨祷告,求上帝保佑她别受穷,一面祷告一面还流泪。她的儿媳,娜佳的母亲,尼娜·伊万诺芙娜,生着金黄色头发,腰身束得很紧,戴着夹鼻眼镜,每个手指头上都戴着钻石戒指。安德烈神甫是一个掉了牙齿的瘦老头子,看他脸上的表情,总仿佛要说什么很逗笑的话似的。他的儿子安德烈·安德烈伊奇,娜佳的未婚夫,是一个丰满而漂亮的青年,头发卷曲,样子像是演员或者画家。他们三个人正在谈催眠术。

"你在我这儿再住一个星期,身体就会养好了,"奶奶转过身对萨沙说,"只是务必要多吃一点。看你像个什么样儿!"她叹口气,"你那样儿真可怕!真的,你简直成了个浪子。"

"挥霍掉父亲所赠的资财以后,"安德烈神甫眼睛里带着笑意,慢吞吞地说,"就跟不通人性的牲口一块儿去过活了[①]……"

"我喜欢我的爹,"安德烈·安德烈伊奇说,摸摸他父亲的肩膀,"他是个非常好的老人。善良的老人。"

大家沉默了一阵。萨沙忽然笑起来,拿起餐巾捂住嘴。

"这么说来,您相信催眠术喽?"安德烈神甫问尼娜·伊万诺芙娜。

"当然,我也不能肯定说我相信,"尼娜·伊万诺芙娜回答,脸上做出很严肃的、甚至严厉的表情,"不过必须承认,自然界有许

[①] 指《新约·路加福音》第十五章所写的浪子故事。

多神秘而无从理解的事情。"

"我完全同意您的话,不过我还得加一句:宗教信仰为我们大大地缩小了神秘的领域。"

一只很肥的大火鸡端上来。安德烈神甫和尼娜·伊万诺芙娜仍旧在谈下去。钻石在尼娜·伊万诺芙娜的手指头上发亮,后来眼泪在她眼睛里发亮,她激动起来了。

"虽然我不敢跟您争论,"她说,"不过您也会同意,生活里有那么多解答不了的谜!"

"我敢向您担保:一个也没有。"

吃过晚饭以后,安德烈·安德烈伊奇拉小提琴,尼娜·伊万诺芙娜弹钢琴为他伴奏。十年以前,他在大学的语文系毕了业,可是从来没在任何地方做过事,也没有固定的工作,只是偶尔应邀参加为慈善目的召开的音乐会。在城里大家都称他为艺术家。

安德烈·安德烈伊奇拉小提琴,大家默默地听着。桌子上,茶炊轻声地滚沸,只有萨沙一个人喝茶。后来,钟敲十二下,小提琴的一根弦忽然断了,大家笑起来,于是忙忙碌碌,开始告辞。

娜佳送未婚夫出门以后,走上楼去,回自己的房间,她和母亲住在楼上(楼下由祖母住着)。楼下,仆人把大厅里的灯熄了,萨沙却仍旧坐在那儿喝茶。他老是照莫斯科的风气喝很久的茶,一回要喝七杯。娜佳脱了衣服上床,很久还听见女仆在楼下打扫,奶奶发脾气。最后一切都安静了,只是偶尔听见萨沙在楼下自己的房间里用男低音不时咳嗽几声。

二

娜佳醒来的时候,大概是两点钟,天在亮起来。守夜人在远处什么地方打更。她不想睡了,床很软,躺着不舒服。娜佳在床上坐起来,想心事,跟过去那些五月里的夜晚一样。她的思想也跟昨天晚上一样,单调、不必要、缠着人不放,总是那一套:安德烈·安德烈伊奇怎样开始向她献殷勤,向她求婚,她怎样接受,后来她怎样渐渐地敬重这个善良而聪明的人。可是现在距离婚期只有一个月了,不知什么缘故,她却开始感到恐惧和不安,仿佛有一件什么不明不白的苦恼事在等着她似的。

"滴克搭克,滴克搭克……"守夜人懒洋洋地敲着,"滴克搭克……"

从旧式的大窗子望出去,她可以看见花园,稍远一点有茂盛的紫丁香花丛,那些花带着睡意,冻得软绵绵的。浓重的白雾缓缓地飘到紫丁香上面,想要盖没它。远处树上,带着睡意的白嘴鸦在呱呱地叫。

"我的上帝啊,为什么我这样苦恼!"

也许每个新娘在婚前都有这样的感觉吧。谁知道呢!要不然这是萨沙的影响?可是话说回来,接连几年来,萨沙一直在讲这样的话,好像背书一样,他讲起来总显得很天真,很古怪。可是为什么萨沙还是不肯离开她的头脑呢?为什么呢?

守夜人早已不打更了。窗子跟前和花园里,鸟儿吱吱地叫,花园里的雾不见了。四下里样样东西都给春天的阳光照亮,就跟被微笑照亮了一样。不久,整个花园被太阳照暖,让阳光爱抚着,苏醒过来,露珠跟钻石那样在叶子上放光,这个早已荒芜的老花园在这个早晨显得那么年轻,华丽。

奶奶已经醒了。萨沙粗声粗气地咳嗽起来。娜佳可以听见他们在楼下端来茶炊,搬动椅子。

时间过得很慢。娜佳早已起来,在花园里散步了很久,早晨却仍旧拖延着不肯过去。

后来尼娜·伊万诺芙娜带着泪痕斑斑的脸出现了,手里拿着一杯矿泉水。她对招魂术①和顺势疗法②很有兴趣,看很多的书,喜欢谈自己心里发生的怀疑。所有这些,依娜佳看来,似乎包含着深刻而神秘的意义。这时候,娜佳吻一吻她的母亲,跟她并排走着。

"您为什么哭了,妈妈?"她问。

"昨天晚上,我开始看一个中篇小说,那里面写一个老人和他的女儿。老人在一个什么机关办公,不料他的上司爱上了他的女儿。我还没看完,不过其中有一个地方看了叫人忍不住流泪。"尼娜·伊万诺芙娜说,喝一口杯子里的水,"今天早晨我想起来,就又哭了。"

"近些天来我心里那么不快活,"娜佳沉默了一会儿,说,"为什么我夜里睡不着觉?"

"我不知道,亲爱的。每逢我夜里睡不着觉,我就紧紧地闭上眼睛,喏,就照这个样儿,而且暗自想象安娜·卡列宁娜③怎样走路,讲话,或者暗自想象古代历史上的一件什么事情……"

娜佳觉得她母亲不了解她,而且也不可能了解。这还是她生平第一回有这样的感觉,她甚至害怕,想躲起来。她就走回自己的房间去了。

下午两点钟,他们坐下来吃午饭。那天是星期三,正是斋日,因此给祖母端上来的是素的红甜菜汤和鳊鱼粥。

为了跟奶奶逗着玩,萨沙又喝他的荤汤,又喝素甜菜汤。大家吃饭的时候,他却一直说笑话,可是他的笑话说得笨拙,一律含着教训,结果就完全不可笑了。每逢说俏皮话以前,他总要举起很瘦

---

① 一种迷信的法术,信奉者认为能把死人的灵魂招来进行笔谈。
② 某些药物大量用于健康人身上则能产生症状,和要用此种药来治的病的症状相似。用微量此种药物治疗疾病的方法即称顺势疗法。
③ 托尔斯泰著《安娜·卡列宁娜》中的女主人公。

441

很长跟死人一样的手指头,因而使人想到他病得很重,也许在这个世界上活不久了,谁都会为他难过得想流泪。

饭后奶奶回到自己房间去休息。尼娜·伊万诺芙娜弹了一会儿钢琴,然后也走了。

"啊,亲爱的娜佳,"萨沙开始了照例的午饭后的闲谈,"您要听我的话才好!您要听我的话才好!"

她坐在一张旧式的圈椅上,背往后靠着,闭上眼睛。他就在房间里慢慢走着,从这头走到那头。

"您要出去念书才好!"他说,"只有受过教育的、神圣的人才是有趣味的人,也只有他们才是社会所需要的。要知道,这样的人越多,天国来到人间也就越快。到那时候,你们这城里就渐渐不会有一块石头留下,一切都会翻个身,一切都会变样,仿佛施了什么魔法似的。到那时候,这儿就会有极其富丽堂皇的大厦、神奇的花园、美妙的喷泉、优秀的人……可是这还算不得顶重要。顶重要的是我们所谓的群众,照现在那样生活着的群众,这种恶劣现象,到那时候就不再存在,因为人人都会有信仰,人人都会知道自己为什么活着,再也不会有人到群众里面去寻求支持。亲爱的,好姑娘,走吧!告诉他们大家:您厌倦了这种一潭死水的、灰色的、有罪的生活。至少您自己要明白这层道理才对!"

"办不到,萨沙。我就要结婚了。"

"唉,得了吧!这种事对谁有必要呢?"

他们走进花园,蹓跶了一会儿。

"不管怎样吧,我亲爱的,您得想一想,您得明白,你们这种游手好闲的生活是多么不干净,多么不道德,"萨沙接着说,"您得明白,比方说,要是您,您的母亲,您的奶奶,什么事也不做,那就是说别人在为你们工作,你们在吞吃别人的生命,难道这样干净吗,不肮脏吗?"

娜佳想说:"不错,这话是实在的。"她还想说她自己也明白,可是眼泪涌上她的眼眶,她忽然不再作声,整个心发紧,就回到自己房间里去了。

将近傍晚,安德烈·安德烈伊奇来了,照例拉了很久的小提琴。他总是不爱讲话,喜欢拉小提琴,也许因为一拉小提琴,就可以不用讲话吧。到十一点钟,他已经穿好大衣,要告辞回家去了,却搂住娜佳,开始贪婪地吻她的脸、肩膀、手。

"宝贝儿,我心爱的,我的美人儿!……"他喃喃地说着,"啊,我多么幸福!我快活得神魂颠倒了!"

她却觉得这种话很久很久以前就听过,或者在什么地方……在小说里,在一本早已丢掉的、破破烂烂的旧小说里读到过似的。

萨沙坐在大厅里的桌子旁边喝茶,用他那五根长手指头托着茶碟。奶奶摆纸牌卦,尼娜·伊万诺芙娜在看书。圣像前面的油灯里,火苗劈劈啪啪地爆响,仿佛一切都安静平顺似的。娜佳道了晚安,走上楼去,回到自己的房间,躺下,马上就睡着了。可是如同前一天夜里一样,天刚刚亮,她就醒了。她睡不着,心神不宁,苦恼。她坐起来,把头抵在膝盖上,想到她的未婚夫,想到她的婚礼……不知什么缘故,她想起母亲并不爱她那已经去世的丈夫,现在她一无所有,完全靠她婆婆,也就是奶奶过活。娜佳思前想后,怎么也想不出在这以前为什么会认为妈妈有什么特别的、不平常的地方,怎么会一直没有发现她其实是个普通的、平凡的、不幸的女人。

楼下,萨沙也没睡着,她可以听见他在咳嗽。娜佳想,他是个古怪而天真的人,在他的幻想中,所有那些神奇的花园和美妙的喷泉,都使人觉着有点荒唐。可是不知什么缘故,他那天真,甚至那种荒唐,却又有那么多美丽的地方,只要她一想到要不要出外求学,就有一股凉气沁透她整个的心和整个胸膛,给它们灌满欢欣和快乐的感觉。

"不过,还是不想的好,还是不想的好……"她小声说,"我不应该想这些。"

"滴克搭克……"守夜人在远远的什么地方打更,"滴克搭克……滴克搭克……"

三

六月中,萨沙忽然觉得烦闷无聊,准备回莫斯科去了。

"在这个城里我住不下去,"他阴沉地说,"没有自来水,也没有下水道! 我一吃饭就腻味:厨房里脏得不像话……"

"再等一等吧,浪子!"不知什么缘故,奶奶小声劝道,"婚期就在七号啊!"

"我不想再等了。"

"可是你本来打算在我们这儿住到九月间的!"

"不过现在,您看,我不想住下去了。我要工作!"

正巧这年夏天潮湿而阴冷,树木湿漉漉的,花园里样样东西都显得阴沉沉的,垂头丧气,这也实在使得人想要工作。楼下和楼上的房间里响起一些陌生女人说话的声音,奶奶的房间里有达达达的缝纫机声音,这是她们在赶做嫁妆。光是皮大衣,就给娜佳做了六件,其中顶便宜的一件,照奶奶说来,也要值三百卢布! 这种忙乱惹得萨沙不痛快,他坐在自己的房间里生闷气,可是大家仍旧劝他留下,他就答应七月一日以前不走了。

时间过得很快。在圣彼得节①那天吃过午饭以后,安德烈·安德烈伊奇跟娜佳一块儿到莫斯科街去再看一回早已租下来、准

---

① 基督教的节日,在六月二十九日。

备给年轻夫妇居住的那所房子。那所房子有两层楼,可是至今只有楼上刚装修好。大厅铺着亮晃晃的地板,漆成细木精镶的样子,有几把维也纳式的椅子、一架钢琴、一个小提琴乐谱架。屋里有油漆的气味。墙上挂着一张大油画,装在金边框子里,画的是一个裸体的女人,她身旁有一个断了柄的淡紫色花瓶。

"好一幅美妙的画儿,"安德烈·安德烈伊奇说,出于尊敬叹了一口气,"这是画家希什马切夫斯基的作品。"

旁边是客厅,摆着一张圆桌子,一张长沙发,几把套着鲜蓝色布套的圈椅。长沙发的上方挂着一张安德烈神甫的大照片,戴着法冠,佩着勋章。然后他们走进饭厅,那儿摆着一个餐具柜,随后走进寝室。这儿光线暗淡,并排放着两张床,看上去好像在布置寝室的时候,认定将来这儿永远很美满,不会有别的情形似的。安德烈·安德烈伊奇领着娜佳走遍各个房间,始终用胳膊搂着她的腰。她呢,觉着衰弱,惭愧,痛恨所有这些房间、床铺、圈椅,那个裸体女人惹得她恶心。她已经明明白白地觉得她不再爱安德烈·安德烈伊奇了,也许从来就没有爱过,可是这句话怎么说出口,对谁去说,而且说了以后要怎么样,她都不明白,而且也没法明白,虽然她整天整夜地在想着这件事……他搂着她的腰,谈得那么热情,那么谦虚,他在自己的住所里走来走去,显得那么幸福。她呢,在一切东西里,却只看见庸俗,愚蠢的、纯粹的、叫人受不了的庸俗。他那搂着她腰的胳膊,她也觉得又硬又凉,跟铁箍一样。她随时都想跑掉,痛哭一场,从窗口跳出去。安德烈·安德烈伊奇领她走进浴室,在这儿他碰了碰一个安在墙上的水龙头,水立刻流出来了。

"怎么样?"他说,放声大笑,"我叫人在阁楼上装了一个水箱,可以盛一百桶水,喏,我们现在就有水用了。"

他们穿过院子,然后走到街上,雇了一辆出租马车。尘土像浓重的乌云似的飞扬起来,好像天就要下雨了。

"你不冷吗?"安德烈·安德烈伊奇说,尘土吹得他眯缝着眼睛。

她没答话。

"你记得,昨天萨沙责备我什么事也不做,"沉默一阵以后,他说,"嗯,他的话很对,对极了!我什么事也不做,而且也做不了。我亲爱的,这是什么缘故?就联想到将来有一天,我也许会在额头上戴一枚帽章,去办公,我都会觉着那么厌恶,这是为什么?为什么我一看见律师,或者拉丁语教师,或者市参议会委员,我就觉着那么不自在?啊,俄罗斯母亲!啊,俄罗斯母亲,你至今还驮着多少游手好闲的、毫无益处的人啊!有多少像我这样的人压在你身上啊,受尽痛苦的母亲!"

他对他什么事不做这一点,得出一个概括的结论,认为这是时代的特征。

"等我们结了婚,"他接着说,"那我们就一块儿到乡下去,我亲爱的,我们要在那儿工作!我们给自己买下不大的一块土地,外带一座花园,一条河,我们要劳动,观察生活……啊,那会多么好!"

他脱掉帽子,头发让风吹得飘扬起来。她呢,听着他讲话,暗自想着:"上帝啊,我要回家!上帝啊!"他们快要到家的时候,车子追上了安德烈神甫的车子。

"瞧,我父亲来了!"安德烈·安德烈伊奇高兴地说,挥动帽子,"真的,我爱我的爹,"他一面给车钱,一面说,"他是个非常好的老人。善良的老人。"

娜佳走进家里,心里觉着气愤,身子也不舒服,心想:整个傍晚会有客人来,她得招待他们,得赔着笑脸,得听小提琴,得听各式各样的废话,而且一味地谈婚礼。奶奶坐在茶炊旁边,穿着绸衫,又华丽又神气,她在客人面前好像总是那么傲慢。安德烈神甫带着他那调皮的笑容走进来。

"看见您玉体安康,十分快慰。"他对奶奶说,很难弄明白他是在开玩笑呢,还是在认真地说这句话。

四

风敲打着窗子,敲打着房顶。呼啸声响起来,家神在火炉里哀伤忧闷地哼他的歌。这时候是夜里十二点多钟。一家人都上床睡了,可是谁也没睡着,娜佳时时刻刻觉着仿佛楼下有人在拉小提琴似的。忽然砰的一声响,大概是一扇护窗板刮掉了。一分钟以后,尼娜·伊万诺芙娜走进来,只穿着衬衫,手里举着一支蜡烛。

"这是什么东西砰的一响,娜佳?"她问。

她母亲,头发梳成一根辫子,脸上现出胆怯的笑容,在这暴风雨的夜晚她显得老了,丑了,矮了。娜佳回想前不久她还认为母亲是个不平常的女人,带着自豪的心情听她讲话,现在她却怎么也想不起那些话了,她所能想起的话都那么软弱无力,不必要。

火炉里传出好几个男低音的歌唱,甚至仿佛听见:"唉,唉,我的上帝!"娜佳坐在床上,忽然使劲抓住头发,痛哭起来。

"妈妈,妈妈,"她说,"我的亲妈,要是你知道我出了什么样的事就好了!我求求你,我央告你,让我走吧!我求求你了!"

"到哪儿去?"尼娜·伊万诺芙娜不明白是怎么回事,在床边坐下来,问道,"要到哪儿去?"

娜佳哭了很久,一句话也说不出来。

"让我离开这个城吧!"最后她说,"不应该举行婚礼,也不会举行婚礼了,你要明白才好!我不爱这个人……就连谈一谈这个人,我都办不到。"

"不,我的宝贝儿,不,"尼娜·伊万诺芙娜赶快说,吓慌了,

"你镇静一下,这是因为你心绪不好。这会过去的。这种事常有。多半你跟安德烈拌嘴了吧,可是小两口吵架,只不过是打哈哈呢。"

"得了,你走吧,妈妈,你走吧。"娜佳痛哭起来。

"是啊,"尼娜·伊万诺芙娜沉默了一会儿,说,"不久以前你还是个孩子,是个小姑娘,可是现在已经要做新娘了。自然界是经常新陈代谢的。你自己也没留意,就会变成母亲,变成老太婆的,你也会跟我一样有这么一个倔脾气的女儿。"

"我亲爱的好妈妈,你要知道,你聪明,你不幸,"娜佳说,"你很不幸,那你为什么要说这些庸俗的话呢?看在上帝面上告诉我,为什么呢?"

尼娜·伊万诺芙娜想要说话,可是一句话也说不出来,哽咽了一声,回到自己的房间去了。那些男低音又在炉子里哼起来,忽然变得很可怕。娜佳跳下床来,连忙跑到母亲那儿去。尼娜·伊万诺芙娜,泪痕满面,躺在床上,盖着浅蓝色的被子,手里拿着一本书。

"妈妈,你听我说!"娜佳说,"我求求你,好好想一想,你就会明白了!你只要明白我们的生活多么琐碎无聊,多么有失尊严就好了。我的眼睛睁开了,现在我全看明白了。你那个安德烈·安德烈伊奇是个什么样的人?要知道,他并不聪明,妈妈!主啊,我的上帝!你要明白,妈妈,他愚蠢!"

尼娜·伊万诺芙娜猛的坐起来。

"你和你的祖母都折磨我!"她说,哽咽一声,"我要生活!生活!"她反复说着,两次举起拳头捶胸口,"给我自由!我还年轻,我要生活,你们却把我磨成了老太婆!……"

她哀哀地哭起来,躺下去,在被子底下蜷起身子,显得那么弱小,那么可怜,那么愚蠢。娜佳走回自己的房间,穿好衣服,靠窗口坐下,静等天亮。她通宵坐着,想心事,外面不知什么人老是敲打护窗板,发出呼啸声。

到早晨,奶奶抱怨说,一夜之间风吹掉了花园里所有的苹果,吹断一棵老李树。天色灰蒙蒙,阴惨惨,凄凉,使人想点起灯来。人人抱怨冷,雨抽打着窗子。喝完茶以后,娜佳走进萨沙的房间,一句话也没说,就在墙角一把圈椅前面跪下来,双手蒙住脸。

"怎么了?"萨沙问。

"我忍不下去了……"她说,"以前我怎么能一直在这儿生活下来的,我真不懂,我想不通!现在我看不起我的未婚夫,看不起我自己,看不起整个这种游手好闲、没有意义的生活。"

"得了,得了……"萨沙说,还没听懂这是怎么回事,"还没什么……这挺好。"

"我讨厌这种生活了,"娜佳接着说,"我在这儿连一天也过不下去了。明天我就离开这儿。看在上帝面上,带我一块儿走吧!"

萨沙惊愕地瞧了她一分钟。临了,他明白过来了,高兴得跟小孩一样。他挥舞胳膊,鞋踏起拍子来,仿佛高兴得在跳舞似的。

"妙极了!"他说,搓一搓手,"上帝啊,这多么好!"

她抬起充满爱慕的大眼睛一眨也不眨地瞧着他,仿佛中了魔似的,等着他马上对她说出什么精辟的、有无限重大意义的话来。他还什么话也没跟她讲,可是她已经觉着她的面前展开了一种新的、广大的、这以前她一直不知道的东西,她已经充满期望地凝神望着它,做了一切准备,甚至不惜一死了。

"我明天走,"他想了一想,说,"您到车站来送我好了……我把您的行李装在我的皮箱里面,我替您买好车票。等到第三遍铃响,您就上车,我们就走了。您把我送到莫斯科,然后您一个人到彼得堡去。您有身份证吗?"

"有。"

449

"我向您发誓,您不会后悔,不会遗憾的,"萨沙热情地说,"您走吧,您去念书吧,然后听凭命运把您带到什么地方去。您把您的生活翻转过来,那就一切都会改变了。主要的是把生活翻转过来,其余的一切都不关紧要。那么明天我们真走了?"

"噢,是啊!看在上帝分上吧!"

娜佳觉得很激动,心头从来没有这么沉重过,觉得她一定会在痛苦中,在苦恼的思索里打发掉她行前的这一段时间,可是她刚刚走上楼去,回到自己的房间,在床上躺下,就立刻睡着了,脸上带着泪痕和笑容,沉酣地一直睡到傍晚。

五

出租马车雇来了。娜佳已经戴上帽子,穿好大衣,这时候就走上楼去再看一眼她的母亲,再看一下她所有的东西。她在自己的房间里挨着那张仍有余温的床站着,往四下里瞧一遍,然后轻轻地走到她母亲的房间里去。尼娜·伊万诺芙娜在睡觉,房间里很静。娜佳吻了吻她的母亲,理一理她的头发,站了两分钟光景……然后她不慌不忙地走下楼去。

外面雨下得很大。出租马车支起车篷停在门口,上下都淋湿了。

"车上坐了他,就没有你的位子了,娜佳,"祖母说,这时候女佣人开始把手提箱搬上车去,"遇到这种天气还要去给他送行,这是何苦!你还是待在家里的好。瞧,雨下得好大!"

娜佳想要说一句什么话,可是说不出来。这时候萨沙扶娜佳上车,用毯子盖好她的腿。然后在她的旁边坐下。

"一路平安!求上帝赐福给你!"祖母站在台阶上喊道,"你,萨莎,到了莫斯科要给我们写信来啊!"

"好,再见,奶奶!"

"求圣母保佑你!"

"唉,这天气!"萨沙说。

直到这时候,娜佳才哭起来。现在她才明白她确实走定了,先前她对奶奶告辞,她瞧着母亲的时候,还不相信真正会走。别了,这个城!她忽然想起一切:安德烈啊,他的父亲啊,新房子啊,裸体女人和花瓶啊,所有这些东西不再惊吓她,也不再压着她的心,却显得幼稚渺小,不住地往后退,越退越远。等到他们在车厢里坐定,火车开动,那整个极其巨大严肃的过去,就缩成了一小团,同时这以前她不大留意的那个广大宽阔的未来,却铺展开来。雨点抽打车窗,从窗子里望出去只看见碧绿的田野,电线杆子和电线上的鸟儿纷纷闪过去。欢乐忽然使她透不出气来:她想起她在走向自由,去念书,这就跟许多年前大家所说的"出外做自由的哥萨克"一样。一时间,她又笑,又哭,又祷告。

"没关系,"萨沙得意地微笑着说,"没关系!"

六

秋天过去了,冬天跟着也过去了。娜佳已经非常想家,天天惦记母亲和祖母。她也想念萨沙。家里的来信,口气平静,和善,仿佛一切已经得到原谅,被人忘掉了似的。五月间,考试完结以后,她动身回家去,身体很好,兴致很高,她中途在莫斯科下车,去看萨沙。他跟去年夏天一模一样,仍旧一脸的胡子,一头散乱的头发,仍旧穿着那件常礼服和帆布裤子,眼睛也仍旧又大又美,可是他的外表看上去不健康,疲惫不堪,他又老又瘦,不断地咳嗽。不知什么缘故,娜佳觉得他又灰色又土气。

"我的上帝啊,娜佳来了!"他说,快活地笑起来,"我的亲人,

451

好姑娘!"

他们在石印工厂里坐了一会儿,那儿满是纸烟的气味,油墨和颜料的气味,浓得闷人。后来他们到他的房间里去,那儿也有烟气和痰的气味。桌上,在一个冰冷的茶炊旁边摆着一个破碟子,上面盖着一小块黑纸,桌上和地板上有许多死苍蝇。处处都表现萨沙把自己的私生活安排得马马虎虎,随遇而安,十分看不起舒适。要是谁跟他谈起他的个人幸福,谈起他的私生活,谈起对他的热爱,他就会一点也不了解,反倒笑起来。

"挺好,样样事情都顺当,"娜佳匆匆忙忙地说,"去年秋天,妈妈到彼得堡来看过我。她说奶奶没生气,只是常常走进我的房间,在墙上画十字。"

萨沙显得很高兴,可是不断地咳嗽,讲起话来声音嘶哑。娜佳一直仔细瞧着他,不能够断定究竟他真的病得很重呢,还是只不过她觉得如此。

"萨沙,我亲爱的,"她说,"要知道,您病了!"

"不,挺好。病是有病,可是不很重……"

"唉,我的上帝!"娜佳激动地叫道,"为什么您不去看病?为什么您不保重您的身体?我宝贵的,亲爱的萨沙。"她说,眼泪从她眼睛里流出来,而且不知什么缘故,在她的想象里浮起来安德烈·安德烈伊奇、那裸体女人和花瓶、现在显得跟童年一样遥远的她那整个过去。她哭起来,因为在她眼里,萨沙不再像去年那么新奇、有见识、有趣了,"亲爱的萨沙,您病得很重很重了。我不知道该做些什么事才能够让您不这么苍白,消瘦。我欠着您那么多的情!您再也想不出来您帮了我多大的忙,我的好萨沙!实际上,您现在是我顶亲切顶贴近的人了。"

他们坐着谈了一阵话。现在,娜佳在彼得堡过了整整一个冬天以后,萨沙,他的话语、他的微笑、他的整个体态,在她看来,成了一种过时的、旧式的、早已活到头、或许已经埋进坟墓里的东西了。

"后天我就要到伏尔加河去旅行,"萨沙说,"喏,然后去喝马乳酒①。我很想喝马乳酒。有一个朋友和他的太太跟我一块儿走。他太太是个了不起的人,我老是怂恿她,劝她出外念书。我要她把她的生活翻转过来。"

他们谈了一阵,就坐车到车站去。萨沙请她喝茶,吃苹果。火车开动了,他向她微笑,挥动手绢,就是从他的腿也看得出来他病得很重,未必会活得很久了。

中午娜佳到了她家乡的那座城。她从车站坐着马车回家,觉着街道很宽,房子又小又扁,街上没有人,她只遇见那个穿着棕色大衣的、德国籍的钢琴调音技师。所有的房子都好像盖满了灰尘。祖母已经十分苍老,仍旧肥胖、相貌难看,她伸出胳膊搂住娜佳,把脸放在娜佳的肩膀上,哭了很久,不能开。尼娜·伊万诺芙娜也老多了,丑多了,仿佛周身消瘦了,可是仍旧像以前那样束紧腰身,钻石戒指仍在她手指头上发亮。

"我的宝贝儿!"她说,周身发抖,"我的宝贝儿!"

然后她们坐下来,哭着,说不出话来。看得出来,祖母和母亲分明体会到过去已经完了,从此不会回来了:她们在社会上已经没有地位,没有从前那样的荣耀,也没有权利请客了,这就如同在轻松的、无忧无虑的生活中,半夜里忽然跑进警察来,大搜一通,原来这家的主人盗用公款或者铸造伪币,于是那轻松的、无忧无虑的生活从此完结了一样!

娜佳走上楼去,看见先前那张床,先前那些挂着素白窗帘的窗子,窗外也仍旧是那个花园,浸沉在阳光里面,充满欢乐,鸟语声喧。她摸一摸自己的桌子,坐下来,思索着。她吃了一顿好饭,喝

---

① 马乳酒有医疗肺结核的功效。

茶时候吃了些可口的、油腻的鲜奶油。可是总好像缺了点什么,使人觉着房间里空荡荡,天花板低矮。傍晚,她上床睡觉,盖好被子,不知什么缘故,她觉着躺在这暖和的、很软的床上有点可笑。

尼娜·伊万诺芙娜走进来待了一会儿,她坐下,就跟有罪的人一样,畏畏缩缩,小心谨慎。

"嗯,怎么样,娜佳?"她停了一停,问道,"你满意吗?完全满意吗?"

"满意,妈妈。"

尼娜·伊万诺芙娜站起来,在娜佳的身上和窗子上画十字。

"你看得明白,我开始信教了,"她说,"你要知道,现在我在研究哲学,我老是想啊想的……现在有许多事情在我已经变得跟白昼一样豁亮了。首先我觉着整个生活应当如同透过三棱镜那样地度过去。"

"告诉我,妈妈,祖母的身体怎么样?"

"她好像挺好。那回你跟萨沙一块儿走后,你打来了电报,祖母看完电报,当场就晕倒了。她躺在床上一连三天没动弹。这以后她老是祷告上帝,老是哭。可是现在她好了。"

她站起来,在房间里走来走去。

"滴克搭克……"守夜人打更,"滴克搭克,滴克搭克……"

"首先,整个生活应当如同透过三棱镜那样度过去,"她说,"换句话说,那就是,在我们的意识里,生活应当分析成最单纯的因素,就跟分成七种原色一样,每个因素都得分别加以研究。"

尼娜·伊万诺芙娜后来又说了些什么,什么时候走的,娜佳都没听见,因为她很快就睡着了。

五月过去,六月来了。娜佳在家里已经住惯。祖母忙着张罗茶炊,深深地叹气。每到傍晚,尼娜·伊万诺芙娜就讲她的哲学,她仍旧像食客那样住在这所房子里,哪怕花一个小钱也要向祖母要。家里有许多苍蝇,房间里的天花板好像越来越低了。祖母和尼娜·伊万诺芙娜不出门上街,因为害怕遇见安德烈神甫和安德烈·安德烈伊奇。娜佳在花园里和街道上蹓跶,瞧那些房屋和灰色的围墙,她觉得这城里样样东西都早已老了,过时了,只不过在等着结束,或者在等着一种年轻的、新鲜的东西开始罢了。啊,只求那种光明的新生活快点来才好,到那时候人就可以勇敢而直率地面对自己的命运,觉着自己对,心情愉快,自由自在!这样的生活早晚会来!眼前,虽然奶奶的家里搞成这样:四个女仆没有别的地方可住,只能挤在一个房间里,住在地下室里,住在肮脏的地方,可是总有一天,那个时代一到来,这所房子就会片瓦无存,被人忘掉,谁也想不起它来……给娜佳解闷的只有邻居院里几个顽皮的男孩。她在花园里走来走去的时候,他们敲着篱墙,笑着讥诮她说:

"新娘哟! 新娘哟!"

萨沙从萨拉托夫①寄来一封信。他用快活而歪歪扭扭的笔迹写道,他在伏尔加河的旅行十分圆满,可是他在萨拉托夫害了点小病,喉咙哑了,已经在医院里躺了两个星期。她知道这是怎么回事,她的心里充满一种近似信念的兆头。她感到不愉快,因为不管这兆头也好,想到萨沙也好,都不像从前那样激动了。她热切地要生活,要回彼得堡。她和萨沙的交往固然是亲切的,可是毕竟遥远了,遥远地过去了! 她通宵没睡,早晨坐在窗口,听着。她也真听见了楼下的说话声音,惊慌不安的祖母正在着急地问一件什么事。随后有人哭起来……等到娜佳走下楼去,祖母正站在墙角,在圣像面前祷告,满脸泪痕。桌子上放着一封电报。

娜佳在房间里来来去去走了很久,听着祖母哭,然后拿起电报

---

① 欧俄东部伏尔加河流域的一个城名。

读了一遍。电报上通知说亚历山大·季莫费伊奇,或者,简单一点,萨沙,昨天早晨已经在萨拉托夫害肺痨病去世了。

祖母和尼娜·伊万诺芙娜到教堂去布置安魂祭,娜佳呢,仍旧在房间里走了很久,思索着。她看得很清楚:她的生活已经照萨沙所希望的那样翻转过来,现在她在这儿变得孤单,生疏,谁也不需要她,这儿的一切她也不需要,整个的过去已经跟她割断,消灭,好像已经烧掉,连灰烬也给风吹散了似的。她走进萨沙的房间,在那儿站了一会儿。

"别了,亲爱的萨沙!"她想,这时在她面前现出一种宽广辽阔的新生活,那种生活虽然还朦朦胧胧,充满神秘,却在吸引她,召唤她。

她走上楼去,回到自己的房间里收拾行李,第二天早晨向家人告辞,生气蓬勃、满心快活地离开了这个城,她觉得,她从此再也不会回来了。

题　　解

《我的一生》

一个内地人的故事

　　最初发表在一八九六年十月号、十一月号、十二月号《田地》杂志的《每月文学附刊》上，原有副标题《安东·契诃夫的中篇小说》。

　　一八九七年该小说由契诃夫更换副标题，大加修改，重新划分章节后，收入他的专集《小说。一，农民。二，我的一生》，由苏沃陵在彼得堡出版，在该书以后的各次版本中未作任何改动，但自第四版起书名改为《农民与我的一生》，该书于一八九九年出了最后一版——第七版。

　　后来，该小说经契诃夫再次稍作修改和删削后，收入契诃夫自编的文集第九卷。

　　现在保存着《田地·每月文学附刊》一八九六年十一月的校样，其中有两处增补，和作者在页边所作的修改，主要的是恢复手稿上由书报检查机关所作的删节，关于这一点，契诃夫曾于一八九六年十二月二十四日给朋友乌卡的信上提到过，这封信跟小说校样一起保存下来。由作者在校样上所作的修改几乎完全收入小说单行本和作者文集，只是文字稍有不同而已。

　　契诃夫为出版单行本而修改小说时并不限于恢复书报检查官

的删节。他还将小说第十章、第十二章、第十五章分别拆成两章，并将原文大加删削和改动。例如，原来有些句子实际上在叙事方面和描绘形象方面并没有增添什么新的特点，在"叶连娜·尼基佛罗芙娜开始跟邻居吵架，打起官司来。管家和工人应得的钱她总不肯付足"后面，原有下列一段："当时有人散布流言，说她每天夜里都穿一身白衣服，而且有一条蛇常从坟墓里飞快地爬到她跟前来。村子里的人，不管她出多少钱，再也不肯在她家干活了。至于外来的人，她又不肯雇用，生怕他们抢劫她的家财，于是土地就这样闲置着，没人种，就连租种土地的人也一个都没有，因为将军夫人要价很高，而对方愿意出的租金，她认为太少。近来，切普拉科娃家的人还在跟外人打官司，已经露出极度衰败的地主家境况，只雇用一个短工和一个厨娘了。"又如，在"我老是觉得好像我做错了事似的"后面，删去如下一段："'不，'她悲伤地继续说，'我生到人间来不是为过自由生活的，尽管您招引我到外面的自由天地中去，却总有一种力量把我拖回笼子里来。'不过现在，我只有在傍晚干完活以后，肚子非常饿，困得想睡觉的时候才听到这些话。"

作者加强了对人物性格描写的讽刺意味。例如，关于阿若京家的人原有这样的描写："……经常做点具有慈善性质的事情，例如演剧、朗诵、唱歌等，而这一切做得有点笨拙，没有欢快，带着一本正经的样子……"后来改成："……经常为慈善事业出点力，例如演戏、朗诵、唱歌等。她们都很严肃，从不嬉笑，甚至在演出带歌唱的轻松喜剧的时候也没有现出丝毫快活的样子，而是做出一本正经的脸色。"

与杂志上的原文相比，这篇小说在单行本和文集中的定稿加强了描绘的深度，批评社会秩序的勇气和语调的尖锐性。例如，杂志上的原文是："……这对我来说永远是个捉摸不透的谜。我也不明白我们所谓的社会活动,自治权等等都是什么意思。"后来作者改成:"这对我来说永远是个猜不透的谜。至于这些人在怎样生活,说来真叫人难为情!没有公园,没有剧院,没有像样的乐队。市立图书馆和俱乐部的图书馆只有犹太籍的少年才去,因此杂志和新书放在那儿,一连好几个月没有人去裁开书页。有钱的和有知识的人睡在又窄又闷的卧室里,躺在满是臭虫的木床上。孩子们住在脏得使人恶心的房间里,还美其名曰'儿童室'。至于仆人,哪怕是年纪大的老仆人,也睡在厨房的地板上,盖着破被子。在平常日子,屋子里有红甜菜汤的气味,到持斋的日子就有用葵花子油煎的鲟鱼的气味。他们吃没有滋味的菜,喝不卫生的水。"又如,小说原文"……监督司祭向下面的教士和教堂长老索取贿赂……"后来改成"在招募新兵时期就连医生也接受贿赂。本城的医生和兽医向肉铺和酒馆要钱。县立学校出售三等优惠证书。监督司祭向下面的教士和教堂长老索取贿赂。……"

在米赛尔和他父亲谈话的场面当中大大加强和突出了这个城市的特点和它的风气。原文是这样开始的:

"'这是你的错!'

"'好,就算我处处都错了,'我说,'可是您的生活为什么这样乏味……'"

小说在收入文集时,作者对这个场景作了大的改动(请参看第十九章从"'这是你的错,混蛋!'"起,到"'……即使它忽然陷进地底下去,谁也不会觉得可惜。'"为止)。

这个中篇小说契诃夫是在一八九六年二月开始写作的(请参看《田地》杂志主编季洪诺夫一八九六年三月二十五日写给契诃夫的信)。同年四月八日契诃夫写信告诉他的朋友波塔片科说:"我正在为《田地》杂志写一个长篇小说。"同年四月二十七日契诃夫写信给季洪诺夫说:"我为《田地》杂志写的一篇小说快要写完第二印张了。小说的题名大概是《我的婚姻》……这一点我还说不准……题材是内地知识分子的生活。"季洪诺夫要求契诃夫六月间把小说寄去,为此契诃夫六月六日给他回信说:"我没有答复您的信……因为我原打算不久就把手稿给您寄去。我希望您在八月一日以前读完我的小说。可是我觉得,它可能由于书报检查的缘故而不适合刊登在《田地》上,要是您也认为如此,而且把小说退还给我,那么秋天以前我会为您另外写一篇东西。由于各种原因,我已经有两个星期没有坐下写东西了,您最近这封信催我交稿,于是今天我动手写小说,极力想在您动身以前写完。要不然,也许可以这样办:为了让您了解小说的内容,先把已经写完的前一半寄给您看看,可好?根据这部分稿子,您可以判断书报检查机关是否通得过,等等。"契诃夫得到季洪诺夫同意后,于一八九六年六月十六日把一部分小说手稿寄给他,同时表示担心,不知能否在六月底以前写完这篇小说。他写道:"这不是手稿的一半,而只是开头的三分之一。凡是我来得及抄好的,现在我都寄给您了。小说的题名未定。《我的婚姻》这个题名我已经不喜欢了。……请将我的手稿退还给我。其中有许多地方必须修改,因为这还不能算是中篇小说,只不过是粗粗搭成的架子罢了,在造好这个建筑物以前,我还得修饰和油漆一番。"季洪诺夫收到契诃夫寄来的一部分手稿后,在六月二十一日写给契诃夫的信上告诉他说:"我在开头的三分之一手稿中,还没看出有什么地方会在书报检查机关遇到很大的障碍,也没看出有什么地方在万不得已需要改动时会损害作品的艺术完整性。"他仅仅建议,为了避免书报检查机关的干扰,还是把手稿里的一句话"她挤眉弄眼,模仿省长的样子"删掉为好。

这个中篇小说在一八九六年七月底完稿。八月二日,契诃夫写信告诉季洪诺夫说:"我现在要为您效劳了。请问,我该把稿子寄到哪儿去:寄到尼古拉耶夫斯克呢,还是寄给编辑部?"契诃夫没有等到回音,"为了避免浪费时间",便于八月十日把手稿和一封信寄给杂志编辑部。他在信上写道:"最后一章像是一条秃尾巴,我会在校样上修饰一下,润色一下。我总是在校样上把结尾改好。……可是,万一这一次您认为这个中篇小说对《田地》来说过于阴暗,不合书报检查机关的要求,一句话,由于某种原因不适合刊登,那就请您马上把它寄给《俄罗斯思想》编辑部,以便转交给我。"《田地》编辑部收到这个中篇小说后,立刻将它发排。九月一日,季洪诺夫把第一批校样寄给契诃夫,季洪诺夫在校样上作了一些改动,请求契诃夫同意。在这封信上,季洪诺夫还请求契诃夫把这个中篇小说的全文分别发表在下述各期杂志上:前五章发表在十月号上,第六章到第十一章发表在十一月号上,第十二章到第十七章发表在十二月号上。他解释说:"事情是这样,前五章在书报检查官那里会通过的,不致遭到刁难,然后下一期以及最后一期就会比较容易通过。可是第六章有理论上的探讨,让书报检查官一下子碰上,他就会犹豫起来,而这是不利的。况且,我们常打交道的书报检查官现在正休假,眼下替代他的那个人比较胆小。"

一八九六年十月八日,季洪诺夫收到书报检查官审查过的小说校样,第二天在写给作者的信上说:"我恰好在昨天收到经书报检查官审查并删削过的您的小说的校样。兹随信附上被书报检查官删掉的那些文字的抄件。……我觉得这些删削是可以容忍的。以前我担心那个有省长的场面会通不过,然而那些地方倒留下来,安然无恙。这些删节,读者不会发现,将来出单行本的时候,谁也不会拦阻您恢复原样。"十月二十一日,契诃夫在回信中告诉他说:"我已经把'教士'这两个字改成'伪君子'了,因此我想书报检查官什么也不会删掉,一切都会顺顺当当了。"在后来的单行本里,"教士"两个字又恢复了(请参看本书第97页米赛尔的话)。

461

可是根据十月三十一日季洪诺夫写给契诃夫的信来看,这个中篇小说的最后几章曾遭到书报检查官的刁难。十一月四日,季洪诺夫把第十九章中经书报检查官改动的校样剪下来,寄给契诃夫。季洪诺夫在信上写道:"这一回我在书报检查机关费尽唇舌,却没成功,因此情况不妙。"十一月七日,契诃夫从梅里霍沃写回信说:"我信任您的决定,就照您的主意排印吧。……书报检查官的删节叫人遗憾,而且十分遗憾,以致我想把我参加《田地》的初次经验叫作失败的经验。那些删节尤其令人遗憾的是,我不能把《我的一生》印成单行本,因为您的办公室曾经寄给我一份合同,根据合同的规定,我不能在一八九八年一月以前把这个中篇小说另印单行本。"

在季洪诺夫和契诃夫的来往信件中还谈到这个中篇小说的题名。一八九六年九月八日季洪诺夫打电报问起小说的题名,契诃夫在九月十三日回答说:"我已经给您打过一个电报,为我的中篇小说取名《我的一生》。可是我觉得这个名字惹人讨厌,特别是'我的'这两个字。也许《在九十年代》更好些?这是我生平第一次体验到取名有这样艰难。"九月十九日,季洪诺夫在写给契诃夫的信上要求他给这个中篇小说保留《我的一生》这个题名,他写道:"我不知道您为什么那样不喜欢《我的一生》这个题名。我倒喜欢它,因为它朴素。固然,它没有使人对小说的内容有个确切的概念,然而跟它的风格,跟它用以写成的文体却是惊人地协调的。至于《在九十年代》这个题名,正好相反,我倒觉得矫揉造作,比较适合历史小说。"由于杂志主编的请求,契诃夫留下题名《我的一生》,他在九月二十四日写给季洪诺夫的信上说:"既然您喜欢《我的一生》这个题名,那就让它留下吧。"

这个中篇小说在杂志上发表的时候,契诃夫已经准备为它出单行本了。一八九六年十一月二日他写信给苏沃陵说:"随信附上稿子一份,供出版新书用……我寄给您的是正在《田地》杂志上刊登的中篇小说。这个中篇小说……一直到十二月中旬才能登完,因此这本书只得慢慢地排印,就跟喝汤的时候每隔一个钟头才喝一勺似的。"在这封信之后,契诃夫紧接着于十一月八日写信通知说,关于这个中篇小说排印成书的事只好推迟整整一年:"事情是这样,玛尔克斯①曾经寄给我一份合同要我签字,按照合同的规定,我必须在《田地》杂志刊完小说一年以后才能另出单行本。……这个合同我并没有签字,可是《田地》杂志既然有这样的规定,那还值得以卵击石吗?可是书报检查官对我这个中篇小说干了些什么呀!真可怕,真可怕!这个中篇小说的结尾变成沙漠一样了。"十一月七日,契诃夫在写给俄国文学家戈尔采夫的信上也提到书报检查官的删节:"检查官砍掉了四五个地方,弄得那些地方莫名其妙了。"十一月九日,契诃夫在写给托尔斯泰的信上又说:"我对它(即《我的一生》)感到厌恶,因为它有许多地方被书报检查官砍过,变得面目全非了。"十一月二十日,契诃夫在写给俄国作家列依金的信上也谈到这件事。一八九七年十一月七日,契诃夫在写给俄国文学家韦切斯洛夫的信上有趣地承认道:"这个中篇小说即使全部②发表出来,也必定会给人留下残缺不全的印象,因为当初我写它的时候,一分钟也没忘记我是在给一个受检查的杂志写作。"

根据俄国作家谢苗诺夫的报道,托尔斯泰"认为契诃夫的这篇小说男主人公的原型是颇有声望的、主张生活平民化的维亚泽姆斯基公爵,有一个时期,报刊上曾对他议论纷纷"。契诃夫的小弟米哈依尔·巴甫洛维奇在他的回忆录《安东·契诃夫和他的题

---

① 俄国出版商,合同指他收购契诃夫的一切作品,并请契诃夫自编文集。
② 原文为拉丁语。

材》中写道,《我的一生》中有很多地方写的完全是在契诃夫的故乡塔甘罗格发生的事。例如,安东·巴甫洛维奇通过卡尔波芙娜和普罗科菲"活灵活现"地绘出他的姨妈费多西雅·雅科甫列芙娜和卖肉人普罗科菲,她在他家租住一个房间。卖肉人的话——"妈,我要待您厚道。在这人世间的苦难中我要养活您,等您死了,我出钱给您办丧事"——都是普罗科菲的原话。米哈依尔·契诃夫接着回忆道:"在小说结尾安东·巴甫洛维奇写道,普罗科菲'坐在自己的肉铺里,数落医生们的不是,因而被官府用树条抽打了一顿'。这样的事确实发生过,然而不是发生在塔甘罗格,而是发生在下诺夫哥罗德,当时霍乱流行,著名的总督巴拉诺夫正在那儿独断独行。……我记得,当时这件事使安东·巴甫洛维奇十分愤慨。"米哈依尔·契诃夫还报道了一个有趣的细节:"安东·巴甫洛维奇有一次跟他的叔叔米特罗方·叶果罗维奇一块儿坐在剧院的顶层楼座上观看《妈妈的小儿子》。叔叔笑得流出眼泪,反复说道:'他怎么会有那么大的本领,把这些东西安排得那么合适!''他'这个字指的是剧作者。安东·巴甫洛维奇把这句话放在他的中篇小说《我的一生》中,借萝卜的口说出来。"

一八九七年一月一日,这个中篇小说在杂志上全部登完后,俄国作家谢格洛夫在写给契诃夫的信上说:"我以《田地》杂志读者的身份非常感谢您那(在各方面)都卓越的小说《我的一生》。这才是真正的文学!"后来在一九○五年七月《田地》杂志第七期上,谢格洛夫发表了有关契诃夫的回忆录,其中重又提到这个中篇小说,他写道:"我把他的中篇小说《我的一生》读了一遍……被它的艺术美迷住了。尽管批评家们带着侮辱性的态度对这个中篇小说不加评论,然而在这个中篇小说里契诃夫却显出他是真正的语言大师。契诃夫,作为文体学家,可以跟屠格涅夫媲美。"

一九○二年十月二十日,俄国文学家苏列尔日茨基在写给契诃夫的信上热情地评价这个中篇小说,他写道:"我的第二件乐事,就是阅读您的《我的一生》,至今,我读着它就不能不流泪。我和我的妻子一再重读它,没完没了,将来恐怕永远会这样读下去。我不知道怎么会这样,不过我觉得,这是您最好的作品。公众还没有认清它的价值。"俄国画家列宾读完苏沃陵出版的这个中篇小说单行本以后,在一八九七年十二月十三日写信给契诃夫说:"《我的一生》确实打动我的心,给我留下深刻的印象。多么朴素,多么有力,多么出人意料。这灰色的日常生活情调,这平淡无奇的人生观却被描绘得那么新颖、动人。整个这篇故事那么接近人的心灵!小说中的人物变成我们的亲人,使我们心酸得流泪。……这是多么新颖!多么别致!而且什么样的文字啊!跟《圣经》的文字差不多。"一八九七年十一月十八日,俄国文学家马拉费耶夫在写给契诃夫的信上提到中篇小说《我的一生》时写道:"您在远离一切思想新潮流的穷乡僻壤发现的那个探索的灵魂所经受的苦闷比任何社会改造计划更能使人相信,光明的未来已经'近在眼前'了。"

俄国批评界对《我的一生》未加评论,保持沉默。后来,谢格洛夫在一九一〇年一月十六日《交易所新闻》上发表的《不理解的遗憾》一文中回忆道,当时报刊对这个中篇所采取的"带有侮辱性的轻视态度"对契诃夫起了"打击的作用,要不是我们在梅里霍沃偶然谈了一次话①,《我的一生》也许会遭到像契诃夫的小说《灯光》那样的命运,大家知道,那篇小说被契诃夫从他所编的全集中删掉了。……"

直到这个中篇小说出版单行本的时候,才有资产阶级自由派批评家写出几篇论文加以评论,然而对这个中篇小说的巨大思想

---

① 指1897年4月30日的谈话。

内容没有做出正确的评价。例如，批评家斯卡比切夫斯基在一八九七年一月的《新言论》四月号上发表文章，认为这个中篇的基本含义就是捍卫托尔斯泰的平民化的主张，不过，他本人是反对这种主张的，因此，他认为，《我的一生》给人留下不愉快的印象。他没有注意到这个中篇小说的整个倾向是跟托尔斯泰关于平民化的说教明显地对立的。

俄国批评家包格丹诺维奇在《世界》一八九七年第十二期上发表的文章对《我的一生》的评价较为公正。他写道："如果我们把契诃夫先生算作平民化主张的宣传者，那我们就会大失所望。大概正好相反，整个这部中篇小说似乎证明这种对待生活的哲学是不合用的。"不过，包格丹诺维奇十分片面地读了这篇小说。他只认为契诃夫是个"消沉的"、"阴暗的"情绪的"极好的表达者"。

俄国批评家阿布拉莫夫在一八九八年六月《周报增刊》第六期上发表文章说："《我的一生》里描写的是……我们全俄罗斯的生活，这种生活充满不可思议的小事，谁也不知道为什么让这些小事毒害我们的生活，因而弄得我们每个人都大倒其霉。"同时，这个批评家又指出契诃夫这样的作家具有重大的社会意义，他们负有使命"唤醒我们的思想，使它考察和评价现实生活现象，从而促使我们有意识地对待这些生活现象。……"

《农民》

最初发表在一八九七年四月号的《俄罗斯思想》杂志第四期上。

一八九七年，契诃夫对该小说的第九章作了修改和补充后，由苏沃陵在彼得堡印成单行本出版，书名《小说。一，农民。二，我的一生》。

后来，该小说经作者稍加修改后，收入他自编的文集第九卷。

一八九七年一月一日,契诃夫从梅里霍沃给俄国女作家沙芙罗娃的信中谈到他在创作《农民》,他写道:"我忙得很,忙得不可开交,写啊,删啊,写啊,删啊。……"至于该小说是在哪年哪月开始写作的,已经没有确切的资料可查,然而可以查实的是该小说完成于一八九七年二月底。同年三月一日,契诃夫写信告诉苏沃陵说:"我不走运。我已经写完一篇有关农民生活的小说,可是据说它不合乎书报检查官的口味,得删掉一半。"根据契诃夫一八九七年三月十五日和十八日写给戈尔采夫的信来看,该小说是在三月十五日和十八日之间由作者寄出的。

《俄罗斯思想》杂志一八九七年第四期印出后,四月二日,交书报检查官索科洛夫审阅,他在同一天将"报告"送交莫斯科书报检查委员会,内容如下:"在《俄罗斯思想》杂志第四期的前半部,契诃夫的作品《农民》在书报检查方面应受到特别注意。在那篇作品当中,乡村中农民们的处境描写得过于阴暗。他们在一年当中不断地劳动,从清晨忙到深夜,家人们也是如此,根本顾不上休息,然而为家庭储备的粮食却连半年也不够吃。因此,他们半饥半饱,同时他们又几乎普遍酗酒。为了酗酒,他们什么也不顾,就连身上的衣服也卖掉。……他们本来就孤立无援,现在还要交税,特别感到苦恼,各种税款分外沉重地压在农民一家的肩上。农民,或者更加确切地说,他们的家庭,这种悲惨的境况是什么原因造成的呢?是无知。农民似乎大多不信上帝,对待宗教是盲目的。农民渴望光明和知识,可是他们自己找不到,因为他们当中只有很少的人学会识字。大多数人似乎根本不懂。……"紧接着,索科洛夫引证小说中的话说:"'再者,那些爱财的、贪心的、放荡的、懒惰的人(例如各式各样的官员和教士……)到村子里来只是为了欺压农民,掠夺农民,吓唬农民罢了,哪儿还会帮助农民呢?……'"接着,书报检查官继续写道:"是的,现在,按契诃夫的小说看来,农民孤立无援,酗酒。可是以前呢,'十五年到二十年以前,'……每一个农民'看来……心里好像都藏着一份秘密,仿佛他知道什么,正在盼着什么似的。'那时候农民'谈盖有金印的圣旨,谈土地的划分,谈新土地,谈埋藏着的财宝,总之,他们的话里暗示着什么。现在呢,……只能谈贫穷'……当前他们的地位比农奴时代更糟。那时候他们至少可以吃饱肚子。现在呢,他们只有遭掠夺和挨打的份儿了。"

四月三日,书报检查官索科洛夫向莫斯科书报检查委员会提出第二份"报告",也是关于《农民》的,报告性质与第一份相似。上面根据两个报告做出批示:"删掉契诃夫的第一百九十三页,如不同意,即予查禁。"《俄罗斯思想》第四期的第一百九十三页被剪去。同年,在苏沃陵出版的单行本上,契诃夫得以把第九章中由书报检查机关删节的那些行,从"她想起他们怎样抬走尼古拉"起,到"现在,她可怜所有这些人,为他们难过。她一边走,一边老是回头去瞧那些小木屋"止,重新加上。如果把这次增补的字句和书报检查官索科洛夫报告中的引文比较一下,就可以确定,契诃夫在恢复书报检查官删去的字句时,曾作过部分的修改。

后来,俄国文学家巴丘什科夫写信给契诃夫,转达法国翻译家罗什在翻译契诃夫作品时提出的请求,契诃夫在一九〇〇年一月二十四日写给巴丘什科夫的信上说:"罗什要求把《农民》中被书报检查官删掉的章节寄给他。可是那样的章节是没有的。倒是有整整的一章既没登在杂志上,也没收进单行本。这就是农民关于宗教和当局所讲的话。然而没有必要把这一章寄到巴黎去,就跟根本没有必要把《农民》译成法文一样。"契诃夫在信里提到的这一章,至今没有找到。

由罗什翻译的小说《农民》的法译文最初发表在一八九七年九月的双周刊《半月》上。一九〇一年,该小说的法译本在巴黎出版,附有列宾的插图,该插图是罗什本人请求画家列宾画的。插图的原稿按列宾的请求转交契诃夫,契诃夫则把它寄给了塔甘罗格图书馆。

小说《农民》的未完成的续篇,第十章和第十一章的作者手稿至今保存完好。这两章刊载在一九四八年出版的《契诃夫著作和书信全集》第九卷上。此外,在契诃夫的《札记簿》上,在其他零星的纸张上,写着许多有关这篇小说的笔记,作者只使用了其中的一部分。

一八九七年四月二日,契诃夫在写给大哥亚历山大·巴甫洛维奇的信上说:"《俄罗斯思想》四月号上即将发表我的一个中篇小说,其中(部分地)描写了梅里霍沃发生的火灾,那正是一八九五年你来梅里霍沃小住的时候。"在《田地》杂志一九一一年第二十六期上,亚历山大·巴甫洛维奇著文比较详尽地回忆那次火灾的情形。

拉德任斯基在回忆录中讲到他参加过梅里霍沃新学校成立时的宗教仪式,当时契诃夫是学校的督学,要他注意当地的一个农民,这人就是《农民》中村长的原型。

一八九九年六月二十六日,契诃夫写信给苏沃陵,提到梅里霍沃在他的创作中的重要性时,把这篇小说和对梅里霍沃的印象相联系:"在小说方面,我写完《农民》以后,梅里霍沃再也没有什么可写的,对我来说失去价值了。"

关于梅里霍沃在契诃夫文学工作中的重要性,契诃夫的小弟米哈依尔·巴甫洛维奇在一九二三年所写的回忆录《安东·契诃夫和他的题材》一书中说:"这五年的'梅里霍沃定居时期'对安东·巴甫洛维奇来说不是白白过去的。它在他这段时期的创作上留下了特殊的印记,影响他的文学活动,促使他成为一个更加深刻和更加严肃的作家。就连安东·巴甫洛维奇自己也承认梅里霍沃的这种影响。只要想起他的《农民》和《在峡谷里》，就足以评价契诃夫在梅里霍沃居住的那几年里经常而直接地与农民们交往所产生的影响。"

契诃夫是在参加民间调查工作时期写完中篇小说《农民》的。他热情地参加这项工作，因此那时候他特别熟悉农民生活。

中篇小说《农民》的发表在俄国九十年代的社会生活和文学生活中是件特别重要的大事。在这篇小说中，作者对农民的生活作了异常鲜明而深刻的现实主义描绘，没有丝毫美化之处，这给社会人士留下了很强烈的印象。当时很多人的评论谈到这一点。例如，俄国作家列依金在一八九七年四月二十九日写给契诃夫的信上说："我已经读完您的《农民》。它叫人心醉！我是在夜间阅读的，一口气读完，事后久久睡不着觉。"在兹韦尼哥罗德行医期间与契诃夫相识的罗扎诺夫医生于一八九七年五月五日写信给契诃夫说："谢谢您写了《农民》，太谢谢您了。我不打算一本正经地提建议，只是想'推心置腹地'跟您随便说说，如果您更经常地观察您提到的那些人，那对我们来说，您就更加宝贵了（'我们'指的是您的读者）。"俄国小剧院演员和九十年代著名剧作家尤任在一八九七年五月写给契诃夫的信上说："你的《农民》是最近许多年来全世界最伟大的作品，至少对俄国人来说是如此。……在《农民》里，你的才能崇高而完整。小说里没有一点哀怨的调子，也没有什么倾向性，处处都是无比悲惨的实情，不可抗拒的自然力量，莎士比亚式的画面；仿佛你不是作家，你自己就是大自然。……我能感觉到《农民》的情节里这一天或者那一天是什么样的天气，太阳在哪儿照耀，一道斜坡怎样下到河边去。你不用着墨很多，我就已经看见一切了。例如，我看见'回到民间'的听差的那件燕尾服，连所有的针脚都看见了，就像看到契基尔杰耶夫在'斯拉维扬斯基市场'的豪华厅堂里对生活所抱的那种美好希望彻底破灭一样。

我从来没有哭过,可是看到他穿上燕尾服,后来又放回去,我却很久都不能接着读下去。"俄国剧作家聂米罗维奇-丹钦科在一八九七年五月间写给契诃夫的信上说:"我在读《农民》的时候心情十分紧张。根据各方面的评论来判断,你已经很久没有获得这样的成功了。"俄国文学家马拉费耶夫在一八九七年十一月十八日写给契诃夫的信上说:"您的《农民》好比一根鞭子打在所谓的知识分子当中那些饱食终日、心平气和的人身上。这篇小说尽管描写了黑暗,却也指出一种光明的东西,一种在人民灵魂中纯洁而牢固的东西。"

然而,并不是所有的评论都热情洋溢。甚至连一向温情脉脉地喜爱契诃夫,赞赏他的才能的托尔斯泰也无法接受这个描写农民的中篇小说。对农村的毫不留情的真实描绘深深地触犯了美化农村生活的宗法制基础的托尔斯泰。米罗柳博夫在一九○○年发表的札记中引用托尔斯泰评论这个中篇小说的原话:"小说《农民》是对人民犯下的罪过。他不了解人民。"

俄国社会中的反动派对《农民》抱着敌视态度。苏沃陵在一八九八年四月的日记中写道,由于写了《农民》,契诃夫差一点在俄国作家互助协会会员的选举中落选。

这个中篇小说在报刊上也引起同样激烈的反应。一八九七年《北方通报》杂志第六期上,有一个匿名的评论家写道:"在我们的期刊上,新的文学作品已经很久没有取得过像契诃夫先生的《农民》那样巨大的而又真正的成功了。这种成功使我们联想到屠格涅夫或者陀思妥耶夫斯基的新小说发表的年代。"这个评论家的赞扬并不是夸大其词,因为小说《农民》在那个时候正是文学批评中的主要讨论对象。然而小说《农民》一方面受到高度评价,被认为是十九世纪末期俄国文学中在艺术上最为重要的作品;另一方面,大多数批评家却又对这篇小说的社会意义避而不谈。那些评论往往具有表面评价的性质,无异于对作品的注释的复述。可是梅尼希科夫刊登在一八九七年五月《周报增刊》第五期上的论文有所不同,它的特点是细致而深刻地分析契诃夫的艺术手法,并指出这篇小说的社会意义:"对研究人民的科学来说,契诃夫先生的这篇小说是个宝贵的贡献,而在一切科学中这种科学也许是最重要的。这就是这个艺术作品的社会意义。"批评家波塔片科在一八九七年四月二十日的《新时报》上发表的文章以及包格丹诺维奇在一八九七年五月和一八九八年一月的《世界》杂志上发表的文章都对《农民》这个艺术作品给予高度的评价。亚辛斯基在一八九七年五月三日的《交易所新闻》上发表的文章,巴丘什科夫在一八九九年莫斯科版《别林斯基纪念集》上发表的文章,也对这篇小说做出类似的评论。

在"合法马克思主义者"的机关刊物《新言论》(一八九七年五月第八号和十月第一号)与自由民粹派的机关报《俄罗斯财富》(一八九七年第六期和第十一期)之间展开了极其有趣的论战。《新言论》的批评家司徒卢威认为这个中篇小说的社会意义"在于艺术性的揭露……"揭露民粹派"可怜的道德说教",并且把小说的作者评价为农奴改革以后时期文学界的卓越代表。契诃夫虽然利用这个中篇小说对民粹派以及它对农村生活的美化进行思想斗争,可是他本人并没有提出社会改造的计划,只限于模糊地暗示,必须进行某种改革。

与司徒卢威相反,俄国自由民粹派思想家米哈伊洛夫斯基认为这个中篇小说在内容和艺术性方面是极差的作品。他跟先前一样指摘契诃夫,依他看来契诃夫过于关心"生活琐事",然而他却不了解隐藏在这类描写后面的作者的思想目的性。如同从前一样,民粹主义遮住了他的眼睛,使他看不见契诃夫作品的真正含义和艺术革新。他极力贬低《农民》给读者留下的深刻印象,硬说:

"从契诃夫先生的创作中不应该得出任何一般性的结论,而且,这简直是办不到的事。"

有些文章的作者竭力贬低这个中篇小说。俄国批评家斯克利巴在一八九七年五月一日的《新闻与交易所报》上发表了尖刻而恶毒的评论,把契诃夫贬低到二流作家的地位。斯克利巴无耻地附和俄国批评家拉多日斯基在一八九七年四月二十九日《圣彼得堡新闻》上发表的文章;而批评家梅德韦茨基则在一八九七年九月四日《莫斯科新闻》上发表文章,猛烈抨击他们的评论,积极地评价这个中篇小说。这些敌对的论战再一次证明小说《农民》的意义有多么重大。

《佩彻涅格人》

最初发表在一八九七年十一月二日《俄罗斯新闻》第三〇三号上。原有副标题《故事》。小说结尾指出写作的日期和地点:"尼斯,十月二十四日"。

后来,该小说由作者取消副标题,稍加修改后,收入他自编的文集第九卷。

契诃夫为文集修改该小说时,在文字上作了润饰,给本文补充了若干重要特点,力求更鲜明地突出"佩彻涅格人"的无知、粗暴和残酷。例如,原文"我有两个孩子",后来作者在后面添上"这些坏蛋"。又如,原文"从常理来推断,不能不睡觉,我们就把这个公爵夫人抓来,用鞭子抽一顿,她就再也不去哭了"。后来作者改为"从常理来推断,为了他妈的这么点缘故就不睡觉,那确实不行——请您原谅我这种说法。我们就把这个公爵夫人抓来,用鞭子抽一顿,她就再也不去哭了。"在小说的结尾,作者丝毫没有讲到老人夜间自白时的内心感受,而在初稿中,作者却写了一些在某种程度上把佩彻涅格人,这个带有奴隶主的心理和习气的野蛮人的特点加以淡化并赋予人性的内心感受。例如，在"应当睡着才对，下雨以前，人照例能睡得十分酣畅"后面，原稿中还有下述一段："可是老人胸口好像压着一块什么东西，觉得不舒服，有点难为情。本不应当对客人讲妻子，讲儿女！何必从小农舍里往外搬垃圾？他怨天尤人，可是他做得对吗？老婆算不得人，去她的吧，不过对孩子倒真应该多操点心。要送他们上学却没有钱，这话是实在的，可是为什么没有钱？因为他这个做父亲的，简直什么工作也不做，自从退役回来，就没干过正事，甚至一次也没想到过他应该工作，却总是心满意足，只要租他的地的农民向他交钱就行。"在修改稿中比较突出日穆兴的妻子受尽折磨的情况。

根据契诃夫一八九七年十月二十四日写给《俄罗斯新闻》的主编和发行人索博列夫斯基的信可以看出，小说《佩彻涅格人》是在小说《在故乡》写成后不久，于一八九七年十月十七日至二十四日之间在法国尼斯写完，并于十月二十四日随函寄给索博列夫斯基的，可是这篇小说比小说《在故乡》发表得早（请参看《在故乡》的题解）。

在小说《佩彻涅格人》中，契诃夫描绘了一八八七年他在顿涅茨克草原旅行时所得的印象。例如，俄国作家苏罗日斯基在一九一四年七月二日《日报》上发表的回忆录证实了这一点。他断言，在小说《佩彻涅格人》和《在故乡》中所描写的，都是塔甘罗格一带的北部地区。他在文章里说："顿涅茨克铁路在这儿经过，这两篇小说都提到它，而且小说《佩彻涅格人》中干脆指出普罗瓦里耶车站。"俄国文学家波尔费罗夫在一九〇四年七月二十五日的《州评论和哥萨克军队通报》上发表的文章中谈到契诃夫对顿河地区和顿河哥萨克的看法在他的作品《佩彻涅格人》和《草原》中有所反映，并且引用了契诃夫的话："我痛苦地看到，这样辽阔的地带，似乎已经为宽广的文化生活创造了种种条件，不料这个地带简直被愚昧团团围住,而且这种愚昧来自有权势的军官阶层。除了哥萨克的权势之外,另有些值得注意的原因也是负有罪责的,然而上述的一点却是主要的原因。如果有个军官实际上是哥萨克的主要导师,在精神方面有教养些,文明些,那我相信:那样的愚昧不会有,'佩彻涅格人'会统统绝迹。"

对这篇小说采取基本上善意批评态度的文章为数不多,其中在一八九七年十二月四日《信使报》上发表的一篇评论却引人注目。文章着重指出契诃夫在小说《佩彻涅格人》和《在故乡》里所描写的内地生活图景的高度深刻性、真实性和典型性。按照评论家的看法,这两篇小说由于凄凉而引来"沉重的思考"和"辛酸的感情"。这个《信使报》的批评家公正地看出这种凄凉的原因就是向作家提供有关的形象的俄罗斯现实生活。批评家包格丹诺维奇在《世界》杂志一八九七年十二月第十二期上发表文章,认为作者的心情越来越忧郁,他的《佩彻涅格人》"简直使人产生没有出路的黑暗的印象"。

《在故乡》

最初发表在一八九七年十一月十六日的《俄罗斯新闻》上。小说的结尾标明了小说写作的日期和地点:"(法国)尼斯,十月"。

后来,该小说由契诃夫略加修改后,收入他自编的文集第九卷。

该小说是在一八九七年十月九日和十七日之间写成的。一八九七年十月九日,契诃夫在尼斯写信给他的妹妹玛丽雅·巴甫洛芙娜说:"由于天气不好,我买来纸张,然后坐下来写小说。"同年十月十七日,契诃夫在写给《俄罗斯新闻》主编兼发行人索博列夫斯基的信上通知说:"我要寄给您一篇小说。……如果这篇小说合用……您就把它发表吧。要是它显得太长,一期小品栏登不下,那就请您把它转交戈尔采夫,我会另寄一篇小说给您,这篇小说我明天就开始写。……您寄校样来吗?我还要把小说润色一下。"第二篇小说是在十月二十四日前写成的。从契诃夫后来跟索博列夫斯基的通信中可以看出,第一篇小说是《在故乡》,第二篇是《佩彻涅格人》,可是《佩彻涅格人》反倒比第一篇先期发表。同年十一月八日,契诃夫在写给索博列夫斯基的信上说:"我已经寄给您两篇小说,其中第二篇已经在星期日刊登,至于第一篇小说(《在故乡》)的命运,我却一无所知,因为您没有写信告诉我。光阴荏苒,您却没写信来,也没寄校样来,而这是会打消我的写作兴致的。……"同年十一月十二日,索博列夫斯基在写给契诃夫的回信上说:"第二篇小说之所以先刊登,是因为它寄到得早,立刻发排了。后来我又收到《在故乡》,就把它留下来。我不指望很快就收到您另外的小说,就把它留到这个月的下半月用了。我已经仔细地读过原稿,简直看不出有什么必要把校样给您寄去。今天我打了电报,请求您允许我不寄校样而刊登,以免寄件往返,耽误时间。"同年十一月二十日,也就是这篇小说发表以后,契诃夫在回信中写道:"我读校样不是为了修饰小说的外观,通常我写完一篇小说,就把外观修饰好,现在的修改指的是所谓的音乐性方面。"

契诃夫的小弟米哈依尔·巴甫洛维奇一九二三年在莫斯科出版的回忆录《安东·契诃夫和他的题材》中说,这篇小说反映了契诃夫前往巴库莫夫卡,去访问斯玛金的旅行,离巴库莫夫卡不远,有个不大的庄园正在出售,这引起了契诃夫的兴趣。回忆录中写道:"我们乘车从苏梅到巴库莫夫卡共二百俄里,走了整整两昼夜,穿过整个小俄罗斯中心,果戈理的中篇小说和《狄康卡近乡夜话》中所写的故事就是在那儿发生的。这是一次非同寻常的旅行,永远也不会从我的记忆里抹掉。顺便说一句,我们曾经坐车穿过大村庄梅日里奇,安东·巴甫洛维奇在他的小说《在故乡》中曾描写过这个地方。"俄国文学家苏罗日斯基写道,契诃夫在这篇小说里所描写的就是塔甘罗格一带的北部地区(请参看《佩彻涅格人》的题解)。

《信使报》上刊登过关于该小说的评论(请参看小说《佩彻涅格人》的题解)。

《在大车上》

最初发表在一八九七年十二月二十一日《俄罗斯新闻》上,原有副标题《故事》。一八九八年,该小说由契诃夫取消副标题,文字稍加修改后,收入在莫斯科出版的作品集《对在土耳其受难的亚美尼亚人的兄弟般援助》第二版。

后来,该小说经作者略加修改,收入他自编的文集第九卷。

小说《在大车上》是契诃夫在一八九七年十一月于尼斯写成的。同年十一月二十二日,契诃夫在写给索博列夫斯基的信上说:"前天我寄给您一个短篇小说《在大车上》,请您不要在十二月底以前发表。如果您盼咐把它发排,那就请您把校样寄给我。这是很必要的。目前我正在写另一篇小说供您发表,如果您愿意的话,就在十二月上半月刊登。请您务必按我的请求办,把校样寄给我,我会按时寄回的。请您放心!"同年十二月四日,索博列夫斯基把小说《在大车上》的校样寄给契诃夫,请求他删掉有关阿历克塞耶夫的那段话,或者另写一段来代替。同年十二月十日契诃夫回信说:"阿历克塞耶夫的那段话已经删掉。小说的这个地方应当有一段简短的谈话,至于谈什么,那倒无所谓。"然而,对契诃夫来说,这个细节分明是重要的,因为这篇小说收进作品集和他自编的文集时,关于阿历克塞耶夫的那段话又恢复了。现在保存着从《俄罗斯新闻》上剪下来的这篇小说,契诃夫在这份剪报上亲手删掉副标题和"造假钱"几个词,在页边上另添一句话:"他……把市长阿历克塞耶夫打伤了。"作品集中的这篇小说,就是根据这份剪报上的改动付排的。

托尔斯泰在一八九七年十二月二十一日的日记中写下了对这篇小说的评语:"在描绘方面是精彩的,可是当作者想增添小说的含义时,言辞就显得浮夸了。"

《在朋友家里》

最初发表在一八九八年二月《国际都市》杂志第九卷第二期上。

该小说誊清的手稿至今保存着,附有签名:安东·契诃夫。该手稿有许多地方由作者作了小的改动。与手稿相比,杂志上刊登的本文修改的地方很多,那是作者在校样上作了加工。这次修改偏重于小说文字的润饰,主要的是完善小说人物的形象。在谢尔盖·谢尔盖伊奇·洛塞夫(在手稿中是戈尔贝陵)的性格描写中,契诃夫作了重要的补充,尖锐地暴露了他的装腔作势和利己主义。例如,原文"……她的丈夫谢尔盖·谢尔盖伊奇多半站在她的背后。……他是个没有趣味的、什么事也不会干的懒汉:库兹明吉作为陪嫁赠给新婚夫妇不过是六年前的事……"后来改为:"她的丈夫谢尔盖·谢尔盖伊奇多半站在她的背后。……库兹明吉作为陪嫁赠给新婚夫妇不过是六年前的事……"此处对洛塞夫性格描写的省略之处在下文中作了增补:"……他也不喜欢洛塞夫,认为他没有趣味,什么事也不会做,是个懒人,跟他在一起不止一次地生出嫌恶的心情。"

除此以外,契诃夫还添加一段文字,从"啊,您多么不明白我!"起,到"跟您在一起乏味得要命!"止。另外还添了一段文字,从"认真谈话……有什么益处呢?"起,到"比讲十次大道理有用得多"止。在对塔契雅娜的性格描写中,作者有所补充,更加强调她的兴趣狭隘,以及她准备出售庄园后的心情。

该小说是应俄国文学家巴丘什科夫的请求而写的。一八九七年四月十六日,巴丘什科夫在信上约请契诃夫为国际杂志《国际都市》的俄罗斯专栏撰稿。同年四月二十一日,契诃夫回信表示同意,然而要到秋天以后才能交稿。同年十一月九日,契诃夫在尼斯写信告诉巴丘什科夫说:"我答应过一有可能就为《国际都市》写一篇小说,那么,要是不出什么岔子,就可以肯定,那篇小说我将在十二月寄出。"同年十二月十五日,他在写给巴丘什科夫的信上说:"我在写那篇供《国际都市》杂志刊登的小说,写得费力,断断续续。我老是写得缓慢,紧张;而在这儿,在旅馆房间里,坐在陌生的桌子旁边,又遇上晴朗的天气,人就老想往外跑,写作就更糟糕了。因此,我答应寄给您的小说至少要过两个星期才能写完。我要到一月一日以前才能把小说寄出。……您在一封来信上表示,要我就地取材,写一篇有关外国生活的小说寄给您。这样的小说我只能在回到俄罗斯以后凭回忆才写得出来。我只会凭回忆写东西,从来也没有直接从外界取材,即兴写出作品来。我得让我的记忆把题材滤过,让我的记忆里像滤器里那样只留下重要的或者典型的东西。"

该小说在十二月底写完。十二月二十九日,契诃夫在写给他的妹妹玛丽雅·巴甫洛芙娜的信上说:"我寄给《国际都市》一篇小说。我写明要他们寄给你一份校样。"一八九八年一月三日,该小说手稿寄出,契诃夫在同日写给巴丘什科夫的信上通知道:"我把小说的手稿寄给您。劳驾把校样寄给我,因为小说还没完工,还没润饰,一直要到我把校样到处都涂涂改改之后才算大功告成。我只能在校样上修改,在原稿上却什么也看不出来。"

一八九八年二月六日,契诃夫在写给苏沃陵的信上表示他不满意《新时报》为小说《在朋友家里》刊登的广告,他说:"最近我在

《新时报》第一版上读到为《国际都市》和我的小说《做客》问世刊登的一则显眼的广告。第一，我的小说不叫《做客》，叫《在朋友家里》。第二，这样的广告弄得我很不好受。再者，这篇小说根本不值得登显眼的广告，像这样的作品，一天就能写出一篇。"

《套中人》

最初发表在一八九八年七月《俄罗斯思想》杂志第七期上，原有副标题《故事》。一九〇三年，该小说经作者取消副标题，并在文字上稍加修改后收入他自编的文集第二版第十二卷，在他逝世后，一九〇六年，收入第十一卷。

还在一八九七年十二月，契诃夫就答应从尼斯寄出一篇供《俄罗斯思想》刊登的小说，这是他在一八九七年十月十八日寄给戈尔采夫的信上写明的。然而，作者的计划改变了（请参看小说《姚尼奇》的题解）。一八九八年六月六日，契诃夫在梅里霍沃写信给戈尔采夫说："我正在为《俄罗斯思想》另外准备一篇比较长的小说。我的机器已经开动了。"六月十五日，契诃夫把这篇小说寄给戈尔采夫，并且附去一封信，信上说："现寄上供《俄罗斯思想》刊登的小说。请读一遍，要是合用的话，设法在七月份以前把校样寄给我。我要在校样上润色一下。"

契诃夫的小弟米哈依尔·巴甫洛维奇在他的回忆录《安东·契诃夫和他的题材》（莫斯科一九二三年版）中指出，小说主人公的原型是季亚科诺夫，他是塔甘罗格中学的学监，契诃夫就是在那个中学毕业的。按照米哈依尔·巴甫洛维奇的说法，这个中学生活的某些事实在小说里得到反映，特别是每年中学生和教师举行的春季郊游。关于季亚科诺夫是别里科夫的原型，俄国文学家唐-包果拉兹在一九一〇年莫斯科教师之家出版社出版的《契诃夫纪念刊》上，苏罗日斯基在一九一四年七月二日的《日报》上，也都提到过。别里科夫的某些性格特征,契诃夫却是在别人身上观察到的。例如,他在一八九六年的日记中写道:"从八月十五日到十八日,梅尼希科夫①在我家做客。……即使在没有雨雪的天气,梅尼希科夫出门也穿套鞋,带着伞,以免患日射病而死亡,他还怕用凉水洗脸。……"

俄国文学家戈尔布诺夫-波沙多夫的评语是有趣的,他在一八九八年九月十四日写给契诃夫的信上说:"像您的《套中人》这样的小说能够使人觉醒,从而积极行动起来。……"

契诃夫的小说《农民》问世后在报刊上引起的争论还没有平息,《套中人》这个在艺术方面和社会政治方面具有特殊意义的作品就出现了。这篇小说以讽刺的手法描写一切生活方式中的"套子"、专制的胜利、对一切新生事物的憎恨和恐惧,因而成为那些思想保守的半官方批评家的代表们抨击小说作者的又一个缘由。例如,反动评论家梅德韦茨基在一八九八年八月七日的《莫斯科新闻》上发表题为《略论契诃夫先生和〈套中人〉》的文章,文中极力冲淡这篇小说对社会的思想政治影响。颓废派的评论家们也粗暴地歪曲这篇小说的真正意义。他们憎恶贯穿在契诃夫的九十年代作品,其中包括《套中人》里的反对腐化,反对别里科夫习气、因循守旧,蔑视庸俗习气和市侩作风的健康的、生气勃勃的斗争激情。颓废派文学和批评界的重要代表明斯基在一八九八年七月三十日和一八九九年一月二十八日的《新闻和交易所报》上发表文章,歪曲契诃夫大胆的讽刺作品的意义,把它说成可爱的而且温和的抒情诗,把作者说成典型的颓废派。明斯基说出自己的看法,认为契诃夫对世事漠不关心,甚至冷酷无情。沃伦斯基在一八九八年十月至十二月《北方通报》第十期至第十二期上也发表过类似

---

① 俄国政论家,《周刊》编辑,后来为《新时报》撰稿。

的看法,极力把契诃夫说成温和的风俗派作家,在他的小说里看到的不是契诃夫对俄国现实的激烈抗议,而是漠不关心,为"小人物"辩护,似乎契诃夫把别里科夫的形象写成可怜的小人物了。

资产阶级自由派批评家包格丹诺维奇在一八九八年十月《世界》杂志第十期上率先指出契诃夫用别里科夫的形象创造了一个极为真实而有力的新典型。包格丹诺维奇看出别里科夫习气之所以存在,其原因"在于周围的环境,在于人们的软弱,在于道德的和各种其他生活准则的模糊不清,在于无意识的卑鄙,而这种卑鄙正是使别里科夫们得以兴旺的那种生活的基础"。可是这种正确的观察却使这位批评家得出不正确的结论,他断言这篇小说是深深地悲观主义的,其原因在于作者的心绪"过于阴暗","忧郁到了病态的程度",这种情绪似乎不允许他"弄清为俄国庸人创造套中人的种种条件"。

另一个批评家斯卡比切夫斯基在一八九八年九月四日的《祖国之子》上也对这篇小说给予肯定的评价,认为契诃夫不仅是出色的艺术家,而且是有思想的作家。他在文章里带着全部热情抨击那些仍然认为契诃夫是缺乏思想的作者的人。他说:"契诃夫作品的每一行都在大声疾呼,反对这位作家所写的丑恶事实。"他还指出别里科夫的形象"非常典型",就这个典型的力量和鲜明性来说跟果戈理和冈察洛夫所塑造的出色形象不相上下。

列宁曾不止一次地引用过别里科夫的讽刺形象。

《醋栗》

最初发表在一八九八年八月《俄罗斯思想》杂志第八期上。

一九〇三年,该小说经作者稍加修改后收入他自编的文集第二版第十二卷,契诃夫逝世后,一九〇六年,收入第十一卷。

小说《醋栗》是一八九八年七月契诃夫在梅里霍沃写成的。

一八九八年七月二十日,契诃夫在写给戈尔采夫的信上提到《醋栗》说:"供杂志八月号刊登的小说已经有十分之九写好,如果不发生什么事妨碍这篇小说顺利结束,那么八月一日你就会收到我的手稿了。"在一八九八年七月二十三日至二十七日之间,契诃夫在写给俄国女作家阿维洛娃的信上告诉她说:"我得给《俄罗斯思想》八月号写东西。这篇小说大体上已经写好,还要收尾。"这篇小说很快完成,七月二十八日已经寄给杂志编辑部了。

小说《套中人》、《醋栗》、《关于爱情》是系列小说。这一点是契诃夫本人在一八九九年一月五日写给瓦西里耶娃的信上讲到的,而她已经决定只把《醋栗》和《关于爱情》翻译成英语。契诃夫写道:"请您就按您的心意办吧,不过,要知道,如果没有《套中人》,那么谁在讲话,为什么要讲,就会不清楚了。"

契诃夫发表这三篇小说后,还不想结束他这一系列关于"套中人"的小说。一八九八年七月二十八日,契诃夫把小说《醋栗》和《关于爱情》寄给《俄罗斯思想》编辑部,同时他在写给戈尔采夫的信上说:"供杂志八月号刊登的小说两篇挂号寄上。我还打算写第三篇,篇幅不大,可是我这儿老有客人来打搅。要是你觉得那两篇小说合用,那你就赶快交去付排,以便八月一日或二日我到特维尔去的时候,能把校样随身带去。那个时候我会把校样读完,也许还会补写第三篇。"一八九九年九月二十八日,契诃夫在写给出版人玛尔克斯的信上谈到他考虑的那组系列小说,写道:"小说《套中人》、《醋栗》和《关于爱情》是系列小说,这组系列小说还远远没有完成,等到这组小说写完,就只能收入第十一卷或者第十二卷了。"契诃夫筹划的系列小说终于没有完成。

这篇小说的构思是逐步成熟的,关于这一点契诃夫的《札记簿》可以做证,因为那里面反映了作家写这篇小说的过程。在《醋栗》的最初文稿中,其结尾是主人公的失望,他得到他那微不足道的幸福后,生病,死亡了。契诃夫在这篇小说的写作过程中大大改动了对主人公的性格描写。尼古拉·伊凡内奇不再感到他的幸福的卑劣。此外,契诃夫还指出主人公的愿望实现后如何心满意足。在第三个《札记簿》中写到在财产的影响下,那个官员的理想和思想都改变了。例如,"由于衣食饱暖,他开始抱一种自由派的中庸态度"。契诃夫极力表现私有者的幸福的利己主义,狭隘,庸俗。

契诃夫的小弟米哈依尔·巴甫洛维奇在他的回忆录《安东·契诃夫和他的题材》中讲到小说《醋栗》里反映了地主斯玛金的庄园巴库莫夫卡日常生活的某些特征,特别是小说里描写的在河里洗澡的场面。米哈依尔·巴甫洛维奇还回忆契木沙-希马拉依斯基这个姓的来历,他写道:"当初安东·巴甫洛维奇乘车……穿过整个西伯利亚到达萨哈林岛,有一天在边远地区,有个当地的市民去找他,要想跟他结交。那人拿出自己的名片给契诃夫,名片上写着:雷木沙-皮尔苏茨基。安东·巴甫洛维奇把这张名片带在身边,笑了很久,他说,即使一个人喝醉了酒,也想不出这样的姓来,有机会得把它利用一下才是。"

一八九八年九月二十七日,俄国剧作家聂米罗维奇-丹钦科在写给契诃夫的信上说:"我刚刚把书合上,恰好翻到《关于爱情》这个短篇上。《醋栗》很好……因为小说里表现了你特有的色彩,不但总的情调和背景,就连语言也具有这种色彩,另外还因为小说的思想十分出色。"

小说《醋栗》引起批评家的瞩目,包格丹诺维奇在《世界》杂志一八九八年第十期上著文指出《套中人》和《醋栗》具有共同的思想原则。批评家强调说,在《醋栗》里所描写的"似乎是由像尼古拉·伊凡内奇那样的套中人主宰的社会环境,他是那个小小世界的活生生的代表,在那个世界里,套中人在最近十五年中消灭了一切人性的东西,一切多多少少高出于日常生活的低下水平的东西"。批评家斯卡比切夫斯基在一八九八年九月十一日的《祖国之子》报上也表达了这类的思想,认为生活缺乏思想的原因就在于生活中没有种种合乎情理的和鲜明的目标。批评家伊斯梅洛夫则相反,他在一八九八年八月二十八日的《交易所新闻报》上发表文章否定上述小说之间具有思想上的联系,并且强调说,按照他的看法,在叙述者的语气中响彻了小说作者愈益强烈的忧郁、伤感和苦恼的调子。

《关于爱情》

最初发表在《俄罗斯思想》杂志一八九八年第八期上。一九〇三年该小说经契诃夫修改后收入他自编的文集第二版第十二卷,在他逝世后,一九〇六年,收入第十一卷。

契诃夫为他的文集整理这篇小说时,作了文字上的修改,并且删节了本文。他取消一些重复的字句,删节说明性格的个别句子。他还删掉了小说的结尾。在这篇小说的杂志稿本中原有这样的结尾:

"'今天傍晚我得在城里,'伊凡·伊凡内奇走回屋里说,'我从您那儿直接到火车站去。'

"'我送您去,'阿列兴说,'可是现在街上泥泞,步行困难。下午四点多钟我们的村妇们要到费多托沃去运石灰浆,那就可以顺便用车送我们去了。不过得盼咐下去,让我们早点吃饭。'"

这篇小说是一八九八年七月在梅里霍沃写成的。

当小说《套中人》、《关于爱情》、《醋栗》一并出版的时候,报刊上出现论文和短文,不但评价小说《关于爱情》,而且评价这整组小说。他们着重指出这三篇小说的真实性,而且说明它们之间具有内在的思想联系。例如,包格丹诺维奇在《世界》杂志一八九八年第十期上指出,"在阿列兴身上一切东西都被套子生活吞吃了"。又如,批评家谢缅特科夫斯基在《田地》杂志一八九八年第十期的《每月文学附刊》上指出,小说《醋栗》、《关于爱情》、《套中人》具有巨大的社会意义。按照这个批评家的看法,这些小说谴责"俄国社会的可耻的冷漠,或者不能为富有成果的理想生活"。俄国批评家米哈伊洛夫斯基曾经指责契诃夫缺乏世界观,谢缅特科夫斯基便站出来为作家辩护。他认为契诃夫乃是"苦苦追求中心思想而且痛苦地体会到不能缺少中心思想的诗人",他"接受我们精神上的真正前辈①的遗产……而且了解我们当代人的真实思想,而且以他固有的才能极力把这种思想向那些对之还不理解的人加以阐明"。

《约内奇》

最初发表在《田地》杂志一八九八年第九期的《每月文学附刊》上,原有副标题《安东·契诃夫的小说》。

后来,该小说经作者取消副标题,并略加修改后,收入他自编的文集第九卷。

这篇小说是按照契诃夫亲笔誊清的手稿付排的,这份手稿现在还保存着。然而杂志的本文明显地跟手稿不同,这说明契诃夫在校样上作过很大的改动。

契诃夫在看这篇小说的校样时,不止于作文字上的修改。他大大地压缩本文,改动了许多地方。契诃夫力求在描绘方面生动感人,每个细节具有思想内容,因而删去多余的描绘,删去某些局部细节。某些句子作者可能认为不符合斯达尔采夫的形象,便被他删掉了。例如:在"……等到凑满几百卢布,他就拿到信用合作社去存活期存款"之后,原文还有下列几句:"有的时候这些钱在

---

① 指莱蒙托夫、冈察洛夫、涅克拉索夫等人。——俄文本编者注

他脑子里引出多么欢畅的想法,多么诱人的计划呀!"又如在"斯达尔采夫想起每天晚上从衣袋里拿出钞票来,津津有味地清点,他心里那点火星就熄灭了"之后,删去了如下的句子:"'然而我该走了,'他说,他已经一心想到俱乐部去,'请允许我告辞。'"就连对伊凡·彼得罗维奇和薇拉·姚西佛芙娜的描写也作了改动。在修改过的文稿中,契诃夫删掉了对他们的外形和行动的描写中的个别细节,那些细节写了这些形象的某些新的方面,然而在作者的计划中却没有打算揭示这些方面。契诃夫限定他的任务是:写出这个本城"最有才能的"家庭其实是平庸而无才的。例如,在"'不嘛,我要去,我要去!'叶卡捷丽娜·伊凡诺芙娜逗乐地说,耍小孩脾气,还跺了一下脚"之后,原有如下的描写:"大家又把她团团围住,赞不绝口,纷纷祝贺她,断定说全城再也没有人能弹得这么好了。

"'妙极了!好极了!'

"'她会成为我们的小明星呢。'她的父亲得意地说。她的母亲薇拉·姚西佛芙娜也温柔而得意地瞧着她的女儿,可是以天才自居的利己主义、对别人成绩的羡慕和嫉妒,忽然在她的心里占了上风,她不能忍受那些不是对她而发的赞扬,就把她的女儿从客厅里打发出去,对她说:

"'考契克,到我的卧室里去把我的铅笔取来。'"

契诃夫读校样时还删削了叙述文字中直截了当的评价。例如,在"斯达尔采夫听着,瞧着她那美丽的白发,等她念完"之后,本来还有如下的一段:"'她,'他气愤而烦闷地暗想,'是全城最没才能的女人。'"又如,在"一下子忆起了那一切情景,——薇拉·姚西佛芙娜的小说啦、考契克的热闹的琴声啦、伊凡·彼得罗维奇的俏皮话啦、巴瓦的悲剧姿势"之后,原有如下的一段:"于是他觉得房里昏暗了,仿佛这儿是养老院或者拘留所似的。"

最初这篇小说是准备供《俄罗斯思想》杂志刊登的,而且契诃夫在一八九七年十月十六日写给戈尔采夫的信上答应于一八九七年十二月前交稿,可是契诃夫于十二月十五日在尼斯通知《俄罗斯思想》主编说:"小说我会寄去的,可是二月以前未必能写完……像那样的题材,写起来是不容易的。……不管怎样,我在写这篇小说,写完就寄出,而且在寄出的前一个星期就通知您。"一八九八年一月二十九日,他在写给戈尔采夫的信上提到《约内奇》说:"我这篇供《俄罗斯思想》刊登的小说还没写好,我也不知道什么时候才能写完。……这儿的环境最不适宜写作——至少对我来说是如此。我心绪不佳①,桌子是外国的,钢笔杆也是外国的,于是我写的东西,在我的眼里,似乎也成了外国的了。"差不多过了一个月,即二月二十五日,契诃夫在写给拉夫罗夫的信上说:"这篇小说我现在不会寄出,只好日后带给你了。我迟迟未能交稿,请老兄原谅。这儿非常不适合写作,或者,我的心绪不佳,弄得笔底下写不出什么好东西来。换了在家里,在我那间厢房里,我一下子就能安下心来工作了。"

五月初,契诃夫从国外回来,把这篇小说交给《俄罗斯思想》杂志,可是不久他又改变计划。六月六日,他在写给戈尔采夫的信上,要求他把那篇小说寄回梅里霍沃。"请把那篇小说寄还给我,它不适宜刊登在《俄罗斯思想》上。如果小说已经付排,那就把条样寄来,我会感激不尽。"根据推测,这篇小说就是《约内奇》。六月十日,契诃夫收到《俄罗斯思想》编辑部寄来的《约内奇》条样,不久,契诃夫就把它寄给了《田地》杂志。《田地》的主编谢缅特科夫斯基在六月十八日写给契诃夫的信上说:"我怀着真正愉快的心情通读了您的小说。不消说,您的一切愿望都会完全照办。"七

---

① 原文为法语。

月十三日,契诃夫在写给谢缅特科夫斯基的信上要求他八月前把《约内奇》的校样寄给作者。从七月二十八日谢缅特科夫斯基写给契诃夫的信上可以看出,校样是在七月十六日寄给契诃夫的,七月二十九日由作者寄回编辑部。

在《大众杂志》一八九九年第二期和第三期上,这篇小说得到资产阶级自由派批评家奥夫夏尼科-库利科夫斯基的高度评价。这个批评家称道契诃夫是"第一流的艺术力量,正在艺术上开辟他独特的道路"。这个批评家深刻揭示契诃夫艺术方法的独特性,说他"从来也不把典型或者性格全面地和详细地展开。……他仅仅刻画出一个、两个、三个特征,然后主要借助于异常细致而精确的心理分析对它们加以一定的说明"。这个批评家认为小说《约内奇》是契诃夫艺术技巧的典范,按他的看法,作者在这篇小说里"出色地完成了艺术地、典型地描绘人物的任务,例如无聊而没有才华的屠尔金一家人",又如堕落的斯达尔采夫,"他虽然那么憎恨那些因循守旧的人,其实,他与他们是一丘之貉"。奥夫夏尼科-库利科夫斯基跟许多批评见解相反,他认为,尽管契诃夫描写的是"平庸的生活",可是在他的作品中,深思的读者总是"可以感觉到理想的存在,感觉到它那淡淡的、朦胧的迹象,从而跟艺术家一起,把理性的目光投向未来的模糊的远方,在那边,已经可以令人感觉到新生活的淡淡的曙光"。然而,这个理想究竟是什么,批评家却没有揭示。

《出诊》

最初发表在《俄罗斯思想》杂志一八九八年十二月号上,原有副标题《故事》。

后来,该小说经作者取消副标题,并在文字上稍加修改后收入作者自编的文集第九卷。

契诃夫是在一八九八年十一月十一日前把这篇小说写完的。同一天,他在雅尔塔写给他熟识的医生奥尔洛夫的信上说:"由于不断下雨,天气不好,我就坐下来干活,现在已经写完整整一篇小说了。"同年十一月十四日,契诃夫把该小说寄往《俄罗斯思想》杂志供第十二期刊登,而且写信通知了拉夫罗夫和戈尔采夫,并请求他们尽快把校样寄去。关于这一点,契诃夫在十一月二十九日写给戈尔采夫的信上又提到过。在十一月三十日和十二月三日之间,契诃夫读了他收到的小说校样。

契诃夫在他的《札记簿》第四本第八十一页上记下的思想是非常有趣的:"你看一下位于偏僻地方的工厂,那么安静,温和,可是如果你往内部看一眼,那些老板是十足的愚昧,他们都是多么麻木不仁的利己主义者,工人的处境是多么没有希望:不断的争吵,酗酒,虱子。"这些思想之所以没有在小说里直截了当地表达出来,可能是受了书报检查机关的制约。

俄国文学家戈尔布诺夫-波沙多夫在一八九九年一月二十四日写给契诃夫的信上提到这篇小说,他写道:"使我格外高兴的是,您带着那么充沛的精力写您的作品,于是从您的笔下就涌现出那么美妙的作品来。……我怀着十分愉快的心情读完了您的《出诊》。这是一个了不起的作品,在人的心里引起极有意义的思想和感情。"

契诃夫在这篇小说里提出这个时代的重大社会问题,描写生活中触目惊心的矛盾,因而激起反动报刊的不满。这类报刊的代表人物拉克沙宁在《莫斯科小报》一八九九年第十期增刊上发表文章,硬说这篇小说的内容"没什么趣味",责备契诃夫缺乏独立见解,而且不真诚,为契诃夫背叛"纯艺术"而伤心,仿佛作家在此以前一直属于"纯艺术"派。拉克沙宁甚至把这看作艺术家的悲剧,声称这篇小说给人留下"沉重的印象"。

资产阶级自由派批评家斯卡比切夫斯基在一八九八年十二月二十五日的《祖国之子》上,以及包格丹诺维奇在一八九九年二月的《世界》杂志第二期上,都指出这篇小说具有巨大的认识作用。《俄罗斯新闻》的批评家伊格纳托夫在一八九八年十二月十九日的报纸上赞扬这篇小说题材的选择和对题材的精湛加工,然而对小说结尾表示不满,似乎这个结尾跟整个小说不协调。

《宝贝儿》

最初发表在一八九九年一月三日《家庭》杂志第一期上,原有副标题《安东·契诃夫的小说》。

后来,该小说经作者取消副标题,并在文字上稍加修改后,收入他自编的文集第九卷。

一八九七年五月,《家庭》杂志主编埃夫罗斯写信给契诃夫,约他为该杂志撰稿,给予支持。契诃夫回信表示同意,然而直到一八九八年十二月初才把小说寄去。十二月九日,埃夫罗斯打电报给契诃夫,请他允许《宝贝儿》也在《每日新闻》圣诞节号上刊出。契诃夫没有同意这个建议,关于这一点我们可以从埃夫罗斯在十二月十三日写给契诃夫的信上看出:"当然,您的一切愿望都会照办不误。这篇小说只刊登一次,也就是只发表在《家庭》上,至于圣诞节号上,既然您不乐意,就不登了。……小说校样明天寄出。"可是契诃夫一直到十二月二十日才收到校样,这是契诃夫在一八九八年十二月二十日写给埃夫罗斯的信上提到的。

这篇小说的构思早就在契诃夫的心里产生了。还在一八九五年他就在《札记簿》中有所记载,这也就是《宝贝儿》题材的最初草稿。

一八九九年一月二十四日,俄国文学家戈尔布诺夫-波沙多夫在写给契诃夫的信上说:"在莫斯科,列夫·尼古拉耶维奇①为我(以及另外一些在那儿聚会的人)出色地朗诵了您的两篇新作《公差》和《宝贝儿》,朗诵得兴致勃勃。两篇都写得很好,特别是《宝贝儿》。它完全是果戈理式的作品。'宝贝儿'会在我们的文学中长存,就跟果戈理的典型一样,成为普通名词。这篇小说使列夫·尼古拉耶维奇着了迷。他老是说,这篇作品像一颗珍珠,又说契诃夫是很大很大的作家。他差不多朗诵了四遍,兴致越来越高。"这封信深深地打动了契诃夫的心。一月二十七日,契诃夫在写给戈尔布诺夫-波沙多夫的回信上说:"当初我写《宝贝儿》的时候,无论如何也没想到列夫·尼古拉耶维奇会读它。谢谢您。您所写的有关列夫·尼古拉耶维奇的那几行文字,我是带着衷心的喜悦阅读的。"关于托尔斯泰对这篇小说的这种评价,俄国作家谢苗诺夫和谢尔盖延科也可以做证,谢尔盖延科在一九一〇年《关于契诃夫》一文中写道:"列夫·尼古拉耶维奇朗诵之后,兴奋地讲起《宝贝儿》,而且单凭记忆读出整句整句的话。他说道:'契诃夫把打电报的人的语言掌握得多么出色啊!……还有那种真正的妇女感情,在《宝贝儿》里刻画得多么简洁,多么精彩啊!了不起的小说!多么地道的艺术作品啊,它会美好地留存下去,可能产生各种效果。'"

在托尔斯泰夫人一八九九年一月十四日、十五日、二十四日的日记里记下了托尔斯泰对家属和客人朗诵小说《宝贝儿》的情况(请参看一九三二年莫斯科版《托尔斯泰夫人日记》)。一八九九年三月三十日,托尔斯泰的女儿塔季扬娜·利沃芙娜在写给契诃夫的信上说:"您的《宝贝儿》写得好极了!父亲昨晚一连朗诵四遍,他说人读了这篇作品就会变得聪明一些。"

---

① 指列夫·尼古拉耶维奇·托尔斯泰。——俄文本编者注

一八九九年一月二十七日,契诃夫在雅尔塔写给苏沃陵的信上说:"不久以前,我写了一篇幽默小说,有半个印张长,现在有人来信说,托尔斯泰朗诵了这篇小说,而且朗诵得异常出色。"同年二月四日,契诃夫写信给他的妹妹玛丽雅·巴甫洛芙娜,也提到这件事。

大家知道,托尔斯泰把《宝贝儿》列为契诃夫最佳小说之一(请参看本文集第二卷《假面》的题解)。他把《宝贝儿》略加改动和删节后,收入他在一九〇六年编辑的集子《阅读丛书》中,附有后记,在后记中对这篇小说做出他的解释。托尔斯泰认为契诃夫意在嘲笑"宝贝儿这个可怜的人",托尔斯泰把这种意图解释为当代思想对作者的影响。他写道:"我想,作者写《宝贝儿》的时候,沉浸在理论里而不是在感情里,萦绕在他脑际的是些模糊的概念,例如,关于新女性的概念,男女平等的概念,妇女也该头脑发达、学问渊博、独立自主地工作,对社会的贡献即使不比男性强也不比男性差,总之,他头脑中所想的是提出而且支持妇女问题的那些妇女。他在开始写《宝贝儿》的时候,打算证明女人不应该这样。"可是,托尔斯泰断言,作者的感情占了他的论断的上风:"代表舆论的巴勒①请契诃夫诅咒软弱、温顺、智力不发达、对男人忠诚的妇女……可是诗神禁止他诅咒,并且盼咐他祝福。他就祝福了,情不自禁地给那可爱的人披上那么奇妙的光辉,使她永久成为典范,表明妇女能成为怎样的人,使自己幸福,而且使命中注定要同她一起生活的人也幸福。"按照托尔斯泰的看法:"宝贝儿的灵魂,以及那种把全身心献给她所爱的人的忠诚,并不可笑,而是神圣的,惊人的。"

在《宝贝儿》收入《阅读丛书》的时候,托尔斯泰改动了小说的

---

① 基督教经书中的一个人物。

本文，以适应自己的观点。他删掉了一些贬低宝贝儿形象以及她所爱的"对象"的个别字句。我们在这儿引用几处删节的地方（凡被删节的字句都用仿宋体排出——译者）。例如，库金"用尖细的男高音说话，说话时撇着嘴，他脸上老是带着沮丧的神情"。又如，"他向她求婚，他们结了婚。等到他挨近她，看清她的脖子和丰满结实的肩膀，他就举起双手轻轻一拍，说道：'宝贝儿！'"又如，"可是现在，她的脑子里和她的心里，就跟那个院子一样空空洞洞。生活变得又可怕又苦涩，仿佛嚼苦艾一样。"又如，"奥莲卡自己也老了，丑了。夏天，她坐在走廊上，她心里跟以前一样又空洞又烦闷，充满苦味。……"

列宁在论文里引用过"宝贝儿"的形象。

《新别墅》

最初发表在一八九九年一月三日的《俄罗斯新闻》上，原有副标题《故事》。

后来，该小说经作者取消副标题，并略加修改后，收入他自编的文集第九卷。

一八九八年十月中旬，这篇小说写完。同年十月十四日，契诃夫在写给《俄罗斯新闻》主编兼发行人索博列夫斯基的信上说："请您写封短信给我，哪怕只有一句话，告诉我您在不在家。要是您在家，那我马上把小说寄给您。"同年十二月十七日，契诃夫在写给他妹妹玛丽雅·巴甫洛芙娜的信上告诉她说，他要寄给《俄罗斯新闻》一篇小说。可是直到十二月二十四日这篇小说才寄出，附有一封写给索博列夫斯基的信，信上说："我昨天收到阿努钦打来的电报，说您回来了，于是今天我随信将小说挂号直接寄往编辑部。"

一八九九年一月一日，索博列夫斯基在写给契诃夫的信上通知他说："这篇小说我想在本报星期日（一月三日）专刊上发表。我巴望书报检查官不会触动这篇作品，虽然有一个小地方（关于富有的和吃饱的人的那些话）我不敢担保。我们那些至今不得不与之打交道的书报检查官是些非常可怕的人①。"主编所担心的想必是小说第三章中工程师的妻子叶连娜·伊凡诺芙娜跟铁匠罗季昂和斯捷潘尼达有关富人和穷人的谈话。这一章里有没有书报检查官改动的地方，那就不得而知了。

这篇小说写的是农村，作者指出地主和农民在作者所处的那个时代的社会条件下，可悲地而且不可避免地互不理解。它在报刊上得到一系列的评论。资产阶级自由派报纸《交易所新闻》的文学批评家伊斯梅洛夫在一八九九年一月十五日的报上发表一篇文章，指出小说"生动地写到俄罗斯生活中一个无法解决的问题，也就是在地主和农民之间经常存在可怕的敌意，双方非但不可能融洽或者亲近，甚至一点普通的友善也做不到，常常由一些最琐碎的生活矛盾造成悲剧"。又如，包格丹诺维奇在一八九九年二月二日的《世界》上发表文章，承认"从艺术方面来说……《新别墅》是契诃夫新近一个时期所写的最优秀的作品。其中全是活动和生活，作者带着淡淡的幽默描绘了那些农民的典型，这种幽默冲淡了阴暗的农村生活的严酷和丑恶"。这个批评家着重指出艺术家契诃夫提出的种种问题具有社会意义。他写道："在契诃夫的一些新作品②里，生活中各种无法解决的问题又令人忐忑不安地叩击着心灵……那些问题在社会暂时极为平静的时刻显露出来，特别使人痛苦，特别尖锐。"

---

① 原文为法语。
② 指《出诊》、《新别墅》、《公差》。——俄文本编者注

《公差》

最初发表在一八九九年一月《周报增刊》第一期上,原有副标题《故事》。

后来,该小说经契诃夫取消副标题,略加修改后收入他自编的文集第九卷。

该小说于一八九八年十一月后半月写完。同年十一月二十六日,契诃夫在写给他妹妹的信上说:"今天我把小说寄出,因此我出去散步了。"关于这篇小说已经寄给杂志编辑部的事,契诃夫在当天写给《周报》主编梅尼希科夫的信上提到过,他说:"小说一篇,寄给《周报》刊登……劳驾,请把校样寄来。小说在细节上还没完工,我要在校样上润色一下。现在我不愿意再长久地坐着修改原稿了,我身体有点不舒服,再说我又急着要寄出去。那么,劳驾,请把校样寄来。"

该小说发表后,一八九九年一月二十四日,俄国文学家戈尔布诺夫-波沙多夫在给契诃夫的信上讲起托尔斯泰朗诵这篇小说的事,他写道:"列夫·尼古拉耶维奇把《公差》里的'巡警'朗诵得好极了。这个可爱的小老头以及他为行政事务的不停奔走[①],饱经患难,劳碌一生,这些都写得十分生动。政府机关和地主们在对农村的统治中所表现的无能和荒谬也描绘得很鲜明。还有冬天和暴风雪,都写得多么出色啊!"

一八九九年一月间,俄国文学家梅尼希科夫在写给契诃夫的信上对这篇小说做出高度的评价,他说:"您这篇小说写得很有力量,您把'巡警'写活了。我读着这篇作品,一直暗自惊讶:形式那么简练,内容却又那么丰富。语言啦,句子啦,文笔啦,这一切在您那儿都消失在巨大而深刻的生活画面之中了。这种在杂乱的词儿

[①] 原文为法语。

当中找出那些极其朴素的字眼而且把它们意想不到地组合起来的能力就像划着的火柴似的一下子照亮了许多东西。"

契诃夫的小弟米哈依尔·巴甫洛维奇在一九二三年莫斯科出版的回忆录《安东·契诃夫和他的题材》中指出,洛沙津的原型是个乡村警察,或者像他称呼自己的那样,叫"巡警",在梅里霍沃村附近的巴维金诺乡公所当差。据米哈依尔·巴甫洛维奇说,这个"巡警"常常拿着这样那样的公文来找契诃夫,当时契诃夫显然参加地方自治局的工作。

这篇小说以十分细腻的心理描写揭示了生活的"主人们"没有想到的人民的灾难和痛苦,然而批评家对这篇小说却几乎没有理会。只有批评家包格丹诺维奇在《世界》杂志一八九九年第二期上着重指出,契诃夫的巨大功绩在于他总是走在生活的前面,在作品中提出那些在社会中还没有明显地表现出来的问题。他写道:"在契诃夫的那些小说中描述了强烈的痛苦和令人压抑的愁闷,这对我们来说就越有价值。敏感而又爱好深思的艺术家的痛苦、忧伤的情绪在读者心灵中激起反应。读者的敏感性本来被日常生活的混乱现象搞得迟钝了,如今,契诃夫的作品把它唤醒,促使他们在生活和工作中作出回答。"

《带小狗的女人》

最初发表在一八九九年十二月的《俄罗斯思想》杂志第十二期上,原有副标题《故事》。

一九〇三年,该小说经契诃夫大加压缩,修改文字,并取消副标题后,收入他自编的文集第十二卷,一九〇六年作者逝世后,收入第十一卷。

契诃夫为文集校订该小说时主要是进行加工,显然力图更深刻地、在心理上更具说服力地揭示主人公们,特别是古罗夫,怎样在强烈的感情影响下发生转变。作者删掉第二章末尾以及第三章中对主人公的某些过于详细的描写。例如,在"……他到过的那些地方对他来说就失去了一切魅力"之后,删去"他骂克里米亚、雅尔塔、鞑靼人、女人,硬说瑞士好得多。他渐渐投入莫斯科的生活,已经跟房客们、扫院人、警察们吵嘴了"。又如,在"他已经能够吃完整份的用小煎锅盛着的酸白菜焖肉了"之后,删去"要是安娜·谢尔盖耶芙娜看见他从饭店里走出来,满脸通红,阴沉,不满意,那她也许会明白他身上并没有什么高尚的和不同寻常的东西……"

作者还删掉不能表现古罗夫性格特点的句子,那是在古罗夫和安娜·谢尔盖耶芙娜相识的初期,例如,在"他们得到的印象每一次都必定是美好而庄严的"之后,删去"古罗夫感到满足,虽然他意识到这种印象对他来说毫无意思,根本不必要,因为他的生活既不美好,也不庄严,而且他也没有希望日后总有一天会变成那样"。

在第二次修改的时候,契诃夫把安娜·谢尔盖耶芙娜的形象改得深刻了,取消情节中的那些不自然的因素。契诃夫力求风格简洁,放弃含义方面的重复,极力使主人公们的形象具有深度和在感情上更强的表现力。就这方面来说,把下述对话的两种不同表达方法加以对比是有趣的。在初稿中,这次对话如下:

"'你仿佛在替自己辩白似的。'

"'你要听我说完,我要告诉您这件事是怎么发生的。'

"'我什么也不想知道,根本不想!'

"'可是,请您容许我说出来,那样我会好过些。……'

"'以后再说吧,亲爱的!'他说,理了理她的头发,'何必做出这么严肃而且高明的脸相?对不起,这甚至有点不高明,因为这不符合情况。'

"'不,您应当听我说完。我求求您了。我已经对您说过,我嫁了人,跟丈夫一起乘船到C城去。既然人家能够住在内地,那我为什么不能住呢?不过,我从头一个星期起就讨厌C城。只要往窗外一望,那儿就是灰色的围墙,很长的灰色围墙,哎,我的上帝!九点钟我就躺下睡觉,三点钟吃饭,九点钟睡觉,这算是消磨时间的唯一办法了。我的丈夫也许是个诚实的好人。……'"

第二次修改的校样如下:

"'求上帝饶恕我吧!'她说,眼睛里含满泪水,'这是可怕的。'

"'你仿佛在替你自己辩白似的。'

"'我有什么理由替我自己辩白呢?我是个下流的坏女人,我看不起自己,我根本没有替自己辩白的意思。我所欺骗的不是我的丈夫,而是我自己。而且也不光是现在,我早就在欺骗我自己了。我丈夫也许是个诚实的好人。……'"

这个中篇小说契诃夫是在一八九九年八月或九月开始写的,他在九月十五日写给《俄罗斯思想》杂志主编戈尔采夫的信上提到这一点,他说:"对不起,中篇小说没有寄出,因为还没写好。……这篇小说你会在出版十二月份杂志之前收到。"十月三十日,小说手稿寄到《俄罗斯思想》杂志,同时附去一封信,契诃夫在信上请求尽快把校样寄给他,好让他对本文加工。十一月十三日,契诃夫把修改过的小说校样寄给戈尔采夫,并且要求他把第二校样寄去,他说明道:"这篇小说还得再读一遍。请你对我这个重大的请求照办才好。时间还来得及,因为现在离十二月或者一月还远着呢。"

这篇小说发表以后,一八九九年十二月,俄国女画家德罗兹多娃写信告诉契诃夫说:"列维坦①来过。他讲了许多关于您的话。

---

① 列维坦(1861—1900),俄国风景画家,契诃夫的朋友。

他总是说:'见鬼,安东把《带小狗的女人》写得多么好啊。……人们在文学小组里好像常常朗诵它。'"有一个女读者,姓列别杰娃,她的评论很有趣(一九〇〇年):"像《出诊》、《公差》这样的小说和最近这篇《带小狗的女人》,使人比较深入地认识生活,认识它那复杂的、对有些人来说沉重得无法忍受,然而是由人创造的机制,认识它的全部虚假、浅薄和墨守成规。您……善于揭示这种日常生活的可怕现象。"

一九〇〇年一月间,高尔基在写给契诃夫的信上谈到《带小狗的女人》说:"看完您那篇最不引人注目的小说以后,一切其他作品好像都显得粗糙,仿佛不是用钢笔写的,却是用劈柴写的一样。主要的是,一切都显得不朴素,也就是不真实。这是实在的。……您用您的篇幅不大的短篇小说在做着一件意义巨大的事情——唤起人们对浑浑噩噩、半死不活的生活的厌恶——叫它见鬼去吧!……您那些小说像是一个个里面装着各种生活气息的优美而有棱角的小瓶,而且,您要相信,灵敏的鼻子总是能闻出其中那种'真实的'、确实有价值而且必要的东西的美妙、辛辣和健康的气息,您那些小瓶里个个都有这样的气息。"

俄国女作家谢普金娜-库珀尔尼克在她的回忆录中这样评论《带小狗的女人》的作者的技巧:"他那些短短的小说抵得上别人的许多卷作品。就拿《带小狗的女人》来说吧,屠格涅夫就会根据这个题材写出整整一部长篇小说。契诃夫却把它纳入几十页的范围里,而从这几十页当中不仅可以清楚地看出和感觉到两三个人的个人悲剧,而且可以看出当时'知识界'的整个生活方式,当时的'知识界'正在很深的偏见,关于体面的错误概念等等的压制下喘不过气来,而那些东西常常毁灭人们的生活和灵魂。"

《带小狗的女人》的发表,又给予俄国批评家们一个口实,认为契诃夫的小说仿佛没有写完。反动批评家布列宁在一九〇〇年二月二十五日的《新时报》上发表了如下的看法："我们屡次看到契诃夫先生所写的这样一些小说，在这些小说里，假如可以这样说的话，往往出现总的来说很有趣味的思想，很有趣味的典型，然而仅仅是昙花一现，没有得到充分、完善的发展。……有才华的小说家的作品结尾好像有待于真正的创造性手笔来写完似的。"批评家安德烈耶维奇在《生活》杂志一九〇〇年第一期上以及伊斯梅洛夫在一九〇〇年一月十日的《交易所新闻》上也著文讲到这篇小说没有完工。他们在整体上积极评价这篇小说，可是又在文章里用含蓄的笔调责难作者，说他没有写完他所承担的写"爱情的奇特性的心理学题材"。布列宁把《带小狗的女人》称为轻松喜剧，而"雅尔塔的一对情人……和契诃夫先生却错把这轻松喜剧看成正剧了"。俄国批评家斯卡比切夫斯基却在一九〇〇年二月四日的《祖国之子》上发表文章，认为安娜·谢尔盖耶芙娜和古罗夫是当代的典型代表，而这篇小说乃是写"小人物毫无出路，忍受侮辱和痛苦的正剧"。俄国批评家谢缅特科夫斯基在《田地》杂志一九〇〇年一月号的《每月文学附刊》上发表文章，也认为这篇小说的主人公渺小而空虚。由此看来，这些批评家忽略这篇小说的强大的人道主义思想，不了解它的主人公。

《在圣诞节节期》

最初发表在一九〇〇年一月一日的《彼得堡报》上，原有副标题《安东·契诃夫的短篇小说》。

一九〇三年，该小说经契诃夫取消副标题，并略加修改后收入他自编的文集第二版第十二卷，一九〇六年，作者逝世后，收入第十一卷。

契诃夫为文集修改该小说时可能考虑到书报检查官的要求而删节了个别的句子。例如，在"……多少人结了婚，多少人死了呀"之后，原文是"闹过两年饥荒，发生过火灾"。又如，在"我们的头号内部敌人是巴克科斯"之后，原文是"假如大兵整天躺在巴克科斯的怀抱里，那就休想叫醒他了。另外还有一层原因：您现在是看门人，要敬重您的主人，现在他就是您的长官"。

在这次修改中叶菲米雅的形象变得更加富于戏剧性了。作者更加强调她的畏怯和备受折磨。例如，原文"她分外怕他，哎，怕极了！一听见他的脚步声，一看见他的眼睛，她就发抖……"现在改成："她十分怕他，哎，怕极了！他的脚步声一响，他的眼睛一动，她就发抖，心惊胆战。"

这篇小说是契诃夫应《彼得堡报》主编兼发行人胡杰科夫的请求而写的。一八九九年十二月一日，胡杰科夫在写给契诃夫的信上说："如果您为我们的圣诞节专号寄来一篇新的、未刊用过的短篇小说，我们会说不出地感激。"根据一八九九年十二月七日胡杰科夫写给契诃夫的信可以看出，契诃夫是在一八九九年十二月底写完这篇小说，寄给《彼得堡报》的。

《在峡谷里》

最初发表在一九〇〇年一月《生活》杂志第一期上。一九〇三年，该小说经契诃夫稍加修改后，收入作者自编的文集第十二卷，一九〇六年，作者逝世后，收入第十一卷。

这个中篇小说是契诃夫应《生活》杂志主编波谢和参加该杂志文学专栏工作的高尔基的再三请求而写的，从一八九八年十二月起，他俩就开始不止一次地约请契诃夫为《生活》杂志撰稿。

从一八九九年十一月十四日契诃夫写给他妹妹的一封信中，我们初次了解到他在写这个中篇小说，他说："我在写一个篇幅大的中篇小说，不久就会写完，再开始写另一篇。"一八九九年十一月十九日，契诃夫在写给波谢的信上通知他说："我在为《生活》写一个中篇小说,不久就会写完,大概在十二月半以前。这个作品一共有三个印张,不过小说人物多得很,大家挤挤插插,因此,不得不费很大的周折,免得让这种拥挤太扎眼。不管怎样,十二月十日前后,小说定会写成,可以发排。然而糟糕的是,我心惊胆战,生怕书报检查官把它弄得面目全非。……如果您也觉得有些地方书报检查官通不过,也就是说,如果您也预感到这篇作品有被书报检查官开刀的危险,那就请您把我的中篇小说寄还我。"关于写作这个中篇小说的事,契诃夫在十二月三日写给俄国剧作家聂米罗维奇-丹钦科的信上也提到过。十二月六日,契诃夫在写给他的朋友米罗柳博夫的信上告诉他说:"我在为《生活》写中篇小说,已经写完。"然而,这个中篇小说直到十二月二十日才寄到杂志编辑部。同一天,契诃夫在写给波谢的信上说:"对不起,第一,我略微延误了点时间。第二,我寄给您的手稿不成样子。我没有重抄,因为怕延误更多的时间,又怕重抄的时候再改写。劳驾,请您把小说发排,将校样寄给我。在校样上我会做通常抄写时所要做的事,也就是把不成样子的地方改得像样。校样,我要留在这儿两天。要是您能把这篇小说推迟到二月份的杂志上刊登,那就再好不过了。……小说题名《在峡谷里》也许会改动,如果我另外想出什么更精彩、更醒目的题名的话。"然而契诃夫读完校样,在一九〇〇年一月十二日通知编辑部说:"这个中篇小说仍然用原来的题名。"

一八九九年十二月二十六日,契诃夫在写给俄国文学家梅尼希科夫的信上说:"最近我写了不少。我给《生活》杂志寄去一个中篇小说。在这个中篇小说里,我生动地描写了工厂的生活,表明它多么悲惨。……"一九〇〇年一月二日他在写给俄国著名女演员克尼碧尔的信上提到他的中篇小说,打趣地说:"《生活》二月份那期杂志上会登载我的中篇小说,这篇作品写得很怪。小说人物很多,风景描写也不缺。有新月,有大麻鹬,它在远远的地方叫唤:布——布!像是关在板棚里的母牛的叫声。样样都有。"一九〇〇年一月二十一日,契诃夫在写给他的朋友罗索里莫的信中称他的中篇小说是"写人民生活的最新的小说"。

一九〇〇年一月七日,波谢在打给契诃夫的电报里提到小说校样已经给他寄去,一月十一日,契诃夫已经寄回改好的校样,并且附了一封给波谢的信,信上说:"校样寄回。这份校样读起来很困难,因为不知什么缘故印刷厂没寄原稿来。校样上有些缺漏,我好歹凭记忆补上了。……请您向校对员说一声,要他不要再改动,尽可能别添逗点和引号。"临到这个中篇小说在杂志上发表,却出现大量排印方面的错误。契诃夫立刻写信给波谢谈到这一点:"我白白改了校样,印刷厂并没有改正。校样上用'法定节假日'一词替代了'斋前荤食日'一词……后来仍然如此。乡村里的人根本不懂得什么法定节假日,而且也不放假过节。对于内行的人来说,这个'法定节假日'显得有点荒谬。在'鲑鱼'后面……不知什么缘故添了个逗号,而在'唱诗班歌手'之后,却没有逗号,在'上帝是慈悲的'之后……又有逗号了。……把'龚托列夫家'排成了'甘塔列夫家',就这样印出来了。不必要的引号也添了许多,冒号也是如此。原来我只用分号的地方,校对员却改成冒号。第二百一十九页倒数第九行,在'拿走'之后缺了破折号,等等,等等。所有这些排印方面的错误……弄得我哭笑不得,现在这篇小说我自己都看不下去了。这么众多的排印错误,对我来说,是从来没有过的事,在我眼里,成了印刷厂乱七八糟的大杂烩。请原谅我这样气愤。"

契诃夫的小弟米哈依尔·巴甫洛维奇在他的回忆录,一九二三年莫斯科版的《安东·契诃夫和他的题材》里写道,这个中篇小说描写的是"在库页岛调查到的罪案之一。出事地点则在梅里霍沃附近"。

雅尔塔的教师和文学家舒金在他的回忆录中引用了契诃夫所讲的有关这个中篇小说的原话如下："'我在这篇小说里所描写的是我在中部省份里见到的生活情况,那儿的生活我了解得比小说里写的还要多。商人赫雷明一家在现实生活里确实是存在的。只是实际上他们还要糟。他们的子女从八岁起就开始喝白酒,从童年起就放荡,他们使这整个地区都传染上了梅毒。我在这个中篇小说里没提到这一点,'他接着说,'因为,我认为提到这一点是违背艺术性的。……丽巴的男孩被人用开水烫死,这并不是绝无仅有的事,地方自治局的医生就常常遇到这样的情况。'"

俄国作家蒲宁在他的回忆录里写道,他对契诃夫讲过一个乡村的助祭在他父亲过命名日的宴会上吃掉两磅鱼子,吃得颗粒不剩。蒲宁接着写道:"契诃夫的中篇小说《在峡谷里》就是引用这件事开的头。"

中篇小说《在峡谷里》如同《农民》一样,引起许多批评家的评论。在小说发表以前,一八九九年十二月二十八日,波谢就在写给契诃夫的信上说:"昨天我收到您的中篇小说,一口气就读完了。多么残酷、多么阴森的真实啊!小说里一点也没有故作惊人之笔,然而小说留给人的印象却很深,打动人的心灵,这种印象在读完小说以后逐渐增强。"

在一月份的《生活》杂志出版以后,契诃夫收到很多赞扬这个新的中篇小说的信。下面举几个例子。一九〇〇年二月九日,《大众杂志》主编米罗柳博夫在信上说:"多谢您写了《在峡谷里》。我读这个作品的时候有三次由于感情强烈而中止阅读。您要知道,这是常有的事:先是泪水蒙住了眼睛,然后有个什么东西在胸腔里翻腾,胀大,像是要飞到什么地方去。……"又如,俄国文学家戈尔布诺夫-波沙多夫在一九〇〇年三月的信上说:"我怀着深深地爱您的心情读了您的《在峡谷里》。我头一次更为亲切、更为强烈地感到的，倒不是您的才能，而是您的心，您心里对人类的爱。您怀着温柔而深刻的爱对待一切受苦的人，对待一切在这种生活里心灵正在毁灭的人，他们之所以如此，是由于无知，由于他们在精神方面的极度愚昧，这种愚昧在那偏僻地区的生活里统治着一切男男女女，在那样的生活里，千百万人完全受野兽的本能的支配。至于写作的技巧，那就不用说了！……她抱着娃娃赶路的那个夜晚，那篝火，那老人……我一生中很少读到这样的艺术品。"

契诃夫的朋友柯尼在一九〇〇年十一月二十四日写给他的信上说："要不要告诉您，我欣喜万分地读了《在峡谷里》，读了一遍又一遍。我觉得这是您所写的一切作品中最好的一篇，这是俄国文学中最深刻的作品之一。"

一九〇〇年二月，高尔基在给契诃夫的信上讲起这个中篇小说给托尔斯泰的印象时说："我今天收到托尔斯泰给我的一封信，信上写道：'《生活》杂志上契诃夫的那篇小说写得多好啊。我为他非常高兴。'"

高尔基还讲起另一个非常有趣的印象。一九〇〇年七月，他待在波尔塔瓦省的玛努伊洛夫卡，在那儿写给契诃夫一封信，信上说："我对农民们朗诵《在峡谷里》。但愿您能看见结果有多么好！那些乌克兰佬都哭了，我也跟他们一块儿哭。他们喜欢'拐杖'，鬼才知道有多么喜欢！结果，有个叫彼得罗·杰里德的农民甚至表示遗憾，说是关于那个'拐杖'，写得太少了。丽巴也招人喜欢，一个老人说她是'伟大的俄罗斯母亲'。是的，这一切都好得很，我应当说，农民们原谅了所有的人，原谅了老崔布金，也原谅了阿克辛尼雅，总之原谅了所有的人！您是个了不起的人，安东·巴甫洛维奇，您是个大天才。"

一九〇〇年一月三十日，高尔基在《下诺夫哥罗德小报》上发表了题为《谈谈契诃夫的新作〈在峡谷里〉》的文章,其中指出,契诃夫不但是个有才能的艺术家,而且是具有巨大的社会意义的作品的创作者。这篇文章首先深刻而正确地肯定契诃夫创作活动的思想意义和艺术意义。文章以全部的热情反对反动的资产阶级批评家,因为他们任意解释契诃夫大多数作品的含义,而且责难他缺乏热情,缺乏世界观,责难他的悲观主义。高尔基写道:"有人责难他缺乏世界观。真是荒唐的责难!契诃夫有一种比世界观更重大的东西。他自有他的对生活的概念,因而站得比生活更高。他以极高的见地阐明生活的苦闷,它的荒谬,它的趋向,它的混乱。虽然这种见地不易捉摸,不受定义的约束(也许就因为它高),可是它在他的小说里总能使人感觉到,在小说里越益清楚地流露出来。"高尔基特别强调契诃夫作品的乐观主义性质,他写道:"契诃夫每一篇新的小说总是加强一个对我们来说很有价值而且为我们所需要的调子,那就是意气风发和热爱生活的调子。……在这篇新小说里虽然情节悲惨,阴森到可怕的地步,可是这个调子比以前更响亮,它在人们的心灵里引起欢乐的情绪,为了我们,也是为了他自己,'阴暗的'现实的揭示者。"一九〇〇年二月中旬,高尔基从下诺夫哥罗德城写给契诃夫的一封信上提到他写的论文说:"我在有关《在峡谷里》的短文里也出了差错,不过先是编辑改坏我的文章,后来是书报检查官。您要知道,《在峡谷里》写得十分精彩。它是您的最佳作品之一。您写得越来越好,越有力,越美妙了。不管您的看法怎样,反正我是不能不对您说这句话的。"高尔基的论文也深深打动了契诃夫的心,他在二月十五日的信上向高尔基道谢,感激高尔基对他的作品的关心,他写道:"您发表在《下诺夫哥罗德小报》上的那篇短文对我的心灵来说是莫大的安慰。您多么有才能啊!我除了小说以外就什么都不会写。可是您也十分擅长在杂志上写文章。我起初想,我之所以很喜欢那篇短文,是因为您称赞我,后来却发现斯列金也好,他家里的人也好,亚尔采夫也好,大家都赞扬这篇文章。那么,您就放手写论文吧,求上帝保佑您!"

在报刊上,关于这个中篇小说,人们发表了一系列评论,不过就内容来说却跟高尔基的评价大相径庭。批评家布列宁发表在一九〇〇年二月二十五日《新时报》上的文章对这个中篇小说的理解抱有很深的成见。他粗暴地篡改俄国发展资本主义道路的历史必然性这一马克思主义原理,企图证明这个中篇小说的人物阿尼西木和阿克辛尼雅是马克思主义的……典型代表。别的批评家也曲解这个中篇小说的社会意义。例如,批评家梅尼希科夫在一九〇〇年三月三日的《周报》上发表文章,认为农村中的资本主义乃是其他国家的、人为地移植到俄国土壤上来的现象,因而在这个中篇小说里只看到三种力量的斗争:破坏性的力量(阿克辛尼雅是它的体现者),调和主义的与"保守的"力量(瓦尔瓦拉),创造性的力量(丽巴)。按他的看法,凶恶的资本家是"文化崩溃的产物",而不是一定的社会关系发展的结果。又如,批评家伊格纳托夫在一九〇〇年二月十一日的《俄罗斯新闻》上发表的文章中也力图把这个中篇小说的社会意义归结到道德问题上去,硬说崔布金的生活"与其说是一连串令人气愤的,不如说是毫无意义和毫无目标的行动"。批评家列姆凯在一九〇〇年七月七日、二十一日、二十八日和八月四日的《奥廖尔通报》上刊登的文章中也发表了这样的见解。他认为,"阿克辛尼雅跟崔布金一样,并没有意识到自己的残暴,他们相信,处在他们的地位不可能按别的方式行动"。不论是梅尼希科夫,还是列姆凯,都认为农村一切苦难的根源在于"道德和智力的贫乏",而且认为只有自由主义的和启蒙的活动才能消灭这些苦难。批评家奥夫夏尼科-库利科夫斯基也站在同样的立场上评价这个中篇小说,他在一九〇〇年五月四日和五日的

《北方信使报》上发表的文章中,认为崔布金家的人犯罪的基础是无意识。

大多数批评家都承认这个中篇小说在艺术方面的长处,然而却又按照惯例继续指摘契诃夫把生活描写得过于阴暗。例如,批评家斯卡比切夫斯基在一九〇〇年二月十八日《祖国之子》报上发表文章,认为这个中篇小说中"忧郁的调子强到了极点"。此外,有些批评家,例如《俄罗斯思想》的一位评论家在一九〇〇年四月该杂志第四期上,伊格纳托夫在一九〇〇年二月十一日的《俄罗斯新闻》上,伊斯梅洛夫在一九〇〇年三月十九日的《交易所新闻》上,卡斯比依斯基在《教育》杂志一九〇〇年第三期上,谢缅特科夫斯基在《田地》杂志第三期《每月文学附刊》上,米尔斯基和列姆凯在《大众杂志》上也都指出了这个中篇小说的作者的悲观主义。然而最后的两个批评家已经完全按照新的方式评价契诃夫的悲观主义,看出其中含有"对人类生活的严格、迫切的要求"了。

戈尔采夫在一九〇一年一月一日的《信使报》上,舍斯塔科夫在一九〇〇年四月二十三日《工商业报》的文学副刊上,还有卡斯比依斯基、奥夫夏尼科-库利科夫斯基等批评家对这个中篇小说做出了肯定的评价。

批评家斯捷潘内奇就奥夫夏尼科-库利科夫斯基对这个中篇小说的评论在一九〇〇年九月二十九日以及十月一日和三日的《东方评论》上发表不同意见。他是一位马克思主义批评家,可是他这一次对契诃夫作品的评价却是不正确的。斯捷潘内奇责备奥夫夏尼科-库利科夫斯基,说后者在这个中篇小说中看到的并不是确实存在的东西,而是实科中学的优秀作文中所应有的东西。在这方面斯捷潘内奇又解释说,似乎批评家的这种错误是由契诃夫的不明确的思想立场引起的,这种思想立场使批评家们有可能任意解释他的作品。不过,除了这些错误的论断以外,斯捷潘内奇还驳斥了奥夫夏尼科-库利科夫斯基把崔布金家的罪行归因于无意识的想法,这是完全正确的。

《主教》

最初发表在《大众杂志》一九〇二年四月第四期上。

一九〇三年,契诃夫将该小说在文字上略加修改后收入他自编的文集第十二卷,在他逝世后,一九〇六年,收入第十一卷。

还在一八九九年,契诃夫就答应《大众杂志》主编米罗柳博夫为该杂志写一篇小说。当年十二月六日,契诃夫在写给米罗柳博夫的信上回答他要求寄出小说的事,说:"小说我是一定会寄给您的,只是请您不要催我。……我要把小说《主教》寄给您。万一出了什么差错,书报检查机关认为这篇小说不适合您的杂志发表,那我就寄给您别的作品。"可是契诃夫动笔写这篇小说要迟得多,这可以从一九〇一年三月十六日契诃夫写给克尼碧尔-契诃娃的信上看出来:"目前我在写一篇题名为《主教》的小说,小说的题材已经在我脑子里酝酿了十五年之久了。"一九〇一年七月二十七日,米罗柳博夫向契诃夫重提他答应提供的小说,写道:"我在等您的小说,而且这篇小说已经向订户作过广告了。"八月三日,契诃夫在回信上强调说,他会为杂志写出这篇小说的。不过目前《主教》的写作中断了。一九〇一年十月十九日契诃夫在写给《大众杂志》主编的信上说:"请您原谅,老兄,那篇小说我至今还没有寄给您。这是因为写作中断了,而中断的作品我总是很难写完的。不过,我就要回家了,我要从头写起,会完工的,请放心吧。"

该小说直到一九〇二年二月二十日才寄到编辑部,而且附去一封写给米罗柳博夫的信,信上说:"这篇小说早就完工了,然而重写总有点吃力,处处有毛病。……处处有毛病,简直费劲。小说的校样请务必寄给我。我在小说结尾的地方打算添上两三句话。对书报检查机关我是一个字也不让步的,请注意。书报检查官哪怕只删掉一个字,那也请您把这篇小说寄还我,五月间我会另外寄一篇给您。"

契诃夫于三月八日收到小说的校样,他在当天给克尼碧尔的信上提到了这件事,他写道:"我收到米罗柳博夫寄来的我那篇小说的校样,现在我正设法让这篇小说不要发表,因为检查官把它弄糟了。"①契诃夫在三月八日写给米罗柳博夫的信上提起他收到校样,校样出了毛病,说:"今天我收到校样,本来打算今天读完后寄出,可是,第一,您的校对员把所有的句点都变成惊叹号了,而且在不该用引号的地方加上了引号。第二,有许多遗漏之处不得不补上(例如"醉汉杰米扬")。而且,别的不说,我还打算有所添补。那么,如果我来得及在傍晚前,在七点钟以前改完的话,小说的校样您就会在收到这封信的第二天或者当天收到。请原谅我,老兄,我还要提出那个要求:如果书报检查官哪怕只删掉一个字,这篇小说您也不要发表,我会另外寄给您一篇小说。我为书报检查机关已经删掉和压缩许多处了。请您记住我这个请求,我求求您。"

契诃夫的这篇新小说引起俄国作家聂米罗维奇-丹钦科的兴趣,他打算在为艺术剧院戏剧训练班的贫困学生们举行的募捐早会上朗诵这篇小说。一九〇一年十一月十二日,契诃夫在写给妻子的信上说:"我倒十分乐意把这篇小说寄给聂米罗维奇,然而要知道,我现在所写的一切都嫌太长,不适于公开朗诵,而且我现在所写的东西未必会合乎书报检查机关的要求,也就是说,未必会被允许公开朗诵。"

契诃夫的同代人曾回忆小说主人公的原型。例如,库普林写

---

① 至于书报检查官如何改动原文,不详。——俄文本编者注

道:"契诃夫的词汇以及它那紧凑和准确的惊人特征,常常直接取自生活。小说里有一句话,就是'我不喜欢',从《主教》里很快流传到广大读者的日常生活中去,而这句原话是契诃夫从一个阴郁的流浪汉,半醉和半疯的半预言家那儿听来的。"

契诃夫的小弟米哈依尔·巴甫洛维奇在一九二三年莫斯科版《安东·契诃夫和他的题材》中写道,这篇小说中的西索依神甫是根据修士司祭阿纳尼依的形象写的,这个修士司祭曾说过一句话:"日本人全都跟黑山人一样。"他住在达维德沃小修道院(梅里霍沃附近的男修道院)里。契诃夫的父母笃信宗教,常常请他来家做客。按照米哈依尔·巴甫洛维奇的看法,小说主人公的原型是斯捷潘·阿历克塞耶维奇·彼得罗夫,他是莫斯科大学的学生,读语文系,在莫斯科萨多沃-库德林斯克大街上同契诃夫比邻而居,可是后来,他改名谢尔盖,出家做修士,很快就在神学界高升了。米哈依尔·巴甫洛维奇写道:"至圣者谢尔盖主教后来到雅尔塔去医治神经方面的病,这种病是由于工作紧张引起的。他在雅尔塔逗留期间,常到当时居住在奥特卡别墅的安东·巴甫洛维奇家里拜访。……主教谢尔盖和安东·巴甫洛维奇在雅尔塔的这些会晤促成了小说《主教》的问世。"

契诃夫的另一个同代人休金在回忆录里报道,主教的原型在某种程度上是塔夫里亚①的主教米哈依尔·格利巴诺夫斯基。

一九〇二年十月十四日,米罗柳博夫在写给契诃夫的信上说:"我到过亚斯纳亚·波利亚纳,老人②……称赞《主教》,问起您。"俄国文学家戈尔布诺夫-波沙多夫在一九〇三年三月十五日写给契诃夫的信上说:"您的《主教》虽然是个主教,却使我非常感动。"

---

① 即克里米亚。
② 指列夫·托尔斯泰。——俄文本编者注

俄国作家蒲宁说,"《主教》写得……令人惊叹。只有从事文学工作、亲身经历过那种地狱般痛苦的人,才能体会这个作品的全部的美。"

《主教》在报刊上获得积极的评价。评论家阿·伊在一九〇二年五月十四日的《交易所新闻》上把这篇小说称作"最美妙和最优雅的作品",认为它"给人留下真实而完整的印象"。然而这个批评家认为作者的基本目的是想讲述一个"在宗教界占有很高地位"的人凄凉、安静、十分平常的死亡。批评家埃尔弗在一九〇二年五月三十一日的《东方评论》上不但指出这篇小说的"艺术性"和它的认识作用(神甫们的生活),而且指出主教内心的不协调。然而,这位批评家认为那种不协调不是典型现象,因此,原因何在,他就无意探索了。从我们所引的各种评论可以看出,批评家们并没有阐明这篇小说的重大内容,而这内容契诃夫本人曾担心书报检查官通不过;批评家们也没有阐明,主教直到临死才痛苦地领悟他的特权地位的虚假和反常。

《补偿的障碍》

这篇小说是根据保存在档案馆内的作者的手稿刊印的。

作者没有把这篇作品写完。手稿上的记号和改动大概是《大众杂志》的主编米罗柳博夫所加,这篇小说就是在这家杂志一九〇五年第二期上发表的。看来,这篇小说是契诃夫预订供《大众杂志》刊登的,也许是契诃夫在为这家杂志撰稿的年月(一九〇二至一九〇三)里所写。

《一封信》

这篇小说是根据保存在档案馆内的作者的草稿刊印的。

作者没有把这篇小说写完。从《大众杂志》的广告可以看出,

《一封信》原定一九〇六年在这家杂志上发表,然而这家杂志出版到九月号被勒令停刊,因而手稿无从发表。这份手稿上的一些记号系米罗柳博夫所加。这篇小说大概是契诃夫准备供《大众杂志》刊登的,也许是他在为这家杂志撰稿的年月(一九〇二至一九〇三)里所写。

小说《一封信》的开头写到一本未提作者姓名的书,主人公对这本书的见解基本上与休金在其回忆录中所引用的契诃夫下述的话相符:"您注意到托尔斯泰的语言没有?大量的圆周句,句子一句句地重叠起来。您不要以为这是出于偶然,这是缺点。这是艺术,经过劳动才获得的。这些圆周句给人留下强大有力的印象。"

《新娘》

最初发表在《大众杂志》一九〇三年第十二期上。

一九〇三年,该小说收入契诃夫自编的文集第二版第十二卷,他逝世后,一九〇六年,收入第十一卷。

该小说的手稿保存在档案馆内,上面有许多改动、删节、增补之处。

此外,档案馆里还保存着契诃夫这篇小说的第一次和第二次排样,这两次排样都经作者改过,供杂志使用。这个中篇小说登在杂志上的文本不同于第二校校样的文本。看来,另外还有第三校校样的文本,只是没有传到我们手里。杂志上的文本和文集的文本是相同的。由此可见,这个中篇小说有五个文本。

将这些文本加以比较,就可以看出契诃夫对《新娘》的原文进行过十分仔细的加工。从一种文本到另一种文本,文字更加精练了,形象本身起了变化,虽然这篇小说的情节,对作者来说,却是从一开始就相当明确的。小说中人物的名字也改变了。在小说的草稿中,娜嘉原叫娜塔莎,尼娜·伊凡诺芙娜原叫伊丽莎白·伊凡诺芙娜。契诃夫为安德烈神甫特别仔细地挑选过名字,例如,格里果里、格奥尔吉、伊凡、瓦西里、叶戈尔。

契诃夫对安德烈·安德烈伊奇这个形象的修改,从这个文本到那个文本,力图更加突出他的自我欣赏、心满意足、庸俗习气。对于尼娜·伊凡诺芙娜,契诃夫越来越突出她的利己主义、多愁善感、跟女儿缺乏相互了解。例如,原稿中有如下一段:"'妈妈,亲爱的,为什么我这么闷闷不乐?'她过了一会儿问道,眼睛里涌出泪水,'我觉得,这是因为我什么事也不干。'

"'难道在这儿会有什么事可干?'母亲马上问道,'你那可爱的奶奶把样样事情都抓在手里,我就连给自己倒茶都不敢。我知道,你没事可干,闷得慌,可是你休想说服你的奶奶。'

"娜嘉拥抱母亲,两人就这样沉默下来。

"'不过你也可以画画什么的,'尼娜·伊凡诺芙娜说,'要不然,绣花也成。'

"'可是何必绣花呢?何必画画呢?'母亲答不上话来。不知什么缘故,娜嘉心里烦躁,忽然哭了。

"'原谅我,妈妈,'她说,'今天我实在心绪不好。'"

在誊清的手稿和随后的三次校样中,这段文字大大改变了(请参看最后的文本,从"你怎么哭了,妈妈?"起,到"……想躲起来。她就走回自己的房间里去了"止)。

将小说的草稿和后来杂志上的文本比较,可以看出,契诃夫对萨沙和娜嘉的形象作了特别重大的改动。在有关萨沙的描写中删掉了某些贬低形象的个别特征。例如,在第一章里,删掉了以下的文字:"……她有个儿子,叫萨沙,已经是个大男孩子,在中学里学习,成绩不佳。"又如,"现在他上身穿着扣上纽扣的常礼服,下身穿着底边已经磨坏的旧帆布裤子"这一句在小说的草稿中原是这样:"……去年他身上也跟现在一样,穿着纽扣解开的黑色常礼服,下身穿着底边已经磨坏的旧帆布裤子"。第五章末尾删掉如下一段:"第二天在莫斯科,萨沙在火车站旁边跟马车夫吵架,剧烈地咳嗽着,咳得周身发抖,娜嘉这才明白,他的健康情况丝毫也没有好转,照旧有病。他留在莫斯科了,娜嘉则继续赶路,前往彼得堡。"原稿中祖母怀疑萨沙在莫斯科常常喝酒的句子也删掉了。在小说的草稿中,萨沙说话时常重复,这使得他显得单调,乏味。契诃夫把重复的话删掉。萨沙的形象从一个文本到另一个文本越来越严肃、深刻,带有诗意。作者改掉了原稿中主人公这样的特点(指下文用仿宋体排出的"不好幻想"。——译者)并不是偶然的:在草稿中——"娜嘉暗想,他是个有明确信念、有明确原则的人,不好幻想,坚定地相信他说的话是公正的;他反反复复地说他那些话,看来,已经有点使人厌烦、疲劳了,然而同时他的话里又有那么多美好的、神奇的、迷人的东西……"这段话在最后的文本中改成:"娜嘉暗想,他是个古怪而天真的人,在他的幻想里,在所有那些美妙的花园和奇特的喷泉里,都使人觉得有些荒唐可笑的东西;然而不知什么缘故,他的天真,就连这种荒唐可笑,却又有那么多美……"萨沙那种有点放肆和过于古怪的特征,也随着一个文本到另一个文本而逐步消失。现从手稿上摘下两个片段,根据这两个片段可以判断,在最后的文本中,娜嘉和萨沙的形象与原稿相比,有了重大的改变。在第四章"'怎么啦?'萨沙问"之后,原稿是这样的:

"'我挺不住了!'她说,轻声哭起来,肩膀在颤栗。'以前我怎么能在这儿生活的,我不明白,我想不通!'她接着说,眼泪汪汪地瞧着萨沙,搓着手,'啊,我的上帝,我发疯了,我马上就要倒下了!'

"她低下头,靠在圈椅上,继续说话,极力把声音压低,免得让大厅里的人听见:'我看不起我的未婚夫,看不起我自己,看不起

奶奶,看不起妈妈。……我简直完蛋了!'

"'好吧!'萨沙轻声说,笑起来,'您别哭了,要不然他们就会听见我们说话,会碍我们的事。这样说来,明天您跟我一块儿走,我把您送到莫斯科,您再从那儿到彼得堡去。妙极了!'

"于是萨沙又笑起来,开始用鞋打拍子,仿佛高兴地跳起舞来。

"'妙极了,'他又说一遍,搓着手,'明天您送我到火车站去,然后您也上火车,咱们就走掉了!我带上您的行李,给您买好车票,您自管放心好了。您有身份证吗?'

"'有,'她说,微微一笑,然后又流眼泪,'早就弄好了。'

"'您听我说。我们来认真地谈一谈,'他皱起眉头,开口说,'我相信,深深地相信,俄罗斯只需要两种人。这一点我是深深相信的,而且认为我有责任说服像您这样的人。我们生活在粗暴而愚昧的时代,只能服从少数人。我向您保证,您不会遗憾,也不会后悔,您甚至能找到一个出色的未婚夫,'他说,又笑起来,'您去念书吧,然后就随命运把您带到任什么地方去。我们明天一块儿走?'"

第二个片断是在第六章,接着"……在莫斯科停留了一下,去看萨沙"之后,手稿是这样的:"他跟去年夏天一样,留着胡子,头发散乱,仍然穿着那件常礼服和帆布裤子,可是他的外貌看上去憔悴,疲惫不堪。他显得又老又瘦,不断地咳嗽。

"'啊!您从圣彼得堡来!'他高兴地说,'哦,你们圣彼得堡有什么叫人吃惊的新闻吗?'

"他们坐了一阵,谈了一会儿,然后到饭馆去吃早饭。他边吃边说,不住地咳嗽。她呢,却没法吃东西,光是战战兢兢地瞧着他,生怕他在这饭馆里会倒下来,顿时气绝。

"'萨沙,我亲爱的,'她说着,把手放在他的手上,'您有病,这

517

一点您知道得很清楚。'

"'不,我没病。'

"'您到我们那儿去吧。……我会照料您,我会像朋友那样,像姐妹那样服侍您……'她哭起来,'我会像个欠着您的情、无限感激您的人那样服侍您。……我们一块儿走吧!'

"'求上帝保佑我别这么干,'萨沙说着,笑起来,'你们家里还有什么事我没见过的?庸人?安德烈·安德烈伊奇?不,我无法从命。我明天要动身到伏尔加河沿岸去旅行。'

"'我们走吧!'她央求道,她已经泪流满面,泪水一滴滴地掉在盆子上,'求求您,我们走吧!'

"'不,娜嘉,您别求我了,我在你们家觉得无聊。再说,我身体健康,没什么可抱怨的。明天我从这儿跟一个小伙子一块儿到伏尔加河沿岸去。……小伙子挺好,不过他是圣彼得堡人,这就糟啦!比如你对他说,我很饿,想吃东西,说我深深地受了侮辱,遭到暴力的蹂躏,说我们正在退化,他听了这些话,回答起来,总是讲什么宗教大法官,讲什么左西姆,讲什么神秘的情绪,讲什么未来的曲折进程,而这是因为害怕直接回答问题。要知道直接回答问题是可怕的!这就像是在一片混乱中,大家七嘴八舌,胡说一气,一个人说"给我一把斧子",给他的回答却是"见鬼去吧"。'

"'您听我说,萨沙,我还是那句话。我那么感激您!我一心想带您回去,跟您谈一谈。我希望您对生活,对人温和些,开朗些。我一心巴望您的心灵安宁。'

"'不,我不去。你们那儿沉闷无聊。'他付了饭馆的钱,然后扬声大笑,拍一下钱夹说:

"'现在我一个月挣三百卢布!可了不得!'

"他把她送到火车站,请她喝茶,吃苹果。……"

在这篇小说的最后一稿中,萨沙变得温和多了,添了抒情的味道,少了些古怪,然而另一方面他的主张也就比较含混了。例如,萨沙讲到舒明一家人居住的那个城市的一段话,在杂志的文本中是没有的,因为在小说的第二次校样中已经由作者删掉,这一段话如下:"'没有一个小铺卖东西不短斤缺两,也没有一个当官的不每天打牌,灌白酒。街道上到处都是烂泥、垃圾、臭气。在你们这个城里,有谁借了钱肯还?要是有人在您这儿拿本书去读,那一定是装模作样。在俱乐部里,或者在什么地方的庄园里,您去听那些先生们的高论吧,他们光会谈悲观主义,谈生活没有给他们什么欢乐和光明。这些骗子!⋯⋯这个城死气沉沉,城里的人也死气沉沉,'萨沙继续说下去,'假如这个城坍塌了,那在报纸上也不过登上三行新闻,谁也不会觉得可惜。这是个落后的城市。俾斯麦说过:套车慢,可是赶车快⋯⋯俄国人的性格就是这样。这个城呢,老实说,还刚刚准备套车,可是能到哪儿去呢!'"

契诃夫在一定程度上取消了萨沙坚决的见解,仿佛要压低他的形象,同时,从这一稿到另一稿,契诃夫却把娜嘉写得越来越勇敢,独立,坚决,成熟。在最后一个文本中,娜嘉已经大大超过萨沙,站在比他高的等级上。因此,在小说的最后一个文本中,娜嘉对萨沙的态度有明显的改变,这不是偶然的。娜嘉与这篇小说中其他人物的相互关系也有更为重要的改变。例如,娜嘉对安德烈·安德烈伊奇的反感显得更加尖锐。比如说,在小说的草稿中有这样的描写:"他搂住她腰的,讲得那么亲切而自然。他在自己这个寓所里走来走去,感到那么幸福;可是她却处处只见到庸俗,可怕的、愚蠢的、纯粹的庸俗,只看到她未婚夫的很软的手上那些短短的手指,身上穿着全新的、熨平的裤子⋯⋯"在最后一个文本中,上文改为:"他搂住她的腰,讲得那么亲切而自然,他在自己的这个寓所里走来走去,感到那么幸福;可是她却处处只见到庸俗,愚蠢的、纯粹的、使人不能忍受的庸俗。他搂住她腰的那只手,她也觉得又硬又凉,像铁箍一样。"与手稿相比,在杂志刊登的小说文本中,娜嘉对母亲的深入了解要早得多,在手稿中,娜嘉很长时间看待尼娜·伊凡诺芙娜就像小孩子看待成年的、严肃的、有丰富阅历的人一样。娜嘉跟她的母亲在花园有一场不成功的谈话,关于娜嘉如何对待这次谈话,在第四个小说文本中是这样写的:"母亲一句话也没有回答。娜嘉呢,不知什么缘故烦恼起来,她忽然哭了。

"'原谅我吧,妈妈,'她说,'我今天心绪实在不好。'"

在最后一稿中:"娜嘉感到母亲不理解她,而且也不可能理解。她生平第一次有这样的感觉,甚至觉得害怕,想躲起来。她就走回自己的房间里去了。"

或者另外一个场面(草稿):"娜嘉沉默了,翻身朝着墙。尼娜·伊凡诺芙娜坐了一会儿,问道……"在最后一个文本中,娜嘉不再沉默,她对母亲说的话充满痛苦,而且严峻:"'我亲爱的好妈妈,要知道你聪明,你不幸,'娜嘉说,'你很不幸,可是你为什么说些庸俗的话呢?看在上帝分上,告诉我,这是为什么呢?'"

契诃夫删改了原来写到娜嘉过分犹豫、处理问题不坚决的文字,从而加深她的性格。例如,在小说草稿中有这样一段:"可是现在离婚期至多一个月,不知什么缘故她开始感到恐惧和不安,假如她的婚期因故推迟到秋天,或者甚至到冬天,那她就有时间来考虑,也许还会强烈地爱她的未婚夫呢。"在小说的最后一个文本中改成了:"可是现在在离婚期不过一个月了,不知什么缘故,她开始感到恐惧和不安,就像有一件什么不明不白的苦恼事在等待她似的。"娜嘉已经确切地知道什么使她苦恼,什么使她不满意。她知道她不爱安德烈·安德烈伊奇,因为他是旧世界的代表,庸俗和不公正的世界的代表。在小说的第一个文本中,娜嘉把她不爱未婚夫的原因归之于他个人的品质:"我不爱安德烈·安德烈伊奇,也不可能爱他,我办不到!你要明白,我就是办不到!就算我过去喜欢过他,可是现在我全看清楚了……我了解他是怎么个人,要知道他并不聪明,妈妈!……主啊,我的上帝!你要明白才好,妈妈,他愚蠢!"在小说的最后一个文本中,她把自己对未婚夫越来越增强的反感跟她对周围社会环境的不满直接联系起来:"'我求求你好好想一想,你就会明白!你只要明白我们的生活多么庸俗无聊、有失尊严就好了。我的眼睛睁开了,我现在全都看清了。你的安德烈·安德烈伊奇是个什么样的人呢?要知道,他并不聪明,妈妈!'"下面还有一段:"'以前我怎么能在这儿生活的,我不明白,我想不通!我看不起我的未婚夫,看不起我自己,看不起这种游手好闲、毫无意义的生活。……'"

重要的是,娜嘉不是按萨沙的方式,而是完全按另外的方式对待她所选择的行动。萨沙认为这个行动是自我牺牲的英勇行为(契诃夫在誊清后的小说原稿上所加的以下的话,后来在第二校校样上被删掉了:"'即使您作出牺牲,要知道,那也是必不可少的,不牺牲不行,缺了下面的阶梯,楼梯也就没有了。然而,子子孙孙会向你道谢的!'"),而娜嘉本人则欣喜地迎接新生活。在小说的最后一个文本中,作者更加强调女主人公的乐观主义情绪。例如,在第一个和最后一个文本中,小说的结尾就是这样的。草稿上的结尾是这样的:"她回到楼上自己的房间里收拾行李,第二天早晨就要乘车走了,在她面前现出劳动的、宽阔的、纯洁的生活。"在杂志上刊登的文本的结尾则是:"她走到楼上自己的房间里,动手收拾行李,第二天早晨向家里人告别,生气蓬勃,满心快活地离开了这座城,而且觉得,从此再也不会回来了。"

契诃夫是在一九〇二年十月间开始写这篇小说的。俄国文学家米罗柳博夫在十月八日打电报给契诃夫,问起新作品的题名,十月十六日契诃夫回信道:"一有可能,我就立刻把小说的题名寄给您,也就是说在确定主题之后……"十月二十日,契诃夫通知他说:"既然您那么需要小说的题名,那就姑且叫它《新娘》吧,不过以后我可能会改变题名。……请您别生气。小说我会写成的。"

关于这篇小说的创作情况,契诃夫曾于一九〇三年一月二十六日给俄国文学家戈尔采夫和同日给他的妻子克尼碧尔-契诃娃的信中谈到过。在写给克尼碧尔的那封信中,契诃夫告诉她说:"我在为《大众杂志》写一篇小说,是按旧的风格写的,按七十年代的风格写的。我不知道会写得怎么样。"一月三十日,他在写给妻子的信上又说:"我在写一篇小说,不过写得很慢,一点一点地写,也许因为小说人物太多,也许是不习惯了,只好慢慢适应。"

契诃夫在写这篇小说的时候一直担心书报检查官的干扰,他在二月九日给米罗柳博夫的信上说:"但愿我的《新娘》不致受到那些注视着您的杂志的纯洁性的未婚夫们的非难。"这篇小说在二月二十日写完,当天契诃夫写信通知《大众杂志》编辑部说:"小说已经写好了。我要把它誊清一遍,顺便再修改一下,大约要五天工夫吧,那么,二月二十五日我就会把小说寄给您了。"……契诃夫不是在二十五日把小说寄出的,而是推迟了两天,并且随稿附去一封信,信上说:"我骗了您两天,我不是照信上所说的那样在二十五日写完小说的,而是到二十七日傍晚才写完。不过也不要紧。我的身体已经大不如前,不能再照从前那样写作,很快就觉得累了。请把校样寄来,因为需要修改,而且要把收尾的工作做完。结尾我素来是在校样上完成的。"

契诃夫是在三月和六月读小说校样的。六月五日,他写信给俄国文学家魏列萨耶夫(魏列萨耶夫跟高尔基一起还在春天就读过小说的初校)说:"《新娘》改得面目全非,在校样上重写了。"关于文稿的修改,契诃夫于六月十二日还通知米罗柳博夫说:"今天我把我的小说挂号寄给您。……我埋头修改,左删右改。"七月二日,契诃夫又在信上请求他说:"要是您把校样再寄给我看一下,那就太好了,这倒不是为了修改,只是随便看看,更动几个标点符号罢了。"七月六日,米罗柳博夫回信说:"我为校样很感激您。我们会把您修改后重新排出的校样寄给您的。"七月十日,杂志编辑部把《新娘》重排后的校样寄给了契诃夫。

魏列萨耶夫在回忆录中关于契诃夫的这篇小说写道:"前一天晚上(一九〇三年四月二十二日),在高尔基家里,我们读了契诃夫的新作《新娘》……安东·巴甫洛维奇问:

"'怎么样,你们觉得这篇小说怎么样?'

"我迟疑了一下,可是决定把自己的意见直率地说出来:

"'安东·巴甫洛维奇,女孩子不是这样出走参加革命的。像您的娜嘉那样的姑娘,不会去参加革命。'

"契诃夫的眼睛带着严厉的警觉神情瞧了我一眼,说:

"'参加革命是有着各式各样的道路的。'"

俄国文学家叶尔帕季耶夫斯基在回忆录中写道,契诃夫要求他把小说读一遍。"我读了一遍。这篇小说就是《新娘》,小说里响起一种对契诃夫来说是新的而不是阴郁的调子。对我来说,事情很明白,契诃夫的整个心情,他对生活的艺术认识有了转变,他的艺术创作开始了一个新的时期。"

一九〇四年一月,俄罗斯文学家戈尔布诺夫-波沙多夫在写给契诃夫的信上说:"您的新娘多么光辉可爱,多么动人啊!"

这篇小说发表以后,许多批评家意见一致,说《新娘》是作者在创作中的转折点,表现了他比较精神饱满、乐观地理解现实了。他们讲到,契诃夫完全不是人们至今所认为的那种缺乏热情的艺术家。

俄国文学家博齐亚诺夫斯基在《罗斯》一九〇四年第二十二期上写道:"契诃夫的全部小说明显地表现了他具有崇高的理想,

他用这种理想衡量周围的生活,然而这种生活在这个理想面前却过分渺小和庸俗。"批评家们强调这篇小说的社会意义,认为小说表现了对庸俗习气的积极反抗。批评家沃洛申在一九〇四年一月八日的《基辅评论》上说:"抛弃城市,等于抛弃自私生活的思想,抛弃饱食终日、贪吃懒做的寄生生活,抛弃生活中的琐事细故和无谓的生活,走向一个人所选择和热爱的工作这条宽阔、光明的大道。"格尔罗特在《南方论丛》一九〇三年第二期上发表看法,认为契诃夫的作品的艺术优点就在于他能够"通过艺术概括的过程反映我们俄罗斯的整个庸俗习气"。他们赞扬这篇小说里的女主人公跟旧世界的庸俗习气和市侩习气决裂。博齐亚诺夫斯基写道:"娜嘉在契诃夫设计的条件下的出逃,几乎发生在举行婚礼的前夜,无疑是一种个人的英雄业绩。"沃洛申在屠格涅夫和契诃夫的小说人物之间作了比较,指出,如果说屠格涅夫的人物"仍然把爱情当作生活的基础",那么,契诃夫的女主人公却已经在寻找生活的意义;而娜嘉则"找到了她的事业,从事这个事业去了"。很自然,批评家们有关小说的乐观主义性质的议论正是与娜嘉的形象联系在一起的。上述的沃洛申号召社会"像新娘这位妇女那样勇往直前地走向选定的事业,去从事这个事业"。包格丹诺维奇在《世界》杂志一九〇四年第一期上,约翰逊在《真理》杂志一九〇四年第五期上,都以积极的态度评价这篇小说。资产阶级自由派批评家们高度评价《新娘》,然而由于他们的社会局限性而不可能十分正确地理解这篇小说和作者本人。他们之中有些人怀疑契诃夫的乐观主义的稳定性,不是出于偶然的。

可是资产阶级自由派批评家对这篇小说除了积极的评价以外,也有人贬低它,将《新娘》归到契诃夫的中等作品里去了。例如,格尔申宗在《科学的语言》一九〇四年第一期上撰文,认为这篇小说的主要缺点是"近似草图","描个轮廓"而已,又如,批评家符·赫在其发表在《和平劳动》一九〇四年第二期上的论文中写道,这篇小说所描写的男女主人公平平常常,不出色。

在一九〇三年十二月二十四日的《信使报》上,文学批评家舒利亚季科夫站在庸俗马克思主义的立场上发表了一篇文章。他否定文学的相对独立性,虽然对小说《新娘》的总的评价是肯定的,可是却做出极端狭隘和错误的结论。舒利亚季科夫要求"天才作家的无条件崇拜者和赞颂者"不要把契诃夫创作中的新情绪评价过高。他写道:"我们一分钟也不该忘记,我们是在跟谁打交道,因而不应忽视某些人的社会面貌的特点,他们的利益在某些方面暂时和我们的利益相一致。"

批评家们把《新娘》看作契诃夫创作发展中的转折点,但是他们这一回也没有揭示契诃夫这篇最重要作品的全部深度和社会意义。